I0590815

ଆଧୁନିକ ହିନ୍ଦୀ ଗଳ୍ପମାଳା

ଆଧୁନିକ ହିନ୍ଦୀ ଗଳ୍ପମାଳା

ଅନୁବାଦ

ନିହାରିକା ମଲ୍ଲିକ

BLACK EAGLE BOOKS

7464 Wisdom Lane
Dublin, OH 43016
E-mail: info@blackeaglebooks.org
Website: www.blackeaglebooks.org

First International Edition Published by
BLACK EAGLE BOOKS, 2019

Adhunika Hindi Galpamala
Translated by **Niharika Mallick**

Copyright © **Niharika Mallick**
Copyright of original stories are with their authors

All rights reserved. No part of this publication may be reproduced, stored in a retrieval system, or transmitted, in any form or by any means, electronic, mechanical, photocopying, recording or otherwise without the prior permission of the publisher.

Cover & Interior Design: Ezy's Publication

ISBN- 978-1-64560-039-8 (Paperback)

Printed in United States of America

ଉତ୍ସର୍ଗ

ଯାହାଙ୍କର ଆଶୀର୍ବାଦ ଓ ଶିକ୍ଷା, ଜୀବନକୁ ଶୃଙ୍ଖଳିତ କରି ଗଢ଼ି ତୋଳିଛି, ଯାହାଙ୍କ ସତ୍ୟନିଷ୍ଠତା ଓ କର୍ତ୍ତବ୍ୟପରାୟଣତା ମୋ ଆଗରେ ଆଦର୍ଶ, ଯିଏ ଶିଖେଇଛନ୍ତି ଟ୍ୟୁଟ୍ୟୁଟ୍ୟୁ। ସତ୍ତ୍ୱେ ବି ଆତ୍ମବିଶ୍ୱାସର ସହ ବଞ୍ଚିବାର କଳା.....

ସେହି ପୂଜ୍ୟ ମାଆବାପାଙ୍କ ହାତରେ ମୋ ପ୍ରଥମ ସୃଜନୀ।

କୃତଜ୍ଞତା

ଏହି ସଙ୍କଳନରେ ପ୍ରକାଶିତ ଗଳ୍ପଗୁଡ଼ିକ ମଧରୁ କିଛି ଗପ ଦୈନିକ ଖବରକାଗଜ ତଥା ପତ୍ରିକାରେ ପ୍ରକାଶିତ। ସେଗୁଡ଼ିକ ହେଲେ, ରବିବାର ସମ୍ବାଦ, ସୃଜନ ସମ୍ପର୍କ, ସୀମାନ୍ତ, ଭୂମଗ୍ନା, କଥା କଥା କବିତା କବିତା, ପ୍ରତିବେଶୀ ଓ ଶୈଳଜା। ଏହି ସମ୍ବାଦପତ୍ର ଓ ପତ୍ରିକାଗୁଡ଼ିକର ସଂପାଦକମାନଙ୍କୁ ମୋର ଆନ୍ତରିକ ଧନ୍ୟବାଦ।

ଓଡ଼ିଆ ଭାଷା ଓ ଅନୁବାଦ ସାହିତ୍ୟକୁ ବିଶ୍ୱସ୍ତରରେ ପରିଚିତ କରେଇବାରେ 'ବ୍ଲାକ୍ ଇଗଲ୍ ବୁକ୍'ର ପ୍ରଚେଷ୍ଟା ଧନ୍ୟବାଦାର୍ହ। ଏହି ପ୍ରକାଶନୀ ସଂସ୍ଥା ତରଫରୁ ଆରମ୍ଭ କରାଯାଇଥିବା 'ବ୍ଲାକ ଇଗଲ ବୁକ୍ ଫାର୍ଷ୍ଟ ବୁକ୍ ଆୱାର୍ଡ' ପାଇଁ 'ଆଧୁନିକ ହିନ୍ଦୀ ଗଳ୍ପମାଳା'କୁ ଯୋଗ୍ୟ ବିବେଚିତ କରିଥିବାରୁ ମୁଁ ନିଜକୁ ଧନ୍ୟ ମନେକରୁଛି। ପ୍ରଚ୍ଛଦରେ ରହି ଉସ୍ଟାହ ଦେଉଥିବା ଶ୍ରୀ ସତ୍ୟ ପଟ୍ଟନାୟକ ସାରଙ୍କୁ ତଥା ଏହି ସଂସ୍ଥା ସହ ସଂଶ୍ଲିଷ୍ଟ ପ୍ରତ୍ୟେକ ବ୍ୟକ୍ତିଙ୍କୁ ମୋର ଆନ୍ତରିକ କୃତଜ୍ଞତା। 'ବ୍ଲାକ ଇଗଲ୍ ବୁକ୍' ସାହିତ୍ୟ ଓ ପ୍ରକାଶନ କ୍ଷେତ୍ରରେ ଏକ ଉଦାହରଣ ସୃଷ୍ଟି କରୁ, ଏହା ହିଁ କାମନା।

ଅନୁବାଦ ପଛର କାହାଣୀ

ସାହିତ୍ୟ ପ୍ରତି ରୁଚି କେବେଠାରୁ ପଚାରିଲେ, ହୁଏତ ଠିକ୍ କହି ପାରିବିନି, ତେବେ ଏତିକି ମନେ ଅଛି.... ଛୋଟବେଳୁ ସବୁ ଶ୍ରେଣୀରେ ସାହିତ୍ୟ ବହିକୁ ଆଗ ପଢ଼ି ସାରିଦିଏ। ଛୋଟଛୋଟ କବିତା ଓ ଗଳ୍ପ ହିଁ ଥିଲେ ଆକର୍ଷଣର କେନ୍ଦ୍ର। କଲେଜରେ ହିନ୍ଦୀ ଅଧ୍ୟାପିକା ରୂପେ ଯୋଗ ଦେବା ପରେ, ହିନ୍ଦୀ ଭାଷାସାହିତ୍ୟ ସହ ସମ୍ପର୍କ ବଢ଼ିଲା। କଲେଜରେ ହିନ୍ଦୀ ଅଧ୍ୟାପିକା ରୂପେ ଯୋଗ ଦେବା ପରେ, ହିନ୍ଦୀ ଭାଷାସାହିତ୍ୟ ସହ ସମ୍ପର୍କ ବଢ଼ିଲା। ସିଲାବସରେ ଥିବା କାହାଣୀ ସବୁକୁ ପିଲାଙ୍କୁ ବୁଝାଇବା ବେଳେ ଗୋଟେ ସୁନ୍ଦର ପରିବେଶ ସୃଷ୍ଟି ହୋଇଯାଏ। ପିଲାମାନେ ତନ୍ମୟ ହୋଇ ଶୁଣୁଥିବା ବେଳେ, ମୋର କାହିଁକି ମନେ ହୁଏ କବିତା ଅପେକ୍ଷା ଗଳ୍ପ ଗୁଡ଼ିକ ବୋଧହୁଏ ବେଶୀ ପ୍ରଭାବଶାଳୀ। ମନ୍ନୁ ଭଣ୍ଡାରୀଙ୍କ 'ମଜ୍‌ବୁରୀ' କାହାଣୀର ଶେଷ ଆଡ଼କୁ ଶ୍ରେଣୀଗୃହରେ ଏକ ଛଳଛଳ ପରିବେଶ ସୃଷ୍ଟି ହୋଇଯାଇଥିଲା। ମୋତେ ଲାଗିଲା ଏମିତି କିଛି କାଳଜୟୀ ଗପ ସମସ୍ତେ ପଢ଼ିବା ଆବଶ୍ୟକ। କିନ୍ତୁ ଏକଥା ବି ସତ ଯେ, ସମସ୍ତେ ଯେ ହିନ୍ଦୀ ଭାଷା ପଢ଼ି ବୁଝିପାରିବେ ଓ ସବୁ ଲେଖକଙ୍କୁ ପଢ଼ିପାରିବେ, ଏକଥା ଆଶା କରିବା ଭୁଲ। ତେଣୁ ଏସବୁ କାହାଣୀକୁ ଯଦି ଓଡ଼ିଆରେ

ଅନୁବାଦ କରାଯାଇପାରନ୍ତା, ସମସ୍ତଙ୍କ ପାଖରେ ହିନ୍ଦୀ ସାହିତ୍ୟର କିଛି ମହାନ କୃତି ସବୁ ପହଞ୍ଚି ପାରନ୍ତା। ପରୀକ୍ଷାମୂଳକ ଭାବେ ଏକ ଅଣୁଗପ ଅନୁବାଦ କଲି। ଦେଖିଲି, ଏଥିରୁ ମୋତେ ଦୁଇଟି ଲାଭ ହେଲା। ପ୍ରଥମତଃ ଗୋଟେ ସୁନ୍ଦର ଗପଟେ ପଢ଼ିଲି ଓ ଦ୍ୱିତୀୟରେ ଓଡ଼ିଆରେ ଅନୁବାଦ କରି ଆମ୍ଵସନ୍ତୋଷ ପାଇଲି। ତା'ପରେ ନିଷ୍ପତ୍ତି ନେଲି, ନିୟମିତ ଭାବରେ କିଛି ପ୍ରତିଷ୍ଠିତ ଲେଖକଙ୍କ କ୍ଷୁଦ୍ରଗଳ୍ପ ଅନୁବାଦ କରିବି।

ଦେଖିଲି, ପ୍ରତ୍ୟେକ ଲେଖକଙ୍କ ଲିଖନଶୈଳୀ ସ୍ୱତନ୍ତ୍ର। ଏପରିକି ଜଣେ ଲେଖକଙ୍କ ସମସ୍ତ ସୃଷ୍ଟି ମଧ୍ୟ ଭିନ୍ନଭିନ୍ନ। ଲେଖା ଚୟନ କରିବା ପୂର୍ବରୁ ଉକ୍ତ ଲେଖକଙ୍କ ପାଖାପାଖି ପାଞ୍ଚଟି ଗପକୁ ପଢ଼ିଥାଏ। ତା'ପରେ ବିଷୟବସ୍ତୁ ଆଧାରରେ ଯେଉଁଟି ଅଧିକ ହୃଦୟସ୍ପର୍ଶୀ ସେଇଟି ନେଇଥାଏ। ହଁ, ଗପର କଳେବରକୁ ମଧ୍ୟ ପ୍ରାଧାନ୍ୟ ଦେଇଛି। ଅତି ବେଶୀରେ ଆଠରୁ ଦଶ ପୃଷ୍ଠା ମଧ୍ୟରେ ସୀମିତ ଗଳ୍ପଗୁଡ଼ିକୁ ହିଁ ନେବାକୁ ଚେଷ୍ଟା କରିଛି। କିନ୍ତୁ ଏମିତି ବି କେତୋଟି ଗପ ମୋ ଆଖିରେ ପଡ଼ିଲା, ଯେଉଁଗୁଡ଼ିକ ପାଠକଟିଏ ନିହାତି ପଢ଼ିବା ଆବଶ୍ୟକ। ସେତେବେଳେ, ଯଥେଷ୍ଟ ଦୀର୍ଘ ଥାଇ ମଧ୍ୟ ସେସବୁ ଅନୁବାଦ କରିବାର ଲୋଭ ସମ୍ବରଣ କରିପାରିନି।

ଅନୁବାଦ କରିବା ସମୟରେ, ମୂଳ ଲେଖାଟିର ଭାବ ଓ ମୌଳିକତା ଯେପରି କ୍ଷୁର୍ଣ୍ଣ ନ ହୁଏ ତାହା ଦୃଷ୍ଟିରେ ରଖିଛି। କେତୋଟି ଗପରେ 'କାଳ'କୁ ନେଇ ମୁଁ ଦ୍ୱନ୍ଦ୍ୱରେ ପଡ଼ିଛି। କାରଣ ଅନେକ ସମୟରେ ଭାଷାର ଭିନ୍ନତା ବ୍ୟାକରଣକୁ ମଧ୍ୟ ପ୍ରଭାବିତ କରିଥାଏ। ମୂଳ ଲେଖାର ସୌନ୍ଦର୍ଯ୍ୟ ଅକ୍ଷୁର୍ଣ୍ଣ ରଖିବା ପାଇଁ ଉପଯୁକ୍ତ ଶବ୍ଦ ଚୟନ କରିବା ହେଉଛି ଏକ ଜଟିଳ ମୁଖ୍ୟ କାମ। ତେଣୁ ସେ ଦୃଷ୍ଟିରୁ ମଧ୍ୟ ମୁଁ ଯଥା ସମ୍ଭବ ଉଦ୍ୟମ କରିଛି। ...ଏବଂ ଶେଷରେ, ସଙ୍କଳନଟିରେ ସ୍ଥାନୀତ ସମସ୍ତ ଗଳ୍ପ ପାଠକମାନଙ୍କ ପାଇଁ ଯେ ସୁଖପାଠ୍ୟ ହେବ ଏକଥା ଆଶା କରୁଛି। ଯେଉଁମାନେ ନେପଥ୍ୟରେ ରହି ମୋତେ ସବୁବେଳେ ପ୍ରେରଣା ଓ ଉସାହ ଯୋଗାଇ ଆସିଛନ୍ତି, ସେମାନଙ୍କୁ ମୋର ଆନ୍ତରିକ କୃତଜ୍ଞତା ଓ ଧନ୍ୟବାଦ ଜଣାଉଛି।

■■

ସୂଚୀପତ୍ର

ଚିତ୍ରର ଶୀର୍ଷକ

ଯଶପାଲ୍

ଜୟରାଜ ଜଣା-ଶୁଣା ଚିତ୍ରକର ଥିଲା । ସେ ସେହି ବର୍ଷ ନିଜର ଚିତ୍ରଗୁଡ଼ିକୁ ପ୍ରକୃତି ଏବଂ ଜୀବନକୁ ଯଥାର୍ଥ ରୂପେ ସଜୀବ କରିପାରିବା ପାଇଁ, ଅପ୍ରେଲ ମାସର ଆରମ୍ଭରୁ ହିଁ ରାଣୀକ୍ଷେତରେ ଯାଇ ରହିଥିଲା । ସେହି ମାସରେ ପାହାଡ଼ଗୁଡ଼ିକରେ ବାତାବରଣ ବହୁତ ପରିଷ୍କାର ଏବଂ ଆକାଶ ନୀଳ ରହେ । ରାଣୀକ୍ଷେତରୁ 'ତ୍ରିଶୂଳ୍', 'ପଞ୍ଚଚୋଲି' ଏବଂ 'ଚୌଖମ୍ଭା'ର ବରଫାବୃତ ଶିଖର, ନୀଳ ଆକାଶ ତଳେ ମାଣିକ୍ୟର ଉଜ୍ଜ୍ୱଳ ସ୍ତୂପ ପରି ଜଣାପଡ଼େ । ଆକାଶର ଗଭୀର ନୀଳିମାରୁ କଳ୍ପନା କରିହୁଏ ଯେ, ସତେ ଅବା ଗଭୀର ନୀଳ ସମୁଦ୍ର ଉପରେ ଚଢ଼ି ଛାତ ପରି ସ୍ଥିର ହୋଇଯାଇଛି ଆଉ ତାହାର ଶ୍ୱେତ ଫେଣ, ସମୁଦ୍ର ଗର୍ଭରୁ ମୋତି ଏବଂ ମଣିଗୁଡ଼ିକୁ ଏକାଠି କରି ବିପୁଳ ପରିମାଣରେ ତଳେ ପାହାଡ଼ଗୁଡ଼ିକ ଉପରେ ଆସି ପଡ଼ିଛି ।

ଜୟରାଜ ଏହି ଦୃଶ୍ୟଗୁଡ଼ିକର କିଛି ଚିତ୍ର ଆଙ୍କିଲା, କିନ୍ତୁ ମନ ଭରିଲାନି । ମନୁଷ୍ୟ ସହ ସଂପର୍କ ନ ଥିବା ଏହି ଚିତ୍ର ଆଙ୍କି ତାକୁ ଏମିତି ହିଁ ଅନୁଭବ ହେଉଥିଲା, ଯେମିତିକି ନିର୍ଜନ ଜଙ୍ଗଲରେ ଗାଉଥିବା ରାଗର ଚିତ୍ର ଆଙ୍କି ଦେଇଛି । ଏହି ଚିତ୍ର ତାକୁ ମନୁଷ୍ୟର ଇଚ୍ଛା ଓ ଅନୁଭବର ସ୍ପନ୍ଦନଶୂନ୍ୟ ଜଣାପଡ଼ୁଥିଲା । ସେ କିଛି ଚିତ୍ର, ପାହାଡ଼ ଉପରେ ମାଂସପେଶୀ ପରି ବ୍ୟାପିଯାଇଥିବା କ୍ଷେତରେ କାମକରୁଥିବା ପାହାଡ଼ୀ କୃଷକ ସ୍ତ୍ରୀ-ପୁରୁଷମାନଙ୍କର ଆଙ୍କିଲା । ତାକୁ

ଏହି ଚିତ୍ରଗୁଡ଼ିକରୁ ମଧ୍ୟ ସନ୍ତୁଷ୍ଟି ମିଳିଲାନି । କଳାର ଏହି ଅସଫଳତାରୁ ନିଜ ହୃଦୟରେ ଏକ 'ହାୟ-ହାୟ'ର ସ୍ୱର ଅନୁଭବ ହେଉଥିଲା । ସେ ନିଜର ସ୍ୱପ୍ନ ଏବଂ ଇଚ୍ଛାକୁ ପ୍ରକାଶ କରିପାରୁ ନ ଥିଲା ।

ଜୟରାଜ ନିଜ ମନର ଅସ୍ଥିରତାକୁ ପ୍ରକାଶ କରିବା ପାଇଁ ବ୍ୟାକୁଳ ଥିଲା ।

ସେ ପାୟୁଲିରେ ଥୋଡ଼ିକୁ ରଖି ବାରଣ୍ଡାରେ ବସିଥିଲା । ତା' ଦୃଷ୍ଟି ସୁଦୂରକୁ ବ୍ୟାପ୍ତ ସବୁଜ ଘାଟିଗୁଡ଼ିକ ଉପରେ ପହଁରୁଥିଲା । ଘାଟିଗୁଡ଼ିକର ଉଠାଣି-ଗଡ଼ାଣି ଉପରେ ସୁନେଲୀ ଖରା ଖେଳିଯାଉଥିଲା । ଖାଲୁଆ ଜାଗାଗୁଡ଼ିକରୁ ରୂପେଲି ଧାର ପରି ନଦୀଗୁଡ଼ିକ କୁଣ୍ଡଳୀ ଖୋଲୁଥିଲେ । କ୍ଷୀରର ଫେଣ ପରି ଶିଖରସବୁ ଠିଆ ହୋଇଥିଲେ । କୌଣସି ଲକ୍ଷ୍ୟ ନ ପାଇ ତା' ଦୃଷ୍ଟି ଅସ୍ୱସ୍ତ ବ୍ୟାପ୍ତ ଉପରେ ପହଁରୁଥିଲା । ସେ ସମୟରେ ତା' ସ୍ଥିର ଆଖି ସାମ୍ନାରେ ଥିବା ଉଠାଣି ଉପରେ ଏକ ସୁନ୍ଦରୀ ସୁଠାମ ଯୁବତୀକୁ ଦେଖିବାକୁ ଲାଗିଲା, ଯିଏ କେବଳ ତା'ର ଦୃଷ୍ଟିର ଲକ୍ଷ୍ୟ ହୋଇପାରିବା ପାଇଁ ହିଁ, ସେହି ପ୍ରାନ୍ତରରେ ଯେଉଁଠି ସେଇଠି, ପ୍ରତ୍ୟେକ ସ୍ଥାନରେ ଦେଖାଯାଉଥିଲା ।

ଜୟରାଜ ଏକ ହାଲ୍କା ଆଶ୍ୱାସନା ଅନୁଭବ କଲା । ଏହି ଅନୁଭୂତିକୁ ଧରିରଖିପାରିବା ପାଇଁ ସେ ନିଜ ଦୃଷ୍ଟି ସେହି ପ୍ରାନ୍ତରରୁ ହଟେଇ, ଦୁଇ ବାହୁକୁ ଛାତିରେ ଛଦି ଏକ ଗଭୀର ନିଃଶ୍ୱାସ ନେଲା । ତାକୁ ଜଣାପଡ଼ିଲା ଯେପରି ଅଥଲସାଗରରେ ଭାସିଯାଉଥିବା ନିରାଶ ବ୍ୟକ୍ତି ନିଜର ରକ୍ଷାପାଇଁ ଆସୁଥିବା ଲୋକର ଡାକ ଶୁଣିଦେଲା । ସେ ନିଜ ମନରେ ସ୍ୱୀକାର କଲା, ଏହା ହିଁ ତ ସେ ଚାହେଁ..., କଞ୍ଚନରେ ସୌନ୍ଦର୍ଯ୍ୟର ସୃଷ୍ଟି କରିପାରିବା ପାଇଁ ତାକୁ ମଧ୍ୟ ସ୍ୱୟଂ ନିଜ ଜୀବନରେ ସୌନ୍ଦର୍ଯ୍ୟର ସନ୍ତୁଷ୍ଟି ମିଳିବା ଆବଶ୍ୟକ; ଫୁଲ ବିନା ମହୁମାଛି ମହୁ କୋଉଠୁ ଆଣିବ ?

ଏମିତି ମାନସିକ ଅବସ୍ଥାରେ ଜୟରାଜକୁ ଏକ ଚିଠି ମିଳିଲା । ଚିଠିଟି ଆହ୍ଲାବାଦରୁ ତାଙ୍କ ବନ୍ଧୁ ଆଡ୍ଭୋକେଟ୍ ସୋମନାଥ ଲେଖିଥିଲେ । ସୋମନାଥ ଜୟରାଜଙ୍କ ପରିଚୟ ତାଙ୍କ କଳା ପ୍ରତି ଅନୁରାଗ ଓ ଆଦର କାରଣରୁ ପ୍ରାପ୍ତ ହୋଇଥିଲେ । କିଛି ଟା ଆମ୍ୟୀୟତା ମଧ୍ୟ ଆସିଯାଇଥିଲା । ସୋମ୍ ନିଜର ଉକ୍ରୁଷ୍ଟ କଳାକାର ବନ୍ଧୁଙ୍କର ବହୁମୂଲ୍ୟ ସମୟର କିଛି ଅଂଶ ନେବାର ଧୃଷ୍ଟତା ପାଇଁ କ୍ଷମା ପ୍ରାର୍ଥନା କରି ନିଜ ପତ୍ନୀଙ୍କ ବିଷୟରେ ଲେଖିଥିଲେ — 'ଏହି ବର୍ଷ ନୀତାର ସ୍ୱାସ୍ଥ୍ୟ ଟିକେ ଖରାପ ଅଛି, ତାକୁ ଦୁଇମାସ ପାହାଡ଼ରେ ରଖିବାକୁ ଚାହୁଁଛି । ଆହ୍ଲାବାଦର ପ୍ରଚଣ୍ଡ ଗରମରେ ସେ ଅସୁବିଧା ଅନୁଭବ କରୁଛି । ଯଦି ତୁମେ ନିଜ ଆଖପାଖରେ ହିଁ କୌଣସି ଶସ୍ତା, ଛୋଟିଆ କିନ୍ତୁ ଭଲ ଘରର ବ୍ୟବସ୍ଥା କରିପାରିବ ତ ତାକୁ ସେଠାକୁ ପଠାଇଦେବି । ସମ୍ଭବତଃ, ତୁମେ ଥଲଗା ପୁରା ବଙ୍ଗଳା ନେଇଥିବ । ଯଦି ସେହି ଘରେ ଜାଗା ଅଛି ଏବଂ ଏହାଦ୍ୱାରା

ତୁମ କାମରେ କୌଣସି ବିଘ୍ନ ଆସିବାର ଭୟ ନାହିଁ ତେବେ ଆମେ ଗୋଟେ ଦୁଇଟି ରୁମ୍ ସେଠି ଭଡ଼ା ନେଇନେବୁ। ଆମେ ନିଜ ପାଇଁ ଅଲଗା ଚାକର ବ୍ୟବସ୍ଥା ମଧ୍ୟ କରିନେବୁ’... ଇତ୍ୟାଦି ଇତ୍ୟାଦି।

ଦୁଇ ବର୍ଷ ପୂର୍ବ ଜୟରାଜ ଆହ୍ଲାବାଦ ଯାଇଥିଲା। ସେ ସମୟରେ ସୋମ୍ ତା’ ସମ୍ମାନାର୍ଥେ ଏକ ଟି-ପାର୍ଟି ଦେଇଥିଲା। ସେଇ ଅବସରରେ ଜୟରାଜ ନୀତାକୁ ଦେଖିଥିଲାଓ ନୀତାର ବିବାହ ହେବାର କିଛି ମାସ ହୋଇଥିଲା। ପାର୍ଟିରେ ଆସିଥିବା ଅନେକ ସ୍ତ୍ରୀ ପୁରୁଷଙ୍କ ଭିଡ଼ରେ କେବଳ ସଂକ୍ଷିପ୍ତ ପରିଚୟ ହିଁ ହୋଇପାରିଥିଲା। ଜୟରାଜ ସ୍ମୃତିକୁ ଅଙ୍ଗୁଠିରେ ନିଜ ମସ୍ତିଷ୍କକୁ ଉଖାରିଲା। ତା’ର କେବଳ ଏତିକି ହିଁ ମନେପଡ଼ିଲା ଯେ, ନୀତା ଦୁର୍ବଳ, ପତଳୀ, ସତେଜ ଚେହେରାର ଗୋରୀ, ହସକୁରୀ ନବ ଯୁବତୀ ଥିଲା; ଆଖିରେ ବୁଦ୍ଧିର ଚମକ। ଜୟରାଜ ଚିଠିକୁ ଟି’ପୟ ଉପରେ ଚାପି ରଖିଦେଲା ଏବଂ ପୁଣି ସାମ୍ନା ଘାଟିର ପ୍ରାନ୍ତର ଆଡ଼େ ଉଦ୍ଦେଶ୍ୟହୀନ ଭାବରେ ନଜର ଦେଇ ଭାବିବାକୁ ଲାଗିଲା, କ’ଣ ଉତ୍ତର ଦେବ!

ଜୟରାଜର ଲକ୍ଷ୍ୟହୀନ ଦୃଷ୍ଟି ସିନା ଘାଟିର ପ୍ରାନ୍ତର ଉପରେ ବୁଲୁଥିଲା, ପରନ୍ତୁ କଳ୍ପନାରେ ଅନୁଭବ କରୁଥିଲା, ସତେ ଯେମିତି ତା’ ପାଖରେ ହିଁ ଥିବା ଆଉ ଏକ ଆରାମଚେୟାର୍ ଉପରେ ନୀତା ବସିଛି। ସେ ବି ଦୂର ଉଠାଣିରେ କିଛି ଦେଖୁଛି ଅବା କୌଣସି ପୁସ୍ତକର ପୃଷ୍ଠା ଅଥବା ସମାଚାର ପତ୍ରରେ ଦୃଷ୍ଟି ନିବଦ୍ଧ କରିଛି। ପାଖରେ ବସିଥିବା ଯୁବତୀ ନାରୀର କଳ୍ପନା ଜୟରାଜକୁ କ୍ଷୀରର ଫେଣପରି ଶ୍ୱେତ, ସ୍ଫଟିକ ପରି ଉଜ୍ଜ୍ୱଳ ପାହାଡ଼ର ଶିଖରଠାରୁ ଅନେକ ବେଶୀ ସ୍ବଧନ ଉତ୍ପନ୍ନ କରିବା ପରି ଅନୁଭୂତ ହେଲା। ଯୁବତୀର କେଶ ଓ ଶରୀରରୁ ଆସୁଥିବା ହାଲକା ସୁଗନ୍ଧ, ପବନରେ ଭାସିଆସୁଥିବା ଘାଟିଗୁଡ଼ିକରୁ ଦୀପ ଓ ଶିରୀଷ ଫୁଲର ମୃଦୁ ଗନ୍ଧଠାରୁ ଅଧିକ ସନ୍ତୋଷ ଦେଉଥିଲା। ସେ ନିଜ କଳ୍ପନାରେ ଦେଖିବାକୁ ଲାଗିଲା, ନୀତା ତା’ ଆଖି ଆଗରେ ଘାଟିର ଏକ ପାହାଡ଼ ଉପରେ ଚଢ଼ିଯାଉଛି। କଠିନ ପଥର ଏବଂ ଗୋଡ଼ି ଉପରେ ନୀତାର ଗୋଲାପୀ ଗୋଇଠି ଜୋତା ଉପରେ ସମ୍ଭାଳିକି ଅଛି। ସେ ଉଠାଣିରେ ଶାଡ଼ିକୁ ହାତରେ ସମ୍ଭାଳିଧରିଛି। ତା ମାଂସପେଶୀ ଗୁଡ଼ିକର ରଙ୍ଗ କଦଳୀଗଛର ଭିତର ଅଂଶ ପରି, ଉପରକୁ ଚଢ଼ିବାର ପରିଶ୍ରମ କାରଣରୁ ନୀତା ଧଇଁସଇଁ ହୋଇପଡ଼ୁଛି ଏବଂ ଏହି କାରଣରୁ ପ୍ରତ୍ୟେକ ଥର ନିଃଶ୍ୱାସ ନେବା ସମୟରେ ତା’ ବକ୍ଷ ଉଠିଆସୁଥିବା କାରଣରୁ, ପଦ୍ମର ଦରଫୁଟା କଢ଼ି ପରି ନିଜ ଆବରଣକୁ ଚିରି ଦେବାକୁ ଚାହୁଁଥିଲା। କଳ୍ପନା କରିବାକୁ ଲାଗିଲା, ସେ କାନଭାସ ଆଗରେ ଠିଆହୋଇ ଚିତ୍ର ଆଙ୍କୁଛି।

ନୀତା ଏକ କୋଠରିରୁ ବାହାରୁଛି। ପାଦଶବ୍ଦରେ ତା’ କାମରେ ବିଘ୍ନ ନ ହେବା

ପାଇଁ ସେ ପାଦର ଟିପରେ ତା' ପଛ ଦେଇ ଅନ୍ୟ ଏକ କୋଠରିକୁ ଚାଲିଯାଉଛି । ନୀତା କିଛି କାମ ପାଇଁ ଚାକରକୁ ଡାକପକାଉଛି । ଏହି ଶବ୍ଦରେ ତା' ହୃଦୟର ଖାଁ–ଖାଁ କରୁଥିବା ଶୂନ୍ୟତା ସନ୍ତୋଷରେ ଚୁପହୋଇଯାଇଛି ।

ଜୟରାଜ ତୁରନ୍ତ କାଗଜ ଓ କଲମ ନେଇ ଉତ୍ତର ଲେଖିବାକୁ ବସିଗଲା, କିନ୍ତୁ ରହିଯାଇ ଭାବିବାକୁ ଲାଗିଲା, ସେ କ'ଣ ଚାହେଁ ? ବନ୍ଧୁପତ୍ନୀ ନୀତାଠାରୁ ସେ କ'ଣ ଚାହିଁବ ? ତଟସ୍ଥ ହୋଇ, ଯୁକ୍ତି କରି ସେ ଉତ୍ତର ଦେଲା, କିଛି ବି ନୁହେଁ । ଯେମିତି ସୂର୍ଯ୍ୟଙ୍କ ପ୍ରକାଶରେ ଆମେ ସୂର୍ଯ୍ୟଙ୍କ କିରଣକୁ ଧରିରଖିବାର ଆବଶ୍ୟକତା ମନେକରୁନା, ସେହି କିରଣରେ ଆପେଆପେ ହିଁ ଆମର ଆବଶ୍ୟକତା ପୂରଣ ହୋଇଯାଏ, ସେମିତି ହିଁ ସେ ନିଜ ଜୀବନରେ ଅନୁଭୂତ ହେଉଥିବା ନିର୍ଜନ ଅନ୍ଧକାରରେ ନାରୀର ଉପସ୍ଥିତିର ପ୍ରକାଶ ଚାହେଁ ।

ଜୟରାଜ ସଂକ୍ଷିପ୍ତରେ ଉତ୍ତର ଲେଖିଲା –'ଲୋକଙ୍କ ହାଉଯାଉରୁ ରକ୍ଷା ପାଇବା ପାଇଁ ଅଲଗା ଘର ନେଇଛି । ବହୁତ ଜାଗା ଖାଲି ପଡ଼ିଛି । ଭଡ଼ାଦେବାର ପ୍ରଶ୍ନ ହିଁ ଉଠୁନି । ପୁରୁଣା ଚାକର ପାଖରେ ଅଛି । ଯଦି ନୀତା ଜୀ ତା' ଉପରେ ନଜର ରଖିବେ, ମୋର ହିଁ ଲାଭ ହେବ । ଯେତେବେଳେ ବି ସୁବିଧା ହେବ, ଆସି ତାଙ୍କୁ ଛାଡ଼ିଯାଅ । ପହଞ୍ଚିବା ସମୟ ମୋତେ ଜଣେଇବ । ଟ୍ୟାକ୍ସି ସ୍ଥାଣ୍ଡରେ ପହଞ୍ଚି ଯିବି ।'

ନିଜ ଆଖିସାମ୍ନାରେ ଆଉ ଏତେ ପାଖରେ ଏକ ତରୁଣୀ ସୁନ୍ଦରୀଟେ ରହିବାର ଆଶାରେ ଜୟରାଜର ମନ ଉତ୍ସାହରେ ଭରିଗଲା । ନୀତାର ଅସ୍ପଷ୍ଟ ସ୍ମୃତିକୁ ଜୟରାଜ, କଲାକାରର ସୌନ୍ଦର୍ଯ୍ୟର ଆଦେଶର କଳ୍ପନାଗୁଡ଼ିକରେ ପୂରା କରିନେଲା । ସେ ତାକୁ ନିଜ ବାରଣ୍ଡାରେ, ସାମ୍ନା ଘାଟିରେ, ସଡ଼କ ଉପରେ ନିଜ ସହ ଚାଲୁଥିବାର ଦେଖାଦେବାକୁ ଲାଗିଲା । ଜୟରାଜ ତାକୁ ବିଭିନ୍ନ ରଙ୍ଗର ଶାଢ଼ିରେ, ସାଲଓ୍ୱର କମିଜ୍‌ର ପଞ୍ଜାବୀ ପୋଷାକରେ, ମାରଓ୍ୱାଡ଼ିଙ୍କ ଲେହେଙ୍ଗାରେ ଫୁଲ ଭରା ଲତାଗହଲରେ, ପାଇନ ଗଛର ତଳେ ଏବଂ ଦେବଦାରୁର ଶାଖାର ଛାଇରେ..ସବୁଆଡ଼େ ଦେଖିନେଲା । ସେ ନୀତାଙ୍କର ସଂସାରରେ ଆଗକୁ ଆସିବାର ଉକ୍ରଟ ପ୍ରତୀକ୍ଷାରେ ବ୍ୟାକୁଳ ହେବାକୁ ଲାଗିଲା, ସେଇପରି ଠିକ୍ ଯେମିତି ଅନ୍ଧାରରେ ବିବ୍ରତ ହୋଇପଡ଼ିଥିବା ବ୍ୟକ୍ତି ସୂର୍ଯ୍ୟାଲୋକର ପ୍ରତୀକ୍ଷା କରିଥାଏ ।

ଫେରନ୍ତି ଡାକରେ ସୋମ୍‌ର ଉତ୍ତର ଆସିଲା, –'ତାରିଖ ଥିବା ଦିନ ନୀତା ପାଇଁ ଗାଡ଼ିରେ ଗୋଟିଏ ସିଟ୍ ରିଜର୍ଭ ହୋଇଯାଇଛି । ସେଦିନ ହାଇକୋର୍ଟରେ ମୋ ରହିବା ବହୁତ ଆବଶ୍ୟକ । ଏଠି ଗରମ ବହୁତ ବେଶୀ ଓ ବଢ଼ିବାରେ ଲାଗିଛି । ମୁଁ ନୀତାକୁ ଆଉ କଷ୍ଟ ଦେବାକୁ ଚାହୁନି । କାଠଗୋଦାମ ପର୍ଯ୍ୟନ୍ତ ତାଙ୍କ ପାଇଁ ଜାଗା ସଂରକ୍ଷିତ

ତାକୁ ବସର ଭିତରେ ହଇରାଣ ନ ହୋଇ ଟ୍ୟାକ୍ସିରେ ଯିବାପାଇଁ କହିଦେଇଛି। ତୁମେ ତାକୁ ଟ୍ୟାକ୍ସି ଷ୍ଟାଣ୍ଡରେ ଆସି ଭେଟିବ। ତୁମେ ଆମମାନଙ୍କ ପାଇଁ ତ ଏତେ ସବୁ କରୁଛ, ଆଉ ଏତିକି ବି ..। ଆମେ ଦୁହେଁ କୃତଜ୍ଞ ରହିବୁ।'

ଜୟରାଜ ବନ୍ଧୁଙ୍କ ସୁଶିକ୍ଷିତା ଏବଂ ସଂସ୍କୃତିସଂପନ୍ନା ପତ୍ନୀଙ୍କୁ ଚିନ୍ତାରୁ ରକ୍ଷା କରିବା ପାଇଁ ଟ୍ୟାକ୍ସି ଷ୍ଟାଣ୍ଡରେ ପହଞ୍ଚି ଉତ୍ସୁକତାର ସହ ଅପେକ୍ଷା କରୁଥିଲା। କାଠଗୋଦାମରୁ ଆସୁଥିବା କାର୍ ପାହାଡ଼ର ପଛପଟେ ଯେଉଁ ବୁଲାଣିରେ ହଠାତ୍ ନଜରକୁ ଆସୁଥିଲା, ସେଇ ଆଡ଼କୁ ଜୟରାଜର ଦୃଷ୍ଟି ନିରନ୍ତର ଲାଗିରହୁଥିଲା। ଗୋଟେ ଟ୍ୟାକ୍ସି ଦେଖାଗଲା। ଜୟରାଜ ଆଗକୁ ବଢ଼ିଗଲା। ଗାଡ଼ି ରହିଲା। ପଛ ସିଟ୍‌ରେ ଜଣେ ମହିଳା ନିଜ ଶରୀରର ବୋଝକୁ ସମ୍ଭାଳି ନ ପାରିବା କାରଣରୁ କିଛି ଖେଲେଇହୋଇ ବସିବା ପରି ଦେଖାଯାଉଥିଲେ। ଚେହେରାରେ ଅସୁସ୍ଥତାର ଥକ୍କା ଓ ଶେତାପଣ ଏବଂ ଥକି ଯାଇଥିବା ଆଖି ଚାରିପଟେ କୁଞ୍ଚିତ ରେଖା ଘେରି ରହିଥିଲା। ଜୟରାଜ ହତଭମ୍ବ! ମହିଳା ଙ୍କର ଆଖିରେ ଚିହ୍ନାଚିହ୍ନା ଭାବ ଏବଂ ନମସ୍କାରରେ ତାଙ୍କର ହାତ ଉଠିବା ଦେଖି ଜୟରାଜକୁ ସ୍ୱୀକାର କରିବାକୁ ପଡ଼ିଲା, –'ମୁଁ ଜୟରାଜ।'

ମହିଳା ଜଣକ ହସିବାର ପ୍ରୟାସ କରି କହିଲେ, –'ମୁଁ ନୀତା।'

ମହିଳାଙ୍କର ସେ ହସ। ଏମିତି ଥିଲା, ଯେପରି ଯନ୍ତ୍ରଣାକୁ ଚାପି କର୍ତ୍ତବ୍ୟ ସଂପାଦନ କରାଗଲା। ମହିଳାଙ୍କ ସାଧାରଣ ଦୁର୍ବଳ ହାତ–ଗୋଡ଼ ଉପରେ ପାଖାପାଖି ଗୋଟେ ଶରୀରର ବୋଝ ପେଟ ଉପରେ ବନ୍ଧାଯାଇଥିବା କାରଣରୁ, ତାଙ୍କୁ କାରରୁ ଓହ୍ଲେଇବାକୁ ବି କଷ୍ଟ ହେଉଥିଲା। ମେଲିଯାଉଥିବା ନିଜ ଶରୀରକୁ ସମ୍ଭାଳିବା ପାଇଁ ତାଙ୍କୁ ସେତିକି କଷ୍ଟ ହେଉଥିଲା ଯେମିତି, ଯାତ୍ରା ସମୟରେ ବିଛଣାପତ୍ରର ଗଣ୍ଠି ଛିଣ୍ଡି ଯିବା ପରେ ତାକୁ ସମ୍ଭାଳିବା କଷ୍ଟ ହୋଇପଡ଼େ। ମହିଳା ଜଣକ ଛୋଟେଇ ଛୋଟେଇ କେଇପାଦ ଚାଲିପାରିଲେ, ଆଉ ସେତେବେଳେ ଜୟରାଜ ଏକ ଡୋଲିକୁ ଡାକି ସେହି ଚାରିଜଣ ଲୋକଙ୍କ କାନ୍ଧରେ ଲଦିଦେଲା।

ସୌଜନ୍ୟତା ଦୃଷ୍ଟିରୁ ତାକୁ ବି ସେମାନଙ୍କ ସହ ଚାଲିବା ଉଚିତ ଥିଲା, ହେଲେ ସେହି ଶିଥିଳ ଅସୁନ୍ଦର ଆକୃତିର ପାଖରେ ରହିବାରେ ଜୟରାଜକୁ କୁଣ୍ଠା ଓ ଗ୍ଲାନି ଅନୁଭବ ହେଉଥିଲା।

ନୀତା ବଙ୍ଗଳା ପାଖରେ ପହଞ୍ଚି ଏକ ଅଲଗା କୋଠରିରେ ପଲଙ୍କ ଉପରେ ଗଡ଼ିପଡ଼ିଲା। ଜୟରାଜର କାନରେ ସେ କୋଠରିରୁ ନିରନ୍ତର "ଆଃ!! ଉଃ!"ର ଚାପା ଯନ୍ତ୍ରଣା ଶବ୍ଦ ପହଞ୍ଚୁଥିଲା। ସେ ଦୁଇ କାନରେ ଆଙ୍ଗୁଳି ଚାପି ରଖି ସେ ଶବ୍ଦ ଶୁଣିବାରୁ ରକ୍ଷା ପାଇବାକୁ ଚାହିଁଲା, କିନ୍ତୁ ତା' ଶରୀରର ପ୍ରତ୍ୟେକ ଲୋମକୂପରେ

ସେ କୋହର ଶବ୍ଦ ଶୁଣାଯାଉଥିଲା। ସେ ନୀତାର କଦର୍ଯ୍ୟ ଶାରୀରିକ ଗଠନ, ରୋଗ ଆଉ ବୋଝରେ ଶିଥିଳ, ଛୋଟେଇ ଛୋଟେଇ ଚାଲୁଥିବା ଶରୀରକୁ ନିଜ ସ୍ମୃତିପଟଳରୁ ପୋଛି ଦେବାକୁ ଚାହୁଁଥିଲା, ହେଲେ ସେ ବାରମ୍ବାର ଆସି ତା' ଆଗରେ ଠିଆ ହୋଇଯାଉଥିଲା। ନୀତା ଜୟରାଜକୁ ସେ ଘରର ପୁରା ବାତାବରଣରେ ମିଶିଯାଉଥିବାର ଅନୁଭବ ହେଉଥିଲା। ଜୟରାଜର ମନ ଚାହୁଁଥିଲା, ବଙ୍ଗଳା ଠୁ ଦୂରକୁ କୁଆଡ଼େ ପଳେଇଯିବାକୁ।'

ତା'ପରଦିନ ସକାଳୁ ସୂର୍ଯ୍ୟଙ୍କ ପ୍ରଥମ କିରଣ ବାରଣ୍ଡାକୁ ପଡ଼ୁଥିଲା। ସକାଳୁଆ ପବନରେ କିଛି ତାଜାପଣ ଥିଲା। ଜୟରାଜ ନୀତାର କୋଠରିଠୁ ଦୂରରେ, ବାରଣ୍ଡାରେ ଆରାମଚେୟାର ଉପରେ ବସିଗଲା। ନୀତା ବି ବେଶ୍ କିଛି ସମୟ ଗାଡ଼ି ରହିବାରେ ବିରକ୍ତ ହୋଇ ସତେଜ ପବନ ପାଇବା ପାଇଁ ନିଜ ଶରୀରକୁ ସମ୍ଭାଳି, ଛୋଟେଇ ଛୋଟେଇ ବାରଣ୍ଡାର ଦ୍ୱିତୀୟ ଚେୟାର ଉପରେ ଆସି ବସିଗଲା। ସେ ଯନ୍ତ୍ରଣାକୁ ଗଳାରେ ଦବେଇ, ଜୟରାଜକୁ ନମସ୍କାର କରି ଭଲ–ମନ୍ଦ ପଚାରି କହିଲା, "ମୋତେ ବୋଧେ ଯାତ୍ରାର ଥକାପଣ ଅବା ନୂଆ ଜାଗାର କାରଣରୁ କାଲି ରାତିରେ ନିଦହେଲାନି।"

ଜୟରାଜ ପାଇଁ ସେଠାରେ ବସି ରହିବା ଅସମ୍ଭବ ହୋଇଗଲା। ସେ ଉଠି ଛିଡ଼ାହେଲା ଓ କିଛି ସମୟ ପରେ ଫେରିବା କଥା କହି ବଙ୍ଗଳା ରୁ ବାହାରି ଗଲା। ବିବ୍ରତ ହୋଇ ସେ ସଡ଼କରେ ବହୁତ ବାଟ ବୁଲିଲା। ଏହି ସଙ୍କଟରୁ ମୁକ୍ତି ପାଇବାର ଉପାୟ ଖୋଜିବାକୁ ଲାଗିଲା। ମୁକ୍ତିପାଇବା ପାଇଁ ତା' ମନ ସେମିତି ଛଟପଟ ହେଉଥିଲା ଯେମିତି ଚଢ଼େଇଯା ହାତରେ ଫସି ଯାଇଥିବା ଚଢ଼େଇ ଛାତିପିଟି ହୁଏ। ତାକୁ ଉପାୟ ମିଳିଲା। କ୍ଷିପ୍ର ଗତିରେ ପୋଷ୍ଟଅଫିସରେ ପହଞ୍ଚିଲା। ଗୋଟେ ତା'ର ସେ ସୋମକୁ ଦେଇଦେଲା, – "ଏବେ ବନାରସରୁ ଟେଲିଗ୍ରାମ ଆସିଲା ଯେ ରୋଗଶଯ୍ୟାରେ ପଡ଼ିଥିବା ମୋ ମାଆ ମୋତେ ଦେଖିବାକୁ ବ୍ୟାକୁଳ ହେଉଛନ୍ତି। ଏହି ସମୟରେ ବନାରସ ଯିବା ଅନିବାର୍ଯ୍ୟ। ଘରଭଡ଼ା ଛ'ମାସର ଅଗ୍ରୀମ ଦେଇଦେଇଛି। ଚାକର ଏଠି ହିଁ ରହିବ। ଯଦି ସମ୍ଭବ ତୁମେ ଆସି ପନ୍ତୁଙ୍କ ପାଖରେ ରୁହ।"

ଟେଲିଗ୍ରାମ କରିଦେଇ ସେ ବଙ୍ଗଳାକୁ ଫେରିଲା। ଇଶାରାରେ ଚାକରକୁ ଡାକିଲା। ଗୋଟେ ସୁଟକେଶରେ ଆବଶ୍ୟକୀୟ ଲୁଗାପଟା ନେଇ ସେ ଚାକରକୁ ବିଶ୍ୱାସ କରେଇଲା ଯେ ଦୁଇ ଦିନ ପାଇଁ ବାହାରକୁ ଯାଉଛି। ସୋମକୁ ଦେଇଥିବା ଟେଲିଗ୍ରାମର ନକଲ, ନିଜ ଯିବାପରେ ନୀତାକୁ ଦେଖେଇବାକୁ ଦେଲା ଆଉ ତାଗିଦ୍ କଲା – "ମାଆଙ୍କୁ ଯେମିତି କୌଣସି ଅସୁବିଧା ନ ହୁଏ।"

ବନାରସରେ ଜୟରାଜକୁ ରାଣୀକ୍ଷେତରୁ ସୋମ ଲେଖିଥିବା ଚିଠି ମିଳିଲା। ସୋମ୍ ବନ୍ଧୁଙ୍କ ମାତାଙ୍କ ସ୍ୱାସ୍ଥ୍ୟ ପାଇଁ ଚିନ୍ତା ପ୍ରକାଶ କରିଥିଲା ଏବଂ ଲେଖିଥିଲା ଯେ, "ହାଇକୋର୍ଟରେ ଛୁଟି ହୋଇଯାଇଛି। ସେ ରାଣୀକ୍ଷେତରେ ପହଞ୍ଚି ଯାଇଛି। ସେ ଓ ନୀତା ତା' ଫେରିବାକୁ ଉତ୍ସୁକତାର ସହ ଅପେକ୍ଷା କରିଛନ୍ତି।"

ଜୟରାଜ ଉତ୍ତରରେ ସୋମକୁ ଉତ୍ତରରେ ଧନ୍ୟବାଦ ଜଣାଇ ଲେଖିଲାଯେ, ସେ ଘର ଓ ଚାକରକୁ ନିଜର ଭାବି ନିଃସଙ୍କୋଚରେ ସେଠାରେ ରହୁ। ସେ ନିଜେ ଗୁଢ଼ାଏ କାରଣରୁ ଶୀଘ୍ର ଫେରିପାରିବନି। ସୋମ ବାରମ୍ବାର ଜୟରାଜକୁ ଚିଠି ଲେଖି ଡାକେ କିନ୍ତୁ ଜୟରାଜ ରାଣୀକ୍ଷେତ ଫେରିଲାନି। ଶେଷରେ ସୋମ୍ ଘର ଓ ଜିନିଷ ଚାକରକୁ ଜିମା ଦେଇ ନୀତା ସହ ଆହ୍ଲାବାଦ ଫେରିଗଲା। ଏହି ସମାଚାର ପାଇବା ପରେ ଜୟରାଜ ଚାକରକୁ ଜିନିଷ ସହ ବନାରସ ଡକେଇଆଣିଲା।

ଜୟରାଜର ଜୀବନରେ ଶୂନ୍ୟତାର ଅଭିଯୋଗର ସ୍ଥାନ ଏବେ ସୌନ୍ଦର୍ଯ୍ୟର ପ୍ରତାରଣା ପ୍ରତି ଗ୍ଲାନି ନେଇଗଲା। ଜୀବନର ଅସୁନ୍ଦରତା ଓ ବିଭତ୍ସତାର ଆତଙ୍କ ତା' ମନରେ ଭରିଗଲା। ନୀତାର ରୋଗାକ୍ରାନ୍ତ, ବୋଝ ସଦୃଶ ଘୃଣ୍ୟ ରୂପ ତା' ଆଖି ଆଗରୁ କେବେ ନ ଦୂରେଇବାର ଜିଦ୍ କରୁଥିଲା। ମସ୍ତିଷ୍କରେ ଭରି ରହିଥିବା ଗ୍ଲାନିରୁ ମୁକ୍ତି ପାଇବାର ଦୃଢ଼ ନିଶ୍ଚୟ କରି ସେ ସିଧା କଶ୍ମୀର ପହଞ୍ଚିଲା। ପୁଣି ଥରେ ବରଫାବୃତ ଶିଖର ଭିତରେ ପଦ୍ମ ଫୁଲରେ ଭରିଥିବା ନୀଳ ଡାଲ୍ ହ୍ରଦରେ ଡଙ୍ଗାରେ ବସି, ସେ ସୌନ୍ଦର୍ଯ୍ୟ ପ୍ରତି ପୁଣି ଅନୁରାଗ ସୃଷ୍ଟି କରିବାକୁ ଚାହିଁଲା। ପୁରୀ ଓ କେରଳରେ ସମୁଦ୍ର କୂଳକୁ ଯାଇ ସେ ଜହ୍ନଆଲୁଅରେ ଲୁଆର-ଭଙ୍ଗାର ଦୃଶ୍ୟ ଦେଖିଗଲା। ଜୀବନର ସଂଘର୍ଷରେ ବଞ୍ଚୁଥିବା ସହରଗୁଡ଼ିକରେ ସେ ନିଜକୁ ଭୁଲାଇଦେବାକୁ ଚାହିଁଲା, ହେଲେ ମସ୍ତିଷ୍କରେ ଭରିରହିଥିବା ନାରୀର ଅସୁନ୍ଦରତାର ଉଦ୍ଦେଶ୍ୟ ତା' ପିଛା ଛାଡ଼ିଲାନି। ସେ ବନାରସ ଫେରିଆସିଲା ଆଉ ନିଜ ଉପରେ କରିଥିବା ଅତ୍ୟାଚାରର ପ୍ରତିଶୋଧ ନେବାପାଇଁ ରଙ୍ଗ ଓ ତୁଲୀ ଧରି କାନଭାସ୍ ଆଗରେ ଯାଇ ଠିଆ ହୋଇଗଲା।

ଜୟରାଜ ଏକ ଚିତ୍ର ଆଙ୍କିଲା, ପଲଙ୍କ ଉପରେ ଶୋଇଥିବା ନୀତାର। ତା ପେଟ ଫୁଲିଯାଇଥିଲା, ଚେହେରାରେ ରୋଗର ଶେତାଲିଆ ରଙ୍ଗ, ଯନ୍ତ୍ରଣା କାତର ଆଖି, କଷ୍ଟରେ ଆର୍ତ୍ତନାଦ କରୁଥିବା ଖୋଲିହୋଇ ବଙ୍କା ହୋଇଯାଇଥିବା ଓଠ, ହାତ ପାଦ ପୀଡ଼ାରେ ଅବଶ।

ଜୟରାଜ ଏହି ଚିତ୍ର ସଂପୂର୍ଣ୍ଣ କରୁଥିଲା, ଠିକ୍ ଏଇ ସମୟରେ ସୋମର ଚିଠି ମିଳିଲା। ସୋମ୍ ନିଜ ପୁଅର ନାମକରଣର ତାରିଖ ଉଲ୍ଲେଖ କରି ବହୁତ ଅନୁରୋଧ କରିଥିଲାଯେ, ଏହି ଅବସରରେ ତାକୁ ଅବଶ୍ୟ ଯେମିତି ହେଉ ଆହ୍ଲାବାଦ ଆସିବାକୁ

ପଡ଼ିବ । ଜୟରାଜ ଚିଡ଼ଚିଡ଼ ହୋଇ, ଚିଠିକୁ ମୋଡ଼ି ଫିଙ୍ଗିଦେଲା, ପୁଣି ଉଚିତ ମନେକରି ସେ ଏକ ପୋଷ୍ଟକାର୍ଡ଼ରେ ଲେଖିଦେଲା, ଧନ୍ୟବାଦ, ଶୁଭକାମନା ଆଉ ବଧେଇ । ଆସିଥାନ୍ତି ନିଶ୍ଚୟ, କିନ୍ତୁ ଏ ସମୟରେ ମୋ ନିଜ ଦେହ ଭଲନାହିଁ । ଶିଶୁକୁ ଆଶୀର୍ବାଦ ।

ସୋମ ଏବଂ ନୀତାକୁ ନିଜ ସମ୍ମାନିତ ଓ କୃପାଳୁ ବନ୍ଧୁଙ୍କ ଚିଠି ଶନିବାର ଦିନ ମିଳିଲା । ରବିବାର ସେ ଦୁହେଁ ସକାଳର ଗାଡ଼ିରେ ବନାରସ ଜୟରାଜର ଘରେ ଯାଇ ପହଞ୍ଚିଲେ । ଚାକର ତାଙ୍କୁ ସିଧା ଜୟରାଜର ଚିତ୍ର ଆଙ୍କିବା ସ୍ଥାନକୁ ନେଇଗଲା । ସୋମ୍ ଓ ନୀତାର ଆଖି ସେହି ଚିତ୍ର ଉପରେ ପଡ଼ିଲା ଓ ସ୍ଥିରହୋଇଗଲା ।

ଜୟରାଜ ଅପରାଧବୋଧରେ ଲଜ୍ଜାରେ ସଢ଼ିଯାଉଥିଲା । ବହୁତ ସମୟ ଯାଏଁ ତାଙ୍କୁ ନିଜ ଅତିଥିଙ୍କ ଆଡ଼କୁ ଦେଖିବାର ସାହସ ହେଲାନି, ଆଉ ଯେତେବେଳେ ଦେଖିଲା, ସେତେବେଳେ ନୀତା କୋଳରେ ଖେଳୁଥିବା ପିଲାଟିକୁ ଗୋଟେ ହାତରେ କଷ୍ଟରେ ସମ୍ଭାଳି ଅନ୍ୟ ହାତରେ ଶାଡ଼ିର କାନିକୁ ଓଠରେ ରଖି ନିଜ ହସକୁ ଲୁଚେଇବାର ଚେଷ୍ଟା କରୁଥିଲା । ତା' ଆଖି ଗର୍ବ ଓ ହସରେ ତାରା ପରି ଚମକୁଥିଲା । ଲଜ୍ଜା ଓ ପୁଲକ ମିଶିଯାଇ ତା' ଚେହେରା ପାଟଳ ହେଉଥିଲା ।

ଜୟରାଜ ସାମ୍ନାରେ ଠିଆ ହୋଇଥିବା ନୀତା, ରାଣୀକ୍ଷେତରେ ନୀତାକୁ ଦେଖିବା ପୂର୍ବରୁ ତା' ସମ୍ବନ୍ଧରେ କୁହାଯାଇଥିବା କଳ୍ପନାଠାରୁ ଆଉରି ବେଶୀ ସୁନ୍ଦରୀ ଥିଲା । ଜୟରାଜର ମନକୁ ଏକ ଧକ୍କା ଲାଗିଲା, ଓଃ ! ଧୋକା ! ଆଉ ତା' ମନ ପୁଣି ଥରେ ବିଶ୍ଵାସଘାତକତାର ଗ୍ଲାନିରେ ଭରିଗଲା ।

ଜୟରାଜ ସେ ଚିତ୍ରକୁ ନଷ୍ଟ କରିଦେବା ଉଦ୍ଦେଶ୍ୟରେ ପାଖରେ ପଡ଼ିଥିବା ଏକ ଛୁରୀ ହାତରେ ଉଠେଇନେଲା । ସେ ସମୟରେ ନୀତାର ପୁଲକ ଭରା ଶବ୍ଦ ଶୁଭିଲା– "ଏହି ଚିତ୍ରର ଶୀର୍ଷକ ଆପଣ କ'ଣ ରଖିବେ ?"

ଜୟରାଜର ହାତ ଅଟକିଗଲା । ସେ ନୀତା ମୁହଁରେ ଗର୍ବ ଏବଂ ଅଭିମାନର ଭାବ ଦେଖି ସ୍ତବ୍ଧ ହୋଇ ଠିଆ ହୋଇଥିଲା । ଶିଳ୍ପୀକୁ ନିଜର ଏହି ସର୍ବୋତ୍କୃଷ୍ଟ ଚିତ୍ର ଲାଗି କୌଣସି ଶୀର୍ଷକ ଖୋଜି ପାରୁ ନ ଥିବାର ଦେଖି ନୀତା ନିଜ ଶିଶୁପୁତ୍ରକୁ ଅଭିମାନରେ ଆଗକୁ ବଢେଇ, ହସିଦେଇ ପ୍ରସ୍ତାବ ଦେଲା, –"ଏହି ଚିତ୍ରର ଶୀର୍ଷକ ରଖନ୍ତୁ' ସୃଜନର ପୀଡ଼ା ।"

ହୋଲି

ସୁଭଦ୍ରା କୁମାରୀ ଚୌହାନ

–'କାଲି ହୋଲି।'

–'ହେଇଥ୍ବ।

–'କ'ଣ ତୁମେ ପାଳନ କରିବନି କି?'

–'ନା।'

–'ନା?'

–'ନା।'

–'କାହିଁକି?'

–'କ'ଣ କହିବି, କାହିଁକି?'

–'କିଛି ତ ଶୁଣେ।'

–'ଶୁଣି କ'ଣ କରିବ?'

–'ଯାହା କରିହେବ।'

–'ତୁମ ଦ୍ୱାରା କିଛି ବି ହେବନି।'

–'ହେଲେ ବି।'

–'ହେଲେ ବି, କ'ଣ କହିବି!'

–"କ'ଣ ତୁମେ ଜାଣିନା, ହୋଲି ଅବା ଅନ୍ୟ ଯେକୌଣସି ପର୍ବ ସେ ହିଁ ପାଳିଥାଏ ଯିଏ ସୁଖୀ ଅଟେ। ଯାହା ଜୀବନରେ କୌଣସି ପ୍ରକାର ସୁଖ ହିଁ ନାହିଁ, ସେ ପର୍ବପର୍ବାଣି କୋଉ ଗର୍ବରେ ପାଳିବ!"

– “ତାହେଲେ କ’ଣ ତୁମ ସହ ହୋଲି ଖେଳିବାକୁ ଆସିବିନି ?”

– “କ’ଣ କରିବ ଆସିକି !”

ସକରୁଣ ଦୃଷ୍ଟିରେ କରୁଣା ଆଡ଼କୁ ଦେଖି ନରେଶ ସାଇକେଲ ଧରି ଘରକୁ ପଳେଇଲା । କରୁଣା ନିଜ ଘରେ କାମଧନ୍ଦାରେ ଲାଗିଗଲା ।

(ଦୁଇ)

ନରେଶ ଯିବାର ଅଧଘଣ୍ଟା ପରେ ହିଁ କରୁଣାର ସ୍ୱାମୀ ଜଗତପ୍ରସାଦ ଘରକୁ ପ୍ରବେଶ କଲେ । ତାଙ୍କର ଆଖି ଲାଲ୍ ଥିଲା । ମୁହଁରୁ ମଦର ତୀବ୍ର ଗନ୍ଧ ଆସୁଥିଲା । ଜଳୁଥିବା ସିଗାରେଟକୁ ଗୋଟେ ଆଡ଼କୁ ଫିଙ୍ଗିଦେଇ ସେ ଚେୟାର ଟାଣିଆଣି ବସିଗଲେ । ଭୀତତ୍ରସ୍ତା ହରିଣୀଟିଏ ପରି ସ୍ୱାମୀଙ୍କ ଆଡ଼କୁ ଦେଖି କରୁଣା ପଚାରିଲା– “ଦୁଇ ଦିନ ହେଲା ଘରକୁ ଆସି ନ ଥିଲ, କ’ଣ କିଛି ଦେହ ଖରାପ ଥିଲା ? ଯଦି ଆସି ନ ପାରିବ ତ ଖବର ପଠେଇଦେଉଥିବ । ମୁଁ ଅପେକ୍ଷା କରି ବସି ରହୁଛି ।”

ସେ କରୁଣାର କଥାକୁ କିଛି ବି ଧ୍ୟାନ ଦେଲେନି । ପକେଟରୁ ଟଙ୍କା ବାହାରକରି ଟେବୁଲ ଉପରେ କୁଢ଼େଇ ରଖୁରଖୁ କହିଲେ –“ପଣ୍ଡିତିଆଣୀ ପରି ସବୁଦିନ ପାଠପଢ଼ାଉଛ କି ଜୁଆ ଖେଳନି, ମଦ ପିଇନି, ଏଇଟା କରନି, ସେଇଟା କରନି । ଯଦି ମୁଁ ଜୁଆ ନ ଖେଳିଥାନ୍ତି, ତାହେଲେ ଆଜି ମୋତେ ଏକାବେଳକେ ଏତେ ଟଙ୍କା କେଉଁଠୁ ମିଳିଥାନ୍ତା । ଦେଖ, ପୂରା ପନ୍ଦରଶହ ଅଛି । ନିଅ ଯାକୁ ନେଇ ରଖ । ହେଲେ ମୋତେ ନ ପଚାରି ଏଥିରୁ ଟଙ୍କାଟେ ବି ଖର୍ଚ୍ଚ କରିବନି, ବୁଝିଲ ?”

କରୁଣା ଜୁଆରେ ଜିତିଥିବା ଟଙ୍କାକୁ ମାଟି ବୋଲି ଭାବୁଥିଲା । ଗରିବ ହୋଇ ଚଳିବାକୁ ସେ ରାଜିଥିଲା । ହେଲେ ଚରିତ୍ରହୀନ ହୋଇ ଧନୀ ହେବା ତା’ର ପସନ୍ଦ ନ ଥିଲା । ସେ ଜଗତପ୍ରସାଦକୁ ବହୁତ ଡରୁଥିଲା । ସେଥିପାଇଁ ନିଜ ସ୍ୱତନ୍ତ୍ର ମତକୁ ସେ କେବେ ପ୍ରକାଶ କରିପାରୁ ନ ଥିଲା । ତାକୁ ଏକଥାର ଅନୁଭବ ଅନେକଥର ହୋଇସାରିଥିଲା । ନିଜ ସ୍ୱତନ୍ତ୍ର ବିଚାର ପ୍ରକାଶ କରିବା ପାଇଁ ତାକୁ କେତେ ଅପମାନ, ଲାଞ୍ଛନା ଆଉ କେତେ ତିରସ୍କାର ସହିବାକୁ ପଡ଼ିଥିଲା । ଏହା ହିଁ କାରଣ ଥିଲା ଯେ, ସେ ଆଜି ବି ନିଜ ମତକୁ ନିଜ ଭିତରେ ଦବେଇ ରଖି ଚାପା ଗଳାରେ କହିଲା – “ଟଙ୍କାକୁ ନେଇ ତୁମେ ହିଁ ରଖି ଦେଉନ ? ମୋ ହାତରେ ଅଟା ଲାଗିଛି ।”କରୁଣାର ଏହି ପ୍ରତ୍ୟାଖ୍ୟାନରେ ଜଗତପ୍ରସାଦ କ୍ରୋଧରେ ଜଳିଉଠିଲେ ଓ ରୁକ୍ଷ ସ୍ୱରରେ କହିଲେ– “କ’ଣ କହିଲ ?”

କରୁଣା କିଛି କହିଲାନି । ତଳକୁ ମୁହଁ କରି ଅଟା ଦଳିବାକୁ ଲାଗିଲା । ତା’ର ଏହି ନୀରବତାରେ ଜଗତପ୍ରସାଦର ପାରା ଶହେ ଦଶ ଡିଗ୍ରୀରେ ପହଞ୍ଚି ଗଲା ।

କ୍ରୋଧର ଅତିଶୟ୍ୟରେ ସେ ଟଙ୍କାଗୁଡ଼ିକୁ ଉଠେଇନେଇ ପୁଣି ପକେଟରେ ରଖି ଦେଲେ- "ମୁଁ ତ ଏଇଟା ଜାଣିଥିଲି ଯେ ତୁମେ ଏଇୟା ହିଁ କରିବ । ମୁଁ ଭାବିଥିଲି ଏହି ଦୁଇ ତିନି ଦିନ ଭିତରେ ତୁମ ମଗଜ ବାଟକୁ ଆସିଯାଇଥିବ । ଓଲଟା-ସିଧା କଥା ଭୁଲିଯାଇଥିବ ଓ କିଛି ବୁଦ୍ଧି ଆସିଯାଇଥିବ । କିନ୍ତୁ ମୋ ଭାବିବା ବେକାର ଥିଲା । ତୁମକୁ ନିଜ ପାଣ୍ଡିତ୍ୟର ଗର୍ବ ଅଛି ତ ମୋର ବି କିଛି ଅଛି । ହେଉ, ଯାଉଛି ଏବେ । ରୁହ ଖୁସିରେ ।"

କହିଦେଇ ଜଗତପ୍ରସାଦ ଘରୁ ପଲେଇଯିବାକୁ ବାହାରିଲେ ।

ପଛରୁ ଦୌଡ଼ି ଆସି କରୁଣା ତାଙ୍କ କୋଟର ତଳକୁ ଧରିନେଲା ଏବଂ ଅନୁନୟ କରିବା ସ୍ୱରରେ କହିଲା –"ରୁଟି ତ ଖାଇକି ଯାଅ । ମୁଁ ଟଙ୍କା ରଖିଦେଉଛି । କାହିଁକି ରାଗୁଛ ?"

ଜୋରରେ ଛିଣ୍ଡାଡ଼ିହୋଇ ଜଗତପ୍ରସାଦ କୋଟକୁ ଛଡ଼େଇଆଣି ଚାଲିଗଲେ । ଧକ୍କା ଲାଗିବାରୁ କରୁଣା ପଥର ଉପରେ ପଡ଼ିଗଲା ଆଉ ତା' ମୁଣ୍ଡ ଫାଟିଗଲା । ରକ୍ତର ଧାର ବୋହିଚାଲିଲା, ଆଉ ଜାକେଟ୍ ଟା ପୁରା ଲାଲ୍ ହୋଇଗଲା ।

(ତିନି)

ସଂଧ୍ୟା ସମୟ ଥିଲା । ପାଖରେ ଆଗରେ ଥିବା ଭଗବତୀ ପ୍ରସାଦ ବାବୁଙ୍କର କୋଠିରୁ ସୁମଧୁର ସ୍ୱର ଭାସିଆସୁଥିଲା ।

–'ହୋଲି କୈସେ ମନାଉଁ ।'

–"ସୈୟାଁ ବିଦେଶ, ମୈଁ ଦ୍ୱାରେ ଖଡ଼ି, ହାଥ ମଲ ମଲ ପଛତାଉଁ ।"

ହୋଲିପ୍ରେମୀ ସବୁ ଭାଙ୍ଗ ନିଶାରେ ଚୁର ଥିଲେ । ଗାଉଥିବା ନର୍ତ୍ତକୀ ଉପରେ ଟଙ୍କାର ବର୍ଷା ହେଉଥିଲା । ଜଗତପ୍ରସାଦକୁ ନିଜ ବିଚାରୀ ସ୍ତ୍ରୀର କଥା ମନେ ବି ନଥିଲା । ଟଙ୍କା ବର୍ଷାଉଥିବା ଲୋକଙ୍କ ଭିତରେ ସେ ଏକ ନମ୍ବରରେ ଥିଲେ ।

ଏପଟେ କରୁଣା ଭୋକଶୋଷରେ ଛଟପଟ ହୋଇ ଖଟ ଉପରେ ଗଡ଼ୁଥିଲା ।

–"ଭାଉଜ, କବାଟ ଖୋଲ ।" କେହିଜଣେ ବାହାରୁ ଡାକିଲା । କରୁଣା ବହୁତ କଷ୍ଟରେ ଉଠି କବାଟ ଖୋଲିଦେଲା । ଦେଖେ ତ, ଆଗରେ ରଙ୍ଗ ପିଚକାରୀ ଧରି ନରେଶ ଠିଆ ହୋଇଥିଲା । ହାତରୁ ପିଚକାରୀ ଖସି ତଳେ ପଡ଼ିଗଲା । ସେ ହତଚକିତ ହୋଇ ପଚାରିଲା—

–"ଭାଉଜ, ସେ କ'ଣ ?"

କରୁଣାର ଆଖି ଛଳଛଳ ହୋଇଉଠିଲା । ସେ କୋହଭରା ସ୍ୱରରେ କହିଲା – "ଏଇଟା ହିଁ ତ ମୋ ହୋଲି, ଭାଇ ।"

▪▪

ପ୍ରତିଧ୍ୱନି
ସଚିଦାନନ୍ଦ ହୀରାନନ୍ଦ ବାସ୍ସାୟନ (ଅଜ୍ଞେୟ)

ଗାର୍ଜୀ ଘରଠାରୁ କିଛି ଦୂର ଯିବାପରେ ଯେଉଁ ସରୁ ସରୁ ସୁନ୍ଦର ବୃକ୍ଷରେ ସଜା ହୋଇଥିବା ଏକ ଛୋଟିଆ ଘାଟି ଥିଲା। ତା' ଉପରେ ଏକ ସୁନ୍ଦର ଶାଢ଼ି ପିନ୍ଧି ଯୁବତୀଟିଏ ଟ'ହଲୁ ଥିଲା।

ତା' ଚେହେରାରୁ ସେ ଟିକେ ଚିନ୍ତିତ ଥିବା ପରି ଲାଗୁଥିଲା। କିନ୍ତୁ ଚିନ୍ତାଟି ତା' ସୁନ୍ଦର ମୁଖମଣ୍ଡଳକୁ ଅସୁନ୍ଦର କରିଦେବା ପରି ଗୁରୁତର ନ ଥିଲା। କେବଳ ଗୋଟିଏ ହାଲକା ଅସ୍ପଷ୍ଟ ରେଖାଟେ ଥିଲା, ଯାହା କୌଣସି ଦର୍ଶକକୁ ସଂପୂର୍ଣ୍ଣ ରୂପେ ଆକର୍ଷିତ କରିନେଉଥିଲା ଏବଂ ସେ ପଚାରିବସୁଥିଲା ଏତେ ସୁନ୍ଦର ମୁଖମଣ୍ଡଳରେ ଏହା କ'ଣ? ସେ ବଗିଚର ମଝିରୁ ଘାଟିର ମୁଣ୍ଡ ପର୍ଯ୍ୟନ୍ତ ଏକ ସରୁ ଗଛ ଯାଏଁ ଚାଲୁଥିଲା। ସେ ଘାଟି ନୈସର୍ଗିକ ନ ଥିଲା, ମନୁଷ୍ୟର ପରିଶ୍ରମରୁ ସୃଷ୍ଟି ହୋଇଥିଲା ଏବଂ ଏହାର ଶେଷ ମୁଣ୍ଡରେ ତାହାକୁ ଠିକ୍ ରଖିବା ପାଇଁ ଇଟା ସବୁ ଖଞ୍ଜା ଯାଇଥିଲା। ଏହି ଇଟା ଗଦା ପର୍ଯ୍ୟନ୍ତ ଆସି ଯୁବତୀଟି ତଳ ଆଡ଼କୁ ଥରେ ଦୃଷ୍ଟି ପହଁରେଇ ଆଣୁଥିଲା ଏବଂ ପୁଣି ଫେରି ଯାଉଥିଲା। ତଳେ ଏକ ଛୋଟ ରାସ୍ତା–ଅବା ଗଲି ବି କୁହନ୍ତୁ, ଏ ପ୍ରକାର ସେହି ଘାଟିରେ ଥିବା ବଗିଚାର ପଛପଟ ଥିଲା। ଏବଂ

ଏପଟେ ସାଧାରଣ ମଳି ମୁଣ୍ଡିଆ ଲୋକ ରହୁଥିଲେ। ଯେଉଁମାନେ କେବେ ବି ସେ ଲୋକମାନଙ୍କ ସମକକ୍ଷ ହେବା କଥା ଚିନ୍ତା ବି କରିପାରୁ ନଥିଲେ, ଯେଉଁମାନେ ଗୀର୍ଜାର ସାମ୍ନା ପଟେ ରହୁଥିଲେ ଏବଂ ଯେଉଁଠାରେ ସେହି ଯୁବତୀର ନିଜର ଏକ ସ୍ଥାନ ଥିଲା।

ଯୁବତୀର ନାମ ଥିଲା ଅରୁଣା। ସେ ଖ୍ରୀଷ୍ଟିୟାନ ନ ଥିଲା। ସେ ନିଜ ଧର୍ମର କୈଫିୟତରେ ନିଜକୁ ହିନ୍ଦୁ ବି କହୁ ନଥିଲା। ତା' ବାପା ନିଜ ବାପାଙ୍କ ଠାରୁ ଯଥେଷ୍ଟ ଧନସମ୍ପତ୍ତି ପାଇଥିଲେ ଏବଂ ଏଥିପାଇଁ ଏହା ଶିଖ୍ୟ ନ ଥିଲେ ଯେ ଧନୀମାନଙ୍କର ଯୋଉ ଜୁଆ, ସଙ୍ଗା ତାହା ପ୍ରକୃତରେ ଗରିବମାନଙ୍କୁ ହିଁ ଖେଳିବା କଥା। ସେ ବର୍ତ୍ତମାନ ଜୁଆର ପ୍ରଖ୍ୟାତ ବେପାରୀ ଥିଲେ।

ଅରୁଣା ଖ୍ରୀଷ୍ଟିୟାନ ନ ଥିଲା, କିନ୍ତୁ ମନ୍ଦିର ବି ଯାଉ ନଥିଲା। କାରଣ ସେହି ବଡ଼ ସହରରେ କୌଣସି ସୁନ୍ଦର ମନ୍ଦିର ନଥିଲା। ଯେବେ ବି କେବେ ସେ ସମସ୍ୟାରେ ପଡ଼େ, ଅବା ତା' ମନ ନିଜର ନିତିଦିନିଆ ଜୀବନ ପ୍ରତି ବୀତସ୍ପୃହ ହୋଇଯାଏ, ସେତେବେଳେ ସେ ଗୀର୍ଜାଘରକୁ ଲାଗି ରହିଥିବା ଏହି ଛୋଟିଆ ବଗିଚାରେ ଆସି କିଛି ସମୟ ବୁଲାବୁଲି କରିବା ପରେ ଟିକେ ଶାନ୍ତି ଓ ସୁସ୍ଥ ହୋଇ ଫେରିଯାଏ।

ଅରୁଣା ଚାଲିଚାଲି ଆସି ଘାଟିର ଶେଷ ମୁଣ୍ଡରେ ପହଞ୍ଚୁ ପହଞ୍ଚୁ ଗୀର୍ଜା ଘରର ଘଣ୍ଟି ବାଜିଉଠିଲା। ଚମକି ପଡ଼ିଲା ଅରୁଣା, ପୁଣି ଟିକେ ରହିଗଲା ଏବଂ ଶୁଣିବାରେ ଲାଗିଲା। ପାଞ୍ଚଟି ଭିନ୍ନ ଭିନ୍ନ ସ୍ୱରର ଘଣ୍ଟି ଥିଲା। ଯାହାର ଏକ ସ୍ୱତନ୍ତ୍ର ଶୈଳୀରେ ଆବୃତ୍ତି ହେଉଥିଲା – ଟିନ୍-ଟିନ୍-ଟେନ୍-ଟନ୍-ଟନ୍!

ଅରୁଣା ଆସ୍ତେକରି କହିଲା, କ'ଣ ଆଜି ରବିବାର କି? ପୁଣି ସେହି ଘଣ୍ଟିର ସ୍ୱରରେ ଯେମିତି ତା'ର ହୋଶ୍ ରହିଲାନି। ସେ ଜଡ଼ିତ, ସ୍ତବ୍ଧ, ତନ୍ମୟ ହୋଇ ସେ ସ୍ୱରକୁ ଶୁଣିବାକୁ ଲାଗିଲା। ସ୍ଥୁଲ ନିରାକାର ହୋଇ ବାତାବରଣକୁ ଚିରି ଯାଉଥିବା ପକ୍ଷଯୁକ୍ତ ତୀରରେ ବସି ଉନ୍ମୁକ୍ତ ହୋଇ ଉଡ଼ିବାକୁ ଲାଗିଲା। ସେ ଗଲା, ... ତା' ଆଖି ଯାଇଥିବା ଗଲି ଆଡ଼େ ଲାଗି ରହିଥିଲା, କିନ୍ତୁ ଯେଉଁ ଅନୁଭୂତିରେ ସେ ସେଠାକୁ ଯାଉଥିଲା, ଯେଉଁ ଅନୁଭବ ତାକୁ ଭସାଇ ନେଇଯାଉଥିଲା, ତା' ଗତିର ପରିଣାମ କେଉଁଠି?

ଅରୁଣା ମୁହଁରେ ସେ ବିସ୍ମୃତି ଭାବ କଟିଗଲା। ଆକାଶଠାରୁ, କଠୋର ଭୂମି ଉପରକୁ ଆସି ସେ ଦେଖିଲା, ତଳେ ଗଲିରେ ଏକ କଂସାରୀ ନିଜର ଆଙ୍ଗ ଲଗାଇ ଗୋଟିଏ ହାତରେ ପଙ୍ଖାକୁ ବୁଲାଉଥିଲା ଓ ଅନ୍ୟ ହାତରେ ଡେକଚିଟିକୁ ନିଆଁରେ ବୁଲେଇବାରେ ଲାଗିଥିଲା। ନିଆଁର ନାଲି ରଙ୍ଗ ଚମକରେ ତା' ଚେହେରା ଏକ

ଅମାନୁଷିକ ରଙ୍ଗରେ ରଙ୍ଗୀନ ଦେଖାଯାଉଥିଲା ଏବଂ ଯେଉଁ ଉସ୍ସାହମୟ ଏକାଗ୍ରତାରେ ସେ ଡେକଚିଟିକୁ ବୁଲେଇବାରେ ଲାଗିଥିଲା, ତାହା ବି ଅରୁଣାକୁ ଅମାନୁଷିକ ମନେହେଲା। କାରଣ କୌଣସି ମଣିଷ କ'ଣ କେବେ ଏତେ ଅନ୍ଧ, ଏତେ ବଧିର, ଏତେ ସମ୍ବେଦନହୀନ ହୋଇପାରିବ ଯେ, ସେ ସେହିପରି ଏକ ସୁନ୍ଦର ସଂଙ୍ଗୀତର ପଣତ ଛାୟାରେ ବସି ମଧ୍ୟ ଆଖ ଓ ବାସନ ଭିତରେ ଏତେ ଲୀନ ହୋଇଯିବ – ସେହି ଦିବ୍ୟ ଉପହାରର ଉପେକ୍ଷା କରାଯାଇପାରିବ।

ଅରୁଣାକୁ ବହୁତ ଖରାପ ଲାଗିଲା। ଏପରିକି ସେ ଇଚ୍ଛା କରି ମଧ୍ୟ ସେହି ବାତାବରଣକୁ ଆଉ ଫେରିପାରିଲାନି। ଯେଉଁଠି ସେ କିଛି କ୍ଷଣ ପୂର୍ବରୁ ଥିଲା, ଯଦିଓ ଘଣ୍ଟି ଏଯାଏଁ ବାଜୁଥିଲା। ସେତିକିବେଳେ ସେ ବ୍ୟସ୍ତ ହୋଇ ଡାକିଲା – କଂସାରୀ କଂସାରୀ, ଯାହା ହେଉ କଂସାରୀଟି ଶୁଣିପାରିଲା। ମୁଣ୍ଡ ଉଠେଇ ଦେଖିଲା, ବଡ଼ ମନଧ୍ୟାନ ଦେଇ, ଆଖରୁ କିଛି କୋଇଲା ଘୁଞ୍ଚେଇ ଦେଇ କଂସାଟିକୁ ସେଇଠି ରଖିଲା, ପଙ୍ଖା ବନ୍ଦ କଲା ପୁଣି ଉଠି ଧୀରେଧୀରେ ଘାଟି ପାଖକୁ ଆସି କହିଲା, "କୁହନ୍ତୁ ବିବି ଜୀ, କିଛି କାମ ଅଛି ?"

ଅରୁଣା କହିଲା, "ନାଁ, କାମ ତ କିଛି ନାହିଁ, ହେଲେ ତୁମେ ଏମିତି କି କାମରେ ଲାଗିଛ ? ଏଇ ଯୋଉ ଗୀର୍ଜାର ଘଣ୍ଟି, କ'ଣ ତୁମେ ଶୁଣିପାରୁନ ?"

ଯେମିତି କଂସାରୀ କହିଲା – "କି ଘଣ୍ଟି ?" – ଏବଂ ରହିଗଲା, ସେଥିରୁ ଅରୁଣା ଉଭର ପାଇଗଲା। ସେ ପୁଣି ପଚାରିଲା – ତୁମ ପାଖରେ ଏତେ ସୁନ୍ଦର ଓ ମିଠା ସ୍ୱର ଭାସିଯାଉଛି, ଆଉ ତୁମକୁ ତା'ର ଖବର ନାହିଁ! ଆଉ ତୁମେ ନିଜ କଂସା ଓ ପଙ୍ଖାରେ ବ୍ୟସ୍ତ ଅଛ। ମାନୁଛି, ପେଟ ଚିନ୍ତା ବି କରିବାକୁ ହୁଏ, କିନ୍ତୁ ସେଥିରେ କ'ଣ କେହି ଏତେ ହଜିଯାଏ ଯେ ଦୁନିଆଁ ପାଇଁ ମୃତ ହୋଇଯିବ।"

କଂସାରୀ ଟିକେ ଆଶ୍ଚର୍ଯ୍ୟ ହୋଇ କହିଲା – "କ'ଣ" ? ଅରୁଣା ଟିକେ ଅଧିକାର ଜାହିର କରିବା ସ୍ୱରରେ କହିଲା "ଏଇଠି ଛିଡ଼ା ହୋଇ ପ୍ରଥମେ ଟିକେ ଶୁଣ ତ ଏହି ଘଣ୍ଟି ଗୁଡ଼ିକର ଶବ୍ଦ! ଏମାନେ କ'ଣ ତୁମକୁ କିଛି କୁହନ୍ତିନି ?"

କଂସାରୀ ଟିକେ ସଙ୍କୁଚିତ ହୋଇଯାଇ ଶୁଣିବାକୁ ଲାଗିଲା। ତା'ର ଏହି ମୁଦ୍ରା ସତେ ଅବା ଏଇଆ ଦେଖେଇବାର ପ୍ରୟାସ କରୁଥିଲା ଯେ– "ମୁଁ ଶୁଣୁଛି, ଯଦିଓ ଏହା ଏକଦମ୍ ବେକାର କଥା ସମୟର ଅପଚୟ, କିନ୍ତୁ ମୁଁ ଶୁଣୁଛି।" ଏବଂ ଅରୁଣା ତା' ଆଡ଼କୁ ଦେଖିବାକୁ ଲାଗିଲା।

ଧୀରେ ଧୀରେ କଂସାରୀଟିର ଶରୀରର କଠିନ ମାଂସପେଶୀ କୋମଳ ହେବାରେ ଲାଗିଲା। ବାଧକରି କରାଯାଇଥିବା ଧାନର ଭାବ, ଧୀରେଧୀରେ ତା'ଠାରୁ ଲୋପ

ପାଇବାକୁ ଲାଗିଲା ଏବଂ ସହଜ ଭାବ ଓ ଆକର୍ଷକ ଧ୍ୱାନ ଆସିବାକୁ ଲାଗିଲା। ସତେକି କାନ ଜାଣି ନେଲା ଯେ, ଏଇ କାମଟି କେବଳ ଆମର ଅଟେ ଏବଂ ବାକି ସାରା ଶରୀରକୁ ଛୁଟି ଦେଇଦେଲା। ଯେମିତି ସେ ଆରାମ କରିପାରିବ ଏବଂ ସେହି ଦୌବୀ ଦାନକୁ ଗ୍ରହଣ କରିବ, ଭୋଗିବ ବି, ଯାହା କାନ ଦ୍ୱାରା ତାକୁ ପ୍ରାପ୍ତ ହେଉଛି।

... ଏବଂ ଅରୁଣା ତା'ଆଡ଼କୁ ଦେଖିବାକୁ ଲାଗିଲା।

କଂସାରୀଟି ସତେ ଅବା ସଙ୍ଗୀତରେ ହଜିଯାଉଥିଲା। ସଙ୍ଗୀତ ଯେପରି ତା' ଭିତରେ ମିଶିଯାଇ, ତା'ର ଅତି ଆପଣାର ହୋଇ ମୁହଁ ଦେଇ ଝଲସି ଉଠୁଥିଲା ଏବଂ ସଙ୍ଗୀତମୟ ହୋଇଉଠୁଥିଲା ତା'ର ସମଗ୍ର ମୁଖମଣ୍ଡଳ।

କିଛି ସମୟ ପରେ ଯେତେବେଳେ ଘଣ୍ଟି ବାଜିବା, ଏକଦମ୍ ବନ୍ଦ ହୋଇଗଲା, ତଥାପି କଂସାରୀଟି ଚମକିଲା ନାହିଁ, ସ୍ୱପ୍ନାବିଷ୍ଟ ହୋଇ, ସେହି ପ୍ରକାର ମୁହଁ ଉଠେଇ ସେହି ମୁଖମଣ୍ଡଳରେ ସଙ୍ଗୀତର ଜ୍ୟୋତିର୍ମୟ ଛାୟା ନେଇ...ଆସ୍ତେ ଆସ୍ତେ ସେଠାରୁ ଚାଲିଆସି ନିଜ ଶାଳ ଆଡ଼କୁ ବଢ଼ିବାକୁ ଲାଗିଲା। ଅରୁଣା ସହ ସେ କଥାବାର୍ତ୍ତା କଲା ନାହିଁ, ତା'ଠାରୁ ଅନୁମତି ମାଗିଲାନି, ଉକ୍ତ ବରଦାନ ପାଇଁ ତାକୁ ଧନ୍ୟବାଦ ମଧ ଦେଲାନାହିଁ। କିନ୍ତୁ ଏସବୁ ପାଇଁ ଏତେ ଟିକେ ବି ଦୁଃଖ ହେଲାନି ଅରୁଣାକୁ, ସେ ସନ୍ତୋଷର ସହ ତାକୁ ଚାହିଁ ରହିଲା। ତା' ନିଜ ମୁହଁରେ ଯେଉଁ ଚିନ୍ତା ରେଖା ଥିଲା ତା' ସ୍ଥାନ ନେଇଥିଲା ଏକ ସନ୍ତୋଷମୟ ଆନନ୍ଦ। କାରଣ କୌଣସି ଅନ୍ୟ ବ୍ୟକ୍ତିର ଆମ୍ଭାକୁ ସଚେତନ କରିବା ସେଥିରେ କଳାକୁ ଗ୍ରହଣ କରିବାର ଶକ୍ତିକୁ ଜାଗ୍ରତ କରିବା... କେତେ ଗୌରବ କଥା ନୁହଁ ସତେ !

ଅରୁଣା ପୁନର୍ବାର ତାକୁ ଦେଖିବାକୁ ଲାଗିଲା। ଯେତେବେଳେ କଂସାରୀଟି ନିଜ ଯାଗାରେ ଯାଇ ବସିଗଲା, ଗୋଟିଏ ହାତରେ ବିଣ୍ଡଣା ଓ ଅନ୍ୟ ହାତରେ ଚିମୁଟା, ସେତେବେଳେ ବି ତା' ମୁହଁରେ ସେହି ଅଲୌକିକ ଭାବ ଥିଲା, ହେଲେ ଯେତେବେଳେ ବି ଚିମୁଟା ଡେକ୍‌ଟି ସହ ବାଜିଲା, ସେ ବିଣ୍ଡଣା ଓ ଚିମୁଟାକୁ ଚମକିପଡ଼ି ଏମିତି ଛାଡ଼ିଦେଲା ଯେପରି ସାପଟେ ଧରି ନେଇଛି ଏବଂ ପୁଣି ତା' ଆଡ଼କୁ ନ ଦେଖିବା ପରି ଚାହିଁ ରହିଲା।

ଅରୁଣା ହସିଲା। ସେ ଜାଣିପାରିଲା ଯେ ଏବେ ଏହି ବ୍ୟକ୍ତି ଜଣକ ସବୁଦିନ ପାଇଁ ନିଜ ବାତାବରଣ ଏବଂ ସଂସାର ପ୍ରତି ଅସନ୍ତୁଷ୍ଟ, ଏବେ ଏହାର ଆମ୍ଭା ଜାଗିଉଠିଛି ଏବଂ ସର୍ବଦା ଜାଗ୍ରତ ରହିବ, ସଦା ଅତୃପ୍ତ ରହିବ....। ବର୍ତ୍ତମାନ ସେ ଏକ ପ୍ରଜ୍ଞାଦୀପ୍ତ ଆମ୍ଭା ଅଟେ, କଳାକାରର ଆମ୍ଭା ଅଟେ। ଅରୁଣା ଏକ କାଗଜ ଉପରେ ନିଜର ନାମ ଏବଂ ଠିକଣା ଲେଖିଲା ଏବଂ ମେଲି ଦେଇ ଘାଟି ଉପରୁ ତଳକୁ ଖସେଇ ପକାଇଲା।

ସେ ଫେରିଲା, ସେତେବେଲେ ତା' ହୃଦୟରେ ଆନନ୍ଦ ଏବଂ ଅଭିମାନ ଥିଲା। ସେ ଆମ୍ଭକୁ ମୁଁ ଜାଗ୍ରତ କରେଇଛି – ତା' ହୃଦୟରେ ଯେଉଁ ବୀଣାର ତାର ଝଙ୍କୃତ ହୋଇଛି ତା'କୁ ମୁଁ ହିଁ ସ୍ପର୍ଶ କରିଥିଲି... 'ମୁଁ'।

॥ ୭ ॥

ଗୋଟିଏ ଗୋଟିଏ ସିଡ଼ି ଉପରେ...

ଗୋଟିଏ ଗୋଟିଏ ସିଡ଼ି ତଲେ...

ଚିମୁଟା ଏବଂ ଡେକ୍‌ଟି ଯାଏ ଜୁଆ ବ୍ୟବସାୟ ବଢ଼ିଚାଲେ, ସ୍ତ୍ରୀ ଉପାସରେ ମରିଯାଏ, ପଇସାର ଆବଶ୍ୟକତା ପଡ଼େ, ସାରଙ୍ଗୀ ଆସେ, ଧନ ଯାଏ, ପ୍ରସିଦ୍ଧି ବଢ଼େ, ବଦନାମି ବି ହୁଏ, କଳା ଆସେ, କଳାଯାଏ।

ପାହାଚ ପରେ ପାହାଚ ଉପରେ...

ପାହାଚ ପରେ ପାହାଚ ତଲେ... ଏବଂ ଘଣ୍ଟି ବାଜି ଚାଲେ।

କୋଡ଼ିଏ ବର୍ଷ....

ସଂଧ୍ୟା ପ୍ରାର୍ଥନା ହୋଇସାରିଥିଲା। ଗୀର୍ଜା ବାହାରେ ଘାଟି ଉପରେ, ସୁନ୍ଦର ସୁଟ୍ ପିନ୍ଧି ଏବଂ ହାତରେ ଭାଓଲିନ୍ ଧରି ଏକ ପ୍ରୌଢ଼ ବ୍ୟକ୍ତି, କିନ୍ତୁ ଦେଖ଼ିବାକୁ ଆକର୍ଷଣୀୟ, ଚହଲୁ ଥିଲା। ତା' ମନ ଆଉ କେଉଁଠି ଥିଲା କିନ୍ତୁ କେବେ-କେବେ ତା' ଅଙ୍ଗୁଲି ଭାଓଲିନ ତୀରରେ ଝଙ୍କାର ତୋଳୁଥିଲା, ସେତେବେଲେ ଏକ ଗମ୍ଭୀର ସ୍ୱରର ଝଙ୍କାରରେ ସତେ ଅବା ଗଛ ବି କମ୍ପିଯାଉଥିଲା। ଯେଉଁ ଲୋକମାନେ ପ୍ରାର୍ଥନା କରିବାକୁ ଆସିଥିଲେ, ସେମାନେ ଜଣେ ଜଣେ କରି ଯାଉଥିଲେ। ଯେତେବେଲେ ସମସ୍ତେ ଚାଲିଗଲେ, ସେତେବେଲେ ସେ ବ୍ୟକ୍ତି ଜଣକ ଭାଓଲିନ୍‌କୁ ଖୁବ୍ ଭଲଭାବରେ ଥୋଡ଼ିରେ ଚାପି ଧରିଲା, ତୀରଟିକୁ ଉଠେଇଲା ଏବଂ କ୍ଷଣଟେ କିଛି ଚିନ୍ତା କରି ବଜାଇବାକୁ ଲାଗିଲା....

ବିଜୁଲି ଚମକିଲା।

କୋଇଲି ଗାଇ ଉଠିଲା। ବିରହିଣୀ ମାନେ ଯେପରି ଝୁରିବାକୁ ଲାଗିଲେ। ପାହାଡ଼ୀ ଝରଣା ସତେକି ହସି ହସି ଉଛୁଳି ଉଠି ବହିଯିବାକୁ ଲାଗିଲେ। ଫୁଲ ଫୁଟି ଉଠିଲେ ଏବଂ ହସିଲା ଏବଂ କଢ଼ିଙ୍କ ମେଳରେ ଲୁଚିଗଲେ। ଚାରିଆଡ଼େ ପ୍ରକାଶର ଲହରୀ ଖେଳିବୁଲିଲା... ଏବଂ ସଙ୍ଗୀତକାର ଭାଓଲିନ୍ ବଜାଇ ବଜାଇ ବୁଲିବାରେ ଲାଗିଲେ।

ହଠାତ୍ ଘାଟିର ଗୋଟିଏ ମୁଣ୍ଡରେ ଆସି ସେ ଅଟକି ଗଲା। ତଲେ ଭିଡ଼

ଜମିଯାଇଥିଲା । ସେମାନେ ଶୁଣୁଥିଲେ, ଆନନ୍ଦିତ ହେଉଥିଲେ । ଚାରିଆଡ଼େ ଶୂନ୍‌ଶାନ ଥିଲା ଏବଂ ଭାଓଲିନ୍‌ ବାଜି ଚାଲିଥିଲା....

ଖୁଟ୍‌ – ଖୁଟ୍‌ – ଖୁଟ୍‌

ଗଳି ପଟୁ ଜଣେ ବୁଢ଼ାଲୋକ ବାଡ଼ି ଖଣ୍ଡେ ଧରି ଆଗେଇ ଆସୁଥିଲା । ତା' ମୁଣ୍ଡ ନଇଁ ଯାଇଥିଲା ସାରା ମୁହଁରେ କୁଞ୍ଚିତ ରେଖା ଏବଂ ସେ ଗଳିଟିକୁ ଖୁବ୍‌ ଶୀଘ୍ର ପାରିକରିବାକୁ ଚେଷ୍ଟାକରି ଧୀରେ ଧୀରେ ଚାଲିବାରେ ଲାଗିଥିଲା ।

ସଙ୍ଗୀତକାରକୁ ଭଲଲାଗିଲା ନାହିଁ । ସେହି ବୁଢ଼ାଆଡ଼କୁ ସେ ଦେଖିବାକୁ ଲାଗିଲା ଯିଏ ତା' ସଙ୍ଗୀତ ପ୍ରତି ଧ୍ୟାନ ଦେଇ ନଥିଲା । ତନ୍ମୟ ହେବା ତ ଦୂରର କଥା ଜମା କାନରେ ପୁରାଇ ନଥିଲା ।

ବୁଢ଼ାଟିର ଚାରିପଟୁ ଭିଡ଼ ଧୀରେ ଧୀରେ ଘେରିବାକୁ ଲାଗିଲେ । ଆଗକୁ ବଢ଼ିବା ଅସମ୍ଭବ ଦେଖି ବୁଢ଼ାଟି ଲାଠି ଉଠେଇ ଠିଆ ହୋଇଗଲା । ସତେ କି କହୁଛି – "ଯାଅ, ପ୍ରଥମେ ତୁମେମାନେ ହିଁ ଚାଲିଯାଅ । ତୁମେ ଅଟକି ଗଲେ, ଦୁନିଆଁର କାମ ଅଟକିଯିବ । ହେଲେ ମୁଁ ଏବଂ ଦୁନିଆଁ ଭିନ୍ନ ଭିନ୍ନ ଅଟୁ । ମୋର କିଛି ଅସୁବିଧା ନାହିଁ.... ।

କିଛି ସମୟ ପରେ ଭିଡ଼ କମିଗଲା – ରାସ୍ତାଟି ଶୂନଶାନ ହେବାକୁ ଲାଗିଲା । ସେତେବେଲେ ପୁଣି ବୁଢ଼ୀ ଆଗକୁ ବଢ଼ିଲା...

ଖଟ୍‌ – ଖଟ୍‌ – ଖଟ୍‌

ସଙ୍ଗୀତକାର ନିଜ ତାସଲ୍ୟ ସ୍ୱରରେ ଟିକେ ବିନୟ ଭାବ ଆଣିବାର ଚେଷ୍ଟା କରି କହିଲା – ବୁଢ଼ୀ, ତୁମକୁ ସଙ୍ଗୀତ ଭଲ ଲାଗେ ନି ?"

ବୁଢ଼ୀ ଟିକେ ପାଖକୁ ଆସି, ଅଟକି ଯାଇ, ମୁଣ୍ଡ ଟେକି ତା' ଆଡ଼କୁ ଏମିତି ଦେଖିଲା, ଲାଗିଲା ଯେମିତି କହିବାକୁ ଚାହୁଁଛି –

– "କ'ଣ କହୁଛ ତୁମେ ?"

ଚେହେରା ଦେଖି ବ୍ୟକ୍ତିଟି ଜାଣିଲା, ସେ ଏତେ ବୟସ୍କା ନଥିଲା – ଅସମୟରେ ହିଁ ମୁହଁରେ ଭାଙ୍ଗ ପଡ଼ିଯାଇଥିଲା, ଯାହା ଦିନେ ବହୁତ ସୁନ୍ଦର ହୋଇଥିବ....

ସେ ତା' ଆଡ଼କୁ ଦେଖି ଚାଲିଥିଲା । ଏକଥା ଲକ୍ଷ୍ୟ କରି ସେ ପଚାରିଲା, 'କ'ଣ ବୁଢ଼ୀ, ସଙ୍ଗୀତ ତୁମକୁ ଭଲ ଲାଗେନି ।" ବୁଢ଼ୀଟି ତଥାପି କିଛି କହିଲାନି । ମନଧ୍ୟାନ ଦେଇ ଏକ ଲୟରେ ତା' ଆଡ଼କୁ ଦେଖି ଚାଲିଥିଲା ଆଉ ଖାଲି ଦେଖି ଚାଲିଥିଲା । ଏକଥା ଜାଣିପାରି, ଟିକେ ଦବିଲା ସ୍ୱରରେ ସେ ପୁଣି କହିଲା –

"କ'ଣ" –

ବୁଢ଼ୀଟି ଗୋଟିଏ ଶବ୍ଦ କହିଲା, କିନ୍ତୁ ସେ ଶବ୍ଦରେ ଥିଲା ବିସ୍ମୟ, ଥିଲା ବେଦନା, ସେଥିରେ ଥିଲା ଅଭିମାନ ପରି କିଛି, ଯାହା ନିଦ୍ରାରୁ ନୁହେଁ.... ମୃତ୍ୟୁ ଶଯ୍ୟାରୁ ଉଠିବାର ଚେଷ୍ଟା କରୁଥିଲା –

"କଂସାରୀ" !

ସଙ୍ଗୀତକାରଟିର ଉତ୍କଣ୍ଠିତ କାନ ଏହି ଡାକରୁ ତାହା ଜାଣିନେଲା, ଯେଉଁ କଥା ଆଖ୍ ଜାଣିପାରିନଥିଲା ଏବଂ ସେ ବି କହିଉଠିଲା –

"ଅରୁଣା" !

କିଛି, ସମୟ ପରେ କିଛି ଅଧିକ ଅନିଶ୍ଚିତତାରେ ସଙ୍କୁଚିତ ହୋଇ ବହୁତ ଧୀର ସ୍ୱରରେ ସେ ପୁଣି କହିଲା – "ଅରୁଣା !"

ସବୁଠୁଁ ସୁନ୍ଦରୀ ଝିଅ
ବିଷ୍ଣୁ ପ୍ରଭାକର

ସମୁଦ୍ର କୂଳରେ ଗାଁ ଟିଏ । ସେଠି କଳାକାରଟିଏ ରହୁଥାଏ । ସେ ଦିନସାରା ସମୁଦ୍ରର ଲହରୀ ସହ ଖେଳୁଥାଏ, ଜାଲ ପକାଏ ଓ ଶାମୁକା ସଂଗ୍ରହ କରେ । ରଙ୍ଗ ବିରଙ୍ଗର କଉଡ଼ି, ବିଭିନ୍ନ ଆକୃତିର ସୁନ୍ଦର ସୁନ୍ଦର ଶଙ୍ଖ, ଚିତ୍ରବିଚିତ୍ର ପଥର... ଏମିତି କେଜାଣି କେତେ କ'ଣ ସବୁ ସମୁଦ୍ର ତା' ଜାଲରେ ଭରିଦିଏ । ସେଗୁଡ଼ିକରୁ ସେ ବିଭିନ୍ନ ପ୍ରକାରର ଖେଳନା, ବିଭିନ୍ନ ପ୍ରକାରର ବେକରେ ପିନ୍ଧିବା ପାଇଁ ହାର ଇତ୍ୟାଦି ତିଆରି କରେ ଓ ପାଖରେ ଥିବା ସହରରେ ବିକ୍ରି କରିଆସେ ।

ତାର ହର୍ଷ ନାମରେ ପୁଅଟିଏ ଥିଲା । ବୟସ ତାକୁ ୧୧ ବି ଛୁଇଁନି, ତଥାପି ସମୁଦ୍ର ଲହରୀରେ ଏମିତି ଖେଳୁଥାଏ, ସତେ ଅବା ବତକଟିଏ ପୋଖରୀରେ ।

ଥରେ କଳାକାରର ସଂପର୍କୀୟ ବନ୍ଧୁ ଜଣେ କିଛି ଦିନ ଛୁଟି କାଟିବାକୁ ତାଙ୍କ ଘରକୁ ଆସିଲେ । ସାଙ୍ଗରେ ତାଙ୍କର ଝିଅ ମଞ୍ଜରୀ । ବୟସ ପାଖାପାଖ ନଅ କି ଦଶ ବର୍ଷ ହେବ । ଦେଖିବାକୁ କଶେଇ ଟିଏ ପରି ସୁନ୍ଦର । ହର୍ଷ ତା' ହାତ ଧରି ବଡ଼ ଗର୍ବର ସହ ଲହରୀ ପାଖକୁ ନେଇଯାଏ । ଦିନେ ମଞ୍ଜରୀ ଚିକ୍ରାର କରି କହିଲା– "ତୁମକୁ ଡର ଲାଗେ ନାହିଁ !" ହର୍ଷ ଉତ୍ତର ଦେଲା –"ଭୟ କାହିଁକି ଲାଗିବ ? ଢେଉମାନେ ତ ଆମ ସହ ଖେଳିବାକୁ ଆସନ୍ତି !" ଠିକ୍ ଏଇ ସମୟରେ ଏକ ବହୁତ ବଡ଼ ଲହଡ଼ି ମାଡ଼ି ଆସିଲା, ସତେ ଅବା

ଗିଳିପକେଇବ ! ମଞ୍ଜରୀ ଭୟରେ ଚିତ୍କାର କରି ଉଠିଲା, କିନ୍ତୁ ହର୍ଷ ସେଇ ଲହରୀରେ ବସି କୂଳଯାଏ ଚାଲି ଆସିଲା ।

ମଞ୍ଜରୀ ଭୟ କରୁଥିଲା, କିନ୍ତୁ ତା' ମନରେ ବି ଇଚ୍ଛାଟିଏ ଥିଲା ଯେ ସେ ବି ସମୁଦ୍ରର ଲହରୀ ସହ ପହଁରି ପାରନ୍ତା ! ସେ ଯେତେବେଳେ ଅନ୍ୟ ଝିଅ ମାନଙ୍କୁ ଏମିତି କରିବାର ଦେଖେ, ତ ତା' ମନର ଇଚ୍ଛା ଆଉରି ବଢ଼ି ଯାଏ । ବିଶେଷ କରି କନକକୁ ଦେଖ, ଯିଏ ହର୍ଷର ହାତରେ ହାତ ରଖି ବଡ଼ବଡ଼ ଲହରୀ ସହ ଦୂରକୁ ଚାଲିଯାଏ । ସେ ବିଚାରୀ ବହୁତ ଗରିବ ଥିଲା । ତା' ବାପା ଡଙ୍ଗା ନେଇ ସମୁଦ୍ରକୁ ଯାଇଥିଲେ, ହେଲେ ଆଉ ଫେରି ନ ଥିଲେ । ସମୁଦ୍ରରେ ବୁଡ଼ିଯାଇଥିଲେ । ସେବେଠୁ ତା' ମାଆ ମାଛ ଧରି ବହୁତ କଷ୍ଟରେ ଦୁଇ ପିଲାଙ୍କୁ ପାଳନ୍ତି । କନକ ଛୋଟ ଛୋଟ ଶଙ୍ଖର ମାଳି ତିଆରି କରି ବିକ୍ରିରେ । ମଞ୍ଜରୀକୁ ଏହି ଚିରାଫଟା ଫ୍ରକ ପିନ୍ଧା କାଳୀଝିଅଟି ଜମା ଭଲଲାଗୁ ନ ଥିଲା ।

ଦିନେ ହର୍ଷ ଦେଖିଲା କି ତା' ବାପା ଏକ ସୁନ୍ଦର ଖେଳନା ତିଆରି କରିବାରେ ବ୍ୟସ୍ତ ଅଛନ୍ତି । ତାହା ଏକ ଚଢେଇ ଥିଲା, ଯାହା ରଙ୍ଗବିରଙ୍ଗ ଶାମୁକାରେ ତିଆରି କରାଯାଉଥିଲା । ସେ ବହୁତ ସମୟ ଧରି ଦେଖିରହିବା ପରେ ପଚାରିଲା — ବାପା, ଏଇଟି କାହା ପାଇଁ ତିଆରି କରୁଛ ? "କଳାକାର ଉତ୍ତର ଦେଲା —"ଏଇଟା ସବୁଠାରୁ ସୁନ୍ଦର ଝିଅ ପାଇଁ । ମଞ୍ଜରୀ ସୁନ୍ଦର ନା! ଦୁଇ ଦିନ ପରେ ତା' ଜନ୍ମଦିନ ଅଛି । ସେଦିନ ଏଇ ଚଢେଇ ଖେଳନାଟି ତୁ ତାକୁ ଉପହାର ଦେବୁ "। ହର୍ଷର ଖୁସିର ସୀମା ନ ଥିଲା । କହିଲା —"ହଁ, ହଁ, ବାପା । ମୁଁ ନିଶ୍ଚୟ ମଞ୍ଜରୀକୁ ଏଇ ପକ୍ଷୀଟିକୁ ଦେବି ।"ଆଉ ସେ ମଞ୍ଜରୀ ପାଖକୁ ଧାଁ ଗଲା । ତାକୁ ସମୁଦ୍ର ପାଖକୁ ନେଇଗଲା ଏବଂ ଗପିବାକୁ ଲାଗିଲା । ପଚାରିଲା — ଦୁଇ ଦିନ ପରେ ତୁମ ଜନ୍ମଦିନ ?

--ହଁ, କିନ୍ତୁ ତୁମକୁ କିଏ କହିଲା ?

--- ବାପା କହିଲେ । ସେଦିନ ତୁମେ କ'ଣ କରିବ ?

--ସକାଳୁ ଉଠି ଗାଧୋଇବି । ତା ପରେ ସମସ୍ତଙ୍କୁ ପ୍ରଣାମ କରିବି । ମୋ ଘରେ ସାଙ୍ଗମାନଙ୍କୁ ଖାଇବାକୁ ଡାକେ । ସେମାନେ ନାଚଗୀତ କରନ୍ତି । ଏଠି ବି ସମସ୍ତଙ୍କୁ ଖାଇବାକୁ ଡାକିବି ।"ଆଉ ଏମିତି କଥାବାର୍ତ୍ତା କରୁ କରୁ କେଜାଣି କେତେବେଳେ ସେମାନେ ସମୁଦ୍ର ଭିତରକୁ ଚାଲିଗଲେ । ଆଗରେ ଏକ ଛୋଟିଆ ଚାପୁ ଥିଲା । ହର୍ଷ କହିଲା —"ଚାଲ, ସେ ଚାପୁଯାଏ ଯିବା ।"ମଞ୍ଜରୀ ମନରୁ ଭୟ ଦୂରେଇ ଯାଇଥିଲା । କହିଲା — ଚାଲ । ଏତିକି ବେଳେ ହର୍ଷ ଦେଖିଲା କନକ, ଗୋଟେ ବଡ଼ ଚାପୁ ଉପରେ ବସିଛି । ହର୍ଷକୁ ଦେଖି କନକ ବଡ଼ ପାଟିରେଡାକିଲା —"ହର୍ଷ, ଏଠାକୁ ଆସିଯାଅ"। ହର୍ଷ ଉତ୍ତର ଦେଲା —"ମଞ୍ଜରୀ ସେଠିକୁ ଯାଇପାରିବନି । ତୁମେ ଏଠାକୁ

ଆସ।"ଏବେ ମଞ୍ଜରୀ ବି କନକକୁ ଦେଖିଲା। ତା'ର ଈର୍ଷା ହେଲା। ସେ କାହିଁକି ଯାଇପାରିବନି!!! ସେ କ'ଣ କନକଠୁ ଦୁର୍ବଳ! ଏମିତି ସବୁ କଥା ସେ ଭାବୁଥିଲା, ହଠାତ୍ ତା' ଆଖିରେ ଏକ ସୁନ୍ଦର ଶଙ୍ଖଟିଏ ପଡ଼ିଲା। ଅଜାଣତରେ ମଞ୍ଜରୀ ତା' ଆଡ଼କୁ ପାଦ ବଢ଼େଇଲା। ଏହି ସମୟରେ ଗୋଟେ ବଡ଼ ଲହରୀ ଆସି ତାକୁ ପାଦ ପାଖରୁ ଚାଣିନେଲା ଏବଂ ସେ ଚାପୁର ଦିଗରେ ହିଁ ଓଲଟି ପଡ଼ିଲା। ତା' ପାଟିରେ ସମୁଦ୍ରର ଲୁଣିପାଣି ଭର୍ତ୍ତି ହୋଇଗଲା ଏବଂ ସେ ବେହୋସ୍ ହୋଇଗଲା।

ଏସବୁ ଗୋଟେ ମୁହୂର୍ତ୍ତ ମଧ୍ୟରେ ଘଟିଗଲା। ହର୍ଷ ଦେଖିଲା ଆଉ ଜୋରରେ ଚିକ୍‌ାର କରି ସେ ଆଡ଼କୁ ଧାଇଁଲା, କିନ୍ତୁ ଠିକ୍ ସେତିକିବେଳେ ପୁଣି ଏକ ବଡ଼ ଲହରୀ ଆସି ତାକୁ ମଞ୍ଜରୀ ଠାରୁ ଦୂରକୁ ନେଇଗଲା।

ଏବେ ମଞ୍ଜରୀ ସେ ବଡ଼ ଚାପୁରେ ପିଟିହୋଇଯିବା ନିଶ୍ଚିତ ଥିଲା। କିନ୍ତୁ ଠିକ୍ ଏଇ ସମୟରେ କନକ ଆସି ସେ ବଡ଼ ଲହରୀ ଓ ମଞ୍ଜରୀ ମଝିରେ ଲମ୍ଫ ମାରିଲା ଏବଂ ମଞ୍ଜରୀକୁ ହାତରେ ଭିଡ଼ି ଧରିଲା। ପର ମୁହୂର୍ତ୍ତରେ ତିନିଜଣୋଯାକ ସେ ବଡ଼ ଚାପୁ ଉପରେ ଥିଲେ। ହର୍ଷ ଓ କନକ ଦୁହେଁ ମିଶି ମଞ୍ଜରୀକୁ ତଳେ ଶୁଆଇଦେଲେ। ତା' ଛାତିକୁ ଚାପିଚାପି ପାଟିବାଟେ ପାଣି ବାହାର କରେଇଲେ। ସେ ଆଖି ଖୋଲି ଚାହିଁଲା। ତାକୁ ଟିକେ ବି ଆଘାତ ଲାଗି ନ ଥିଲା। କିନ୍ତୁ ସେ ବାରମ୍ବାର କନକକୁ ହିଁ ଦେଖୁଥାଏ।

ନିଜର ଜନ୍ମଦିନ ଭୋଜିରେ ମଞ୍ଜରୀ ଏକଦମ୍ ଠିକ୍ ଥିଲା। ସେ ସବୁ ପିଲାମାନଙ୍କୁ ଖାଇବାକୁ ନିମନ୍ତ୍ରଣ କରିଥିଲା। ସମସ୍ତେ ତା' ପାଇଁ କିଛି ନା କିଛି ଉପହାର ନେଇ ଆସିଥିଲେ। ସବୁଠୁ ଶେଷରେ କଳାକାରର ପାଳି ଆସିଲା। ସେ କହିଲା – "ମୁଁ ସବୁଠୁ ସୁନ୍ଦର ଝିଅ ପାଇଁ ସବୁଠୁ ସୁନ୍ଦର ଖେଳନା ତିଆରି କରିଛି। ଆପଣମାନେ ଜାଣନ୍ତି କି, ସେ ଝିଅ କିଏ ? ସେ ହେଉଛି ମଞ୍ଜରୀ।"ସମସ୍ତେ ଖୁସିରେ ତାଳି ମାରିଲେ। ହର୍ଷ ନିଜ ଯାଗାରୁ ଉଠିଲା ଏବଂ ଆଦରର ସହ ସେ ଖେଳନାଟି ମଞ୍ଜରୀ ହାତରେ ଧରେଇଦେଲା। ମଞ୍ଜରୀ ବାରମ୍ବାର ଖେଳନାଟିକୁ ଦେଖୁଥାଏ ଏବଂ ଖୁସି ହେଉଥାଏ। କିନ୍ତୁ କିଛି ସମୟ ପରେ ସେ ନିଜ ବସିବା ଜାଗାରୁ ଉଠିଆସିଲା। ହାତରେ ସେହି ସୁନ୍ଦର ଖେଳଣାଟି ଧରି ସେ ଧୀରେଧୀରେ କନକ ବସିଥିବା ସ୍ଥାନକୁ ଆସିଲା। ସେ ବହୁତ ସ୍ନେହଭରା ସ୍ୱରରେ କନକକୁ କହିଲା –"ଯେ ଉପହାରଟି ତୁମର। କାରଣ ତୁମେ ହିଁ ସବୁଠାରୁ ସୁନ୍ଦର ଝିଅ।" କ୍ଷଣଟିଏ ପାଇଁ ସମସ୍ତେ ଆଶ୍ଚର୍ଯ୍ୟ ଚକିତ ହୋଇ ଉଭୟଙ୍କୁ ଚାହିଁ ରହିଲେ ଏବଂ ତାଲିମାରିଲେ। କନକ ନିଜର ସୁନ୍ଦର ସୁନ୍ଦର ଆଖିରେକେବଳ ମଞ୍ଜରୀକୁ ଚାହିଁ ରହିଥିଲେ। ଆଉ ସମୁଦ୍ରର ଲହରୀ ଗର୍ଜନ କରି ସେମାନଙ୍କୁ ବଧେଇ ଜଣାଉଥିଲା।

ମୁଁ ବି ଦୀପ ଜଳେଇବି, ମାଆ !

ଭୀଷ୍ମ ସାହାଣୀ

ସେ ଯେଉଁ କଥାଟି ଶୁଣେଇଲା, ତାହା ମନଗଢ଼ା ଥିଲା । ଆଉ ଶୁଣେଇବାବେଳେ, ମୁଁ ଭାବୁଛି, ସେ ନିଜେ ବି ଜାଣିଥିଲା ଯେ ସେ ମନଗଢ଼ା ଗପ କହୁଛି । କିନ୍ତୁ ସେଇଟା ଶୁଣେଇବାବେଳେ କେବେ-କେବେ ତା' ଗଳା ରୁନ୍ଧିହେଉଥିଲା ଏବଂ ତା' କଣ୍ଠ ଥରିଉଠୁଥିଲା । ସେତେବେଳେ ଯାଇ ମୁଁ ଜାଣିଲି ଯେ, ମିଛ ହୋଇଥିଲେ ମଧ୍ୟ କିଛି ଥିଲା... ଯାହା ତା' ହୃଦୟକୁ ବାନ୍ଧିରଖିଥିଲା, ସତେ ଅବା ସେଥିରେ ଲୁଚିଥିବା ଅନ୍ୟ କୌଣସି ଏକ ସତ୍ୟର ଆଭାସ ମିଳୁଛି ! ସତ କହିବାକୁ ଗଲେ, ତାକୁ ଶୁଣି ମୁଁ ସ୍ୱୟଂ ବ୍ୟଗ୍ର ହୋଇଉଠୁଥିଲି । କିଏ ଜାଣେ, ଘଟଣାଟି ସତ ହିଁ ହୋଇଥିବ !

ଘଟଣାଟି ପାଞ୍ଚ ବର୍ଷର ଏକ ପିଲା ବିଷୟରେ ଥିଲା ଏବଂ ସେହି ସମୟରେ ଘଟିଥିଲା, ଯେବେ ଗୁଜୁରାଟରେ ନରସଂହାର ଚାଲିଥିଲା । ନିଜ କଥା ଶୁଣେଇବାବେଳେ ସେ କହୁଥିଲା, "ସେଦିନ ରାତିରେ ଯେବେ କୋମଳମତି ଶାହିଦର ମୃତ୍ୟୁ ହୋଇଥିଲା, ସେ ସ୍ୱପ୍ନ ଦେଖୁଥିଲା । ଖାଲି ଦେଖୁ ନ ଥିଲା, ତା' ଆଖିଆଗରେ ସେହି ସ୍ୱପ୍ନ ସତେ ଅବା ରୂପ ନେଉଥିଲା । ସେ ନିଜେ ନିଜର ସ୍ୱପ୍ନକୁ ଚରିତାର୍ଥ

ହେବାର ଦେଖୁଥିଲା ଆଉ ସେଠାରେ ସ୍ୱୟଂ ଅଂଶଗ୍ରହଣ କରିବାକୁ ବ୍ୟଗ୍ର ହେଉଥିଲା ।"

ଯାହା ହେଲେ ବି ତ ସେଇଟା ସ୍ୱପ୍ନ ହିଁ ଥିଲା ଆଉ ସ୍ୱପ୍ନ କ'ଣ କେବେ ଖୋଲା-ଦରଖୋଲା ଆଖିରେ ସତ ହୁଏ ! ସ୍ୱପ୍ନ ତ ସ୍ୱପ୍ନରେ ହିଁ ସତ ହୁଏ ।

ଏମିତି, ଗତ ସଂଧ୍ୟାରୁ ହିଁ କୁନି ଶାହିଦର ସ୍ୱପ୍ନ ରୂପନେବାରେ ଲାଗିଥିଲା, ଯେତେବେଳେ ସେ ନିଜ ମା'ର ହାତ ଧରି ନିଜ ଘର ବାହାରେ ଠିଆହୋଇଥିଲା ଏବଂ ତା' ମାଆ, ଘର ବାହାରେ ବସ୍ତିର ବଡ଼ ଅଗଣାରେ ସହରରୁ ଆସିଥିବା କେହିଜଣେ ଭଦ୍ରମହିଲାଙ୍କ ସହ ଗପୁଥିଲା । କୁନି ଶାହିଦ କେବେ ମାଆ ମୁହଁକୁ ଆଉ କେବେ ସହରରୁ ଆସିଥିବା ସେହି ମହିଲାଙ୍କ ମୁହଁକୁ ଦେଖୁଥିଲା ।

ଅହମଦାବାଦରେ ସାଂପ୍ରଦାୟିକ ହିଂସାର ପ୍ରଥମ ଝଟକା କୌଣସି ଭୂମିକମ୍ପର ପ୍ରଥମ ଝଟକା ପରି, ସାରା ସହରକୁ ଦୋହଲାଇ ଦେବାପରେ ଶାନ୍ତ ପଡ଼ିଯାଇଥିଲା । ଲାଗୁଥିଲା, ସେ ଝଟକା ପରେ ସହର ନିଜକୁ ସମ୍ଭାଳି ନେବ । ସତେ କି ହିଂସାର ଜନ୍ତୁ ଚିରି-ଫାଡ଼ି ବିଦୀର୍ଣ୍ଣ କରିବା ପରେ ନିଜ ପଞ୍ଝା ଫେରେଇନେଇଛି !

ପ୍ରଥମ ବିସ୍ଫୋରଣ ତିନିଦିନ ଯାଏଁ ରହିଥିଲା । ତିନିଦିନ ପରେ ଏବେ ସ୍ଥିତିରେଏକ ପ୍ରକାର ସ୍ଥିରତା ଆସିବାରେ ଲାଗୁଥିଲା । କିଛି ଜାଗାରେ ଦୋକାନପତ୍ର ଖୋଲିବାକୁ ଲାଗିଥିଲା, ଜଣେ-ଦୁଇଜଣ ବାଁକୁ- ଡାହାଣକୁ ଅନେଇ ଘରୁ ବାହାରକୁ ଆସିବାରେ ଲାଗିଥିଲେ । ଆମେ ସବୁ ଘରୁ ବାହାରି, ଠାଏଠାଏ ମେଲିହୋଇ ସ୍ଥିତିର ସମୀକ୍ଷା କରୁଥିଲୁ । ବାତାବରଣରେ ଆଶା ଓ ଆଶଙ୍କା ତ ଏବେ ବି ଥିଲା ହେଲେ ତଥାପି ଏଇ ଆଶା ବି ଥିଲା ଯେ, ଦୃଶ୍ୟ ବଦଲିବ, ସାଂପ୍ରଦାୟିକତାର ନିଆଁ ଲିଭିବ । ବାହାରୁ ମଧ୍ୟ ଶୁଭାକାଂକ୍ଷୀ, ଶୁଭେଚ୍ଛୁ, ସମାଜସେବୀ, ଲେଖକ, ପତ୍ରକାରମାନେ ଭିନ୍ନ-ଭିନ୍ନ ଜାଗାରୁ ଆସି ପହଞ୍ଚୁଥିଲେ । ଏଥିରୁ ବି ସ୍ଥାନୀୟ ଲୋକଙ୍କୁ ଆଶ୍ୱାସନା ମିଳିବାରେ ଲାଗିଲା । କିଛି ସୂଚନା ପାଇବା ପାଇଁ, କିଛି ସାହାଯ୍ୟ-ସହାନୁଭୂତି ଦେଖେଇବାକୁ ଶୁଭଚିନ୍ତକ ହିତାକାଂକ୍ଷୀମାନେ ଆସିବାକୁ ଲାଗିଥିଲେ ।

ଏକ ଭଙ୍ଗାରୁଜା ବସ୍ତିରେ, ଶାହ ଆଲମଙ୍କ ଦରଗାହ ପାଖରେ, ଏବେ ଦ୍ୱିପ୍ରହର ସମୟରେ କୁନି ଶାହିଦ ନିଜ ମାଆର ହାତ ଧରି ଘର ବାହାରେ ଖେଲୁଥିଲା ଏବଂ ତା' ମାଆ ସହରୀ ଭଦ୍ର ମହିଲାଙ୍କ ସହ ଗପସପ କରୁଥିଲେ ।

– "ହାୟ ଭଉଣୀ" – ଶାହିଦର ମାଆ କହୁଥିଲେ, "ଶାହ ଆଲମଙ୍କ ଦରଗାହ ତ ଏଇ ପାଖରେ ହିଁ ଅଛି । ଆମେ ତ ସବୁଦିନ ଦରଗାହରେ ଦୀପ ଜଳାଉଥିଲୁ । ଶାହ ଆଲମଙ୍କ ଦରଗାହରେ ତ ଦୀପ ଜଳେଇବା ବଡ଼ ପୁଣ୍ୟର କାମ ଅଟେ । ଦରଗାହର

ଦର୍ଶନ କରିବାକୁ ଆସୁଥିବା ପ୍ରତ୍ୟେକ ଲୋକ ଦୀପଜଳାନ୍ତି ।” ଆଉ କୁନି ଶାହିଦର ଦୃଷ୍ଟି ମାଆଙ୍କ ଶୁଖିଲା ଚେହେରା ଓ ବାଲରେ ଅଟକି ରହିଥିଲା ।

କିନ୍ତୁ ଯେତେବେଳେ ମାଆ କହିସାରୁଥିଲେ, ସେବେ ଶାହିଦର ଦୃଷ୍ଟି ମାଆଙ୍କ ଚେହେରାରୁ ଯାଇ ସେହି ସହରୀ ଭଦ୍ରମହିଲାଙ୍କ ଚେହେରା ଉପରେ ନିବଦ୍ଧ ହୋଇଯାଉଥିଲା । ସେ ମହିଲା ଜଣକ କିଏ ଥିଲେ, ଶାହିଦ ଜାଣି ନ ଥିଲା । ସେ ତାଙ୍କୁ ଆଗରୁ କେବେ ଦେଖି ନ ଥିଲା । ହେଲେ ସେ ମହିଲା ଜଣକ ତା’ ମାଆ ପରି ନ ଥିଲେ । ମାଆ ତ ପୁରୁଣା ଚିରା ଲୁଗା ପିନ୍ଧିଥିଲେ, ମହିଲା ଜଣକ ସଫାସୁତୁରା, ସଜବାଜ ହୋଇ ଚକଚକ୍ କରୁଥିବା ପରିଷ୍କାର ଲୁଗା ପିନ୍ଧିଥିଲେ । ହସୁଥିଲେ ଯଦି, ଦାନ୍ତ କି ସୁନ୍ଦର ଚମକୁଥିଲା ! ମାଆଙ୍କର ତ ଓଢ଼ଣୀ ବି ଚିରି ଯାଇଥିଲା, ଯାହା ଦେଇ ତାଙ୍କ ମୁଣ୍ଡର କେରାଏ ବାଲ ବାହାରକୁ ବାହାରି ଆସିଥିଲା ।

ସହରୀ ମହିଲା ଜଣକ ବିସ୍ତାରିତ ଆଖିରେ ଶାହିଦର ମାଆ ମୁହଁକୁ ଦେଖି ଚାଲିଥିଲେ, “ମୁଁ ତ ଶୁଣିଛି ଯେ, ଯଦି କେହି ଶାହ ଆଲମଙ୍କ ଦରଗାହରେ ଦୀପ ଜାଳେ, ସେ ଏହା ସହ ନରସୀ ଭଗତଙ୍କ ନାମରେ ବି ଦୀପ ଜାଳେ । କ’ଣ ଏହା ସତ ?”

“– ହଁ ଭଉଣୀ, ଏହା ହିଁ ପ୍ରଥା । ଶାହ ଆଲମଙ୍କ ନାମରେ ଦୀପ ଲଗେଇବା ପୂର୍ବରୁ ନରସୀ ଭଗତଙ୍କ ନାମରେ ଦୀପ ଲଗାଯାଏ ।”

“– ଏମିତି କାହିଁକି ?”

“ଏହା ହିଁ ପରମ୍ପରା, ଭଉଣୀ, ଆମେ ତ ଜେଜେବାପା ଓ ବାପାଙ୍କ ଠାରୁ ଶୁଣିଛୁ । ଏହା ହିଁ ଚଳଣି, ବାପା-ଜେଜେବାପା କହୁଥିଲେ । ଦୁହେଁ ଆଲ୍ଲାଙ୍କ ପ୍ରସିଦ୍ଧ ଭକ୍ତ ଥିଲେ । ଉଭୟେ ଜଣାଶୁଣା ପୀର-ଫକୀର ଥିଲେ । ଉଭୟେ ପରସ୍ପରକୁ ବହୁତ ସମ୍ମାନ କରୁଥିଲେ – ଶାହ ଆଲମ ବି ଓ ନରସୀ ଭଗତ ବି ।”

“ଏଇଟା କେବେକାର କଥା ?” ମହିଲା ଜଣକ ପଚାରିଲେ ।

– “ଭଗବାନଙ୍କୁ ଜଣା, କେବେର କଥା । ଆମେ ତ ପିଲାବେଳୁ ଦୁହିଁଙ୍କ ନାଆଁ ଶୁଣି ଆସୁଛୁ ଯେ, ଦର୍ଶନ କରିବାକୁ ଆସୁଥିବା ପ୍ରତ୍ୟେକ ବ୍ୟକ୍ତି ଦୁଇଟି ଦୀପ ଜଳାଏ – ପ୍ରଥମଟି ନରସୀ ଭଗତଙ୍କ ନାମରେ ଓ ଦ୍ଵିତୀୟଟି ଶାହ ଆଲମଙ୍କ ନାମରେ ।” ଏକଥା କହିବା ବେଳେ ଶାହିଦର ମାଆ ସାଙ୍ଗେସାଙ୍ଗେ କହିବାକୁ ଲାଗିଥିଲେ “ମୋ ଜେଜେବାପା ତ କହୁଥିଲେ ଯେ – ଦୁହେଁ ପରସ୍ପରକୁ ବହୁତ ସମ୍ମାନ ଦେଉଥିଲେ ।” ଦିନେ ନରସୀ ଭଗତ ଶାହ ଆଲମଙ୍କୁ କହିଲେ ଯେ – “ଭାଇ, ଆମ ଦୁହିଁଙ୍କ ହୃଦୟ ତ ଗୋଟିଏ ସୂତ୍ରରେ ବନ୍ଧା, ହେଲେ ଯେତେବେଳେ ଆମେ ଏଇ ଦୁନିଆରେ ରହିବାନି,

ତାହେଲେ ଲୋକେ ଆମ ପ୍ରେମକୁ, ତ୍ୟାଗକୁ କ'ଣ କରି ମନେ ପକେଇବେ ?" ଏଇ କଥାରେ ଶାହ ଆଲମ କହିଲେ –ଯେମିତିକି ମୋ ଜେଜେବାପା କହୁଥିଲେ – "ନରସୀ ଭଗତ, ତୁମେ ଠିକ୍ କହିଛ। ଆଜିଠାରୁ ଯେଉ ଈଶ୍ୱରଙ୍କ ଭକ୍ତ ମୋ ନାମରେ ଦୀପ ଜଳେଇବ, ସେ ଶୁଭାରମ୍ଭ ପୂର୍ବରୁ ପ୍ରଥମେ ତୁମ ନାମରେ ଦୀପ ପ୍ରଜ୍ୱଳନ କରିବ। ମୋର ଓ ତୁମର ଉଭୟଙ୍କ ନାମରେ ଦୀପ ଆଲୋକିତ କରିବ। ତୁମର ଓ ମୋର, ଦୁହିଁଙ୍କ ନାମରେ ଦୀପ ଲଗାଯିବ।" ସେବେଠାରୁ ହିଁ ଏହି ପ୍ରଥା ଅଛି ଭଉଣୀ।

ଏବେ ସହରରୁ ଆସିଥିବା ମହିଲା, ହାତରେ କଲମ ଧରି କାଗଜ ଉପରେ କିଛି ଲେଖୁଥିଲେ, ଉର୍ସ ଦିନ ତ ଦର୍ଶନ କରିବାକୁ ଆସିଥିବା ପ୍ରତ୍ୟେକ ବ୍ୟକ୍ତି ଦୁଇଟି ଦୀପ ଜଳାଏ। ପାଖରେ ହିଁ ତ ନରସୀ ଭଗତଙ୍କ ଆସ୍ଥାନ ବି ଅଛି। ସେତେବେଲେ ଏଇଠି ଲୋକଙ୍କର ଭିଡ଼ ଲାଗିଯାଏ। ଆଉ ଦୀପରେ ଏମିତି ଝଲମଲ ହୋଇଉଠେ, ଯେ କ'ଣ କହିବି ! ! ଖାଲି ଦୀପ ଆଉ ଦୀପ …।

ଶାହିଦ ଶୁଣୁଥିଲା ଓ ସେତେବେଲେ ତା' ହାତରେ ଏକ ପ୍ରକାର କମ୍ପନ ହେଉଥିଲା, ସତେ ଯେମିତି ଦୀପ ଲଗେଇବାକୁ ତା' ହାତ ଅସ୍ଥିର ହୋଇଉଠୁଛି !

– "ଆମ ଜେଜେବାପା ତ ସବୁଦିନ ସନ୍ଧ୍ୟାରେ ଦୁଇଟି ଦୀପ ଦରଗାହରେ ଲଗାଉଥିଲେ। ବେଲ ବୁଡ଼ିବାକୁ ଆରମ୍ଭ ହେବା ମାତ୍ରେ ସେ ଦୀପ ନେଇ ବାହାରି ପଡ଼ୁଥିଲେ। ଘରୁ ବାହାରିବା ବେଲେ କୁହନ୍ତି '– ହେ ଆଲ୍ଲା! ଜାତିର ସୁରକ୍ଷା, ଜାତିର ମଙ୍ଗଲ ହେଉ!' ସେ ଯିବାବେଲେ ଏକଥା କୁହନ୍ତି ଓ ଫେରିବାବେଲେ ବି ଏହା କହି ଫେରନ୍ତି।"

ସହରରୁ ଆସିଥିବା ମହିଲା ମୁଗ୍ଧ ହୋଇ ମାଆର କଥା ଶୁଣନ୍ତି ଓ କାଗଜରେ ଲେଖି ଚାଲନ୍ତି।

"– ଏବେ ତ ବିନାଶ ହିଁ ବିନାଶ ହେଉଛି, ଭଉଣୀ..।" ଶାହିଦର ମାଆ କହିଥିଲେ। କିଛି ସମୟ ଯାଏଁ ଦୁହେଁ ଚୁପଚାପ୍ ଛିଡ଼ା ହୋଇ ରହିଥିଲେ। ସନ୍ଧ୍ୟା ଗାଢ ହେବାରେ ଲାଗିଥିଲା, ଲୋକମାନେ ନିଜନିଜ ଘରକୁ ଯିବାରେ ଲାଗିଥିଲେ। –"ଆଲ୍ଲା ତୁମକୁ ଓ ତୁମ ପୁଅକୁ ସୁରକ୍ଷିତ ରଖନ୍ତୁ" – ସହରରୁ ଆସିଥିବା ମହିଲା ଜଣକ ଏହା କହି ଏକ ଛୋଟ ଗଣ୍ଠିଲି ମାଆ ହାତରେ ଦେଇଥିଲେ।

"– କିଛି ଲୁଗା ଅଛି, ତୁମ କାମରେ ଆସିବ"। ତାପରେ ସେ ଶାହିଦ ମୁଣ୍ଡରେ ହାତ ବୁଲେଇ ଆସିଥିଲେ ଓ ବସ୍ତିର ପଡ଼ିଆ ଅତିକ୍ରମ କରିବାକୁ ଲାଗିଥିଲେ।

ସେ ମହିଲାଜଣକ ଚାଲିଯିବା ପରେ ନିଜ ଘରକୁ ଫେରିବାବେଲେ ଶାହିଦ ଅଲି କରି କହିଲା, "ମାଆ, ଏଥର ମୁଁ ବି ଦୀପ ଜଳେଇବି। ହଁ, ମାଆ! ଏଣିକି ମୁଁ ବି ଦୀପ ଜଳେଇବି।"

ଏଥର ଶାହିଦର ଟିକି ହାତକୁ ନିଜ ମୁଠାରେ ଚାପିଧରି ମାଆ କହିଥିଲେ, "ଆଲ୍ଲା ଦୟା କରନ୍ତୁ, ତୁ ବି ଦୀପ ଜଳେଇବୁ ପୁଅ.." କହୁକହୁ ମାଆଙ୍କ ସ୍ୱର କମ୍ପିଉଠିଥିଲା ।

"ମାଆ, ମୁଁ ବି ଦୁଇଟି ଦୀପ ଜଳେଇବି । ମୁଁ ବି କହିବି– ଜାତିର ମଙ୍ଗଳ ହେଉ, ଜାତିର ରକ୍ଷା ହେଉ ।"

ଶାହିଦକୁ ଲାଗୁଥିଲା, ଯେମିତି ସେ କୌଣସି ମେଳାକୁ ଯିବାପାଇଁ ପ୍ରସ୍ତୁତ ହେଉଛି । ଏବଂ ମାଆ ଥକ୍କା ଥକ୍କା ସ୍ୱରରେ କହିଥିଲେ, "ହଁ, ହଁ, ତୁ ବି ଦୁଇଟି ଦୀପ ଲଗେଇବୁ" ଏବଂ ଶାହିଦର ମୁଣ୍ଡ ଆଉଁସି ଦେଲେ ।

"ତୁମେ ବି ଜାଳିବ, ମୁଁ ବି ଜାଳିବି ।" ଶାହିଦ ବଡ଼ ଉସ୍ତୁକତାର ସହ କହିଥିଲା ।

ଯେତେବେଳେ ଶାହିଦ ବାରମ୍ବାର ଅନୁନୟ କରିବାକୁ ଲାଗିଲା, ତା' ମାଆ ଚିଡ଼ିଗଲେ "କ'ଣ ଜିଦ୍ କରିଚାଲିଛୁ! ନେଇଯିବି, ସମୟ ଆସିଲେ ।"

ସେଦିନ, ଅନ୍ଧାର ହେବା ପୂର୍ବରୁ କିଛି ଲୋକ ତାଙ୍କ ଘରକୁ ଆସିଯାଇଥିଲେ । ଶାହିଦର ମାଉସୀ, ମଉସା, ଆଇମା' । ମାଆ ଶାହିଦକୁ କହିଥିଲେ, ସୁରକ୍ଷା ପାଇଁ ଆସିଯାଇଛନ୍ତି । ହେଲେ, ଶାହିଦ ମାନୁ ନ ଥିଲା – 'ସୁରକ୍ଷା' ପୁଣି କ'ଣ ?

ସେମାନେ ସବୁ ବହୁତ ସମୟଧରି ଧୀରେଧୀରେ କଥାହେଉଥିଲେ । ବେଲେବେଲେ ଶାହିଦର ମାଆଙ୍କ ସ୍ୱର ଶୁଣାଯାଉଥିଲା ।

"ଆଲ୍ଲା ମଙ୍ଗଳ କରନ୍ତୁ, କାଲି ସୁଦ୍ଧା ଦୋକାନପତ୍ର ଖୋଲିଯିବ", ମାଆ କହୁଥିଲେ । "ଶାନ୍ତି ଶୃଙ୍ଖଳା ଫେରିଆସିବ ।" ଏହା ଭିତରେ ଶାହିଦ ଗଭୀର ନିଦରେ ଶୋଇସାରିଥିଲା ।

କିନ୍ତୁ ରାତିର ହିଁ କୌଣସି ପ୍ରହରରେ,ବାହାର ପଟୁ ବିଭିନ୍ନ ପ୍ରକାରର ଶବ୍ଦ ସବୁ ଶୁଭିବାକୁ ଲାଗିଲା ଏବଂ ଘରଭିତରେ ଲୋକମାନେ ଉଠି ବସିଥିଲେ । କେବେ ସେମାନଙ୍କୁ ଲାଗୁଥିଲା ପାଟିତୁଣ୍ଡ ଦୂରରୁ ଆସୁଛି । ପୁଣି କେବେ ଲାଗୁଥିଲା, ଏଇ କେଉଁ ନିକଟରୁ ଶବ୍ଦସବୁ ଶୁଭୁଛି । ବାତାବରଣ ଶାନ୍ତ ହୋଇଯାଏ, କେବେ ପୁଣି ଚଲଚଞ୍ଚଳ ହୋଇଉଠେ । କୋଠରି ଭିତରେ ଗାଢ଼ ଅନ୍ଧକାର ଥିଲା । କୋଠରିର କବାଟ ବନ୍ଦ ଥିଲା ଏବଂ ଦିକିଦିକି ହୋଇ ଜଳୁଥିବା ଦୀପ ଲିଭାଇ ଦିଆଯାଇ ଥିଲା । କୋଠରିର ଏକମାତ୍ର ଝରକା ସେପାଖେ କେବଳ ଅନ୍ଧାର ହିଁ ଅନ୍ଧାର ଥିଲା ।

ବାହାରୁ ଆସୁଥିବା ଶବ୍ଦ, ଆଗଭଳି କେବେ ଦୂରରୁ ଆସୁଥିବା ପରି ଜଣାଯାଉଥିଲା ତ କେବେ ଅତି ନିକଟରୁ । ଧୀରେଧୀରେ ଏ ଶବ୍ଦ ସବୁ କୁନି ଶାହିଦର ନିଦ ସହ ମିଶିଯିବାରେ ଲାଗିଲେ ।

ବାହାରର ପାଟିତୁଣ୍ଡ ସ୍ୱର ଉଚ୍ଚ ହେବାରେ ଲାଗିଥିଲା । ଶାହିଦର ନିଦ ଭାଙ୍ଗିଗଲା, ଯେତେବେଳେ ଆଇମା'ଙ୍କ ମୁହଁରୁ ବାହାରିଲା "ହେ ଆଲ୍ଲା ! ରକ୍ଷା କର !"

ସେତେବେଳେ କେଉଁଠି ଟିକେ ସନ୍ଦେହ ହୋଇଥିଲା । ସେତେବେଳେ ସେହି ଘଟଣାଟି ବି ଘଟିଥିଲା ଯାହା ସତ୍ୟ ଓ ସ୍ୱପ୍ନ ମଝିରେ ଝୁଲୁଥିଲା । ସେତେବେଳେ କୁନି ଶାହିଦକୁ ଲାଗିବାରେ ଲାଗିଥିଲା, ଯେମିତି ଉର୍ସ ଆସିଯାଇଛି ଏବଂ ଲୋକମାନେ ସମସ୍ତେ ଦୀପ ଜଳେଇବାକୁ ପ୍ରସ୍ତୁତ ହେବାରେ ଲାଗିପଡ଼ିଛନ୍ତି ।

ଏତିକିବେଳେ ବାହାରପଟୁ ମଧ ପାଟି ଶୁଭିବାକୁ ଲାଗିଥିଲା । ମାଆ ଠିକ୍ କହୁଥିଲେ — ସାରା ସହର ନରସୀ ଭଗତ ଓ ଶାହା ଆଲମଙ୍କ ଦରଗାହ ଆଡ଼କୁ ଯାଉଥିଲା । ଶାହିଦକୁ ବି ଲାଗିଲା, ଯେମିତିକି ଲୋକଙ୍କ ପାଦ ସବୁ ସେହି ସ୍ଥାନ ଆଡ଼କୁ ଦ୍ରୁତ ଗତିରେ ମାଡ଼ିଚାଲିଛି । ଏବଂ ସମସ୍ତେ ଦୀପ ଲଗାଇବାକୁ ହିଁ ଯାଉଛନ୍ତି । ଉର୍ସର ଦିନଟିଏ ଆସିଯାଇଛି । ଆଉ ତାକୁ ଲାଗିଲା, ଯେମିତି ଝରକା ସେପାଖେ ଆଲୋକ ଖେଳିଯିବାରେ ଲାଗିଛି ।

ଝରକା ସେପାଖେ ସତରେ ଆଲୁଅ ଥିଲା, ନିଆଁଖୁଲ ଦେଖାଯାଉଥିଲା । ଶାହିଦ ନିଦରୁ ଉଠି ବସିଯାଇଥିଲା ଉର୍ସ ଆରମ୍ଭ ହୋଇଗଲାଣି, ଲୋକମାନେ ଦରଗାହରେ ଦୀପ ଲଗାଇଲେଣି ।

ଏତେବେଳେ କୋଠରିରେ ତ୍ରସ୍ତ ହୋଇ ବସିଥିବା ଲୋକଙ୍କ ଭିତରୁ କେହିଜଣେ ଆସ୍ତେକରି କୋଠରିର ବନ୍ଦ କବାଟକୁ ଅଳ୍ପଟିକେ ଖୋଲିଦେଲେ, ଏକଥା ଜାଣିବାକୁ ଯେ, ଆଲୁଅ କେଉଁଠୁ ଆସୁଛି । ଯେଉଁଥିରେ କୁନି ଶାହିଦର ଆଖି ଝଲସିଉଠିଥିଲା, ଆଉ ଦୀପ ଜଳେଇବାର ସମୟ ଗଡ଼ିଯାଉଛି, ଏକଥା ଭାବି, ସେ ଖଟ ଉପରୁ ଉଠି ଧାଇଁଯାଇ କବାଟ ଆଡ଼କୁ ଚାଲିଗଲା । ମାଆ ମୋତେ ଡାକୁ ନାହାନ୍ତି କାହିଁକି ? ମାଆ, ମୁଁ ବି ଦୀପ ଜଳେଇବି । କେଉଁଠି ଅଛନ୍ତି ମାଆ ? ମାଆ କ'ଣ ମୋତେ ଛାଡ଼ି ନିଜେ ଆଗରୁ ହିଁ ଦୀପ ଜଳେଇବାକୁ ବାହାରକୁ ଚାଲିଯାଇଛନ୍ତି ?

ଆଉ ସେ ଦରଖୋଲା କବାଟ ଦେଇ ବାହାରିଆସିଥିଲା । କିନ୍ତୁ ସେହି ସମୟରେ ବାହାରୁ ଆସୁଥିବା ପାଟିତୁଣ୍ଡ ଜୋର ହେବାରେ ଲାଗିଥିଲା, ଏବଂ ଧ୍ୱସ୍ତବିଧ୍ୱସ୍ତ ଘରଗୁଡ଼ିକର ଏହି ବସ୍ତି ଆଡ଼କୁ ଗର୍ଜନ କରି ମାଡ଼ିଆସୁଥିଲା, ଯେତେବେଳେ କି କୁନି ଶାହିଦ ଯାଉଥିଲା ଉର୍ସରେ ଦୀପ ଜାଳିବାକୁ ।

ବ୍ରହ୍ମରାକ୍ଷସର ଶିଷ୍ୟ
ଗଜାନନ ମାଧବ ମୁକ୍ତିବୋଧ

ସେହି ଭବ୍ୟ ଭବନର ଅଷ୍ଟମ ମହଲାର ପାହଚଠୁ ସପ୍ତମ ମହଲାର ପାହାଚର ଶୂନ୍ଶାନ ସିଡ଼ିରେ ଓହ୍ଲେଇବା ବେଳେ, ସେହି ବିଦ୍ୟାର୍ଥୀର ଚେହେରା କୌଣସି ଅନ୍ତର୍ନିହିତ ପ୍ରକାଶରୁ ନାଲି ଉଜ୍ଜ୍ବଳ ଦିଶୁଥିଲା। ସେହି ଚମକ୍ତାର ତାକୁ ପ୍ରଭାବିତ କରୁ ନଥିଲା। ଯାହା ସେ ଏଇ ସାଙ୍ଗେ ସାଙ୍ଗେ ଦେଖିଲା। ତିନୋଟି କୋଠରି ପାରି ହୋଇ ସେହି ବିଶାଳ ବକ୍ରବାହୁ ହାତ ତା' ଆଖି ସାମ୍ନାରେ ପୁଣି ଥରେ ଟାଣି ହୋଇଯାଉଥିଲା। ସେ ହାତର ପବିତ୍ରତା ହିଁ ତା'ର ମନେ ପଡୁଥିଲା, କିନ୍ତୁ ସେ ଚମକ୍ତାର, ଚମକ୍ତାର ରୂପରେ ତାକୁ ପ୍ରଭାବିତ କରୁ ନଥିଲା। ସେ ଚମକ୍ତାର ପଛରେ ଏମିତି କିଛି ଅଛି, ଯେଉଁଥିରେ ସେ ଲୀନ ହୋଇଯାଉଛି, ଲଗାତାର ହଜିଯାଉଛି। ସେହି 'କିଛି', କ'ଣ ଜଣେ ମହାପଣ୍ଡିତଙ୍କ ଜୀବନର ସତ୍ୟ ନୁହେଁ? ନା, ତାହା ହିଁ ଅଟେ।

ପଞ୍ଚମ ମହଲାରୁ ଚତୁର୍ଥ ମହଲାକୁ ଓହ୍ଲେଇବା ସମୟରେ, ବ୍ରହ୍ମଚାରୀ ବିଦ୍ୟାର୍ଥୀ, ଉକ୍ତ ପ୍ରାଚୀନ ଭବ୍ୟ ପ୍ରାସାଦର ଶୂନ୍ଶାନ ସିଡ଼ିରେ ଏହି ଶ୍ଲୋକ ଗାଇବାକୁ ଲାଗେ।
'ମେଘୈର୍ମେଦୁରମ୍ବରଂ ବନଭବଃ ଶ୍ୟାମାସ୍ତମାଲଦ୍ରୁମୈଃ
:– ଏହି ପ୍ରାସାଦରୁ ଠିକ୍ ବାରବର୍ଷ ପରେ ହିଁ ଏହି ବିଦ୍ୟାର୍ଥୀଟି

ବାହାରକୁ ବାହାରିଛି। ତା' ଗୁରୁ ଯିବା ସମୟରେ ରାଧା – ମାଧବଙ୍କ ଯମୁନା କୂଳ କ୍ରୀଡ଼ାରେ ଘର ଭୁଲି ଯାଇଥିବା ରାଧାଙ୍କୁ ଡାକୁଥିବା ନନ୍ଦଙ୍କ ଭାବ ପ୍ରକଟ କରିଛନ୍ତି। ଗୁରୁ ଏକ ସାଙ୍ଗରେ ଶୃଙ୍ଗାର ଏବଂ ବାସଲ୍ୟର ବୋଧ ବିଦ୍ୟାର୍ଥୀଙ୍କୁ କରାଇଲେ। ବିଦ୍ୟା ଅଧ୍ୟୟନ ପରେ, ଏବେ ତାକୁ ପିତାଙ୍କ ଚରଣ ସ୍ପର୍ଶ କରିବାର ଅଛି। ପିତା, ପିତା, ମା', ମା' ଏହି ଧ୍ୱନି ତା' ହୃଦୟରୁ ସ୍ଫୁରିତ ହେଲା।

କିନ୍ତୁ ଯେତେଯେତେ ସେ ଶବ୍ଦ ଶୂନ୍ୟ ପ୍ରାସାଦରେ ପ୍ରତିଧ୍ୱନିତ ହେଲା, ଘୂରି ବୁଲିଲା, ସେତେସେତେ ବିଦ୍ୟାର୍ଥୀର ହୃଦୟରେ ନିଜ ଗୁରୁଙ୍କ ପ୍ରତିଛବି ଆଉରି ତୀବ୍ରତାର ସହ ଚମକିବାକୁ ଲାଗିଲା।

ସେ ଭାଗ୍ୟବାନ ଅଟେ, ଯେ ତାକୁ ଏମିତି ଗୁରୁ ମିଳିଲେ! ଯେତେବେଳେ ସେ ପକ୍ଷୀ ବସା ଏବଂ ବିରୁଢ଼ି ଭର୍ତ୍ତି ଶୂନ୍ୟ ଉଚ ସିଂହଦ୍ୱାରର ବାହାରକୁ ବାହାରିଗଲା, ରାସ୍ତାରେ ଯାଉଥିବା ଲୋକେ ଏକଦମ୍ ଭୁତ ଭୁତ କହି ଦୌଡ଼ିବାକୁ ଲାଗିଲେ। ଆଜି ପର୍ଯ୍ୟନ୍ତ ସେହି ପ୍ରାସାଦକୁ କେହି କେବେ ଯାଇ ନଥିଲେ। ଲୋକଙ୍କ ଧାରଣା ଥିଲା ଯେ ସେଠାରେ ଏକ ବ୍ରହ୍ମ ରାକ୍ଷସ ରହୁଛି।

ବାରବର୍ଷ ଏବଂ କିଛି ଦିନ ପୂର୍ବରୁ – ଦ୍ୱି-ପ୍ରହର ଦୁଇଟା ବେଳେ ରାସ୍ତା ଉପରେ ଗୋଟିଏ କ୍ଷୁଧାର୍ତ ତୃଷାର୍ତ ଗାଉଁଳୀ ପିଲା ପାଖରେ ଥିବା ଉଚ୍ଚ ଶିମିଳି ଗଛ ତଳେ ବସି ନିଜର ଶୁଖିଲା ଓଠ ଉପରେ ଜିଭ ବୁଲାଉଥିଲା। ପବନର ଛୁଆଁରେ ଫୁଲର ଫଳର ରେଶମୀ ତୁଲା ପବନରେ ଭାସି ଭାସି ଦୂର ଯାଏଁ ଏପଟେ ସେପଟେ ବ୍ୟାପି ଯାଉଥିଲା। ତା' କପାଳରେ ଚିନ୍ତାରୁ ରେଖା ଆଙ୍କି ହୋଇଯାଉଥିଲା। ସେ ପାଖରେ ପଡ଼ିଥିବା ଏକ ଡ଼େଟା ମୁଣ୍ଡତଳେ ରଖ ଗଛ ମୂଳରେ ଗଡ଼ିଗଲା।

ଧୀରେ ଧୀରେ ତା'ର ଭାବ ମଗ୍ନତାକୁ ଭଗ୍ନ କରି କାନ ପାଖରେ କିଛି ଫୁସଫୁସ ଶବ୍ଦ ଶୁଭିଲା। ଧ୍ୟାନ ଦେଇ ଶୁଣିବାକୁ ଚେଷ୍ଟା କଲା ସେ। କିଏ ଥିଲେ ସେମାନେ?

ସେମାନଙ୍କ ଭିତରୁ ଜଣେ କହୁଥିଲା, ଆରେ ସେ ଭଟ। ନିତାନ୍ତ ମୂର୍ଖ ଅଟେ ଏବଂ ଅହଂକାରୀ ମଧ୍ୟ। ମୁଁ ଯେତେବେଳେ ଈଶାବାସ୍ୟୋପନିଷଦର କିଛି ପଂକ୍ତିର ଅର୍ଥ ପଚାରିଲି, ସେତେବେଳେ ସେ ହଡ଼ବଡ଼େଇ ଗଲା। ଏହି କାଶୀରେ କେମିତି ଅହଂକାରୀ ସବୁ ଏକାଠି ହୋଇଛନ୍ତି?

ବାର୍ତ୍ତାଳାପ ଶୁଣି ଶୋଇ ରହିଥିବା ସେ ପିଲାଟି ଝଟ୍ କରି ଉଠି ବସିଲା। ତା' ଚେହେରା ଧୂଳି ଏବଂ ଝାଲରେ ମ୍ଲାନ ଏବଂ ମଳିନ ହୋଇଯାଇଥିଲା, ଭୋକ ଓ ଶୋଷରେ ନିର୍ଜୀବ....।

ସେ କଥା ହେଉଥିବା ଲୋକମାନଙ୍କର ଏକଦମ୍ ପାଖରେ ଯାଇ ଠିଆ

ହେଲା । ହାତ ଯୋଡ଼ି ଭୂଇଁରେ ମୁଣ୍ଡ ଲଗେଇଲା । ଚେହେରାରେ ଆଣ୍ଚର୍ଯ୍ୟ ଏବଂ ପ୍ରାର୍ଥନାର ଦୟନୀୟ ଭାବ । କହିବାକୁ ଲାଗିଲା, "ହେ ବିଦ୍ୱାନଗଣ ! ମୁଁ ମୂର୍ଖ ଅଟେ । ଅପାଠୁଆ ଗାଉଁଲୀ ଅଟେ, କିନ୍ତୁ ଜ୍ଞାନପ୍ରାପ୍ତିର ମହଦ୍ଭାଙ୍କ୍ଷା ଅଛି । ହେ ମହାଭାଗ ! ଆପଣମାନେ ବିଦ୍ୟାର୍ଥୀ ବୋଲି ଜଣାପଡୁଛନ୍ତି । ମୋତେ ବିଦ୍ୱାନ ଗୁରୁଙ୍କ ଘରକୁ ରାସ୍ତା ବତାନ୍ତୁ ।"

ଗଛତଳେ ବସିଥିବା ଦୁଇ ବାଟୋଇ ବିଦ୍ୟାର୍ଥୀ ସେହି ଗାଉଁଲୀକୁ ଦେଖି ହସିବାକୁ ଲାଗିଲେ । ପଚାରିଲେ, କେଉଁଠୁ ଆସିଛୁ ?

– ଦକ୍ଷିଣର ଏକ ଗ୍ରାମରୁ । ...ଲେଖାପଢ଼ାକୁ ଶତ୍ରୁ କରି ଦେଖିବାରୁ ମୋ ବିଦ୍ୱାନ ପିତା ମୋତେ ଘରୁ ବାହାର କରିଦେଲେ । ସେତେବେଳେ ମୁଁ ଦୃଢ଼ ନିଷ୍ପତ୍ତି ନେଲି ଯେ କାଶୀ ଯାଇ ବିଦ୍ୟାଧ୍ୟୟନ କରିବି । ଜଙ୍ଗଲ ଜଙ୍ଗଲ ବୁଲିଲି, ରାସ୍ତା ପଚାରିଲି – ମୁଁ ଆଜି ହିଁ କାଶୀ ପହଞ୍ଚିଲି । କୃପା କରି ଗୁରୁଙ୍କ ଦର୍ଶନ କରେଇ ଦିଅନ୍ତୁ ।

ଏବେ ଦୁଇ ଜଣ ଯାକ ବିଦ୍ୟାର୍ଥୀ ଜୋର ଜୋରରେ ହସିବାକୁ ଲାଗିଲେ । ସେମାନଙ୍କ ମଧ୍ୟରୁ ଜଣେ, ଯିଏ କି ବିଦୂଷକ ଥିଲା, କହିବାକୁ ଲାଗିଲା –

"ଦେଖ, ସେ ଆଗରେ ସିଂହଦ୍ୱାର ଅଛି । ତା' ଭିତରକୁ ପଶିଯା, ତୋତେ ଗୁରୁ ମିଳିଯିବେ । କହିଦେଇ ସେ ଠୋ ଠୋ କରି ହସି ପକାଇଲା ।"

ଗୁରୁ ଯେ ପୂରାପୂରି ଆଗରେ ଅଛନ୍ତି । ଆଶା ନଥିଲା । ଗାଉଁଲୀ ପିଲାଟି ନିଜର ଗଣ୍ଠିଲି ବାଡ଼ି ସମ୍ଭାଳି ଉଠିଲା ଏବଂ ପ୍ରଣାମ ନକରି ଖୁବ୍ ଜୋର୍‌ରେ ପାଦ ବଢ଼ାଇ ପ୍ରାସାଦ ଭିତରକୁ ପ୍ରବେଶ କଲା ।

ଦ୍ୱିତୀୟ ବାଟୋଇଟି ପ୍ରଥମକୁ ପଚାରିଲା – ତୁମେ ଠିକ୍ କଲ ? ତାକୁ ସେଠାକୁ ପଠେଇ ? .. ତା' ହୃଦୟରେ ଦୁଃଖ ଏବଂ ଅନୁଶୋଚନା ।

ଦ୍ୱିତୀୟ ବ୍ୟକ୍ତିଟି ଚୁପ ଥିଲା । ସେ ନିଜ କୃତକର୍ମ ପାଇଁ କ୍ଷୁବ୍ଧ ହୋଇ କେବଳ ଏତିକି ହିଁ କହିଲା, ଅନ୍ତତଃ ବ୍ରହ୍ମ ରାକ୍ଷସର ରହସ୍ୟ ତ ଜଣାପଡୁ !

ସିଂହ ଦ୍ୱାରର ଲାଲ ଲାଲ ବିରୁଡ଼ି ଘୁଁ ଘୁଁ କରି ତାକୁ ଚାରିଆଡ଼ୁ ଖାଇ ଗୋଡ଼େଇଲେ, କିନ୍ତୁ ଯେମିତି ସେ ତାକୁ ପାରି ହୋଇଗଲେ । ସୂର୍ଯ୍ୟ କିରଣରେ ଚମକୁ ଥିବା ସୁନେଲୀ ଘାସରେ ଭରା ବିଶାଳ ଶୂନ୍ୟ ଅଗଣାର ଆଖ ପାଖରେ, ଚାରିଆଡ଼େ ତାକୁ ବାରଣ୍ଡା ସବୁ ଦେଖାଗଲେ– ବିଶାଳ, ଭବ୍ୟ ଏବଂ ଶୂନ୍ୟ ବାରଣ୍ଡା ସବୁ । ଯେଉଁମାନଙ୍କ ଛାତରୁ ଲ୍ୟାମ୍ପ ସବୁ ଝୁଲି ରହିଥିଲା । ଲାଗୁଥିଲା ଯେମତି ଏଇ ଏବେ ଏବେ କେହି ତାକୁ ସଫାକରିଯାଇଛି ! କିନ୍ତୁ ସେଠାରେ କେହି ନଥିଲେ ।

ଅଗଣାରୁ ଦେଖାଯାଉଥିବା ତୃତୀୟ ମହଲାର ବାଲକୋନିର ପାଟେରୀରେ

ବିଲେଇଟିଏ ସାବଧାନତାର ସହ ଚାଲୁଥିବାର ଦେଖାଯାଉଥିଲା। ତାକୁ ଏକ ସିଡ଼ି ପାହାଚ ବି ଦେଖାଗଲା। ଲମ୍ବା-ଚୌଡ଼ା ସଫାସୁତୁରା ତା'ର ସିଡ଼ି ସବୁ ତାଜା ଗୋବରରେ ଲିପା ଯାଇଥିଲା। ତା'ର ଗନ୍ଧରେ ନାକ ଫାଟି ଯାଉଥିଲା। ପାହାଚ ଗୁଡ଼ିକରେ ତା'ର ଚାଲିବା ଶବ୍ଦ ଶୁଭିଥାନ୍ତା, ହେଲେ କାହିଁ, କିଛି ନାହିଁ।

ସେ ଆଗକୁ ଆଗକୁ ଚଢ଼ି ବଢ଼ିବାରେ ଲାଗିଲା। ଦ୍ୱିତୀୟ ମହଲାର ବାଲକୋନୀ ଦେଖିଲା, ଯାହା ମଝିରେ ଥିବା ଅଗଣାକୁ ଚାରିଆଡ଼ୁ ଘେରି ରହିଥିଲା, ସେଥିରେ ଧଳା ଚାଦର ପଡ଼ିଥିବା ଗଦି ବହୁତ ଦୂରଯାଏ ବିଛା ହୋଇଥିଲା।

ଗୋଟିଏ ପଟେ ମୃଦଙ୍ଗ, ତବଲା, ସିତାର ଆଦି ଅନେକ ବାଦ୍ୟଯନ୍ତ୍ର ଯନ୍ତ୍ର ସହ ରଖାଯାଇଥିଲା। ରଙ୍ଗ-ବେରଙ୍ଗର ଆଲୋକ ଝୁଲୁଥିଲା। ଆଉ କେଉଁଠି ଧୂପ ମଧ ଲାଗିଥିଲା।

ଏତେ ସବୁ ବ୍ୟବସ୍ଥା ସତ୍ତ୍ୱେ ମଧ ତାକୁ କେଉଁଠି କୌଣସି ମନୁଷ୍ୟର ଦେଖା ମିଲିଲା ନାହିଁ ଏବଂ ନାଁ କେଉଁଠି କାହାରି ପାଦଶବ୍ଦ ଶୁଣାଗଲା, ନିଜ ପାଦଶବ୍ଦ ଛଡ଼ା। ସେ ଭାବିଲା, ହୁଏତ ଉପରେ କେହି ଥାଇପାରେ। ସେ ତୃତୀୟ ମହଲାକୁ ଯାଇ ଦେଖିଲା। ପୁଣି ସେହି ଧଳାଧଳା ଗଦି, ସେଇ ଝୁମର, ପୁଣି ସେହି ଅଗରବତୀ। ସେହି ଖାଲି ଖାଲି ପଣ, ସେହି ଶୂନ୍ୟତା, ସେହି ବିଶାଲତା, ସେହି ଭବ୍ୟତା ଏବଂ ସେହି ଜନମାନସ ଶୂନ୍ୟତା।

ଏବେ ସେହି ଗ୍ରାମୀଣଟିର ହୃଦୟ ଭିତରୁ ଦୀର୍ଘଶ୍ୱାସଟିଏ ବାହାରି ଆସିଲା। ଏ କ'ଣ? କେଉଁଠି ଫସିଗଲି! କିନ୍ତୁ ଏତେ ବ୍ୟବସ୍ଥା ଅଛି ମାନେ କେହି ଜଣେ ତ କେଉଁଠି ହେଲେ ନିଶ୍ଚିତ ଥିବ! ଏହା ଭାବି ତା'ର ଡର ଟିକେ କମ୍ ହେଲା ଏବଂ ସେ ବାରଣ୍ଡା ଅତିକ୍ରମ କରି ପାହାଚ ଚଢ଼ିବାକୁ ଲାଗିଲା।

ଏହି ବାରଣ୍ଡାରେ କୌଣସି ସାଜସଜ୍ଜା ହୋଇ ନଥିଲା। କେବଳ ଦରି ଗୁଡ଼ିକ ହିଁ ବିଛା ଯାଇଥିଲା। କିଛି ତୈଲଚିତ୍ର ଟଙ୍ଗା ଯାଇଥିଲା। ଝରକା ସବୁ ଖୋଲା ଥିଲା, ଯାହା ଦେଇ ସୂର୍ଯ୍ୟଙ୍କର ସୁନେଲୀ କିରଣ ଆସୁଥିଲା। ଦୂରରୁ ଝର୍କା ବାହାରକୁ ଦୃଷ୍ଟି ଯାଏ ଯଦି, ତେବେ ବାହାରର ସବୁଜିମା ଭରା ଉଇନୀଚ, ପାହାଡ଼ୀ ଝରଣା, ଗଛପତ୍ରର ଦୃଶ୍ୟ ଦେଖି ଜଣାପଡ଼ିଯାଏ ଯେ ଏହି ମହଲାଟି କେତେ ଉଚ୍ଚ ଏବଂ କେତେ ନିର୍ଜନ ଅଟେ।

ଏବେ ସେ ଗ୍ରାମାଣ ପିଲାଟି ଭୟଭୀତ ହୋଇଗଲା। ସେହି ବିଶାଲତା ଏବଂ ନିର୍ଜନତା ତାକୁ ଆତଙ୍କିତ କରିବାକୁ ଲାଗିଲେ। ସେ ଡରିଗଲା। କିନ୍ତୁ ସେ ଏତେ ଉପରକୁ ଆସିଯାଇଥିଲା ଯେ ତଲକୁ ଚାହିଁବା ମାତ୍ରେ ତା'ର ମୁଣ୍ଡ ବୁଲାଇ ଦେଉଥିଲା।

ସେ ଉପରକୁ ଦେଖିଲା ଯେ, କେବଳ ଗୋଟିଏ ମହଲା ହିଁ ବାକି ଅଛି । ସେ ପରବର୍ତ୍ତୀ ସିଡ଼ିରେ ଉପର ମହଲାକୁ ଚଢ଼ିବାକୁ ସ୍ଥିର କଲା ।

ବାଡ଼ିଟିକୁ କାନ୍ଧରେ ରଖି ଗଣ୍ଠିଲି ଖୋସି ସେହି ପିଲାଟି ଧୀରେ ଧୀରେ ପରବର୍ତ୍ତୀ ମହଲାର ପାହାଚ ଚଢ଼ିବାକୁ ଲାଗିଲା । ତା’ ପାଦଶଦ ତାକୁ କ’ଣ କେଜାଣି ଫୁସୁଲାଉ ଥିଲେ ଏବଂ ତା’ ମେରୁଦଣ୍ଡ ଦେଇ ଶୀତଳ-ଯନ୍ତ୍ରଣା ଚାଲିଗଲା ।

ପାହାଚ ସରିଯିବା ପରେ ପୁଣି ଏକ ଭବ୍ୟ ବାରଣ୍ଡା ଆସିଲା । ଲିପା-ପୋଛା ହୋଇ ଅଗୁରୁ-ଚନ୍ଦନରେ ମହକୁଥିବା । ଚାରିଆଡ଼େ ମୃଗାସନ ଏବଂ ବ୍ୟାଘ୍ରାସନ ବିଛା ଯାଇଥିଲା । ଏକ ଦିଗରେ ଯୋଜନା ବିସ୍ତାରି ଦୃଶ୍ୟ ଦେଖାଯାଉଥିବା ଝରକା ପାଖରେ ଦେବପୂଜାରେ ନିମଗ୍ନ ମନ, ଜଣେ ଚକ୍ଷୁ ମୁଦ୍ରିତ କରିଥିବା ଋଷି ଦାମିକା କଶ୍ମୀରୀ ଶାଲ ଘୋଡ଼େଇ ହୋଇ ଧ୍ୟାନସ୍ଥ ଥିଲେ ।

ପିଲାଟି ଖୁସି ହୋଇଗଲା । ସେ କବାଟ ପାଖରେ ମୁଣ୍ଡ ନୁଆଁଇ ପ୍ରଣାମ କଲା । ଆନନ୍ଦାଶ୍ରୁ ତା’ ଆଖିରୁ ଝଲସି ଉଠିଲା । ତାକୁ ଯେପରି ସ୍ୱର୍ଗ ମିଳିଗଲା ।

ଧ୍ୟାନମୁଦ୍ରା ଭଙ୍ଗ ନ ହେବାରୁ ସେ ମନେ ମନେ ଆପଣା ଛାଏ ସ୍ୱୀକାର କରିଥିବା ଗୁରୁଙ୍କୁ ପ୍ରଣାମ କରି ସିଡ଼ିର ସର୍ବୋଚ୍ଚ ପାହାଚ ଉପରେ ଶୋଇଗଲା । ସାଙ୍ଗେ ସାଙ୍ଗେ ତାକୁ ନିଦ ଆସିଗଲା । ଗଭୀର ସ୍ୱପ୍ନରେ ହଜିଗଲା ସେ । କ୍ଲାନ୍ତ ଶରୀର ଏବଂ ସନ୍ତୁଷ୍ଟ ମନ, ତା’ ଇଚ୍ଛାଗୁଡ଼ିକୁ ମୂର୍ତ୍ତିମନ୍ତ କରିଦେଲା । ସେ ବିଦ୍ୱାନ ସାଜି ଗ୍ରାମରେ ଥିବା ନିଜ ପିତାଙ୍କ ପାଖକୁ ପୁନର୍ବାର ଫେରିଆସିଛି । ତାଙ୍କ ପାଦ ଧରି ନିଜ ଆଖି ଲୁହରେ ଭିଜାଇ ଆର୍ଦ୍ର ହୃଦୟରେ କହୁଛି, ପିତାଜୀ, ମୁଁ ବିଦ୍ୱାନ ସାଜି ଆସିସାରିଛି, ମୋତେ ଆଉରି ଶିକ୍ଷା ଦିଅନ୍ତୁ । ମୋର ମାର୍ଗ ଦର୍ଶନ କରାନ୍ତୁ । ପିତାଜୀ, ପିତାଜୀ । ଏବଂ ମାତା ନିଜ ପଣତରେ ଆଖି ପୋଛୁ ପୋଛୁ, ପୁତ୍ରର ଜ୍ଞାନକୁ ଗୌରବର ସହ ଆପଣାଇ, ତାକୁ ନିଜ ହାତରେ କୋଳକୁ ଟାଣିଆଣି ବସାଉଛନ୍ତି । (ସାଶ୍ରୁମୁଖ ପିତାଙ୍କ ବାସଲ୍ୟ ଭରା ହାତ ତା’ ମୁଣ୍ଡ ଉପରେ ଆଶୀର୍ବାଦ ଛତ୍ର ସାଜି ଘେରି ରହିଥିଲା ।)

ସେହି ଗ୍ରାମ୍ୟ ତରୁଣଟି ଉଠି ପଡ଼ିଲା ଏବଂ ଦେଖିଲା ଯେ ସେହି ତେଜସ୍ୱୀ ବ୍ରାହ୍ମଣଙ୍କ ଦିପ୍ତୀମୟ ଚେହେରା, ଯାହା ଏବେ ଏବେ ମୃଦୁ ଏବଂ କୋମଳ ହୋଇ ତା’ ଉପରେ କିରଣ ଢାଳୁଥିଲେ, କଠୋର ଏବଂ ଅଚିହ୍ନା ହୋଇଯାଉଥିଲା ।

ବ୍ରାହ୍ମଣ କଠୋର ହୋଇ କହିଲେ – ତୁମେ ଏଠାକୁ ଆସିବାର ସାହସ କେମିତି କଲ ? ଏଠାକୁ କେମିତି ଆସିଲ ? ପିଲାଟି ମୁଣ୍ଡ ନୁଆଁଇ ପ୍ରଣାମ କଲା, ମହାଶୟ, ମୁଁ ମୂର୍ଖ ଅଟେ, ନିରକ୍ଷର ଅଟେ, ଜ୍ଞାନାର୍ଜନ କରିବା ଉଦ୍ଦେଶ୍ୟରେ ଆସିଛି ।

ବ୍ରାହ୍ମଣ ଟିକେ ହସିଲେ। ତାଙ୍କ କଣ୍ଠଟିକେ ଧୀର ହୋଇଗଲା।, କିନ୍ତୁ ଦୃଢ଼ତା ସେମିତି ହିଁ ରହିଥିଲା। ନୀରସଭାବ ଓ କଠୋରତା ମଧ୍ୟ ଆଗପରି।

— 'ତୁମେ ସ୍ଥିର କରିସାରିଛ ?'

— 'ଆଜ୍ଞା'

— ନା', ତୁମେ ନିଷ୍ପତ୍ତି ନେବାରେ ଅଭିଜ୍ଞ ନୁହଁ, ଆଉଥରେ ଚିନ୍ତା କର,.... ଯାଅ, ବର୍ତ୍ତମାନ ପାଇଁ ଗାଧୋଇ ପାଧୋଇ ସେ କୋଠାରୀରେ ଭୋଜନ ସାରି ଟିକେ ଶୋଇପଡ଼, ପୁଣିଥରେ ଭଲ ଭାବରେ ଚିନ୍ତାକର, କାଲି ଆସି ମୋତେ ସାକ୍ଷାତ କର।

ତା ପରଦିନ ପ୍ରତ୍ୟୁଷରୁ ଗୁରୁଙ୍କ ପୂର୍ବରୁ ଉଠି ପଡ଼ିଲା। ନିତ୍ୟକର୍ମ ସାରିଲା। ଗୁରୁଙ୍କ ପୂଜା ଥାଳୀ ସଜାଡ଼ିଲା ଏବଂ ଆଜ୍ଞାକାରୀ ଶିଷ୍ୟ ଟିଏ ପରି ଆଦେଶର ପ୍ରତୀକ୍ଷା କରିବାକୁ ଲାଗିଲା। ତା' ଶରୀରରେ ଏବେ ଏକ ନୂଆ ଚେତନା ଆସିଯାଇଥିଲା। ଆଖିରେ ଏକ ଚମକ ଥିଲା।

ବିଶାଳବାହୁ, ପ୍ରଶସ୍ତ ବକ୍ଷ, ତେଜସ୍ୱୀ ଲଲାଟଧାରୀ ନିଜ ଗୁରୁଙ୍କ ରୂପ ଦେଖି ପିଲାଟି ଭାବୁକ ଏବଂ ମୁଗ୍ଧ ହୋଇଯାଇଥିଲା। ସେ ଏକଦମ୍ କ୍ଷୁଦ୍ର ହୋଇଯିବାକୁ ଚାହୁଁଥିଲା, ଏକ ଲୋଭୀ ପିମ୍ପୁଡ଼ି ପରି, ଭୂଇଁରେ ମିଶିଯାଇ ଜ୍ଞାନରୂପୀ ଗୁଡ଼ର ପ୍ରତିଟି କଣିକାକୁ ତନ୍ନତନ୍ନ କରି ଦେଖି ପରଖି ପାରିବ ଏବଂ ତୁରନ୍ତ ଗ୍ରହଣ କରିପାରିବ।

ଗୁରୁ ସଂଶୟ ପୂର୍ଣ୍ଣ ଦୃଷ୍ଟିରେ ତାକୁ ଚାହିଁ ଦୃଢ଼ ସ୍ୱରରେ ପଚାରିଲେ; ଭାବିଚିନ୍ତି ନିଷ୍ପତ୍ତି ନେଲା।

— ଆଜ୍ଞା — ଭୟ ମିଶା ସ୍ୱର। କିଛି ଚିନ୍ତାକରି ଗୁରୁ କହିଲେ, ନା, ତୁମର ନିଷ୍ପତ୍ତି ନେବାର କ୍ଷମତା ନାହିଁ। ଥରେ ବିଦ୍ୟାରମ୍ଭ ହୋଇଗଲେ ତୁମେ ବାରବର୍ଷ ଯାଏ ଏଠାରୁ ବାହାରକୁ ଯାଇପାରିବ ନାହିଁ। ଭଲ ଭାବରେ ଚିନ୍ତା କର।

ଆଛା, ଗୋଟାଏ ବେଳେ ମୋ ସହ ଭୋଜନ କରିବ, ଅଲଗା ନୁହେଁ।

ଏବଂ ଗୁରୁ ବ୍ୟାଘ୍ରାସନରେ ବସି ପୂଜା ଅର୍ଚ୍ଚନାରେ ଲିପ୍ତ ହୋଇଗଲେ। ଏହି ପ୍ରକାରରେ ଦୁଇଦିନ ବିତିଗଲା। ପିଲାଟି ନିଜର ଏକ କାର୍ଯ୍ୟସୂଚୀ ପ୍ରସ୍ତୁତ କରିଥିଲା, ଯେଉଁ ଅନୁଯାୟୀ ସେ କାମ କରୁଥିଲା। ଗୁରୁ ଯେ ତା' ଉପରେ ସନ୍ତୁଷ୍ଟ ଅଛନ୍ତି, ଏକଥା ପ୍ରତୀତ ହେଉଥିଲା।

ଦିନେ ଗୁରୁ ପଚାରିଲେ, ତୁମେ ସ୍ଥିର କରିସାରିଛ ଯେ ବାରବର୍ଷ ପର୍ଯ୍ୟନ୍ତ ଏ ଭବନ ବାହାରେ ପାଦ ରଖିବନି ?

ନତମସ୍ତକ ହୋଇ ପିଲାଟି କହିଲା — ଆଜ୍ଞା'! ଗୁରୁଙ୍କୁ ଟିକେ ହସଲାଗିଲା, ହୁଏତ ତା' ମୂର୍ଖତା ଉପରେ ଅବା ନିଜର; କହି ହେବନି। ତାଙ୍କୁ ଲାଗିଲା, କ'ଣ ଏହି

ନିରୀହ ନିରକ୍ଷରଟିର ଆଖ୍ ନାହିଁ? କ'ଣ ଏଠିକାର ବାତାବରଣ ସତତରେ ଭଲ ଜଣାପଡୁଛି! ସେ ନିଜ ଶିଷ୍ୟର ମୁଖକୁ ଧ୍ୟାନର ସହ ଅବଲୋକନ କଲେ। ଏକ ସାଦାସିଧା ନିରୀହ ନିରକ୍ଷର ବାଲମୁଖ! ଚେହେରାରେ ନିଷ୍କପଟ ନିଷ୍କଳ ଜ୍ୟୋତି!

ନଜର ଚେହେରାରେ ଗୁରୁଙ୍କର ଦୃଷ୍ଟି ନିବିଡ଼ ଥିବା ଦେଖ୍ ବିଚଳିତ ହୋଇ ଶିଷ୍ୟଟି ନିଜର ନିରକ୍ଷଣ ବୁଦ୍ଧିହୀନ ମସ୍ତକ ଆହୁରି ତଳକୁ କରିଦେଲା।

ଗୁରୁଙ୍କ ହୃଦୟ ତରଳି ଗଲା। ସେ ଯଥେଷ୍ଟ ନମ୍ର ଏବଂ ହୃଦୟସ୍ପର୍ଶୀ ସ୍ଵରରେ କହିଲେ, – ଦେଖ, ବାର ବର୍ଷ ଭିତରେ ତୁମେ ବେଦ, ସଂଗୀତ, ଶାସ୍ତ୍ର, ପୁରାଣ, ଆୟୁର୍ବେଦ, ସାହିତ୍ୟ, ଗଣିତ ଇତ୍ୟାଦି ସମସ୍ତ ଶାସ୍ତ୍ର ଏବଂ କଳାରେ ପାରଙ୍ଗମ ହୋଇଯିବ। କେବଳ ଭବନ ତ୍ୟାଗ କରି ବାହାରକୁ ଯିବାର ଅନୁମତି ମିଳିବନି। ଆଣ, ସେ ଆସନ, ସେଠାରେ ବସ।

ଏବଂ ଏହିପରି ଗୁରୁ ପୂଜାପାଠ ସ୍ଥାନ ସମ୍ମୁଖରେ ଏକ କୁଶାସନ ଉପରେ ନିଜର ଶିଷ୍ୟକୁ ବସାଇ, ପରମ୍ପରା ଅନୁଯାୟୀ ପ୍ରଥମେ ଶବ୍ଦ-ରୂପାବଳୀରୁ ତା'ର ବିଦ୍ୟାଧ୍ୟୟନର ଶୁଭାରମ୍ଭ କଲେ।

ଗୁରୁ ମୃଦୁ ସ୍ଵରରେ କହିଲେ –

"କୁହ ପୁତ୍ର, ରାମଃ, ରାମୌ ରାମଃ – ପ୍ରଥମାଃ

ଏବଂ ଏହି ବାଲ-ବିଦ୍ୟାର୍ଥୀର ଅସ୍ଵସ୍ଥ ହୃଦୟରୁ ବାଣୀ ସେହି ଭୟାନକ ନିଃସଙ୍ଗ, ଶୂନ୍ୟ, ନିର୍ଜନ ଖାଁ-ଖାଁ ଭବନରେ ଗୁଞ୍ଜରିତ ହୋଇଉଠିଲା।

ସାରା ଭବନ ଗାଇବାକୁ ଲାଗିଲା –

ରାମଃ ରାମୌ ରାମାଃ – ପ୍ରଥମା ?

ଧୀରେଧୀରେ ତା'ର ଅଧ୍ୟୟନ, 'ସିଦ୍ଧାନ୍ତ କୌମୁଦୀ' ପାଖରେ ଆସି ପହଞ୍ଚିଲା। ଏବଂ ଅନେକ ବିଦ୍ୟା ଆୟତ୍ତ କରି ବର୍ଷ ପରେ ବର୍ଷ ବିତିବାରେ ଲାଗିଲା। ନିୟମିତ ଆହାର-ବିହାର ଏବଂ ସଂଯମର ଫଳ ସ୍ଵରୂପ ବିଦ୍ୟାର୍ଥୀର ଦେହ ପରିପୁଷ୍ଟ ହୋଇ ଆସିଲା ଏବଂ ଆଖିରେ ନବ-ତାରୁଣ୍ୟର ଚମକ ପ୍ରସ୍ଫୁଟିତ ହୋଇଉଠିଲା। ପିଲାଟି ଯିଏ ଗାଉଁଲୀ ଥିଲା ଏବେ ଗୁରୁଙ୍କ ସହ ସଂସ୍କୃତରେ ବାର୍ତ୍ତାଳାପ ମଧ କରିବାକୁ ଲାଗିଲା।

କେବଳ ଗୋଟିଏ କଥା ସେ ଆଜିଯାଏଁ ଜାଣି ପାରିଲାନି। କେବେ ଜାଣିବାକୁ ଚେଷ୍ଟା ମଧ କଲାନି। ତାହା ହେଲା ଯେ, ଏହି ଭବ୍ୟ-ଭବନରେ ଗୁରୁଙ୍କ ପାଖରେ ଏହି ଛୋଟ ଦୁନିଁଆଁରେ ଯଦି ଆଉ କେହି ବ୍ୟକ୍ତି ନାହିଁ, ତେବେ ଏ ସବୁ କଥା ଘଟୁଛି କେମିତି ? ଠିକ୍ ସମୟରେ ଦୁହେଁ ଗୁରୁଶିଷ୍ୟ ଭୋଜନ କରନ୍ତି। ସୁବ୍ୟବସ୍ଥିତ ଭାବେ ତାଙ୍କୁ ସାଧା କିନ୍ତୁ ରୁଚିପୂର୍ଣ୍ଣ ଭୋଜନ ମିଳେ। ଏହି ଅଷ୍ଟମ ମହଲାରୁ ସପ୍ତମ ମହଲାକୁ

ସେମାନଙ୍କ ମଧରୁ କେହି କେବେ ଓହ୍ଲାଇ ଯାଇ ନାହାଁନ୍ତି । ଦୁହେଁ ଭୋଜନ ସମୟରେ ଅନେକ ବିବାଦଗ୍ରସ୍ତ ପ୍ରଶ୍ନ ଉପରେ ଚର୍ଚ୍ଚା କରନ୍ତି । ଏଠି ଏହି ଅଷ୍ଟମ ମହଲାରେ ଏକ ନୂତନ ଦୁନିଆଁ ସୃଷ୍ଟି ହୋଇଗଲା ।

ଯେବେ ଗୁରୁ ତାକୁ କୌଣସି ଛନ୍ଦ ଶିଖାନ୍ତି, ଏବଂ ଯେତେବେଳେ ବିଦ୍ୟାର୍ଥୀ ମନ୍ଦାକ୍ରାନ୍ତା ଅବା ଶାର୍ଦ୍ଦୁଲ୍ବିକ୍ରୀଡ଼ିତ ଗାଇବାକୁ ଲାଗେ ତ ଅଚାନକ ସେ ଭବନରେ ମୃଦୁ ସ୍ୱରରେ ମୃଦଙ୍ଗ ଏବଂ ବୀଣା ବାଜି ଉଠେ ଏବଂ ସେହି ନିର୍ଜନ, ଶୂନ୍‌ଶାନ୍ ଭବନ ସେହି ଛନ୍ଦ ଗାଇଉଠେ ।

ଦିନେ ଗୁରୁ ଶିଷ୍ୟକୁ କହିଲେ, ପୁତ୍ର, ଆଜିଠାରୁ ତୋର ଅଧ୍ୟୟନ ସମାପ୍ତ ହେଲା । ଆଜି ହିଁ ତୋର ଘରକୁ ଯିବାର ଅଛି । ଆଜି ବାରବର୍ଷର ଅନ୍ତିମ ଦିନ । ସ୍ନାନ କର୍ମାଦି ଶେଷ କରି ଆସ, ଅନ୍ତିମ ଶିକ୍ଷା ଗ୍ରହଣ କର ।

ଶିକ୍ଷାଦାନ, ସମୟରେ ଗୁରୁ ଏବଂ ଶିଷ୍ୟ ଦୁହେଁ ଉଦାସ ଥିଲେ । ଦୁହେଁ ଗମ୍ଭୀର । ତାଙ୍କ ହୃଦୟ ଭରି ଆସୁଥିଲା । ଶିକ୍ଷା ଦାନ ପରେ ଅନ୍ୟଦିନ ପରି ଯଥାବିଧ୍ ଭୋଜନ ପାଇଁ ବସିଲେ ।

ଅନ୍ୟ କୋଠରିରେ ଭୋଜନ ପାଇଁ ବସିଥିଲେ । ଗୁରୁ ଓ ଶିଷ୍ୟ ଦୁହେଁ ନିଜ ଅନ୍ତିମ କଥାବାର୍ତ୍ତା ପାଇଁ ନିଜକୁ ପ୍ରସ୍ତୁତ କରି, ଖାଦ୍ୟ ଗୁଣ୍ଡା ମୁହଁରେ ଦେବାକୁ ଉଦ୍ୟତ ହେବା ସମୟରେ ଗୁରୁ କହିଲେ – ପୁତ୍ର, ଖେଚୁଡ଼ିରେ ଘିଅ ପକେଇନ ?

ଶିଷ୍ୟ ଉଠୁଥିବା ସମୟରେ ଗୁରୁ ପୁଣି କହିଲେ, ନାଁ, ନାଁ ଉଠନାହିଁ । ଏବଂ ସେ ନିଜ ହାତ ଏମିତି ଲମ୍ବାଇ ନେଲେ ଯେ କୋଠରି ପାରି ହୋଇ ଅନ୍ୟ କୋଠରିରେ ପ୍ରବେଶ କରି ମୁହୂର୍ତ୍ତକ ଭିତରେ ଘିଅର ଟିକମିକ କରୁଥିବା ଲୋଟା ନେଇ ଶିଷ୍ୟର ଖେଚୁଡ଼ିରେ ଘିଅ ଢାଲିବାକୁ ଲାଗିଲା ।

ଶିଷ୍ୟ ସ୍ତମ୍ଭୀଭୂତ ଏବଂ କମ୍ପିତ ହୋଇ ରହିଗଲା । ସେ ଗୁରୁଙ୍କର କୋମଳ ବୃଦ୍ଧ ମୁଖକୁ କଠୋରତାର ସହ ଦେଖିବାକୁ ଲାଗିଲା ଯେ, ଇଏ କିଏ ? ମାନବ ନା ଦାନବ ? ସେ ଆଜିଯାଏଁ ଗୁରୁଙ୍କ ବ୍ୟବହାରରେ କୌଣସି ଅପ୍ରାକୃତିକ ଚମତ୍କାର ଦେଖି ନଥିଲା । ସେ ଭୟଭୀତ ଏବଂ ସ୍ତମ୍ଭୀଭୂତ ହୋଇ ରହିଗଲା ।

ଗୁରୁ ଦୁଃଖପୂର୍ଣ୍ଣ ଓ କୋମଳତାର ସହ କହିଲେ, ଶିଷ୍ୟ ସ୍ଵସ୍ତ କରିଦିଏ ଯେ ମୁଁ ଏକ ବ୍ରହ୍ମରାକ୍ଷସର ଅଟେ କିନ୍ତୁ ତଥାପି ତୁମର ଗୁରୁ ଅଟେ । ମୋତେ ତୁମର ସ୍ନେହ ଆବଶ୍ୟକ । ନିଜର ମାନବ ଜନ୍ମରେ ମୁଁ ସାରା ସଂସାରର ବିଦ୍ୟା ଆୟତ୍ତ କରିନେଲି, କିନ୍ତୁ ଦୁର୍ଭାଗ୍ୟବଶତଃ କୌଣସି ଯୋଗ୍ୟ ଶିଷ୍ୟ ମିଳିଲା ନାହିଁ, ଯାହାକୁ ମୁଁ ମୋର ସମସ୍ତ ଜ୍ଞାନ ପ୍ରଦାନ କରିପାରିବି । ଏଥିପାଇଁ ମୋର ଆତ୍ମା ଏହି ସଂସାରରେ ହିଁ

ଅଟକି ରହିଗଲା ଏବଂ ମୁଁ ବ୍ରହ୍ମରାକ୍ଷସ ରୂପରେ ଏଠି ବାସକଲି। ତୁମେ ଆସିଲ, ମୁଁ ତୁମକୁ ବାରମ୍ବାର କହିଲି ଫେରିଯାଅ। ହୁଏତ ତୁମ ଭିତରେ ଜ୍ଞାନ ପାଇଁ ଆବଶ୍ୟକ ଶ୍ରମ ଏବଂ ସଂଯମ ନ ଥାଇପାରେ, କିନ୍ତୁ ମୁଁ ତୁମର ଜୀବନଗାଥା ଶୁଣିଲି। ବିଦ୍ୟା ପ୍ରତି ଅନାଗ୍ରହ ଯୋଗୁଁ ପିତାଙ୍କର ଅନେକ ତାଡ଼ନା ସତ୍ତ୍ୱେ ତୁମେ ଗାଉଁଲୀ ହୋଇ ହିଁ ରହିଲା ଏବଂ ପରେ ମାତା-ପିତାଙ୍କ ଦ୍ୱାରା ବାହାର କରିଦିଆଯିବ ପରେ ତୁମର ବ୍ୟଥିତ ଅହଂକାର ତୁମକୁ ଜ୍ଞାନାଲୋକର ପଥ ଖୋଜି ବାହାର କରିବାକୁ ପ୍ରବୃତ୍ତ କଲା। ମୁଁ ପ୍ରବୃତ୍ତିବାଦୀ ଅଟେ, ସାଧୁ ନୁହେଁ। ଶହ ଶହ ମାଇଲ ଜଙ୍ଗଲର ବାଧାବିଘ୍ନ ପାରି ହୋଇ ତୁମେ କାଶୀ ଆସିଲ। ତୁମ ମୁଖମଣ୍ଡଳରେ ଜିଜ୍ଞାସାର ଆଲୋକ ଥିଲା। ମୁଁ ଅଜାଣତରେ ତୁମକୁ ମୁକ୍ତି ଦେଲି। ତୁମେ ମୋ ଜ୍ଞାନପ୍ରାପ୍ତ କରି ମୋ ଆତ୍ମାକୁ ମୁକ୍ତି ଦେଲ। ଜ୍ଞାନ ଦ୍ୱାରା ପ୍ରାପ୍ତ ଉତ୍ତର ଦାୟିତ୍ୱ ମୁଁ ପୁରାକଲି। ଏବେ ଏହି ଉତ୍ତର ଦାୟିତ୍ୱ ତୁମ ଉପରକୁ ଆସିଯାଇଛି। ଯେ ପର୍ଯ୍ୟନ୍ତ ତୁମେ ମୁଁ ଦେଇଥିବା ଜ୍ଞାନ ଆଉ କାହାକୁ ପ୍ରଦାନ ନ କରିଛ, ତୁମର ବି ମୁକ୍ତି ନାହିଁ। ଶିଷ୍ୟ, ଆସ, ମୋତେ ବିଦାୟ ଦିଅ। ନିଜ ପିତା ଓ ମାତାଙ୍କୁ ମୋ ପ୍ରଣାମ କହିବ। ଶିଷ୍ୟ ଲୁହ ଭରା ଆଖିରେ ଗୁରୁଙ୍କ ଚରଣରେ ମସ୍ତକ ରଖି ଆଶୀର୍ବାଦର ଅନ୍ତିମ ସ୍ପର୍ଶ କରି ପୁଣି ଉପରକୁ ମୁଣ୍ଡ ଉଠାଇବା ମାତ୍ରେ ସେଠାରୁ ସେ ବ୍ରହ୍ମରାକ୍ଷସର ଉଭାନ ହୋଇଗଲା।

ସେହି ଭୟଙ୍କର ନିକାଞ୍ଜନ, ନିର୍ଜନ ବାରଣ୍ଡା ଶୂନଶାନ ଥିଲା। ଶିଷ୍ୟଟି ବ୍ରହ୍ମରାକ୍ଷସ ଗୁରୁଙ୍କର ବ୍ୟାଘ୍ରାସନ ନେଲା ଏବଂ ତାଙ୍କ ପ୍ରଦତ୍ତ ଶିକ୍ଷା ମନେ ମନେ ଗୁଣୁଗୁଣୁ ହୋଇ ଆଗକୁ ବଢ଼ିଲା।

ବ୍ୟଥାର ସାରେଗାମା

ଅମୃତ ରାୟ

ଗଭୀର ଅନ୍ଧାର... ନୀରବ.... ନିସ୍ତବ୍ଧ...! କେବଳ ଦୂରରୁ କିଛି କୁକୁର ଏବଂ ବିଲୁଆଙ୍କ ଭୁକିବାର ଶବ୍ଦ। ମନୁଷ୍ୟର ସ୍ୱର ତ ଗୀତର ଗୋଟେ ଅଧେ ପଦ ପରି କେବେ– କେବେ କାନରେ ପଡ଼ିଯାଏ କୌଣସି ରିକ୍ସାବାଲାର କେଉଁ ଏକ ରୋମାଣ୍ଟିକ୍ ଫିଲ୍ମୀ ଗୀତର ଏକ ଧାଡ଼ି.... ନହେଲେ ପୁରା ଶୂନଶାନ୍।

ପାଖରୁ ହିଁ କାହା ଘରୁ ଶାହାନାଇର ବ୍ୟାକୁଳ ସ୍ୱର ଭାସିଆସୁଛି। ଶାହାନାଇ ବି ଅଭୁତ ବାଜା ଅଟେ, ଯାହା କି ସୁଖ ଓ ଦୁଃଖ ସମାନ ରୂପେ ମଣିଷର ସାଥୀ ହୋଇଥାଏ। ଆଜି କେଜାଣି କାହିଁକି ସୁରେଶ୍ୱର....

...କିନ୍ତୁ ଆପଣ ତାକୁ କ'ଣ ଜାଣନ୍ତି। ଆପଣ ବୋଧେ ତା'ର କେବେ ବୀଣା ଶୁଣି ନାହାଁନ୍ତି। ସେ ଯେତେବେଲେ ଆଖିବନ୍ଦ କରି ବୀଣାର ତାରରେ ନିଜର ଅଙ୍ଗୁଲି ଚାଲନା କରିବାରେ ଲାଗେ, ବିଶ୍ୱାସ ହୁଏ ନାହିଁ। ଯେ ଏହି ସୁରେଶ୍ୱର ଯିଏ ଆଗରେ ବସିଛି, ତା'ର ଏବେ ଆଗକୁ ବଢ଼ିବାର ବୟସ, ସେ ଏବେ ମାତ୍ର ସମୁଦାୟ ତିରିଶଟି ବସନ୍ତ ଦେଖିଛି। ତା' ସ୍ୱରରୁ ପ୍ରବାହିତ ହେଉଥିବା ବ୍ୟଥାର ସରିତାରେ ଯିଏ ଥରେ ମାତ୍ର ବି ସ୍ନାନ କରେ, ତା'ର ପ୍ରତିଟି ଅଙ୍ଗ ଯେପରି କମ୍ପି ଉଠେ ଏବଂ ତାକୁ ଲାଗେ ସତେ ଅବା ଅନେକ ବସନ୍ତ ଓ ଶିଶିର, ଯାଇ ବାସ କରିଛନ୍ତି ବଜାଉଥିବା ଲୋକର ଅସ୍ଥି ମଜ୍ଜାରେ।

ସୁରେଶ୍ୱର ରେଲବାଇର ଏକ ଅଫିସ୍‌ରେ କିରାଣୀ ଅଟେ। ରେଲଗାଡ଼ିର ଧଡ଼ଧଡ଼୍‍ ଶଦ ଏବଂ ଫାଇଲ କାମର ଥକାପଣକୁ ନିଜ ବୀଣାର ସ୍ୱରରେ ବାନ୍ଧି ସେ ତାଙ୍କୁ ଏକ ନୂଆ ରୂପ ଦେଇଦେଇଛି। ଦିନ ସାରାର ଖରାରେ ଧାଁ ଦଉଡ଼ ପରେ ରାତିରେ, ଏଇଟା ହିଁ ତା'ର ଶାନ୍ତିର ନିର୍ଝର ଅଟେ, ଏଇଟା ହିଁ ତା'ର ସାହାରା ଅଟେ, କବଚ ଅଟେ.... ଯେମିତି ଇଏ ନ ଥିଲେ ଅଫିସର ଫାଇଲ ଗୁଡ଼ିକ ତାକୁ ଖାଇଯିବେ। ରାତିରେ ନିଜ କୋଠରି ବନ୍ଦକରି (ଯେପରି ପଡ଼ୋଶୀମାନଙ୍କ ନିଦରେ ବ୍ୟାଘାତ ସୃଷ୍ଟି ନହୁଏ) ସେ ପ୍ରାୟ ବହୁତ ସମୟ ଯାଏ ବଜଉଥାଏ। ରାତିର ଏହି ଏକାନ୍ତ ସମୟ ତା'ର ବହୁତ ପ୍ରିୟ।

ସେ ରୁହେଁ ଯେ ସେ ଶୀଘ୍ର ଯାଉ, ଯେମିତି ତା' ପରଦିନ ପର୍ଯ୍ୟନ୍ତ ନିଜ ବୀଣାରେ ମଜି ରହେ ଏବଂ ଭାବି ଚାଲିଥାଏ ଯେ, କୌଣସି ଏକ ନିର୍ଦ୍ଦିଷ୍ଟ ବିନ୍ଦୁରେ ପହଞ୍ଚିବା ପରେ ଘଣ୍ଟାର କଣ୍ଟା ସବୁ ଅଚଳ ହୋଇଯାଇଛି....।

ତେଣୁ, ଆଜି କାହିଁକି କେଜାଣି ସୁରେଶ୍ୱରର ମନ ଉଦାସ ଅଛି। ଶାହାନାଇର ସେ କ୍ଷୀଣ ସୁର ତା' ହୃଦୟକୁ ଛୁରୀଟିଏ ପରି ଚିରି ଦେଉଛି। ଏକ ବିଚିତ୍ର ଯନ୍ତ୍ରଣାଟିଏ, ଏକ ଅଭୁତ ବେଦନା ତାକୁ ନିଜ ଭିତରକୁ ଟାଣି ଦେଉଛି। ତା' ବୀଣା ଆଜି ନୀରବ। ସେ ତ ଆଜି କେବଳ ଶୁଣୁଛି। ଶାହାନାଇ ସ୍ୱରର ସେ ତୀକ୍ଷ୍ଣ ଛୁରୀ ତା' ଅନ୍ତରକୁ ଆଘାତ ଦେଇ ଚାଲିଛି। ସୁରେଶ୍ୱର ଜାଣିବାକୁ ଚାହେଁ ଯେ, ନିଜର ଏହି ଭିନ୍ନ ଭିନ୍ନ ରାଗରେ ସେ ତାକୁ କ'ଣ କହିବାକୁ ଚାହୁଁଛି। ପୀଡ଼ାର ଏପରି କେଉଁ ଗଭୀରତାକୁ ସେ ଛୁଇଁ ଯିବାର ସଂକଳ୍ପ କରିଛି। ଶାହାନାଇର ସ୍ୱର ତା' ମନର ଗଭୀରତାରେ ଏକ ଅତ୍ୟନ୍ତ ସୁନ୍ଦରୀ ପାର୍ବତୀ ଯୁବତୀର ରୂପ ଧାରଣ କରୁଛି। ଏହି ଯୁବତୀ କୌଣସି କ୍ରୁର ଦୈତ୍ୟ ଦ୍ୱାରା ଶାପିତା ଅଟେ, ତା'ର ସାଥି ନିରୁଦ୍ଦିଷ୍ଟ, ପରିଜନ ମାନେ ତାକୁ ତ୍ୟାଗ କରିଛନ୍ତି ଏବଂ ତାକୁ ଏକାକୀ ହିଁ ନିଜ ବ୍ୟଥାର ବୋଝ ଉଠେଇବାର ଅଛି। ତା'ର ମୁଖମଣ୍ଡଳ କାକର ଭିଜା ଫୁଲ ସଦୃଶ, ତା' ବସ୍ତ ତୁଷାର ପରି ଶୁଭ୍ର। କିନ୍ତୁ ମୁଖମୁଦ୍ରା ଯେପରି କୌଣସି ଗଭୀର ଉଦାସର ଧୁଆଁରେ ଆଚ୍ଛନ୍ନ...।

.....ଶାହାନାଇର ସ୍ୱରକୁ ଏହି ମନୁଷ୍ୟ ରୂପରେ କଳ୍ପନା କରି ସୁରେଶ୍ୱର ତାକୁ ହିଁ ଚାହିଁ ମୌନ ପ୍ରାୟ ହୋଇ ବସିଥିଲା। ହଠାତ୍‍ ଯେପରି କେହି ଜଣେ ତା' କାନ୍ଧକୁ ଧରି ଝାଙ୍କି ଦେଲା ଏବଂ ଜାଗ୍ରତ କରେଇ ଦେଲା। ଏବଂ ସେତେବେଳେ ତାକୁ ଜଣାଗଲା ଯେ, ସେ ନିଜେ ନିଜକୁ ଠକୁଥିଲା। ଯେଉଁ କଳ୍ପନା ଚିତ୍ର ତା' ଆଖି ଆଗକୁ ଆସୁଛି ତାହା ଶାହାନାଇ ସ୍ୱରର ଚିତ୍ର ନୁହେଁ, ରକ୍ତ ମାଂସଧାରୀ ଏକ ତରୁଣୀର ବାସ୍ତବ ଚିତ୍ର ଅଟେ। ଯାହାକୁ ସେ ଆଜି ହିଁ ଶରଣାର୍ଥୀଙ୍କ ଗାଡ଼ିରୁ ଓହ୍ଲାଉଥିବାର ଦେଖିଛି। ସେ ହଜାରୀ ଜିଲ୍ଲାର ଏକ ସୀମାନ୍ତ ଗ୍ରାମର ଏକ ହିନ୍ଦୁ-ପଠାଣ ତରୁଣୀର ଚିତ୍ର ଅଟେ....

ଯେତେବେଳେ ଶାହାନାଇର କୌଣସି ଯନ୍ତ୍ରଣାପୂର୍ଣ୍ଣ ରାଗକୁ ନିଜ ସ୍ୱରରେ ବାନ୍ଧିବାକୁ ପ୍ରୟାସ କଲା, ସେତେବେଳେ ସେ ବ୍ୟଥା-ସୁନ୍ଦରୀ ଆପଣାଛାଏଁ ତା' ଆଖ ଆଗକୁ ଚାଲି ଆସିଲା, ସମୁଦ୍ର ଫେଣରୁ ବାହାରି ଆସୁଥିବା ପ୍ରେମର ଦେବୀ ପରି....

......ହଁ ସତରେ ପ୍ରେମର ଦେବୀ.... ଊର୍ବଶୀ... ତକ୍ଷଶୀଳାର ସୁନ୍ଦରୀ.... ଶାଲଗଛ ପରି ସୁଗଠିତ, ଲମ୍ବା.... ସୁନ୍ଦର ଯୌବନରେ ଭରପୁର ସୁଢ଼ଳ ଶରୀର, ବାଦାମୀ ଆଖ, ଚନ୍ଦନ ପରି ଗୋରା, ସୁମାର୍ଜିତ ମୁଖମଣ୍ଡଳ, ଲମ୍ବା ବେଣୀ। କିନ୍ତୁ ଏସବୁ ସତ୍ତ୍ୱେ ଅଙ୍ଗରାଗ ସ୍ଥାନରେ ଉଦାସୀର ଏକ ଗଭୀର ଆସ୍ତରଣ ଥିଲା, ଯାହା ମୁଖମଣ୍ଡଳର ଭାବକୁ ସଂପୂର୍ଣ୍ଣ ବଦଲେଇ ଦେଉଥିଲା। ତାକୁ ଦେଖ କୌଣସି ଉଷ୍ମଙ୍କଳ ଭାବ ଯେମିତି ପାଖ ମାଡ଼ି ପାରିବନି, ଦେଖିବା ମାତ୍ରେ ହିଁ ତାକୁ ସେଇପରି ଲଗାତାର ଚାହିଁ ରହିବାକୁ ହେଉଛି, ଅପଲକ ନୟନରେ କିନ୍ତୁ ଏହା ସହ ଯେପରି ପୁରା ସମୟ ଧରି କେହି ଭିତରେ ବସି ଏକ ବହୁତ ଦୁଃଖ ଭରା ଗୀତର ପଦ ଗୁଣ୍ଗୁଣଉଛି।

ସୁରେଶ୍ୱର ତ ଆଜି ହିଁ ସେ ରହୁଥିବା ଜାଗା ଦେଖିଲା ସୌଭାଗ୍ୟର କଥା ଯେ, ଦ୍ୱିତୀୟ ମହାଯୁଦ୍ଧ ହେଲା ନଚେତ୍ ନା ଲଢ଼େଇ ହୋଇଥାନ୍ତା ନା ମିଲିଟାରୀ ଶିବିର ତିଆରି ହୋଇଥାନ୍ତା। ଆଉ ନା ହିଁ ଆଜି ମନୁଷ୍ୟର ପଶୁତ୍ୱଠାରୁ ନିଜକୁ ରକ୍ଷାକରି ଖସିଆସିଥିବା ଶରଣାର୍ଥୀ ମାନଙ୍କ ରହିବାପାଇଁ କେଉଁ ସ୍ଥାନ ଥାଆନ୍ତା....!

ଶରଣାର୍ଥୀମାନଙ୍କୁ ଏହି ପୂର୍ବ ପ୍ରସ୍ତୁତ ବାରାକ୍ ସବୁ ଏମିତି ମିଲିଗଲା, ସତେ ସେମାନଙ୍କ ପାଇଁ ହିଁ ତିଆରି କରାଯାଇଥିଲା ଏହି ବାରାକ୍ ଗୁଡ଼ିକରେ ନିଜ ଘର ପରିବାର, ଋକ୍ଷକାମ, ଦୋକାନପତ୍ର ଆଦିରୁ ବିଚ୍ଛିନ୍ନ ହୋଇଥିବା ଲୋକମାନେ ନିଜର ସବୁ ଜିନିଷପତ୍ର ଧରି ପଡ଼ିରହିଥିଲେ। ଟିମ୍ର ବଡ଼ ବଡ଼ ବାକ୍, ଟିକେ ସାନ ବାକ୍, ପୂରା ସାନ ବାକ୍, ଖଟ ପଲଙ୍କର ଗୋଡ଼, ଦଉଡ଼ି ଇତ୍ୟାଦି ସବୁ ଅଲଗା ଅଲଗା ରଖାଯାଇଛି, ଚଟେଇ ମସିଣା, ଗୋଟେ ଅଧେ ବାଲ୍ଟି, ଲୋଟା, ଥାଲୀ.. କାହା କାହା ପାଖରେ ନିଜର ହୁକ୍କା ମଧ ଥିଲା। ଏତିକି ହିଁ ସେମାନଙ୍କ ଘରକରଣା ଥିଲା। ଏହି ଘରକଣାରେ ବନ୍ଧା ଥିବା ସେମାନେ, ଏହି ନୂଆ ଦୁନିଆଁରେ ନିଜ ପାଇଁ ସ୍ଥାନ ସୃଷ୍ଟି କରୁଥିଲେ। ସ୍ତ୍ରୀଲୋକମାନେ କୁଅରୁ ପାଣି ଆଣୁଥିଲେ ଅଥବା ରୁଟି ପ୍ରସ୍ତୁତ କରୁଥିଲେ ଏବଂ ପିଲାମାନେ ଧୂଳିଧୂସର ହୋଇ ଟିକେ ଦରିଦ୍ରି ଖେଳୁଥିଲେ। ସେ ସ୍ଥାନର ମାଟିସହ ହଜାରାର ମାଟିକୁ ମିଶାଇ ଏକଥା ଜାଣିବାର ପ୍ରୟାସ କରୁଥିଲେ ଯେ ପଶୁତ୍ୱର କୀଟ କେଉଁଠରେ ଅଧିକ ଅଛି ଏବଂ ନିଜ ସ୍ମୃତିରୁ ସେହି ଭୟାନକ ଚେହେରା ସବୁକୁ ବାହାର କରିବାକୁ ଚେଷ୍ଟା କରୁଥିଲେ, ଯେଉଁମାନେ ସେମାନଙ୍କର ଅବୋଧ ଜୀବନକୁ ମଧ ଚତୁଃପାର୍ଶ୍ୱରୁ ଭୟର ରଶିରେ ବାନ୍ଧି ରଖିଥିଲେ। ଏଠି, ଏହି ନୂଆ ଦୁନିଆଁରେ

ସେଦିନ ସଂଧ୍ୟାରେ ସୁରେଶ୍ୱର ସେହି ବ୍ୟଥା–ସୁନ୍ଦରୀକୁ ନରମ–ନରମ ରୁଟି ସେକୁଥିବାର ଦେଖିଥିଲା ।

... ଏବଂ ତା' ବିପର୍ଯ୍ୟୟର କାହାଣୀ ଶୁଣିଥିଲା ଜଣେ ଏମିତି ଲୋକପାଖରୁ ଯିଏ ଯୁବତୀଟିର ପୁରୁଣା ଦୁନିଆରେ ମଧ୍ୟ ତା' ପଡ଼ୋଶୀ ଥିଲା ଏବଂ ଆଜି ଏହି ନୂଆ ଦୁନିଆରେ ବି.... ଯାହାର ପାଚେରୀ ଉଠିପାରୁନଥିଲା, କାରଣ ତାହା ମଣିଷଟିକୁ ସଙ୍କୋଚତାର ହାଡ଼ଭଙ୍ଗା ପରିଶ୍ରମର ମଜବୁଦ୍ ମୂଳଦୁଆ ଉପରେ ନୁହଁ ବରଂ ଜନସାଧାରଣଙ୍କ ଦୟାର ମୂଲ୍ୟହୀନ ଫମ୍ଫା ମୂଳଦୁଆ ଉପରେ ଆଧାରିତ ଥିଲା । ସେମାନଙ୍କୁ ଏଠାରେ କେମିତି ଲାଗୁଛି ? ସୁରେଶ୍ୱରର ଏହି ପ୍ରଶ୍ନର ଉତ୍ତରରେ, ହଜାରା ଜିଲ୍ଲାର ସେହି ବ୍ୟଥା– ସୁନ୍ଦରୀର ପଡ଼ୋଶୀ ଦରବୁଢ଼ା ଲୋକଟି ଯେଉଁ କଥା କହିଥିଲା ତାହା ସୁରେଶ୍ୱର ଭୁଲିପାରୁନି କାହା ଦୟାରେ ମିଳୁଥିବା ଅନ୍ନ ଖାଇ ବଞ୍ଚି ରହିବା ଠାରୁ ଲଜ୍ଜାକର କଥା ଆଉ କିଛି ନଥାଏ, ବାବୁ ? ତା'ପାଖରୁ ହିଁ ସୁରେଶ୍ୱର ଏକଥା ଜାଣିବାକୁ ପାଇଥିଲା ।

ଯୁବତୀଟିର ବାହାଘର କିଛି ଦିନ ତଳେ ହୋଇଥିଲା, ସେହି ଗାଁରେ, ଯେତେବେଳେ ହିଂସାକାଣ୍ଡ ଆରମ୍ଭ ହୋଇଥିଲା । ତା' ସ୍ୱାମୀକୁ ହତ୍ୟାକାରୀମାନେ ତେଣ୍ଡା ଭୁଷ୍ଟି ମାରିଦେଲେ ଏବଂ ତାକୁ ଉଠେଇ ନେଇଗଲେ । ତା'ପରେ ଯୁବତୀଟି ସେଠି କ'ଣ ଦେଖିଲା ଏବଂ କିପରି ଦିନେ ରାତିରେ ଜୀବନକୁ ପାଣିଛେଡ଼େଇ ଖସି ଆସିଥିଲା ଏବଂ ଲୁଚି ଲୁଚି ଯାଇ ଆଉ କିଛି ଖସି ଆସିଥିବା ଲୋକଙ୍କ ସହ ମିଶିଗଲା । ଏସବୁର ଏକ ସାହସିକ କାହାଣୀ ଥିଲା ।

ସେହି ଦରବୁଢ଼ା ଲୋକଟି ଯେତେବେଳେ ସଂଧ୍ୟାର ଫିକା ଅନ୍ଧାରରେ ଏକ ଛୋଟିଆ ଖଟ ଉପରେ ବସି ସେହି ଘଟଣା ସବୁ ବର୍ଣ୍ଣନା କରୁଥିଲା, ଯେଉଁ ସମୟରେ ତା' ନାୟିକା ବନ୍ଦୀ ଏତେ ଭୟଙ୍କର ଅନୁଭବ, ଯନ୍ତ୍ରଣା ଓ ସାହସକୁ ନିଜର ସେହି କୋମଳ ଶରୀରରେ ଆଦରିନେଇ ନୀରବତାର ସହ ରୁଟି ସେକୁଥିଲା । ସେଇପରି ନୀରବରେ ନିଜର ଦୁଃଖ ଯନ୍ତ୍ରଣାକୁ ସହି ସହି ସେ ଅଳ୍ପ ପରିମାଣରେ ରୁକ୍ଷ ହୋଇଯାଇଥିଲ । କଥା କହିବାରେ ଅବା ହସିବାରେ ଏବେ ତାକୁ ହୁଏତ କଷ୍ଟ ଦେଉଥିଲା ।

ସେ ଦୁନିଆରେ ଅନ୍ୟାନ୍ୟ ସବୁ ଜିନିଷ ସହ... ଯେଉଁମାନଙ୍କ ଭିତରେ ତା'ର ଅସମତ ଏବଂ ତା'ର ଜରୁଆଲୀ ମଧ୍ୟ ଥିଲା, ତା'ର ହସିବା ଏବଂ କହିବା ମଧ୍ୟ ଜାଲି ପାଉଁଶ ହୋଇଯାଇଥିଲା । ପାଞ୍ଚ ହଜାର ଅବା ପଚାଶ ହଜାର ବର୍ଷ ପୂର୍ବରୁ ଆସିଥିବା ଭୂକମ୍ପରେ ତା' ଜୀବନର ବିନା ପଲସ୍ତରାରେ, ଭାଙ୍ଗି ଯାଇଥିବା ଘରେ (ଏବେ ତା'

ବାହାଘରକୁ କେତେଟା ଦିନ ବା ହୋଇଥିଲା) ତା' ଆଶାର ପଞ୍ଚାସିବୁ ମଧ୍ୟ ଯେଉଁଠି ସେଇଠି ମରି ପଡ଼ିଥିଲେ, ଦିନେ ଯିଏ ଶୀତଳ-ଶବଟିଏ ଥିଲା ସିଏ ଏବେ କଙ୍କାଳ ହୋଇସାରିଥିଲା ଏବଂ କାଚ ପରି ଚମକୁଥିବା କୌଣସି ପଥରରେ ଖୋଦେଇ ହସ ଯେପରି ଅଧାରୁ ହିଁ ଅଟକ ପାଇଛି, ମୁହଁ ଯେମିତି ଖୋଲାଥିଲା ସେମିତି ହିଁ ରହିଯାଇଥିଲା ।

ବାରାକ୍‌ର ପାଖରେ ହିଁ କୂଅ ଥିଲା । କୂଅ ପାଖରେ ଗୋଟିଏ କୋଠରି ପରି ଥିଲା । କେଜାଣି ଯୁଦ୍ଧ ସମୟରେ କାହା କି କାମରେ ଆସୁଥିଲା । ଏବେ କିନ୍ତୁ ସେଇଟି ଖାଲି ପଡ଼ିଥାଏ, ପିଲାଏ ଦିନ ବେଳେ ସେଠାରେ ଲୁଚକାଲି ଖେଳନ୍ତି ।

ଆଜି ସଂଧ୍ୟା ସାଢ଼େ ସାତଟା ବେଳେ ସେଇଟି ଅଚାନକ ଜୀବନ୍ତ ହୋଇଉଠିଥିଲା । ବନ୍ନୋ ପାଣି ଆଣିବାକୁ ଯାଇଥିବା ବେଳେ, କିଛି ଦୂରରୁ ତାକୁ ସେହି କୋଠରି ଭିତରୁ କାହାର ଚିକ୍କାର ଅବା ଜବରଦସ୍ତ ଗଳାରୁଦ୍ଧି ଦେବାପରି ଏକ କ୍ଷୀଣ ଶବ୍ଦ ଶୁଣିପାରିଲା, କ୍ଷୀଣ କିନ୍ତୁ ସ୍ପଷ୍ଟ । କିଛି ପୁରୁଷ କଣ୍ଠର ଫୁସଫୁସ୍‌ ଶବ୍ଦ ମଧ୍ୟ ତା' କାନରେ ବାଜିଲା । ଘଟଣା କ'ଣ ବୁଝିବାକୁ ସେ ନିଷ୍ପଭି ନେଲା । ପାଣି ନେଇ ଫେରିଲା । ପାଣି ରଖିଲା । ଥାକରୁ ନିଜର ଏକ ଛୁରୀ ଉଠେଇଲା ଏବଂ ଚାଲିଲା । ସେ ପ୍ରାୟ ଦଶଗଜ ଦୂରରେ ଥିବ, ଯେତେବେଳେ କୋଠରି ଭିତରେ ଥିବା ପୁରୁଷଙ୍କ ଭିତରୁ କେହି ଜଣେ କିଛି ଖୋଜିବା ପାଇଁ ଦିଆସିଲି ଜଲେଇଲା ଯାହା ସାଙ୍ଗେ ସାଙ୍ଗେ ଲିଭି ମଧ୍ୟ ଗଲା ।

ବନ୍ନୋ ଦେଖିଲା, ଚାରି ପାଞ୍ଚ ଜଣ ପୁରୁଷ ଗୋଟିଏ ତରୁଣୀକୁ ତଲେ ପକେଇ ରଖିଛନ୍ତି । ଝିଅଟି ଚିତ୍‌ ହୋଇ ଶୋଇ ରହିଛି ଅବା ଶୁଆଇଦିଆଯାଇଛି, ତା' ଶରୀରରେ ଖଣ୍ଡେ ବୋଲି କପଡ଼ା ନାହିଁ, ଦୁଇ ତିନି ଜଣ ସୈନ୍ୟ ତା' ହାତ ଗୋଡ଼କୁ ଚାପି ଧରିଛନ୍ତି ଏବଂ ସେ ପୋଡ଼ାମୁହଁ ଉଲଗ୍ନ ଝିଅଟି ଛଟପଟ ହେଉଛି.... କିଛି ଖାସ୍‌ ବଲୁଆ 'ଶରଣାର୍ଥୀ' ଯୁବକମାନଙ୍କର ଏକ ଦଲ ଆଜି ଶିକାର କରିଥିଲେ । ସେମାନଙ୍କ ରକ୍ତ ବି ରକ୍ତ ଅଟେ, ପାଣି ନୁହଁ, ସେମାନଙ୍କୁ ପ୍ରତିଶୋଧ ନେବା ଆସେ, ସେମାନେ ନିଜର ଅପମାନର ପ୍ରତିଶୋଧ ନେବେ, ନିଜ ଧର୍ମର କୌଣସି ଝିଅର ଲୁଟାଯାଇଥିବା ଇଜ୍ଜତର ପ୍ରତିଶୋଧ ସେ ଶତ୍ରୁପକ୍ଷ ଝିଅର ଇଜ୍ଜତ ଲୁଟି ପୂରା କରିବେ ।

ପାଖ ଗ୍ରାମର ପାଞ୍ଚ-ଛଅ ଜଣ ଯୁବକ କିଛି ଚୋରି ଏବଂ ଆଉ କିଛି ଲୋକଙ୍କୁ ମରାପିଟା କରି ଏକ ଝିଅକୁ ଉଠେଇ ଆଣିଥିଲେ ଏବଂ ଏହି ସମୟରେ ଜଣଜଣ କରି ତା' ଇଜ୍ଜତ କେନଇ, ନା କେବଲ ନିଜର ଆସୁରିକ ପ୍ରବୃଭିକୁ ଚରିତାର୍ଥ କରୁଥିଲେ, ବରଂ ତା' ସହିତ ନିଜ ଜାତିର ସେବା ମଧ୍ୟ କରୁଥିଲେ ।

ଗୋଟିଏ ମୁହୂର୍ତ୍ତପାଇଁ ଯେଉଁ ଦିଆସିଲି ଜଳିଥିଲା ସେଥିରେ ବନ୍ନୋ ଏହି ଜାତିର ସେବକମାନଙ୍କୁ ନିଜ କର୍ତ୍ତବ୍ୟରେ ରତ ଥିବାର ଦେଖ ପାରିଲା ।

ଘଟଣା ବୁଝିବାକୁ ତାକୁ ଡେରି ହେଲାନି । ପ୍ରଥମତଃ ଏମିତିରେ ଦିଆସିଲିର ଲାଲ ଆଲୁଅରେ ସ୍ଥିତିଟି ମଣିଷ ଭିତରେ ପଶୁତ୍ୱ ପରି ସ୍ୱଷ୍ଟ ଥିଲା, ଦ୍ୱିତୀୟରେ ବନ୍ନୋ.... ତାକୁ ମଧ୍ୟ ବହୁତ କିଛି ଜଣେଇବାର ଆବଶ୍ୟକତା ଥିଲା । ସିଏ, ଯିଏ କି ନିଜେ ଏପରି ଏକ ନାଟକର ନାୟିକା ହୋଇସାରିଛି ! ବନ୍ନୋ ଭିତରେ ଥିବା ପଶୁର ଆମ୍ଭାକୁ ଗଭୀର ସନ୍ତୋଷ ମିଳିଲା, ଗଭୀର ତୃପ୍ତିର ସୁଖ... ଯାକୁ ଏମିତି ହିଁ ଚିରିଦେବା ଦରକାର... ଏହାର ଭଗବାନ, ସେ ପଶୁମାନଙ୍କର ମଧ୍ୟ ଭଗବାନ... ଯାକୁ ଏମିତି ହିଁ ଚିରିଦେବା ଦରକାର...

ବନ୍ନୋର ଭିତରେ ପୈଶାଚିକ ଉଲ୍ଲାସର ଏକ ଲହରୀ ଖେଳିଗଲା । କିନ୍ତୁ, କିଛି ମିନିଟ୍ଏ କି ଦେଢ଼ ମିନିଟ ଭିତରେ ହିଁ ଏକ ବିଚିତ୍ର ମୋଡ଼ ନେଇ ତା' ଭିତରୁ ଆଉ ଏକ ଲହରୀ ଉଠିଲା । ସାପ ଚୋଟ ମାରିଲା ପରେ ମଣିଷ ଭିତରେ ଯେଉଁ କମ୍ପନ ସୃଷ୍ଟି ହୁଏ, ସେଥିରେ ଗରଳ ବାହାରେ... !

ବନ୍ନୋକୁ ଲାଗିଲା, ସେ ଯେପରି ଏକ ବିରାଟ ବଡ଼ ଆଇନା ଆଗରେ ଠିଆ ହୋଇଛି । ଯୋଉ ଝିଅ ମାଟି ଉପରେ ଅସଭ୍ୟ ଉଲଗ୍ନ, ଚିତ୍ ହୋଇ ପଡ଼ିରହିଛି, ସେ ହେଉଛି ସିଏ ନିଜେ ବନ୍ନୋ, ତାକୁ ଅଧା ଡର୍ଜନ ହାତ ମାଟି ଉପରେ ଚାପିଧରିଛନ୍ତି ଏବଂ ହେଟାବାଘ ପରି ଭୋକିଲା । ଭୋକିଲା ଏଇ ଆଖିସବୁ ମଧ୍ୟ ଠିକ୍ ସେଇ ଆଖି... ଯାହା ତାକୁ ପୂର୍ବରୁ ବି ଏମିତି ଚାହିଁ ସାରିଥିଲେ ।...

"କିଏ.... କିଏ ଅଛି".... ଏଇଠି କ'ଣ ହେଉଛି ? ଗର୍ଜନ କରି ହାତରେ ଛୁରୀ ଧରି ସେ କ୍ଷିପ୍ର ବେଗରେ ଘର ଭିତରକୁ ପଶିଗଲା । ଭିତରେ ଯେମିତି ଆତଙ୍କ ଖେଳିଗଲା । ଜଣେ-ଦୁଇଜଣ ପ୍ରଥମେ ଧାଇଁ ପଳେଇବାକୁ ଚେଷ୍ଟା କଲେ, କିନ୍ତୁ ପରେ ସମସ୍ତେ ନିଷ୍ପତି ନେଲେ ଯେ, ଘଟଣା କ'ଣ ଦେଖିବା ଦରକାର । ଆମ କାମରେ ବାଧା ଦେବାବାଲା ଇଏ କୋଉ ସୈତାନ ପୃଥିବୀକୁ ଆସିଲା ।

ବନ୍ନୋ ଜଣେ ଦୁଇଜଣ ସୈନିକଙ୍କ ଉପରେ ଆକ୍ରମଣ କଲା, କିନ୍ତୁ ସେମାନେ ବହୁତ ଅଭିଜ୍ଞ ଖେଳାଳୀ ଥିଲେ, ବଞ୍ଚ ଗଲେ ଏବଂ ବନ୍ନୋ ହାତର ଛୁରୀଟା ନେବାପାଇଁ ଝାମ୍ପି ପଡ଼ିଲେ, କିନ୍ତୁ ସେମାନେ ସଫଳ ହେବା ପୂର୍ବରୁ, ବନ୍ନୋ ବିଜୁଲି ବେଗରେ ଧାଇଁ ଆସି ସେ ଝିଅର ପେଟରେ ଛୁରୀ ଭୁଷି ଦେଇଥିଲା ଏବଂ ସେହି ଛୁରୀକୁ ନିଜ ଛାତିରେ ମଧ୍ୟ.... ।

ଯେପରି ସେମାନଙ୍କ ଦିନ ବାହୁଡ଼ିଲା

ହରିଶଙ୍କର ପରସାଇ

ଜଣେ ଥିଲେ ରାଜା । ରାଜାଙ୍କର ଚାରି ପୁଅ ଥିଲେ । ରାଣୀ ? ରାଣୀମାନେ ତ ଅନେକ ଥିଲେ । ମହଲରେ ଯେପରି ଏକ 'ଗୋଶାଳା' ଖୋଲିଥିଲେ । ହେଲେ ଅନ୍ୟରାଣୀମାନଙ୍କ ପୁଅମାନଙ୍କୁ ବଡ଼ରାଣୀ ବିଷ ଦେଇ ମାରିଦେଇ ଥିଲେ । ଏବଂ ଏକଥାରେ ରାଜା ବି ବହୁତ ପ୍ରସନ୍ନ ଥିଲେ । କାରଣ ସେ ନୀତିବାନ ଥିଲେ ଏବଂ ଜାଣିଥିଲେ ଯେ ଚାଣକ୍ୟଙ୍କ ଆଦେଶ ଥିଲା ଯେ ରାଜା ନିଜର ପୁତ୍ରମାନଙ୍କୁ ମେଣ୍ଢା ବୋଲି ମନେ କରନ୍ତୁ । ବଡ଼ ରାଣୀଙ୍କର ଚାରି ପୁଅ ଖୁବ ଶୀଘ୍ର ରାଜଗାଦିରେ ବସିବାକୁ ଚାହୁଁଥିଲେ । ସେଥିପାଇଁ ରାଜାଙ୍କୁ ବୁଢ଼ା ହେବାକୁ ପଡ଼ିଲା ।

ଦିନେ ରାଜା ନିଜର ଚାରି ପୁଅଙ୍କୁ ଡାକି କହିଲେ, ପୁତ୍ରମାନେ, ମୋର ଏବେ ଚତୁର୍ଥ ଅବସ୍ଥା ଆସିଗଲାଣି । କାନ ଉପରର କେଶ ଧଳା ହେବା ମାତ୍ରେ ଦଶରଥ ରାଜଗାଦି ଛାଡ଼ିଦେଇଥିଲେ । ମୋ ବାଳ ତ ଖେରୁଡ଼ି ପରି ଦେଖାଯାଉଛି, ଯଦିଓ ଯେତେବେଳେ କଳାରଙ୍ଗ ଧୋଇ ହୋଇଯାଉଛି ସେତେବେଳେ ପୁରା ମୁଣ୍ଡଧଳା ହୋଇଯାଏ । ମୁଁ ସନ୍ୟାସ ନେବି, ତପସ୍ୟା କରିବି । ସେ ଦୁନିଆଁକୁ ବି ସୁଧାରିବାର ଅଛି, ଯଦ୍ଵାରା ତୁମେ ଯେବେ ସେଠାକୁ ଆସିବ,

ସେତେବେଳେ ତୁମ ପାଇଁ ମୁଁ ରାଜଗାଦି ପ୍ରସ୍ତୁତ କରି ରଖିପାରିବି। ଆଜି ମୁଁ ତୁମମାନଙ୍କୁ ଏଇଆ ଜଣେଇବାକୁ ଡକେଇଛି ଯେ ରାଜ ଗାଦିରେ ତ ଚାରିଜଣ ଯାକ ବସିବା ଯୋଗ୍ୟ ଯାଗା ନାହିଁ। ଯଦି ବା କୌଣସି ପ୍ରକାରେ ଚାରିଜଣ ଧରିଗଲ, ତେବେ ପରସ୍ପର ଭିତରେ ଠେଲା-ପେଲା, ମରାମରି ହେବ ଓ ସମସ୍ତେ ଗଡ଼ିପଡ଼ିବ।

କିନ୍ତୁ ମୁଁ ବି ଦଶରଥଙ୍କ ପରି ଭୁଲ କରିବିନି ଯେ ତୁମ ଭିତରୁ କାହା ପ୍ରତି ପକ୍ଷପାତ କରିବି। ମୁଁ ତୁମମାନଙ୍କର ପରୀକ୍ଷା ନେବି। ତୁମେ ଚାରିଜଣଯାକ ରାଜ୍ୟ ବାହାରକୁ ଚାଲିଯାଅ। ଠିକ୍ ବର୍ଷ ପରେ ଏହି ଫାଲ୍‌ଗୁନ୍ ପୂର୍ଣ୍ଣିମା ଦିନ ଚାରିଜଣଯାକ ରାଜଦରବାରରେ ଉପସ୍ଥିତ ହେବ। ମୁଁ ଦେଖିବି ଏହି ଏକ ବର୍ଷ ଭିତରେ କିଏ କେତେ ଧନ ଉପାର୍ଜନ କରିଛି ଏବଂ କେଉଁ ପ୍ରକାର ଯୋଗ୍ୟତା ହାସଲ କରିଛି। ସେତେବେଳେ ମୁଁ ମନ୍ତ୍ରୀଙ୍କ ପରାମର୍ଶ ଅନୁସାରେ, ଯାହାକୁ ସର୍ବୋତ୍ତମ ମନେ କରିବି, ତାକୁ ରାଜଗାଦି ପ୍ରଦାନ କରିବି।

– ଯାହା ଆପଣଙ୍କ ଆଜ୍ଞା – କହି ଚାରିଜଣ ଯାକ ରାଜା ସାହେବଙ୍କୁ ଭକ୍ତିହୀନ ପ୍ରଣାମ କଲେ ଏବଂ ରାଜ୍ୟ ବାହାରକୁ ଚାଲିଗଲେ।

ପଡ଼ୋଶୀ ରାଜ୍ୟରେ ପ୍ରବେଶ କରି ଚାରିଜଣ ରାଜକୁମାର ଚାରୋଟି ରାସ୍ତାରେ ଭାଗ ହୋଇଗଲେ ଏବଂ ନିଜର ପୁରୁଷାର୍ଥ ତଥା ଭାଗ୍ୟକୁ ପରୀକ୍ଷା କରିବା ପାଇଁ ଅଗ୍ରସର ହେଲେ। ଠିକ୍ ଗୋଟିଏ ବର୍ଷ ପରେ ଫାଲ୍‌ଗୁନ ପୂର୍ଣ୍ଣିମା ଦିନ ଚାରି ରାଜକୁମାର ଆସି ରାଜ ଦରବାରରେ ଉପସ୍ଥିତ ହେଲେ। ରାଜ ସିଂହାସନ ଉପରେ ରାଜା ବିରାଜମାନ କରିଥିଲେ, ତାଙ୍କ ପାଖରେ ହିଁ ଟିକେ ତଳକୁ ପ୍ରଧାନମନ୍ତ୍ରୀ ଆସନ ଉପରେ ବସିଥିଲେ। ଆଗରେ ଭାଟ, ବିଦୂଷକ ଏବଂ ଚାଟୁକାର ଆଦି ଶୋଭା ପାଉଥିଲେ।

ରାଜା କହିଲେ – "ପୁତ୍ରଗଣ ଆଜି ଗୋଟିଏ ବର୍ଷ ପୂର୍ଣ୍ଣ ହେଲା ଏବଂ ତୁମେ ସମସ୍ତେ ଏଠାରେ ଆସି ଉପସ୍ଥିତ ମଧ ହୋଇଗଲ। ମୁଁ ଆଶା କରୁଥିଲି ଯେ ଏହି ଏକ ବର୍ଷ ଭିତରେ ତୁମମାନଙ୍କ ଭିତରୁ ତିନିଜଣ ହୁଏତ ରୋଗରେ ଶିକାର ହୋଇଯିବ ଅଥବା ତୁମମାନଙ୍କ ଭିତରୁ ଜଣେ ବାକି ତିନିଜଣଙ୍କୁ ମାରିଦେବ ଏବଂ ମୋର ସମସ୍ୟାର ସମାଧାନ ହୋଇଯିବ। କିନ୍ତୁ ତୁମେ ଚାରିଜଣ ଯାକ ଏଠାରେ ଠିଆ ହୋଇଛ। ହଉ ଛାଡ଼, ଏବେ ତୁମମାନଙ୍କ ଭିତରୁ ପ୍ରତ୍ୟେକ ଜଣ ଜଣ କରି ମୋତେ କୁହ ଯେ ଏହି ବର୍ଷେ ଭିତରେ କ'ଣ କାମ କଲ ଓ କେତେ ଧନ ଉପାର୍ଜନ କଲ। ଏବଂ ଏହା କହି ରାଜା ବଡ଼ ରାଜପୁତ୍ର ଆଡ଼କୁ ଚାହିଁଲେ।

ବଡ଼ ପୁତ୍ର ହାତଯୋଡ଼ି କହିଲା – ପିତାଶ୍ରୀ, ମୁଁ ଯେତେବେଳେ ଅନ୍ୟ ରାଜ୍ୟରେ ପହଞ୍ଚିଲି, ମୁଁ ବିଚାରକଲି ଯେ ରାଜା ପାଇଁ ପରିଶ୍ରମୀ ଏବଂ ସଚୋଟତା ଏହି ଦୁଇଟି

ଗୁଣ ଆବଶ୍ୟକ। ସେଥିପାଇଁ ମୁଁ ଜଣେ ବ୍ୟବସାୟୀଙ୍କ ପାଖକୁ ଗଲି ଏବଂ ସେଠାରେ ବସ୍ତା ବୋହିବା କାମ କଲି। ପିଠିରେ ବସ୍ତା ହୋହିବା କାମ, ମୁଁ ଗୋଟିଏ ବର୍ଷ କଲି, ପରିଶ୍ରମ କଲି। ସଚ୍ଚୋଟ ହୋଇ ପଇସା ରୋଜଗାର କଲି। ମଜୁରୀରୁ ସଞ୍ଚୟ କରିଥିବା ଶହେ ସ୍ୱର୍ଣ୍ଣମୁଦ୍ରା ମୋ ପାଖରେ ଅଛି। ମୋର ବିଶ୍ୱାସ ଯେ ସଚ୍ଚୋଟତା ଏବଂ ପରିଶ୍ରମ ହିଁ ରାଜାପାଇଁ ସବୁଠାରୁ ବେଶୀ ଆବଶ୍ୟକ ଏବଂ ମୋ ଭିତରେ ଏହି ଗୁଣ ଅଛି। ସେଥିପାଇଁ ରାଜ ଗାଦିର ଅଧିକାରୀ ମୁଁ ଅଟେ।

ସେ ମୌନ ରହିଲା। ରାଜସଭାରେ ନୀରବତା ଛାଇଗଲା। ରାଜା ଦ୍ୱିତୀୟ ପୁତ୍ରକୁ ସଂକେତ ଦେଲେ। ସେ କହିଲା – ପିତାଶ୍ରୀ, ମୁଁ ରାଜ୍ୟରୁ ବାହାରି ଯିବା ପରେ ଚିନ୍ତା କଲି ଯେ, ମୁଁ ରାଜକୁମାର ଅଟେ। କ୍ଷତ୍ରୀୟ ଅଟେ। ନିଜର ବାହୁବଳ ଉପରେ ଭରସା କରେ। ସେଥିପାଇଁ ମୁଁ ପଡ଼ୋଶୀ ରାଜ୍ୟକୁ ଯାଇ ଡାକୁମାନଙ୍କର ଏକ ଦଳ ଗଠନ କଲି ଏବଂ ଲୁଟମାର କରିବାକୁ ଲାଗିଲି। ଧୀରେ ଧୀରେ ମୋତେ ରାଜକର୍ମଚାରୀମାନଙ୍କର ସହଯୋଗ ମଧ ମିଳିବାକୁ ଲାଗିଲା ଏବଂ ମୋ କାମ ବହୁତ ଭଲ ଭାବରେ ହେବାକୁ ଲାଗିଲା। ବଡ଼ ଭାଇ ଯାହା ଘରେ କାମ କରୁଥିଲେ, ତାଙ୍କ ଘରେ ମୁଁ ଦୁଇଥର ଡକାୟତି କରିଥିଲି। ଏହି ଗୋଟିଏ ବର୍ଷରେ ମୁଁ ପାଞ୍ଚଲକ୍ଷ ସ୍ୱର୍ଣ୍ଣ ମୁଦ୍ରା ରୋଜଗାର କରିଛି। ମୋର ବିଶ୍ୱାସ ଯେ ରାଜାଙ୍କୁ ସାହସୀ ଏବଂ ଲୁଟେରା ହେବା ଆବଶ୍ୟକ। ତେବେ ଯାଇ ସେ ନିଜର ରାଜ୍ୟ ବିସ୍ତାର କରିପାରିବ। ଏହି ଦୁଇଟି ଗୁଣ ମୋ ନିକଟରେ ଅଛି। ତେଣୁ ମୁଁ ହିଁ ରାଜା ହେବାକୁ ଯୋଗ୍ୟ।"

ପାଞ୍ଚଲକ୍ଷ....! ଶୁଣିବା ମାତ୍ରେ ସଭାସଦ୍‌ମାନଙ୍କ ଆଖି ବିସ୍ତାରିତ ହୋଇଗଲା।

ରାଜାଙ୍କ ଇଙ୍ଗିତରେ ତୃତୀୟ ପୁତ୍ର ଆରମ୍ଭ କଲା – ପିତା, ମୁଁ ସେ ରାଜ୍ୟକୁ ଯାଇ ବ୍ୟବସାୟ କଲି। ରାଜଧାନୀରେ ମୋର ବହୁତ ବଡ଼ ଦୋକାନ ଥିଲା। ମୁଁ ଘିଅରେ, ଚିନାବାଦାମରେ ତେଲ ଓ ଚିନିରେ ଧଲାବାଲି ମିଶାଇ ବିକ୍ରି କରୁଥିଲି। ମୁଁ ରାଜାଙ୍କଠାରୁ ଆରମ୍ଭ କରି କୁଲି ମଜୁରିଆ ଯାଏ ସମସ୍ତଙ୍କୁ ବର୍ଷ ଯାକ ଘିଅ, ଚିନି ଖୁଆଇଲି। ରାଜ କର୍ମଚାରୀମାନେ ମୋତେ ଧରୁ ନଥିଲେ। କାରଣ ସେମାନଙ୍କୁ ସବୁ ମୁଁ ଲାଭରୁ ଭାଗ ଦେଉଥିଲି। ଥରେ ସ୍ୱୟଂ ରାଜା ମୋତେ ପଚାରିଲେ ଯେ ଚିନିରେ ଏହି ବାଲି ଭଳିଆ କ'ଣ ମିଶି ରହୁଛି ? ମୁଁ ଉତ୍ତର ଦେଲି – ହେ ଦୟାବାନ୍‌, ଏହା ଏକ ବିଶେଷ ପ୍ରକାରର ଉଚ୍ଚକୋଟୀର କାରଖାନାରୁ ପ୍ରାପ୍ତ ଚିନି ଅଟେ, ଯାହା କି କେବଳ ରାଜା ମହାରାଜାଙ୍କ ପାଇଁ ମୁଁ ବିଦେଶରୁ ଆମଦାନୀ କରୁଛି। ରାଜା ଏକଥା ଶୁଣି ବହୁତ ଖୁସି ହୋଇଗଲେ। ବଡ଼ଭାଇ ଯେଉଁ ଶେଠଙ୍କ ଘରେ ବସ୍ତା ବୋହିବା କାମ କରୁଥିଲେ ସେ ମୋର ହିଁ ଏହି ଅପମିଶ୍ରିତ ଖାଦ୍ୟ ଖାଉଥିଲା। ଆଉ ଲୁଟେରା

ମଉଆଭାଇଙ୍କୁ ବି ଏହି ବାଦାମତେଲ ମିଶା ଘିଅ ଓ ବାଲି ମିଶା ଚିନି ମୁଁ ହିଁ ଖୁଆଇଛି। ମୋର ବିଶ୍ୱାସ ଯେ ରାଜାକୁ ବେଇମାନ ଏବଂ ଧୂର୍ତ୍ତ ହେବା ଆବଶ୍ୟକ, ତେବେ ଯାଇ ତା'ର ରାଜତ୍ୱ ସ୍ଥାୟୀ ହୋଇ ରହିପାରିବ। ସରଳ ରାଜାଙ୍କୁ କେହି ଗୋଟିଏ ବି ଦିନ ତିଷ୍ଠିବାକୁ ଦେବେନି। ରାଜା ହେବାର ଦୁଇଟି ଯାକ ଗୁଣ ମୋ ପାଖରେ ଅଛି, ତେଣୁ ରାଜଗାଦିର ଅଧିକାରୀ କେବଳ ମୁଁ। ମୋର ଗୋଟିଏ ବର୍ଷର ରୋଜଗାର ଦଶଲକ୍ଷ ସ୍ୱର୍ଷ ମୁଦ୍ରା ମୋ ପାଖରେ ଅଛି।

'ଦଶଲକ୍ଷ' ଶୁଣି ଦରବାରରେ ବସିଥିବା ଲୋକଙ୍କ ଆଖି ଆହୁରି ବଡ଼ବଡ଼ ହୋଇଗଲା।

ରାଜା ସେତେବେଲେ ସବୁଠାରୁ ସାନ କୁମର ଆଡ଼କୁ ଚାହିଁଲେ। ସାନ କୁମରର ବେଶଭୂଷା ଏବଂ ଭାବ-ଭଙ୍ଗୀମା ତିନିଜଣଙ୍କ ଠାରୁ ଭିନ୍ନ ଥିଲା। ସେ ଶରୀରରେ ଏକ ଅତ୍ୟନ୍ତ ସାଧାରଣ ଏବଂ ମୋଟା କପଡ଼ା ପିନ୍ଧିଥିଲା। ପାଦ ଓ ମୁଣ୍ଡ ଫୁଙ୍ଗୁଲା ଥିଲା। ତା' ଚେହେରାରେ ବଡ଼ ପ୍ରସନ୍ନତା ଏବଂ ଦୃଷ୍ଟି କରୁଣ ଥିଲା।

ସେ କହିଲା - "ଦେବ, ମୁଁ ଯେତେବେଲେ ଅନ୍ୟ ରାଜ୍ୟରେ ପହଞ୍ଚିଲି, ସେତେବେଲେ ମୁଁ ବୁଝି ପାରିଲିନି କ'ଣ କରିବି! କିଛି ଦିନ ମୁଁ ଭୋକ-ଶୋଷରେ ଲକ୍ଷ୍ୟହୀନ ଭାବରେ ବୁଲିଲି। ଦିନେ ଚାଲୁ ଚାଲୁ ମୁଁ ଏକ ବିରାଟ ଅଟ୍ଟାଲିକା ସାମ୍ନାରେ ପହଞ୍ଚିଲି। ତା' ଉପରେ ଲେଖା ହୋଇଥିଲା "ସେବା ଆଶ୍ରମ"। ମୁଁ ଭିତରକୁ ଯାଇ ଦେଖେ ତ, ସେଠାରେ ତିନିଚାରି ଜଣ ଲୋକ ବସି ବହୁତ ଗୁଡ଼ାଏ ସ୍ୱର୍ଷମୁଦ୍ରା ଗଣୁଛନ୍ତି। ମୁଁ ସେମାନଙ୍କୁ ପଚାରିଲି- "ହେ ଭଦ୍ରବ୍ୟକ୍ତି ମାନେ, ତୁମର ବେଉସା କ'ଣ?"

ସେମାନଙ୍କ ଭିତରୁ ଜଣେ କହିଲା, ତ୍ୟାଗ ଏବଂ ସେବା। ମୁଁ କହିଲି - ଭଦ୍ରବ୍ୟକ୍ତି, ତ୍ୟାଗ ଏବଂ ସେବା ତ ଧର୍ମ ଅଟେ। ଏହ ବେଉସା କିପରି ହେଲା? ଲୋକଟି ବିରକ୍ତ ହୋଇଯାଇ କହିଲା - "ତୁ ଏକଥା ବୁଝି ପାରିବୁନି, ଯା' ନିଜ ରାସ୍ତା ଦେଖ।"

ଅଟକି ଯାଇଥିଲା। ସ୍ୱର୍ଷ ମୁଦ୍ରା ଗୁଡ଼ିକ ଉପରେ ମୋର ଲୋଭିଲା ଆଖି ମୁଁ ପଚାରିଲି - "ତୁମେ ସବୁ ଏତେ ସ୍ୱର୍ଷମୁଦ୍ରା କିପରି ପାଇଲ?"

ସେହି ଲୋକଟି କହିଲା - "କାମରୁ।"

ମୁଁ ପଚାରିଲି - "କେଉ କାମ?"

କ୍ରୋଧିତ ହୋଇଯାଇ ଲୋକଟି କହିଲା - "ଏବେ ତ କହିଲି ତ୍ୟାଗ ଓ ସେବା। ତୁ କ'ଣ କାଲା ଟେ?"

ସେମାନଙ୍କ ଭିତରୁ ଜଣକୁ ମୋର ଏ ଦଶା ଦେଖି ଦୟା ଆସିଲା। ସେ

କହିଲା – "ତୁ କ'ଣ ଚାହୁଁଛୁ?" ମୁଁ କହିଲି – "ମୁଁ ବି ଆପଣମାନଙ୍କ ପରି କାମ ଶିଖିବାକୁ ଚାହୁଁଛି। ମୁଁ ବି ଅନେକ ଗୁଡ଼ାଏ ସ୍ୱର୍ଣ୍ଣମୁଦ୍ରା ରୋଜଗାର କରିବାକୁ ଚାହୁଁଛି।" ସେହି ଦୟାଳୁ ବ୍ୟକ୍ତି ଜଣକ କହିଲେ – "ତାହେଲେ ତୁ ଆମ ବିଦ୍ୟାଳୟରେ ଭର୍ତ୍ତି ହୋଇ ଯା'। ଆମେ ଗୋଟିଏ ମାସ ତୋତେ ସେବା ଓ ତ୍ୟାଗ କାମରେ ପାରଙ୍ଗମ କରିଦେବୁ। ସେ ବାବଦରେ କିଛି ଅର୍ଥ ନିଆଯିବନି, କିନ୍ତୁ ଯେତେବେଲେ ତୋ ବ୍ୟବସାୟ ଠିକ୍‌ରେ, ଚାଲିବ ତୁ ଖୁସିରେ ଗୁରୁଦକ୍ଷିଣା ଦେଇଦେବୁ।"

"-ପିତାଜୀ, ମୁଁ ସେବା, ଆଶ୍ରମରେ ଶିକ୍ଷା ପ୍ରାପ୍ତ କରିବାକୁ ଲାଗିଲି। ମୁଁ ସେଠାରେ ରାଜକୀୟ ଠାଟ୍‌ରେ ରହିଗଲି, ସୁନ୍ଦର ବସ୍ତ୍ର ପିନ୍ଧିଲି, ସୁସ୍ୱାଦୁ ଭୋଜନ କଲି, ସୁନ୍ଦରୀମାନେ ପଙ୍ଖା କରୁଥିଲେ, ସେବକମାନେ ହାତ ଯୋଡ଼ି ସାମ୍ନାରେ ଠିଆ ହୋଇ ରହୁଥିଲେ। ଅନ୍ତିମ ଦିନ ମୋତେ ଆଶ୍ରମର ମୁଖ୍ୟ ଡକେଇଲେ ଏବଂ କହିଲେ, ବସ, ତୁ ସବୁ କଲା ଶିଖିଗଲୁ। ଭଗବାନଙ୍କ ନାମ ନେଇ କର୍ମ ଆରମ୍ଭ କରିନିଅ। ସେ ମୋତେ ଏହି ମୋଟା ଖଦଡ଼ ବସ୍ତ୍ର ଦେଲେ ଏବଂ କହିଲେ, ବାହାରେ ଏହାକୁ ପିନ୍ଧିବୁ। କର୍ଣ୍ଣର କବଚ କୁଣ୍ଡଲ ପରି ଏହା ବଦନାମୀରୁ ତୁମକୁ ରକ୍ଷା କରିବ। ଯେ ପର୍ଯ୍ୟନ୍ତ ତୁମ ନିଜର ଅଟ୍ଟାଳିକାଟିଏ ନ ହୋଇଛି, ତୁମେ ଏହି ପ୍ରାସାଦରେ ରହିପାରିବ। ଯାଅ ଭଗବାନ ତୁମକୁ ସଫଲତା ଦିଅନ୍ତୁ।"

ବାସ, ମୁଁ ସେହିଦିନ ହିଁ "ମାନବ-ସେବା-ସଂଘ" ଖୋଲି ଦେଲି। ଆରମ୍ଭ କଲି, ପ୍ରଚାର କରିଦେଲି ଯେ ମାନବର ସେବା କରିବାର ଦାୟିତ୍ୱ ଆମେ ହିଁ ନେଇଛୁ। ଆମକୁ ସମାଜର ଉନ୍ନତି କରିବାର ଅଛି, ଦେଶକୁ ଆଗକୁ ନେବାର ଅଛି। ଗରିବ, ଭୋକିଲା, ଅକ୍ଷମମାନଙ୍କୁ ସାହାଯ୍ୟ କରିବାର ଅଛି। ପ୍ରତ୍ୟେକ ବ୍ୟକ୍ତି ଆମର ଏହି ପୁଣ୍ୟ କାମରେ ସହାୟତା କରନ୍ତୁ ଆମକୁ।

"ମାନବ-ସେବା" ପାଇଁ ଚାନ୍ଦା ଦିଅନ୍ତି। ପିତାଶ୍ରୀ, ସେ ଦେଶର ଲୋକମାନେ ବହୁତ ସରଲ। ଏମିତି କହିବାକରୁ ସେମାନେ ଚାନ୍ଦା ଦେବାକୁ ଲାଗିଲେ। ମଝିଆଁ ଭାଇଙ୍କ ଠାରୁ ମଧ ମୁଁ ଚାନ୍ଦା ନେଇଥିଲି। ବଡ଼ଭାଇଙ୍କ ମାଲିକ ମଧ ଦେଇଥିଲେ ଏବଂ ବଡ଼ଭାଇ ପେଟକାଟି ସଞ୍ଚୟ କରିଥିବା ଧନରୁ ଦୁଇଟି ମୁଦ୍ରା ଦେଇଥିଲେ। କାରଣ- ଥରେ ଯେତେବେଲେ ରାଜାଙ୍କ ସୈନ୍ୟମାନେ ତାଙ୍କୁ ବନ୍ଦୀ ବନେଇବାକୁ ଆସିଲେ, ସେତେବେଲେ ତାଙ୍କୁ ମୋ ଲୋକମାନେ ଆଶ୍ରମରେ ଲୁଟେଇ ନେଇଥିଲେ।"

ପିତାଶ୍ରୀ, ରାଜ୍ୟର ଆଧାର ଧନ ଅଟେ। ରାଜାକୁ ପ୍ରଜାଙ୍କଠାରୁ ଅର୍ଥ ଆଦାୟ କରିବାର କୌଶଲ ଜଣାଥିବା ଦରକାର। ପ୍ରଜାଠାରୁ ପ୍ରସନ୍ନତା ପୂର୍ବକ ଅର୍ଥ ଆଦାୟ

କରିନେବା ହେଉଛି ରାଜାର ଆବଶ୍ୟକୀୟ ଗୁଣ ଅଟେ । ତାକୁ ବିନା ଛୁରୀରେ ରକ୍ତ ବାହାର କରିବାର କଳା ଜଣାଥିବା ଦରକାର । ମୋ ମଧ୍ୟରେ ଏହି ଗୁଣ ଅଛି । ଏଥିଲାଗି ମୁଁ ହିଁ ଏହି ରାଜଗାଦିର ପ୍ରକୃତ ଅଧିକାରୀ । ମୁଁ ଏହି ଗୋଟିଏ ବର୍ଷ ଭିତରେ କୋଡ଼ିଏ ଲକ୍ଷ ସ୍ୱର୍ଣ୍ଣମୁଦ୍ରା ଚାନ୍ଦା ଆକାରରେ ଆଦାୟ କରିଛି, ଯାହା କି ଏବେ ମୋ ନିକଟରେ ଅଛି ।"

"କୋଡ଼ିଏ ଲକ୍ଷ !! ଶୁଣିବା ମାତ୍ରେ ହିଁ ସଭାରେ ବସିଥିବା ଲୋକମାନଙ୍କର ଆଖି ଏତେ ଫାଡ଼ି ହୋଇଗଲା ଯେ ଆଖି କୋଣରୁ ରକ୍ତ ଝରିବାକୁ ଲାଗିଲା । ଏବେ ରାଜା ମନ୍ତ୍ରୀଙ୍କୁ ପଚାରିଲେ- 'ମନ୍ତ୍ରୀବର, ଆପଣଙ୍କ ରାୟ କ'ଣ ? ଚାରି ରାଜପୁତ୍ରଙ୍କ ଭିତରୁ କିଏ ରାଜା ହେବାର ଯୋଗ୍ୟ ?"

ମନ୍ତ୍ରୀବର କହିଲେ, "ମହାରାଜ, ଏହି ସଂପୂର୍ଣ୍ଣ ରାଜସଭା ସ୍ୱୀକାର କରୁଛି ଯେ ସର୍ବକନିଷ୍ଠ ରାଜପୁତ୍ର ହିଁ ରାଜା ହେବା ପାଇଁ ଯୋଗ୍ୟ ଅଟନ୍ତି । ଗୋଟିଏ ବର୍ଷରେ କୋଡ଼ିଏ ଲକ୍ଷ ମୁଦ୍ରା ଏକାଠି କରିଛନ୍ତି । ତାଙ୍କ ଭିତରେ ନିଜ ଗୁଣ ସହ ବାକି ଅନ୍ୟ ତିନି କୁମାରଙ୍କ ଗୁଣ ମଧ୍ୟ ଅଛି । ବଡ଼ କୁମାରଙ୍କ ପରି ପରିଶ୍ରମୀ, ଦ୍ୱିତୀୟ କୁମାରଙ୍କ ପରି ସେ ସାହସୀ, ଏବଂ ଲୁଟେରା ମଧ୍ୟ ଅଟନ୍ତି । ତୃତୀୟ କୁମାରଙ୍କ ପରି ବେଇମାନ ଏବଂ ଧୂର୍ତ୍ତ ମଧ୍ୟ । ଅତଏବ ତାଙ୍କୁ ହିଁ ରାଜଗାଦି ଦିଆଯିବ ।"

ମନ୍ତ୍ରୀଙ୍କ କଥାଶୁଣି ରାଜସଭାରେ ସମସ୍ତେ ତାଲି ବଜେଇଲେ ।

ତା' ପରଦିନ ସାନ ରାଜକୁମାରଙ୍କ ରାଜ୍ୟାଭିଷେକ କରାଗଲା । ତୃତୀୟ ଦିନ ପଡ଼ୋଶୀ ରାଜ୍ୟର ଗୁଣବତୀ ରାଜକନ୍ୟାଙ୍କ ସହ ତାଙ୍କର ବିବାହ ବି ହୋଇଗଲା । ଚତୁର୍ଥ ଦିନ ରଷିଙ୍କ ଆଶୀର୍ବାଦରୁ ତାଙ୍କର ପୁତ୍ର ସନ୍ତାନଟିଏ ଜାତ ହେଲା ଏବଂ ସେ ସୁଖରେ ରାଜୁତି କରିବାକୁ ଲାଗିଲେ ।

ଗପଟିଏ ଥିଲା, ତେଣୁ ସମାପ୍ତ ହେଲା । ଏପରି ତାଙ୍କର ଦିନ ଫେରିଲା, ସେହିପରି ସମସ୍ତଙ୍କ ଦିନ ଫେରିଆସୁ ।

ପତିବ୍ରତା

ମୋହନ ରାକେଶ୍

ଘର ଭିତରକୁ ପ୍ରବେଶ କରିବା ମାତ୍ରେ ହିଁ ମନୋରମା ଚମକି ପଡ଼ିଲା । କାଶୀ ତା' ଶାଢ଼ିର ପଣତକୁ ମୁଣ୍ଡରେ ଦେଇ ଡ୍ରେସିଂ ଟେବୁଲ୍ ପାଖରେ ଛିଡ଼ା ହୋଇଥିଲା । ତା' ଓଠରେ ଲିପ୍‍ଷ୍ଟିକ୍ ଲାଗିଥିଲା ଓ ମୁହଁ ସାରା ପାଉଡ଼ର ବୋଳା ହୋଇଥିଲା, ଯେଉଁଥିରେ ତା' ଶ୍ୟାମଳ ଚେହେରାଟି ପୂରା ଭୟଙ୍କର ଲାଗୁଥିଲା । ତଥାପି ସେ ମୁଗ୍ଧଦୃଷ୍ଟିରେ ଆଇନାରେ ନିଜ ରୂପ ଦେଖୁଥିଲା । ମନୋରମା ତାକୁ ଦେଖୁଦେଖୁ ହିଁ ହିତାହିତ ଜ୍ଞାନ ହରେଇବସିଲା ।

ମା'!!!, ସେ ଚିତ୍କାର କରି କହିଲା, "ଯେ କ'ଣ କରୁଛୁ?"

କାଶୀ ହଡ଼ବଡ଼େଇ ଯାଇ ଶାଢ଼ିର କାନିକୁ ମୁଣ୍ଡରୁ ବାହାର କରିଦେଲା ଓ ଡ୍ରେସିଂ ଟେବୁଲ୍ ସାମ୍ନାରୁ ହଟିଗଲା । ମନୋରମାର କ୍ରୋଧ ଦେଖି ସେ କ୍ଷଣିକ ପାଇଁ ଭୟରେ ସଙ୍କୁଚିତ ହୋଇଗଲା, ପୁଣି ନିଜର ସୁଆଙ୍ଗ କଥା ମନେପଡ଼ିଯିବାରୁ ସେ ହସିଦେଲା ।

"ଦିଦି, କ୍ଷମା କରିଦିଅ ।" ସେ ଅନୁନୟ କରିବା ସ୍ୱରରେ କହିଲା- "ଘର ସଜାଡ଼ୁଥିଲି, ଆଇନା ସାମ୍ନାକୁ ଆସିଲି ତ, ଏମିତି ଟିକେ ଇଚ୍ଛା ହୋଇଗଲା । ତୁମେ ମୋ ଦରମାରୁ ପଇସା କାଟିନବ" ।

"ଦରମାରୁ ପଇସା କାଟିନେବ!" ମନୋରମା ଆହୁରି ରାଗିଗଲେ, "ପନ୍ଦର ଟଙ୍କା ଦରମା, ଆଉ ମହାରାଣୀ ସାଢ଼େ ଛ ଟଙ୍କା ଲିପ୍‌ଷ୍ଟିକ୍ ପାଇଁ କଟେଇବ! ସତ୍ୟାନାଶୀ ସବୁଦିନ ପ୍ଲେଟ୍ ଭାଙ୍ଗୁଛି, ମୁଁ କିଛି ବି କହୁନି। ଚିନି, ଅଟା, ଘିଅ ଚୋରେଇକି ନେଇଯାଉଛି, ମୁଁ ଦେଖ୍ ବି ଅଣଦେଖା କରିଦେଉଛି। ସବୁ ସ୍ଟାଫ୍ ଅଭିଯୋଗ କରୁଛନ୍ତି, କିଛି ବି କାମକରୁନି, କାହାରି କଥା ମାନୁନି। ପୁଣି କମିଟିର ମେମ୍ବରମାନେ ମୋ ପ୍ରାଣ ଖାଉଛନ୍ତି ଯେ, ତାକୁ ଜଲ୍‌ଦି ଏଠୁ ବିଦା କର, ପ୍ରତିଦିନ ନିଜର ଗୁହାରୀ ନେଇ ଆମର ଏଠି ଆସି ମରୁଛି। ମୁଁ ତଥାପି କଥାକୁ ଏଡ଼ାଇ ଯାଏ, କି ଯଦି ବାହାର କରିଦେଲି ତେବେ ଏଠିସେଠି ଅସହାୟ ହୋଇ ନ ବୁଲୁ — ଆଉ ତା'ର ମୋତେ ତୁ ଏହି ଫଳ ଦେଉଛୁ!! ବଦମାସ କୋଉଠିକାର!!"

ସେ ବେତ ଚେୟାରଟିକୁ ଏମିତି ଭାବେ ନିଜ ଆଡ଼କୁ ଟାଣି ଆଣିଲା, ଯେମିତି କି ସିଏ ହିଁ କିଛି ଅପରାଧ କରିଛି ଏବଂ ତା' ଉପରେ ବସି ମୁଣ୍ଡରେ ନିଜ ଥଣ୍ଡାହାତ ବୁଲେଇଆଣିଲେ। କାଶି ଚୁପ୍ ରହିଲା।

"ଚାଳିଶ ଆସିକି ହେଲାଣି, ହେଲେ ନିର୍ଲ୍‌ଜ ଇଚ୍ଛା ଏବେ ବି ବାକି ଅଛି!" ମନୋରମା ପୁଣିଥରେ ଗରଗର ହୋଇ କହିଲା—"ଦୁଷ୍ଚରିତ୍ରା କୋଉଠିକାର।"

ମଶୀଣା ବିଛେଇଦେଇ ସେ ଆଖ୍ ବୁଜିଦେଲା। ସାରାଦିନ ସ୍କୁଲର ଅଯଥା କଥାବାର୍ତ୍ତାରେ ଏମିତି ବି ମୁଣ୍ଡଟା ଖାଲି ହୋଇଯାଇଥିଲା। ଦେହଟା ବି ଥକାଥକା ଲାଗୁଥିଲା। ସେ ସେତେବେଳେ ପବ୍ଲିକ୍ ଲାଇବ୍ରେରୀ ଦେଇ ମିଲିଟାରୀ ଲାଇନ ଦେଇ ବହୁତ ଗୁଡ଼ାଏ ବାଟ ଚାଲିଚାଲି ଆସିଥିଲା। ଏଇଆ ଭାବି ବାହାରିଥିଲା ଯେ, ଚଲାବୁଲା କଲେ ମନଟା ସତେଜ ଲାଗିବ, କିନ୍ତୁ ଫେରିବାବେଲକୁ ମନ ଏକ ଅଭୁତ ପ୍ରକାର ଭାରି ମନେହେଉଥିଲା। କ୍ୱାର୍ଟରଠାରୁ ଅଧମାଇଲ୍ ଦୂରରେ ମଧ ଯେତେବେଳେ ସୂର୍ଯ୍ୟ ଅସ୍ତ ହୋଇଯାଇଥିଲେ, ସେତେବେଳେ କିଛି ସମୟ ପାଇଁ ତାକୁ ଆପେଆପେ ଟିକେ ହାଲୁକା ଅନୁଭୂତ ହୋଇଥିଲା। ପବନ, ଗଛର ହଲୁଥିବା ପତ୍ର ଏବଂ ଅସ୍ତବ୍ୟସ୍ତ ଭାବେ ଖେଳେଇହୋଇ ପଡ଼ିଥିବା ମେଘଖଣ୍ଡ... ସବୁଥରେ ଏକ ମାଦକ ସ୍ପର୍ଶର ଅନୁଭବ ହୋଇଥିଲା। ରାସ୍ତାରେ ବିଛେଇହୋଇ ପଡ଼ିଥିବା ସନ୍ଧ୍ୟାର ଫିକା ଜହ୍ନକିରଣ ଧୀରେ ଧୀରେ ରଙ୍ଗ ଧରୁଥିଲା। ସେ ଶାଢ଼ିର କାନି ପଛକୁ ଭଲଭାବେ ଖୋସିଦେଇ କେଇପାଦ ଜୋର ଜୋରରେ ଚାଲିଲା। କିନ୍ତୁ ଟାଙ୍କିର ବୁଲାଣି ପାଖରେ ପହଞ୍ଚୁ ପହଞ୍ଚୁ ସାରା ଉତ୍ସାହ ଉଭେଇଗଲା। ଯେତେବେଳେ ସ୍କୁଲର ଗେଟ୍ ପାଖରେ ପହଞ୍ଚିଲା ତ ଭିତରେ ପାଦ ରଖିବାକୁ ବି ମନ ନ ଥିଲା। କିନ୍ତୁ ସେ କେମିତି ବି ହେଉ ମନକୁ ନିଜ ଆୟତ୍ତକୁ ଆଣିଲା ଏବଂ ଲୁହା ଗେଟ୍‌କୁ ହାତରେ ଧକ୍କା ଦେଲା। ବାଳିକା ଉଚ୍ଚ ବିଦ୍ୟାଳୟର ପ୍ରଧାନ ଶିକ୍ଷୟିତ୍ରୀ

ଅଧରାତି ଯାଏଁ ରାସ୍ତାରେ ଏକୁଟିଆ କେମିତି ବୁଲିପାରିଥାନ୍ତା ? ଉଦାସ ମନରେ ସେ କ୍ୱାର୍ଟରର ସିଡ଼ି ଚଢ଼ିଲା, ତ ଏଇ ଘଟଣା ସାମ୍ନାକୁ ଆସିଲା ।

ସେ ଆଖ୍ୟ ଖୋଲିଲା, ତ କାଶିକୁ ପୁଣି ସେମିତି ଠିଆ ହୋଇଥିବାର ଦେଖ୍ ତା' ରାଗ ଆଉରି ବଢ଼ିଗଲା । ସତେ ଯେମିତି ସେ ଆଶା କରୁଥିଲା, ତା'ର ଆଖ୍ୟ ବନ୍ଦ କରିବା ଓ ଖୋଲିବା ସମୟ ଭିତରେ କାଶୀ ତା' ଆଖ୍ୟ ଆଗରୁ ଚାଲିଯିବ ।

"–ଏବେ ଠିଆ ହୋଇଛୁ କାହିଁକି ?" ସେ ଗାଳିଦେଇ କହିଲା "– ଯା' ଏଠୁ ।"

କାଶି ଉପରେ ଗାଳିର କିଛି ପ୍ରଭାବ ପଡ଼ିବାପରି ଲାଗିଲାନି । ସେ ବରଂ ଆସି ଆଉରି ପାଖରେ ଚଟାଣରେ ବସିଗଲା ।

"ଦିଦି, ହାତ ଯୋଡ଼ୁଛି, କ୍ଷମା କରିଦିଅ" । ସେ ମନୋରମାର ଗୋଡ଼କୁ ଧରିନେଲା । ମନୋରମା ପାଦ ଘୁଞ୍ଚାଇ ନେଇ ଚେୟାରୁ ଉଠି ଠିଆହୋଇଗଲା ।

"––– ତୋତେ କହିଲି ତୁ ଏଇ ସାଙ୍ଗେ ସାଙ୍ଗେ ଏଠୁ ଯା' । ମୋତେ ବିରକ୍ତି କରେନା । କହିଦେଇ ସେ ଝରକା ଆଡ଼କୁ ଚାଲିଗଲା । କାଶୀ ମଧ ଉଠି ଛିଡ଼ାହୋଇପଡ଼ିଲା ।

––"ଚା' ବନେଇଦେବି" ? ସେ କହିଲା । "ବୁଲିବୁଲି ଥକି ଯାଇଥିବ ।"

– "ତୁ ଯା' । ମୋତେ ଚା' ଫା' କିଛି ଦରକାର ନାହିଁ ।"

– "ତେବେ ଖାଇବା ନେଇ ଆସୁଛି " ।

ମନୋରମା କିଛି ନ କହି ମୁହଁ ବୁଲେଇ ଠିଆହୋଇ ରହିଲା ।

"ଦିଦି, ଅନୁରୋଧ କରୁଛି କ୍ଷମା କରିଦିଅ ।"

ମନୋରମା ଚୁପ୍ ରହିଲା । କେବଳ ସେ ହାତରେ ମୁଣ୍ଡକୁ ଚାପିଧରିଲା ।

–"ମୁଣ୍ଡ ବିନ୍ଧୁଛି ଯଦି ମୁଁ ମୁଣ୍ଡ ଟିପି ଦେଉଛି" । କାଶୀ ନିଜ ହାତକୁ କାନିରେ ପୋଛିବାକୁ ଲାଗିଲା ।

–"ତୋତେ କହିଲି ଯା' । ମୋ ମୁଣ୍ଡ ଖାଉଛୁ କାହିଁକି ?" ମନୋରମା ଜୋରରେ ପାଟିକରି କହିଲା । କାଶୀ ଆଘାତ ପାଇବା ପରି ପଛକୁ ଘୁଞ୍ଚିଗଲା । ମୁହୂର୍ତ୍ତେ ଅବାକ୍ ହୋଇ ମନୋରମା ଆଡ଼କୁ ଚାହିଁ ରହିଲା । ତାପରେ ବାହାରି ପିଣ୍ଡାକୁ ଚାଲିଗଲା । ସେଇଠୁ କିଛି କହିବା ପାଇଁ ଫେରି ଚାହିଁଲା, ହେଲେ କିଛି ନ କହି ଚାଲିଗଲା ।

ଯେ ପର୍ଯ୍ୟନ୍ତ କାଠର ସିଡ଼ିରେ ତା' ପାଦ ଶବ୍ଦ ଶୁଭୁଥିଲା, ସେପର୍ଯ୍ୟନ୍ତ ମନୋରମା ଝରକା ପାଖରେ ଠିଆ ହୋଇ ରହିଲା । ତା'ପରେ ଆସି ପୁଣି ଥରେ ମୁଣ୍ଡଟିପି ବିଛଣାରେ ଗଡ଼ିଗଲା ।

ତାକୁ ଲାଗିଲା, ଏଥରେ ସବୁ ଭୁଲ୍ କେବଳ ତା’ର। ଆଉକେଉଁ ପ୍ରଧାନଶିକ୍ଷୟିତ୍ରୀ ହୋଇଥିଲେ, କେବେତୁ ଏଇ ସ୍ତ୍ରୀ ଲୋକଟିକୁ ବାହାର କରିସାରନ୍ତାଣି। ସେ ତାକୁ ଯେତେ ସୁବିଧା ଦେଉଛି, ସେ ସେତିକି ତା’ ଦୁର୍ବଳତାର ଫାଇଦା ଉଠଉଥିଲା। ତା’ ପିଲାମାନଙ୍କର ବି ସେ କେତେ ଦୁଷ୍ଟାମୀକୁ ସହ୍ୟ କରୁଥିଲା। ସାରାଦିନ ସେମାନେ ତା’ କ୍ୱାର୍ଟରର ସିଡ଼ିରେ ପାଟିତୁଣ୍ଡ କରୁଥିଲେ ଆଉ ସ୍କୁଲର ପରିସରକୁ ଅପରିଷ୍କାର କରୁଥିଲେ। ସେ ଥରେ ସେମାନଙ୍କୁ ଚକୋଲେଟ୍ ଆଣି ଦେଇଥିଲା। ସେଇଦିନଠାରୁ ତାକୁ ଦେଖିବା ମାତ୍ରେ ସେମାନେ ତା’ ଶାଢ଼ିକୁ କୁଣ୍ଢେଇ ପକାଇ ଚକୋଲେଟ୍ ମାଗୁଥିଲେ। ସେ କେତେ ଚାହୁଁଥିଲା ଯେ ସେମାନେ ସଫାସୁତୁରା ରହିବା ଶିଖିଯାଆନ୍ତୁ। ବଡ଼ଝିଅ କୁନ୍ତୀର ତ ସେ ପ୍ୟାଣ୍ଟ ବି ନିଜ ହାତରେ ସିଲେଇ କରିଦେଇଥିଲା। କିନ୍ତୁ ସେଥିରେ କିଛି ଫରକ ପଡ଼ି ନ ଥିଲା। ସେମାନେ ସବୁ ସେଇଭଳି ଅପରିଷ୍କାର ରହୁଥିଲେ ଏବଂ ସେଇପ୍ରକାରର ପାଟିତୁଣ୍ଡ ଘୋ’ଘା କରୁଥିଲେ। ଗତଥର ଇନସ୍ପେକ୍ସନ୍ ଦିନ ସେମାନେ ପରିସର ଭିତର ଚଟାଣରେ କୋଇଲାରେ ଗାର ଟାଣି ଦେଇଥିଲେ, ଯେଉଥିପାଇଁ ପୁଣିଥରେ ସାରା ଚଟାଣକୁ ସଫା କରେଇବାକୁ ପଡ଼ିଥିଲା। କେବେ ପୁଣି ସେମାନେ ବାହାରୁ ଆସିଥିବା ଅତିଥିମାନଙ୍କ ଆଗରେ ଜିଭ ବାହାର କରି ଦେଖାଉଥିଲେ। କେବଳ ସେ ହିଁ ଥିଲା, ଯିଏ କି ସବୁକିଛି ସହ୍ୟ କରିଯାଉଥିଲା।

କିଛି ସମୟ ସେ ଛାତକୁ ଚାହିଁ ରହିଲା। ପୁଣି ଉଠିପଡ଼ି ସିଡ଼ିଆଡ଼କୁ ଚାଲିଗଲା। କାଠରେ ତିଆରି ସିଡ଼ିରେ ନିଜର ପାଦଶବ୍ଦରେ ହିଁ ତା’ ଶରୀର କମ୍ପିଉଠିଲା। ସେ ପିଣ୍ଢାର ଖମ୍ବ ଉପରେ ହାତ ରଖିଦେଲା। ଅଗଣାସାରା ଜହ୍ନକିରଣ ବିଛେଇହୋଇ ପଡ଼ିଥିଲା। ଇଟାର ଚଟାଣରେ ସିମେଣ୍ଟର ଗାରଗୁଡ଼ିକ ଏକ ଇନ୍ଦ୍ରଜାଲ ସଦୃଶ ଲାଗୁଥିଲା। ସ୍କୁଲ ବାରଣ୍ଡାରେ ପଡ଼ିଥିବା ଚେୟାର, ବେଞ୍ଚ ଏବଂ କଳାପଟା ଏମିତି ଲାଗୁଥିଲେ, ଯେମିତିକି ଭୟଙ୍କର ଚେହେରାର ଭୂତ-ପ୍ରେତ ନିଜ ଗାତରୁ ବାହାରି ମୁଣ୍ଡ ଟେକି ଚାହୁଁ ଛନ୍ତି। ଦେବଦାରୁର ଘନ ଜଙ୍ଗଲ ଯେମିତି ଶୀତଳ ଜୋସ୍ନାର ସ୍ପର୍ଶରେ ଶିହରି ଉଠୁଥିଲା। ସେମିତି ପୁରା ଶୂନ୍‌ଶାନ୍ ଥିଲା।

ଏହି ସମୟରେ କାଶୀର ଘରେ, କେବେ ଏତେ ଶାନ୍ତି ନ ଥାଏ। ସାଧାରଣତଃ ନ’ଟା କି ଦଶଟା ଯାଏଁ ତା’ ପିଲାମାନେ ଜୋରରେ ପାଟିତୁଣ୍ଡ କରନ୍ତି। ସେ ସମୟରେ ଲାଗୁଥିଲା ଯେମିତି ସେ କ୍ୱାର୍ଟରରେ କେହି ରହୁ ନାହାନ୍ତି। ଷ୍ଟୋ ଲାଇଟ୍‌ରେ ମୋଟା କାଗଜ ଦିଆଯାଇଥିବାରୁ ଏଇଟା ବି ଜଣା ପଡ଼ୁ ନ ଥିଲା ଯେ ଭିତରେ ଲକ୍ଷଣ ଜଳୁଛି କି ନାହିଁ! ମନୋରମା ଖମ୍ବଟିକୁ ଆଉରି ଭଲଭାବରେ ଧରିନେଲା, ଯେମିତି କି ପାଖରେ ତା’ର ସେହି ଆମ୍ୟୀୟଜନକ ଯାହାକୁ ସେ ନିଜ ପ୍ରତି ସଚେତନ ରଖିବାକୁ

ଚାହୁଁଥିଲା। ଦେବଦାରୁ ଗହଳ ଦେଇ ଆସୁଥିବା ପବନର ଶବ୍ଦ ପାଖେଇ ଆସି ପୁଣି ଦୂରକୁ ଚାଲିଗଲା।

"–କୁନ୍ତୀ!" ମନୋରମା ଡାକପକେଇଲା।

ତା' ଡାକକୁ ବି ପବନ ଦୂରକୁ ବହୁତ ଦୂରକୁ ନେଇଗଲା। ଜଙ୍ଗଲର ସରସରାହଟ ଆଉଥିରେ ପୁଣି ବହୁତ ପାଖକୁ ଚାଲିଆସିଲା। କାଶୀର କ୍ୱାର୍ଟରର କବାଟ ଖୋଲିଲା ଏବଂ କୁନ୍ତୀ ନିଜ ଭିତରେ ସଙ୍କୁଚିତ ହେବାପରି ବାହାରକୁ ବାହାରିଲା।

ମନୋରମା ମୁଣ୍ଡରେ ଇସାରା କରି ତାକୁ ଉପରକୁ ଆସିବାକୁ କହିଲେ। କୁନ୍ତୀ ଥରୁଟେ ନିଜ କ୍ୱାର୍ଟର ଆଡ଼କୁ ଚାହିଁଲା ଏବଂ ଆଉରି ବେଶୀ ଡରିଡ଼ରି ଉପରକୁ ଆସିଲା।

–"ତୋ ମାଆ କ'ଣ କରୁଛି ?" ମନୋରମା ଚେଷ୍ଟା କଲା ଯେମିତି ତାଙ୍କ ସ୍ୱର ରୁକ୍ଷ ନ ହେଉ।

–"କିଛି ବି ନୁହେଁ "। କୁନ୍ତୀ ମୁଣ୍ଡ ହଲେଇକହିଲା।

–"କିଛି ତ କରୁ ଥବ !"

–"କାନ୍ଦୁଛି ।"

–"କି ! କାହିଁକି କାନ୍ଦୁଛି ?"

କୁନ୍ତୀ ଚୁପ୍ ରହିଲା। ମନୋରମା ବି ଚୁପ୍ ରହି ତଳକୁ ଦେଖିବାକୁ ଲାଗିଲା।

"–ତୁମେମାନେ ରୁଟି ଖାଇନ ?" ଟିକେ ରହି ସେ ପଚାରିଲା।

"ରାତି ବସରେ ବାପା ଆସିବାର ଅଛି। ମାଆ କହୁଥିଲା, ସେ ଆସିବା ପରେ ହିଁ ସମସ୍ତେ ମିଶି ଏକାଠି ଖାଇବୁ"।

ମନୋରମା ଆଗରେ ଯେମିତି ସବୁକିଛି ସ୍ପଷ୍ଟ ହୋଇଗଲା। ତିନି ବର୍ଷ ପରେ ଅଯୁଧା ଆସୁଛି, ଏକଥା କାଶୀ ତାକୁ କହିସାରିଥିଲା। ସେଥିପାଇଁ ଆଜି ଆଇନା ସାମ୍ନାକୁ ଯିବାପରେ ତା' ମନରେ ପାଉଡ଼ର୍ ଲିପ୍‌ଷ୍ଟିକ୍ ଲଗେଇବାର ଇଚ୍ଛା ହୋଇଥିଲା। ତା' ପିଲାମାନେ ବି ବୋଧହୁଏ ଏଥିପାଇଁ ଆଜି ଏତେ ଚୁପ୍ ଥିଲେ। ସେମାନଙ୍କ ବାପା ଆସୁଥିଲା,… ବାପା… ଯାହାକୁ ସେମାନେ ତିନିବର୍ଷ ହେଲା ଦେଖି ନ ଥିଲେ, ଆଉ ଯାହାକୁ ସେମାନେ ହୁଏତ ଚିହ୍ନି ବି ନ ଥିଲେ। ଅବା ହୁଏତ ଚିହ୍ନିଥିଲେ–ଏକ ମୋଟା କର୍କଶ ସ୍ୱର ଏବଂ ଚଟକଣି ଲଗାଉଥିବା ହାତ ରୂପରେ …।

–"ଯା', ତୋ ମାଆକୁ ଉପରକୁ ପଠେଇ ଦେ," ସେ କୁନ୍ତୀର କାନ୍ଧକୁ ଥାପୁଡ଼େଇ ଦେଲା, "କହିବୁ, ମୁଁ ଡାକୁଛି।"

କୁନ୍ତୀ କୁଙ୍କୁରିକାଙ୍କୁରି ହୋଇ ତଳକୁ ଚାଲିଗଲା। କିଛି ସମୟ ପରେ କାଶୀ

ଉପରକୁ ଆସିଲା। ତା' ଆଖି ଲାଲ୍ ଥିଲା ଓ ସେ ବାରମ୍ବାର କାନିରେ ନାକ ପୋଛୁଥିଲା।

– "ମୁଁ କ'ଣ ଟିକେ କହିଦେଲି ଆଉ ତୁ କାନ୍ଦିପକେଇଲୁ?" ମନୋରମା ତାକୁ ଦେଖୁଦେଖୁ କହିଲା।

– "ଦିଦି, ମାଲିକ ଓ ଚାକରର ସଂପର୍କ ହିଁ ଏମିତି!"

– "ଭୁଲ୍ କାମ କଲେ, ଟିକେ ବି କିଛି କହିଦେଲେ ତୁ କାନ୍ଦିପକଉଛୁ!" ମନୋରମା ଯେମିତି କିଛି ଭଙ୍ଗା ଜିନିଷକୁ ଯୋଡ଼ିବାରେ ଲାଗିଲା, – "ଯା', ଭିତରେ ଗାଧୁଆଘରୁ ହାତ–ମୁହଁ ଧୋଇ ଆ'।"

କିନ୍ତୁ କାଶୀ ନାକ ଓ ଆଖି ପୋଛିହୋଇ ସେଇଠି ଛିଡ଼ାହୋଇ ରହିଲା। ମନୋରମା ଗୋଟେ ହାତରେ ଆର ହାତର ଆଙ୍ଗୁଳିକୁ ଦଳିବାରେ ଲାଗିଲା। – "ଅଯୁଧା ଆଜି ଆସୁଛି?" ସେ ପଚାରିଲା।

କାଶୀ ମୁଣ୍ଡ ହଲେଇଦେଲା।

– "କିଛି ଦିନ ରହିବ ନା ଶୀଘ୍ର ଚାଲିଯିବ?"

– "ଚିଠିରେ ତ ଏଇଆ ଲେଖିଥିଲା ଯେ, ଭାଗ ଉଠେଇନେଇ ଚାଲିଯିବ।"

ମନୋରମା ଜାଣିଥିଲା ଯେ, ଅଯୁଧାର ପୈତୃକ ଜାଗାରେ କିଛି ସେଓଗଛ ଅଛି, ଯାହାର ପ୍ରତ୍ୟେକ ବର୍ଷ ଭାଗ ଡକାହୁଏ। ଗତ ବର୍ଷ ଶହେ ପଞ୍ଚସ୍ତରୀ ଟଙ୍କାରେ ଭାଗ ଦେଇଥିଲା ଏବଂ ତା' ପୂର୍ବ ବର୍ଷ ଦେଢ଼ଶହ ଟଙ୍କା ରେ। ଗତବର୍ଷ ଅଯୁଧା ତାକୁ ବହୁତ କଡ଼ା କରି ଚିଠି ଲେଖିଥିଲା। ତା'ର ଧାରଣା ଥିଲା ଯେ କାଶୀ ଭାଗଚାଷୀମାନଙ୍କଠାରୁ କିଛି ପଇସା ଅଲଗା ନେଇ ନିଜ ପାଖରେ ରଖିଦେଉଛି। ସେଥିପାଇଁ ଏଥର କାଶୀ ତାକୁ ଲେଖିଦେଇଥିଲା ଯେ ଅମଲ ହେବା ସମୟରେ ସେ ନିଜେ ସେଠାକୁ ଆସୁ, କାରଣ ପଇସାପତ୍ର ମାମଲାରେ ସେ କାହା କଥା ଶୁଣିବାକୁ ଚାହୁଁ ନ ଥିଲା। ପାଞ୍ଚ ବର୍ଷ ହେଲା ଅଯୁଧା ତାକୁ ଛାଡ଼ି ଦ୍ୱିତୀୟ ସ୍ତ୍ରୀ ରଖିଥିଲା ଏବଂ ତାକୁ ନେଇ ପଠାନକୋଟରେ ରହୁଥିଲା। ସେଠାରେ ସେ ଗୋଟେ ଛୋଟିଆ ଉଠାଦୋକାନ କରିଥିଲା। କାଶୀକୁ ଖର୍ଚ କରିବାକୁ ସେ ଗୋଟେ ପଇସା ବି ପଠାଉ ନ ଥିଲା।

– "ଖାଲି ଭାଗ ଉଠେଇବାକୁ ହିଁ ସେ ପଠାନକୋଟରୁ ଆସୁଛି!" ମନୋରମା ଏମିତି କହିଲା ଯେମିତି ସେ ଆଉକିଛି ଭାବୁଛି। – "ଅଧା ପଇସା ତ ତା' ଯିବାଆସିବାରେ ଖର୍ଚ ହୋଇଯିବ।"

– "ମୁଁ ଭାବିଲି ଏଇ ବାହାନାରେ ଥରେ ଏଠିକୁ ଆସି ବୁଲିଯିବ, ଆଉ ପିଲାମାନଙ୍କୁ ବି ଦେଖିଯିବ।"କାଶୀର ସ୍ୱର ଟିକେ ଓଦାଓଦା ଲାଗିଲା।"– ପୁଣି ତା' ମନ ବି ବୁଝିଯିବ

ଯେ ଆଜିକାଲି ଏଇସବୁ ସେଓରେ ଦେଢ଼ ଶ' ଟଙ୍କା। କେହି ଦେଉନାହାନ୍ତି।"

—"ଅଭୁତ ମଣିଷ!" ମନୋରମା ସମବେଦନା ଜଣାଇବା ସ୍ୱରରେ କହିଲା —
"ଯଦି ବା ସତରେ ତୁ କିଛି ପଇସା ରଖିନେଉଛୁ, ତେବେ କ'ଣ ହେଲା? ତୁ ତ
ତାଆରି ହିଁ ପିଲାଙ୍କୁ ପାଳୁଛୁ। ସେ ଆଉରି ସବୁ ମାସରେ କିଛି କିଛି ପଇସା ପଠେଇବା
ଦରକାର। ତା' ବଦଳରେ ସେ ଏମିତି କଥା କହୁଛି।"

—"ଦିଦି, ପୁରୁଷ ଆଗରେ କାହାର ଜୁ' ଅଛି?" କାଶୀର ସ୍ୱର କୋହରେ
ଭରିଆସିଲା

—"ତାହେଲେ ତୁ କାହିଁକି ତାକୁ କହୁନୁ ଯେ .....?" କହୁକହୁ ମନୋରମା
ନିଜକୁ ଅଟକାଇଦେଲା। ତା'ର ମନେପଡ଼ିଲା ଯେ କିଛି ଦିନ ହେଲା, ଥରେ ସୁଶୀଲର
ଚିଠି ଆସିବାକୁ ନେଇ କାଶୀ ତାକୁ ଏମିତି କଥା ସବୁ ପଚାରୁଥିଲା ଯାହା ତାକୁ ଭଲ
ଲାଗି ନ ଥିଲା। କାଶୀ ଅନେକ ପ୍ରଶ୍ନ ପଚାରିଥିଲା- ଯେ, ବାବୁ ତ ନିଜେ ଏତେ ଟଙ୍କା
ରୋଜଗାର କରୁଛନ୍ତି ତେବେ ତାକୁ କାହିଁକି ଚାକିରି କରିବାକୁ ଦେଇଛନ୍ତି? ଆଉ
ଏଯାଏଁ ସେମାନଙ୍କର ପିଲାପିଲି କାହିଁକି ହୋଇନି! ଆଉରି ମଧ୍ୟ ଏଇଆ ପଚାରିଥିଲା
ଯେ, ସେ ତା' ଦରମା ଟଙ୍କା। ନିଜ ପାଖରେ ସବୁ ରଖେ ନା ବାବୁଙ୍କ ପାଖକୁ ବି କିଛି
ପଠାଏ? ସେତେବେଳେ ସେ କାଶୀର କଥାକୁ ହସିଦେଇ ଟାଳି ଦେଇଥିଲା। କିନ୍ତୁ
ନିଜ ଭିତରେ ତାକୁ ଅନୁଭବ ହୋଇଥିଲା ଯେ ତା' ମନର କୌଣସି ଏକ ଦୁର୍ବଳ
ଜାଗାକୁ ସେ କଥା ସବୁ ଛୁଇଁ ଗଲା ଆଉ ତା' ମନ କେତେ ଦିନ ଯାଏଁ ଉଦାସ
ରହିଥିଲା।

—"ରୁଟି ନେଇଆସିବି?" ସ୍ୱରକୁ ଟିକିଏ ସହଜ କରି କାଶୀ ପଚାରିଲା।

—"ନାଁ, ମୋତେ ଏବେ ଭୋକ ନାହିଁ"। ମନୋରମା ଯଥେଷ୍ଟ କୋମଳ ସ୍ୱରରେ
କହିଲା, ଯେମିତି କି କାଶୀ ପୂରା ବିଶ୍ୱାସ କରିଯିବ ଯେ ସେ ଆଉ ବିଲକୁଲ ଏବେ
ରାଗିନି। –"ଯେତେବେଳେ ଭୋକ ଲାଗିବ, ମୁଁ ନିଜେ ବାହାର କରିଖାଇନେବି।
ତୁ ଯାଇ ତୋ କାମ ସବୁ ସାରିଦେ। ଅୟୁଧା ଏବେ ଆସୁଥବ। ଶେଷ ବସ୍ ନଅଟା
ବେଳକୁ ପହଞ୍ଚି ଯାଏ।"

କାଶୀ ଚାଲିଗଲା, ତେବେ ବି ମନୋରମା ଖମ୍ବକୁ ଭରାଦେଇ ଅନେକ ସମୟ
ଯାଏଁ ଠିଆ ହୋଇରହିଲା। ପବନ ଗତି ବଢ଼ିଯାଇଥିଲା। ତାକୁ ନିଜ ମନଭିତରେ
ଅସ୍ଥିରତା ଅନୁଭୂତ ହେଲା। ତାକୁ ସେହି ସବୁ ଦିନ ମନେପଡ଼ିଲେ ଯେବେ ବାହାଘର
ପରେ ସେ ଓ ସୁଶୀଲ ସାଥୀହୋଇ ପାହାଡ଼ ଉପରେ ଘୁରିବୁଲୁଥିଲେ। ସେଇସବୁ ଦିନ
ମାନଙ୍କରେ ଲାଗୁଥିଲା, ଯେ ସେ ରୋମାଞ୍ଚ ଆଗରେ ଦୁନିଆର ବାକିସବୁ ମୂଲ୍ୟହୀନ।

ସୁଶୀଲ ତା' ହାତକୁ ସ୍ପର୍ଶ କରିକରୁଥିଲା ଯଦି ତା' ସମଗ୍ର ଶରୀରରେ ଏକ ତରଙ୍ଗ ଖେଳି ଯାଉଥିଲା ଏବଂ ତା'ର ପ୍ରତି ଲୋମକୂପ ଯେପରି ସେ ଜୁଆରରେ ଭାସିଯାଉଥିଲା । ଦେବଦାରୁ ଜଙ୍ଗଲର ସାରା କୋଲାହଲ ଯେପରି ଶରୀରରେ ଭରି ଯାଉଥିଲା । ନିଜକୁ ତା' ଶରୀରରେ ହଜେଇଦେବା ପରେ ଯେତେବେଳେ ସୁଶୀଲ ତା' ଠାରୁ ଦୂରକୁ ଯିବାରେ ଲାଗିଲା, ତ ଇଏ ତାକୁ ଆଉରି ନିଜର କରିବାକୁ ଚାହୁଁଥିଲା । ସେ କଳ୍ପନାରେ ନିଜକୁ ଏକ ଟିକି ପିଲାକୁ ଧରିଥିବାର ଦେଖେ ଏବଂ ପୁଲକିତ ହୋଇଉଠେ । ତାକୁ ଆଶ୍ଚର୍ଯ୍ୟ ଲାଗେ ଯେ, କ'ଣ ସତରେ ଏକ ହସଖେଳ କରୁଥିବା ଶରୀରଟେ ତା' ଦେହ ଭିତରୁ ଜନ୍ମ ନେଇପାରିବ ! କେତେଥର ସେ ସୁଶୀଲକୁ କହୁଥିଲା ଯେ, ସେ ସେହି ଆଶ୍ଚର୍ଯ୍ୟକୁ ନିଜ ଶରୀରରେ ଅନୁଭବ କରି ଦେଖିବାକୁ ଚାହେଁ । କିନ୍ତୁ ସୁଶୀଲ ଏହାର ସପକ୍ଷରେ ନ ଥିଲା । ସେ ଚାହୁଁ ନ ଥିଲା ଯେ ସେ ଏବେ କିଛି ବର୍ଷ ସେମାନେ ଘରକୁ ଏକ ପିଲାକୁ ଆଣନ୍ତୁ । ସେଥିରେ ପ୍ରଥମେ ତ ତା'ର ଫିଗର୍ ଖରାପ ହୋଇଯିବାର ଭୟ ଥିଲା, ଦ୍ୱିତୀୟରେ ତା' ଚାକିରିର ବି ପ୍ରଶ୍ନ ଥିଲା । ସୁଶୀଲ ଚାହୁଁ ନ ଥିଲା କି ସେ ଚାକିରି ଛାଡ଼ି କେବଳ ଘରସଂସାରର ଯୋଗ୍ୟ ହୋଇ ହିଁ ରହିଯାଉ । ବର୍ଷେ ଛ'ମାସ ଭିତରେ ସୁଶୀଲକୁ ନିଜ ଭଉଣୀ ଉର୍ମିର ବାହାଘର ବି କରିବାର ଥିଲା । ତା'ର ସାନ ଦୁଇ କଲେଜରେ ପଢ଼ୁଥିଲେ । ସେସବୁଦିନରେ ସେମାନଙ୍କ ପାଇଁ ଗୋଟିଏ ଗୋଟିଏ ପଇସା ଅତ୍ୟନ୍ତ ମୂଲ୍ୟବାନ ଥିଲା । ସେ ଅତି କମରେ ଚାରି ପାଞ୍ଚ ବର୍ଷ ସେ ଟିକେ ଜଗିରଖି ଚଳିବାକୁ ଚାହୁଁଥିଲା । ହଜାରେ ଇଚ୍ଛା ଥିଲେ ବି ସେ ସୁଶୀଲ ଆଗରେ ଜିଦ୍ କରିପାରୁ ନ ଥିଲା । କିନ୍ତୁ ଯେବେ ବି ସୁଶୀଲର ହାତ ତା' ଶରୀରକୁ ଆଉଁସି ଦେଉଥାଏ, ସେତେବେଳେ ଏକ ଅଜ୍ଞାତ ଶିଶୁ ତା' କୋଳକୁ ଆସିବାକୁ ଛଟପଟ ହୁଏ । ସେ ଯେମିତି ତା' ଦରୋଟି କଥା ଶୁଣେ ଓ ତା' କୋମଳ ସ୍ପର୍ଶକୁ ଅନୁଭବ କରେ । ଏମିତି ସବୁ ମୁହୂର୍ତ୍ତରେ କେତେ ଥର ସୁଶୀଲର ଚେହେରା ତା' ପାଇଁ ଶିଶୁଟିଏର ଚେହେରା ପାଲଟିଯାଏ ଆଉ ସେ ତାକୁ ଭଲଭାବରେ ନିଜ ସହ କୋଳେଇ ନିଏ । ତାକୁ ଥାପୁଡ଼େଇ ଦେବାକୁ ଓ ଲୋରି ଗାଇବାକୁ ତା'ର ଇଚ୍ଛା ହୁଏ ।

ସୁଶୀଲର ଚିଠି ଆସିବାର ଏଥର ବହୁତ ଦିନ ହୋଇଗଲାଣି । ସେ ତାକୁ ଯଦିଓ ଲେଖିଥିଲା ଯେ ଟିକେ ଶୀଘ୍ର ଉଭର ଦେଇଦେଉ, କାରଣ ତା' ଚିଠି ନ ଆସିଲେ ନିଜର ଏକାକୀତ୍ୱ ତାକୁ ଅସହାୟ କରିଦିଏ । ଅନେକ ଦିନରୁ ସେ ଭାବୁଥିଲା ଯେ, ସୁଶୀଲକୁ ଦ୍ୱିତୀୟ ଚିଠି ଲେଖିବ, କିନ୍ତୁ ତା' ସ୍ୱାଭିମାନ ତାକୁ ଅଟକାଇ ଦେଉଥିଲା । ତାକୁ ଦୁଇ ଧାଡ଼ି ଲେଖିବାକୁ ବି ସୁଶୀଲର ଫୁରୁସତ ନାହିଁ !

ଜୋରରେ ଦଳକାଏ ପବନ ଆସିଲା। ଦେବଦାରୁର ସୁ-ସୁ ଶବ୍ଦ କେତେ କେତେ ଘାଟିକୁ ପାରିହୋଇ ଦୂର ଆକାଶରେ ଯାଇ ହଜିଗଲା। ଆଗରେ ଥିବା ପାହାଡ଼ ସହ ଦୁଇଟି ଆଲୋକରେଖା ଗଡ଼ିଗଡ଼ି ଆସୁଥିଲେ। ବୋଧହୁଏ ପଠାନକୋଟରୁ ଶେଷ ବସ୍‌ଟି ଆସୁଥିଲା। ଜହ୍ନଆଲୁଅରେ ଗେଟ୍‌ର ମୋଟାମୋଟା ରେଲିଂ ଚମକୁଥିଲା। ପବନ ଧକ୍କାଦେଇ ସତେ ଅବା ଗେଟ୍‌ର ତାଲାକୁ ଭାଙ୍ଗିଦେବାକୁ ଚାହୁଁ ଥିଲା। ମନୋରମା ଏକ ଦୀର୍ଘଶ୍ୱାସ ନେଲା ଏବଂ ଭିତରକୁ ଚାଲିଗଲା। ସେ ନିଜକୁ ଏହି ସମୟରେ ସବୁଦିନ ଅପେକ୍ଷା ବହୁତ ବେଶୀ ଏକାକୀ ଅନୁଭବ କରୁଥିଲା। ତା' ପରଦିନ ସନ୍ଧ୍ୟାରେ ମନୋରମା ବାହାରେ ବୁଲି ଫେରିଲାବେଳେ ହଠା ଭିତରକୁ ପ୍ରବେଶ କରିବା ମାତ୍ରେ ଆଶ୍ଚର୍ଯ୍ୟ ହୋଇ ଅଟକି ଗଲା। କାଶୀର ଘର ଭିତରୁ ବହୁତ ପାଟିତୁଣ୍ଡ ଶୁଭୁଥିଲା। ଅଯୁଧା ପାଟି କରି ଗାଲିଦେଇ କାଶୀକୁ ପିଟୁଥିଲା। କାଶୀ ଗଲାଫଟେଇ କାନ୍ଦୁଥିଲା। ମନୋରମା ରାଗରେ ଜଳିଉଠିଲା। କମିଟିର ନିୟମାନୁସାରେ କୌଣସି ପୁରୁଷଲୋକକୁ ସ୍କୁଲର ଚାରିକାନ୍ତୁ ଭିତରେ ରାତିରେ ରହିବାର ଅନୁମତି ନ ଥିଲା। ସେ ହିଁ ଅଲଗା ଭାବରେ ନିଷ୍ପତ୍ତି ନେଇ ତାକୁ ସେଠି ରହିବାର ଅନୁମତି ଦେଇଥିଲା। ଆଉ ସେ ଲୋକ ସେଇଠି ରହି ଏମିତି ହରକତ କରୁଥିଲା! ମନୋରମାର ଧ୍ୟାନ କାଶୀକୁ ହେଉଥିବା ମାଡ଼ ଆଡ଼କୁ ନ ଥିଲା... ବରଂ ଯାହାକିଛି ଘଟୁଥିଲା ସେ ଆଡ଼କୁ ଗଲା ଯେ, ଏଥିରେ ସ୍କୁଲର କେତେ ଦୁର୍ନାମ ହେବ ଏବଂ ସ୍କୁଲର ଦୁର୍ନାମର ଅର୍ଥ ହେଉଛି ପ୍ରଧାନଶିକ୍ଷୟିତ୍ରୀର ବଦନାମ...।

ସେ ଶୀଘ୍ର ଶୀଘ୍ର କ୍ୱାର୍ଟରର ସିଡ଼ି ଚଢ଼ି ଗଲା। ଖଟ୍‌-ଖଟ୍‌-ଖଟ୍‌ ତା' ଜୋତା କାଠର ପାହାଚ ଉପରେ ଶବ୍ଦ କରିଉଠିଲା। ସେ ବୁଝିପାରୁ ନ ଥିଲା କି ସେ କ'ଣ କରିବ। କାଶୀକୁ ଡକେଇ କହିବ କି ଅଯୁଧାକୁ ତୁରନ୍ତ ସେଠୁ ପଠେଇଦେବ! ନା ଅଯୁଧାକୁ ହିଁ ଡକେଇ ଗାଲିଦେବ ଓ କହିବ ଯେ ସକାଳସୁଦ୍ଧା ଏଠୁ ଚାଲିଯାଉ?

ବାରଦାରେ ପାଦ ରଖୁରଖୁ ହିଁ ସେ ଦେଖିଲା ଯେ କୁନ୍ତି ଗୋଟେ କୋଣରେ ଜାକିଜୁକି ହୋଇ ବସିଛି ଓ ଡରଡର ଆଖିରେ ସେ ତଳକୁ ଚାହୁଁଛି। ସତେ ଅବା ତା' ମାଆ ଉପରେ ହୋଇଥିବା ମାଡ଼ର ଆଘାତ ତାକୁ ବି ଲାଗୁଛି। ମନୋରମା ଚିନ୍ତା ବି କରିପାରିଲାନି ଯେ ସେ ଝିଅଟି ସେ ସମୟରେ ତା' ଘରେ କାହିଁକି ବସିଛି।

– "କଥା କ'ଣ?" ସେ ନିଜ କ୍ରୋଧକୁ ଚାପିରଖି ପଚାରିଲା।

– "ମାଆ କହିଥିଲା ଆପଣଙ୍କୁ ଖାଇବାକୁ ଦେବି.....। କୁନ୍ତି ତା' ଆଡ଼କୁ ଏମିତି ଡରୁଆଆଖିରେ ଦେଖିବାକୁ ଲାଗିଲା, ଯେମିତି ତା'ର ଆଶଙ୍କା ହେଉଛି ଯେ, ଦିଦି ଏବେ ତାକୁ ବାହୁ ପାଖରୁ ଧରିନେବେ ଏବଂ ପିଟିବାକୁ ଲାଗିବେ।

–“ତୁ ମୋତେ ରୁଟି ଖୁଏଇବୁ?”

କୁନ୍ତୀ ଆଗପରି ଡରିଡରି ମୁଣ୍ଡ ହଲେଇଲା।

–“ତୁମ ଘରେ ଯେ ସବୁ କ’ଣ ହେଉଛି?” ମନୋରମା ଏମିତି ପଚାରିଲା, ଯେମିତି ଯାହା କିଛି ହେଉଛି ସେଥିପାଇଁ କୁନ୍ତୀ ବି ଅନେକାଂଶରେ ଦାୟୀ। କୁନ୍ତୀର ଓଠ ଥରି ଉଠିଲା ଓ ଆଖିରୁ ଦୁଇଟୋପା ତଳକୁ ଗଡ଼ିଆସିଲା।

–“ସେ କୋଉ କଥା ପାଇଁ ତୋ ମାଆକୁ ପିଟୁଛି?” ମନୋରମା ଆଉଥରେ ପଚାରିଲା।

କୁନ୍ତୀ କମିଜରେ ଆଖି ପୋଛିଲା ଓ ନିଜ କୋହକୁ ଚାପିରଖି କହିଲା, “– ସେ ମାଆର ବାବ୍ଦରୁ ସବୁଟକ ପଇସା ନେଇଗଲା। ମାଆ ତା’ର ହାତ ଧରିନେଲା, ତ ତାକୁ ପିଟିବାରେ ଲାଗିଲା।”

–“ଏ ଲୋକଟିର ମୁଣ୍ଡ ଖରାପ!” ମନୋରମା ରାଗରେ ଚିହିଁକି ଉଠିଲା। ଏଇନେ ତାକୁ ଏଇଠୁ ବାହାରକରିଦେବି ଯଦି ତା’ ହୋସ୍ ବାଟକୁ ଆସିଯିବ।”

କୁନ୍ତୀ ଅନେକ ସମୟ ଯାଏଁ ଧକେଇ ହେଲା। ପୁଣି କହିଲା –“କହୁଛି, ମାଆ କୁଆଡ଼େ ଠିକାଦାରମାନଙ୍କଠାରୁ ଅଲଗା ପଇସା ନେଇ ନିଜପାଖରେ ଜମା କରୁଛି। ଏଥରକ ସେ ଦୁଇ ଶ’ ଟଙ୍କାରେ ଠିକା ଦେଇଛି। ମାଆ ପାଖରେ ତା’ ନିଜର ଷାଠିଏ ସତୁରୀ ଟଙ୍କା ଥିଲା। ସେସବୁ ସେ ନେଇଗଲା।”

କୁନ୍ତୀର କଥାରେ କିଛି ଏମିତି ଦୟନୀୟତା ଥିଲାଯେ ମନୋରମା ତା’ ଅପରିଷ୍କାର ଲୁଗାପଟା କଥା ଭୁଲିଯାଇ ତାକୁ କୋଳେଇ ନେଲା।

–“କାନ୍ଦୁଛୁ କାହିଁକି!” ସେ ତା’ ପିଠି ଆଉଁସି ଦେଇ କହିଲା”– ମୁଁ ଏବେ ତା’ ଠାରୁ ତୋ ମାଆର ପଇସା ଆଣିଦେବି। ତୁ ଚାଲ ଭିତରକୁ।”

ରୋଷେଇଘରକୁ ଯାଇ ମନୋରମା ନିଜେ କୁନ୍ତୀର ମୁହଁ ଧୋଇଦେଲା ଏବଂ ପିଠା ନେଇ ବସିପଡ଼ିଲା। କୁନ୍ତୀ ପ୍ଲେଟରେ ରୁଟି ଦେଇଦେଲା ଓ ସେ ଚୁପଚାପ ଖାଇବାକୁ ଲାଗିଲା। ସେ ଖାଇବା କାଶୀ ରାନ୍ଧିଥିଲେ, ସେ ରାଗିଯାଇ ପାଟି କରିଥାନ୍ତା। ସବୁ ରୁଟିର ଆକାର ଭିନ୍ନ ଭିନ୍ନ ଥିଲା ଓ ସେଗୁଡ଼ିକ ଅଧାକଞ୍ଚା ଓ ଦରପୋଡ଼ା ଥିଲା। ଡାଲିର ଦାନା ସବୁ ପାଣିରୁ ଅଲଗା ଥିଲା। କିନ୍ତୁ ସେତେବେଳେ ସେ ମେସିନଟିଏ ପରି ରୁଟିର ଟୁକୁଡ଼ା ସବୁ ଛିଣ୍ଡେଇ ଡାଲିରେ ବୁଡ଼େଇ ଖାଇବାକୁ ଲାଗିଲା, ସେମିତି ଠିକ୍ ଯେପରି ସେ ସବୁଦିନେ ଅଫିସରେ ବସି କାଗଜପତ୍ରରେ ଦସ୍ତଖତ କରେ ଅବା ଅଧାପିକା ମାନଙ୍କ ଅଭିଯୋଗ ଶୁଣି ସେମାନଙ୍କୁ ଉତ୍ତର ଦିଏ। କୁନ୍ତୀ ନ ପଚାରି ଆଉ ଗୋଟେ ରୁଟି ତା’ ପ୍ଲେଟରେ ପକେଇ ଦେଲା, ତ ସେ ଟିକେ ଚମକି ପଡ଼ିଲା।

"– ନା, ଆଉ ଦରକାର ନାହିଁ", କହି ସେ ହାତ ଏମିତି ବଢେଇଦେଲା, ଯେମିତିକି ରୁଟି ଏବେ ପ୍ଲେଟରେ ପଡ଼ିନାହିଁ। ପୁଣି ଅନ୍ୟମନସ୍କ ହୋଇ ରୁଟିର ଚୁକୁଡ଼ା ଛିଡ଼େଇବାକୁ ଲାଗିଲା।

ତଳେ ପାଟିତୁଣ୍ଡ ବନ୍ଦ ହୋଇଯିଇଥିଲା। କିଛି ସମୟ ପରେ ଫାଟକ ଖୋଲିବା ଓ ବନ୍ଦ ହେବାର ଶବ୍ଦ ଶୁଭିଲା। ସେ ଭାବିଲା ଯେ, ଅୟୁଧା ବୋଧହୁଏ କୁଆଡ଼େ ବାହାରକୁ ଯାଉଛି। କୁନ୍ତୀ ରୁଟିଥିବା ଡବା ବନ୍ଦ୍ କରୁଥିଲା। ସେ ତାକୁ କହିଲା – "ତଳକୁ ଯାଇ ତୋ ମାଆକୁ କହିଦେବୁ ଯେ ଠିକ୍ ସମୟରେ ଫାଟକରେ ଚାବି ପକେଇବ। ରାତିସାରା ଫାଟକ ଯେମିତି ଖୋଲା ନ ରହେ।"

କୁନ୍ତୀ ରୂପଚାପ ମୁଣ୍ଡ ହଲେଇ କାମକରିବାରେ ଲାଗିଲା।

–"ଆଉ କହିବୁ ଯେ କିଛି ସମୟପରେ ଟିକେ ଉପରେ ଆସି ଶୁଣିଯିବ।"

ତା' ସ୍ୱର ପୁଣିଥରେ ରୁକ୍ଷ ହୋଇଯାଇଥିଲା। କୁନ୍ତୀ ଥରୁଟେ ପାଇଁ ତା' ଆଡ଼କୁ ଏମିତି ଚାହିଁଲା, ଯେମିତି କି ସେ ତା' ବହିର ଏକ କଷ୍ଟ ବିଷୟ, ଯାହାକୁ ସେ ବାରମ୍ବାର ଚେଷ୍ଟା କରିବା ସତ୍ତ୍ୱେ ବି ବୁଝିପାରୁନି। ପୁଣିଥରେ ମୁଣ୍ଡ ହଲେଇ କାମରେ ଲାଗିଗଲା।

ରାତିରେ ବହୁତ ସମୟ ଯାଏଁ କାଶୀ ମନୋରମା ପାଖରେ ବସି ରହିଲା। ତାକୁ ଏକଥାରେ ସେତେ ଅଭିଯୋଗ ନ ଥିଲା ଯେ ଅୟୁଧା ତା' ବାକ୍ସରୁ ସବୁତକ ପଇସା ନେଇଯାଇଛି, ଯେତିକି ଏ କଥାରେ ଥିଲା ଯେ ଅୟୁଧା ତିନି ବର୍ଷ ପରେ ଆସିଲା ତଥାପି ପିଲାମାନଙ୍କ ପାଇଁ କିଛି ବି ଆଣିଲାନି। ସେ ତାକୁ ଜଣେଇବାକୁ ଲାଗିଲା ଯେ, ତା' ସଉତୁଣୀ କୌଣସି ଏକ ବାବା ପାଖରୁ ବଶୀକରଣ ମନ୍ତ୍ର ନେଇରଖିଛି। ସେଥିପାଇଁ ଅୟୁଧା ତା'ର କୌଣସି ବି କଥାକୁ ନ ମାନି ରହେନି। ସେ ଯେଉଁ ଜ୍ୟୋତିଷ ପାଖକୁ ବୁଝିବାକୁ ଯାଇଥିଲା, ସେ ତାକୁ କହିଲେ ଯେ ଆଗାମୀ ସାତ ବର୍ଷ ଯାଏଁ ସେ ବଶୀକରଣ ଭାଙ୍ଗିବନି। କିନ୍ତୁ ସେ ଏକଥା ବି କହିଥିଲେ ଯେ ଗୋଟିଏ ଦିନ ଏମିତି ନିଶ୍ଚୟ ଆସିବ, ଯେଉଦିନ ତା' ସଉତୁଣୀର ପିଲାମାନେ ତା' ପିଲାଙ୍କ ଅଇଁଠା ଖାଇବେ ଓ ସେମାନଙ୍କ ପୁରୁଣା ଲୁଗା ପିନ୍ଧିବେ। ସେ କେବଳ ସେହି ଦିନର ଆଶାରେ ହିଁ ଜୀଉଁଛି।

ମନୋରମା ତା' କଥା ଶୁଣି ମଧ ଯେମିତି ଶୁଣୁ ନ ଥିଲା। ତା' ମନରେ ରହିରହି ଏଇ କଥାଟି ଉଙ୍କି ମାରୁଥିଲା ଯେ, ସୁଶୀଲର ଚିଠି ଆସିନାହିଁ....ତା ଚିଠି ଦେବାର ମାସେ ପାଖାପାଖି ହୋଇଗଲାଣି କିନ୍ତୁ ତଥାପି ସୁଶୀଲ ଉତ୍ତର ଦେଇନି...! ତା' ବାଲର ଗୋଟେ ଖିଅ ଉଡ଼ିଆସି ତା' କପାଳ ଉପରକୁ ଆସିଯାଇଥିଲା। ସେହି

ହାଲୁକା ହାଲୁକା ସ୍ପର୍ଶ ତା' ଦେହରେ ଏକ ବିଚିତ୍ର ଶିହରଣ ଭରି ଦେଉଥିଲା। କିଛି କ୍ଷଣ ପାଇଁ ସେ ଭୁଲିଗଲା ଯେ କାଶୀ ତା' ସାମ୍ନାରେ ବସିଛି ଆଉ କଥା ହେଉଛି। କପାଳ ଉପରେ କେଶଟି ଧୀରେଧୀରେ ହଲୁଥିଲା ତ ତାକୁ ଲାଗୁଥାଏ ସେ ଗୋଟେ ଶିଶୁର କୋମଳ ଶରୀରକୁ ଛୁଉଁଛି। ତା'ର ସେଦିନ କଥା ମନେପଡ଼ିଲା ଯେବେ ସୁଶୀଲର ଅଙ୍ଗୁଠି ସବୁ ଅନେକ ସମୟ ଧରି ତା' କେଶ ସହ ଖେଳୁଥାଏ ଏବଂ ବାରମ୍ବାର ତା' ଓଠ ତା' ଶରୀରର ପ୍ରତିଟି ସ୍ବନ୍ଦିତ ଅଂଶ ଉପରକୁ ନଇଁ ଆସୁଥିଲା। ଏଇଥର ଚିଠି ଲେଖିବାରେ ସୁଶୀଲ କାହିଁକି କେଜାଣି ଏତେ ଦିନ ଲଗେଇ ଦେଇଥିଲା। ପ୍ରତ୍ୟେକ ଦିନ ଡାକରେ କେତେ କେତେ ଚିଠି ଆସୁଥିଲା। ହେଲେ ସବୁ ଚିଠି ପ୍ରଧାନଶିକ୍ଷୟିତ୍ରୀଙ୍କ ନାମରେ ହିଁ ଥାଏ। କେତେଦିନରୁ ମନୋରମା ସଜଦେବ୍ ନାମରେ କୌଣସି ଚିଠି ଆସି ନ ଥିଲା। ଏଥର ସେ ଛୁଟିପରେ ଆସିବାବେଳେ ସୁଶୀଲକୁ କହି ଆସିଥିଲା ଯେ ବହୁତ ଶୀଘ୍ର ସେ ତା' ପାଇଁ ଗରମ ପୋଷାକ ପଠେଇବ। ଉଣ୍ଣି ଲାଗି ଗୋଟେ ଶାଲ୍ ବି ପଠେଇବାକୁ ସେ କହିଥିଲା। ସୁଶୀଲ ଆଉ ଏଥିପାଇଁ ଅସନ୍ତୁଷ୍ଟ ନ ଥିଲା ଯେ ସେ ଦୁଇଟି ଜିନିଷ ମଧ୍ୟରୁ କୋଉଟା ବି ପଠେଇପାରି ନ ଥିଲା ?

କାଶୀ ଉଠିପଡ଼ି ଯିବାକୁ ଲାଗିଲା ଓ ମନୋରମାକୁ ପୁଣିଥରେ ନିଜ ଏକାକୀ ହେବାର ଅନୁଭବ ମାଡ଼ିବସିଲା। ଦେବଦାରୁ ଜଙ୍ଗଲର ଘନ ସୁ ସୁ ଶବ୍ଦ, ଦୂର ଘାଟିରେ ରାବୀ ନଦୀର ପାଣିରେ ଚମକୁଥିବା ଜୋଛନା ଏବଂ ତା'ର ନିଦ ଆସୁ ନ ଥିବା ଆଖି,   ଏମାନଙ୍କ ମଧ୍ୟରେ ଯେମିତି କିଛି ଅଦୃଶ୍ୟ ସୂତ୍ର ଥିଲା, କାଶୀ ବାରଣ୍ଡା ପହଞ୍ଚିଯିବାରୁ ସେ ତାକୁ ପୁଣିଥରେ ପଛକୁ ଡାକିଲା ଏବଂ କହିଲା ଯେ, ସେ ଭଲଭାବେ ଫାଟକରେ ତାଲା ଦେଇ ଶୋଉ ଏବଂ ଯାଇକି କୁନ୍ତୀକୁ ତା' ପାଖକୁ ପଠେଇଦେଉ, ଆଜି ସେ ତା' ପାଖରେ ଏଠି ଶୋଇବ।

ରାତିଅଧ ଯାଏଁ ତାକୁ ନିଦ ଆସିଲାନି। ଝରକା ଦେଇ ଦୂରର ସଫା ପରିଷ୍କାର ଆକାଶ ଦେଖାଯାଉଥିଲା। ପବନର ଟିକେ ହାବୁକା ଆସେ, ତ ପାଇନ୍ ଓ ଦେବଦାରୁର ଧାଡ଼ିସବୁ ବିଭିନ୍ନ ପ୍ରକାରର ନୃତ୍ୟ ମୁଦ୍ରାରେ ବାହୁ ହଲେଇବାରେ ଲାଗନ୍ତି। ପତ୍ର ଏବଂ ଲତାଗହଲରୁ ଖସିଆସୁଥିବା ପବନର ଶବ୍ଦ ଶରୀରକୁ ଏପରି ରୋମାଞ୍ଚିତ କରେ, ଯେ ଶରୀରରେ ଏକ ଜଡ଼ତ୍ବ ଛାଇଯାଏ। କିଛି ସମୟ ଯାଏଁ ସେ ଝରକା ପାଖରେ ମୁଣ୍ଡ ରଖି ଖଟିଆ ଉପରେ ବସି ରହିଲା। ଗୋଟେ ମୁହୂର୍ତ୍ତ ପାଇଁ ଆଖି ବନ୍ଦହୋଇ ଆସେ, ତ ଝରକାର ବନ୍ଦ ସୁଶୀଲର ଛାତିର ରୂପନିଏ। ତାକୁ ଅନୁଭୂତ ହୁଏ ଯେ ପବନ ତାକୁ ଦୂର ବହୁତ ଦୂରକୁ ନେଇଯାଉଛି, ପାଇନ୍ ଓ ଦେବଦାରୁର ଜଙ୍ଗଲ ଏବଂ ରାବୀ ପାଣିର ସେପାଖକୁ ....।   ଯେତେବେଳେ ସେ ଝରକା ପାଖରୁ ହଟିଆସି ଖଟିଆ

ଉପରେ ଗଡ଼ିଗଲା, ସେତେବେଳେ ସ୍କାଏଲାଇଟ୍‌ରୁ ଛାଣି ହୋଇ ଆସୁଥିବା ଚନ୍ଦ୍ରକିରଣର ଏକ ଚାରିକୋଣିଆ ଟୁକୁଡ଼ା ପାଖରେ ଖଟିଆରେ ଶୋଇଥିବା କୁନ୍ତୀର ମୁହଁ ଉପରେ ପଡ଼ୁଥିଲା । ମନୋରମା ଚମକିପଡ଼ିଲା । କୁନ୍ତୀ ତାକୁ ଆଗରୁ କେବେ ଏତେ ସୁନ୍ଦର ଲାଗି ନ ଥିଲା । ତା'ର ସରୁସରୁ ଓଠ ଆମ୍ବର ନାଲିନାଲି କଅଁଳ ପତ୍ର ପରି ଖୋଲାଥିଲା । ତାକୁ ଆହୁରି ପାଖରୁ ଦେଖିବା ପାଇଁ ସେ କହୁଣୀରେ ଭରା ଦେଇ ତା' ଖଟିଆ ଉପରକୁ ନଇଁ ଆସିଲା ।   ପୁଣି ସାଙ୍ଗେ ସାଙ୍ଗେ ସେ ତାକୁ ଚୁମାଟେ ଦେଇଦେଲା । କୁନ୍ତୀ ଶୋଇରହି ବି ଥରେ ଶିହରି ଉଠିଲା ।

ମନୋରମା ତକିଆ ଉପରେ ମୁଣ୍ଡ ରଖି ବହୁତ ସମୟ ଯାଏଁ ଛାତ ଆଡ଼କୁ ଚାହିଁ ରହିଲା । ଯେତେବେଳେ ହାଲ୍‌କାହାଲ୍‌କା ନିଦ ଆଖିରେ ଆସିବାକୁ ଲାଗିଲା, ସେତେବେଳେ ସେ ଗେଟ୍ ଖୋଲିବା ଓ ବନ୍ଦ ହେବା ଶବ୍ଦରେ ଚମକିଉଠିଲା । କିଛି ସମୟ ପରେ କାଶୀର ଘରୁ ଅଯୁଧାର ବିଡ଼ବିଡ଼୍ ହୋଇ କିଛି କହିବାର ଶବ୍ଦ ଶୁଭିଲା । ସେହି ସମୟରେ ସେ ମଦ ପିଇଥିଲା । ମନୋରମାର ଦେହ ପୁଣିଥରେ କ୍ରୋଧରେ ଜଳିଉଠିଲା । ସେ ନିଜକୁ ଭଲଭାବରେ କମ୍ବଳ ଭିତରେ ଗୁଡ଼େଇରଖି ସେ ଶବ୍ଦକୁ ଭୁଲିଯିବାର ପ୍ରଯନ୍ କଲା । କିନ୍ତୁ ନିଦ ଆସିବା ପରେ ମଧ ସେ ଶବ୍ଦ ତା' କାନରେ ଗୁଞ୍ଜରି ଉଠୁଥିଲା .... ।

ଦୁଇ ଦିନ ପରେ ଅଯୁଧା ଚାଲିଯିବାରୁ ମନୋରମା ଶାନ୍ତିରେ ନିଃଶ୍ୱାସ ନେଲା । ତାକୁ ବେଳେବେଳେ ଏମିତି ଲାଗୁଥିଲା ଯେ, ଯେକୌଣସି ସମୟରେ ସେ ନିଜ ଉପରେ କାବୁ ରଖିପାରିବ ନାହିଁ ଏବଂ ଚପରାସୀ ଦ୍ୱାରା ଧକ୍କାଦେଇ ସେ ଲୋକକୁ ସ୍କୁଲ ପରିସରରୁ ବାହାରକରିଦେବ । ସେ ଲୋକଟା ତା' ମୁହଁରୁ ହିଁ ବାଜେଲୋକ ପରି ଜଣା ପଡ଼ୁଥିଲା । ତାର ବଡ଼ବଡ଼ ମଇଳା ଦାନ୍ତ, କଳା ଓଠ ଏବଂ ହିଂସ୍ର ପଶୁଟିଏ ପରି ତା' ଆଖି ଦେଖି ଲାଗୁଥିଲା ଯେ, ଏଇ ଲୋକଟିକୁ ତା' ଚେହେରା ପାଇଁ ହିଁ ଆଜୀବନ କାରାଦଣ୍ଡ ହେବା ଦରକାର । ତା'ର ଚାଲିଯିବା ପରେ ତା' ମନ ଯଥେଷ୍ଟ ହାଲୁକା ହୋଇଗଲା । ଅଫିସରେ କିଛି କାମ ଅଛି, ଯାହାକୁ ସେ କିଛି ଦିନ ହେଲା ଟାଳି ଆସୁଥିଲା, ସେ ସେଦିନ ବସି ସବୁ ପୂରା କରିଦେଲା । ସେହିଦିନ ସଂଧ୍ୟା ଡାକରେ ତାକୁ ସୁଶୀଲର ଚିଠି ବି ମିଳିଗଲା । ସେ ଚିଠିକୁ ଅଫିସରେ ଖୋଲିଲାନି । ଷ୍ଟେନୋକୁ ଆଉ ବାକି ଡିକ୍ଟେସନ୍ ଆସନ୍ତା କାଲି ନେବାକୁ କହି କ୍ୱାର୍ଟରକୁ ଚାଲିଆସିଲା । ଖଟିଆ ଉପରେ ବସି ସେ କାଗଜ କଟା ଛୁରୀରେ ଧୀରେଧୀରେ ଲଫାପା ଖୋଲିଲା, ଯେମିତି ସେ ତାକୁ ଆଘାତ ଦେବାକୁ ଚାହୁଁ ନ ଥିଲା । ଚିଠି ଅଫିସ କାଗଜରେ ବହୁତ ତରବରରେ ଲେଖା ଯାଇଥିଲା । ମନୋରମାକୁ, କିନ୍ତୁ ତଥାପି ସେ ଗୋଟେ ଗୋଟେ ଧାଡ଼ି ବହୁତ ଉସ୍ସୁକତାର ସହ ପଢ଼ିଲା । ସୁଶୀଲ ଲେଖିଥିଲା ଯେ, ଖୁବ ଶୀଘ୍ର ଉଜ୍ଜୀର

ନିର୍ବନ୍ଧ ଗୋଟିଏ ଜାଗାରେ ହେଉଛି । ପୁଅଟି ଭଲ ଚାକିରିଟେ କରିଛି । ସମସ୍ତେ ଏହି ପ୍ରସ୍ତାବକୁ ପସନ୍ଦ କରିଛନ୍ତି । ଯଦି ସମ୍ଭବ ସେ ଉର୍ମୀର ଶାଲକୁ ବହୁତ ଶୀଘ୍ର ପଠେଇଦେଉ । ଏବେ ଉର୍ମୀର ବାହାଘର ପାଇଁ ମଧ ସେମାନଙ୍କୁ କିଛି ପଇସା ସଞ୍ଚୟ କରି ରଖିବାକୁ ହେବ । ଶେଷରେ ସେ ତାକୁ ନିଜ ଦେହର ଯନ୍ ନେବାକୁ ଲେଖିଥିଲା । ମଧୁର ଆଲିଙ୍ଗନ ତଥା ଅନେକ ଅନେକ ଚୁମ୍ବନର ସହ ଚିଠିଟି ସମାପ୍ତ ହୋଇଥିଲା । ମନୋରମା ବହୁତ ସମୟ ପର୍ଯ୍ୟନ୍ତ ଚିଠିକୁ ହାତରେ ଧରି ବସିରହିଲା । ତାକୁ ପଢ଼ି ମଧୁର ଆଲିଙ୍ଗନ ଓ ଅନେକ ଚୁମ୍ବନର କିଛି ବି ସ୍ପର୍ଶ ତାକୁ ଅନୁଭୂତ ହୋଇ ନ ଥିଲା । ଏମିତି ଲାଗୁଥିଲା, ଯେମିତି ସେ ଏକ ଝରଣାରୁ ପାଣି ପିଇବା ପାଇଁ ତଳକୁ ନଇଁଛି ଏବଂ ତା' ଓଠ ଓଦା ବାଲିକୁ ହିଁ ଛୁଇଁ ରହିଯାଇଛି, ଚିଠିକୁ ସେ ଡ୍ରୟାରରେ ରଖିଦେଲା ଏବଂ ଅଫିସକୁ ଫେରିଗଲା ।

ରାତିରେ ଖାଇସାରିବା ପରେ ସେ ଚିଠିର ଉଉର ଲେଖିବାକୁ ବସିଲା । କିନ୍ତୁ କଲମକୁ ହାତରେ ଧରିବା ମାତ୍ରେ ମୁଣ୍ଡ ଯେମିତି ବିଲକୁଲ୍ ଖାଲି ହୋଇଗଲା । ତାକୁ ଲାଗିଲା ଯେ ଲେଖିବା ପାଇଁ ଯେମିତି ତା' ପାଖରେ କିଛି ନାହିଁ । ପ୍ରଥମ ଧାଡ଼ି ଲେଖିଦେଇ ସେ ବହୁତ ସମୟ ଯାଏଁ କାଗଜକୁ ନଖରେ କୋରିବାକୁ ଲାଗିଲା । ଶେଷରେ ବହୁତ ଭାବି ସେ ଆଉ କିଛି ଧାଡ଼ି ଲେଖିଲା । ପଢ଼ିବାରୁ ତାକୁ ଲାଗିଲା ସେ ଚିଠି ଅନ୍ୟସବୁ ଚିଠିଠାରୁ ବିଶେଷ ଅଲଗା ନୁହେଁ, ଯାହା ସେ ଅଫିସରେ ବସି କ୍ଲର୍କକୁ ଡିକ୍ଟେଟ୍ କରାଏ । ଚିଠିରେ କଥା କେବଳ ଏତିକି ହିଁ ଥିଲା ଯେ, ତାକୁ ଏକଥାର ଅବସୋସ ଯେ ସେ ଶାଲ୍ ଏବଂ କୋଟ୍ ପାଇଁ କପଡ଼ା ଏଯାବତ୍ ପଠେଇପାରିଲାନି । ଶୀଘ୍ର ସେ ଏସବୁ ଜିନିଷ ପଠେଇଦେବ । ଏବଂ ଶେଷରେ ତା' ତରଫରୁ ମଧ ମଧୁର ଆଲିଙ୍ଗନ ଓ ଅନେକ ଅନେକ ଚୁମ୍ବନ... ।

ରାତିରେ ସେ ଅନେକ ସମୟ ଧରି ଭାବିବାକୁ ଲାଗିଲା ଯେ କେଉଁ ସବୁ ଖର୍ଚ୍ଚ କମ୍ କରି ସେ ଚାଲିଶୀ ପଚାଶ ଟଙ୍କା ମାସକୁ ସଞ୍ଚୟ କରି ପାରିବ । କ୍ଷୀର ପିଇବା ବନ୍ଦ୍ କରିଦେବ କି ? ନିଜେ ଲୁଗା ଧୋଇବ ? କାଶୀ ଦ୍ୱାରା କାମ କରିବା ବନ୍ଦ କରି ନିଜେ ଖାଇବା ବନେଇବ ? ଅଧିକ ଖର୍ଚ୍ଚ ତ କାଶୀ ପାଇଁ ହିଁ ହେଉଥିଲା । ସେ ଅନେକ ଜିନିଷ ମାଗିକି ନେଉଥିଲା ଆଉ ଚୋରେଇକି ବି । କିନ୍ତୁ ସେ ଆଗରୁ ବି ପରୀକ୍ଷା କରି ଦେଖିଛି ଯେ, ସେ ସ୍କୁଲ କାମ କରିବା ସହ ରୋଷେଇ ଏକାସାଙ୍ଗରେ କରି ପାରିବନି । ଏଭଳି ପରିସ୍ଥିତିରେ ସେ କ୍ଷୀର-ପାଉଁରୁଟି ଖାଇ ରହିଯାଉଥିଲା ନହେଲେ କିଛି ବି ସିଝା-ଭଜା କରି ପେଟ ଭରିଦେଉଥିଲା ।

ତା'ପରଦିନ ଠାରୁ ସେ ଖାଇବାରେ ଅନେକ କିଛି କମେଇ ଦେଲା । କାଶୀକୁ

ଏଇଆ କହିଦେଲା ଯେ ସେ କ୍ଷୀର କେବଳ ଚା କରିବାକୁ ହିଁ ଆଣୁ ଏବଂ ଡାଲି ତରକାରୀରେ ଘିଅ ବହୁତ କମ୍ ବ୍ୟବହାର କରୁ। ବିସ୍କୁଟ୍ ଏବଂ ଫଳ ବି ସେ ବନ୍ଦ୍ କରିଦେଲା। କିଛି ଦିନ ତ ସଞ୍ଚୟ କରିବାର ଉସାହରେ କଟିଗଲା, କିନ୍ତୁ ତା'ପରେ ତାକୁ ନିଜ ସ୍ୱାସ୍ଥ୍ୟ ଉପରେ ସଞ୍ଚୟର ପ୍ରଭାବ ଦେଖାଦେଲା। ଦୁଇଠର କ୍ଲାସରେ ପଢେଇବା ସମୟରେ ତା'ର ମୁଣ୍ଡ ବୁଲେଇ ଦେଲା। କିନ୍ତୁ ସିଏ ନିଜର ଜିଦ୍ ଛାଡ଼ିଲାନି। ସେ ମାସର ଦରମା ମିଳିବା ପରେ, ସେ ଶାଲ୍ ପାଇଁ ଚାଳିଶି ଟଙ୍କା ଅଲଗା ବାହାର କରି ରଖିଦେଲା। ଟଙ୍କା ରଖିବାବେଳେ ତା' ମୁହଁର ଭାବ ଏମିତି ଥିଲା, ଯେମିତି ସୁଶୀଳ ତା' ଆଗରେ ଠିଆ ହୋଇଚି ଏବଂ ସେ ତାକୁ ଚିଡ଼େଇବାକୁ ଚାହୁଁଚି ଯେ ... ଦେଖ ଏହିପରି ସଞ୍ଚୟରୁ ଶାଲ ଏବଂ କୋଟ୍ କପଡ଼ା କିଣାଯାଏ। ତା' ସ୍ୱଭାବରେ ସେମିତି କିଛି ଚିଡ଼ିଚିଡ଼ାପଣ ଆସିଯାଇଥିଲା। ସେ ବିନାକାରଣରେ ସମସ୍ତଙ୍କ ଉପରେ ବିରକ୍ତ ହୋଇଉଠୁଥିଲା।

ଦିନେ ସ୍କୁଲ ଯିବା ପୂର୍ବରୁ ସେ ଅଇନା ସାମ୍ନାରେ ଛିଡ଼ା ହେଲା କ୍ଷଣି ଟିକେ ଚମକି ପଡ଼ିଲା। ତାକୁ ଲାଗିଲା ଯେ ତା' ମୁହଁର ରଙ୍ଗ ଯଥେଷ୍ଟ ଫିକା ପଡ଼ିଯାଇଚି। ସେଦିନ ଅଫିସରେ ବସିଥିବା ବେଳେ ତା' ମୁଣ୍ଡ ଖୁବ ଜୋରରେ ବିନ୍ଧିଉଠିଲା ଏବଂ ସେ ବାରଟା ବାଜିବା ପୂର୍ବରୁ ହିଁ କ୍ୱାର୍ଟରକୁ ଉଠି ଚାଲିଆସିଲା। ବାରଣ୍ଡାରେ ପହଞ୍ଚି ସେ ଦେଖିଲା, କାଶୀ ତା' ଆସିବା ଶବ୍ଦ ଶୁଣି ତରବରରେ ଆଲମାରୀ ବନ୍ଦ କରି ଚୁଲୀ ଆଡ଼କୁ ଯାଇଚି। ସେ ରୋଷେଇଘରକୁ ଯାଇ ଆଲମାରୀ ଖୋଲିଦେଲା। ଘିଅ ଡବା ଖୋଲା ହୋଇଥିଲା ଓ ସେଥିରେ ଆଙ୍ଗୁଳି ଗୁଡ଼ିକର ଚିହ୍ନ ହୋଇଥିଲା। ମନୋରମା କାଶୀ ଆଡ଼କୁ ଚାହିଁଲା। ତା' ମୁହଁରେ କଞ୍ଚା ଘିଅର ଦାଗ ଲାଗିଥିଲା ଏବଂ ସେ ଓଲଟେଇ ନିଜ ଆଙ୍ଗୁଳିଗୁଡ଼ିକ ଶାଢ଼ି କାନିରେ ପୋଛୁଥିଲା। ମନୋରମା ନିଜକୁ ସମ୍ଭାଲି ପାରିଲାନି। ପାଖକୁ ଯାଇ ସେ ତା' ଚୁଟି ପାଖରୁ ଧରିନେଲା।

– "ଚୋରଣୀ, !" ସେ ଚିତ୍କାର କରି କହିଲା, – "ମୁଁ ଏଥିପାଇଁ ଶୁଖିଲା ବିନା ତେଲରେ ଖାଉଚି କି ତୁ କଞ୍ଚା ଘିଅ ହଜମ କରିବୁ? ଲାଜ ଲାଗୁନି ବଦମାସ? ଯା, ଏବେ ବାହାରି ଯା ଏଇଠୁ। ମୁଁ ତୋ ମୁହଁ ବି ଦେଖିବାକୁ ଚାହୁଁନି।" ସେ ତା' ପିଠିକୁ ଧକ୍କାଟେ ମାରିଲା, କାଶୀ ତଲମୁହାଁ ହୋଇ ପଡ଼ି ଯାଉଥିଲା, କିନ୍ତୁ ହାତଭରା ଦେଇ ନିଜକୁ ସମ୍ଭାଲି ନେଲା। କ୍ଷଣଟେ ପାଇଁ ସେ ଯନ୍ତ୍ରଣାରେ ଆଖି ବନ୍ଦକରି ରହିଲା। ତା'ପରେ ସେ ମନୋରମାର ପାଦ ଧରିନେଲା। ପାଟିଖୋଲି କିଛି କହିବା ତା' ଦ୍ୱାରା ହେଲାନି।

– "ମୁଁ ତୋତେ ଚବିଶ ଘଣ୍ଟାର ନୋଟିସ୍ ଦେଉଚି" ମନୋରମା ପାଦକୁ ଛଡ଼ାଇ

ନେଉନେଉ କହିଲା– "କାଲି ଏଇ ସମୟ ବେଳକୁ ସ୍କୁଲ କ୍ୱାର୍ଟର ଖାଲି ହୋଇଯିବା ଦରକାର। ସକାଳେ କ୍ଲର୍କ ତୋର ହିସାବ କରିଦେବ। ତା'ପରେ ତୁ ଯଦି ଏଇ ହତା ଭିତରେ ପାଦ ବି ରଖିବୁ... ତେବେ...।" ଆଉ ସେ ସେଠାରୁ ପଳେଇଆସିବାକୁ ଲାଗିଲା। କାଶୀ ଆଗକୁ ଯାଇ ପୁଣି ଥରେ ତା' ପାଦ ଧରିନେଲା।

"ଦିଦି, ପାଦ ଧରୁଛି, କ୍ଷମା ଦିଅ," ସେ ବହୁତ କଷ୍ଟରେ କହିଲା। ମନୋରମା ତଥାପି ପାଦ ଛାଟିଦେଇ ଘୁଞ୍ଚାଇ ନେଲା। ତା'ର ଗୋଟେ ପାଦ ପଛରେ ଥିବା ଚା' କପରେ ଯାଇ ବାଜିଲା ଓ କପ୍‌ଟି ଭାଙ୍ଗିଗଲା। ଖେଳେଇ ହୋଇ ପଡ଼ିଥିବା ଟୁକୁଡ଼ାଗୁଡ଼ିକର ଶବ୍ଦ କିଛି ମୁହୂର୍ତ୍ତ ପାଇଁ ଦୁହିଁଙ୍କୁ ସ୍ତବ୍ଧ କରିଦେଲା। ପୁଣି ମନୋରମା ନିଜ ତଲଓଟକୁ ଦାବି ଦୁମ୍‌ଦୁମ୍ ହୋଇ ସେଠାରୁ ଚାଲିଆସିଲା। ରୁମ୍‌କୁ ଆସି ମୁଣ୍ଡରେ ବାମ୍ ଲଗାଇଲା ଏବଂ ମୁହଁ ଘୋଡ଼େଇ ଶୋଇପଡ଼ିଲା।

ସଂଧ୍ୟା ଡାକରେ ପୁଣି ଥରେ ସୁଶୀଲର ଚିଠି ଆସିଲା। ସେଥିରେ ସେଇସବୁ କଥା ଥିଲା। ଉନ୍ମୀର ନିର୍ବନ୍ଧ ହୋଇ ସାରିଥିଲା। ଗତ ରବିବାର ସେମାନେ ସବୁ ସେ ପିଲାଟି ସହ ପିକ୍‌ନିକ୍‌ରେ ଯାଇଥିଲେ। ଉନ୍ମୀ ଗୋଟିଏ କୋଣରେ କେଇ ଧାଡ଼ି ଲେଖି ନିଜେ ନିଜର ଶାଲ ପାଇଁ ଅନୁରୋଧ କରିଥିଲା। ତା' ସହ ଏକଥା ବି ଲେଖିଥିଲା ଯେ, ଭାଉଜଙ୍କୁ ସମସ୍ତେ ବହୁତ ବହୁତ ମନେପକାଉଛନ୍ତି। ପିକ୍‌ନିକ ଦିନ ତ ସେମାନେ ତାକୁ ଭାରି ମିସ୍ କଲେ।

ଚିଠି ପଢ଼ିବା ପରେ ସେ ଗୋଟେ ବଡ଼ ରାଉଣ୍ଡରେ ବୁଲିବା ପାଇଁ ବାହାରିଗଲା। ମନରେ ବହୁତ ବିରକ୍ତିଭାବ ଭରି ରହିଥିଲା। ସେ ବୁଝି ପାରୁ ନ ଥିଲା ଯେ, ବିରକ୍ତିଭାବ କାଶୀ ଉପରେ, ନିଜ ଉପରେ ନା ସୁଶୀଲ ଉପରେ। କାହିଁକି କେଜାଣି ତାକୁ ଲାଗିଲା ଯେ ସଡ଼କ ଉପରେ ପଥର ଆଗ ଅପେକ୍ଷା ଅଧିକ ଅଛି ଆଉ ସେ ଗୋଲ ସଡ଼କ କେଜାଣି କେତେ ଲମ୍ବ ହୋଇଯାଇଛି! ରାସ୍ତାରେ ଦୁଇଥର ତାକୁ ହାଲିଆ ହୋଇ ପଥର ଉପରେ ବସିବାକୁ ପଡ଼ିଲା। ଘରଠୁ ଗୋଟେ ମିଟର କି ଦେଢ଼ ମିଟର ଦୂରରୁ ତା' ଚପଲ ଛିଡ଼ିଗଲା। ସେ ରାସ୍ତା ବହୁତ କଷ୍ଟରେ ସରିଲା। ତାକୁ ଲାଗିଲା କେଜାଣି କେବେଠୁ ସେ ଘୋଷାରି ହୋଇ ସେଇ ଗୋଲ ସଡ଼କ ଉପରେ ଚାଲୁଛି ଏବଂ ଆଗକୁ ବି କେଜାଣି କେତେ ଯାଏଁ ଏମିତି ଚାଲିବାକୁ ପଡ଼ିବ...।

ଫାଟକ ପାଖରେ ପହଞ୍ଚି ସକାଳର ଘଟଣା ପୁଣି ଥରେ ତା' ମନରେ ତାଜା ହୋଇଆସିଲା। କାଶୀର କ୍ୱାର୍ଟରରେ ପୁଣି ନୀରବତା ଥିଲା। ମନୋରମାକୁ ଗୋଟେ ମୁହୂର୍ତ୍ତ ପାଇଁ ଲାଗିଲା ଯେ କାଶୀ କ୍ୱାର୍ଟର ଖାଲିକରି ଚାଲିଯାଇଛି, ଆଉ ସେ ବଡ଼ ହତା ଭିତରେ ଏ ସମୟରେ ସେ ବିଲକୁଲ୍ ଏକାଅଛି। ତା' ମନ ଶିହରି ଉଠିଲା। ସେ

କୁନ୍ତୀକୁ ଡାକ ପକେଇଲା । କୁନ୍ତୀ ଲଣ୍ଠନ ନେଇ ନିଜ ଘରୁ ବାହାରକୁ ଆସିଲା । –
"ତୋ ମାଆ କାହିଁ ?" ମନୋରମା ପଚାରିଲା ।

– "ଭିତରେ ଅଛି" ଆଉ କୁନ୍ତୀ ଥରୁଟେ ଭିତର ଆଡ଼କୁ ଦେଖିଲା । – "କ'ଣ
କରୁଛି ?"

"–କିଛି କରୁନି, ବସିଛି ।"

ମନୋରମା ଦେଖିଲା, କାଶୀର ଘର ଯଥେଷ୍ଟ ଭଙ୍ଗାରୁଜା ଅବସ୍ଥାରେ ଅଛି ।
କବାଟର ବନ୍ଧ ବହୁତ ଦୁର୍ବଳ ହୋଇଯାଇଥିଲା ଯେଉଥିପାଇଁ କବାଟ ପାଖାପାଖି
ବାହାରିଆସୁଥିଲା । ପ୍ରତ୍ୟେକ ଦିନ ସେ ସେହି କ୍ୱାର୍ଟର ଆଗ ଦେଇ ଯାଉଥିଲା, ସବୁଦିନ
ସେଇ କବାଟକୁ ଦେଖୁଥିଲା ହେଲେ ଆଗରୁ କେବେ ବି ତା' ଧ୍ୟାନ ତା' ଉପରେ
ଅଟକି ନ ଥିଲା ।

– "ଏ ଘରେ ବହୁତ ମରାମତିର ଆବଶ୍ୟକତା ଅଛି । "କହିଦେଇ ସେ ଯେମିତି
କ୍ୱାର୍ଟରର ତନଖ୍ କରିବା ପାଇଁ ଭିତରକୁ ଚାଲିଗଲା । କାଶୀ ତାକୁ ଦେଖିବା ମାତ୍ରେ ହିଁ
ତା' ପାଖକୁ ଉଠି ଆସିଲା । ମନୋରମା ଥରେ ତା' ଆଡ଼କୁ ଦେଖିଲା କିନ୍ତୁ ତା' ସହ
କଥା ହେଲାନାହିଁ । କ୍ୱାର୍ଟରର କାନ୍ଥ ସବୁ ହଳଦିଆ ପଡ଼ି ଏବେ କଳା ହେବାକୁ
ଲାଗିଥିଲା । ଗୋଟେ ସ୍କାଏଲାଇଟ୍ ବି କାନ୍ଥରୁ ବାହାରି ତଳେ ପଡ଼ିଯିବା ଅବସ୍ଥାରେ
ଥିଲା । ଛାତର ଚାରିଆଡ଼େ ବୁଢ଼ିଆଣୀ ଜାଲ ଲାଗିଥିଲା, ଯାହା ନିଜ ଭିତରେ ମିଶିଯାଇ
ଏକ ବଡ଼ ଚାନ୍ଦୁଆର ରୂପ ନେଇଥିଲା । ଘର ଭିତରେ ଯାହା ଅଛ ବହୁତ ଜିନିଷପତ୍ର
ଥିଲା, ସେସବୁ ଏପଟ ଅସ୍ତବ୍ୟସ୍ତ ହୋଇ ପଡ଼ିଥିଲା । ଗୋଟେ ପଟେ ତିନୋଟିଆକ
ପିଲା ଗୋଟିଏ ଥାଲିରେ ରୁଟି ଖାଉଥିଲେ, ସେଇ ପାଣିପରି ଡାଲି ଥିଲା ଯାହା ଥରେ
କୁନ୍ତୀ ତା' ପାଇଁ ରାନ୍ଧିଥିଲା ଏବଂ ଭିନ୍ନ ଭିନ୍ନ ତେହେରାର ଶୁଖିଲା ରୁଟି । ତାକୁ ଦେଖି
ପିଲାମାନଙ୍କର ହାତ ଓ ମୁହଁ ଚାଲିବା ବନ୍ଦ ହୋଇଗଲା । ସବା ସାନ ପୁଅ, ଯିଏ କି
ପାଖାପାଖି ଚାରି ବର୍ଷର ଥିଲା, ମାଟିରେ ଗୋଲେଇ ହୋଇ ଗୋଟେ କୋଣରେ
ଗଡ଼ୁଥିଲା । ତା' ଆଖି ମନୋରମା ସହ ସାରା ଘରେ ବୁଲୁଥିଲା ।

– "ପରସୁର କ'ଣ ହୋଇଛି ? ବେମାର ଅଛି ?" ମନୋରମା କାଶୀ ଆଡ଼କୁ
ନ ଚାହିଁ କାନ୍ଥକୁ ପଚାରିବା ପରି କହିଲା ଏବଂ ପିଲାଟି ପାଖକୁ ଚାଲିଗଲା । ପରସୁ
ନିଜ ଗୋଡ଼ଆଙ୍ଗୁଠି ସିଧାରେ ଦେଖିବାକୁ ଲାଗିଲା ।

"– ତାକୁ ଜଣ୍ଡିସ ରୋଗ ହୋଇଛି ।" କାଶୀ ଆସ୍ତେ କରି ଉତ୍ତର ଦେଲା ।

ମନୋରମା ପିଲାଟିର ଗାଲକୁ ଆଉଁସି ଦେଲା ଏବଂ ତା' ମୁଣ୍ଡରେ ହାତ
ବୁଲେଇଲା ।

–“ଡାକ୍ତରଙ୍କୁ ଦେଖେଇଛ ?” ସେ ପଚାରିଲା ।

“ଦେଖେଇଥିଲୁ,” କାଶୀ କହିଲା,” – ସେ ଦଶଟା ଟୀକା ବତେଇଛନ୍ତି । ଦୁଇଦୁଇ ଟଙ୍କା ଲେଖାଏଁ ଗୋଟେ ଟୀକା ।

କହୁକହୁ ତା’ ଗଳା କୋହଭର୍ତ୍ତ ହୋଇଆସିଲା ।

–“ଦେଲୁ ନାହିଁ ?” ଏବେ ମନୋରମା ତା’ ଆଡ଼କୁ ଚାହିଁଲା ।

–“କେମିତି ଦେଇଥାନ୍ତି ?” କାଶୀର ଆଖି ତଳକୁ ହୋଇଗଲା । –“ଯେତେ ପଇସା ଥିଲା ସବୁ ତ ସେ ବାହାରକରି ନେଇଯାଇଥିଲା । ...ମୁଁ ଏଇ କଂସା ଗିନାରେ ମାଗୁଛି । କହୁଛନ୍ତି ଯେ ସେଥିରେ ଠିକ୍ ହୋଇଯିବ ।”

ପିଲାଟି ଜୁଲୁଜୁଲୁ କରି ସେ ଦୁହିଁଙ୍କୁ ଦେଖୁଥିଲା । ମନୋରମା ଆଉଥରେ ତା’ ଗାଲକୁ ଆଉଁସି ଦେଲା ଓ ବାହାରକୁ ଚାଲିଗଲା । କୁନ୍ତୀ ଦୁଆର ପାଖରେ ଠିଆ ହୋଇଥିଲା । ସେ ବାଟରୁ ଘୁଞ୍ଚିଗଲା । –“ଏହି କ୍ୱାର୍ଟରରେ ଏବେ ଚୂନ ଦିଆଯିବା ଦରକାର” । ମନୋରମା ଚାଲିଯାଉଯାଉ କହିଲା, “ଏଇଠାର ପରିବେଶରେ ତ ଭଲ ଲୋକ ବି ଅସୁସ୍ଥ ହୋଇ ଯାଇପାରେ ।”

କାଶୀର କ୍ୱାର୍ଟରରୁ ବାହାରି ସେ ଧୀରେଧୀରେ ନିଜ କ୍ୱାର୍ଟରର ସିଡ଼ି ଚଢ଼ିଲା । ଠକଠକ୍ ଶବ୍ଦ, ଏକାକୀ ଉପର ମହଲାର ବାରଦା ଓ ଘର । କୋଠରିର ଯେଉଁ ସବୁ ଜିନିଷ ସେ ଅସଜଡ଼ା କରି ଛାଡ଼ିଯାଇଥିଲା, ସେ ସବୁ ଏବେ ସଜଡ଼ାହୋଇ ରଖାଯାଇଥିଲା । ମଝି ଟେବୁଲରେ ରୁଟି ଟ୍ରେ ଢଙ୍କାହୋଇ ରଖାଯାଇଥିଲା । କେଟ୍ଲୀରେ ପାଣି ଭର୍ତ୍ତି କରାଯାଇ ଷ୍ଟୋଭ୍ ଉପରେ ରଖାଯାଇଥିଲା । କୋଟ୍ ବାହାରକରି ଶାଲ ଘୋଡ଼େଇହେବା ବେଳେ ସେ ବାରଣ୍ଡାରେ ପାଦଶବ୍ଦ ଶୁଣିଲା । କାଶୀ ଚୁପଚାପ୍ ଆସି କବାଟ ପାଖରେ ଛିଡ଼ା ହୋଇଗଲା ।

–“କ’ଣ ହେଲା ?” ମନୋରମା ରୁକ୍ଷ ସ୍ୱରରେ ପଚାରିଲା ।

–“ରୁଟି ଖାଇବାକୁ ଦେବାକୁ ଆସିଛି”, କାଶୀ ଧୀର ବସିଯାଇଥିବା ସ୍ୱରରେ କହିଲା,” –ଚା ପାଇଁ ପାଣି ବି ପ୍ରସ୍ତୁତ ଅଛି । କହିବେ ଯଦି, ପ୍ରଥମେ ଚା’ କରିଦେବି ।”

ମନୋରମା ଥରେ ତା’ ଆଡ଼କୁ ଚାହିଁଲା ଏବଂ ଦୃଷ୍ଟି ଫେରେଇନେଲା । କାଶୀ କୋଠରିକୁ ପ୍ଲଗ୍‌ର ସୁଇଚ୍ ଦେଇଦେଲା । ପାଣି ଶବ୍ଦ କରିବାକୁ ଲାଗିଲା ।

ମନୋରମା ଗୋଟେ ବହିଟେ ଧରି ବସିଗଲା । କିଛି ସମୟ ପରେ କାଶୀ ଚା କପ୍ ଟିଏ ବନେଇ ତା’ ପାଖକୁ ନେଇ ଆସିଲା । ମନୋରମା ବହି ବନ୍ଦ କରିଦେଲା ଏବଂ ହାତ ବଢେଇ କପଟି ନେଲା । କାଶୀର ଓଠରେ ଶୁଖିଲା ହସଟିଏ ଖେଳିଗଲା ।

– “ଦିଦି, କେବେ ଯଦି ଚାକର ଦ୍ୱାରା ଭୁଲ୍ ହୋଇଯାଏ ତେବେ, ଏତେ ରାଗ କରନ୍ତିନି “ । ସେ କହିଲା ।

– "ଥାଉ ଏ ସବୁ କଥା," ମନୋରମା ଛିଙ୍ଗାଡ଼ିହୋଇ କହିଲା, –"ମଣିଷକୁ ଯଦି ଥରେ ଗୋଟେ କଥା କୁହାଯାଏ ତ ତାକୁ ବାଧ୍ୟାଏ। ହେଲେ ତୋ ପରି ଲୋକ ବି ଅଛନ୍ତି ଯାହାକୁ କିଛି କଥା କାଟେନି। ପିଲାଏ ଶୁଖିଲା ଡାଲି – ରୁଟି ଖାଇ ରହୁଛନ୍ତି ଏବଂ ମାଥାକୁ ଖାଇବା ପାଇଁ କଞ୍ଜା ଘିଅ ଦରକାର। ଏମିତି ମାଥା କେହି ଦେଖ ନ ଥିବେ।

କାଶୀର ଚେହେରା ଏମିତି ହୋଇଗଲା, ଯେମିତି କେହି ତାକୁ ଭିତରୁ ଚିରିଦେଲା। ତା' ଆଖିରେ ଲୁହ ଭରିଆସିଲା।

"ଦିଦି, ଏ ପିଲାମାନଙ୍କୁ ଯଦି ପାଲିବାର ନ ଥାନ୍ତା, ତାହେଲେ ମୁଁ ଆଜି ଆପଣଙ୍କ ଆଗରେ ଜୀବିତ ଠିଆ ହୋଇ ନ ଥାନ୍ତି। ସେ କହିଲା,– "ଗୋଟେ ଅଭାଗା ଭୋକିଲା ପେଟରେ ଜନ୍ମ ହୋଇଥିଲା, ସେ ଏବେ ଜ୍ୱରସରେ ପଡ଼ିଛି। ଏବେ ଆଉଗୋଟେ ବି ଏମିତି ଆସିବ ତ ତାକୁ ବି କେଜାଣି କି କି ରୋଗ ହେବ !"

ମନୋରମାକୁ ଯେମିତି କେହି ଉଚ୍ଚା ଜାଗାରୁ ତଳରୁ ଠେଲିଦେଲା। ତା' ଢୋକଟି ପିଇ ସୁଦ୍ଧା ତା' ଶରୀରରେ ଅନେକ ଶୀତଳ ଶିହରଣ ଖେଳିଗଲା। ସେ କିଛି କ୍ଷଣ ଚୁପରହି କାଶୀ ଆଡ଼କୁ ଦେଖିବାକୁ ଲାଗିଲା।

–"ତୋର ଆଉଥରେ ପିଲା ହେବ ?" ସେ ଏମିତି ପଚାରିଲା ଯେମିତିକି ଏ କଥାରେ ତା'ର ବିଶ୍ୱାସ ଆସୁନି।

କାଶୀର ମୁହଁରେ ଯେଉଁ ଭାବାନ୍ତର ସୃଷ୍ଟି ହେଲା, ସେଥିରେ ନବ-ବିବାହିତା ପରି ସଂକୋଚ ବି ଥିଲା ଏବଂ ଏକ ହତାଶ ବିରକ୍ତିଭାବ ବି। ସେ ମୁଣ୍ଡ ହଲେଇଲା ଓ ଏକ ଶୀତଳ ନିଃଶ୍ୱାସ ନେଇ ଦୁଆର ଆଡ଼କୁ ଦେଖିବାକୁ ଲାଗିଲା। ମନୋରମାକୁ କ୍ଷଣଟେ ପାଇଁ ଲାଗିଲା ଯେ ଅଯୁଧା ତା' ଆଗରେ ଛିଡ଼ା ହୋଇ ମୁରୁକି ହସୁଛି। ସେ ତା' ପିଇସାରି କପ୍ଟା ରଖିଲା। କାଶୀ କପ୍ଟିକୁ ଉଠେଇ ବାହାରକୁ ନେଇଗଲା। ମନୋରମାକୁ ଲାଗିଲା ଯେମିତି ତା' ବାହୁ ଥଣ୍ଡା ହୋଇଆସୁଛି। ସେ ଶାଲ୍ଟିକୁ ପୁରାପୂରି ଖୋଲିଦେଇ ଭଲଭାବରେ ଘୋଡ଼େଇହେଲା। କାଶୀ ବାହାରକୁ ଫେରି ଆସିଲା।

–"ରୁଟି କେତେବେଳେ ଖାଇବ ?" ସେ ପଚାରିଲା।

ମନୋରମା ଉତ୍ତର ଦେବା ବଦଳରେ ତାକୁ ପଚାରିଦେଲା–"ଡାକ୍ତର କହିଥିଲେ ଯେ ଦଶଟି ଟୀକା ଦେଇଦେଲେ ପିଲା ଭଲ ହୋଇଯିବ ?"

କାଶୀ ନୀରବ ରହି ମୁଣ୍ଡ ହଲେଇଲା ଓ ଅଲଗା ଆଡ଼େଦେଖିବାକୁ ଲାଗିଲା। – "ମୁଁ ତୋତେ କୋଡ଼ିଏ ଟଙ୍କା ଦେଉଛି," ମନୋରମା ଚେୟାର ଉପରୁ ଉଠୁଉଠୁ କହିଲା –"କାଲି ଯାଇ ଟୀକା ନେଇଆସିବୁ।"

ସେ ଟ୍ରଙ୍କରୁ ନିଜ ପର୍ସ ବାହାରକଲା ଓ କୋଡ଼ିଏ ଟଙ୍କା ବାହାର କରି ଟେ'ବୁଲ ଉପରେ ରଖିଦେଲା । ତାକୁ ଆଶ୍ଚର୍ଯ୍ୟ ଲାଗୁଥିଲା ଯେ, ତା' ବାହୁ ଦୁଇଟି ଏମିତି ଶୀତଳ କାହିଁକି ହୋଇଗଲେ । ସେ ହାତକୁ ଆଉରି ଭଲଭାବେ ନିଜ ସହ ଜାକି ଧରିଲା ।

ଖାଇସାରିବା ପରେ ସେ ବହୁତ ସମୟ ପର୍ଯ୍ୟନ୍ତ ବାରଣ୍ଡାରେ ଚେୟାର ପକେଇ ବସିରହିଲା । ସେ ଅନୁଭବ କରୁଥିଲା ସତେ ଅବା ତା' ସମଗ୍ର ଶରୀରରେ ଏକ ବିଚିତ୍ର ଶିହରଣ ଖେଳିଯାଉଛି । ସେ ଠିକ୍ ଭାବେ ବୁଝି ପାରୁ ନ ଥିଲା, ଯେ ସେ ଶିହରଣ କ'ଣ ଏବଂ କାହିଁକି ତା'ର ଶରୀରର ପ୍ରତ୍ୟେକ ଅଙ୍ଗରେ ତା'ର ଅନୁଭବ ହେଉଛି । ସତେ ଅବା ସେ ଶିହରଣର ସମ୍ବନ୍ଧ କୌଣସି ବାହାର ଜିନିଷ ସହ ନୁହେଁ, ତା' ନିଜ ସହ ହିଁ ଥିଲା, ଯେମିତି ତାରି କାରଣରୁ ତାକୁ ନିଜେ ନିଜକୁ ଏକଦମ୍ ଖାଲି ଲାଗୁଥିଲା । ପବନ ବହୁତ ଜୋରରେ ବହୁଥିଲା ଏବଂ ଦେବଦାରୁର ଜଙ୍ଗଲ ଯେମିତି ମୁଣ୍ଡ ପିଟି ଧକାଉଥିଲା । ସୁଁ...ସୁଁ... ସୁଁ ପବନର ହାବୁକା ମାଡ଼ିଆସୁଥିବା ଲହଡ଼ି ପରି ଶରୀରକୁ ଘେରିପକାଉଥିଲା ଏବଂ ଶରୀର ସେଥିରେ ବିବଶ ହୋଇପଡ଼ୁଥିଲା । ସେ ଶାଲକୁ ଜୋରକରି ବାହୁରେ ଗୁଡ଼େଇନେଲା । ଲୁହାର ଗେଟ୍ ପବନ ସହ ଧକ୍କାଖାଇ ଶବ୍ଦ କରୁଥିଲା । କିଛି ସମୟ ପାଇଁ ତା' ଆଖି ବୁଜି ଆସିଲା, ତାକୁ ଲାଗିଲା ଅଯୁଧା ନିଜ କଲାଓଠ ଖୋଲି ତା' ଆଗରେ ଠିଆହୋଇ ମୁରୁକି ମୁରୁକି ହସୁଛି ଓ ଲୁହାର ଗେଟ୍ ଫାଳହେଲା ପରି ଧରେଧରେ ଖୋଲୁଛି । ସେ ଶିହରିଉଠି ଆଖି ଖୋଲିଦେଲା ଓ ନିଜ କପାଳକୁ ଛୁଇଁଲା । କପାଳ ବରଫ ପରି ଥଣ୍ଡା ଥିଲା । ସେ ଚେୟାରରୁ ଉଠି ଠିଆ ହେଲା । ଉଠିବାବେଳେ ଶାଲଟି କାନ୍ଧରୁ ଖସିପଡ଼ିଲା ଓ ଶାଢ଼ିର କାନି ପବନରେ ଫଡ଼ଫଡ଼ ହୋଇ ଉଡ଼ିବାକୁ ଲାଗିଲା । ବାଳ କେଇ କେରା ଆଗକୁ ଉଡ଼ିଆସିଲେ ଓ ତା' କପାଳକୁ ଆଉଁସି ବାକୁ ଲାଗିଲେ ।

"କୁନ୍ତୀ"! ସେ ଦୁର୍ବଳ ସ୍ୱରରେ ଡାକିଲା । ଡାକଟି ପବନର ସମୁଦ୍ରରେ କାଗଜ ଡଙ୍ଗା ପରି ଡୁବିଗଲା ।

–"କୁନ୍ତୀ"! ସେ ପୁଣି ଥରେ ଡାକିଲା । ଏଥରକ କାଶୀ ତା' କ୍ୱାର୍ଟରରୁ ବାହାରିଆସିଲା ।

–"କୁନ୍ତୀ ଚେଇଁଛି ଯଦି ତାକୁ ମୋ ପାଖକୁ ପଠେଇ ଦେ, ଆଜି ସେ ଏଠି ଶୋଇବ ।" କହିବା ବେଳେ ମନୋରମାକୁ ସ୍ପଷ୍ଟ ଜଣାପଡ଼ିଲା ଯେ, ସେ କେତେ ଦୂର କାଶୀ ଏବଂ ତା' ପିଲାଙ୍କ ଉପରେ ନିର୍ଭରଶୀଳ ଏବଂ ଏମାନଙ୍କର ପାଖରେ ରହିବା ତା' ପାଇଁ କେତେ ଜରୁରୀ ।

"କୁନ୍ତୀ ଶୋଇଗଲାଣି, କିନ୍ତୁ ମୁଁ ଏବେ ତାକୁ ଉଠେଇ ପଠାଇଦେଉଛି।"
କହିଦେଇ କାଶୀ ତା' କ୍ୱାର୍ଟର ଭିତରକୁ ଯିବାକୁ ଲାଗିଲା।

–"ଶୋଇ ଯାଇଛି ଯଦି ଥାଉ। ଉଠେଇକି ପଠେଇବା ଦରକାର ନାହିଁ।"
ମନୋରମା ବାରଣ୍ଡାରୁ ଘର ଭିତରକୁ ଆସିଲା। ରୁମ୍‌କୁ ଆସି ସେ କବାଟକୁ ଏମିତି
ବନ୍ଦ କଲା, ଯେମିତି ପବନ ଗୋଟେ ଏମିତି ଲୋକ ଯାହାକୁ ସେ ଭିତରକୁ ଆସିବାରୁ
ଅଟକେଇବାକୁ ଚାହୁଁଥିଲା। ସେ ନିଜ ଭିତରେ ବହୁତ ଦୁର୍ବଳ ଅନୁଭବ କରୁଥିଲା।
ରେଜେଇ ଘୋଡ଼େଇହୋଇ ସେ ବିଛଣାରେ ଗଡ଼ିଗଲା। ତା' ଆଖ୍ ଛାତର ରୁଅରୁ
ଖସିବାକୁ ଲାଗିଲା। ସେ ଆଖ୍ ବନ୍ଦ କରିବାକୁ ଚାହୁଁ ନ ଥିଲା। ଯେମିତିକି ତା'ର ଡର
ଥିଲା ଯେ ଆଖ୍ ବନ୍ଦ କରିବା ମାତ୍ରେ ଅୟୁଧାର ମୁରୁକି ହସୁଥିବା କଲାଓ ପୁଣିଥରେ
ସାମ୍ନାକୁ ଆସିଯିବ। ସେ ନିଜ ଧାନ ହଟେଇବା ପାଇଁ ଏଇଆ ଭାବିବାକୁ ଲାଗିଲା
ଯେ ସକାଳେ ସୁଶୀଲକୁ ଚିଠିରେ କ'ଣ କ'ଣ ଲେଖିବାର ଅଛି। ଲେଖିଦେବ କି
ଏଠି ଏକୁଟିଆ ରହି ତାକୁ ଡର ଲାଗୁଛି ଏବଂ ସେ ତା' ପାଖକୁ ଚାଲି ଆସିବାକୁ
ଚାହୁଁଛି। ଏବଂ.... ଆଉରି .. ବି ସେ ଯେଉଁ ଏତେସବୁ ଅନୁଭବ କରୁଛି, କ'ଣ
ସେସବୁକୁ ସେ ତାକୁ ଲେଖ ପାରିବ! ଲେଖିକି କ'ଣ ବୁଝେଇପାରିବ ସୁଶୀଲକୁ ଯେ
ତାକୁ ଆପେଆପେ ଏତେ ଖାଲିଖାଲି କାହିଁକି ଲାଗୁଛି ଏବଂ ସେ ସେ ନିଜ ଖାଲିପଣକୁ
ପୂରା କରିବାକୁ ତା' ଠାରୁ କ'ଣ ଚାହୁଁଛି ?

କପାଳ ଉପରକୁ ଚାଲି ଆସିଥିବା ଅଠୁଆ ବାଲକୁ ସେ ସଜାଡୁ ନ ଥିଲା। ସେହି
ହାଲକା ହାଲକା ସ୍ୱର୍ଶ ତା' ଚେତନାକୁ ଧିରେଧିରେ ଗ୍ରାସ କରୁଥିଲା। କିଛି ସମୟ
ମଧରେ ସେ ଅନୁଭବ କରିବାକୁ ଲାଗିଲା ଯେ ସାଙ୍ଗରେ ଖଟ ଉପରେ ଗୋଟିଏ
କୁନିପିଲା ଶୋଇଛି, ତା'ର କଅଁଳିଆ ଓଠ ଆମ୍ବର ପତ୍ର ପରି ଖୋଲା ଅଛି ଏବଂ ତା'
ମୁଣ୍ଡର ନରମ ବାଲ ଉଡ଼ି ମୁହଁ ଉପରକୁ ଚାଲି ଆସୁଛି। ସେ କହୁଣୀରେ ଭରା ଦେଇ
ପିଲାଟିକୁ ଦେଖିବାରେ ଲାଗିଲା... ଆଉ ତା' ପରେ ଯେମିତି ତାକୁ ଚୁମିବା ପାଇଁ ତା'
ଉପରକୁ ନଇଁ ପଡ଼ିଲା...।

ଦ୍ବିପ୍ରହରର ଭୋଜନ

ଅମରକାନ୍ତ

ସିଦ୍ଧେଶ୍ବରୀ ଖାଇବା ପ୍ରସ୍ତୁତ କରି ସାରି ରୁଟି ଲିଭେଇଦେଲା ଏବଂ ଦୁଇ ଆଣ୍ଠୁ ମଝିରେ ମୁଣ୍ଡ ରଖି ବୋଧହୁଏ ପାଦର ଆଙ୍ଗୁଲି ଅବା ତଳେ ଚାଲୁଥିବା ଜଣ୍ଡା ପିମ୍ପୁଡ଼ିକୁ ଦେଖିବାକୁ ଲାଗିଲା । ହଠାତ୍ ତାକୁ ଲାଗିଲା ଯେ ବହୁତ ସମୟ ହେଲାଣି ତାକୁ ଶୋଷ ଲାଗିନାହିଁ ସେ ହଲିହଲି ଉଠିଲା ଏବଂ ମାଠିଆରୁ ଲୋଟାଏ ପାଣି ନେଇ ସବୁଟିକ ଢକଢକ କରି ପିଇଗଲା । ଖାଲି ପାଣି ତା’ ତୁଣ୍ଡିରେ ଅଟକି ଗଲା ଓ ସେ ‘ହେ ରାମ’ କହି ସେଇଠି ତଳେ ଶୋଇଗଲା । ଅଧଘଣ୍ଟା ଯାଏଁ ସେ ସେଇଠି ସେମିତି ପଡ଼ି ରହିବା ପରେ ତା’ ପିଣ୍ଡରେ ପ୍ରାଣ ପଶିଲା । ସେ ଉଠିବସିଲା ଏବଂ ଆଖିକୁ ମଲିମଲି ଚାରିଆଡ଼କୁ ଚାହିଁଲା । ଏବଂ ତା’ ପରେ ତା’ ଆଖି ଯାଇ ପିଣ୍ଡାରେ ଦରଭଙ୍ଗା ଖଟିଆରେ ନିଜର ଛଅ ବର୍ଷର ପୁଅ ପ୍ରମୋଦ ଉପରେ ସ୍ଥିର ହୋଇଗଲା ।

ପିଲାଟା ଉଲଗ୍ନ ହୋଇପଡ଼ିଥିଲା । ତା’ ବେକ ଓ ଛାତିର ହାଡ଼ ସ୍ପଷ୍ଟ ଦେଖାଯାଉଥିଲା । ଗୋଡ଼ହାତ ସବୁ ବାସି କାକୁଡ଼ି ପରି ଶୁଖିଲା ତଥା ନିର୍ଜୀବ ଲାଗୁଥିଲେ ଏବଂ ପେଟଟି ହାଣ୍ଡି ପରି ଫୁଲି ଯାଇଥିଲା । ପାଟିଟି ମେଲା ହୋଇଯାଇଥିଲା ଓ ତା’ ଉପରେ ମାଛି ସବୁ ଉଡ଼ିବୁଲୁଥିଲେ ।

ସେ ଉଠିଲା, ପିଲାଟିର ମୁହଁ ଉପରେ ନିଜର ଚିରା ମଇଲା ବ୍ଲାଉଜ ପକେଇ ଦେଲା, ଏବଂ ମିନିଟେ ଅଥ ମିନିଟ ଚେତାଶୂନ୍ୟ ପରି ଠିଆ ହୋଇ ରହିବା ପରେ ବାହାର ଦୁଆର ପାଖକୁ ଯାଇ କବାଟ ପଛରୁ ଗଲିର ରାସ୍ତାକୁ ଦେଖିବାକୁ ଲାଗିଲା । ବାରଟା ବାଜି ସାରିଥିଲା । ପ୍ରଚଣ୍ଡ ଖରା ଥିଲା ଓ କଦବା କ୍ବଚିତ ଜଣେ ଦୁଇ ଜଣ ବ୍ୟକ୍ତି ମୁଣ୍ଡରେ ତଉଲିଆ କି ଗାମୁଛା ରଖି କିମ୍ବା ଛତା ଧରି ଚଞ୍ଚଳ ପାଦ ପକେଇ ଚାଲି ଯାଇଥିଲେ ।

ଦଶ ପନ୍ଦର ମିନିଟ ଯାଏ ସେ ସେମିତି ଠିଆ ହୋଇ ରହିଲି, ପୁଣି ସେ ବ୍ୟସ୍ତ ଦେଖାଗଲା ଏବଂ ସେ ଆକାଶ ତଥା ମୁଣ୍ଡ ଫଟା ଖରାକୁ ଚିନ୍ତିତ ହୋଇ ଚାହିଁ ରହିଲା । କିଛି ମୁହୂର୍ତ ପରେ ସେ ମୁଣ୍ଡକୁ କବାଟ ଫାଙ୍କରୁ ଟିକେ ଆଗକୁ ବାହାର କରି ଗଲିର ଶେଷ ମୁଣ୍ଡକୁ ଚାହିଁରହିଲା । ଏତିକିବେଲେ ତା' ବଡ଼ ପୁଅ ରାମଚନ୍ଦ୍ର ଧୀରେ ଧୀରେ ଘରମୁହାଁ ହେଉଥିବାର ଦେଖିବାକୁ ପାଇଲା ।

ସେ ଝଟପଟିଆଇ ଗୋଟାଏ ପାଣି ପାଣି ପିଣ୍ଢାରେ ଥିବା ପିଢ଼ି ଉପରେ ରଖିଦେଲା ଏବଂ ରୋଷେଇ ଘରକୁ ଯାଇ ଖାଇବା ଜାଗାଟିକୁ ପାଣି ପକାଇ ଜଲଦି ଜଲଦି ଲିପିବାକୁ ଲାଗିଲା । ଖାଇବା ପାଇଁ ପିଢ଼ା ସଜାଡ଼ି ସେ ଦୁଆର ଆଡ଼କୁ ବୁଲିପଡ଼ୁଥିବା ବେଲେ ହିଁ ରାମଚନ୍ଦ୍ର ଭିତରକୁ ଆସିଲା । ସେ ଆସି ଲଥ କରି ପିଢ଼ା ଉପରେ ବସିପଡ଼ିଲା ଆଉ ତା' ପରେ ସେଇଠି ହିଁ ନିର୍ଜୀବ ପରି ପଡ଼ିଗଲା । ତା' ମୁହଁ ନାଲି ଥମଥମ ଦେଖାଯାଉଥିଲା, ବାଲ ଅସ୍ତବ୍ୟସ୍ତ ଥିଲା ଏବଂ ତା'ର ଫଟା ପୁରୁଣା ଜୋତାରେ ଧୂଲି ଜମିଥିଲା ।

ସିଦ୍ଧେଶ୍ବରୀର ପ୍ରଥମ ସାହସ ହେଲାନି ତା' ପାଖକୁ ଯିବାକୁ, ଆଉ ସେ ସେଠାରୁ ହିଁ ଭୟାତୁରା ହରିଣୀଟେ ପରି ମୁଣ୍ଡ ଟେକି ପୁଅକୁ ଦେଖିବାକୁ ଲାଗିଲା । କିନ୍ତୁ ପାଖାପାଖି ଦଶ ମିନିଟ ବିତିଯିବା ପରେ ଯେତେବେଲେ ରାମଚନ୍ଦ୍ର ଉଠିଲାନି, ସେ ବିବ୍ରତ ହୋଇଗଲା । ପାଖକୁ ଯାଇ ଡାକିଲା – ପୁଅ, ପୁଅ ! କିନ୍ତୁ କିଛି ଉତ୍ତର ନ ପାଇ ସେ ଆଉରି ଭୟଭୀତ ହୋଇଯାଇ ପୁଅର ନାକ ପାଖରେ ହାତ ରଖିଲା । ନିଃଶ୍ବାସ ଠିକ୍‌ରେ ଚାଲୁଥିଲା । ପୁଣି ମୁଣ୍ଡରେ ହାତ ମାରି ଦେଖିଲା, ଜ୍ବର ବି ନ ଥିଲା । ହାତଛୁଆଁରେ ରାମଚନ୍ଦ୍ର ଆଖି ଖୋଲିଲା । ଆଗ ସେ ମାଆକୁ ଧୀରେ ଚାହିଁଲା । ପରେ ଝଟପଟ ହୋଇ ଉଠିବସିଲା । ଜୋତା ବାହାର କରି ଓ ଲୋଟାରେ ଥିବା ପାଣିରେ ହାତଗୋଡ଼ ଧୋଇବା ପରେ ସେ ଯନ୍ତ୍ରଟିଏ ପରି ପିଢ଼ା ଉପରେ ଆସି ବସିଗଲା ।

ସିଦ୍ଧେଶ୍ବରୀ ଡରିଡରି ପଚାରିଲା – ଖାଇବା ଏଇଟି ଦେବି ?

ରାମଚନ୍ଦ୍ର ଉଠୁଉଠୁ ପଚାରିଲା – ବାପା ଖାଇ ସାରିଲେଣି ?

ସିଦ୍ଧେଶ୍ୱରୀ ଚୁଲି ଆଡ଼କୁ ଯାଉଯାଉ କହିଲା – ଆସୁଥିବେ।

ରାମଚନ୍ଦ୍ର ପିଢ଼ା ଉପରେ ବସିଗଲା। ତା' ବୟସ ପାଖାପାଖି ଏକୋଇଶି ବର୍ଷ ଥିଲା। ଚେହେରା ଲମ୍ବ, ପତଲା ଶରୀର, ଗୋରା, ବଡ଼ବଡ଼ ଆଖି ତଥା ଓଠ ଶୁଙ୍ଖଲା ଥିଲା। ସେ ଏକ ସ୍ଥାନୀୟ ଦୈନିକ ସମ୍ବାଦ ପତ୍ରରେ ନିଜ ଇଚ୍ଛାରେ ପ୍ରୁଫ୍ ରିଡ଼ରର କାମ ଶିଖୁଥିଲା। ଗଲାବର୍ଷ ହିଁ ସେ ଇଣ୍ଟର ପାସ୍ କରିଥିଲା।

ସିଦ୍ଧେଶ୍ୱରୀ ଖାଇବା ଥାଲି ଆଣି ଆଗରେ ରଖିଦେଲା ଏବଂ ପାଖରେ ବସି ବିଞ୍ଚିବାକୁ ଲାଗିଲା। ରାମଚନ୍ଦ୍ର ଖାଦ୍ୟକୁ ଦାର୍ଶନିକଟେ ପରି ଦେଖିଲା। ସମୁଦାୟ ଦୁଇଟି ରୁଟି, ଗିନାଏ ପାଣିଆ ଡାଲି ଏବଂ ସିଝାଚଣା ତରକାରୀ।

ରାମଚନ୍ଦ୍ର ରୁଟିର ପ୍ରଥମ ଖଣ୍ଡକୁ ଢୋକୁଢୋକୁ ପଚାରିଲା

ମୋହନ କାଇଁ? ବହୁତ ଚାଣ ଖରା ହେଉଛି।

ମୋହନ ସିଦ୍ଧେଶ୍ୱରୀର ମଝିଆଁ ପୁଅ ଥିଲା। ବୟସ ଅଠର ବର୍ଷ ଏବଂ ସେ ଏଇବର୍ଷ ପ୍ରାଇଭେଟରେ ହାଇସ୍କୁଲ ପରୀକ୍ଷା ଦେବା ପାଇଁ ପ୍ରସ୍ତୁତ ହେଉଥିଲା। ସେ କାହିଁ କେତେବେଳୁ ଘରୁ ଗାୟବ ଥିଲା ଏବଂ ନିଜେ ସିଦ୍ଧେଶ୍ୱରୀ ବି ଜାଣି ନଥିଲା, ସେ କୁଆଢ଼େ ଯାଇଛି। କିନ୍ତୁ ସତ କହିବା ପାଇଁ ତା'ର ଇଚ୍ଛା ହେଲାନି ଓ ମିଛରେ ସେ କହିଲା – କୋଉ ଗୋଟେ ପିଲା ଘରକୁ ପଢ଼ିବାକୁ ଯାଇଛି, ଆସୁଥିବ। ତା' ବୁଦ୍ଧି ଭାରି ପ୍ରଖର ଓ ତା' ମନ ଚବିଶି ଘଣ୍ଟା ପାଠରେ ଲାଗି ରହିଥାଏ। ସବୁବେଳେ ସେଇ କଥା ହିଁ କହୁଥାଏ।

ରାମଚନ୍ଦ୍ର କିଛି କହିଲାନି। ରୁଟି ଟୁକୁଡ଼ାଟେ ପାଟିରେ ରଖି ଗିଲାସେ ପାଣି ପିଇ ପୁଣି ଖାଇବାରେ ଲାଗିଲା।

ସିଦ୍ଧେଶ୍ୱରୀ ଭୟ ତଥା ଆତଙ୍କିତ ହୋଇ ନିଜ ପୁଅକୁ ଦେଖୁଥିଲା। କିଛି କ୍ଷଣ ଯିବାପରେ ସେ ଡରିଡରି ପଚାରିଲା – ସେଠି କିଛି ହେଲା କି!

ରାମଚନ୍ଦ୍ର ନିଜର ବଡ଼ବଡ଼ ଭାବଶୂନ୍ୟ ଆଖିରେ ମାଆକୁ ଦେଖିଲା। ତାପରେ ମୁଣ୍ଡ ତଳକୁ କରି ଟିକେ ରୁକ୍ଷ ସ୍ୱରରେ କହିଲା – ସମୟ ଆସିଲେ ସବୁ ଠିକ୍ ହୋଇଯିବ।

ସିଦ୍ଧେଶ୍ୱରୀ ଚୁପ ରହିଲା। ଖରା ଆଉରି ଚାଣ ହେବାରେ ଲାଗିଥିଲା। ଛୋଟ ଅଗଣା ଉପରେ ଥିବା ଆକାଶରେ ଖଣ୍ଡେ ଦୁଇଖଣ୍ଡ ମେଘ ପାଲଟଣା ଜାହାଜ ପରି ଭାସୁଥିଲେ। ବାହାର ଗଲିଦେଇ କେହିଜଣେ ପାଟିକରି ଯିବାର ଶୁଭୁଥିଲା ଆଉ ଖଟିଆ ଉପରେ ଶୋଇଥିବା ପିଲାଟିର ନିଃଶ୍ୱାସର ସଁ ସଁ ଶବ୍ଦ ଶୁଭୁଥିଲା। ନୀରବତାକୁ ଭଙ୍ଗ କରି ହଠାତ୍ ରାମଚନ୍ଦ୍ର ପଚାରିଲା – ପ୍ରମୋଦ ଖାଇସାରିଛି?

ସିଦ୍ଧେଶ୍ୱରୀ ଉଦାସ ସ୍ୱରରେ ପ୍ରମୋଦକୁ ଚାହିଁ ଦେଇ ଉତ୍ତର ଦେଲା – ହଁ, ଖାଇସାରିଛି।

..... କାନ୍ଦୁ ନଥିଲା ତ ?

ସିଦ୍ଧେଶ୍ୱରୀ ପୁଣି ମିଛ କହିବାକୁ ଲାଗିଲା – ସତରେ ଆଜି ଜମ୍ମା କାନ୍ଦିନି । ସେ ବଡ଼ ବୁଝିବାର ହୋଇଗଲାଣି । କହୁଥିଲା ବଡ଼ ଭାଇ ପାଖକୁ ଯିବ । ଏମିତି ପୁଅ...।

କିନ୍ତୁ ସେ ଆଗକୁ ଆଉ କିଛି କରିପାରିଲା ନାହିଁ । ସତେ ଅବା ଗଳାରେ କିଛି ଅଟକି ଗଲା । କାଲି ପ୍ରମୋଦ ରାବିଡ଼ି ଖାଇବାକୁ ଜିଦ୍ କରୁଥିଲା ଓ ସେଥିପାଇଁ ଦେଢ଼ଘଣ୍ଟା ଧରି କାନ୍ଦିବା ପରେ ଯାଇ ଶୋଇଥିଲା ।

ରାମଚନ୍ଦ୍ର ଟିକିଏ ଆଶ୍ଚର୍ଯ୍ୟ ହୋଇ ମାଆକୁ ଚାହିଁଲା ଆଉ ତଳକୁ ମୁଣ୍ଡ କରି ଚଞ୍ଚଳ ଚଞ୍ଚଳ ଖାଇବାକୁ ଲାଗିଲା । ଥାଳୀରୁ ରୁଟି ସରିଯିବା ଦେଖ୍ ସିଦ୍ଧେଶ୍ୱରୀ ଉଠୁ ଉଠୁ ପଚାରିଲା – ଆଉ ଗୋଟେ ରୁଟି ଆଣେ ?

ରାମଚନ୍ଦ୍ର ହାତରେ ମନା କରି ବ୍ୟସ୍ତ ହୋଇ କହିଲା – ନା, ନା ଟିକେ ବି ନୁହେଁ । ମୋ ପେଟ ପୁରିଗଲାଣି । ମୁଁ ତ ଏଇ ଟିକେ ବି ଖାଇପାରୁନି । ବାସ୍ ଥାଉ, ଆଉ ନୁହେଁ ।

ସିଦ୍ଧେଶ୍ୱରୀ ଜିଦ୍ କଲି – ହଉ, ଫାଲେ ଦଉଚି ।

ରାମଚନ୍ଦ୍ର ଚିଡ଼ିଗଲା ।

ଅଧିକ ଖାଇବାକୁ ଦେଇ ଦେହ ଖରାପ କରେଇବାକୁ ତୁମର ଇଚ୍ଛା କି ! ତୁମେମାନେ କିଛି ବି ଚିନ୍ତା କରି ପାରନି । ଖାଲି ନିଜ ଜିଦ୍ ଭୋକଥିଲେ କ'ଣ ନେଇ ନ ଥାନ୍ତି !!

ସିଦ୍ଧେଶ୍ୱରୀ ସେଇଟି ସେମିତି ବସିରହିଲା । ରାମଚନ୍ଦ୍ର ଥାଳୀରେ ଥିବା ଛୋଟ ରୁଟି ଟୁକୁଡ଼ାରୁ ହାତ ଫେରେଇନେଲା ଓ ଲୋଟାକୁ ଚାହଁ କହିଲା – ପାଣି ଆଣ ।

ସିଦ୍ଧେଶ୍ୱରୀ ଲୋଟା ନେଇ ପାଣିଆଣିବାକୁ ଚାଲିଗଲା ରାମଚନ୍ଦ୍ର ଆଙ୍ଗୁଠିରେ ଗିନାରେ ବାଜା ବଜେଇଲା, ପୁରି ହାତକୁ ଥାଲିରେ ରଖିଦେଲା । ଗୋଟେ ଦି ସେକେଣ୍ଡ ପରେ ରୁଟି ଖଣ୍ଡଟିକୁ ଧୀରେ ହାତରେ ଉଠାଇଧରି ଦେଖିଲା ଏବଂ ଶେଷରେ ଚାରିଆଡ଼କୁ ଆଖି ବୁଲେଇ ଟୁକୁଡ଼ାଟିକୁ ପାଟି ଭିତରେ ସୁନ୍ଦର ଭାବେ ନେଇ ରଖିଲା, ସତେ ଅବା ତାହା ଖାଦ୍ୟ ନୁହେଁ ବିଡ଼ିଆପାନ ।

ମଝିଆଁ ପୁଅ ମୋହନ ଆସୁଆସୁ ହାତଗୋଡ଼ ଧୋଇ ପିଢ଼ା ଉପରେ ବସିଗଲା । ସେ ଦେଖିବାକୁ ଟିକେ ଶ୍ୟାମଳ ଥିଲା ଏବଂ ଆଖିଦୁଇଟି ଛୋଟଛୋଟ । ତା' ସାରା ମୁହଁରେ ବସନ୍ତ ଦାଗ ଥିଲା । ସେ ନିଜ ଭାଇପରି ପତଲା ଦୁର୍ବଲ ଥିଲା କିନ୍ତୁ ତା' ପରି ଏତେ ଡେଙ୍ଗା ନଥିଲା । ସେ ବୟସ ତୁଲନାରେ ଅଧିକ ଗମ୍ଭୀର ଓ ଉଦାସ ଦେଖାଯାଉଥିଲା । ସିଦ୍ଧେଶ୍ୱରୀ ତା' ଆଗରେ ଖାଇବା ଥାଲି ରଖି ପଚାରିଲା – କୁଆଡ଼େ

ଯାଇଥିଲୁ ? ଭାଇ ପଚାରୁଥିଲା । ମୋହନ ରୁଟିର ଗୋଟେ ବଡ଼ ଖଣ୍ଡ ପାଟିରେ ପୁରାଇ ଖାଉଖାଉ ଅସ୍ୱାଭାବିକ ମୋଟା ସ୍ୱରରେ ଉତ୍ତର ଦେଲା– କୁଆଡ଼େ ଯାଇ ନଥିଲି । ଏଠି ହିଁ ଥିଲି ।

ସିଦ୍ଧେଶ୍ୱରୀ ସେଇଠି ବସି ବିଞ୍ଚଣା ହଲାଉ ହଲାଉ ସ୍ୱପ୍ନରେ ବିଳିବିଳେଇଲା ପରି ସ୍ୱରରେ କହିଲା – ବଡ଼ ପୁଅ ତୋର ବହୁତ ପ୍ରଶଂସା କରୁଥିଲା । କହୁଥିଲା ମୋହନ ବହୁତ ବୁଦ୍ଧିମାନ ହେବ । ତା' ମନ ଚବିଶି ଘଣ୍ଟା ପାଠରେ ।

କହିସାରି ସେ ମଝିଆଁ ପୁଅକୁ ଏମିତି ଚାହିଁଲା, ସତେ ଅବା ସେ କିଛି ଚୋରି କରିଛି । ମୋହନ ନିଜ ମାଆ ଆଡ଼କୁ ଚାହିଁ ଉଦାସ ଭାବରେ ହସିଦେଲା ଏବଂ ଖାଇବାରେ ଲାଗିଲା । ସେ ତାକୁ ଦିଆଯାଇଥିବା ଦୁଇଟି ରୁଟିରୁ ଗୋଟେ ରୁଟି, ଗିନାଏ ଡାଲିରୁ ଅଧାରୁ ଅଧିକ ଏବଂ ପାଖାପାଖି ତରକାରୀର ସବୁ ଖାଇସାରିଥିଲା । ସିଦ୍ଧେଶ୍ୱରୀ ଭାବିପାରୁ ନଥିଲା କି ସେ କ'ଣ କରିବ । ଏଇ ଦୁଇ ପୁଅଙ୍କୁ ସେ ବହୁତ ଡରେ । ଅଚାନକ ତା' ଆଖି ଲୁହରେ ଟଲମଲ ହୋଇଉଠିଲା । ସେ ଅନ୍ୟ ଆଡ଼କୁ ଆଖି ଫେରାଇନେଲା ।

କିଛି ସମୟ ପରେ ମୋହନ ଆଡ଼କୁ ଚାହିଁ ଦେଖେ ତ ସେ ଖାଇବା ପାଖାପାଖି ସାର ଦେଇଥିଲା । ସିଦ୍ଧେଶ୍ୱରୀ ଚମକି ପଡ଼ି ପଚାରିଲା– "ଗୋଟେ ରୁଟି ଦେଉଛି ?" ମୋହନ ରୋଷେଇଘର ଆଡ଼କୁ ରହସ୍ୟମୟ ଦୃଷ୍ଟିରେ ଚାହିଁଲା । ତା' ପରେ ଶୁଖିଲା ସ୍ୱରରେ କହିଲା – ନା । ସିଦ୍ଧେଶ୍ୱରୀ ଅନୁନୟ ହୋଇ କହିଲା, – ନାଁ ପୁଅ, ମୋ ରାଣ, ଟିକେ ତ ନେ । ତୋ ଭାଇ ଗୋଟେ ହିଁ ନେଇଥିଲା । ମୋହନ ନିଜ ମାଆକୁ ଧାନର ସହ ଦେଖିଲା । ଜଣେ ଶିକ୍ଷକ ନିଜ ଛାତ୍ରକୁ ବୁଝାଇବା ପରି କହିଲା –

ନାଇଁ ଲୋ, ପ୍ରଥମତଃ ମୋତେ ଭୋକ ନାହିଁ । ପୁଣି ତୁ ରୁଟି ବି ଏମିତି କରିଛୁ ଯେ ଖାଇ ହେଉନି । କେମିତି ଗୋଟେ ଲାଗୁଛି । ହଉ ଛାଡ଼, ଯଦି ତୁ ଚାହୁଁଛୁ ତେବେ ଗିନାରେ ଆଉ ଟିକେ ଡାଲି ଦେ । ବହୁତ ଭଲ ହୋଇଛି ।

ସିଦ୍ଧେଶ୍ୱରୀ ପାଖରେ ଆଉ କହିବାକୁ କିଛି ନଥିଲା, ସେ ପୁଣି ଗିନେ ଡାଲି ଆଣି ଢାଳିଦେଲା । ମୋହାନ ଗିନାରେ ମୁହଁ ଲଗେଇ ସୁଡ଼ୁସୁଡ଼ୁ କରି ପିଉଥିଲା, ସେତେବେଳେ ମୁନସୀ ଚନ୍ଦ୍ରିକାପ୍ରସାଦ ଜୋତା ଖସଖସ୍ କରି ଆସିଲେ ଏବଂ ରାମ ରାମ କରି ଚୌକି ଉପରେ ବସିପଡ଼ିଲେ । ସିଦ୍ଧେଶ୍ୱରୀ ମଥାରେ ଓଢ଼ଣୀ ଆଉଟିକେ ତଳକୁ ଟାଣିଦେଲା । ମୋହନ ଏହା ନିଃଶ୍ୱାସରେ ଡାଲିଟକ ପିଇଦେଇ ପାଣି ଢାଲ ହାତରେ ଧରି ତରବର ହୋଇ ବାହାରକୁ ଚାଲିଗଲା ।

ଦୁଇଟି ରୁଟି, ଗିନାଏ ଡାଲି, ସିଝାଚଣା ତରକାରୀ । ମୁନ୍ସୀ ଚନ୍ଦ୍ରିକାପ୍ରସାଦ

ପିଠା ଉପରେ ଚଉକା ମାରି ବସି, ରୁଟିର ପ୍ରତ୍ୟେକ ଗ୍ରାସକୁ ଏପରି ଚୋବାଉଥିଲେ, ଯେମିତିକି ବୁଢ଼ୀ ଗାଈଟିଏ ପାକୁଳି କରେ। ତାଙ୍କ ବୟସ ପାଖାପାଖି ୪୫ ବର୍ଷ ହେବ, କିନ୍ତୁ ସେ ୫୦ରୁ ୫୫ ବର୍ଷ ଲାଗୁଥିଲେ। ଦେହର ଚମଡ଼ା ସବୁ ଢିଲା ହୋଇଯାଇଥିଲା, ଚନ୍ଦା ମୁଣ୍ଡଟି ଆଇନା ପରି ଚମକୁ ଥିଲା। ମଇଳା ଧୋତି ଉପରେ ଅପେକ୍ଷାକୃତ ସଫା କୁର୍ତ୍ତା ଟି ଝୁଲିବା ପରି ରହିଥିଲା। ମୁନସୀ ମହାଶୟ ଡାଲି ଗିନାଟିକୁ ହାତରେ ଧରି ଟିକେ ହାପୁଡ଼ିଦେଇ ପଚାରିଲେ – ବଡ଼ପୁଅ କାହିଁ ଦେଖାଯାଉନି ତ!

ସିଦ୍ଧେଶ୍ୱରୀ ବୁଝିପାରୁ ନଥିଲା ଛାତି ଭିତରେ ହେଉଛି କଣ! ଯେମିତି କିଛି ଫୋଡ଼ିହେଉଯାଉଛି। ବିଞ୍ଚଣାକୁ ଟିକେ ଜୋରଜୋର୍‌ରେ ହଲାଇ ଦେଇ କହିଲା, ଏଇ ସାଙ୍ଗେ ସାଙ୍ଗେ ଖାଇକି କାମକୁ ଗଲା। କହୁଥିଲା ଏଇ କିଛି ଦିନ ଭିତରେ ଚାକିରି ହୋଇଯିବ। ସବୁବେଳେ ବାପା ବାପା ହେଉଛି। କହୁଥିଲା – ବାପା ଦେବପ୍ରତିମ ଲୋକ।

ମୁନସୀଙ୍କ ମୁହଁ ଉଜ୍ଜ୍ୱଲ ଦେଖାଗଲା। ଟିକେ ଲାଜେଇ ଯାଇ ପଚାରିଲେ – ଏଁ, କ'ଣ କହିଲା। ବାପା ଦେବତା ପରି!! ବଡ଼ ପାଗଲାଟା। ସିଦ୍ଧେଶ୍ୱରୀ ବାୟାଣୀଙ୍କ ପରି ବିଳିବିଳେଇଲା ପରି କହିଉଠିଲା – ପାଗଳ ନୁହଁ। ବହୁତ ବୁଝିଆ। କୋଉ ଜନ୍ମର ମହାମ୍ବା ଟିଏ। ମୋହନ ତ ତାକୁ ବହୁତ ସମ୍ମାନ ଦିଏ। ଆଜି କହୁଥିଲା କି, ଭାଇର ସହରରେ ବହୁତ ଖାତିର ଅଛି। ଶିକ୍ଷିତ ଲୋକମାନେ ବହୁତ ପସନ୍ଦ କରନ୍ତି। ଆଉ ବଡ଼ପୁଅ ତ ସାନ ଭାଇମାନଙ୍କୁ ପ୍ରାଣଠୁ ବି ବେଶୀ ଭଲପାଏ। ସେ ଦୁନିଆରେ ସବୁ ସହି ପାରିବ, କିନ୍ତୁ ପ୍ରମୋଦକୁ କେହି କିଛି କହିଦେଲେ ସେ ସହିବନି।"

ମୁନସୀ ଡାଲି ଲାଗିଥିବା ହାତଟିକୁ ଚାଟୁଥିଲେ। ସେ ସାମ୍ନା କାନ୍ଥରେ ଥିବା ଠଶାକୁ ଚାହିଁ ହସିଦେଇ କହିଲେ – ବଡ଼ପୁଅର ବୁଦ୍ଧି ତ ପ୍ରଖର ନିଶ୍ଚୟ। ସେ କିନ୍ତୁ ପିଲାବେଳେ ଦୁଷ୍ଟ ଥିଲା। ସବୁବେଳେ ଖେଳକୁଦରେ ଲାଗି ରହୁଥିଲା। କିନ୍ତୁ ଏକଥା ବି ସତ ଯେ, ଯେତେବେଳେ କିଛି ପାଠ ମନେରଖିବାକୁ ଦିଆଯାଉଥିଲା, ତାକୁ ଭଲଭାବରେ ମୁଖସ୍ଥ କରିଦେଉଥିଲା। ପ୍ରକୃତ କଥା ହେଉଛି, ତିନି ପୁଅଯାକ ବହୁତ ତୀକ୍ଷ୍ଣ ବୁଦ୍ଧି ସଂପନ୍ନ। ପ୍ରମୋଦକୁ କ'ଣ କମ୍ ଭାବୁଛ!! "ଏତିକି କହି ସେ ଜୋରରେ ହସିଉଠିଲେ।

ମୁନସୀ ଦେଢଟା ରୁଟି ଖାଇସାରିବା ପରେ ଖଣ୍ଡେ ବହୁ କଷ୍ଟରେ ଚୋବାଉଥିଲା। କଷ୍ଟ ହେବାରୁ ଗିଲାସେ ପାଣି ପିଇଗଲେ। ଖୁଁ ଖୁଁ ହୋଇ କାଶିଉଠି ପୁଣି ଖାଇବାକୁ ଲାଗିଲେ।

ଚାରିଆଡ଼େ ଖାଁ ଖାଁ ଭରିରହିଥିଲା। ଦୂରରୁ ଏକ ଅଟାକଳର ଶିଦ ଶୁଣାଯାଉଥିଲା ଆଉ ପାଖରେ ଥିବା ନିମଗଛରେ ବସି କପୋତଟିଏ ଗୁମୁରୁ ଥିଲା।

ସିଦ୍ଧେଶ୍ୱରୀ ବୁଝିପାରୁ ନଥିଲା କି କ’ଣ କହିବ। ସେ ଚାହୁଁଥିଲା ସବୁକଥା ଭଲରେ ପଚାରିବ। ସବୁ ଜିନିଷ ଭଲଭାବେ ଜାଣିବ ଏବଂ ଦୁନିଆର ସବୁ ବିଷୟ ଉପରେ ଆଗପରି ନିର୍ଭୟ କଥା କହିବ। କିନ୍ତୁ ତା’ର ସାହସ ହେଉ ନଥିଲା। ତା’ ମନରେ ଏକ ଅଜଣା ଭୟ ବସା ବାନ୍ଧିଥିଲା।

ବର୍ତ୍ତମାନ ମୁନସୀ ମହାଶୟ ଏମିତି ରୂପଚାପ ମଗ୍ନ ହୋଇ ଖାଉଥିଲେ, ଯେମିତିକି ଗତ ଦୁଇଦିନ ଧରି ସେ ମୌନବ୍ରତ ଧାରଣ କରିଛନ୍ତି ଆଉ ସଂଧ୍ୟାରେ ହିଁ ବ୍ରତ ଭାଙ୍ଗିବାକୁ ଯାଉଛନ୍ତି। ସିଦ୍ଧେଶ୍ୱରୀ ଯେମିତ ଆଉ ରହିପାରିଲାନି। କହିଲା – “ଲାଗୁଛି ଆଉ ବର୍ଷା ହେବନି।”

ମୁନସୀଟିକେ ଇଆଡ଼େ ସିଆଡ଼େ ଦେଖିଲେ। ତା’ ପରେ ନିର୍ବିକାର ସ୍ୱରରେ ମତ ଦେଲେ – “ମାଛି ବହୁତ ହୋଇଗଲେଣି”। ସିଦ୍ଧେଶ୍ୱରୀ ଉକ୍ରଣ୍ଠିତ ହୋଇ ପ୍ରକାଶ କଲା – “ପିଅସା ଅସୁସ୍ଥ ଥିଲେ, କିଛି ଖବର ଆସିଲାନି!” ମୁନସୀ ମଟରଦାନାକୁ ଏମିତି ଆଗ୍ରହର ସହ ଦେଖିଲେ, ଯେମିତି ସେ କଥାହେବାକୁ ଚାହୁଁଛନ୍ତି। ତାପରେ ସୂଚନା ଦେଲେ– ଗଙ୍ଗାଶରଣ ବାବୁଙ୍କ ଝିଅର ବାହାଘର ଠିକ୍ ହୋଇଗଲା। ପୁଅଟି ଏମ୍.ଏ. ପାସ୍ କରିଛି।

ସିଦ୍ଧେଶ୍ୱରୀ ହଠାତ୍ ଚୁପହୋଇଗଲା। ମୁନସୀ ଜୀ ମଧ ଆଉ କିଛି କହିପାରଲେ ନାହିଁ। ତାଙ୍କ ଖାଇବା ସରିଯାଇଥିଲା ଆଉ ସେ ଥାଲିରେ ଲାଗିରହିଥିବା କିଛି ଖାଦ୍ୟକୁ ମାଙ୍କଡ଼ ପରି ଚିପୁଥିଲେ।

ସିଦ୍ଧେଶ୍ୱରୀ ପଚାରିଲା – ବଡ଼ପୁଅର ରାଣ, ଗୋଟେ ରୁଟି ଦେଉଛି। ଏବେ ବି ବେଶୀ ଅଛି।

ମୁନସୀ ନିଜ ପତ୍ନୀକୁ ଅପରାଧୀଟେ ପରି ତଥା ରୋଷେଇଘର ଆଡ଼କୁ ଟିକେ କଣେଇ ଚାହିଁଲେ। ତାପରେ କେଉଁ ଏକ ବିଶାରଦ ପରି କହିଲେ – ରୁଟି! ଥାଉ ଥାଉ। ପେଟ ଯଥେଷ୍ଟ ଭରିଗଲାଣି। ତୁମେ ଅଯଥାରେ ରାଣ ଦେଇଦେଲ। ରାଣ ରଖିବା ପାଇଁ ଦିଅ। ଘରେ ଗୁଡ଼ ଅଛି କି ?

ହଁ, ହାଣ୍ଡିରେ ଟିକେ ଗୁଡ଼ ଅଛି।

ମୁନସୀ ଖୁସି ହେଇଯାଇ କହିଲେ – ତେବେ ଗୁଡ଼ର ଥଣ୍ଡା ସରବତ ବନାଅ। ପିଇବି। ତୁମ ରାଣ ବି ରହିବ ଓ ପାଟିର ସ୍ୱାଦ ବି ବଦଳିଯିବ। ତା’ ସହ ହଜମ ବି ଠିକ୍ ହେବ। ହଁ, ରୁଟି ଖାଉଖାଉ ନାକେଦମ ହୋଇଗଲି।” କହିସାରି ଠୋ ଠୋ କର ହସି ଉଠିଲେ।

ମୁନ୍ସୀଙ୍କ ଖାଇବା ସରିବା ପରେ ସିଦ୍ଧେଶ୍ୱରୀ ତାଙ୍କ ଅଇଁଠା ଥାଲି ଉଠେଇ ନେଇ ରୋଷେଇ ଘର ଚଟାଣରେ ବସି ପଡ଼ିଲା । ଡେକଟିରେ ଥିବା ଡାଲିକୁ ଗିନାରେ ଅଜାଡ଼ି ଦେଲେ । କିନ୍ତୁ ତାହା ଭର୍ତ୍ତି ହେଲାନି । କରେଇରେ ଅଳ୍ପ ଟିକିଏ ମଟର ତରକାରୀ ବଳିଥିଲା, ତାକୁ ପାଖକୁ ନେଇ ଆସିଲା । ରୁଟି ଜାଗାରେ କେବଳ ଗୋଟିଏ ହିଁ ରୁଟି ଥିଲା । ସେ ମୋଟା ଦରପୋଡ଼ା ରୁଟିକୁ ସେ ଅଇଁଠା ଥାଲିରେ ରଖିବାକୁ ହିଁ ଯାଉଥିଲା, ହଠାତ୍ ତା'ର ପିଣ୍ଡାରେ ଶୋଇଥିବା ପ୍ରମୋଦ କଥା ମନେ ପଡ଼ିଗଲା । ସେ କିଛି ସମୟ ପାଇଁ ପୁଅକୁ ଚାହିଁ ରହିଲା, ତାପରେ ରୁଟିକୁ ସମାନ ଦୁଇ ଫାଳ କଲା । ଫାଳେ ଅଲଗା ରଖିଲା ଓ ଆର ଫାଳଟି ଥାଲିରେ । ତାପରେ ପାଣି ଲୋଟାଏ ନେଇ ଖାଇବାକୁ ବସିଗଲା । ସେ ପ୍ରଥମ ଟୁକୁଡ଼ାଟେ ପାଟିରେ ଦେଉଛି, ଅଚାନକ ତା' ଆଖିରୁ ଲୁହ ଟପ୍‌ଟପ୍ ହୋଇ ଖସିପଡ଼ିଲା ।

ଘରସାରା ମାଛି ଭଣଭଣ ହେଉଥିଲେ । ଅଗଣାର ଅଲଗୁଣି ଉପରୁ ଗୋଟେ ମଇଳା ଶାଢ଼ି ଝୁଲୁଥିଲା, ଯେଉଁଥିରେ ତାଲି ପଡ଼ିଥିଲା । ବଡ଼ପୁଅ ଦୁଇ ଜଣ କେଉଁଠି, କିଛି ଖବର ନଥିଲା । ଦାଣ୍ଡଘରେ ମୁନ୍ସୀ ଜୀ ଉପରକୁ ମୁହଁ କରି ନିଶ୍ଚିନ୍ତରେ ଶୋଉଥିଲେ । ସତେ ଅବା ଦେଢମାସ ପୂର୍ବରୁ ଗୃହ-ସଂସ୍ଥାନ-ନିୟନ୍ତ୍ରଣ ବିଭାଗର କିରାଣୀ ପଦରୁ ଛଟେଇ ହୋଇନ, ଆଉ ସଂଧ୍ୟାରେ ଯେମିତି ତାଙ୍କୁ ଚାକିରି ଖୋଜିବାକୁ ବାହାରକୁ ଯିବାର ନାହିଁ ।

■■

ମୋ ମାଆ କେଉଁଠି ?

କ୍ରିଷ୍ଣା ସୋବତି

ବହୁ ଦିନ ପରେ ସେ ଜହ୍ନ-ତାରା ଦେଖୁଛି । ଏ ପର୍ଯ୍ୟନ୍ତ ସେ କେଉଁଠି ଥିଲା ? ତଳେ, ତଳେ, ବୋଧହୁଏ ବହୁତ ତଳେ... ଯେଉଁଠାରେ ଖାଲ ସବୁ ମଣିଷମାନଙ୍କ ରକ୍ତରେ ଭରିଯାଇଥିଲା । ଯେଉଁଠି ତାହାର ହାତକୁ ଅଗଣିତ ଗୁଳିର ବର୍ଷା ଧୋଇ ଦେଇଥିଲା । କିନ୍ତୁ, କିନ୍ତୁ... ସେ ଏତେ ନିମ୍ନରେ ନ ଥିଲା । ସେ ତ ନିଜର ନୂଆ ଦେଶର ସ୍ୱାଧୀନତା ପାଇଁ ଲଢ଼େଇ କରୁଥିଲା । ଦେଶଠୁଁ ବଳି ଆଉ କିଛି ପ୍ରଶ୍ନ ନାହିଁ, ନିଜର କିଛି ଚିନ୍ତା ନାହିଁ । ତେବେ ଚାରିଦିନ ହେଲା ସେ କେଉଁଠି ଥିଲା ? କେଉଁଠି ନ ଥିଲା ସେ ? ଗୁଜରାଁୱାଲା, ବଜିରାବାଦ୍, ଲାହୋର ! ସେ ଓ ମାଇଲ ମାଇଲ ଦୂର ଯାଇଥିବା ଟ୍ରକ । କେତେ ବୁଲିଚି ସେ ? ଏ ସବୁ କାହା ପାଇଁ ? ଦେଶ ପାଇଁ, ସଂପ୍ରଦାୟ ପାଇଁ ଏବଂ...? ଏବଂ ନିଜ ପାଇଁ ? ନାଁ, ତା ନିଜ ପାଇଁ ତା'ର ଏତେ ଭଲ ପାଇବା ନାହିଁ । କ'ଣ ଲମ୍ବା ରାସ୍ତା ଉପରେ ଛିଡ଼ା ହୋଇ ୟୁନୁସ ଖାଁ ଦୂରଦୂର ଗାଁଗୁଡ଼ିକର ନିଆଁରେ ଜଳିହେବାର ଦୃଶ୍ୟ ଦେଖୁଛି ? ଆର୍ତ୍ତ ଚିତ୍କାରର ଦୃଶ୍ୟ, ତା' ପାଇଁ ନୂଆ ନୁହେଁ । ନିଆଁ ଲାଗିଗଲେ ଚିତ୍କାର କରିବା କିଛି ନୂଆ କଥା ନୁହେଁ । ସେ ନିଆଁ ଦେଖୁଛି । ନିଆଁରେ ଜଳିଯାଉଥିବା ପିଲାମାନଙ୍କୁ

ଦେଖୁଛି, ସ୍ତ୍ରୀ ଓ ପୁରୁଷଙ୍କୁ ଦେଖୁଛି। ରାତିସାରା ଜଳି ଜଳି ସକାଳକୁ ପୋଡ଼ି ପାଉଁଶ ହୋଇଯାଇଥିବା ବସ୍ତିର ଲୋକମାନଙ୍କୁ ଦେଖୁଛି। ଏସବୁ ଦେଖ ସେ କ'ଣ ଟିକେ ବି ବିବ୍ରତ ହୋଇଛି! ବିବ୍ରତ କାହିଁକି ହେବ ? ସ୍ୱାଧୀନତା ବିନା ବଳିଦାନରେ ମିଳେ ନାହିଁ, ବିନା ରକ୍ତପାତରେ କ୍ରାନ୍ତି ଆସେ ନାହିଁ, ଏବଂ... ଏବଂ ଏହି କ୍ରାନ୍ତିରୁ ହିଁ ତ ତା'ର ଏଇ ଛୋଟିଆ ଦେଶ ସୃଷ୍ଟି ହୋଇଛି।

ଠିକ୍ ଅଛି। ଦିନରାତି ସବୁ ସମାନ ହୋଇଗଲେ। ତା'ଆଖି ନିଦେଇ ଆସୁଥିଲା। ହେଲେ ତାକୁ ତ ଲାହୋର ପହଞ୍ଚିବାର ଅଛି। ଏକଦମ୍ ଉଚିତ ସମୟରେ। ଯେମିତି ଜଣେ ବି 'କାଫିର' ଜୀବିତ ରହି ନପାରେ। ଏହି ହାଲ୍‍କା ହାଲ୍‍କା ଶୀତରାତିରେ ବି 'କାଫିର'ର କଥା ଭାବିଦେଇ ବେଲୁଚି ସୈନିକର ଆଖି ରକ୍ତିମ ହୋଇଉଠିଲା। ହଠାତ୍ ଯେପରି ବିଚ୍ଛିନ୍ନ ହୋଇଯାଇଥିବା କ୍ରମ ପୁଣିଥରେ ଯୋଡ଼ି ହୋଇଯାଇଛି। ଟ୍ରକ୍ ପୁଣିଥରେ ଚାଲିବାକୁ ଆରମ୍ଭ କଲା। ଦ୍ରୁତ ଗତିରେ।

ରାସ୍ତା କଡ଼େ କଡ଼େ ମୃତ୍ୟୁର କୋଳରେ ନିଷ୍ଠ‍ିବ୍ଧ ହୋଇଯାଇଥିବା ଗାଁ ସବୁ। ସବୁଜ କ୍ଷେତର ଆଖପାଖରେ କୁଢ଼ କୁଢ଼ ମୃତଦେହ। ବେଲେବେଲେ ଦୂରରୁ ରହି ରହି ଭାସି ଆସୁଥିବା 'ଆଲ୍ଲା-ହୋ-ଆକବର' ଏବଂ 'ହର-ହର-ମହାଦେବ'ର ଶବ୍ଦ।

'ହାୟ, ହାୟ...', 'ଧର-ଧର', 'ମାର-ମାର'- ୟୁନୁସ ଖାଁ ଏସବୁ ଶୁଣୁଛି। ବିଲକୁଲ ଚୁପଚାପ୍। ତା'ର ଏଥରେ କିଛି ଯାଏ ଆସେ ନାହିଁ। ସେତ ନିଜ ଆଖିରେ ଏକ ନୂତନ ଗୌରବମୟ ମୋଗଲ ସାମ୍ରାଜ୍ୟ ଦେଖୁଛି। ଆଗ ଅପେକ୍ଷା ଯଥେଷ୍ଟ ଅଧିକ ଉଚ୍ଚରେ।

ଜହ୍ନ ଧୀରେ ଧୀରେ ତଳକୁ ଓହ୍ଲେଇଆସୁଛି। କ୍ଷୀର ପରି ସଫେଦ ଜହ୍ନ କିରଣ ନୀଳ ହୋଇଗଲାଣି। ବୋଧହୁଏ, ପୃଥିବୀର ରକ୍ତ ଆକାଶରେ ବିଷ ହୋଇ ବ୍ୟାପିଗଲାଣି।

"ଦେଖ, ଟିକେ ରୁହ।" ୟୁନୁସ ଖାଁର ହାତ ବ୍ରେକ୍ ଉପରେ। ଇଏ କ'ଣ! ଏକ କୁନି ଛୋଟିଆ ଛାୟା ଛାୟା ? ନାଁ, ରକ୍ତଭିଜା ସାଲୱାର ପିନ୍ଧା ଏକ ମୂର୍ଚ୍ଛିତ କୁନିଝିଅ।

ବେଲୁଚି ତଳକୁ ଓହ୍ଲେଇ ଆସେ। ଆହତ ହୋଇଛି ବୋଧେ! କିନ୍ତୁ ସେ ଅଟକିଲା କାହିଁକି ? ମୃତଦେହଟିଏ ପାଇଁ କ'ଣ କେବେ ସେ ଅଟକିଛି ?

କିନ୍ତୁ ଇଏ ଏକ କ୍ଷତାକ୍ତ ଝିଅ...। ସେଥିରୁ କ'ଣ ଅଛି! ଏମିତି ଜମା ହୋଇଥିବା ଅନେକ ମହିଲାଙ୍କୁ ଦେଖୁଛି...। କିନ୍ତୁ ନା, ସେ ତାକୁ ନିଶ୍ଚୟ ଉଦ୍ଧାର କରିବ। ଯଦି ବଞ୍ଚାଇଆପାରିବ ତେବେ...? ସେ ଏମିତି କାହିଁକି କରୁଛି, ନିଜେ ୟୁନୁସ ଖାଁ ବୁଝିପାରୁନାହିଁ। କିନ୍ତୁ ଏବେ ସେ ତାକୁ ଛାଡ଼ିଦେଇପାରିବ ନାହିଁ। 'କାଫିର' ହେଉ ପଛେ।

ବଳିଷ୍ଠ ଶକ୍ତିଶାଳୀ ହାତରେ ମୂର୍ଚ୍ଛିତା ଝିଅ। ୟୁନୁସ ଖାଁ ତାକୁ ଏକ ସିଟ୍ ଉପରେ ଶୁଆଇ ଦିଏ। ଝିଅଟିର ଆଖି ବନ୍ଦ ଅଛି। ମୁଣ୍ଡରେ କଳା ଘନ କେଶ ବୋଧହୁଏ ଓଦା ଅଛି ରକ୍ତରେ। ଆଉ ମୁହଁରେ? ହଳଦୀ ରଙ୍ଗର ମୁହଁରେ ରକ୍ତର ଛିଟା।

କୁନିଝିଅଟିର କେଶର ଏବଂ ମୁଣ୍ଡର ରକ୍ତସବୁ ୟୁନୁସ ଖାଁର ହାତ ଅଙ୍ଗୁଳିରେ... ହୁଏତ ଯନ୍ତ୍ରର ସହ ଆଉଁସିବା ସମୟରେ। କିନ୍ତୁ ନା, ୟୁନୁସ ଖାଁ ଏତେ ଭାବପ୍ରବଣ କେବେ ନ ଥିଲା। ଏତେ ସହାନୁଭୂତି, ଏତେ ଦୟା, ତା ହାତକୁ କୋଉଠୁ ଆସିଲା? ସେ ନିଜେ ବି ଜାଣେନି। ଅଚେତ ଥିବା ଝିଅଟି ବି କ’ଣ ଜାଣିଛି ଯେ, ଯେଉଁ ହାତ ତା ଭାଇକୁ ହତ୍ୟା କରିଛି ଏବଂ... ଏବଂ ତାକୁ କ୍ଷତାକ୍ତ କରିଛି, ତାହାରି ଧର୍ମର ଅନ୍ୟ ହାତଟି ତାକୁ ଆଉଁସି ଦେଉଛି।

ୟୁନୁସ ଖାଁର ହାତରେ ଝିଅ... ଏବଂ ତା ହିଂସ୍ରକ ଆଖି ନୁହେଁ, ତା’ର ସଜଳ ଆଖି ଦେଖୁଛି ଦୂର କୋଏଟାରେ ଏକ ଶୀତୁଆ ସଂଧ୍ୟାରେ ତା’ ହାତରେ ବାରବର୍ଷର ସୁନ୍ଦରୀ ଭଉଣୀ ‘ନୁରନ୍’ର ଶରୀର, ଯାହାକୁ ଛାଡ଼ି ତା ବିଧବା ମାଆ ସବୁଦିନ ପାଇଁ ଆଖି ବୁଜି ଦେଇଥିଲେ।

ଶିରି ଶିରି ପବନରେ କବରସ୍ଥାନରେ ତା’ର ଫୁଲ ପରି କୋମଳ ଭଉଣୀ ମୃତ୍ୟୁର ପଣତରେ ଚିରଦିନ ପାଇଁ... ଦୁନିଆ ବିଷୟରେ ଅନ୍ଧ ଏବଂ ସେହି ପୁରୁଣା ସ୍ମୃତିରେ କମ୍ପିଯାଉଥିବା ୟୁନୁସ ଖାଁର ମନ ଓ ହୃଦୟ।

ଆଜି ସେହିପରି, ଠିକ୍ ସେମିତି ତା’ ହାତରେ...। କିନ୍ତୁ କାହିଁ, କୁଆଡ଼େଗଲା ସେ ୟୁନୁସ ଖାଁ, ଯିଏ କି ହତ୍ୟା କରିବାକୁ ଧର୍ମ ଏବଂ ସତ୍ୟ ବୋଲି ଭାବି ଚାରିଦିନ ଧରି ରକ୍ତର ହୋଲି ଖେଳି ଆସୁଥିଲା...। କାହିଁ, କାହିଁ ସେ? ୟୁନୁସ ଖାଁ ଅନୁଭବ କରୁଛି କି, ସେ ଦୋହଲିଯାଉଛି, ହଲିଯାଉଛି। କେତେବେଲେ ଯାଏଁ ଖାଲି ଭାବୁଥିବ? ତାକୁ ଯିବାକୁ ପଡ଼ିବ, ଝିଅଟିର କ୍ଷତ...!

ଆଉ ତା’ପରେ ପୁଣି ଥରେ ଝିଅଟିକୁ ଥାପୁଡ଼େଇ ଦେଇ, ସ୍ନେହରେ, ଭିଜା ଭିଜା ମମତାରେ ଶୁଆଇ ୟୁନୁସ ଖାଁ ସୈନିକର ଦ୍ରୁତ ଗତିରେ ଟ୍ରକ୍ ଷ୍ଟାର୍ଟ କରେ। ଅଚାନକ ମନକୁ ଆସିଯାଇଥିବା କର୍ତ୍ତବ୍ୟର ଡାକରେ। ତାକୁ ପ୍ରଥମରୁ ଯିବାର ଥିଲା। ହେଇପାରେ, ଝିଅଟି ହୁଏତ ବଞ୍ଚିଯାଇପାରେ ତା କ୍ଷତର ଚିକିତ୍ସାରେ। ଜୋର, ଜୋର୍ ଏବଂ ଆହୁରି ଜୋରରେ ଟ୍ରକ୍‍ଟି ଧାଉଁଥିଲା। ମନ ଭାବୁଛି, ସେ କ’ଣ? ଏଇ ଜଣକ ପାଇଁ କାହିଁକି? ହଜାରେ ମରିସାରିଛନ୍ତି। ଇଏ ତ ଯେମିତି ଦେବା ନେବାର କଥା। ଦେଶ ପାଇଁ ପରା ଲଢ଼େଇ!

ହୃଦୟ ଶାସନ କରୁଛି — ଚୁପ୍ ରୁହ, ଏଇ ନିରୀହ ପିଲାମାନଙ୍କର ଏହି ସ୍ଵାଧୀନତା

ପାଇଁ ବଳିଦାନର ରକ୍ତପାତ ସହ କି ସଂପର୍କ ଏବଂ କୁନି ଟିକି ଝିଅଟି ବେହୋସ, କିଛି ଜାଣିପାରୁନି । ଲାହୋର ଆସିବ । ଏହି ରାସ୍ତା ସହ ବିଛାଯାଇଥିବା ରେଲ ଧାରଣା । ଶାହାଦର... ଏବଂ ଟ୍ରକ୍ ଲାହୋର ରାସ୍ତାରେ । କେଉଁଠିକୁ ନେଇ ଯିବ ସେ ? ମେୟୋ ହସ୍ପିଟାଲ ନା ସାର ଗଙ୍ଗାରାମ । ଗଙ୍ଗାରାମ କାହିଁକି ? ୟୁନୁସ ଖାଁ ଚମକି ପଡ଼ିଲା । ସେ କ'ଣ ତାକୁ ଫେରେଇଦେବାକୁ ଯାଉଛି ! ନା, ନା, ସେ ତାକୁ ନିଜ ପାଖରେ ରଖିବ । ଟ୍ରକ୍ ଯାଇ ମେୟୋ ହସ୍ପିଟାଲ ଆଗରେ ଏବଂ କିଛି ସମୟ ପରେ ବେଲୁଚି ଚିନ୍ତାଜନକ ସ୍ୱରରେ ଡାକ୍ତରଙ୍କୁ କହିଲା – ଡାକ୍ତର, ଯେମିତି ବି ହେଉ ଭଲ କରିଦିଅନ୍ତୁ । ଇୟେ ପୁରା ସୁସ୍ଥ ହେବା ମୁଁ ରହେଁ । ଏବଂ ପୁଣି ଟିକେ ଉତ୍ତେଜିତ ହୋଇ – "ଡାକ୍ତର, ଡାକ୍ତର...।" ତା ସ୍ୱରରେ ସଂଯମତା ରହୁନଥିଲା ।

– "ହାଁ, ହାଁ, ସଂପୂର୍ଣ୍ଣ ଚେଷ୍ଟା କରିବୁ ଯାକୁ ସୁସ୍ଥ କରିବାପାଇଁ ।" ଝିଅଟି ଡାକ୍ତରଖାନାରେ ପଡ଼ିଛି । ୟୁନୁସ ଖାଁ ନିଜ ଡ୍ୟୁଟିରେ ଅଛି, କିନ୍ତୁ କେମିତି ଅନ୍ୟମନସ୍କ, ଆଶ୍ଚର୍ଯ୍ୟ ଏବଂ ଚିନ୍ତିତ । ପେଟ୍ରୋଲିଂ କରୁଥାଏ ଲାହୋରର ବଡ଼ ବଡ଼ ରାସ୍ତାରେ । କେଉଁ କେଉଁ ଜାଗାରୁ ରାତିରେ ଲଗାଯାଇଥିବା ନିଆଁରୁ ଧୂଆଁ ବାହାରୁଛି ତ ବେଲେବେଲେ ଭୟଭୀତ ହୋଇଯାଇଥିବା ଲୋକଙ୍କର ମେଲ ସେନାଙ୍କ ସହ ଆଖିରେ ପଡୁଥାଏ । କେଉଁଠି ଅଳିଆଗଦା ପରି ଲୋକମାନଙ୍କର ମୃତଦେହ ପଡ଼ିଛି । କେଉଁଠି ଧ୍ୱସ୍ତ-ବିଧ୍ୱସ୍ତ ରାସ୍ତା ଉପରେ ଉଲଗ୍ନ ମହିଲା, ମଝି ମଝିରେ ସ୍ଲୋଗାନର ଉଚ୍ଚ ସ୍ୱର । ...ଏବଂ ୟୁନୁସ ଖାଁ, ଯାହାର ହାତ କାଲିଯାଏଁ ବହୁତ ଚଳଚଞ୍ଚଳ ଥିଲା, ଆଜି ଶିଥିଳ । ସଂଧାରେ ଫେରୁ ଫେରୁ ଶୀଘ୍ର ପାଦ ପକାଏ । ସତେ ଅବା ସେ ଡାକ୍ତରଖାନାକୁ ନୁହଁ ଘରକୁ ଫେରୁଛି ।

ଏକ ଅପରିଚିତ ଝିଅଟି ପାଇଁ କାହିଁକି ସେ ଏତେ ବ୍ୟସ୍ତ ! ସେ ଝିଅଟି ମୁସଲମାନ ନୁହଁ, ହିନ୍ଦୁ ଅଟେ, ହିନ୍ଦୁ ।

କବାଟ ପାଖରୁ ଖଟଯାଏଁ ଯିବା ତାକୁ ଦୂର, ବହୁତ ଦୂର ଯିବାପରି ଲାଗୁଚି । ସେ ଲମ୍ବା ଲମ୍ବା ପାହୁଣ୍ଡ ପକାଇଲା । ଲୁହାର ଖଟରେ ଝିଅଟି ଶୋଇ ରହିଛି । ମୁଣ୍ଡରେ ଧଲା ବ୍ୟାଣ୍ଡେଜ । କୌଣସି ଭୟଙ୍କର ଦୃଶ୍ୟର କନ୍ଟନାରେ ଆଖି ଏ ଯାଏଁ ବନ୍ଦ୍ ରହିଛି । ସୁନ୍ଦର-ନିରୀହ ମୁହଁ ଉପରେ ଆଶଙ୍କାର ଭୟଙ୍କର ଛାୟା । ୟୁନୁସ ଖାଁ କେମିତି ଡାକିବ ? କ'ଣ କହିବ ? 'ନୂରନ୍' ନାଆଁଟି ଓଠ ପାଖରେ ଆସି ଫେରିଯାଉଛି । ହାତ ଆଗକୁ ବଢ଼େ । ଟିକି ଆହତ ମୁଣ୍ଡର ସ୍ପର୍ଶ । ଯେଉଁ କୋମଳତାର ସହ ତା' ଅଙ୍ଗୁଲି ଗୁଡ଼ିକ ଛୁଇଁ ଯାଉଛନ୍ତି, ସେତିକି ଗମ୍ଭୀରତାର ସ୍ୱର ତା' ଗଳାରେ ଅଟକିଯାଉଛି । ଅଚାନକ ଝିଅଟି ଏପଟସେପଟ ହୁଏ । ଆହତ ସ୍ୱରରେ, ଯେମିତି ବେହୋସ ଥାଇ । ବିଲିବିଲେଇ ଉଠେ-

“କ୍ୟାମ୍‌, କ୍ୟାମ୍‌, କ୍ୟାମ୍‌ ଆସିଗଲା, ପଲାଅ, ପଲାଅ, ପଲାଅ...।”

- “କିଛି ନାହିଁ, କିଛି ନାହିଁ, ଦେଖ ଆଖି ଖୋଲ!”

- “ନିଆଁ, ନିଆଁ... ସେହି ଗୁଳି... ମିଲିଟାରୀ...।”

ଝିଅଟି ତାକୁ ପାଖରେ ନାଁ ଥିବାର ଦେଖେ ଏବଂ ଚିତ୍କାର କରି ଉଠେ।

- ଡାକ୍ତର... ଡାକ୍ତର... ଡାକ୍ତର। ଏହାକୁ ଭଲ କରିଦିଅ।

ଡାକ୍ତର ଅଭିଜ୍ଞ ଆଖିରେ ଦେଖି କୁହନ୍ତି - ତୁମକୁ ହିଁ ଡରୁଛି, ଇଏ ‘କାଫିର୍‌’ ସେଥ୍‌ପାଇଁ।

କାଫିର୍‌...! ୟୁନୁସ୍‌ ଖାଁର କାନ ଝାଁ ଝାଁ ହୋଇଯାଉଛି। କାଫିର୍‌... କାଫିର୍‌...! ତେବେ କାହିଁକି ଏହାକୁ ବଞ୍ଚାଇ ରଖାଯିବ? କାଫିର୍‌...? କିଛି କଥା ନାହିଁ। ମୁଁ ୟାକୁ ମୋ ପାଖରେ ରଖିବି।

ଏହିପରି ଭାବରେ ବିତିଗଲା ସେ ହତ୍ୟାକାରୀ ରକ୍ତିମ ରାତି ସବୁ। ୟୁନୁସ୍‌ ଖାଁ, ବ୍ୟସ୍ତ ବିବ୍ରତ ହୋଇ ନିଜ ଡ୍ୟୁଟିରେ ଏବଂ ଝିଅଟି ହସ୍ପିଟାଲରେ।

ଏମିତି ଦିନେ, ଝିଅଟି ଧୀରେ ଧୀରେ ଭଲ ହୋଇଆସିଲା। ୟୁନୁସ୍‌ ଖାଁ ଆଜି ତାକୁ ନେଇଯିବ। ଡ୍ୟୁଟିରୁ ଫେରିବା ପରେ ସେ ଆସି ସେହି ୱାର୍ଡରେ ଠିଆ ହେଲା। ଝିଅଟି ବଡ଼ ବଡ଼ ଆଖିରେ ଚାହିଁବାକୁ ଲାଗିଲା। ତା ଆଖିରେ ଡର ଅଛି, ଘୃଣା ଅଛି, ଆଉ... ଆଉ... ଆଶଙ୍କା ବି...।

ୟୁନୁସ୍‌ ଖାଁ ଝିଅଟିର ମୁଣ୍ଡକୁ ଆଉଁସି ଦେଲା। ଝିଅଟି ଥରିଯାଏ। ତାକୁ ଲାଗେ, ହାତଟି ଯେମିତି ଗଳାଟିପି ଦେବ। ଝିଅଟି ଭୟରେ ଆଖି ବନ୍ଦ୍‌ କରିଦିଏ। କିଛି ବୁଝିପାରେ ନାହିଁ, କେଉଁଠି ସେ ଅଛି? ଆଉ ଏହି ବେଳୁଟି?... ସେ ଭୟଙ୍କର ରାତି...! ଆଉ ତା’ ଭାଇ?

ଗୋଟିଏ ଝଟ୍‌କା ଖାଇବା ପରି ହଠାତ୍‌ ତା’ର ମନେ ପଡ଼ିଯାଏ ତା’ ଭାଇର ମୁଣ୍ଡ ଗଣ୍ଡିରୁ ଅଲଗା ହୋଇ ଦୂରରେ ଯାଇ ପଡ଼ିଥିଲା।

ୟୁନୁସ୍‌ ଖାଁ ଦେଖିଲା ଏବଂ ଧୀରେ ନମ୍ର ସ୍ୱରରେ କହିଲା -

- “ଠିକ୍‌ ଅଛ ନା, ଏବେ ଘରକୁ ଯିବା।” ଝିଅଟି ଭୟରେ ଥରିଉଠି ମୁଣ୍ଡ ହଲାଏ।

- ନା, ନା, ଘର...? ଘର କେଉଁଠି ଅଛି? ମୋତେ ତୁମେ ମାରିଦେବ।

ୟୁନୁସ୍‌ ଖାଁ ‘ନୂରୁନ୍‌’କୁ ଦେଖିବାକୁ ଚାହୁଁଥିଲା, କିନ୍ତୁ ଇଏ ନୂରୁନ୍‌ ନୁହେଁ। କୌଣସି ଅପରିଚିତ ଅଟେ, ଯିଏ କି ତାକୁ ଦେଖିବା ମାତ୍ରେ ଭୟରେ ସଙ୍କୁଚିତ ହୋଇଯାଉଛି। ଝିଅଟି ଡରି-ଡରି ରହି-ରହି କହିଲା -

ଘରେ ନୁହେଁ, ମୋତେ କ୍ୟାମ୍ପରେ ଛାଡ଼ିଦିଅ। ଏଠି ମୋତେ ମାରିଦେବେ, ମୋତେ ମାରିଦେବେ।

ୟୁନୁସ୍ ଖାଁ ଆଖି ପତା ତଳକୁ କରିଦିଏ। ସେ ପତା ତଳେ ସୈନିକର କ୍ରୂରତା ନାହିଁ, ବଳ ନାହିଁ, ଅଧିକାର ନାହିଁ। ତା ତଳେ ଅଛି ଏକ ଏକ ଅସହ୍ୟ ଭାବ, ଏକ ଅସହାୟତା, ଏକ ନାଚାରପଣ। ବେଲୁଚି କରୁଣା ଦୃଷ୍ଟିରେ ଝିଅଟିକୁ ଦେଖେ। କିଏ ସବୁ ବଞ୍ଚଥିବେ ଏହାର? ସେ ଏହାକୁ ପାଖରେ ରଖିବ। ବେଲୁଚି ଏକ ଅଜଣା ସ୍ନେହରେ ଭିଜିଯାଉଥିଲା। ଝିଅଟିକୁ ଥରେ ହସିଦେଇ ଥାପୁଡ଼େଇ ଦିଏ। "ଚାଲ୍, ଚାଲ୍, କିଛି ଚିନ୍ତା ନାହିଁ, ମୁଁ ତୁମ ନିଜ ଲୋକ।"

ଟ୍ରକରେ ୟୁନୁସ୍ ଖାଁ ସହ ବସି ଝିଅଟି ଭାବୁଥାଏ - ବେଲୁଚି ତାକୁ ଏକୁଟିଆ କେଉଁଠିକୁ ନେଇଯାଇ ନିଶ୍ଚୟ ମାରିଦେବ। ଗୁଲିରେ-ଛୁରିରେ।

ଝିଅଟି ବେଲୁଚିର ହାତ ଧରିନେଲା

- "ଖାନ୍, ମୋତେ ମାରିବନି, ମାରନି।" ତା'ର ଶେତା ପଡ଼ିଯାଇଥିବା ରକ୍ତହୀନ ଚେହେରା କହୁଥିଲା କି ସେ ଡରିଯାଉଛି। ଖାନ୍ ଝିଅଟିର ମୁଣ୍ଡରେ ହାତ ରଖି କହିଲା

- "ନା, ନା, କିଛି ଡର ନାହିଁ। ଆଦୌ ଡର ନାହିଁ। ତୁମେ ମୋର ନିଜ ଲୋକ ପରି।"

ହଠାତ୍ ଝିଅଟି ପ୍ରଥମେ ଖାନର ମୁହଁକୁ ରାମ୍ପୁଡ଼ି ପକାଏ ଏବଂ ପରେ କାନ୍ଦି କାନ୍ଦି କହେ - "ମୋତେ କ୍ୟାମ୍ପରେ ଛାଡ଼ିଦିଅ। ଛାଡ଼ିଦିଅ ମୋତେ। ଖାନ୍ ସମବେଦନାର ସହ ବୁଝେଇଲା - "ଧୈର୍ଯ୍ୟଧର, କାନ୍ଦ ନାହିଁ, ତୁମେ ମୋ ଝିଅ ହୋଇ ରହିବ, ମୋ ପାଖରେ।"

- ନା ଝିଅଟି ଖାନ୍‌ର ଛାତିକୁ ବିଧା ପରେ ବିଧା ମାରିବାକୁ ଲାଗିଲା।

- "ତୁମେ ମୁସଲମାନ ଅଟ... ତୁମେ...।"

ଏକାବେଳକେ ଝିଅଟି ଘୃଣାରେ ଚିତ୍କାର କରିବାକୁ ଲାଗିଲା,

- "ମୋ ମାଆ କେଉଁଠି? ମୋ ଭାଇ କେଉଁଠି? ମୋ ଭଉଣୀ କେଉଁଠି?"

ଅର୍ଦ୍ଧରାତ୍ରି– ରେଲର ଘଣ୍ଟି
ଧର୍ମବୀର ଭାରତୀ

ରାତି ଅଧ । କେଜାଣି କେମିତି ନିଦ ଭାଙ୍ଗିଯାଇଛି । ଘର ଭିତରେ ଅଶନିଃଶ୍ୱାସୀ ଲାଗୁଛି । କେମିତି ଏକ ଅଶ୍ୱସ୍ତି । ଥଣ୍ଡା, ଖୋଲା ଛାତରେ ବ୍ୟାପ୍ତ ହୋଇ । ବିଛେଇ ହୋଇ ରହିଥିବା ଆକାଶ ତଳେ ବିନା କାରଣରେ ବାଲକୋନୀ ପାଖରେ, ଅଶ୍ୱତ୍ଥ ଗଛର ଡାଲସବୁ ନୀଳ ଆକାଶର ପର୍ଦ୍ଦା ଉପରେ ଛାୟାଚିତ୍ର ପରି ଅଙ୍କା ହୋଇଛି । ଅନେକ ଦୂର ବ୍ୟାପି କୌଣସି ପାଦଶବ୍ଦ ନାହିଁ, କୌଣସି ଶବ୍ଦ ନାହିଁ, ଜୀବନର କୌଣସି ଚିହ୍ନ ବର୍ଣ୍ଣ ନାହିଁ । କୁକୁରମାନେ ମଧ ଭୁକୁ ନାହାଁନ୍ତି । ମୋର ପ୍ରତିଟି ପଦପାତକୁ ଯେପରି ଅନ୍ଧକାର ଗର୍ଭସ୍ଥ କରି ନେଉଛି । ଏକ ଗଭୀର ବହୁତ ଗଭୀର ଉଦାସୀ ଭାବ, ବିନା କୌଣସି ଘଟଣାଟି କି କାରଣରେ ।

ଅକସ୍ମାତ, ଯେମିତି କୌଣସି ମର୍ମାନ୍ତକ ଯନ୍ତ୍ରଣାରେ ରାତ୍ରି ଯେପରି ହୃଦୟ ବିଦାରି ଚିକ୍କାର କରି ଉଠିଲା, ସେମିତି ଏକ ଶବ୍ଦ ତୀରଟିଏ ଦୂରରୁ ଭାସି ଆସୁଛି... ନୀରବତାକୁ ଚିରି ।

ଅନ୍ଧାର ବିଲିବିଲେଇ ଉଠେ, ଯେମିତି ଘା'କୁ କେହି ରଗଡ଼ି ଦେଇଛି । ସେ ଶବ୍ଦ ହେଉଛି କେଉଁଠି ଏକ ବହୁତ ଦୂରରେ ଯାଉଥିବା ଏକ ଟ୍ରେନର କାନଫଟା ଘଣ୍ଟିର । କାହିଁକି

କେଜାଣି, ଅନ୍ତରକୁ ମୋଡ଼ି ମକଟି ଦେବାପରି ଶକ୍ତି ଅଛି ଏହି ଶବ୍ଦରେ, ଘଣ୍ଟିର ଏହି ଶବ୍ଦ ଆସୁଛି, ପୁଣି ପ୍ରତିଧ୍ୱନିତ ହେଉଛି, ପୁଣି ଯେମିତି ଦିଗ୍‌–ବିଦିଗ୍‌ ସହ ଧକ୍କା ଖାଇ ପୁଣି ଚାରିଗୁଣା, ଆଠଗୁଣା, ଷୋହଳ ଗୁଣା ହୋଇ ଯନ୍ତଣାର ଏକ ବିଶାଳକାୟ ଜାଲ ପରି ରାତିର ଅଥଳ ସମୁଦ୍ରକୁ ଢାଙ୍କି ଦେଉଛି ।

ଯେମିତି ରାତି ଅଧରେ ଜାଲ ଫିଙ୍ଗାଯିବା ପରେ ସମଗ୍ର ଜଳ କମ୍ପି ଉଠେ, ସେହିପରି ରାତ୍ରିର ବ୍ୟାପକତା, ରାତ୍ରିର ନୀରବତା, ରାତ୍ରିର ତିମିରତା କମ୍ପିଉଠେ, ଥରିଉଠେ । ଲିମ୍ୱ ଏବଂ ଅଶ୍ୱତ୍ଥ ଗଛର ଡାଲସବୁ ଯେପରି ସ୍ଲେଟ୍‌ ଉପରେ ଟଣାଯାଇଥିବା ଗାରଗୁଡ଼ିକ ପରି ପ୍ରଶ୍ନ ପଚାରିବାକୁ ଲାଗନ୍ତି । ମନର ଆଖି ସାମ୍ନାରେ ଅଙ୍କାବଙ୍କା ରେଖାଗୁଡ଼ିକ ଦ୍ୱାରା ଏକ ଭିନ୍ନଚିତ୍ର ଉଙ୍କି ମାରୁଛି । ରେଲୱେ ଷ୍ଟେସନର ଲମ୍ୱ ପ୍ଲାଟଫର୍ମ ଟିଶ ଛପର ହେଇଛି । ଟ୍ରେନ ଯାଇ ସାରିଛି । ବୁଲାବିକାଳୀମାନେ ଅଲଗା ପ୍ଲାଟଫର୍ମକୁ ଚାଲି ଗଲେଣି । କେବଳ ଜଣେ ବୁଢ଼ା କୁଲି ଆସବାବପତ୍ର ଉଠାଇ ଦ୍ୱିତୀୟ ଶ୍ରେଣୀର ପ୍ରତୀକ୍ଷା ଗୃହରେ ରଖୁଛି । ରେଲୱେର ୱେଟିଂରୁମ୍‌ ଗୁଡ଼ିକର ବେଞ୍ଚ, ଆରାମ ଚେୟାର, ମଝିରେ ଠିଆ ହୋଇଥିବା ବଡ଼ବଡ଼ ପିଲାର....ଏସବୁର ଏକ ସ୍ୱତନ୍ତ୍ର ଢଙ୍ଗ ଥାଏ । ସେଇ ପ୍ରକାରର ବେଞ୍ଚ, ଚେୟାର, ସେଇଭଳି ଗୋଲ ଟେବୁଲ, ସେହି ପ୍ରକାରର ଆସବାବପତ୍ର ଗୋଟିଏ କୋଣରେ ରଖିଦିଆ ଯାଇଛି । ମୁଁ ଟେବଲ ଉପରେ ଗୋଡ଼ ଝୁଲାଇ ବସିଛି । ସେ ଆରାମ ଚେୟାର ଉପରେ ଅଧାଶୁଆ ହୋଇଛି । ମୁଁ ରୂପ । ମୁଁ ତା'ର ବନ୍ଦ୍‌ ଆଖିକୁ ଏକ ଧ୍ୟାନରେ ଚାହିଁ ରହିଛି ।

ତା'ର ପୂରା ଶରୀର ସୁନାରଙ୍ଗର, କିନ୍ତୁ ଆଖିପତା ଗାଢ଼ ବାଦାମୀ ଓ ଗୋଲାପୀ ରଙ୍ଗର । ତା' ଆଖିର ପଲକରେ ହିଁ ତା'ର ଅଧା ସୌନ୍ଦର୍ଯ୍ୟ ଭରି ରହିଛି । ମୁଁ ମୋ ପକେଟ୍‌ରେ ପଡ଼ିଥିବା ପ୍ଲାଟଫର୍ମ ଟିକେଟ୍‌କୁ ଏପଟ ସେପଟ ଲେଉଟାଉଛି । ମୁଁ ଛାଡ଼ିବାକୁ ଆସିଥିଲି । ଟ୍ରେନଟି ଚାଲିଯାଇଥିଲା । ଆମେ ଦୁହେଁ ଆକର୍ଷିତ ହୋଇସାରିଥିଲୁ । କିନ୍ତୁ କ'ଣ ଏହି ଆକର୍ଷଣ ଦେଖାଣିଆ ନଥିଲା ?

କେଉଁ ଏକ ଗଭୀରତାରେ ଆମେ ଦୁହେଁ ସନ୍ତୁଷ୍ଟ ଥିଲୁ । ଆଗାମୀ ଗାଡ଼ି ଆସିବା ସମୟ ଯାଏଁ ଆମେ ଦୁହେଁ ଏକାଠି ରହିପାରିବୁ ।

– ଏବେ ? ସହସା ସେ ଆଖି ଖୋଲି ପଚାରେ – ପୁଣି ଉତ୍ତର ମଧ ନିଜେ ହିଁ ଦେଇଦିଏ – ଏବେ କ'ଣ ? ରାତି ଦଶଟା ଯାଏ ଫୁରସତ୍ । ତା' ଆଗରୁ ତ କୌଣସି ଗାଡ଼ି ଯାଏ ନାହିଁ । ଛାଡ଼ ତୁମ ଚାହୁଁଥିବା କଥାଟି ହେଲା । ତୁମକୁ ଖୁସି ଲାଗୁଥିବ । ଆଉ ଚିନ୍ତାକର, ଯେ ଘରେ ସମସ୍ତେ ଭାବିଥିବେ ଯେ ସେ ଟ୍ରେନରେ ଚାଲିଯାଉଥିବ । ଆଉ ଏଠି, ଆରାମରେ ଗୋଡ଼ ଲମ୍ଫେଇ ୱେଟିଂ ରୁମ୍‌ରେ ଶୋଇଛି । ଘର କେତେ

ଦୂର ? ମାତ୍ର ଚାରି ହାତ । କିନ୍ତୁ ଲାଗୁଛି, ଆମେ ଦୁହେଁ ଆଉ ଏକ ଦୁନିଆଁରେ, ନୁହେଁ ?

ମୁଁ କୌଣସି ଉତ୍ତର ଦେଲିନି । କିଛି ପ୍ରଶ୍ନ ଥିଲେ ତ ! ଏଇଟା ତ ତା'ର ଅଭ୍ୟାସ । ହୁଏତ କିଛି କହିବନି ନ ହେଲେ କହିବ ଯଦି ପୁରା ଗୋଟିଏ ପାରାଗ୍ରାଫ୍ ।

– ଶୁଣ, ଚାଲ ଜିନିଷପତ୍ର ଏଇଠି ରଖି ଦେଇ ଘରକୁ ଫେରିଯିବା । ନେଇଯିବ ?

– ଚାଲ । ମୁଁ ଅନିଚ୍ଛାରେ କୁହେ ।

– ଠିକ୍ ଅଛି ଛାଡ଼, ସମସ୍ତେ ପୁଣି ଙିଂଝଟ୍‍ରେ ପଡ଼ିବେ । ହେଲେ ତୁମେ ଛଅଘଣ୍ଟା ଧରି କରିବ କ'ଣ ? ବୁଲିବାକୁ ଯିବ ? ଯାଅ ବୁଲି ଆସ । ମୁଁ କିଛି କହେନି, ହେଲେ ସେ ବୁଝିଯାଏ ।

– ନା ମ, ମୁଁ ତୁମକୁ ଯିବାକୁ ଦେବି ? ଏଇଠି ଏକାଏକା କରିବି କ'ଣ ? କେଜାଣି କେମିତି ତୁମେ ମିଳିଗଲ ! ମୁଁ କୋଡ଼ିଏ ଦିନ ହେଲା ଏଇଠି ଅଛି ବୋଲି ଆଜି ତୁମକୁ ସମୟ ମିଳିଲା, ସେଇଟା ପୁଣି ଯଦି ଟ୍ରେନ ଚାଲିଯାଇ ନ ଥା'ନ୍ତା ତେବେ ?

ମୁଁ ହଠାତ୍ କହିବାକୁ ଆରମ୍ଭ କରେ । ନାଁ, ମୁଁ କଥା କହୁଛି । ଜଣାନାହିଁ, କେଉଁଠୁ ଶବ୍ଦସବୁ ଆସୁଛନ୍ତି...

– ଶୁଣ, ଗାଡ଼ି ଚାଲିଯିବାରୁ ଆମେ ଆମେ ଦୁହେଁ । ସମୟର ଶିକୁଳିକୁ ଛିଡ଼ାଇ ଦେଇଛନ୍ତି ।

– କାହିଁକି ?

– ନୁହେଁ ତ ଆଉ କ'ଣ ? ବାସ୍ତବ ଜୀବନରେ କାମର ଜଞ୍ଜାଳ ହିଁ ସରେନି । ଟିକିଏ ଏପଟ ସେପଟ ବି ହୁଏନି । ମୁଁ ହିଁ ଯିଏ ପ୍ରତି ମୁହୂର୍ତ୍ତରେ ବାନ୍ଧି ହୋଇରହିଛି । ସବୁବେଳେ ଧାଁ ଧଉଡ଼ । ଏଠୁ ସେଠିକି । ତୁମେ ଥିଲ ଯେ ଏଇଠି ଥିଲ, ଏଠୁ ଷ୍ଟେସନ, ଷ୍ଟେସନରୁ ସହରରେ ଅଲଗା ଲୋକ, ଭିନ୍ନ ଏକ ଜୀବନ ଭିନ୍ନ ଏକ ରୁଟିନ୍ । ଆଉ ଆଜି ଟ୍ରେନ ଛାଡ଼ିଦେଲା । ଅକସ୍ମାତ ଯେମିତି ଜୀବନର ଅନିବାର୍ଯ୍ୟତାର କ୍ରମ ଛିଡ଼ିଗଲା । ସମୟର ବନ୍ଧନ ଯେପରି ଧକ୍କା ଖାଇ ଫିଟିଗଲା । ଲୋକେ ଭାବୁଛନ୍ତି ଯେ ତୁମେ ଟ୍ରେନରେ ଯାଉଛ ତା' ପରେ ଘରେ, – ତା'ପରେ... ଆଉ ଏଇଠି କେହି ବି ଜାଣନ୍ତିନି ଯେ ଅଚାନକ କଥା ଛାଡ଼ି ଅଧାରୁ ଆମେ ଏଇଠି ୱେଟିଂ ରୁମ୍‍ରେ ପଡ଼ିରହିଛି.... ସେ ଚୁପଚାପ ମୋ ଆଡ଼କୁ ଚାହିଁ ରହିବ । ପାଦ ଆରାମ ଚେୟାର ହାତ ଉପରେ ରହିଛି । ଆଉ ତା' ହାତ ମୋ ପାଦ ଉପରେ ।

ଆଉ ଶୁଣ, – ମୁଁ କହିଚାଲିଥାଏ, ମୋ ସ୍ୱରରେ କମ୍ପନ !– ତୁମକୁ ଏମିତି ଲାଗୁନି କି ଯେ, ଏବେ ତୁମେ ସମୟର ଚିରାଚରିତ ପ୍ରବାହରୁ ବିଲକୁଲ ମୁକ୍ତ ଅଟ

ଏବଂ ଲାଗୁଛି ଯେମିତି ପଛରେ ବିତିଯାଇଥିବା କୌଣସି ଅତୀତ ନାହିଁ ଏବଂ ଆଗରେ ବି କୌଣସି ଅନିବାର୍ଯ୍ୟ ଭବିଷ୍ୟତ ନାହିଁ ଏବଂ ଅଛି ଖାଲି ବର୍ତ୍ତମାନ। ଯାହାକି ବହୁତ, ବହୁତ ସୁଖପ୍ରଦ ଏବଂ ଶାନ୍ତିପ୍ରଦ ଅଟେ। ସେ କିଛି କହେ ନାହିଁ ମୋ ପାଦରେ ରଖିଥିବା ନିଜ ହାତ ଅଙ୍ଗୁଳିକୁ ନେଇ ଓଠରେ ଛୁଆଁଇ ଦିଏ।

ୱେଟିଂ ରୁମର ଅନ୍ୟ ପଟେ ଠିଆ ହୋଇଥିବା ମାଲଗାଡ଼ି ଚାଲି ଯାଇଛି ଏବଂ ପଶ୍ଚିମ ପଟ ଝରକା ଦେଇ ସଂଧ୍ୟାର ହାଲକା ନାରଙ୍ଗୀ ଖରା ଜାଲିଦେଇ ଛାଣି ହୋଇ ତା'ର ଫୁରଫୁର ବାଲ ଉପରେ ପଡୁଛି।

– ଶୁଣ, ସେ ସହସା କହିଉଠେ; ତୁମେ ଜନ୍ମାନ୍ତରରେ ବିଶ୍ୱାସ କର ?

– ଜନ୍ମାନ୍ତରରେ ?

– ଏଇଆ ଯେ ଆମର ଜନ୍ମ, ଏ ରୂପ, ଏହି ଅସ୍ତିତ୍ଵ ହିଁ ସବୁକିଛି ନୁହଁ। ଆମେ ଥିଲେ ପୂର୍ବରୁ ବି ଥିଲେ ଏବଂ ପରେ ବି ରହିବା.... ଆଚ୍ଛା ଶୁଣ, ଖାଇବାକୁ କିଛି ବାହାର କରିଦିଏ। ଭୋକ ତ ବହୁତ ଲାଗୁଥିବ। ନିଜ ଘରକୁ ବି ଗଲିନି। ସେଇଠୁ ସିଧା ଷ୍ଟେସନ ଚାଲିଆସିଲା।

– ଖାଇବା ? ଉହୁଁ ମୁଁ ମନା କରେ। ମୁଁ ଚାହେଁ ଯେ ସେ ଜନ୍ମାନ୍ତର ବିଷୟରେ କଥା ପୁଣି କହୁ। ବହୁତ ସନ୍ତୋଷ ମିଳେ। ଆମେ ଅତୀତରେ। ଆଗରୁ ବି ଥିଲୁ ଏବଂ ଭବିଷ୍ୟତରେ ବି ରହିବୁ।

ଅକସ୍ମାତ ଧଡପଡ଼ ଶବ୍ଦ କରି ଖାଲି ଇଞ୍ଜିନ୍‌ଟିଏ ଆସେ ଏବଂ ୱେଟିଂ ରୁମ୍ ସାମ୍ନାରେ ହିଁ ଅଟକି ଯାଏ। ଧୂଆଁ ଛାଡ଼େ, ଇ.ଆଇ.ନଅ ଶହ.... ବୋଧହୁଏ ସତେଇରିଶ୍.. .ନମ୍ବର ଠିକ୍ ଭାବରେ ମନେ ନାହିଁ।

ୱେଟିଂ ରୁମ୍‌ରେ ବିରକ୍ତ ଲାଗିଲାଣି। ଚାଲ, ବାହାରେ ପ୍ଲାଟଫର୍ମ ଉପରେ ହିଁ ବୁଲି ଆସିବା।

ଚାଲ – ସେ ଉଠି ଛିଡ଼ା ହୋଇ ପଡ଼େ। ପ୍ଲାଟଫର୍ମଟି ଏକ ବିସ୍ତୀର୍ଣ୍ଣ ଅନ୍ତରୀପ ପରି ରେଲ ଲାଇନର ସମୁଦ୍ରରେ ଦୂର ଗଭୀରକୁ ମାଡ଼ିଯାଇଛି। ମଝା ମଝିରେ ଲ୍ୟାମ୍ପପୋଷ୍ଟ ପାଣିକଲ ଏବଂ ସିମେଣ୍ଟ ବେଞ୍ଚର ଧାଡ଼ି। ବହୁତ ଲମ୍ବା ପ୍ଲାଟଫର୍ମ। ଶୂନ୍‌ଶାନ। ଆମେ ଦୁହେଁ ଚାଲିବାରେ ଲାଗିଛୁ। ଚୁପଚାପ୍। ସେ ନିଜ କାନ୍ଧ ଉପରେ ଶାଲଟିଏ ପକେଇଛି। କେତେ ବ୍ୟସ୍ତ ଲାଗୁଛି ! ମନେ ହେଉଛି, ଆମେ ଦୁହେଁ ଅନ୍ତରୀକ୍ଷକୁ ଭେଦ କରି ଭବିଷ୍ୟ ଆଡ଼କୁ ଧସେଇ ପଶିଯାଉଛୁ... ଗଭୀର ଗଭୀର... ଆହୁରି ଗଭୀରକୁ। ହଠାତ୍ ମୋ ପାପୁଲିରେ ତା'ର ନରମ ଲମ୍ବା ପତଲା ଆଙ୍ଗୁଳି ଛନ୍ଦି ହୋଇଯାଏ।

ଆମେ ପରସ୍ପରର ହାତ ଧରିଲୁ ନି। ଆଙ୍ଗୁଳି ଗୁଡ଼ିକ ଲତାପରି ଛନ୍ଦି ହୋଇ ରହେ। ସେ ସେଇଠାରେ ଅଟକିଯାଏ। ମୁଁ ବି। ମୋ ଆଡ଼କୁ ଚାହିଁ ରହେ ସେ। ମମତା, କରୁଣା, ବିସ୍ମୟ, ଅବିଶ୍ୱାସ। କେଜାଣି କ'ଣ ସବୁ ମିଶିହୋଇ ରହିଛି ସେ ଚାହାଁଣିରେ.....

ଆମ ଦୁହିଁଙ୍କ ଭାଗ୍ୟ ବି କେତେ ଅଭୁତ। ନୁହଁ ?

— ହଁ, ମୁଁ ମୁଣ୍ଡ ଟୁଙ୍ଗାରେ। ସେ ଯାହା ସବୁ କହିବାକୁ ଚାହୁଁଛି, ସେଥିପାଇଁ ତା' ପାଖରେ ଶବ୍ଦର କେତେ ଅଭାବ ! କିନ୍ତୁ ଏହା ଆଗକୁ ବି ସେ କିଛି କହିବନି। ନା, ଗୋଟିଏ ଅକ୍ଷର ବି ନୁହଁ। ଜାଣିଛି ମୁଁ ତାକୁ।

ବଡ଼ରୁ ବଡ଼ ଯନ୍ତ୍ରଣାକୁ ସାହିଯାଇଛି ସେ, ହେଲେ କେବେ କ'ଣ କିଛି କହିଛି ? ହାତ ଝୁଲାଇ ଚାଲିଛି। ଅଚାନକ ସେ ମୋର ହାତ ଧରିନେଇଛି। ପିଲାଙ୍କ ପରି।

— ଶୁଣ, ଯଦି ଏଇଠୁ ଆମେ ପୋଲ ପାରି ହୋଇ ସେ କଫି ହାଉସ୍ ଯାଆନ୍ତି ?

ଚାଲ। — ମୋ ଉତ୍ସାହର କୌଣସି ସୀମା ନାହିଁ। .... ଏବେ ତ ଆଉରି ପାଞ୍ଚ ଘଣ୍ଟା ଅଛି।

— ଆରେ ନାଇଁ ମ, ପାଗଳ ହେଲ କି !

ୱେଟିଂ ରୁମରେ ହିଁ ଚା' ମଗେଇନିଅ।

ଆମେମାନେ ଫେରିଆସୁ। ଅସ୍ତଗାମୀ ସୂର୍ଯ୍ୟ ଆମ ଆଗରେ। ତଳେ ଅଙ୍କାବଙ୍କା ଛନ୍ଦାଛନ୍ଦି ହୋଇ ଲୁହାର ସାପପରି ରେଲ ଧାରଣା ଗୁଡ଼ିକ ଲୋଟୁଛନ୍ତି, ଯାହା ପିଠିରେ ତରଳ ପ୍ରବାଳ ବୋହି ଯାଉଛି। ବେଲେବେଲେ କୁଲି, ଦିନମଜୁରିଆ ଏବଂ ଲୋକମାନେ ପାଦରେ ଚାଲି ଲାଇନକୁ ଅତିକ୍ରମ କରୁଛନ୍ତି। ଏକ ବଡ଼ ଛାତ ତଳେ ଭାଙ୍ଗି ଯାଇଥିବା ଇଞ୍ଜିନଟିଏ ମରାମତି ହେବାକୁ ପଡ଼ିରହିଛ। ସୂର୍ଯ୍ୟଙ୍କ ନାଲି ପିଷ୍ଟୁଲା ମାଲଗାଡ଼ି ପଛପଟେ ଡୁବି ଯାଉଛି। ସୈନିକମାନଙ୍କର ଗାଧୋଇବା ସ୍ଥାନ। ହାତ ଧୋଇବା ମାଟି, କଣ୍ଟ୍ରୋଲ ରୁମ୍। ପ୍ଲାଟଫର୍ମର ବୋର୍ଡ଼ ଏବଂ ଲେଖାକୁ ପଢୁଛି। କେତେ ଶାନ୍ତ ଅଛି ମୁଁ, କେତେ ନିଶ୍ଚିନ୍ତ। ସେ ମୋ ସହ ସାଥୀ ହୋଇ ଚାଲୁଛି ଏବଂ ଆମେ ସମୟର ପୂର୍ବାପର କ୍ରମିକତାର ବନ୍ଧନକୁ ଭାଙ୍ଗି ସାରିଛୁ... ଜୀବିତ କେବଳ ବର୍ତ୍ତମାନ ଓ ସେ, ଯିଏ ମୋ ସହ ଅଛି।

ୱେଟିଂ ରୁମ୍ ପୁରାପୁରି ବଦଲିଯାଇଛି। ସେଇଠି ଏବେ ଆଲୁଅ ଜଲୁଛି ଏବଂ କାହିଁକି କେଜାଣି ଏବେ ତା'ର ସେହି ରହସ୍ୟମୟତା ଚାଲିଯାଉଥିଲା ଯାହା ଗୋଧୁଲି ବେଲରେ ଥିଲା। ଏକ ନବ-ବିବାହିତା ଟିଏ ଆସି ବେଞ୍ଚ ଉପରେ ବସିଯାଇଛି। କାନ୍ତୁ ଆଡ଼କୁ ଜରିକାମ ହୋଇଥିବା ଚପଲ, ଶ୍ୟାମଲ ପାଦରେ ମୋଟା ପାଉଁଜି। ହାତରେ

ଚୂଡ଼ି । ସାଙ୍ଗ ସାଙ୍ଗେ ସେ ବୁଲିପଡ଼େ । ଚେହେରା ଶ୍ୟାମଳ କିନ୍ତୁ ସୁନ୍ଦର, କମନୀୟ । ଆଖ୍ ଦୁଇଟି କାନ୍ଦି କାନ୍ଦି ଫୁଲିଯାଇଛି । ଯେ ପର୍ଯ୍ୟନ୍ତ ତା' ମୁହଁ କାନ୍ତ ଆଡ଼କୁ ଥିଲା, କୋଠରିଟିର ବାତାବରଣ ବହୁତ ହାଲ୍‌କା ଏବଂ ବିରକ୍ତିକର ଲାଗୁଥିଲା । ସେ ଏପଟକୁ ମୁହଁ କରିବାମାତ୍ରେ ଯେମିତି ଘର ଭିତରଟା କରୁଣାରେ ଭରିଉଠିଲା । ବିଦାୟ ସମୟର ଲୋକଗୀତର କରୁଣା–

'ମୋ ଘର ପଛପଟେ ଲବଙ୍ଗ ଗଛ ।

ସକାଳୁ ବହୁତ ମହକାଏ

ପଛପଟେ ଲବଙ୍ଗ ଗଛ...

ଏହାର ଗୋଟିଏ ଡାଳ ଅନ୍ୟଟିକୁ ଅଲଗା ହୁଏ ।'

ଅକସ୍ମାତ ସେ ଆସୁଥିବାର ଦେଖାଯାଏ । ଜୋରରେ କାନ୍ଦିଛି ନିଶ୍ଚୟ ।

– ଆଛା, ତା' ପିଇଦେଇଛ ତୁମେ ? ଶୁଚି, ଏଇ ସହରର ଝିଅଟି । ଜାଣିଛ, ଇଂଲାଣ୍ଡରେ ବାହା ହୋଇଛି । ଏବେ ଆଉ କେବେ ଫେରିବନି । ତା' ଗଳା ରୁଦ୍ଧ ହୋଇ ଆସେ । ମୁଁ ପଇସା ଦେଇ ଚାଲିବା ଆରମ୍ଭ କରେ । ଜାଣିଛି ତାକୁ । ଏଇଠି ତା' ଦୋକାନ ଆଗରେ ଠିଆ ହୋଇ ଲୁହ ଗଡ଼େଇବାକୁ ଲାଗିବ । ସାରା ଦୁନିଆରେ ଦୁଃଖ ସେ ମୁଣ୍ଡେଇଛି ନା !

ସେ ଝିଅ ବାହା ହୋଇଛି ଇଂଲାଣ୍ଡରେ । ଆଉ କାନ୍ଦିବ ତୁମେ !

ସେ ମୋ ହାତଧରି ଯେମିତି ଟାଣିଟାଣି ନେଇଯାଉଛି । ପୁଣି ସେହି ଫାଙ୍କା ପ୍ଲାଟଫର୍ମ । ରାତି ହୋଇସାରିଛି । ଆମେ ଆଗକୁ ବଢ଼ିଚାଲିଛୁ ।

ବେଞ୍ଚଟିଏ ଥିଲା ।

ବସିବ ଏଇଠି ? ଏବଂ ସେ ମୋତେ ବସାଇଦିଏ । ବେଞ୍ଚ ପାଖରେ ଥିବା ଲାମ୍ପପୋଷ୍ଟଟି ଚୁପ୍‌ଚାପ୍ ଜଳୁଛି । ଅନ୍ଧାରର ଅଥଳ ସମୁଦ୍ରରେ ଯେମିତି ସେ ଏକ ଛୋଟିଆ ଦୀପଟିଏ । ଆମ ଦୁହିଁକୁ ଜୁଆର ସେଇଠି ଫିଙ୍ଗି ଦେଇଯାଇଛି ।

ସେ ବେକ ବୁଲାଇ ଚାରିଆଡ଼କୁ ଦେଖେ । ପୁଣି ତଳକୁ ମୁଣ୍ଡ ପୋତି କହେ – ସେହି ପ୍ଲାଟଫର୍ମ ତ ଅଟେ ଏଇଟା ?

ଯେଉଁଠି – ମୁଁ ବିଦା ହୋଇଥିଲି । ତୁମର କ'ଣ ମନେଥିବ । ତୁମେ ତ ନଥିଲ । ସେଇଦିନ କୌଣସି କାମ ଥିଲା ନା ତୁମର ! ଛାଡ଼ି ଚାଲିଯାଇଥିଲ ନା ?

– ଶୁଣ, ସେ ପୁଣି କୁହେ : ତୁମକୁ କାହାରିଠାରୁ ହେଲେ ସ୍ନେହ ମିଳିନି ।

– କାହିଁକି ?

ଯଦି ମିଳିଥାନ୍ତା ତେବେ ତୁମେ ବି ତ ଅନ୍ୟମାନଙ୍କୁ ସ୍ନେହ ଦେଇଥା'ତ ନା !

ଏବଂ ଏହାପରେ ଦୁଇଥର ସୁଁ ସୁଁ ହେବାର ଶବ୍ଦ ଏବଂ କାନ୍ଧରେ ଗରମ ତତଲା ଲୁହ ଦୁଇ ବୁନ୍ଦା । ମୋତେ ହୋସ୍ ବି ନଥିଲା ଯେ, କେତେବେଳେ ତା' ସ୍ୱର ଭାରୀ ହୋଇ ଆସୁଥିଲା ଏବଂ କେବେ ତା' ମୁଣ୍ଡ ମୋ କାନ୍ଧରେ ଆସି ରହିଥିଲା...।

— ଶୁଣ ସେ ବାଷ୍ପରୁଦ୍ଧ କଣ୍ଠରେ ଟିକେ ରହିରହି କହୁଛି : ଯାହାକୁ ଆଣିବ, ତାକୁ ଭଲପାଇବାରେ ଭରି ଦେବ । ଅଙ୍ଗ-ଅଙ୍ଗ, ପ୍ରତିଟି ସ୍ନାୟୁରେ । କେବେ ବି ଯେମିତି ସେ ନ କାନ୍ଦେ । ସ୍ନେହ ମମତାରେ ଦୂରେଇ ଦେବ ତାକୁ । ନା...ନା... ମୁଁ ଜାଣିଛି ତମେ ସେପରି ଭଲପାଇବା ଦେଇପାରିବ । ମୁଁ ଯାହା ବି କହେ ପଛେ, କିନ୍ତୁ ମୁଁ ଜାଣିଚି । ତୁମେ ହିଁ ସେପରି ମମତା ଦେଇପାରିବ, କେବଳ ତୁମେ ।

(ମୁଁ ନୀରବ । ନା । ମୋ ଆଖିରେ ଲୁହ ଆସି ପାରିବନି । କିନ୍ତୁ ତଳ ଓଠଟି କମ୍ପି ଉଠୁଛି ।)

ମୁଁ ଜାଣିଛି, ସେ ସୁଁ-ସୁଁ ହୋଇ କହୁଛି । ମୁଁ ଏତେ ଦିନ ରହି ମଧ ତାକୁ ଦେଖି ପାରିଲିନି ଏବଂ ଅକସ୍ମାତ ମୋତେ ଯିବାକୁ ପଡ଼ୁଛି । ତୁମେ ଡକେଇଲେ, ସେଠାରୁ ଆସିପାରିବି କି ନାହିଁ ଜାଣେନି । ତାହା ଏକ ଅଲଗା ଦୁନିଆଁ, ଅଲଗା ଲୋକ । ହେଲେ, ମୁଁ ଜାଣିଛି, ତୁମକୁ ଯିଏ ଜିତିଛି, ସେ ବହୁତ ମହାନ ହୋଇଥିବ । ବହୁତ ମହାନ୍ । ନାଁ, ମୁଁ ଜାଣିଛି, ମୋ ଠାରୁ ମଧ ମହାନ । କିନ୍ତୁ ଶୁଣ ତାକୁ ସେତିକି ବେଶୀ ମମତା ଦେବ... ସେତିକି ହିଁ ବେଶୀ... ତୁମେ ଦେଇପାରିବ । ଏବଂ ଅକସ୍ମାତ ଧୈର୍ଯ୍ୟର ବନ୍ଧ ଭାଙ୍ଗିଯାଏ । ସେ କଇଁ କଇଁ କରି କାନ୍ଦିବାକୁ ଲାଗେ । କୋହ... ଲୁହ ।

ଅକସ୍ମାତ୍ ଦ୍ରୁତଗତିରେ ଇଞ୍ଜିନଟିଏ ଆସି ଦୂରରେ ଠିଆ ହୋଇଥିବା ଏକ ମାଲଗାଡ଼ିରେ ଯୋଡ଼ି ହୋଇଯାଏ । ଖଡ଼୍-ଖଡ଼୍ -ଖଡ଼୍-ରେଲ ଡବାଗୁଡ଼ିକ ପରସ୍ପର ସହ ଧକ୍କା ଖାଆନ୍ତି । ପ୍ରଥମଟି ସହ ଦ୍ୱିତୀୟ, ତା'ପରେ ତୃତୀୟ, ଚତୁର୍ଥ, ପଞ୍ଚମ.... ସବାଶେଷ ଡବାଟି କଟିଯାଇ ଅଲଗା ହୋଇଯାଏ । ପଛରେ ଲାଇନ ଉପରେ ଚାଲିଯାଉଛି । ଗୋଟିଏ ମୋଡ଼, ଦ୍ୱିତୀୟ ବୁଲାଣି, ପୁଣି ତୃତୀୟ ବୁଲାଣି....।

ଖଡ଼୍-ଖଡ଼୍-ଖଡ଼୍-ଖଡ଼୍.... ସାମ୍ନାରେ ଥିବା ଅଶ୍ୱତ୍ଥ ଗଛରେ ପକ୍ଷୀମାନେ ଫଡ଼ଫଡ଼ ହେଉଛନ୍ତି । ଯେପରି ପାଣିରେ ଢେଲାଟିଏ ପଡ଼ିବା ମାତ୍ର ପ୍ରତିଛବି ଗୁଡ଼ିକ ହଲିଯାଇ ନିଜର ଅସ୍ତିତ୍ୱ ହରାଇବାକୁ ଲାଗନ୍ତି । ଠିକ୍ ସେଇପରି ସ୍ମୃତିଚିତ୍ର ହଜିଯାଉଛି, ଜଳତରଙ୍ଗ ପ୍ରଶ୍ନ କରୁଛି ।

ଇନ୍ଦ୍ରଜାଲ ସମ ଷ୍ଟେସନ ଲୁପ୍ତ ହୋଇଯାଉଛି, ମୁଁ ଫେରିଆସୁଛି ବର୍ତ୍ତମାନକୁ, ରାତି ଅଧ, ନିଦ ନ ଲାଗିବା, ଥଣ୍ଡାଛାଟ, ବିନା କାରଣରେ ଚଲାବୁଲା କରିବା.... ଶୀତ ବଢ଼ିଯାଇଛି । ଆଗରେ ଅଶ୍ୱତ୍ଥ ଏବଂ ନିମ୍ବର ମୂର୍ଚ୍ଛିତ ଛାୟାଚିତ୍ର ।

ଗତ ଡିସେମ୍ବରରେ ମୁଁ ସେଇ ରାସ୍ତାରେ ଯାଇଥିଲି। କୁମ୍ଭ ମେଳାର ପ୍ରସ୍ତୁତିରେ ଷ୍ଟେସନର ନକ୍ସା ବଦଲାଇ ଦେଇଥିଲା। ସେହି ପ୍ଲାଟଫର୍ମ ଉପରେ ଥିବା ସବୁ କୋଠାଘର ଭାଙ୍ଗିଦିଆଯାଇଥିଲା। ପ୍ଲାଟଫର୍ମକୁ ପୁରା ସମାନ କରିଦିଆ ଯାଇଥିଲା। କିଛି ଚିହ୍ନବର୍ଣ୍ଣ ବି ନ ଥିଲା ସେହି ୱେଟିଂ ରୁମର।

ମୋତେ ଏକଦମ୍ ଅପରିଚିତ ଲାଗୁଥିଲା ମୋ ନିଜ ଷ୍ଟେସନ।

ପବନ ବୋହିବାରେ ଲାଗିଲାଣି। ଅଶ୍ୱତ୍ଥ ଗଛର ପତ୍ର ଖଡ଼ଖଡ଼ ହେଉଛନ୍ତି। ପଞ୍ଚମୀର ଦାଆ ପରି ଜହ୍ନ କେବେ ଆସି ଅଶ୍ୱତ୍ଥ ଶାଖାରେ ଛନ୍ଦି ହୋଇଯାଇଥିଲା। ମୋତେ ଜଣା ଗଲାନି। ନିଦ ଆସିଲାଣି। ବୁଲି ବୁଲି ପାଦ ମଧ ଦରଜ। ମୁଁ ଘର ଭିତରକୁ ଆସିଯାଏ। ମୋ ଶୋଇବା ଘରର ବେଡ଼ଲ୍ୟାମ୍ପ ଜଳୁଛି। ପାଖ ତକିଆରେ ଗୁଚ୍ଛ। ଗୁଚ୍ଛ। ରେଶମ ପରି କେଶ ଖେଲେଇ ହୋଇ ପଡ଼ିଛି। ଆଲୋକର କୋମଲ। ହାଲ୍କା ହଲଦୀ ରଙ୍ଗର ପାଖୁଡ଼ା। ତା'ର ନିଦରେ ହଜିଯାଇଥିବା ପ୍ରୋଫାଇଲ ଉପରେ ଠୁଲ ହୋଇଯାଇଛି।

ଯେ ଆଖିପତା ଅଲଗା, ଗୋଲାପୀ ନୁହଁ। କଟା ଆମ୍ବଫାଳ ପରି, ଲମ୍ବ ଧାରୁଆ। ପତଲା ଭୁଲତା।

ସେ କଡ଼ଲେଉଟାଏ। କଜ୍ଜଲର ପତଲା ସୁଅରେ ଲହଡ଼ୀରେ କମ୍ପନ ହୁଏ। ଲହରୀ ଭାଙ୍ଗିଯାଏ। ସେ ଆଖି ଖୋଲିଦିଏ.... ଓଠରେ ସ୍ନେହର ଭଲପାଇବାର ସ୍ନିଗ୍ଧ ହସ ଖେଲିଯାଏ। ଦୁଇଟି ଅଧନିଦ୍ରିତ ବାହୁ ଉପରକୁ ମେଲିଉଠେ, ଆମନ୍ତ୍ରଣ ଭରା, ସତେ କି କହୁଛି 'ଦିଅ' ଦିଅ! ସବୁ ମୋତେ ଦେଇ ଦିଅ। ମୁଁ ଆପଣେଇ ନେବି। ସବୁ କିଛି। ଗୋରଚନାର ଏକ ବଡ଼ ଟୀକା। ଅନ୍ଧ ଆଲୋକରେ ଚମକି ଉଠେ। ସେହି ଗୋଟିଏ ରହସ୍ୟମୟ କ୍ଷଣରେ ଯେମିତି ଅବା ମୁଁ ତାକୁ ସବୁକିଛି ଦେଇଦେଉଛି। ଯାହା ପାଇଛି ସେସବୁ ଏବଂ ଯାହା ହରେଇଛି ତାହା ବି। ମମତା ଭରା ଏକ ଗଭୀର କ୍ଷଣରେ କେତେ ପ୍ରେମ, କେତେ ଅନୁଭବ ଲୁଚି ରହିଥାଏ, ଯାହା ଆମେ ଦୁହେଁ ପରସ୍ପରଠାରୁ ପାଇଛୁ।

ଆମ ନିଜର କେତେ ଅଂଶ ରହେ, କିଏ ଜାଣେ?

ତା' କେଶ ମୋ ଆଖି ଉପରେ ଖେଲେଇ ହୋଇ ପଡ଼ିଛି। ବାହୁ ଦୁଇଟି ଫୁଲମାଲ ପରି ଗଲାରେ ଛନ୍ଦି ହୋଇଛି। ମୁଁ ଧୀରେଧୀରେ ନିଦରେ ହଜିଯାଉଛି। ଗଭୀର ଆଉରି ଗଭୀରକୁ। ରାତ୍ରିର ଶୂନ୍‌ଶାନ ନୀରବତାକୁ ଚିରି ଏକ ଟ୍ରେନର କର୍କଶ ଘଣ୍ଟି ବାଜିଉଠେ। କୌଣସି ଟ୍ରେନ ଛାଡ଼ୁଛି ଯେଉଠିକୁ ଯିବାପାଇଁ ଯାଉଛି ସେଇଠି ଯାଇ ପହଞ୍ଚିବ? ଏତେ ଜଟିଳ ସମୟ ନିର୍ଘଣ୍ଟ କିଏ ପ୍ରସ୍ତୁତ କରେ?

▪▪

ଲକ୍ଷ୍ମଣଗାର

ନିର୍ମଲ ବର୍ମା

ଗତକାଲି ରାତିରେ ହିଁ ରୁନିକୁ ଲାଗିଲା କି ଏତେ ବର୍ଷ ପରେ କୌଣସି ପୁରୁଣା ସ୍ୱପ୍ନ ଯେମିତି ଆସ୍ତେଆସ୍ତେ ପାଦ ପକାଇ ତା' ପାଖକୁ ଚାଲିଆସୁଛି। ସେହି ବଙ୍ଗଲା ଥିଲା, ଗୋଟେ ଅଲଗା ହୋଇ କୋଣରେ ପତ୍ର ଘୋଡ଼େଇ ହୋଇ ....., ସେ ଧୀରେଧୀରେ ଫାଟକ ଭିତରକୁ ପ୍ରବେଶ କରିଛି...ନୀରବତାର ଅଥଳ ଗଭୀରତା ଭିତରେ ସତେ ଅବା ବଗିଚାଟି ବୁଡ଼ିଯାଇଛି। ମାର୍ଚ୍ଚ ମାସର ପ୍ରଥମ ବାସନ୍ତୀପବନ ଘାସକୁ ଛୁଇଁ ଦେଇ ଯାଉଛି। ବର୍ଷେ ତଳର ଗ୍ରାମଫୋନ ରେକର୍ଡ଼ର ଧ୍ୱନ୍ ଭାସିଆସୁଛି। ତାସଗୁଡ଼ିକ ତଳେ ଘାସରେ ଖେଲାଇ ହୋଇ ପଡ଼ିଛି। ଲାଗୁଛି, ଯେମିତି ଶମ୍ଭିଭାଇ ଏଇନେ ଖିଲିଖିଲି ହୋଇ ହସିଦେବେ, ଆଉ ଅପା (ବର୍ଷେ ପୂର୍ବରୁ ଯାହାର ନା ଜେଲି ଥିଲା) ବଙ୍ଗଲାର ପଛପଟେ ଥିବା କିଆରୀକୁ ଖୋଲୁଖୋଲୁ ପଚାରିବ --- ରୁନି, ଟିକେ ମୋ ହାତକୁ ଦେଖିଲୁ, କେତେ ଲାଲ୍ ହୋଇଯାଇଛି।

ଏତେ ବର୍ଷ ପରେ ରୁନିକୁ ଲାଗିଲା କି ସେ ବଙ୍ଗଲା ଆଗରେ ହିଁ ଠିଆ ହୋଇଛି ଏବଂ ସବୁକିଛି ସେମିତି ହିଁ ଅଛି, ଯେମିତି କି କିଛି ବର୍ଷ ପୂର୍ବରୁ, ମାର୍ଚ୍ଚର ଗୋଟିଏ ଦିନ ପରି ଥିଲା। କିଛି ବି ବଦଲିନି, ସେଇ ବଙ୍ଗଲା ଅଛି, ମାର୍ଚ୍ଚର

ସେଇ ଶୁଷ୍କତା, ଗରମ ପବନ ସାଇଁସାଇଁ ହୋଇ ବହୁଛି, ଖାଁ ଖାଁ ଦ୍ୱିପ୍ରହରକୁ ପରଦା ରିଂର ହାଲକା ଖିନଖିନ୍ ଶବ୍ଦ ଯେମିତି ଟିକେ ଚହଲାଇ ଦେଉଛି — ଆଉ ସେ ଘାସ ଉପରେ ଶୋଇଛି — ବାସ୍, ଏବେ ଯଦି ମୁଁ ମରିଯାଏ! ସେ ସେଇ ସମୟରେ ଭାବିଥିଲା।

କିନ୍ତୁ ସେ ଅପରାହ୍ନ ଏମିତି ନ ଥିଲା ଯେ ଚାହିଁବା ମାତ୍ରକେ କିଏ ମରିଯିବ! ଲନ୍ର ଗୋଟେ କୋଣରେ ଲାଗିଲାଗି ତିନୋଟି ଗଛ ହୋଇଥିଲେ। ଉପରର ଡାଳଗୁଡ଼ିକ ପରସ୍ପର ସହ ବାରମ୍ବାର ଝଗଡ଼ା କରୁଥିଲେ। ବଙ୍ଗଲାର ଛାତ ଉପରେ ଲାଗିଥିବା ଏରିଏଲ୍ର ଖୁଣ୍ଟକୁ ଦେଖ, (ଦେଖିଲ, ଘାସ ଉପରେ ଶୋଇରହି ଅଧାଖୋଲା ଆଖିରେ ରୁନି ଏମିତି ହିଁ ଦେଖେ) ଦେଖିଲେ ଲାଗେ, କେମିତି ସେ ହଲୁଛି ଧୀରେଧୀରେ, ପଲକ ନ ପକାଇ ଦେଖ। (ଆଖି ପତା ବିଲକୁଲ ନ ପକାଇ, ପଛେ ଆଖି ଲୁହରେ ଭରିଯାଉ, ତଥାପି — ରୁନି ଏମିତି ହିଁ ଦେଖେ) ଲାଗେ, ଯେମିତି ତା'ର ମଞ୍ଚରୁ କଟିକଟି ଯାଉଛି, ଆଉ ଦୁଇଟି କଟା ତାରଙ୍କ ମଝିରେ ଆକାଶର ନୀଳ ପତଲା ଖଣ୍ଡ, ଲୁହ ଉପରେ ପହଁରି ବାକୁ ଲାଗୁଛନ୍ତି।

ସାରା ସପ୍ତାହ ଶନିବାରକୁ ଅପେକ୍ଷା କରାଯାଏ। ସେ ଜେଲିକୁ ନିଜର ସ୍ଟାମ୍ପ ଆଲବମର ପୃଷ୍ଠା ଖୋଲି ଦେଖାଏ ଆଉ ଜେଲି ନିଜ ବହିରୁ ଆଖି ଟେକି ପଚାରେ —"ଆର୍ଜେଣ୍ଟିନା କେଉଁଠି ଅଛି ? ସୁମାତ୍ରା କେଉଁଠି ଅଛି ?" ସେ ଜେଲିର ପ୍ରଶ୍ନ ପଛରେ ଲମ୍ବିଥିବା ଅସୀମ ଦୂରତାର ଧୂଆଁଳିଆ ଶେଷ ମୁଣ୍ଡରେ ଆସି ଠିଆ ହୋଇରହେ। ପ୍ରତ୍ୟେକ ଦିନ ନୂଆ ନୂଆ ଦେଶର ଡାକଟିକଟରେ ଆଲବମର ପୃଷ୍ଠା ଭରିଯାଏ ଏବଂ ଯେବେ ଶନିବାର ଅପରାହ୍ନରେ ଶ୍ୟାମ୍ଭାଇ ହଷ୍ଟେଲ ରୁ ଆସନ୍ତି, ତ ଜେଲି ଚେୟାରରୁ ଉଠି ଠିଆ ହୋଇ ଯାଏ। ତା' ଆଖି ଏକ ଅଜଣା ଖୁସିରେ ଚମକି ଉଠେ ଆଉ ସେ ରୁନିର କାନ୍ଧକୁ ହଲେଇଦେଇ କହେ —"ଯା ଟିକେ ଭିତରୁ ଗ୍ରାମଫୋନଟା ନେଇଆସେ ତ !"

ରୁନି କିଛି ସମୟ ପାଇଁ ଅଟକିଯାଏ, ସେ ଯିବ, ନା ସେଇଠି ଠିଆ ହୋଇ ରହିବ! ଜେଲି ତା'ର ବଡ଼ ଭଉଣୀ। ଜେଲି ଓ ତା' ଭିତରେ ଏକ ଗମ୍ଭୀର ଲମ୍ବା ଦୂରତା ଅଛି। ସେ ଦୂରତାର ଶେଷ ମୁଣ୍ଡରେ ଜେଲି ଅଛି, ଶ୍ୟାମ୍ଭାଇ ଅଛନ୍ତି। ସେ ତାଙ୍କ ଦୁଇଜଣଙ୍କ ଭିତରୁ କାହାକୁ ବି ଛୁଇଁ ପାରିବ ନାହିଁ। ସେ ଦୁଇଜଣ ତାଠାରୁ ଅଲଗା ଜୀବନ ବଞ୍ଚନ୍ତି। ଗ୍ରାମଫୋନ ତ ମାତ୍ର ଏକ ବାହାନା ଅଟେ। ତାକୁ ସେଠାରୁ ପଠେଇଦେଇ ସେ ଶ୍ୟାମ୍ଭାଇ ସହ ଏକି ରହିବ ଆଉ ସେତେବେଲେ.....। ରୁନି ଘାସ ଉପରେ ଦୌଡ଼ୁଛି ବଙ୍ଗଲା ଆଡ଼କୁ। ହଲଦୀରଙ୍ଗର ଆଲୁଅରେ ଭିଜା ଘାସର

ଟୁକୁଡ଼ା ଉପରେ ଗୁରୁଣ୍ଠିଥିବା ସବୁଜ ଗୋଲାପି ଖରା ଆଉ ଛାତିର ସ୍ପନ୍ଦନ, ପବନ, ଦୂର ପବନର ଧୂଲି ଧୂସରିତ ଡେଣା, ଆଶ୍ବିନାକୁ ଶିରିଶିରି କରି ଆଉଁସି ଦେଇ ଯାଉଥାନ୍ତି। ଆଉ ଫେରିଯାଉଥିବା ଲହରୀ ପରି ବୁଦାମାନେ ସବୁ ତଳକୁ ଝୁଙ୍କି ପଡୁଥାନ୍ତି। ଆଖିରୁ ଖସିପଡୁଥିବା ସେ ବୁନ୍ଦାଟି ଯାଇ ପଲକର ଆଶ୍ରୟରେ ଟଲମଲ ହୁଏ, ସତେ ଅବା ହୃଦୟର ସ୍ପନ୍ଦନ ପାଣିର ରୂପନେଇଛି। ଶମ୍ମିଭାଇ ଯେବେ ହଷ୍ଟେଲରୁ ଆସନ୍ତି ତ ସମସ୍ତେ ସେଦିନ ସଂଧ୍ୟାରେ ବଗିଚାର ମଝାମଝିରେ ପାରାଚ୍ୟୁତ ପରି ଦେଖାଯାଉଥିବା କାନଭାସର ଛତା ତଳେ ବସିଯାଆନ୍ତି। ଗ୍ରାମଫୋନ୍‌ଟି ପୁରୁଣା କାଳିଆ। ଶମ୍ମିଭାଇ ପ୍ରତ୍ୟେକ ଗୀତ ପରେ ଚାବିଦିଅନ୍ତି। ଜେଲି ତା’ କଣ୍ଠା ବଦଲାଏ ଆଉ ସେ, ରୁନି, ଚୁପଚାପ୍ ବସି ଚା ପିଉଥାଏ। ବେଳେବେଳେ ଜୋରରେ ହାବୁକାଏ ପବନ ଚାଲିଆସେ ତ ଛତାଟି ଧୀରେଧୀରେ ହଲିବାକୁ ଲାଗେ। ତା ଛାଇ, ଚା କପ୍, କେଟ୍‌ଲୀ ଓ ଜେଲିର ସୁନେଲି କେଶକୁ ଆସ୍ତେ ଆସ୍ତେ ଛୁଇଁ ଦେଇଯାଏ ଆଉ ରୁନିକୁ ଲାଗେ ଯେମିତି କୌଣସି ଦିନ, ଏତେ ଜୋରରେ ଦମକାଏ ପବନ ଆସିବ ଯେ, ସେ ଛତାଟି ଧଡ଼ାସ୍ କରି ଆସି ତଳେ ପଡ଼ିବ ଆଉ ସେ ତିନିଜଣଯାକ ତା’ ତଳେ ଦବିହୋଇ ମରିଯିବେ।

ଶମ୍ମିଭାଇ ଯେତେବେଳେ ନିଜ ହଷ୍ଟେଲ ବିଷୟରେ ଗପନ୍ତି, ସେ ଓ ଜେଲି ଆଶ୍ଚର୍ଯ୍ୟ ଓ କୌତୁହଳି ହୋଇ ଝୁଲୁଝୁଲୁ କରି ଖାଲି ତାଙ୍କ ମୁହଁ, ତାଙ୍କର ହଲୁଥିବା ଓଠକୁ ଦେଖୁଥାଆନ୍ତି। ଏମିତି ତ ଦେଖିବାକୁ ଗଲେ, ଶମ୍ମିଭାଇ ସହ ସେମାନଙ୍କର କୌଣସି ସଂପର୍କ ନାହିଁ। କିନ୍ତୁ ତାଙ୍କ ସହ ପରିଚୟ ଏତେ ପୁରୁଣା ଯେ ଆପଣା ପରର ଭାବନାଏ କେବେ ସେମାନଙ୍କ ମନରେ ଆସିଛି, ଏକଥା ମନେପଡୁନି। ହଷ୍ଟେଲକୁ ଯିବା ପୂର୍ବରୁ ଯେବେ ସେ ପ୍ରଥମ ଥର ଏଇ ସହରକୁ ଆସିଥିଲେ, ସେତେବେଳେ ବାପାଙ୍କ କଥା ରଖି ସେ କିଛି ଦିନ ତାଙ୍କ ଘରେ ରହିଥିଲେ।

ଏବେ ଯେତେବେଳେ ସେ କେବଳ ଶନିବାର ଦିନ ହିଁ ଘରକୁ ଆସନ୍ତି, ନିଜ ସହିତ ଜେଲି ପାଇଁ ୟୁନିଭର୍ସିଟି ଲାଇବ୍ରେରୀରୁ ଇଂରାଜୀ ଉପନ୍ୟାସ ଏବଂ ନିଜ ସାଙ୍ଗ ମାନଙ୍କ ଠାରୁ ରେକର୍ଡ ମାଗିକି ଆଣିବାକୁ ଭୁଲନ୍ତି ନାହିଁ।

ଆଜି ଏତେ ବର୍ଷପରେ ବି ଯେବେ ତାକୁ ଶମ୍ମିଭାଇ ଦେଇଥିବା ଅଭୁତ ନା ମନେପଡ଼ିଯାଏ, ସେ ନ ହସି ରହି ପାରେନି। ତାଙ୍କ ଚାକରାଣୀ ମେହେରୁର ନାଆକୁ ମଧ ଆଉରି ସୁନ୍ଦର କରି ଶମ୍ମିଭାଇ କେବେ ତାକୁ ବହୁ ବର୍ଷତଳର ସୁକୁମାରୀ ରାଜଜେମା ମେହେରୁନ୍ନିସା ବନେଇ ଦେଲେ କେହି ଜାଣନ୍ତିନି। ସେ ‘ରେହାନା’ରୁ ‘ରୁନି’ ହୋଇଗଲା, ଆଉ ଅପ୍ପା ପ୍ରଥମେ ବେବି, ପରେ ଜେଲି ଆଇସକ୍ରିମ୍ ଓ ସବାଶେଷରେ ବିଚାରୀ କେବଳ ଜେଲି ହୋଇ ରହିଗଲା। ଶମ୍ମିଭାଇଙ୍କ ନାମ ଏତେ ବର୍ଷ ପରେ ବି,

ଲନ୍‌ର ଘାସ ଓ ବଙ୍ଗାଲାର କାନ୍ତୁରେ ଲଟେଇ ହୋଇରହିଥିବା ମନିପ୍ଲ୍ୟାଣ୍ଟ ପରି ସବୁଜ ଓ ସତେଜ ହୋଇଅଛି ।

ଗ୍ରାମଫୋନର ଘୁରୁଥିବା ପ୍ଲେଟ ଉପରେ ଫୁଲଫଳ ସବୁ ମାଡ଼ିଆସନ୍ତି, ଗୀତର ତାଳ ସେମାନଙ୍କୁ ନିଜର ନରମ ଫୁଙ୍ଗୁଲା ହାତରେ ଧରି ପବନରେ ବିଞ୍ଛିଦିଏ । ଗୀତର ସ୍ୱର ଗଛଲତାରେ ପବନ ସହ ଖେଳୁଥାନ୍ତି, ଘାସତଳେ ଶୋଇଥିବା ପାଉଁଶିଆ ମାଟି ଉପରେ ପ୍ରଜାପତିର ଟିକି ହୃଦୟ ଧକଧକ୍ ହେଉଥାଏ । ମାଟି ଓ ଘାସ ମଧ୍ୟରେ ପବନର ବସା ଥିରି ଉଠୁଥାଏ ଏବଂ ତାସ୍ ଖଣ୍ଡଗୁଡ଼ିକ ଉପରେ ଜେଲି ଓ ଶମ୍ଭିଭାଇ ମୁଣ୍ଡ ନୁଆଁଇ ଥାନ୍ତି ଓ ଦେଖୁଥାନ୍ତି । ଲାଗେ, ସତେ କି ସେ ଦୁହେଁ ଚାରି ଆଖିରେ ଘେରିଥିବା ଶ୍ୟାମଳ ହ୍ରଦରେ ପରସ୍ପରର ଛବି ଦେଖୁଛନ୍ତି ।

ଏବଂ ଶମ୍ଭିଭାଇ ଯୋଉକଥା କହୁଥାନ୍ତି, ତା’ ଉପରେ ବିଶ୍ୱାସ କରିବା ନ କରିବାର କିଛି ଅର୍ଥ ନ ଥାଏ । ତା ଆଖି ଆଗରେ ସତେ ଯେମିତି ସବୁକିଛି ହାତ ମୁଠାରୁ ଖସି ଯାଉଛି । ସବୁ ହଜିଯାଉଛି, ଆଉ କିଛି ଏମିତି ବି କଥା ଅଛି, ଯାହା ନୀରବ ହୋଇ ରହେ ଏବଂ ରୁନି ଯେତେବେଳେ ରାତିରେ ଶୋଇବା ପୂର୍ବରୁ ଚିନ୍ତା କରେ, ତେବେ ଲାଗେ କି କେଉଁଠି ଏକ ଗଭୀର, ଅସ୍ପଷ୍ଟ ଖାଇ ଅଛି, ଯାହା ଭିତରକୁ ସେ ଖସୁଖସୁ ରହିଯାଏ । ବଞ୍ଚିଯାଏ ଏବଂ ଆଉ ଯଦି ସେ ନ ପଡ଼ୁଚି, ତେବେ ଗୋଟେ ମୋହ ରହିଯାଏ ନ ପଡ଼ିବାର... ଏବଂ ଜେଲି ଉପରକୁ ରାଗ ଆସେ, କାନ୍ଦ ଲାଗେ । ଜେଲି ଭିତରେ ଏମିତି କ’ଣ ଅଛି, ଯେ ଶମ୍ଭିଭାଇ ଖାଲି ତାକୁ ଦେଖନ୍ତି, ରୁନିକୁ ନୁହେଁ ! ଆଉ ଜେଲିର କ’ଣ ସବୁ ଅଛି ଯେ ଶମ୍ଭିଭାଇ ଜେଲି ସହ ରେକର୍ଡ ବଜାଇ ଗୀତ ଶୁଣନ୍ତି, ତାସ୍ ଖେଳନ୍ତି, (ଟେବୁଲ ତଳୁ ନିଜ ପାଦ ନେଇ ତା’ ପାଦ ଉପରେ ଥୋଇ ଦିଅନ୍ତି) ଯାହା କି ସେ ନିଜ ରୁମ୍‌ର ଝରକାର ପରଦା ଦେଇ ଚୁପଚାପ୍ ସେମାନଙ୍କୁ ଦେଖୁଥାଏ, ଯେଉଁଠି ଏକ ଅଲଗା-ପ୍ରକାରର ମାୟାବୀ ରହସ୍ୟମୟରେ ବୁଡ଼ି ରହିଥିବା, ଝିଲମିଲ ସ୍ୱପ୍ନ ଅଛି ଏବଂ ପରଦା ବାହାର କରି ପଛକୁ ଚାହିଁବା, କ’ଣ ଏହା କେବେ ହୋଇ ପାରିବନି !

ମୋର ବି ଏକ ରହସ୍ୟ ଅଛି, ଯାହା ଏମାନେ ଜାଣନ୍ତିନି, କେହି ବି ଜାଣିନାହାଁନ୍ତି । ରୁନି ଆଖି ବନ୍ଦ୍ କରି ଭାବିଲା — ମୁଁ ଯଦି ଚାହିଁବି ତା’ ହେଲେ କେତେବେଳେ ବି ମରିପାରିବି, ସେଇ ତିନୋଟି ଗଛର ଗହଳରେ, ଥଣ୍ଡା ଥଣ୍ଡା ଭିଜା ଘାସରେ, ଯେଉଁଠୁ ପବନରେ ହଲୁଥିବା ଆଶ୍ୱିନ ଦେଖାଯାଏ ।

ପବନରେ ଉଡ଼ୁଥିବା ଶମ୍ଭିଭାଇର ଟାଇ, ତାଙ୍କ ହାତ, ଯାହାର ପ୍ରତ୍ୟେକ ଆଙ୍ଗୁଲି ତଳେ କୋମଳ ଗୋରା ତ୍ୱଚା ଉପରେ ନାଲି ନାଲି ଗାତ ହୋଇଯାଉଛି, କୁନିକୁନି

ଜନ୍ମ ପରି ଖାଲ, ଯାହାକୁ ଯଦି ଛୁଇଁବ, ହାତମୁଠାରେ ଦବେଇବ ଅବା ଆସ୍ତେ ହାଲକା ହାଲକା ଆଉଁଷିବ... ତେବେ କେମିତି ଲାଗିବ ! ସତରେ, କେମିତି ଲାଗିବ ! !
କିନ୍ତୁ ଶଞ୍ଜିଭାଇଙ୍କୁ ଜଣା ନ ଥିଲା ଯେ, ସେ ତାଙ୍କ ହାତକୁ ଦେଖୁଛି, ପବନରେ ଉଡ଼ିଯାଉଥିବା ତାଙ୍କ ଟାଇକୁ ଏବଂ ମିଟିମିଟି ହେଉଥିବା ତାଙ୍କ ଆଖିକୁ ଦେଖୁଛି ।

ଏମିତି କାହିଁକି ଲାଗୁଛି କି, ଯେମିତି ଗୋଟେ ଅଜଣା ଡରର ବାସ୍ନା ତାକୁ ଧୀରେ ଧୀରେ ନିଜ ଭିତରକୁ ଟାଣି ନେଉଛି, ତା' ଶରୀରର ପ୍ରତ୍ୟେକଟି ଅଙ୍ଗର ରହସ୍ୟ ଖୋଲିବାରେ ଲାଗିଛି । ମନ ଅଟକି ଯାଉଛି ଆଉ ଲାଗୁଛି ଯେମିତି କି ସେ ଲନ୍ ବାହାରକୁ ଆସି ପୃଥିବୀର ଶେଷ ମୁଣ୍ଡରେ ପହଞ୍ଚି ଯାଉଛି ଏବଂ ଏସବୁର ଉର୍ଦ୍ଧ୍ୱରେ କେବଳ ହୃଦୟର ସ୍ପନ୍ଦନ ଅଛି, ଯାହାକୁ ଶୁଣି ତା' ମଥା ଘୁରିଯାଉଛି । (କ'ଣ ଏହା କେବଳ ତା' ସହ ହିଁ ହେଉଛି, ନା ଜେଲି ସହ ବି ! !)

---"ତୁମର ଆଲବମ୍ କାହିଁ ?" ଶଞ୍ଜିଭାଇ ତା' ଆଗରେ ଆସି ଠିଆ ହୋଇଗଲେ । ସେ ହଡ଼ବଡ଼େଇ ଯାଇ ଶଞ୍ଜିଭାଇ ଆଡ଼କୁ ଚାହିଁଲା । ସେ ଟିକେ ଟିକେ ହସୁଥିଲେ ।

--- ଜାଣିଛ କି ! ଏଥିରେ କ'ଣ ଅଛି !

ଶଞ୍ଜିଭାଇ ତା' କାନ୍ଧ ଉପରେ ହାତ ରଖିଲେ । ରୁନିର ଛାତି ଚାଉଁକିନା ଲାଗିଲା । ହୃତସ୍ପନ୍ଦନ ଏତେ ଜୋରରେ ବଢ଼ିଗଲା, ସତେଅବା ଧମନୀ ସବୁ ଫାଟିଯିବ ବୋଧହୁଏ, ଶଞ୍ଜିଭାଇ ସେଇ କଥା ହିଁ କହିବାକୁ ଯାଉଛନ୍ତି, ଯାହାକୁ ସେ ଏକା ଏକା ରାତିରେ ଶୋଇବା ପୂର୍ବରୁ ବାରମ୍ବାର ମନ ଭିତରେ ଭାବିସାରିଛି । ହୁଏତ ସେ ଲଫାପା ଭିତରେ ଗୋଟେ ଚିଠି ଅଛି, ଯୋଉଟା ଶଞ୍ଜିଭାଇ ଲୁଚି ଲୁଚି ତା' ପାଇଁ, କେବଳ ତା' ପାଇଁ ହିଁ ଲେଖିଛନ୍ତି ।

ଫ୍ରକ୍ ଭିତରୁ ଧୀରେଧୀରେ ରୂପ ନେଉଥିବା ପହିଲି ତାରୁଣ୍ୟର ଛାତିରେ ସତେ ଅବା ମିଠାମିଠା ଯନ୍ତ୍ରଣା ଅନୁଭୂତ ହେଉଛି । ସତେ ଯେମିତି ଶଞ୍ଜିଭାଇଙ୍କ କଣ୍ଠ ସ୍ୱର ତା' ଫୁଙ୍ଗୁଲା ମାଂସପେଶୀ ସବୁରେ, ଆସ୍ତେକରି ଗୁଡ଼େଇ ହୋଇଯାଉଛି । ତାକୁ ଲାଗିଲା, ତା କେଟ୍ଲୀ ଉପରେ ଯେଉଁ ନାଲି ନେଲୀ ମାଛର ଚିତ୍ର ଖୋଦେଇ ହୋଇଛି, ସେମାନେ ଏବେ ହିଁ ସେଇଠୁ ଡେଇଁ ପଡ଼ି ପବନରେ ପହଁରିବାକୁ ଲାଗିବେ ଏବଂ ଶଞ୍ଜିଭାଇ ସବୁକିଛି ବୁଝିଯିବେ । ତାଙ୍କଠାରୁ ଆଉକିଛି ବି ଅବୁଝା ଅଚ୍ଛପା ରହିବନି ।

ଶଞ୍ଜିଭାଇ ସେ ନୀଳ ଲଫାପାକୁ ଟେବୁଲ ଉପରେ ରଖିଦେଲେ । ଏବଂ ତା' ଭିତରୁ ଦୁଇଟି ଟିକେଟ୍ ବାହାର କରି ଟେବୁଲ ଉପରେ ଖେଲାଇଦେଲେ ।

---ଏସବୁ ତୁମ ଆଲବମ୍ ପାଇଁ ।

ସେ ହଠାତ୍ କିଛି ବୁଝି ପାରିଲା ନାହିଁ। ତାକୁ ଲାଗିଲା, ଯେମିତି ତା' ତର୍ଣ୍ଣିରେ କିଛି ଲାଞ୍ଝୋଯାଇଛି ଏବଂ ତା'ର ପ୍ରଥମ ଓ ଦ୍ୱିତୀୟ ନିଃଶ୍ୱାସ ମଝିରେ ଏକ ଶୂନ୍ୟ ଅନ୍ଧାର ଭରା ଖାଇ ସୃଷ୍ଟି ହେଉଛି।

ଜେଲି, ଯିଏ ମାଳୀର କୋଦାଳ ଧରି କିଆରୀ ହାଣିବାରେ ବ୍ୟସ୍ତ ଥିଲା, ତା' ପାଖକୁ ଆସି ଠିଆ ହୋଇଗଲା ଏବଂ ନିଜ ହାତ ପାପୁଲିକୁ ମେଲେଇ ଦେଇ ପଚାରିଲା — ଦେଖ୍ ରୁନି, ମୋ ହାତ କେତେ ଲାଲ୍ ହୋଇଯାଇଛି।

ରୁନି ମୁହଁ ବୁଲେଇନେଲା। ..... ସେ କାନ୍ଦିବ, ନିଶ୍ଚୟ କାନ୍ଦିବ। ସେଣିକି ଯାହା ହେଇଯାଉ ପଛେ।

ଚା' ସରିସରି ଯାଉଥିଲା। ମେହେରୁନ୍ନିସା ତାସ୍ ଏବଂ ଗ୍ରାମଫୋନ ଭିତରକୁ ନେଇଗଲା ଏବଂ ଯାଉଯାଉ ଜଣେଇଦେଲା କି — ବାପା ସେମାନଙ୍କୁ ଭିତରକୁ ଯିବାକୁ କହୁଛନ୍ତି। କିନ୍ତୁ ରାତି ହେବାକୁ ଏବେ ଆଉରି ବାକି ଥିଲା ଏବଂ ଶନିବାର ଦିନ ଏତେ ଶୀଘ୍ର ଘରକୁ ଯିବାକୁ କାହାମନରେ ଉତ୍ସାହ ନ ଥିଲା। ଶମ୍ଭିଭାଇ ପ୍ରସ୍ତାବ ଦେଲେଯେ, ସେମାନେ କିଛି ସମୟ ପାଇଁ ଓ୍ୱାଟର୍ ରିଜର୍ଭର ଯାଏଁ ବୁଲିବାକୁ ଯିବେ। ତାଙ୍କ ପ୍ରସ୍ତାବ ଉପରେ କାହାର କିଛି ଆପତ୍ତି ନ ଥିଲା। ସେମାନେ କିଛି ସମୟ ଭିତରେ ବଙ୍ଗଲାର ସୀମା ପାରି ହୋଇ ପଡ଼ିଆର ଆବଡ଼ାଖାବଡ଼ା ମାଟିରେ ଚାଲିବାକୁ ଲାଗିଲେ।

ଚାରିଆଡ଼େ ଅନେକ ଦୂରଯାଏଁ ଏକଦମ୍ ଶୁଖିଲା ମାଟିର ଛୋଟ ବଡ଼ ହିଡ଼ ଏବଂ ଉଇହୁଙ୍କା, ତା' ମଝିରେ କଣ୍ଟାବୁଦା ଥିଲା। ଛୋଟ ଛୋଟ ଚଟାଣ ଫାଟି ଆଁ କରିଥିଲା, ପଟିଯାଇଥିବା ହଳଦିଆ ପତ୍ରରୁ ଏକ ଅଲଗା ପ୍ରକାରର ମାଦକତା ଭରା, ଉକ୍ତ ଫସିଲ୍ର ଗନ୍ଧ ଆସୁଥିଲା। ମଲିଟିଆ ଖରାର ପ୍ରତ୍ୟେକ ଅଂଶରେ ପବନର ହାଲକାହାଲକା ସ୍ପର୍ଶ ବି ଥିଲା।

ଶମ୍ଭିଭାଇ ଚାଲୁଚାଲୁ ହଠାତ୍ ଆଶ୍ଚର୍ଯ୍ୟ ହୋଇ ପଚାରିଲେ- ରୁନି କାଇଁ?

--ଏବେ ତ ଆମରି ଆଗେଆଗେ ଚାଲୁଥିଲା। ଜେଲି କହିଲା। ସେ ଅନିଶ୍ୱାସୀ ହୋଇପଡ଼ୁଥିଲା।

ଦୁଇ ଜଣ ପଡ଼ିଆ ଚାରିପାଖକୁ ଆଖି ବୁଲେଇ ଆଣିଲେ। ରୁନି ସେଠି ନ ଥିଲା। କଣ୍ଟାକୋଳିର ଧୂଳି ଧୂସରିତ ବୁଦା ପବନରେ ହଲୁଥାଏ, କିନ୍ତୁ ରୁନି ସେଠି ନାହିଁ। ପଛକୁ ବୁଲି ଚାହିଁଲେ, ରାସ୍ତାର ପଛରେ ଗଛ ଗହଳିରେ ବଙ୍ଗଲା ଲୁଚି ଯାଇଛି, ଲନର ସେ ଛତାଟି ବି ଲୁଚି ଯାଇଛି ....। କେବଳ ସେମାନଙ୍କ ସବୁଠୁ ଉପର ଡାଲର ପତ୍ର ହିଁ ଦେଖାଯାଉଛି ଏବଂ ସବୁଠୁ ଦୂରରେ ଥିବା ପାହାଡ଼ର ସବୁଜ ଶିଖର ଯେମିତି

ଧଳାରୂପା ହୋଇ ତରଳିବାରେ ଲାଗିଛି । ଖରାର ଉଜ୍ଜ୍ୱଳତା ପତ୍ରଗୁଡ଼ିକରୁ ରୂପା ହୋଇ ଝରିପଡ଼ୁଛନ୍ତି ।

ସେ ଦୁଇଜଣ ଚୁପ୍ ଅଛନ୍ତି । ଶମ୍ଭିଭାଇ ଗଛର ଡାଲଖଣ୍ଡେ ଧରି ପଥରଗୁଡ଼ିକର ଚାରିପଟେ ଅଙ୍କାବଙ୍କା ବିଭିନ୍ନ ପ୍ରକାର ଗାର ଟାଣୁଛନ୍ତି । ଜେଲି ଏକ ବଡ଼ ପଥର ଉପରେ ରୁମାଲ ପକେଇ ବସିଯାଇଛି । ଦୂର ପଡ଼ିଆର କୌଣସି ଏକ ମୁଣ୍ଡରେ ପଥରକଟା ମେସିନର ଘର୍ ଘର୍ ସ୍ୱର ପବନରେ ଭାସିଆସୁଛି, ନରମ ତୁଲାରେ ଢଙ୍କା ହୋଇଥିବା ଶବ୍ଦ ପରି, ଯାହାର ଧାରୁଆ କୋଣସବୁ ତଲ ମୁହାଁ ହୋଇଯାଇଛନ୍ତି ।

—ତୁମକୁ ଏଠି ଆସି କିଛି ଖରାପ ଲାଗୁନି ତ !! —ଶମ୍ଭିଭାଇ ତଲକୁ ମୁହାଁ କରି ଧୀର ଗଲାରେ ପଚାରିଲେ ।

—ତୁମେ ମିଛ କହିଥିଲ । ଜେଲି କହିଲା ।

—କ'ଣ ମିଛ କହିଲି ଜେଲି !!

—ତୁମେ ବିଚାରୀ ରୁନିକୁ ଠକିଦେଲ । ଏବେ ସେ କେଜାଣି କୋଉଠି ସବୁଯାଇ ଆମକୁ ଖୋଜୁଥିବ !

— ସେ ଓ୍ୱାଟର ରିଜର୍ଭର ଆଡ଼କୁ ହିଁ ଯାଇଥିବ । କିଛି ସମୟ ପରେ ଫେରିଆସିବ । ଶମ୍ଭିଭାଇ ତା' ଆଡ଼କୁ ପଛ କରି କାଠି ଖଣ୍ଡ ଧରି ମାଟିରେ କ'ଣ ଗୋଟାଏ ଲେଖୁଥିଲେ ।

ଜେଲିର ଆଖିରେ ହାଲକା ବାଦଲ ଛାଇଗଲା । — କ'ଣ ଆଜି ସଂନ୍ଧ୍ୟାରେ କିଛି ବି ଘଟିବନି ! କ'ଣ ଜୀବନରେ କିଛି ବି ହେବନି । ମନର ଭାବନା ସବୁ ଲମ୍ଭିଲମ୍ଭି ଚାଲିଥିଲା ।

—ଶମ୍ଭି, ତୁମେ ମୋ ସହ ଏହି ଜାଗାକୁ କାହିଁକି ଆସିଲ !

ଏବଂ ସେ ଅଧାରୁ ହିଁ ଅଟକି ଗଲା । ତା ଆଖିରେ ହାତର ଆଙ୍ଗୁଳିଗୁଡ଼ିକ ସ୍ୱୟଂଚାଲିତ ପରି ମୁଠା ଭିତରକୁ ପଶିଯାଉଥିଲେ ଏବଂ ପୁଣି ଆପେଆପେ ଅବଶ ହୋଇ ଖୋଲିଯାଉଥିଲେ ।

—ଜେଲି, ଶୁଣ ....

ଶମ୍ଭିଭାଇ ଯେଉଁ କାଠି ଖଣ୍ଡରେ ମାଟିରେ ଗାର ଟାଣୁଥିଲେ, ସେ କାଠି ଖଣ୍ଡକ ଥରୁଥିଲା । ଶମ୍ଭିଭାଇ ଙ୍କର ଏହି ଦୁଇଟି ଶବ୍ଦ ଭିତରେ କେତେ ଯେ ପଥର ଅଛି, କାହିଁ କେତେ ବର୍ଷର, କେତେ ଯୁଗର ନୀରବତାର ପଥର, କେତେ ଉଦାସୀ ପବନ ଏବଂ କେଜାଣି କେତେ ମାର୍ଚର ଖରା ଅଛି, ଯାହା ଏତେ ବର୍ଷପରେ ଆଜିର ସଂନ୍ଧ୍ୟାରେ ସେମାନଙ୍କ ପାଖକୁ ଆସିଛି । ଯାହା ପୁଣି କେବେ ଫେରିବନି । ..... ଶମ୍ଭିଭାଇ ...

ପ୍ଲିଜ୍ ...! ପ୍ଲିଜ୍ ....। ଯାହାକହିବାର ଅଛି, ଏବେ କହିଦିଅ, ଏଇ ମୁହୂର୍ତ୍ତରେ କହିଦିଅ। କ'ଣ ଆଜି ସନ୍ଧ୍ୟାରେ କିଛି ବି ଘଟିବନି !

ସେମାନେ ବଙ୍ଗଳା ଆଡ଼କୁ ଚାଲିବାକୁ ଲାଗିଲେ। ଆବଡ଼ାଖାବଡ଼ା ରାସ୍ତାରେ । ସେମାନଙ୍କ ଛାଇ ନୀରବରେ ମଉଳି ଯାଉଥିବା ଖରାରେ ମିଶିଯିବାକୁ ଲାଗିଲା।

.... ରୁହ। ବୁଦା ପଛରେ ଲୁଚି ରହିଥିବା ରୁନିର ଓଠ କମ୍ପି ଉଠିଲା। --"ରୁହ ଟିକେ"। ନାଲି ପତ୍ର ଉହାଡ଼ରୁ ଭୁଲିଯାଇଥିବା ସ୍ୱପ୍ନ ଉଙ୍କି ମାରିଲା। ଚକମକ୍ କରୁଥିବା ଗରମ ପବନ, ମାର୍ଚ୍ଚର ହଳଦୀ ରଙ୍ଗର ଖରା, ବହୁତ ଦିନ ତଳେଶୁଣିଥିବା ରେକର୍ଡର ଜଣା ଶୁଣା ଗୀତର ଧୁନ୍, ଯାହା ବିଛେଇହୋଇ ରହିଥିବା ଘାସ ଉପରେ ଖେଲେଇହୋଇ ପଡ଼ିଛି ..... ସବୁକିଛି ଏଇ ଦୁଇଟି ଶବ୍ଦରେ ସ୍ଥିର ହୋଇଗଲା। ଯାହାକୁ ଶମ୍ଭୁଭାଇ କାଠିଖଣ୍ଡରେ ଧୂଳିକୁ ଖୋଲି ମାଟିରେ ଲେଖିଦେଇଥିଲେ।

"... ଜେଲୀ...ଲଭ୍" ।

ଜେଲୀ ସେ ଶବ୍ଦଗୁଡ଼ିକୁ ଦେଖ ନ ଥିଲା। ଏତେ ବର୍ଷ ପରେ ଆଜି ବି ଜେଲୀ ଏକଥା ଜାଣେନି କି ସେଦିନ ସନ୍ଧ୍ୟାରେ ଶମ୍ଭୁଭାଇ ଥରଥର ହାତରେ ଜେଲିର ପାଦ ପାଖରେ ବସି କ'ଣ ଲେଖିଥିଲେ। ଆଜି ଏତେ ଲମ୍ବା ବ୍ୟବଧାନ ପରେ, ସମୟ ଧୂଳିର ଆସ୍ତରଣ ସେ ଶବ୍ଦଗୁଡ଼ିକ ଉପରେ ପଡ଼ିଯାଇଛି। ....ଶମ୍ଭୁଭାଇ, ସେ ଏବଂ ଜେଲୀ, ତିନିଜଣ ପରସ୍ପରଠାରୁ ଦୂରେଇ, ଦୁନିଆର ଭିନ୍ନ ଭିନ୍ନ କୋଣକୁ ଚାଲିଯାଇଛନ୍ତି। କିନ୍ତୁ ଆଜି ବି ରୁନିକୁ ଲାଗେ, କି ମାର୍ଚ୍ଚର ସେଦିନର ସେ ସନ୍ଧ୍ୟା ପରି, ଆଜି ବି ସେଇ କଣ୍ଟାକୋଲି ବୁଦା ପଛରେ ଛପିକି ଛିଡ଼ାହୋଇଛି, (ଶମ୍ଭୁଭାଇ ଭାବିଥିଲେ କି ସେ ଓ୍ୱାଟର୍ ରିଜର୍ଭର ଆଡ଼କୁ ଚାଲିଯାଇଥିଲା) କିନ୍ତୁ ସେ ସେତିକି ସମୟ ବୁଦା ଆଉଆଲରେ ନିଃଶ୍ୱାସ ବନ୍ଦ କରି ଅପଲକ ଆଖିରେ ତାଙ୍କୁ ଦେଖୁଥିଲା, ସେ ପଥରକୁ ଚାହିଁ ରହିଥିଲା, ଯାହା ଉପରେ କିଛି ସମୟ ପୂର୍ବରୁ ଶମ୍ଭୁଭାଇ ଓ ଜେଲୀ ବସିଥିଲେ। ..... ଆଖି ଲୁହରେ ସବୁକିଛି ଅସ୍ପଷ୍ଟ ହେଉଥିଲା। ଶମ୍ଭୁଭାଇ ଙ୍କର କମ୍ପିଉଠୁଥିବା ହାତ, ଜେଲିର ବନ୍ଦ ହୋଇଆସୁଥିବା ଆଖି। ସେ କ'ଣ ଏହି ଦୁଇ ଜଣଙ୍କ ଦୁନିଆରେ କେବେ ବି ପ୍ରବେଶ କରିପାରିବନି !!

କେଉଁଠି ଏକ ଭୟଙ୍କର ଜଳ ଅଛି ଏବଂ ତା'ର ପ୍ରତିଛବି, ସେ ନିଜକୁ ଦେଖିଲା ଏବଂ ଆଖି ବନ୍ଦ କରିଦେଲା। ସେ ସନ୍ଧ୍ୟାର ଖରାରେ ଏକ ଯନ୍ତ୍ରଣାର ସ୍ୱର ଅଛି। ଆକାଶର ସେ ନୀଲ ବାଦଲ ଖଣ୍ଡ ପରି, ଯିଏ ତରଳିଯାଇ କେଇବୁଦା ଲୁହ ପାଲଟିଯାଇଥିଲା। ଆଜି ସନ୍ଧ୍ୟା ଠୁ ବହୁତ ଭିନ୍ନ। ବହୁ ବର୍ଷ ପର୍ଯ୍ୟନ୍ତ ସ୍ଥିର ଉଦ୍‌ଭ୍ରାନ୍ତ ପକ୍ଷୀ, କୌଣସି ଏକ ନିର୍ଜନ ମୁହୂର୍ତ୍ତରେ ଢାଙ୍କି ହୋଇପଡ଼ିଥିବା ସେହି ଧୂଳି ଉପରେ ଉଡ଼ିବୁଲୁଥିବ, ଯେଉଁଠି କେବଲ ଏତିକି ହିଁ ଲେଖା ହୋଇଛି ---

"......ଜେଲ୍‌ ....ଲଭ୍‌" ।

ସେଦିନ ରାତିରେ ତାଙ୍କ ଚାକରାଣୀ ମେହେରୁନ୍ନିସା, ସାନଦେଈଙ୍କ ରୁମ୍‌କୁ ଯାଇ ସ୍ତମ୍ଭୀଭୂତ ହୋଇ ଠିଆ ହୋଇଗଲା । ସେ ରୁନିକୁ କେବେ ଏମିତି ଦେଖି ନ ଥିଲା ।

--ସାନଦେଈ, ଆଜି ଏତେବେଲୁ ଶୋଇଗଲଣି ! --ମେହେରୁ ପାଖକୁ ଆସି କହିଲା । ରୁନି ରୂପଚାପ୍‌ ଆଖି ବୁଜି ପଡ଼ିରହିଛି । ମେହେରୁ ଆଉ ଟିକେ ପାଖକୁ ଆସିଲା । ଆସ୍ତେକରି ତା' ମୁଣ୍ଡକୁ ଆଉଁସି ପଚାରିଲା-

--ସାନଦେଈ, କ'ଣ ହୋଇଛି !

ଆଉ ସେତେବେଳେ ରୁନି ଆଖିଖୋଲି ଅନେଇଲା । ଛାତକୁ ବେଶ୍‌ କିଛି ସମୟ ଚାହିଁ ରହିଲା । ତା' ହଳଦୀରଙ୍ଗର ମୁହଁରେ ଏକ କୁଞ୍ଚିତ ରେଖା ଟାଣି ହୋଇଗଲା । ସତେ ଅବା ତାହା ଏକ ଲକ୍ଷ୍ମଣଗାର, ଯାହା ଆରପଟେ ତା' ପିଲାଦିନ ସବୁଦିନ ପାଇଁ ହଜିଯାଇଛି.... ।

--ମେହେରୁ, ଲାଇଟ୍‌ ଲିଭେଇ ଦେ..., ସେ ସଂଯତ ଏବଂ ନିର୍ବିକାର ସ୍ୱରରେ କହିଲା-

--ଦେଖିପାରୁନୁ! ମୁଁ ମରିଯାଇଛି ।

ହନିମୁନ୍

ରାଜେନ୍ଦ୍ର ଯାଦବ

ଆମେ ଦୁହେଁ ତାଙ୍କଠାରୁ ଆଶୀର୍ବାଦ ନେବାକୁ ଯାଇଥିଲୁ। ସୋନୀର ବହୁତ ଇଚ୍ଛା ଥିଲା। ସେ କେବଳ ସୋନୀର ପ୍ରିନ୍ସିପାଲ୍ ହିଁ ନ ଥିଲେ, ବରଂ ବଡ଼ ଭଉଣୀ ଓ ମାଆ ପରି ମଧ୍ୟ ଥିଲେ। ଅଫିସ ବାହାରେ ହିଁ ନାମଫଳକ ଲାଗିଥିଲା — ଡ. (କୁମାରୀ) ମାଧୁରୀ ଅରୋରା ..। ସୋନୀ କବାଟ ଖଟଖଟ୍ କଲା ଓ ଟିକେ କୁଣ୍ଠିତ ହୋଇ କବାଟ ଖୋଲିଲା। ମୋତେ ଚାହିଁ ଟିକେ ହସିଦେଇ ବହୁତ ଧୀର ସ୍ୱରରେ ଭିତରକୁ ଆସିବାକୁ କହିଲା। ସେ ସାମ୍ନାରେ ହିଁ ବସିଥିଲେ। ରିଡ଼ିଂ ଗ୍ଲାସ ଲଗାଇ ଧ୍ୟାନର ସହ କୌଣସି ଏକ କାଗଜକୁ ଦେଖୁଥିଲେ। ଅନ୍ଧାରରୁ ଆଲୁଅକୁ ଆସିଯାଇଥିବା ବ୍ୟକ୍ତିଟିଏ ପରି ଆଗରେ ଥିବା ଲୋକଟିକୁ ଚିହ୍ନିବାକୁ ଚେଷ୍ଟା କଲେ। ମୁଁ ପଛରେ ଥିଲି। ସେଥିପାଇଁ ହାତରେ ଗୁଡ଼ାଇ ଧରିଥିବା ଫୁଲମାଳକୁ ସେ ଦେଖିପାରିଲେ ନାହିଁ। ସୋନୀକୁ ଚିହ୍ନି ପାରିଥିଲେ ଓ ତା' ସିନ୍ଥୀରେ ସିନ୍ଦୁର ଦେଖି ଖୁସିରେ ଗଦଗଦ୍ ହୋଇଗଲେ। .... ଆରେ ସୋନୀ! ଆସ ଆସ, ବିବାହର ଅନେକ ଅନେକ ଶୁଭକାମନା। ... କେବେ ବାହାହୋଇଗଲ ?"

ସୋନୀ ହସିଦେଇ ଫ୍ଲପଟି ଯିବାପରି ଭିତରକୁ

ଚାଲିଗଲା ଏବଂ ନଈଁ ପଡ଼ି ପାଦ ଛୁଇଁ ଛୁଇଁ କହିଲା–"ଏଇ ଏବେ–ଏବେ। ସିଧା ରେଜିଷ୍ଟାର୍ ଅଫିସରୁ ଆସୁଛୁ ...!"

ମୁଁ ମଧ୍ୟ ବହୁତ ଆଦରର ସହ ନଈଁ ପଡ଼ି ପ୍ରଣାମ କଲି "– କିନ୍ତୁ ଜିଦ୍ କରିଥିଲେ। କହିଲେ, ସର୍ବ ପ୍ରଥମେ ଡ.ଅରୋରାଙ୍କ ପାଖକୁ ଯିବା... ସେ ମୋର ମାଆ..।

ଦୁଇ ହାତରେ ଚଷମାର ଫ୍ରେମକୁ ଧରି ଆଗକୁ ଚାହିଁଥିବା ଡ.ଅରୋରାଙ୍କ ଚେହେରା ଉଲ୍ଲାସ ଓ ଭାବାବେଗରେ ବିଗଳିତ ହେବାକୁ ଲାଗିଲା। ଆଖି ସଜଳ ହୋଇ ଉଠିଲା। –"ଯାହା ହେଉ.. ବହୁତ ଭଲ କଲା। ମୋର ତ ପ୍ରିୟ ଗେଲ୍ଲୁ ଝିଅ ଇଏ। ଆଛା, ଆଗ ତୁମକୁ ମିଠା ଖୁଆଏ..। ବସ..ବସ।" ଆମେ ଦୁହେଁ ସାମ୍ନାରେ ବସିପଡ଼ିଲୁ। ସେ ଘଣ୍ଟି ବଜେଇ ଚପରାସୀକୁ ଡାକିଲେ। ପର୍ସରୁ ପଚାଶ ଟଙ୍କା ବାହାରକରି ଦେଲେ। –"ଶୀଘ୍ର ଯାଇ ବଢ଼ିଆ ମିଠା ଓ ଚା' ନେଇଆସ। ଦେଖ, ଆମ ସୋନୀ ବାହାହୋଇ ଆସିଛି।"

ପରିଚୟ ପାଇ ଚପରାସୀ ମଧ୍ୟ ହସିଦେଇ ନମସ୍କାର କଲା।

ଏକାବନ ବର୍ଷର ଗାରିମାମୟୀ ମୂର୍ତ୍ତି। ନିଜର ବୟସ ବେଳେ ନିଶ୍ଚୟ ବହୁତ ସୁନ୍ଦରୀ ହୋଇଥିବେ। ତାଙ୍କର ସେ ନିଷ୍କପଟ ନିଚ୍ଛକ ଖୁସି ମୋତେ ବି ଧରେଧରେ ଆକୃଷ୍ଟ କରୁଥିଲା। "ସୋନୀ କୋଉ ବେକାର ଜାଗାକୁ ନେଇଯାଉଛି" ବୋଲି ଯେଉଁ ଭାବନାଟି ଥିଲା, "ଭଲ ହେଲା, ଆମେ ଏଠିକୁ ଆସିଲୁ"ରେ ବଦଲି ସାରିଥିଲା।

କିଛି ସମୟ ପାଇଁ ଲାଗିଲା ମିସ୍.ଅରୋରା ଯେମିତି କେଉଁଠି ହଜିଗଲେ ଅବା ତାଙ୍କ ପାଖରେ କଥା ହେବାପାଇଁ କିଛି ନାହିଁ। ସେ ବୋଧହୁଏ ନିଜର ଆବେଗକୁ ସମ୍ଭାଳିବାକୁ ଚେଷ୍ଟା କରୁଥିଲେ। ମୋ ବିଷୟରେ ସୋନୀ ତାଙ୍କୁ ଆଗରୁ ହିଁ କହିସାରିଥିଲା ଏବଂ ପରାମର୍ଶ ବି ନେଇସାରିଥିଲା। ଚଷମାର ଫ୍ରେମକୁ ଖାଲି ଖୋଲିବାରେ ଓ ବନ୍ଦ କରିବାରେ ଲାଗିଲେ ସେ। ତା' ପରେ ପୁଣି ସୋନୀକୁ ପଚାରିଲେ –"ତୁମ ମମ୍ମି ପାପାଙ୍କ ପ୍ରତିକ୍ରିୟା ଏବେ କ'ଣ ହେବ? ସେଠିକି ଯିବ ..."

–"ଏବେ ତ ନୁହେଁ, ସାହସ ହେଉନି। ରାଗ ଟିକେ ଥଣ୍ଡା ହୋଇଯାଉ..ସେତେବେଳେ ଚିନ୍ତା କରିବି.." ସୋନୀ କହିଲା। ପୁଣି ସେ ବହୁତ ସମୟ ଯାଏଁ କ'ଣ ସବୁ ଗପିବାରେ ଲାଗିଲା। ମୁଁ ପ୍ରସନ୍ନ ଓ ବିନମ୍ର ଦର୍ଶକଟିଏ ପରି ଶୁଣିବାକୁ ଲାଗିଲି। ସେ ବୋଧହୁଏ କହୁଥିଲେ –"ଆରେ! ଏଇ ରାଗରୁଷା କ'ଣ ସବୁଦିନ ରୁହେ କି! କେଇଟା ଦିନରେ ସବୁକିଛି ଠିକ୍ ହୋଇଯିବ। ମାଂସ ଠାରୁ ନଖ କ'ଣ କେବେ ଅଲଗା ହେଲାଣି! କିନ୍ତୁ ସତରେ..ବଡ଼ ସାହସ କଲ ସୋନୀ! ତୁମେ .. ପଚିଶ ତିରିଶ୍ ବର୍ଷ ପୂର୍ବରୁ ନିଶ୍ଚୟ.." ଏବେ ସେ ମୋ ଆଡ଼କୁ ଚାହିଁଲେ। "–

ଆଚ୍ଛା, ଏବେ କ'ଣ କରିବ ସୋନୀ ?..ମାନେ, ମୋ କହିବା ଅର୍ଥ ତୁମେ ଦୁଇଜଣ.."

"କିଛି ନାଇଁ, ନିଜ ନିଜର ଚାକିରି ।"ଆଗ୍ରହହୀନ ସ୍ୱରରେ ସୋନୀ କହିଲା ।

–"ଆଉ ହନିମୁନ୍ ?" ସେ ଜୋର ଦେଇ ପଚାରିଲେ ।

"ଛୁଟି ହିଁ ନାହିଁ, ନା ମୋର, ନା ତାଙ୍କର" । ସୋନୀ ବୁଝିପାରିବା ପରି ଅସହାୟ ଭାବ ଦେଖେଇଲା

–"ଆରେ, ଛୁଟି ଗୋଟେ କ'ଣ !" ସେ ଟିକେ ଅସନ୍ତୁଷ୍ଟ ହେଲେ । –"ବାହାଘର କ'ଣ ସବୁଦିନେ ହେଉଛି ? ତୁମେମାନେ ନିଜନିଜର ଅଫିସରମାନଙ୍କୁ କହନ୍ତୁ.., ମୋର ମନେହେଉଛି କେହି ବି ଏତେ ବିବେକହୀନ ହେବନାହିଁ.. । ନାଁ, ହନିମୁନ୍ ପାଇଁ ତ ତୁମକୁ ନିଶ୍ଚୟ ଯିବାକୁ ହେବ । ବାଃ ରେ, ଇଏ ବି ଗୋଟେ କଥା ! ଚାକିରି କରିବାକୁ ତ ସାରା ଜୀବନ ପଡ଼ିଛି ।" ଚଷମାର ଦୁଇ ପଟକୁ ଗୋଟିଏ ହାତ ମୁଠାରେ ମୁଠେଇ ଧରି ସେ ପୂରା ଧମକ ଦେବା ସ୍ୱରରେ କହିଲେ ।

"–ଆଚ୍ଛା, କୁଆଡ଼େ ଯିବ ?" ମୁଁ ହସିଲି ।"– କୁଲ୍ଲୁ, ମନାଲୀ,ନୈନୀତାଲ,କାଶ୍ମୀର.." ।

–"କୁଆଡ଼େ ଯାଇନି ତୁମେମାନେ, ଖାଲି ଚହଲ ଚାଲିଯାଅ ।" ସେ ଧୂରେଧୂରେ କିଛି ମନେପକେଇବା ପରି କହିଲେ,"– ସତ କହୁଛି ସୋନୀ, ଏତେ ସୁନ୍ଦର ଜାଗା..ଏତେ ସୁନ୍ଦର ଜାଗା ଯେ କାଶ୍ମୀର ବି ତା' ଆଗରେ କିଛି ନୁହେଁ । ମୁଁ ତ କହିବି, ହନିମୁନ୍ ପାଇଁ କେବଳ ଗୋଟିଏ ହିଁ ଜାଗା ଅଛି, ଆଉ ସେଇଟା ହେଉଛି ଚହଲ । ଶିମ୍ଲାର ପୂର୍ବରୁ ହିଁ ନାହନ୍ ଦେଇ ରାସ୍ତା ଅଛି ଏବଂ ସେଠାରେ କଟେଜ୍ ସବୁ ତିଆରି ହୋଇଛି । ଆରେ, ସେଠାରେ ତ ସ୍ୱତନ୍ତ୍ର ଭାବରେ ଅଲଗା "ହନିମୁନ୍ କଟେଜ୍" ମଧ ଅଛି । ଏତେ ସୁନ୍ଦର ଭାବରେ ସଜାହୋଇଛି ଯେ, ମୁଁ ତୁମକୁ କ'ଣ କହିବି ! ରିଅଲି..ବେଷ୍ଟଫୁଲ୍.. । ସାମ୍ନାରେ ଖୋଲା ଘାଟି ସବୁ ବହୁତ ଦୂରଯାଏଁ ଲମ୍ବିଯାଇଛନ୍ତି, ଆକାଶ ଯାଏଁ ଯେପରି ବ୍ୟାପ୍ତ ହୋଇଯାଇଛନ୍ତି.. । ବିଭିନ୍ନ କିସମର ଫୁଲ, ସବୁଜିମା, ନଦୀ ଏବଂ ଝରଣାର ଧାର..ବିଲକୁଲ ଏମିତି ଲାଗେ, ସତେ ଅବା ରୂପେଲୀ ଜରିଲଗା ସବୁଜ ଶାଢ଼ିଟେ କେହି ବାହାରକରି ଦାୟିତ୍ଵହୀନ ଭାବରେ ଫିଙ୍ଗିଦେଇଛି ! ପାହାଡ଼ କଥା ତ ତୁମେ ଜାଣ..ସେମାନଙ୍କର ଏକ ନିଜସ୍ୱ ସୌନ୍ଦର୍ଯ୍ୟ ଥାଏ । କଟେଜ୍ ସବୁ ତ ଏତେ ଆରାମଦାୟକ ଯେ, ତୁମର ଫେରିବାକୁ ମନ ହିଁ ହେବନି । ଏକଦମ୍ ପ୍ରାଇଭେସି.. । ରାଜାମହାରାଜାମାନଙ୍କ ପରି..ବହୁତ କୋମଳ ଗାଦିବାଲା ବଡ଼ ସୁନ୍ଦର ପଲଙ୍କ, ଡ୍ରୟର, ଆସବାବପତ୍ର.. । କ'ଣ ତୁମର ଏଇ ପଞ୍ଚତାରକା ହୋଟେଲବାଲା ଦେବେ.!" ଡ.ଅରୋରାଙ୍କ ଆଗରେ ଯେମିତି ଚହଲର ଫିଲ୍ମ

ଚାଲୁଥିଲା। –"...ଏମିତିରେ ବି ତ ରୋଷେଇବାସର ବ୍ୟବସ୍ଥା ମଧ୍ୟ ଅଛି, କିନ୍ତୁ ତୁମର କୋଉ ହୋସ୍ ଥିବ, ବେହେରା ହାତରେ ଯାହା ଇଚ୍ଛା ହେବ, ଜିନିଷ ଅଣେଇ ରୋଷେଇ କରିବ। ସନ୍ଧ୍ୟାରେ ଚଉକି ପକେଇ ବାହାରେ ବସିବ, ଖରା ମଉଳି ଯାଉଥିବ ତ..ଏମିତି ଲାଗିବ .. ବାସ୍, ସତେ ଅବା ଏଇଟା ହିଁ ସ୍ୱର୍ଗ..। ବାଙ୍କ ଉତୁରା ଗରମଗରମ ଚା'। ତୁମର ମନ ହେବନି ସେଠୁ ଉଠିବାକୁ। ସକାଳୁ ହାଲକା ପତଳା ଗୋଲାପୀ ନାଇଟିରେ ଉଠି ଯେତେବେଳେ ତୁମେ ପରଦାଗୁଡ଼ିକ ଆଡ଼େଇ ଦେବ, ସେତେବେଳେ ଏପରି ଭାବରେ ସକାଳର ଖରା ତୁମର ସାରା ଶରୀରକୁ ଆଉଁସି ଦେବ..ସକାଳୁ..ସନ୍ଧ୍ୟାରେ ଫୁଲମାନଙ୍କର ଏପରି ସୁନ୍ଦର ବାସ୍ନା ଯେ, ତୁମେ କହିବ ଜୀବନ ସାରା ଆମେ ଏଇଠି ହିଁ ରହିଯିବୁ। ଏପରି ପରିବେଶରେ ପରସ୍ପରକୁ ଯେପରି ଭଲଭାବରେ ବୁଝିପାରିବୁ, ତାହା ଏଠିକାର ଠିକ୍‍ଠିକ୍ ଭିତରେ ବର୍ଷ ବର୍ଷ ଧରି ମଧ୍ୟ ହୋଇପାରିବନି। .. ସେପରି ଶାନ୍ତି ଏଇଠି କାହିଁ! ତୁମେ କହିବ, ମୁଁ କେମିତି କଥା ସବୁ କହୁଛି..! କିନ୍ତୁ ଏବେ ତ ତୁମର ଶୁଣିବାର ଅଧିକାର ଅଛି। .. ନା ଲୁଗାପଚାର ହୋସ ରହିବ, ଜଣେ ଆଉ ଜଣଙ୍କ ବାହୁବନ୍ଧନରୁ ମୁକ୍ତ ହେବାକୁ, ତୁମେ ତ ଏମିତିରେ ବି ବହୁତ କୋମଳ.. ସାରା ଶରୀରରେ ଦାଗ ପଡ଼ିଯିବ..!"

ମୁଁ ମୁଗ୍ଧ ହୋଇ ତାଙ୍କୁ ଚାହିଁ ରହିଥିଲି। ଆଖି ବନ୍ଦ ଥିଲା ଏବଂ ଲାଗୁଥିଲା ଆଖିପତା ଯେମିତି ଓଦା ହୋଇଆସୁଛି। ଆମେ ଦୁହେଁ ପରସ୍ପରକୁ ଚାହିଁଲୁ ଏବଂ ଟିକେ ମୁରୁକି ହସିଲୁ –"କ'ଣ ଆସ୍ତେକରି ଉଠିକି ପଳେଇବା ..?"

■■

ଲେଉଟାଣି

ଉଷା ପ୍ରିୟମ୍‌ଦା

ଗଜାଧର ବାବୁ ଘର ଭିତରେ ଜମା ହୋଇଥିବା ଜିନିଷପତ୍ର ଗୁଡ଼ିକ ଉପରେ ଦୃଷ୍ଟି ବୁଲେଇଆଣିଲେ। ଦୁଇଟି ବାକ୍ସ, ଝାଲ, ବାଲଟି..–“ଏ ଡବା କାହାର ଗଣେଶୀ” ? ସେ ପଚାରିଲେ। ଗଣେଶୀ ବିଛଣାପତ୍ର ବାନ୍ଧୁବାନ୍ଧୁ, କିଛି ଗର୍ବ, କିଛି ଦୁଃଖ, କିଛି ଲାଜ ମିଶାଇ କହିଲା –“ସାଙ୍ଗରେ କିଛି ବେସନ ଲଡ଼ୁ ସ୍ତ୍ରୀ ରଖ୍‌ଦେଇଛି। କହିଲା, ବାବୁଙ୍କର ପସନ୍ଦ ଥିଲା। ଆମେ ତ ଗରିବ ଲୋକ, ଆପଣଙ୍କର କୋଉ ବେଶୀ ଚର୍ଚ୍ଚା କରିପାରିବୁ।” ଘରକୁ ଯିବା ଖୁସି ଭିତରେ ବି ଗଜାଧର ବାବୁ ଉଦାସ ହୋଇଗଲେ, ଯେମିତିକି ଏକ ପରିଚିତ, ସ୍ନେହ, ଆଦରଣୀୟ, ସୁନ୍ଦର ସଂସାର ସହ ତାଙ୍କର ସଂପର୍କ ଭାଙ୍ଗି ଯାଉଛି।

“କେବେ କେମିତି ଆମମାନଙ୍କ ଖବର ବି ନେଉଥିବେ।” ଗଣେଶୀ ବିଛଣାପତ୍ରରେ ରଶି ବାନ୍ଧୁବାନ୍ଧୁ କହିଲା।

“କେବେ କିଛି ଦରକାର ହେଲେ ଚିଠିରେ ଜଣେଇବୁ ଗଣେଶୀ। ଏଇ ମାର୍ଗଶିର ସୁଦ୍ଧା ଝିଅର ବାହାଘର କରିଦିଅ।”

ଗଣେଶୀ ଗାମୁଛା କାନିରେ ମୁହଁ ପୋଛିଲା, “ଏବେ

ଆପଣ ମାନେ ସାହା ନ ହେଲେ ଆଉ କିଏ ଦେବ ? ଆପଣ ଏଠି ରହିଥିଲେ, ବାହାଘରରେ କିଛି ସାହସ ମିଳିଥାନ୍ତା।"

ଗଜାଧର ବାବୁ ଯିବାକୁ ପ୍ରସ୍ତୁତ ହୋଇ ବସିଥିଲେ। ରେଲବାଇ କ୍ୱାର୍ଟରର ଏହି କୋଠରି, ଯେଉଁଠି ସେ ଅନେକ ବର୍ଷ କଟେଇଥିଲେ, ତାଙ୍କ ଜିନିଷ ବାହାର କରିଦେବାରୁ ଅସୁନ୍ଦର ଏବଂ ଖାଲିଖାଲି ଲାଗୁଥିଲା। ଅଗଣାରେ ଲଗେଇଥିବା ଗଛପତ୍ର ସବୁ ଚିହ୍ନା-ପରିଚିତ ଲୋକମାନେ ନେଇଯାଇଥିଲେ ଓ ବିଭିନ୍ନ ସ୍ଥାନରେ ମାଟି ଖେଲେଇହୋଇ ପଡ଼ିଥିଲା। କିନ୍ତୁ ପତ୍ନୀ, ପିଲାପିଲିଙ୍କ ସହ ଏକାଠି ରହିବାର କଳ୍ପନାରେ ବିଚ୍ଛେଦ ଏକ ଦୁର୍ବଳ ଲହଡ଼ି ପରି ଉଠି ପୁଣି ବିଲୀନ ହୋଇଗଲା।

ଗଜାଧର ବାବୁ ଖୁସି ଥିଲେ, ବହୁତ ଖୁସି। ପଇଁତିରିଶ୍ ବର୍ଷର ଚାକିରି ପରେ ଅବସର ନେଇ ସେ ଯାଉଥିଲେ। ଏହି ବର୍ଷ ଗୁଡ଼ିକରେ ସେ ଅନେକ ସମୟ ଏକା ଏକା ବିତେଇଥିଲେ। ସେହି ଏକାକୀ ମୁହୂର୍ତ୍ତଗୁଡ଼ିକରେ ସେ ଏହି ସମୟର କଳ୍ପନା କରିଥିଲେ, ଯେବେ ସେ ନିଜ ପରିବାର ସହ ଏକାଠି ରହିପାରିବେ ଏହି ଆଶାର ଭରସାରେ ସେ ନିଜ ଅଭାବର ବୋଝକୁ ବୋହୁଥିଲେ। ସାଂସାରିକ ଦୃଷ୍ଟି କୋଣରୁ ତାଙ୍କ ଜୀବନକୁ ସଫଳ କୁହାଯାଇପାରିବ। ସେ ସହରରେ ଏକ ଘର ତିଆରି କରିସାରିଥିଲେ, ବଡ଼ ପୁଅ ଅମର ଓ ଝିଅ କାନ୍ତିର ବାହାଘର କରିସାରିଥିଲେ, ପିଲାଦୁଇଟି ବଡ଼ କ୍ଲାସରେ ପାଠ ପଢ଼ୁଥିଲେ। ଗଜାଧର ବାବୁ ନିଜ ଚାକିରି କାରଣରୁ ପ୍ରାୟ ଛୋଟ ଛୋଟ ଷ୍ଟେସନରେ ରହୁଥିଲେ ଏବଂ ତାଙ୍କ ପତ୍ନୀ ଓ ପିଲାମାନେ ସହରରେ। ଯାହା ଫଳରେ ପଢାପଢିରେ ଅସୁବିଧା ହେବନି। ଗଜାଧର ବାବୁ ସ୍ୱଭାବରେ ଜଣେ ସ୍ନେହୀ ମଣିଷ ଥିଲେ ଏବଂ ସ୍ନେହପିପାସୁ ଥିଲେ। ଯେତେବେଳେ ପରିବାର ପାଖରେ ଥିଲେ, ଡ୍ୟୁଟିରୁ ଫେରି ପିଲାମାନଙ୍କ ସହ ହସନ୍ତି-ଗପନ୍ତି, ପତ୍ନୀଙ୍କ ସହ କିଛି ପରିହାସ କରନ୍ତି, ସେମାନେ ସବୁ ଚାଲିଯିବା ପରେ ତାଙ୍କ ଜୀବନ ଏକ ଗଭୀର ଶୂନ୍ୟତାରେ ଭରିଗଲା। ଶୂନ୍ୟ ମୁହୂର୍ତ୍ତଗୁଡ଼ିକରେ ସେ ଘରଭିତରେ ରହିପାରନ୍ତିନି। କବିପ୍ରକୃତିର ନ ହୋଇଥିଲେ ମଧ ତାଙ୍କୁ ପତ୍ନୀଙ୍କ ସ୍ନେହଭରା କଥା ସବୁ ମନେପଡ଼ୁଥିଲା। ଦ୍ୱିପ୍ରହରରେ ଗରମ ହେଲେ ବି, ଦୁଇଟା। ଯାଏଁ ଚୁଲି ଲଗାଇ ରୁହନ୍ତି ଏବଂ ତାଙ୍କର ଷ୍ଟେସନରୁ ଫେରିବାପରେ ଗରମଗରମ ରୁଟି କରନ୍ତି... ତାଙ୍କର ଖାଇସାରିବା ପରେ ଆଉ ନେବାକୁ ମନାକଲେ ମଧ ଅନ୍ୟ କିଛି ଟିକେ ଥାଲୀରେ ପରଷି ଦିଅନ୍ତି ଏବଂ ବହୁତ ପ୍ରେମରେ ଛଳା କରନ୍ତି। ଯେତେବେଳେ ସେ ହାଲିଆ ହୋଇଯାଇ ବାହାରୁ ଆସନ୍ତି ସେତେବେଳେ ତାଙ୍କ ପାଦଶବ୍ଦ ଶୁଣି ସେ ରୋଷେଇଘର ଦୁଆର ପାଖକୁ ବାହାରିଆସନ୍ତି ଏବଂ ତାଙ୍କ ସଲଜ ଆଖି ମୁରୁକି ହସିଦିଏ। ଗଜାଧର

ବାବୁଙ୍କୁ ସେତେବେଳେ ପ୍ରତିଟି ଛୋଟଛୋଟ କଥା ମନେପଡ଼େ ଆଉ ସେ ଉଦାସ ହୋଇ ଉଠନ୍ତି... ଏବେ କେତେ ବର୍ଷ ପରେ ଯାଇ ଏଇ ସୁଯୋଗ ଆସିଲା, ଯେତେବେଳେ ସେ ପୁଣି ଥରେ ସେହି ସ୍ନେହ ଓ ଆଦର ଭିତରେ ରହିବାକୁ ଯାଉଥିଲେ ।

ଟୋପି ବାହାର କରି ଗଜାଧର ବାବୁ ଖଟ ଉପରେ ରଖିଦେଲେ, ଜୋତା ବାହାର କରି ଖଟତଳକୁ ପେଲିଦେଲେ, ଭିତରୁ ରହିରହି କଥାବାର୍ତ୍ତାର ଶଦ ଆସୁଥିଲା । ରବିବାର ଦିନ ଥିଲା ଏବଂ ତାଙ୍କର ସବୁ ପିଲାମାନେ ଏକାଠି ବସି ଜଳଖିଆ ଖାଉଥିଲେ । ଗଜାଧର ବାବୁଙ୍କ ଶୁଖିଲା ମୁହଁରେ ହସ ଉଙ୍କି ମାରିଲା, ସେ ସେମିତି ହସିଦେଇ ଗଲା ନ ଝାଡ଼ି ଭିତରକୁ ପଶିଗଲେ । ସେ ଦେଖିଲେ ଯେ, ନରେନ୍ଦ୍ର ଅଣ୍ଠାରେ ହାତରଖି ବୋଧହୁଏ ଗତରାତିରେ ଦେଖିଥିବା ଫିଲ୍ମର କୌଣସି ଏକ ନାଚର ନକଲ କରୁଥିଲା ଆଉ ବାସନ୍ତୀ ହସିହସି ବେଦମ୍ ହେଉଥିଲା । ଅମରର ପତ୍ନୀର ନିଜ ଦେହମୁହଁ, ଶାଢ଼ି କି ଓଢ଼ଣା ପ୍ରତି କୌଣସି ନଜର ନ ଥିଲା ଆଉ ସେ ଠୋଠୋ କରି ହସୁଥିଲା । ଗଜାଧର ବାବୁଙ୍କୁ ଦେଖିବା ମାତ୍ରେ ନରେନ୍ଦ୍ର ଧଡ଼୍ କରି ବସିପଡ଼ିଲା ଆଉ ଚା' କପଟିକୁ ନେଇ ମୁହଁ ପାଖରେ ଧରିଲା । ବୋହୂଟି ସଚେତନ ହୋଇଗଲା ଆଉ ସେ ସାଙ୍ଗେ ସାଙ୍ଗେ ମୁଣ୍ଡରେ ଓଢ଼ଣା ଦେଇଦେଲା, କେବଳ ବାସନ୍ତୀ ହିଁ ହସ ଲୁଚେଇବାର ପ୍ରୟାସ କରୁଥିଲା ।

ଗଜାଧର ବାବୁ ହସିଦେଇ ସେମାନଙ୍କୁ ଦେଖିଲେ । ତା' ପରେ କହିଲେ, "କ'ଣ ନରେନ୍ଦ୍ର, କାହାର ନକଲ୍ ହେଉଛି ?" –"କିଛି ନାହିଁ ବାପା" ନରେନ୍ଦ୍ର ହଡ଼ବଡ଼େଇ ଯାଇ କହିଲା । ଗଜାଧର ବାବୁ ଚାହୁଁଥିଲେ ଯେ, ସେ ବି ଏହି ହସଖୁସିରେ ଭାଗନିଅନ୍ତେ, କିନ୍ତୁ ତାଙ୍କର ଆସିବା ମାତ୍ରେ ଯେମିତି ସମସ୍ତେ କୁଣ୍ଠାବୋଧ କରି ଚୁପହୋଇଗଲେ । ଏଥିପାଇଁ ତାଙ୍କ ମନରେ ଟିକେ କ୍ଷୋଭ ହେଲା । ବସିପଡ଼ି କହିଲେ, –"ବାସନ୍ତୀ, ମୋତେ ବି ଚା' ଦେଲୁ । ତୋ ମାଆର ପୂଜା କ'ଣ ଏଯାଏଁ ଚାଲିଛି କି ?"

ମାଆଙ୍କ ଘର ଆଡ଼କୁ ବାସନ୍ତୀ ଟିକେ ଚାହିଁ କହିଲା, "– ଏବେ ଆସୁଥିବେ, "କହି ସେ କପରେ ଚା' ଛାଣିବାକୁ ଲାଗିଲା । ବୋହୂ ଆଗରୁ ହିଁ ଚୁପଚାପ୍ ପ୍ରଥମରୁ ହିଁ ପଲେଇଯାଇଥିଲା, ଏବେ ନରେନ୍ଦ୍ର ବି ଚା'ର ଶେଷ ଢୋକ ପିଇଦେଇ ଉଠି ଠିଆ ହେଲା, କେବଳ ବାସନ୍ତୀ, ବାପାଙ୍କୁ ସମ୍ମାନ ଜଣେଇ ଚେୟାର ଉପରେ ବସିରହି ମାଆଙ୍କ ଆସିବା ବାଟକୁ ଚାହିଁ ରହିଲା । ଗଜାଧର ବାବୁ ଢୋକେ ଚା' ପିଇଦେଇ କହିଲେ, –"ଝିଅ, ଚା' ତ ପାଣିଚିଆ ଲାଗୁଚି" ।

"–ଦିଅନ୍ତୁ, ଆଉଟିକେ ଚିନି ପକେଇଦିଏ" ବାସନ୍ତୀ କହିଲା ।

"–ଆଉ, ତୋ ମା ଯେତେବେଳେ ଆସିବେ, ସେତେବେଳେ ପିଇବି ।"

କିଛି ସମୟପରେ ତାଙ୍କ ପତ୍ନୀ ହାତରେ ଅର୍ଘ୍ୟଡାଲ ଧରି ବାହାରିଲେ ଆଉ ଅଶୁଦ୍ଧ ସ୍ତୁତି କହି ଚଉରା ପୂଜା କଲେ । ତାଙ୍କୁ ଦେଖିବା ମାତ୍ରେ ହିଁ ବାସନ୍ତୀ ମଧ୍ୟ ଉଠିଚାଲିଆସିଲା । ପତ୍ନୀ ଆସି ଗଜାଧର ବାବୁଙ୍କୁ ଦେଖିଲେ ଓ କହିଲେ, –' ଆରେ, ତୁମେ ଏକା ବସିଛ ଯେ – ଏମାନେ ସବୁ କୁଆଡ଼େ ଗଲେ ?' ଗଜାଧର ବାବୁଙ୍କ ମନରେ କିଛି ଗୋଟେ ରୁନ୍ଧିହୋଇଯିବା ପରି ଲାଗିଲା, –'ନିଜନିଜର କାମରେ ଲାଗିଗଲେ, ଯେତେହେଲେ ବି ସେମାନେ ଏବେ ପିଲା' ।

ପତ୍ନୀ ଆସି ରୋଷେଇଘରେ ବସିଗଲେ, ସେ ନାକ ଟେକି ଆଖି ବୁଲେଇଆଣିଲେ ଚାରିଆଡ଼େ ପଡ଼ିଥିବା ଅଇଠା ବାସନଗୁଡ଼ିକ ଉପରେ । ପୁଣି କହିଲେ, –'ସବୁଆଡ଼େ ଅଇଠା ବାସନ ପଡ଼ିଛି । ଏ ଘରେ ଆଉ ଧରମ କରମ କିଛି ନାହିଁ । ପୂଜା ସାରି ସିଧା ରୋଷେଇଘରକୁ ପଶ ।' ପୁଣି ସେ ଚାକର ପିଲାଟିକୁ ଡାକପକେଇଲେ, ଯେତେବେଳେ ଉତ୍ତର ନ ମିଳିଲା, ଆଉଥରେ ପୁଣି ଉଚ୍ଚ ସ୍ୱରରେ ଆଉଥରେ, ପୁଣି ସ୍ୱାମୀଙ୍କ ଆଡ଼କୁ ଦେଖି କହିଲେ, '– ବୋହୂ ପଠେଇଥିବ ବଜାରକୁ' । ଆଉ ଏକ ଦୀର୍ଘଶ୍ୱାସ ନେଇ ଚୁପ୍ ହୋଇରହିଲେ ।

ଗଜାଧର ବାବୁ ବସି ଚା ଏବଂ ଜଳଖିଆକୁ ଅପେକ୍ଷା କରୁଥିଲେ । ତାଙ୍କୁ ହଠାତ୍ ଗଣେଶୀ କଥା ମନେପଡ଼ିଗଲା । ସବୁଦିନ ସକାଳୁ, ପାସେଞ୍ଜର ଟ୍ରେନ୍ ଆସିବା ପୂର୍ବରୁ ସେ ଗରମ-ଗରମ ପୁରି ଆଉ ଜିଲାପି ବନଉଥିଲା । ଗଜାଧର ବାବୁ ଉଠି ପ୍ରସ୍ତୁତ ହେବା ଭିତରେ, ତାଙ୍କ ପାଇଁ ଜିଲାପି ଆଉ ଚା' ଆଣି ରଖିଦେଉଥିଲା । ଚା' ପୁଣି କେତେ ସୁନ୍ଦର, କାଚ ଗ୍ଲାସରେ ପୂରା ଉପରଯାଏଁ ଭରପୂର, ପୂରା ଅଢେଇ ଚାମଚ ଚିନି ଆଉ ଗାଢ଼ ସର । ପାସେଞ୍ଜର ପଛକେ ରାଣୀପୁରରେ ଡେରିରେ ପହଞ୍ଚିବ ହେଲେ ଗଣେଶୀ ଚା' ଆଣି ପହଞ୍ଚାଇବାରେ କେବେ ଡେରି କରେନି । ସହଜ ନୁହେଁ, ତାକୁ କୌଣସି କଥାରେ କହିବା ।

ପତ୍ନୀଙ୍କ ଅଭିଯୋଗ ଭରା ସ୍ୱର ଶୁଣି ତାଙ୍କ ଚିନ୍ତାରେ ବ୍ୟାଘାତ ଆସିଲା । ସେ କହୁଥିଲେ, 'ସାରାଦିନ ଏଇ କେଁ–କାଁ ଭିତରେ ସରିଯାଉଛି । ଏଇ ଘର-ପରିବାରର ଧଦା କରିକରି ବୟସ କଟିଗଲା । କେହି ଟିକେ ସାହାଯ୍ୟ ବି କରୁ ନାହାଁନ୍ତି ।'

'ବୋହୂ କ'ଣ କରୁଛି' ? ଗଜାଧର ବାବୁ ପଚାରିଲେ ।

'– ପଢ଼ିରହୁଛି । ବାସନ୍ତୀକୁ ତ ପୁଣି କଲେଜ ଯିବାର ଥାଏ ।'

ଗଜାଧରବାବୁ ଜୋସରେ ଆସିଯାଇ, ବାସନ୍ତୀକୁ ଡାକ ପକାଇଲେ । ବାସନ୍ତୀ ଭାଉଜ ରୁମରୁ ବାହାରିବା ମାତ୍ରେ ଗଜାଧରବାବୁ କହିଲେ, "ବାସନ୍ତୀ, ଆଜିଠାରୁ

ରାତି ରୋଷେଇ ପ୍ରସ୍ତୁତ କରିବା ଦାୟିତ୍ୱ ତୋର । ସକାଲର ଖାଇବା ଭାଉଜ ରାନ୍ଧିବ ।" ବାସନ୍ତୀ ମୁହଁ ସୁଖାଇ କହିଲା, "ବାପା ପାଠପଢ଼ା ବି ତ ଥାଏ ।"

ଗଜାଧର ବାବୁ ସ୍ନେହରେ ବୁଝେଇଲେ, –'ତୁ ସକାଳୁ ପଢ଼ାପଢ଼ି ସାରି ଦେ । ତୋ ମାଆ ତ ଏବେ ବୁଢ଼ୀ ହୋଇଗଲାଣି । ତା ଦେହରେ ଏବେ ଆଉ ସେ ଆଗପରି ଶକ୍ତି ନାହିଁ । ତୁ ଅଛୁ, ତୋ ଭାଉଜ ଅଛି, ଦୁହେଁ ମିଶି କାମରେ ସାହାଯ୍ୟ କରିବା ଉଚିତ୍' । ବାସନ୍ତୀ ଚୁପ ରହିଲା । ସେ ଯିବାପରେ ତା' ମାଆ ଆସ୍ତେ କରି କହିଲେ– "ପଢ଼ିବା ତ ଖାଲି ବାହାନା । କୌଠି ବି ମନ ଲାଗୁନି । ଲାଗିବ କେମିତି ! ଶୀଲାଙ୍କୁ ତ ଫୁରସତ ନାହିଁ । ବଡ଼ବଡ଼ ପୁଅ ଅଛନ୍ତି ତା' ଘରେ, ସବୁବେଳେ ସେଠି ପଶିକି ରହିବା ମୋତେ ଭଲଲାଗୁନି । ମନା କଲେ ବି ଶୁଣୁନି ।"

ଜଲଖିଆ ଖାଇ ଗଜାଧର ବାବୁ ବୈଠକକୁ ଚାଲିଗଲେ । ଘରଟି ଛୋଟ ଥିଲା ଏବଂ ଏପରି ବ୍ୟବସ୍ଥା ହୋଇଥିଲା ଯେ ସେଠରେ ଗଜାଧର ବାବୁଙ୍କ ରହିବା ପାଇଁ କୌଣସି ସ୍ଥାନ ଖାଲି ନ ଥିଲା । ଯେମିତି କୌଣସି ଅତିଥି ପାଇଁ କିଛି ଅସ୍ଥାୟୀ ବ୍ୟବସ୍ଥା କରିଦିଆଯାଏ, ସେହିପରି ବୈଠକ ଘରେ ଚେୟାରକୁ କାନ୍ତୁ ସହ ଲଗେଇଦେଇ ମଝିରେ ବାବୁଙ୍କ ପାଇଁ ଏକ ଛୋଟିଆ ଖଟିଆ ପକାଇ ଦିଆଯାଇଥିଲା । ଗଜାଧର ବାବୁ ସେହି ଘରେ ପଡ଼ିରହି, କେବେ କେବେ ଅନିଚ୍ଛା ସତ୍ତ୍ୱେ ଏହି ଅସ୍ଥାୟୀତ୍ୱର ଅନୁଭବ କରିବାକୁ କରିବାକୁ ଲାଗନ୍ତି । ତାଙ୍କର ମନେପଡ଼ିଯାଏ ସେହି ରେଲଗାଡ଼ିଗୁଡ଼ିକର, ଯିଏ ଆସୁଥାଏ ଆଉ କିଛି ସମୟ ଅଟକିରହି ପୁଣି କେଉଁ ଏକ ଲକ୍ଷ୍ୟ ଦିଗରେ ଚାଲିଯାଏ ।

ଘର ଛୋଟହୋଇଥିବା କାରଣରୁ ବୈଠକଘରେ ହିଁ ସେ ନିଜ ବ୍ୟବସ୍ଥା କରିଥିଲେ । ତାଙ୍କ ପତ୍ନୀ ଙ୍କର ଭିତରେ ଏକ ଛୋଟିଆ କୋଠରିଟେ ଅବଶ୍ୟ ଥିଲା, କିନ୍ତୁ ସେ ଗୋଟେ ଆଡ଼େ କାଚ ଜାର, ଡାଲିଚାଉଳର ଟିଣ ଡ୍ରମ୍ ଆଉ ଘିଅ ଡବାରେ ଭରିଥିଲା ତ ଆଉ ଗୋଟେ ଆଡ଼େ ପୁରୁଣା ରେଜେଇସବୁ ଦରିରେ ଗୁଡ଼େଇ ରଶିରେ ବାନ୍ଧି ରଖିଥିଲେ, ତା' ପାଖରେ ଏକ ବଡ଼ ଟିଣ ବାକ୍ସରେ ଘରଯାକର ଗରମ କପଡ଼ା ଥିଲା । ମଝିରେ ଏକ ଅଲଗୁଣି ବନ୍ଧା ହୋଇଥିଲା, ଯାହା ଉପରେ ପ୍ରାୟତଃ ବାସନ୍ତୀର ଲୁଗା ଅସଜଡ଼ାହୋଇ ପଡ଼ିରହୁଥିଲା । ସେ ଯେତେ ଦୂର ସମ୍ଭବ ସେହି କୋଠରିକୁ ଯାଆନ୍ତି ନାହିଁ । ଘରର ଆଉ ଗୋଟେ କୋଠରିରେ ଅମର ଓ ତା' ପତ୍ନୀ ରହୁଥିଲେ । ତୃତୀୟ କୋଠରି ଯାହା ଦାଣ୍ଡପଟକୁ ଥିଲା, ବୈଠକଘର ଥିଲା । ଗଜାଧର ବାବୁଙ୍କ ଆସିବା ପୂର୍ବରୁ ସେଇଠି ଅମରର ଶ୍ୱଶୁର ଘରୁ ଆସିଥିବା ବେତର ତିନିଟି ଚୌକି ଓ ଟେବୁଲ ସେଟ୍ ପଡ଼ିଥିଲା, ଚେୟାରଗୁଡ଼ିକ ଉପରେ ନୀଳ ଗଦି ଓ ବୋହୂର ହାତବୁଣା କୁଶନ୍ ।

ଯେବେ ବି କେବେ ତାଙ୍କ ପତ୍ନୀଙ୍କୁ କୌଣସି ବଡ଼ ଅଭିଯୋଗ କରିବାର ଥାଏ, ତେବେ ନିଜ ଚଟେଇଟିକୁ ବୈଠକରେ ପକେଇ ପଡ଼ିଯାଆନ୍ତି। ସେ ଦିନେ ଚଟେଇ ନେଇ ଆସିଗଲେ। ଗଜାଧର ବାବୁ ଘର-ପରିବାର କଥା ଉଠେଇଲେ, ସେ ଘରର ହାବଭାବ ଦେଖୁଥିଲେ। ବହୁତ ହାଲକା ଭାବେ ସେ କହିଲେ ଯେ, ଏବେ ହାତରେ ପଇସା ଟିକେ କମ୍ ରହିବ, ତେଣୁ କିଛି ଟା ଖର୍ଚ୍ଚ କମେଇବା ଦରକାର।

"– ସବୁ ଖର୍ଚ୍ଚ ତ ଦରକାରୀ, କାହା ଖର୍ଚ୍ଚରୁ କମେଇବି ? ଏହି ଟାଣଟୁଣ କରିକରି ବୁଢ଼ୀ ହୋଇଗଲି, ନା ନିଜ ଇଚ୍ଛାରେ ପିନ୍ଧି ପାରିଲି ନା ଘୋଡ଼େଇପାରିଲି।"

ଗଜାଧର ବାବୁ ଆହତ ଓ ବିସ୍ମିତ ଦୃଷ୍ଟିରେ ପତ୍ନୀଙ୍କୁ ଚାହିଁଲେ। ତାଙ୍କୁ ନିଜର ସାମର୍ଥ୍ୟ ଅଚ୍ଛପା ନ ଥିଲା। ତାଙ୍କ ପତ୍ନୀ ଅଭାବ ଅନୁଭବ କରି ଅଭିଯୋଗ କରନ୍ତି। ଏହା ସ୍ୱାଭାବିକ ଥିଲା, କିନ୍ତୁ ସେଥିରେ ସହାନୁଭୂତିର ସମ୍ପୂର୍ଣ୍ଣ ଅଭାବ ଗଜାଧର ବାବୁଙ୍କୁ ବହୁତ ବାଧିଲା। ତାଙ୍କ ସହ ଯଦି ବିଚାରବିମର୍ଷ କରାଯାଏ ଯେ ଖର୍ଚ୍ଚ କାଟ ବ୍ୟବସ୍ଥା କେମିତି ହେବ, ତେବେ ତାଙ୍କୁ ଚିନ୍ତା କମ୍ ସନ୍ତୁଷ୍ଟି ଅଧିକ ହୁଅନ୍ତା। ହେଲେ, ସେ କେବଳ ଅଭିଯୋଗ ହିଁ କରିଆସୁଥିଲେ, ଯେମିତି କି ପରିବାରର ସବୁ ସମସ୍ୟା ପାଇଁ କେବଳ ସେ ହିଁ ଦାୟୀ ଥିଲେ।

– "ତୁମକୁ କୋଉ କଥାର ଅଭାବ ଅମରର ମାଆ ? ଘରେ ବୋହୂଅଛି, ପୁଅଝିଅ ଅଛନ୍ତି, ଖାଲି ଟଙ୍କା ପଇସାରେ ହିଁ ମଣିଷ ଧନୀହୁଏନି।" ଗଜାଧର ବାବୁ କହିଲେ ଏବଂ କହିବାସହ ଅନୁଭବ କଲେ। ଏହା ତାଙ୍କର ଆନ୍ତରିକ ଅଭିବ୍ୟକ୍ତି ଥିଲା–ଏପରିକି ତାଙ୍କ ପତ୍ନୀ ବୁଝି ପାରନ୍ତିନି। "– ହଁ, ଭାରି ସୁଖ ମିଳୁଛି ବୋହୂଠୁ। ଆଜି ରୋଷେଇ କରିବାକୁ ଯାଇଛି, ଦେଖ କ'ଣ ହେଉଛି।"

କହିଦେଇ ପତ୍ନୀ ଆଖି ବୁଜିଲେ ଓ ଶୋଇପଡ଼ିଲେ। ଗଜାଧର ବାବୁ ବସିରହି ପତ୍ନୀଙ୍କୁ ଦେଖିବାରେ ଲାଗିଲେ। କ'ଣ ଇଏ ହିଁ ଥିଲେ ତାଙ୍କ ପତ୍ନୀ, ଯାହାଙ୍କ ହାତର କୋମଳ ସ୍ପର୍ଶ, ଯାହାଙ୍କ ମୁରୁକି ହସର ସ୍ମୃତିରେ ସେ ସମ୍ପୂର୍ଣ୍ଣ ଜୀବନ କାଟିଦେଇଥିଲେ ? ତାଙ୍କୁ ଲାଗିଲା ସତେ କି ଲାବଣ୍ୟମୟୀ ଯୁବତୀ ଜୀବନ ରାସ୍ତାରେ କେଉଁଠି ହଜିଯାଇଛି ଏବଂ ତା' ସ୍ଥାନରେ ଆଜି ଯେଉଁ ସ୍ତ୍ରୀ ଅଛି, ସେ ତାଙ୍କ ମନ ଓ ପ୍ରାଣ ପାଇଁ ନିତାନ୍ତ ଅପରିଚିତ ଅଟେ। ଗାଢ଼ ନିଦରେ ଶୋଇଥିବା ତାଙ୍କ ପତ୍ନୀଙ୍କ ଓଜନିଆ ଶରୀର ବହୁତ ବେଢଙ୍ଗ ଆଉ ଅସୁନ୍ଦର ଲାଗୁଥିଲା, ଚେହେରା ଶ୍ରୀହୀନ ତଥା ରୁକ୍ଷ ଥିଲା। ଗଜାଧର ବାବୁ ବହୁତ ସମୟ ଯାଏଁ ନିଃସଙ୍ଗ ଦୃଷ୍ଟିରେ ପତ୍ନୀଙ୍କୁ ଦେଖିବାକୁ ଲାଗିଲେଓ ତାପରେ ଶୋଇରହି ଛାତକୁ ଅନେଇରହିଲେ।

ଭିତରେ କିଛି ଖସିପଡ଼ିଲା ଓ ତାଙ୍କ ପତ୍ନୀ ହଡ଼ବଡ଼େଇ ଯାଇ ଉଠି ବସିଲେ, 'ହେଇ, ବିଲେଇ କ'ଣ ପକେଇଦେଲା ବୋଧେ', ଆଉ ସେ ଭିତରକୁ ଧାଇଁଲେ। କିଛି ସମୟ ପରେ ମୁହଁକୁ ଫୁଲେଇ ଫେରିଲେ, –"ଦେଖିଲ ବୋହୂକୁ, ରୋଷେଇଘରକୁ ଖୋଲା ଛାଡ଼ି ଆସିଥିଲା, ବିଲେଇ ଡାଲି ଡେକଚି ଢାଳିଦେଲା। ସମସ୍ତେ ଖାଇବେ ବୋଲି ଅଛନ୍ତି, ଏବେ କ'ଣ ଦେବି ଖାଇବାକୁ?" ସେ ଟିକେ ନିଃଶ୍ୱାସ ନେବାକୁ ଅଟକିଲେ ଓ ପୁଣି କହିଲେ, –"ଗୋଟେ ତରକାରୀ ଓ ଚାରୋଟି ପରଟା କରିବାରେ ଡବାକ ଯାକ ଘିଅ ଓଜାଡ଼ି ରଖିଦେଲା। ଟିକେ ବି କଷ୍ଟ ନାହିଁ, ରୋଜଗାର କରିବା ଲୋକ ହାଡ଼ଭଙ୍ଗା ଖଟଣୀ କରିବ ଆଉ ଏଠି ଜିନିଷ ନଷ୍ଟ। ମୋତେ ତ ଜଣାଥିଲା, ଏସବୁ କାମ କାହା ଦେଇ ହେବନି।"

ଗଜାଧର ବାବୁଙ୍କୁ ଲାଗିଲା ଯେ, ପତ୍ନୀ ଯଦି ଆଉ କିଛି ବି କହିବେ ତ, ତାଙ୍କ କାନ ଝାଇଁଝାଇଁ ହୋଇଯିବ। ଓଠ ଚାପି, କଡ଼ ଲେଉଟାଇ ସେ ପତ୍ନୀଙ୍କ ଆଡ଼କୁ ପିଠି କରିଦେଲେ।

ରାତିର ଖାଇବା ବାସନ୍ତୀ ଜାଣିଶୁଣି ଏମିତି ବନେଇଥିଲା ଯେ ଟୁକୁଡ଼ା ଖଣ୍ଡେ ବି ଢୋକି ହେବନି। ଗଜାଧର ବାବୁ ଚୁପଚାପ୍ ଖାଇଦେଇ ଉଠିଗଲେ, ହେଲେ ନରେନ୍ଦ୍ର ଥାଳୀ ପେଲିଦେଇ ଉଠି ଠିଆ ହୋଇଗଲା ଓ କହିଲା "– ଏମିତି ଖାଇବା ମୁଁ ଖାଇପାରିବିନି।"

ବାସନ୍ତୀ ଚିଡ଼ିଉଠି କହିଲା – "ତାହେଲେ ନ ଖାଅ, କିଏ ଖୋସାମତ କରୁଛି!"

–"ତୋତେ ରାନ୍ଧିବାକୁ କହିଲା କିଏ?" ନରେନ୍ଦ୍ର ଚିଲ୍ଲେଇଲା।

–'ବାପା'।

–"ବାପାଙ୍କୁ ବସିବସି ଖାଲି ଏଇ କଥା ଜୁଟୁଛି।"

ବାସନ୍ତୀକୁ ଉଠେଇ ଦେଇ ମାଆ ନରେନ୍ଦ୍ରକୁ ବୁଝ୍ଝେଇଲେ ଓ ନିଜ ହାତରେ କିଛି ରୋଷେଇ କରି ଖୁଆଇଲେ।

ଗଜାଧର ବାବୁ ପରେ ପତ୍ନୀଙ୍କୁ କହିଲେ, – "ଏତେ ବଡ଼ ଝିଅ ହେଲାଣି, ଆଉ ରାନ୍ଧିବାର ବି ଢଙ୍ଗ ଆସିଲାନି।"

–"ଆରେ, ଆସୁଛି ତ ସବୁକିଛି, କରିବାକୁ ଚାହୁଁନି!" ପତ୍ନୀ ଉତ୍ତର ଦେଲେ। ତା'ପରଦିନ ସଂନ୍ଧ୍ୟାରେ ମାଆକୁ ରୋଷେଇ କରିବାର ଦେଖି, ଲୁଗା ବଦଲେଇ ବାସନ୍ତୀ ବାହାରକୁ ଆସିଲା, ବୈଠକ ଘରୁ ଗଜାଧର ବାବୁ ଅଟକାଇ ଦେଲେ, – "କୁଆଡ଼େ ଯାଉଛୁ?"

– "ପଡ଼ିଶାରେ ଶୀଲା ଘରକୁ।" ବାସନ୍ତୀ କହିଲା।

– “କିଛି ଦରକାର ନାହିଁ, ଭିତରକୁ ଯାଇ ପଢ”। ଗଜାଧର ବାବୁ କଡ଼ା ସ୍ୱରରେ କହିଲେ। କିଛି ସମୟ ଅନିଶ୍ଚିତ ହୋଇ ଠିଆ ହୋଇରହିବା ପରେ ବାସନ୍ତୀ ଭିତରକୁ ଚାଲିଗଲା। ଗଜାଧର ବାବୁ ସବୁଦିନ ସଂନ୍ଧ୍ୟାରେ ଟହଲିବା ପାଇଁ ଯାଉଥିଲେ, ଫେରିବା ପରେ ପତ୍ନୀ କହିଲେ – “କ’ଣ କହିଦେଲ ବାସନ୍ତୀକୁ? ସଂନ୍ଧ୍ୟା ବେଳୁ ମୁହଁ ଘୋଡ଼େଇକି ପଡ଼ିଛି। ଖାଇବା ବି ଖାଇନି।”

ଗଜାଧର ବାବୁ ସ୍ତୁର୍ବ୍ଧ ହୋଇଉଠିଲେ। ପତ୍ନୀଙ୍କ କଥାର ସେ କୌଣସି ଉତ୍ତର ଦେଲେ ନାହିଁ। ସେ ମନେମନେ ନିଶ୍ଚୟ କରିନେଲେ ବାସନ୍ତୀର ବାହାଘର ଶୀଘ୍ର ସାରିବାକୁ ହେବ। ସେହିଦିନ ପରେ ବାସନ୍ତୀ ବାପାଙ୍କଠାରୁ ଆଡ଼େଇଆଡ଼େଇ ରହିବାକୁ ଲାଗିଲା। ଯିବାର ଥିଲେ ପଛପଟେ ଚାଲିଯାଏ। ଗଜାଧର ବାବୁ, ଥରେ ଦୁଇଥର ପତ୍ନୀଙ୍କୁ ପଚାରିବାରୁ ଉତ୍ତର ମିଳିଲା – “ରୁଷିଛି।” ଗଜାଧର ବାବୁଙ୍କୁ କ୍ରୋଧ ଆସିଲା। ଝିଅର ଏତେ ଗୁମାନ, ଯିବାକୁ ମନାକରିବାରୁ ବାପା ସହ ବି କଥାହେବନି! ପୁଣି ତାଙ୍କ ପତ୍ନୀ ହିଁ ଏ କଥାର ସୂଚନା ଦେଲେ ଯେ ଅମର ଅଲଗା ରହିବା କଥା ଭାବୁଛି।

–‘କାହିଁକି ?’ ଗଜାଧର ବାବୁ ଆଶ୍ଚର୍ଯ୍ୟ ହୋଇ ପଚାରିଲେ।

ପତ୍ନୀ ସଫା ସଫା ଉତ୍ତର ଦେଲେନି। ଅମର ଓ ତା’ ବୋହୂର ଅଭିଯୋଗ ବହୁତ ଥିଲା। ସେମାନଙ୍କର କହିବା ଥିଲା ଯେ ଗଜାଧର ବାବୁ ସବୁବେଳେ ବୈଠକରେ ହିଁ ପଡ଼ି ରହୁଛନ୍ତି, ଆଉ କେହି ଯିବାଆସିବା ଲୋକ ଆସିଲେ ବସେଇବାକୁ ଯାଗା ନାହିଁ। ଅମରକୁ ସେ ଏବେ ବି ଛୋଟ ଭାବୁଥିଲେ ଓ ସମୟ-ଅସମୟରେ କହିଦେଉଥିଲେ। ବୋହୂକୁ କାମ କରିବାକୁ ପଡ଼ୁଥିଲା ଓ ଶାଶୂ ଯେତେବେଳେ ନାଇଁ ସେତେବେଳେ ବେଢ଼ଙ୍ଗପଣିଆ ଉପରେ ଖୁସ୍ତା ଦେଇଆସୁଥିଲେ। –‘ମୋର ଆସିବା ଆଗରୁ ବି କେବେ ଏମିତି ଘଟଣା ହୋଇଛି ?’ ଗଜାଧର ବାବୁ ପଚାରିଲେ। ପତ୍ନୀ ମୁଣ୍ଡ ହଲେଇ ମନାକଲେ। କହିଲେ – ଆଗରୁ ଅମର ଘରର ମାଲିକହୋଇ ରହୁଥିଲା, ବୋହୂକୁ କୌଣସି କଟକଣା ନ ଥିଲା, ଅମରର ସାଙ୍ଗମାନଙ୍କର ପ୍ରାୟ ଏଠି ଆସର ଜମି ରହୁଥିଲା ଆଉ ଭିତରୁ ଚା’ଜଳଖିଆ ତିଆରି ହୋଇ ଯାଉଥିଲା। ବାସନ୍ତୀକୁ ବି ସେଇଠି ଭଲ ଲାଗୁଥିଲା।

ଗଜାଧର ବାବୁ ବହୁତ ଧୀରେ କହିଲେ–‘ଅମରକୁ କୁହ, ତରବର ହେବାର କୌଣସି ଆବଶ୍ୟକତା ନାହିଁ।’

ପରଦିନ ସକାଳେ ସେ ବୁଲାବୁଲି କରି ଫେରିଆସି ଦେଖନ୍ତି ଯେ ସେ ଖଟିଆ ଟି ବୈଠକରେ ନାହିଁ। ଭିତରକୁ ଯାଇ ପଚାରିବେ ବୋଲି ବାହାରୁଛନ୍ତି, ତାଙ୍କ ଦୃଷ୍ଟି ରୋଷେଇ ଘରେ ଥିବା ପତ୍ନୀଙ୍କ ଉପରେ ପଡ଼ିଲା। ସେ ଏହା କହିବାକୁ ମୁହଁ ଖୋଲିଲେ

ଯେ, ବୋହୂ କାହିଁ, ହେଲେ କିଛି ମନେପକାଇ ଚୁପ୍ ହୋଇଗଲେ। ପନ୍ତୀଙ୍କ କୋଠରିକୁ ଉଙ୍କି ଦେଖିଲେଯେ ଆଚାର, ରେଜେଇ ଓ ଟିଣଡ୍ରମ୍‌ଗୁଡ଼ିକ ଭିତରେ ନିଜ ଖଟିଆଟି ବି ପଡ଼ିଛି। ଗଜାଧର ବାବୁ କୋଟ୍ ବାହାର କଲେ ଓ କେଉଁଠି ଟଙ୍ଗୋଇବା ପାଇଁ କାନ୍ଥରେ ଆଖି ବୁଲେଇଲେ। ପୁଣି ତାକୁ ମୋଡ଼ି ଅଲଗୁଣିରେ କିଛି ଲୁଗା ଘୁଞ୍ଚେଇ ଗୋଟେ କୋଣରେ ଟାଙ୍ଗିଦେଲେ। କିଛି ନ ଖାଇ ନିଜ ଖଟିଆ ଉପରେ ଗଡ଼ିଗଲେ। ଯାହା ହେଲେ ବି, ଶରୀର ତ ବୁଢ଼ା ହିଁ ଥିଲା। ସକାଳୁ ସଞ୍ଜେ କିଛି ଦୂର ଚାଲଚୁଲ ପାଇଁ ଅବଶ୍ୟ ଚାଲିଯାଆନ୍ତି କିନ୍ତୁ ଆସୁଆସୁ ଥକିଯାଆନ୍ତି। ଗଜାଧର ବାବୁଙ୍କୁ ନିଜର ବଡ଼ ସରକାରୀ ଘର ମନେପଡ଼ିଗଲା। ଚିନ୍ତାଶୂନ୍ୟ ଜୀବନ, ସକାଳୁ ପେସେଞ୍ଜର ଟ୍ରେନ୍ ଆସିବାରୁ ଷ୍ଟେସନରେ ଗହଳଚହଳ, ଚିରପରିଚିତ ମୁହଁ ଏବଂ ରେଲ ଧାରଣା ଉପରେ ଟ୍ରେନ୍ ଚକାର ଖଟଖଟ, ଯାହା ତାଙ୍କ ପାଇଁ ମଧୁର ସଙ୍ଗୀତ ପରି ଥିଲା। ସେଠ୍ ରାମଜୀ ମଲ୍‌ଙ୍କ ମିଲ୍‌ର କିଛି ଲୋକ ବେଳେବେଳେ ପାଖରେ ଆସି ବସନ୍ତି, ତାହା ହିଁ ତାଙ୍କ ସୀମା ଥିଲା ଓ ସେମାନେ ହିଁ ତାଙ୍କ ସାଥୀ। ସେ ଜୀବନ ଏବେ ତାଙ୍କୁ ଏକ ହଜିଲା ଧନ ପରି ମନେହେଉଥିଲା। ତାଙ୍କୁ ଲାଗିଲା ଯେ ସେ ଜୀବନ ଦ୍ୱାରା ଠକି ଯାଇଛନ୍ତି। ସେ ଯାହାସବୁ ଚାହିଁ ଥିଲେ, ସେଥିରୁ ବୁନ୍ଦାଏ ବି ମିଳିଲାନି।

ଗଡ଼ପଡ଼ ହେଉଥିବା ସମୟରେ ସେ ଘରଭିତରୁ ଆସୁଥିବା ବିଭିନ୍ନ ପ୍ରକାରର ଶବ୍ଦକୁ ଶୁଣୁଥିଲେ। ବୋହୂ ଏବଂ ଶାଶୂଙ୍କ ଭିତରେ ଛୋଟମୋଟ ଖଟପିଟ୍, ବାଲଟିରେ ଖୋଲାଯାଇଥିବା ନଳର ଶବ୍ଦ, ରୋଷେଇଘରେ ବାସନକୁସନର ଖଟପଟ୍ ଓ ସେଥିରେ ଦୁଇ ଘରଚଟିଆଙ୍କ କଥାବାର୍ତ୍ତା ଏବଂ ସେ ଅଚାନକ ହିଁ ନିଷ୍ପଉ ନେଇଗଲେ ଯେ ଏବେ ଘରର କୌଣସି କଥାରେ ଦଖଲ ଦେବେନି। ଯଦି ଗୃହକର୍ତ୍ତୀ ପାଇଁ ଘରେ ଏକ ଖଟିଆ ଟେ ପକେଇବାକୁ ଜାଗା ନାହିଁ, ତାହେଲେ ସେ ଏଇଠି ପଡ଼ି ରହିବେ। ଯଦି ଆଉ କୋଉଠି ପକେଇଦିଆଯାଏ ତ ସେଠିକୁ ବି ଚାଲିଯିବେ। ଯଦି ପିଲାଙ୍କ ଜୀବନରେ ତାଙ୍କ ପାଇଁ କୌଣସି ସ୍ଥାନ ନାହିଁ, ତେବେ ନିଜ ଘରେ ହିଁ ପରଦେଶୀ ପରି ପଡ଼ି ରହିବେ... ଆଉ ସେଦିନ ପରଠୁ ସତକୁ ସତ ଗଜାଧର ବାବୁ କିଛି କହିଲେନି। ନରେନ୍ଦ୍ର ଟଙ୍କା ମାଗିବାକୁ ଆସିଲା ତ, କାରଣ କିଛି ନ ପଚାରି ତାକୁ ଟଙ୍କା ଦେଇଦେଲେ। ବାସନ୍ତୀ ଯଥେଷ୍ଟ ଅନ୍ଧାର ହୋଇଯିବା ପରେ ବି ପଢ଼ିଶାଘରେ ରହିଲେ ବି ସେ କିଛି କହିଲେନି — ହେଲେ ତାଙ୍କର ସବୁଠୁ ବଡ଼ ଦୁଃଖ ଏଇଆ ଥିଲା ଯେ ତାଙ୍କ ପନ୍ତୀ ବି ତାଙ୍କର କିଛି ପରିବର୍ତ୍ତନକୁ ଲକ୍ଷ୍ୟ କଲେନାହିଁ। ସେ ମନ ଭିତରେ କେତେ ବୋଝ ଉଠାଉଛନ୍ତି, ଏସବୁରୁ ସେ ଅଜ୍ଞ ହିଁ ରହିଲେ। ବରଂ ତାଙ୍କୁ ସ୍ୱାମୀଙ୍କର ଘରକଥାରେ ହସ୍ତକ୍ଷେପ ନ କରିବା କାରଣରୁ ଆଶ୍ୱସ୍ତ ଥିଲା। ସମୟ ସମୟରେ କହି

ବି ଦେଉଥିଲେ – ' ଏଇଟା ହିଁ ଠିକ, ତୁମେ ଭିତରେ ଆଉ ପଶନି, ପିଲାମାନେ ବଡ଼ ହୋଇଗଲେଣି, ଆମର ଯାହା କର୍ତ୍ତବ୍ୟ ଥିଲା କରୁଛେ। ପଢ଼ଉଛେ, ବାହାଘର ବି କରିଦେବା।'

ଗଜାଧର ବାବୁ ଆହତ ଦୃଷ୍ଟିରେ ପତ୍ନୀଙ୍କୁ ଚାହିଁଲେ। ସେ ଅନୁଭବ କଲେ ଯେ, ସେ ପତ୍ନୀ ଓ ପିଲାଙ୍କ ପାଇଁ କେବଳ ଧନଉପାର୍ଜନର ନିମିତ୍ତ ମାତ୍ର ଅଟନ୍ତି। ଯେଉଁ ବ୍ୟକ୍ତିର ଅସ୍ତିତ୍ୱ ଯୋଗୁଁ ପତ୍ନୀ ସିନ୍ଥିରେ ସିନ୍ଦୁର ଲଗେଇବାର ଅଧିକାର ପାଇଛନ୍ତି, ସମାଜରେ ତାଙ୍କର ପ୍ରତିଷ୍ଠା ଅଛି, ତା'ରି ଆଗରେ ସେ ଦୁଇବେଳା ଖାଇବା ରନ୍ଧିଦେଇ, ସାରା କର୍ତ୍ତବ୍ୟରୁ ମୁକ୍ତି ପାଇଯାଉନ୍ତି। ସେ ଘିଅ ଓ ଚିନି ଡବାରେ ଏତେ ମଜ୍ଜିଯାଇଛନ୍ତି ଯେ, ଏବେ ତାହା ହିଁ ତାଙ୍କର ସଂପୂର୍ଣ୍ଣ ଦୁନିଆ ହୋଇଯାଇଛି। ଗଜାଧର ବାବୁ ତାଙ୍କ ଜୀବନର କେନ୍ଦ୍ର ହୋଇପାରିବେ ନାହିଁ, ଏବେ ଝିଅ ବାହାଘରର ଉସ୍ସାହ ବି ତାଙ୍କର ମଉଳିଗଲା। କୌଣସି କଥାରେ ହସ୍ତକ୍ଷେପ ନ କରିବାର ନିଷ୍ପତ୍ତି ନେବା ପରେ ବି ତାଙ୍କ ଅସ୍ତିତ୍ୱ ସେ ବାତାବରଣର ଏକ ଅଂଶ ବି ହୋଇପାରିଲା ନାହିଁ। ତାଙ୍କର ଉପସ୍ଥିତି ଘରେ ଏତେ ଅସଙ୍ଗତ ଲାଗୁଥିଲା, ଯେମିତି ସାଜସଜ୍ଜା ହୋଇଥିବା ବୈଠକରେ ତାଙ୍କ ଖଟିଆଟି। ତାଙ୍କର ସବୁଟକ ଖୁସି ଏକ ଗଭୀର ଉଦାସୀନତାରେ ହଜିଗଲା।

ଏତେ ସବୁ ନିଷ୍ପତ୍ତି ନେବା ସତ୍ତ୍ୱେ ସେଦିନେ କଥାରେ ଦଖଲ ଦେଇ ବସିଲେ। ପତ୍ନୀ ସ୍ୱଭାବାନୁସାରେ ଚାକର ନାଆରେ ଅଭିଯୋଗ କରୁଥିଲେ, – 'କେତେ କାମଚୋର, ବଜାର ସଉଦା ଆଣିବାରେ ପଇସା ମାରୁଛି, ଖାଇବାକୁ ବସୁଛି ତ ଖାଇଚାଲୁଛି।' ଗଜାଧର ବାବୁଙ୍କୁ ବହୁବାର ଏହା ଅନୁଭବ ହୋଇଆସୁଥିଲା ଯେ ତାଙ୍କ ଘରର ଚାଲିଚଳଣ ଓ ଖର୍ଚ୍ଚ, ତାଙ୍କ ସାମର୍ଥ୍ୟଠୁ ବହୁତ ବେଶୀ। ପତ୍ନୀଙ୍କ କଥା ଶୁଣି କହନ୍ତି ଯେ ଚାକରର ଖର୍ଚ୍ଚ ବିଲକୁଲ୍ ବେକାର। ଛୋଟମୋଟ କାମ ଅଛି, ଘରେ ତିନିଜଣ ପୁରୁଷ ଅଛନ୍ତି, କେହି ନା କେହି କରିଦେବେ। ସେ ସେଇଦିନ ହିଁ ଚାକରର ପଇସା ହିସାବ କରିଦେଲେ। ଅମର ଅଫିସରୁ ଫେରି ଚାକରକୁ ଡାକପକେଇଲା। ଅମରର ସ୍ତ୍ରୀ କହିଲା –'ବାପା ଚାକରକୁ ବାହାର କରିଦେଇଛନ୍ତି।'

– 'କାହିଁକି ?'

– 'କହୁଛନ୍ତି ଯେ ଖର୍ଚ୍ଚ ବେଶୀ ହେଉଛି।'

ଏହି କଥାବାର୍ତ୍ତା ବହୁତ ସାଧାରଣ ଥିଲା, ହେଲେ ଯେଉଁ ସ୍ୱରରେ ବୋହୂ କହିଲା, ଗଜାଧର ବାବୁଙ୍କୁ ବାଧିଗଲା। ସେଦିନ ମନ ଭଲ ନ ଲାଗିବାରୁ ଚାଲିବାକୁ ଗଲେ ନାହିଁ। ଅଳସୁଆମୀ ଯୋଗୁଁ ଉଟିକି ଆଲୁଅ ବି ଜଳେଇ ନ ଥିଲେ। ଏ କଥା ଜାଣି ନ ଥିବା ନରେନ୍ଦ୍ର, ମାଆକୁ କହିବାକୁ ଲାଗିଲା, –'ମାଆ, ତୁମେ ବାପାଙ୍କୁ

କାହିଁକି କହୁନ ? ବସିବସି କିଛି କାମ ନାହିଁ ତ ଚାକରକୁ ହିଁ ବନ୍ଦ କରିଦେଲେ। ଯଦି ବାପା ଏଇଆ ଭାବିନ୍ତି ଯେ ମୁଁ ସାଇକେଲ ଉପରେ ଗହମ ରଖ୍ ଅଟା ପେଷିବାପାଇଁ ଯିବି, ତେବେ ମୋ ଦ୍ୱାରା ଏହା ହେବନି।' –'ହଁ, ମାଆ,' ବାସନ୍ତୀର ସ୍ୱର ଥିଲା, 'ମୁଁ କଲେଜ ବି ଯିବି, ପୁଣି ଆସି ଘରେ ଝାଡ଼ୁ ବି କରିବି, ଏଇଟା ମୋ ଦେଇ ହେବନି।'

–'ବୁଢ଼ା ମଣିଷ', ଅମର ଗୁରୁଗୁରୁ ହୋଇ କହିଲା, 'ଚୁପଚାପ୍ ପଡ଼ିରୁହନ୍ତୁ। ପ୍ରତ୍ୟେକ କଥାରେ କାହିଁକି ପଶୁଛନ୍ତି ?' ପତ୍ନୀ ବହୁତ ବ୍ୟଙ୍ଗାତ୍ମକ ସ୍ୱରରେ କହିଲେ – 'ଆଉ କିଛି ଜୁଟିଲାନି ତ, ତୋ ସ୍ତ୍ରୀକୁ ହିଁ ରୋଷେଇଘରକୁ ପଠେଇଦେଲେ। ସେ ଗଲା ତ, ପନ୍ଦର ଦିନର ସଉଦାକୁ ପାଞ୍ଚ ଦିନରେ ସାରି ରଖିଦେଲା।' ବୋହୂ କିଛି କହିବ, ଏହା ପୂର୍ବରୁ ସେ ରୋଷେଇଘରକୁ ପଶିଗଲେ। କିଛି ସମୟ ପରେ ନିଜ କୋଠରିକୁ ଆସି ଆଲୁଅ ଜଳେଇଦେଲେ ତ, ଗଜାଧର ବାବୁଙ୍କୁ ଶୋଇଥିବାର ଦେଖ୍ ହଡ଼ବଡ଼େଇ ଗଲେ। ଗଜାଧର ବାବୁଙ୍କ ମୁଖ-ମୁଦ୍ରାରୁ ସେ ତାଙ୍କ ଭାବର ଅନୁମାନ କରିପାରିଲେନି। ସେ ଚୁପଚାପ୍ ଆଖ୍ ବୁଜି ପଡ଼ିରହିଥିଲେ।

ଗଜାଧର ବାବୁ ଚିଠି ହାତରେ ଧରି ଭିତରକୁ ଆସିଲେ ଓ ପତ୍ନୀଙ୍କୁ ଡାକିଲେ। ସେ ଓଦା ହାତରେ ବାହାରିଲେ ଓ କାନିରେ ହାତ ପୋଛୁପୋଛୁ ପାଖରେ ଆସି ଠିଆ ହେଲେ। ଗଜାଧର ବାବୁ ବିନା ଭୂମିକାରେ ଆରମ୍ଭ କଲେ – 'ମୋତେ ସେଠ୍ ରାମଜୀ ମଲଙ୍କ ଚିନି କଲରେ କାମ ମିଳିଯାଇଛି। ଖାଲି ବସିରହିବା ଅପେକ୍ଷା ଘରକୁ ଦୁଇ ପଇସା ଆସୁ, ସେଇଟା ଭଲ। ସେ ତ ଆଗରୁ ହିଁ କହିଥିଲେ। ମୁଁ ହିଁ ମନା କରି ଦେଇଥିଲି।' ପୁଣି ଟିକେ ରହିଯାଇ, ଯେମିତି ଲିଭିଯାଇଥିବା ନିଆଁରେ ଅଙ୍ଗାର ଚମକି ଉଠେ, ସେ ଧୀମା ସ୍ୱରରେ କହିଲେ, –'ମୁଁ ଭାବିଥିଲି ଯେ ବର୍ଷ ବର୍ଷ ଧରି ତୁମ ସମସ୍ତଙ୍କଠାରୁ ଅଲଗା ରହିବା ପରେ, ଅବସର ପାଇ ପରିବାର ସହ ରହିବି। ହେଲେ, ଛାଡ଼, ପଅରଦିନ ଯିବାକୁ ହେବ। ତୁମେ ବି ଯିବ ?' –'ମୁଁ ?' ପତ୍ନୀ କୁଣ୍ଠିତ ହୋଇ କହିଲେ 'ମୁଁ ଯିବି ଯଦି ଏଇଠାର କ'ଣ ହେବ ? ଏତେ ବଡ଼ ଘରପରିବାର, ପୁଣି ବଢ଼ିଲା ଝିଅ...'

କଥା ମଝିରେ ଅଟକାଇଦେଇ ଗଜାଧର ବାବୁ ହତାଶ ସ୍ୱରରେ କହିଲେ, – 'ଠିକ୍ ଅଛି, ତୁମେ ଏଇଠି ରୁହ। ମୁଁ ତ ଏମିତି ହିଁ କହିଥିଲି।' ଆଉ ସେ ଗଭୀର ମୌନତାରେ ବୁଡ଼ିଗଲେ।

ନରେନ୍ଦ୍ର ବଡ଼ ତତ୍ପରତାର ସହ ବେଡ଼ିଂ ବାନ୍ଧିଲା ଆଉ ରିକ୍ସା ଡାକି ଆଣିଲା। ଗଜାଧର ବାବୁଙ୍କ ଟିଣ ବାକ୍ସ ଓ ବେଡ଼ିଂକୁ ତା' ଉପରେ ରଖିଦେଲା। ଜଳଖିଆ ପାଇଁ

ଲଡ଼ୁ ଓ ମଠରୀର ଡବା ହାତରେ ଧରି ଗଜାଧର ବାବୁ ରିକ୍ସାରେ ବସିଗଲେ। ଦୃଷ୍ଟି ସେ ନିଜ ପରିବାର ଉପରେ ପକେଇଲେ। ପୁଣି ଅନ୍ୟ ଆଡ଼େ ଦେଖିବାକୁ ଲାଗିଲେ ଓ ରିକ୍ସା ଚାଲିଲା।

ତାଙ୍କ ଯିବାପରେ ସମସ୍ତେ ଘର ଭିତରକୁ ଫେରି ଆସିଲେ। ବୋହୂ ଅମରକୁ ପଚାରିଲା, –‘ସିନେମା ନେଇଯାଅ ନା!’ ବାସନ୍ତୀ ଡେଇଁ ପଡ଼ି କହିଲା –‘ଭାଇ, ମୋତେ ବି।’

ଗଜାଧର ବାବୁଙ୍କ ପତ୍ନୀ ସିଧା ରୋଷେଇଘରକୁ ଚାଲିଗଲେ। ବଳକା ଥିବା ମଠରୀକୁ ଗୋଟେ ଟିଫିନ ଡବାରେ ରଖି ନିଜ କୋଠରିକୁ ଆଣିଲେ ଓ ଡ୍ରମ୍ ପାଖରେ ରଖିଦେଲେ, ପୁଣି ବାହାରକୁ ଆସି କହିଲେ, – ‘ଆରେ ନରେନ୍ଦ୍ର, ବାପାଙ୍କ ଖଟିଆ ଏ ଘରୁ ବାହାର କରିଦେ। ସେଠି ଚାଲିବା ପାଇଁ ବି ଜାଗା ନାହିଁ।’

ଏକାକିନୀ

ମନ୍ନୁ ଭଣ୍ଡାରୀ

ସୋମା ପିଉସୀ ବୁଢ଼ୀ ଅଟନ୍ତି।

ସୋମା ପିଉସୀ ପରିତ୍ୟକ୍ତା ଅଟନ୍ତି।

ସୋମା ପିଉସୀ ନିଃସଙ୍ଗ ଅଟନ୍ତି।

ସୋମା ପିଉସୀଙ୍କ ପୁଅ ଚାଲିଗଲା ନି ଯେ, ତାଙ୍କ ଯୌବନ ହିଁ ଚାଲିଗଲା। ପତିଙ୍କୁ ପୁତ୍ର ବିୟୋଗର ଆଘାତ ଏମିତି ଲାଗିଲା ଯେ, ସେ ପତ୍ନୀ, ଘରଦ୍ୱାର ତ୍ୟାଗ କରି ତୀର୍ଥବାସୀ ହୋଇଗଲେ ଏବଂ ପରିବାରରେ ଏମିତି କୌଣସି ସଦସ୍ୟ ହିଁ ନଥିଲେ ଯିଏ ତାଙ୍କର ଏହି ଏକାକୀତ୍ୱକୁ ଦୂର କରିପାରିଥାନ୍ତା। ବିଗତ ପଚିଶି ବର୍ଷ ମଧ୍ୟରେ ତାଙ୍କ ଜୀବନର ଏହି ଏକାକୀ ରାସ୍ତାରେ କୌଣସି ପ୍ରକାରର କିଛି ଫରକ ଜଣାପଡ଼ିନି, କୌଣସି ପରିବର୍ତ୍ତନ ଆସିନି। ଏମିତି ବର୍ଷକୁ ଥରେ ମାସଟିଏ ପାଇଁ ତାଙ୍କ ସ୍ୱାମୀ ଆସି ତାଙ୍କ ପାଖରେ ରହୁଥିଲେ। କିନ୍ତୁ ସେ କେବେ ନିଜ ସ୍ୱାମୀଙ୍କ ପ୍ରତୀକ୍ଷା କରିନାହାନ୍ତି। ତାଙ୍କ ବାଟକୁ ଚାହିଁ ବସିନାହାନ୍ତି। ଯେତେ ଦିନ ଯାଏଁ ସ୍ୱାମୀ ତାଙ୍କ ପାଖରେ ରୁହନ୍ତି, ତାଙ୍କ ମନ ଆହୁରି ଉଦାସ ହୋଇଯାଏ। କାରଣ, ସ୍ୱାମୀଙ୍କର ସ୍ନେହହୀନ ବ୍ୟବହାରର ଅଙ୍କୁଶ ତାଙ୍କର ଅବାଧ ସାବଲୀଲ ରୁଚିରେ ବହିଯାଉଥିବା ନିତିଦିନିଆ ଜୀବନର ଗତିରେ ବାଧାସୃଷ୍ଟି କରୁଥିଲା।

ସେ ସମୟରେ ତାଙ୍କର ବୁଲାବୁଲି କରିବା, ମିଳାମିଶା କରିବା ସବୁ ବନ୍ଦ ହୋଇଯାଏ। ଏବଂ ସନ୍ୟାସୀ ମହାରାଜଙ୍କ ଦେଇ ଏକଥା ବି ହୁଏନି ଯେ ଦୁଇପଦ ମିଠାକଥା କହି ସୋମା ପିଉସୀଙ୍କୁ ଏକ ଏପରି ସମ୍ବଳ ଦେଇଯାଆନ୍ତେ, ଯାହାର ଆଶ୍ରାରେ ସେ ତାଙ୍କ ଅନୁପସ୍ଥିତିର ଏଗାର ମାସ କାଟିଦିଅନ୍ତେ। ଏହି ପରିସ୍ଥିତିରେ ପାଖପଡ଼ିଶାଙ୍କ ଭରସାରେ ହିଁ ପିଉସୀଙ୍କୁ ନିଜ ଜୀବନ କାଟିଦେବାକୁ ପଡ଼େ। କାହା ଘରେ ମୁଣ୍ଡନ ଅଛି, ପିଲା ଜନ୍ମ ହୋଇଛି, ବାହାଘର ହେଉ ଅଥବା ମୃତ କର୍ମ....., ପିଉସୀ ପହଞ୍ଚିଯାଆନ୍ତି ଏବଂ ହୃଦୟ ଖୋଲି କାମ କରନ୍ତି, ସତେ ଅବା ସେ ଅନ୍ୟଘରର ନୁହଁ, ନିଜ ଘରର କାମ ହିଁ କରୁଛନ୍ତି।

ଆଜିକାଲି ସୋମା ପିଉସୀଙ୍କ ପତି ଆସିଛନ୍ତି ଏବଂ ଏବେଏବେ କିଛି କଥା କଟାକଟି ମଧ୍ୟ ହୋଇସାରିଛି। ପିଉସୀଙ୍କ ଅଗଣାରେ ବସି ଖରା ପୋଉଁଛନ୍ତି, ପାଖରେ ରଖିଥିବା ଗିନାରୁ ତେଲ ନେଇ ହାତରେ ଘଷୁଛନ୍ତି ଏବଂ ଗୁଣ୍ଡୁଗୁଣ୍ଡୁ ହୋଇ କ'ଣ କହୁଛନ୍ତି। ଏହି ଗୋଟିଏ ମାସ ଅନ୍ୟ ଅଙ୍ଗଗୁଡ଼ିକ ଶିଥିଳ ହୋଇଯିବା କାରଣରୁ କେବଳ ଜିଭ ହିଁ ଅଧିକ ସଜୀବ ଏବଂ ସକ୍ରିୟ ହୋଇଉଠେ। ସେତିକିବେଳେ ହାତରେ ଏକ ଚିରାଶାଢ଼ି ଏବଂ ପାଣ୍ଡ ନେଇ ଉପରୁ ରାଧା ଭାଉଜ ଆସିଲେ।

"କଣ ହେଲା ପିଉସୀ, କ'ଣ ସବୁ ଗୁଣ୍ଡୁଗୁଣ୍ଡୁ ହୋଇ କହୁଛ ? ସନ୍ୟାସୀ ମହାରାଜ ପୁଣି କିଛି କହିଦେଲେ କି ?"

"ଆରେ, ମୁଁ କେଉଁଠିକି ଯାଏ, ଏକଥା ସେ ସହିପାରିବେନି। କାଲି ଛକରେ ଥିବା କିଶୋରୀ ଲାଲର ପୁଅର ମୁଣ୍ଡନ ଥିଲା, ସାରା ସାହିକୁ ନିମନ୍ତ୍ରଣ ଥିଲା। ମୁଁ ତ ଜାଣିଥିଲି ଯେ ଏହା କେବଳ ପଇସାର ଗର୍ବ ଯେ, ସାରା ସାହିକୁ ନିମନ୍ତ୍ରଣ କରିବା, ହେଲେ ସେ ନୂଆବୋହୂମାନେ ଓ କାମ ସମ୍ଭାଳି ପାରିବେ ନାହିଁ, ସେଥିପାଇଁ ଟିକେ ଶୀଘ୍ର ଚାଲିଗଲି। ସେଇଆ ମଧ୍ୟ ହେଲା।" ଆଉ ପିଉସୀ ଗୁଞ୍ଜୁଆସି ରାଧା ହାତରୁ ପାଣ୍ଡ ନେଇ ଶୁଖେଇବାକୁ ଲାଗିଲେ। "ଗୋଟିଏ ବି କାମ ଢଙ୍ଗରେ ହେଉ ନଥିଲା। ଘରେ ସିନା କୌଣସି ବୁଢ଼ା-ବୁଢ଼ୀ ଲୋକ ଥିଲେ ବତେଇବେ। ନ ହେଲେ କେବେ ସିନା ଆଗରୁ କରିଥିଲେ ଜାଣିବେ। ଗୀତଗାଇବା ସ୍ତ୍ରୀ ଲୋକମାନେ ମୁଣ୍ଡନରେ ବାହାଘର ଗୀତ ଗାଉଥିଲେ। ମୁଁ ତ ହସି ହସି ବେଦମ ହୋଇଗଲି।" ଏବଂ ଏ କଥା ମନେପଡ଼ିବା ମାତ୍ରେ କିଛି ସମୟ ପୂର୍ବର ଦୁଃଖ ଏବଂ ଆକ୍ରୋଶ ମିଳେଇ ଗଲା।

ନିଜର ସହଜ ଏବଂ ସ୍ୱାଭାବିକ ଢଙ୍ଗରେ ସେ କହିବାକୁ ଲାଗିଲେ –

"ଚୁଲୀ ପାଖରେ ଦେଖିବାବେଳକୁ ଅଜବ ନାଟକ...। ସିଝିଡ଼ା କଞ୍ଚା ଅଛି, ତେଲରୁ ବାହାର କରି ଆସିଲେଣି ଆଉ ଏତେ ପରିମାଣରେ କରିଦେଲେ ଯେ,

ଦୁଇଥର ଖାଇହେବ। ଏପଟେ ଗୋଲାପଜାମୁ ଏତେ କମ୍ କରିଥିଲେ ଯେ, ସମସ୍ତଙ୍କୁ ଅଣ୍ଟିଲାନି। ସେଇ ସାଙ୍ଗେ ସାଙ୍ଗେ ମଇଦାରେ ପୁଣିଥରେ ଗୋଲାପଜାମୁ ବନେଇଲେ। ଦୁଇ ବୋହୂ ଏବଂ କିଶୋରୀଲାଲ ବିଚରା ଏତେ କୃତ୍ୟକୃତ୍ୟ ହେଉଥିଲେ ଯେ କ'ଣ କହିବି! କହିବାକୁ ଲାଗିଲେ – "ତୁମେ ନ ଥିଲେ ଆଜି ଆମେ ଲୋକହସା ହୋଇଥାଆନ୍ତୁ। ମାଆ, ତୁମେ ମହତ ରଖିଦେଲ।" ମୁଁ ତ କହିଦେଲି – ଆରେ, ନିଜ ଲୋକ ଯଦି କାମରେ ନ ଆସିବେ, ତା' ହେଲେ ବାହାରୁ ତ କେହି ଆସି କରିବେନି। ଆଜିକାଲି ତ ଆଉରି ଯା'ଙ୍କର ଖୁଆପିଆ କାମ ବୁଝିବାକୁ ହେଉଛି, ନହେଲେ ତ ମୁଁ ସକାଳୁ ହିଁ ଆସିଯାଇଥାନ୍ତି!"

– "ତା ହେଲେ ସନ୍ୟାସୀ ମହାରାଜ କାହିଁକି ବିଗିଡ଼ି ଗଲେ? ତାଙ୍କୁ ତୁମର ଯିବା ଆସିବା ପସନ୍ଦ ନୁହଁ ପିଉସୀ!"

– "ଏମିତିରେ ବି ତ ମୁଁ କୋଉଠିକୁ ଯିବା ତାଙ୍କର ପସନ୍ଦ ନୁହେଁ, ଆଉ ପୁଣି କିଶୋରୀ ଘରୁ ଡାକରା ବି ନଥିଲା। ଆରେ, ମୁଁ ତ କହେ ଯେ, ଘରଲୋକଙ୍କୁ କ'ଣ ଡକାଯାଏ! ସେମାନେ ତ ମୋତେ ନିଜ ମାଆଠାରୁ ବି କିଛି କମ୍ ଭାବନ୍ତିନି, ନ ହେଲେ କୁହ, କିଏ ଏମିତି ରୋଷେଇ ଘର ଓ ଭଣ୍ଡାର ଘର ଦାୟିତ୍ୱ ସଁଆପି ଦେବ? କିନ୍ତୁ ତାଙ୍କୁ ଏବେ କିଏ ବୁଝେଇବ? କହିବାକୁ ଲାଗିଲେ – ତୁ ଜବରଦସ୍ତ ଅନ୍ୟର ଘରକଥାରେ ଯାଇ ମୁଣ୍ଡ ପୁରାଉଛୁ।" ଆଉ ହଠାତ୍ ତାଙ୍କର ସେହି କ୍ରୋଧଭରା କଟୁକଥା ମନେ ପଡ଼ିଗଲା, ଯାହାର ବର୍ଷା କିଛି ସମୟ ପୂର୍ବରୁ ତାଙ୍କ ଉପରେ ହୋଇସାରିଥିଲା। ମନେ ପଡ଼ିବା ମାତ୍ରେ ପୁଣି ତାଙ୍କ ଆଖିରୁ ଲୁହ ଝରିବାକୁ ଲାଗିଲା।

– ଆରେ, କାନ୍ଦୁଛ କାହିଁକି ପିଉସୀ। କଥାକଟାକଟି ତ ଚାଲିଥିବ। ସନ୍ୟାସୀ ମହରାଜ ବି ତ ମାତ୍ର ମାସଟିଏ ପାଇଁ ଆସି ରହୁଛନ୍ତି। ଶୁଣି ଦେଉଥାଅ ଟିକେ... ଆଉ କ'ଣ?

"ଶୁଣି ଦେଉଛି ଯେ, ହେଲେ ମନଦୁଃଖ ହୁଏ ଯେ, ମାସଟିଏ ପାଇଁ ଆସୁଛନ୍ତି.... ତଥାପି ଦୁଇପଦ ମିଠା କଥା କହୁ ନାହାଁନ୍ତି। ମୋର କୁଆଡ଼େ ଯିବା ଯାଙ୍କୁ ସୁହାଏନି, ତାହେଲେ ତୁ ହିଁ କହ ରାଧା, ଇଏ ତ ବର୍ଷରେ ଏଗାର ମାସ ହରିଦ୍ୱାରେ ରୁହନ୍ତି। ଯାଙ୍କର ତ ବନ୍ଧୁ ବାନ୍ଧବ, ଜ୍ଞାତିକୁଟୁମ୍ବଙ୍କ ସହ କୌଣସି ଯାଏ ଆସେ ନାହିଁ, କିନ୍ତୁ ମୋତେ ତ ସମସ୍ତଙ୍କ ସହ ସଂପର୍କ ରଖିବାର ଅଛି। ମୁଁ ବି ଯଦି ସବୁ କିଛି କାଟିଦେଇ ବସିଯିବ କେମିତି ଚଲିବ? ମୁଁ ତ ଯାଙ୍କୁ କହେ ଯେ, ହାତ ଧରିଛ ଯେତେବେଲେ ଶେଷ ସମୟରେ ବି ସାଙ୍ଗରେ ରଖ ସେଇଟା ହେଲାନି ଯାଙ୍କ ଦେଇ। ସାରା ଧର୍ମକର୍ମ ଇଏ ହିଁ କରିବେ, ସବୁ ପୁଣ୍ୟ ଇଏ ହିଁ ଅର୍ଜିବେ, ଆଉ ମୁଁ ଏଠି ଏକା ପଡ଼ିପଡ଼ି

ଡାକ୍ତରି ନାମକୁ ଜପୁଥିବି ! ଏଥିରେ ପୁଣି କୁଆଡ଼େ ଯିବ ଆସିବା ଟିକେ କରିଦେଲେ, ସେଇଟା ସହିବେନି ।” ଆଉ ପିଉସୀ କାଁ କାଁ ହୋଇ କାନ୍ଦିବାକୁ ଲାଗିଲେ । ରାଧା ଆଶ୍ୱାସନା ଦେଇ କହିଲା – କାନ୍ଦନି ପିଉସୀ ଆରେ, ସେ ବି ତ ଏଥିପାଇଁ ବିରକ୍ତ ହେଲେ ଯେ ତୁମେ ବିନା ଡାକରାରେ ଚାଲିଗଲ ।”

“– ବିଚରା, ଏତେ ବ୍ୟସ୍ତ । ଭିତରେ ଡାକିବାକୁ ଭୁଲିଗଲା ବୋଲି ମୁଁ କ’ଣ ଅଭିମାନ କରି ରହିଯାଇଥାନ୍ତି ? ପୁଣି ଘରଲୋକଙ୍କୁ ଡକରା କ’ଣ ? ମୁଁ ତ କେବଳ ଆନ୍ତରିକତା ଜାଣେ । କାହା ମନରେ ଯଦି ଭଲପାଇବା ନାହିଁ, ଦଶଠର ଡାକିଲେ ବି ଯିବିନି ଆଉ ଯଦି ଭଲପାଇବା ଅଛି ତେବେ, ବିନା ଡାକରାରେ ବି ଧାଇଁ ଧାଇଁ ଚାଲିଯିବି । ମୋ ନିଜ ପୁଅ ଦୂରକୁ ଯଦି ଥାଆନ୍ତା ଓ ତା’ ଘରେ କାମ ଥାଆନ୍ତା ଅପେକ୍ଷା କରି ବସିଥାନ୍ତି !

ମୋ ପାଇଁ ହରଖୁ ଯେମିତି କିଶୋରୀ ଲାଲ ବି ଠିକ୍ ସେମିତି । ଆଜି ମୋ ପୁଅ ହରଖୁ ନାହିଁ, ସେଥିପାଇଁ ଅନ୍ୟମାନଙ୍କୁ ଦେଖି ମନ ଭରୁଛି । ଆଉ ସେ ଧକେଇବାକୁ ଲାଗିଲେ ।

ସୁଖିଲା ପାମ୍ପଡ଼କୁ ଏକାଠି କରୁକରୁ ସ୍ୱରକୁ ଯଥା ସମ୍ଭବ କୋମଳ କରି ରାଧା କହିଲା, “ତମେ ବି ନା ପିଉସୀ, କଥାକୁ କେଉଁଠୁ କୋଉଠି ନେଇଗଲଣି । ଥାଉ, ଏବେ ଚୁପହୁଅ । ପାମ୍ପଡ଼ ଛାଣି କି ଆଣୁଛି, ଖାଇକି କହିବ, କେମିତି ହୋଇଛି !” ଆଉ ସେ ଶାଢ଼ିରେ ପାମ୍ପଡ଼ ଗୁଡ଼େଇ ଉପରକୁ ଚାଲିଗଲା ।

କିଛି ସପ୍ତାହ ପରେ ପିଉସୀ ବଡ଼ ପ୍ରସନ୍ନ ମନରେ ଆସିଲେ ଏବଂ ସନ୍ୟାସୀଙ୍କୁ କହିଲେ – “ଶୁଣୁଛ, ଦିଅରଙ୍କ ଶଶୁରଘରର କୌଣସି ଝିଅର ପ୍ରସ୍ତାବ ଭାଗିରଥୀଙ୍କ ଘରେ ପଡ଼ିଛି । ସେମାନେ ସବୁ ଆସି ଏଠି ବାହାଘର କରୁଛନ୍ତି । ଦିଅରଙ୍କ ପରେ ସେମାନଙ୍କ ସହ ତ କୌଣସି ସଂପର୍କ ନାହିଁ, ତଥାପି ସମୁଦି ତ ! ସେମାନେ ତ ତୁମକୁ ନ ଡାକି ଛାଡ଼ିବେନି । ସମୁଦୀକୁ ଅବା କେମିତି ଛାଡ଼ିବେ ?” ଆଉ ପିଉସୀ ଖୁସି ହୋଇ ହସିପକେଇଲେ ।

ସନ୍ୟାସୀଙ୍କ ମୌନ ଉପେକ୍ଷାରେ ତାଙ୍କ ମନଦୁଃଖ ତ ହେଲା, ତଥାପି ସେ ଟିକେ ଖୁସି ରହିଲେ । ଇଆଡ଼େ ସିଆଡ଼େ ଯାଇ ଏହି ବିବାହର ଆଗେଇବା ବିଷୟରେ ଖବର ଆଣନ୍ତି । ଶେଷକୁ ଗୋଟିଏ ଦିନ ଯାଇ ଶୁଣିଲେ ଯେ ତାଙ୍କ ସମୁଦି ଏଠାକୁ ଆସିଲେଣି ଜୋରଦାର ପ୍ରସ୍ତୁତି ଚାଲିଛି । ପୁରା କୁଟୁମ୍ୟ ସାଇଭାଇଙ୍କୁ ଭୋଜି ଦିଆଯିବ । ବହୁ ଯାକ ଯମକରେ ହେବ ବାହାଘର । ଦୁଇଜଣ ଯାକ ପଇସାବାଲା ଯେତେବେଲେ ।

“ କେଜାଣି ଆମଘରକୁ ନିମନ୍ତ୍ରଣ ଆସିବ କି ନାହିଁ ! ଦିଅରଙ୍କୁ ମରିବାର

ପଚିଶି ବର୍ଷ ହୋଇଗଲାଣି। ତା' ପରେ ତ ଆଉ କୌଣସି ସଂପର୍କ ହିଁ ରଖା ନଥିଲେ। କିଏ ବା ରଖାଥାନ୍ତା ? ଏ କାମ ତ ପୁରୁଷମାନଙ୍କର। ମୁଁ ତ ସ୍ୱାମୀଥାଇ ବି ନ ଥିବା ପରି ଅଛି।" ଏବଂ ଗୋଟିଏ ଥଣ୍ଡା ଦୀର୍ଘଶ୍ୱାସ ଛାତି ଭିତରୁ ବାହାରିଗଲା ଯେମିତି।

"ଆରେ ବା ! ପିଉସୀ ତୁମ ନାମ କେମିତି ନଥବ, ଯେତେହେଲେ ବି ସମୁଦୁଣୀ ତୁମେ ! ଯୋଗାଯୋଗରେ ନ ରୁହ, ହେଲେ ସଂପର୍କ କ'ଣ ଭାଙ୍ଗିଯିବ କି !" ଡାଲି ଚୁରିବା ବେଳେ ବଡ଼ ବୋହୂ କହିଲା।

– "ଅଛି, ପିଉସୀ, ନାଁ ଅଛି। ମୁଁ ତ ପୁରା ଲିଷ୍ଟ ଦେଖିକି ଆସିଛି।"

ବିଧବା ନଣନ୍ଦ କହିଲା। ବସିବା ଜାଗାରୁ ଆଗକୁ ପୁରା ଘୁଞ୍ଚିଆସି ପିଉସୀ ବଡ଼ ଉତ୍ସାହର ସହ ପଚାରିଲେ – ତୁ ନିଜ ଆଖିରେ ଦେଖିଆସିଛୁ ନାମ ? ନାମ ତ ଥିବା ଉଚିତ୍। କିନ୍ତୁ ମୁଁ ଭାବିଥିଲି, କେଜାଣି ଆଜିକାଲିକା ଫେସନ୍ ରେ ପୁରୁଣା ସଂପର୍କୀୟଙ୍କୁ ଡାକିବା ଅଛି କି ନାହିଁ।"

ଆଉ ପିଉସୀ ମୁହୂର୍ତ୍ତେ ବି ନ ଅଟକି ସେଠାରୁ ଚାଲିଗଲେ। ନିଜ ଘରକୁ ଯାଇ ସିଧା ରାଧା ଭାଉଜଙ୍କ ଘରକୁ ଗଲେ। କ'ଣରେ ରାଧା, ତୁ ତ ଜାଣିଛୁ ନା ଯେ, ନୂଆ ଫେସନରେ ଝିଅକୁ ବାହାଘରରେ କ'ଣ କ'ଣ ଦିଆଯାଏ ? ସମୁଦି ଘର କଥା, ସେ ପୁଣି ଧନୀଘର। ଖାଲି ହାତରେ ଯିବି ଯଦି ଭଲ ଲାଗିବନି। ମୁଁ ତ ହେଲି ପୁରୁଣା କାଳିଆ ଲୋକ, ତୁ ହିଁ କହ, କ'ଣ ଦେବି। ଏବେ କିଛି ତିଆରି କରି ଦେବାପାଇଁ ତ ସମୟ ଆଉ ନାହିଁ, ଦୁଇ ଦିନ ବାକି ରହିଲା, ସେଥିପାଇଁ କିଛି କିଣିଆଣି ଦେଇଦେବା।"

– କ'ଣ ଦେବାକୁ ଚାହୁଁଛ ମାଆ.... ଗହଣା, ଶାଢ଼ି ଥବା ସଜ ହେବା ଜିନିଷ ଅଥବା କୌଣସି ରୂପା ଜିନିଷ ?"

"ମୋତେ ତ କିଛି ବି ଜଣାନାହିଁ। ଯାହା କିଛ ମୋ ପାଖରେ ଅଛି, ତୋତେ ଆଣି ଦେଇଦେଉଛି। ତୁ ଯାହା ଠିକ ଭାବିବୁ ନେଇ ଆସିବୁ। ବାସ, ଯେମିତି ଲୋକହସା ନ ହୁଏ।"

ଆଛା, ତେବେ ଦେଖେଁ ପଇସା କେତେ ଅଛି ! ଆଉ ସେ ଟଳମଳ ପାଦରେ ତଳକୁ ଆସିଲେ। ଦୁଇ ତିନୋଟି ଲୁଗା ଗଣ୍ଡିଲି ଘୁଞ୍ଚେଇ ଗୋଟିଏ ଛୋଟିଆ ବାକ୍ସ ବାହାର କଲେ। ବହୁ ଯତ୍ନର ସହ ତାକୁ ଖୋଲିଲେ, ସେଥିରେ ସାତ ଟଙ୍କା ଓ କିଛି ଖୁଚୁରା ପଇସା ପଡ଼ିଥିଲା ଆଉ ଗୋଟିଏ ମୁଦି। ପିଉସୀଙ୍କର ଧାରଣା ଥିଲା ଯେ ଟିକେ ଅଧିକ ଟଙ୍କା ଥିବ। ହେଲେ ମାତ୍ର ସାତଟଙ୍କା ବାହାରିବା ଦେଖ ସେ ଚିନ୍ତାରେ ପଡ଼ିଗଲେ। ଧନୀ ସମୁଦି ଘରେ ଏତକ ଟଙ୍କାରେ ତ ଟିକିଲି ପ୍ୟାକେଟଟିଏ ବି ହେବନି। ତାଙ୍କ ଦୃଷ୍ଟି ମୁଦି ଉପରେ ପଡ଼ିଲା ଏଇଟା ତାଙ୍କ ମୃତ ପୁତ୍ରର ଏକମାତ୍ର ସ୍ମୃତି, ଯାହା ତାଙ୍କ

ପାଖରେ ରହି ଯାଇଥିଲା। ବଡ଼ ବଡ଼ ଆର୍ଥିକ ସଂକଟରେ ମଧ୍ୟ ସେ ଏହି ମୁଦିର ମୋହ ତ୍ୟାଗ କରି ପାରିନଥିଲେ। ଆଜି ମଧ୍ୟ ତାକୁ ଧରିବାବେଳେ ତାଙ୍କର ହୃଦୟ ଥରି ଉଠିଲା। ତଥାପି ସେ ସାତ ଟଙ୍କା ଏବଂ ସେହି ମୁଦିଟିକୁ ଶାଢ଼ି କାନିରେ ବାନ୍ଧିଲେ। ବାକ୍ସକୁ ବନ୍ଦ କଲେ ଓ ଉପରକୁ ଗଲେ। କିନ୍ତୁ ଏବେ ତାଙ୍କ ଉତ୍ସାହ ଟିକେ କମି ଆସିଥିଲା ଏବଂ ପାଦର ଗତି ଶିଥିଳ ରାଧା ପାଖକୁ ଯାଇ କହିଲେ, – ଟଙ୍କା ତ ନାହିଁ ବୋହୂ, ଆଉ ଆସିବ ବି କୋଉଁଠୁ? ମୋର ବା କିଏ ଅଛି ରୋଜଗାର କରିବା ବାଲା। ସେ ପୁରୁଣାକାଳିକା ଘରର ଭଡ଼ାଟଙ୍କା ଆସେ, ସେଠାରେ ତ କଷ୍ଟେ ମଷ୍ଟେ ଦୁଇଓଳିର ଖାଇବା ହୋଇଯାଏ।" ଏବଂ ସେ କାନ୍ଦି ପକେଇଲେ।

ରାଧା କହିଲା – "କ'ଣ କରିବି ପିଉସୀ, ଆଜି କାଲି ମୋ ହାତ ବି ଖାଲି। ନହେଲେ ମୁଁ ଦେଇ ଦେଇଥାନ୍ତି। ଆରେ, କିନ୍ତୁ ତୁମେ ଦେବା ଝମେଲାରେ ପଡ଼ୁଛ କାହିଁକି? ଆଜିକାଲି ତ ଏଇ ଦେବା ନେବାର ପ୍ରଥା ଉଠିଗଲାଣି।"

– "ନା ରେ ରାଧା, ସମୁଦୀଘର କଥା ପରା! ପଚିଶୀ ବର୍ଷ ହୋଇଗଲାଣି ତଥାପି ସେମାନେ ଭୁଲି ନାହାନ୍ତି, ଆଉ ମୁଁ ଖାଲି ହାତରେ ଯିବି? ନାଁ, ନାଁ ଏହା ଅପେକ୍ଷା ବରଂ ନ ଯିବା ଭଲ।"

– "ତା ହେଲେ ଯାଆନି। କାମ ସରିଲା। ଏତେ ଲୋକଙ୍କ ଭିଡ଼ରେ କୋଉ ଜଣାପଡ଼ିବ ଯେ ଆସିଥିଲା କି ନାହିଁ।" ରାଧା ସବୁ ସମସ୍ୟାର ଏକ ସିଧାସଳଖ ସମାଧାନ ବତେଇଦେଲା।

– "ବହୁତ ଖରାପ ଭାବିବେ। ସାରା ସହରର ଲୋକ ଯିବେ, ଆଉ ମୁଁ ସମୁଦୁଣୀ ହୋଇ ଯଦି ନ ଯିବି, ଭାବିବେ ଯେ ଦିଅର ମରିଗଲା ପରେ ସବୁ ସଂପର୍କ କାଟିଦେଲେ। ନାଁ, ନାଁ, ତୁ ଏହି ମୁଦିଟା ବିକ୍ରି କରିବେ।"

ଆଉ ସେ କାନି ଗଣ୍ଠି ଫିଟାଇ ମୁଦି ବାହାର କରି ରାଧା ହାତରେ ରଖିଦେଲେ। ତା'ପରେ ବହୁତ ଅନୁନୟ କରି କହିଲେ, "–ତୁ ତ ବଜାର ଯାଉଛୁ, ଏଇଟାକୁ ବିକ୍ରି କରିଦେବୁ ଆଉ ଯାହା ଠିକ ଲାଗିବ କିଣି ଆଣିବୁ। ଖାଲି ଯେମିତି ସମ୍ମାନ ରହିଯାଏ ଦେଖୁବୁ।"

ସାହି ରାସ୍ତାରେ ଚୁଡ଼ିବାଲାର ପାଟିଶୁଣି ପିଉସୀଙ୍କ ଆଖି ଆପଣାଛାଏଁ ନିଜର ଫଟା ମଇଲା ରଙ୍ଗଛଡ଼ା ଚୁଡ଼ି ଉପରେ ଯାଇ ଅଟକି ଗଲା। କାଲି ସମୁଦି ଘରକୁ ଯିବାର ଅଛି, ଗହଣା ନ ହେଲା ନାହିଁ କାଚଚୁଡ଼ି ମୁଠାଏ ତ ଅତିକମରେ ପିନ୍ଧିବା କଥା। କିନ୍ତୁ ଏକ ଅତ୍ୟନ୍ତ ଲଜ୍ଜା ଯେମିତି ତା' ପାଦ ଦୁଇଟିକୁ ଟାଣି ଧରିଲା। କେହି ଯଦି ଦେଖିଦିଏ? କିନ୍ତୁ ପରମୁହୂର୍ତ୍ତରେ ହିଁ ନିଜର ଏହି ଦୁର୍ବଳତା ଉପରେ ବିଜୟ ଲାଭ

କରିବାପରି ସେ ପଛ ଦୁଆର ଦେଇ ଚାଲିଗଲେ ଏବଂ ଟଙ୍କାଟିଏ ଦେଇ ନାଲି-
ସବୁଜ ରଙ୍ଗର ମୁଠାଏ ଚୁଡ଼ି ପିନ୍ଧିନେଲେ ଶାଢ଼ି କାନିରେ ହାତ ଲୁଚେଇ ଲୁଚେଇ
ବୁଲିଲେ ।

ସଂଧ୍ୟାବେଳେ ରାଧା ଭାଉଜ ଆସି ପିଉସୀଙ୍କ ଏକ ରୂପାର ସିନ୍ଦୁର ଫରୁଆ,
ଗୋଟିଏ ଶାଢ଼ି ଏବଂ ବ୍ଲାଉଜ କନା ଦେଲେ, ସବୁ ଦେଖି ପିଉସୀ ବହୁତ ଖୁସି
ହେଲେ । ଆଉ ସେ ଯେତେବେଳେ ଏସବୁ ନେଇ ଦେବେ, ସେତେବେଳେ ପୁରୁଣା
କଥାର ଦ୍ୱାହି ଦେଇ ସମୁଦୁଣୀ ତାଙ୍କ ମେଲାପୀ ଗୁଣର ଭୁରି ଭୁରି ପ୍ରଶଂସା କରିବେ,
ଏକଥା ଭାବି ଭାବି ସେ ଆଉରି ଖୁସି ହୋଇ ଉଠିଲେ । ମୁଦି ବିକ୍ରି ହୋଇଥିବା ଦୁଃଖ
ବି ଧୀରେ ଧୀରେ କମ ହେବାକୁ ଲାଗିଲା । ପାଖରେ ଥିବା ଦୋକାନରୁ ଅଶାକର
ହଳଦିଆ ରଙ୍ଗ ଆଣି ଛାତରେ ସେ ଶାଢ଼ିକୁ ରଙ୍ଗେଇଲେ । ବାହାଘରକୁ ଧଳା ଶାଢ଼ି
ପିନ୍ଧିକି ଯିବା କ'ଣ ଭଲ ଲାଗିବ ? ରାତିରେ ଶୋଇ ରହି ମନ ଖାଲି ସକାଳ ଆଡ଼କୁ
ଚାହୁଁଥିଲା ।

ତା' ପରଦିନ ନଅଟା ବାଜିବା ମାତ୍ରେ ଖାଇବା କାମ ସାରିଦେଲେ । ନିଜର
ରଙ୍ଗେଇଥିବା ଶାଢ଼ି ଦେଖିଲେ, ହେଲେ କିଛି ମାନିଲାନି । ପୁଣି ଉପରକୁ ଯାଇ ରାଧା
ପାଖରେ ପହଞ୍ଚିଲେ, – "କ'ଣ ରାଧା, ତୁ ତ ରଙ୍ଗୀନ ଶାଢ଼ି ପିନ୍ଧିଲେ ବହୁତ ସୁନ୍ଦର
ଲାଗେ, ଚମକୁ ଥାଏ... ଏଥିରେ ତ ଚମକ ଆସିଲାନି !"

– "ତୁମେ ମଣ୍ଡ ଦେଇନ ଯେ ମା'! ଟିକେ ମଣ୍ଡ ଦେଇଥିଲେ ଭଲ
ହୋଇଥାନ୍ତା । ଏବେ ଦେଇଦିଅ, ଠିକ୍ ହୋଇଯିବ । କେତେଟା ବେଳେ ନିମନ୍ତ୍ରଣ
ଅଛି ।"

– "ଆରେ, ନୂଆ ଫେସନବାଲାଙ୍କ କଥା ଆଉ ପଚାରନା । ଠିକ୍ ଶେଷ
ମୁହୂର୍ତ୍ତରେ ଡକରା ଆସେ । ପାଞ୍ଚଟାରେ ଶୁଭଲଗ୍ନ ଅଛି । ଦିନ ସାରା ଭିତରେ
କେତେବେଳେ ଆସିଯିବ ।"

ରାଧା ଭାଉଜ ମନେ ମନେ ହସିଲେ । ପିଉସୀ ଶାଢ଼ିରେ ମଣ୍ଡ ଦେଇ
ଶୁଖାଇଦେଲେ । ପୁଣି ଏକ ନୂଆ ଥାଲି ବାହାର କଲେ, ନିଜର ଝିଅବେଳେ ବୁଣିଥିବା
କ୍ରୁସର ଏକ ଛୋଟ ଟେବୁଲ କ୍ଲଥ ବାହାର କଲେ । ଥାଲିରେ ଶାଢ଼ି, ସିନ୍ଦୁର ଫରୁଆ,
ଗୋଟିଏ ନଡ଼ିଆ ଏବଂ କିଛି ମିଠେଇ ସଜାଡ଼ିଲେ, ପୁଣି ଯାଇ ରାଧାକୁ ଦେଖାଇଲେ ।
ସନ୍ୟାସୀ ମହାରାଜ ସକାଳଠୁଁ ଏହି ସବୁ ଆୟୋଜନ ଦେଖୁଥିଲେ, ଏବଂ ସେ କାଲିଠୁ
ଆଜି ଭିତରେ ପଚିଶି ଥର ହେବ ଚେତାବନୀ ଦେଇ ସାରିଥିଲେ ଯେ, ଯଦି କେହି
ଡାକିବାକୁ ନ ଆସିବେ, ତାହେଲେ ଯିବନି । ନ ହେଲେ କଥା କିଛି ଠିକ୍ ହେବନି ।

ପ୍ରତ୍ୟେକ ଥର ପିଉସୀ ବଡ଼ ବିଶ୍ୱାସର ସହ କହନ୍ତି – “ମୋତେ କ’ଣ ପାଗଳ ବୋଲି ଭାବିଲ ଯେ ବିନା ଡକରାରେ ଚାଲିଯିବି! ଆରେ, ସେ ପଡ଼ିଶାଘର ନନ୍ଦା ନିଜ ଆଖିରେ ନିମନ୍ତ୍ରିତ ଲୋକଙ୍କ ତାଲିକାରେ ମୋ ନାଁ ଦେଖିକି ଆସିଛି। ଆଉ ଡାକିବେନି କାହିଁକି? ସହର ଲୋକଙ୍କୁ ଡାକିବେ, ଆଉ ସମୁଦାୟମାନଙ୍କୁ କ’ଣ ଡାକିବେନି?

ତିନିଟା ବାଜିବା ପାଖାପାଖି ପିଉସୀଙ୍କୁ ଅନ୍ୟମନସ୍କ ଭାବେ ଛାତରେ ଏପଟସେପଟ ହେଉଥିବାର ଦେଖି ରାଧା ଭାଉଜ ଡାକ ପକେଇଲେ – “ଯାଇନ କି ପିଉସୀ?”

ହଠାତ୍ ଚମକିପଡ଼ି ପିଉସୀ ପଚାରିଲେ – “କେତେଟା ବାଜିଲାଣି ରାଧା? କ’ଣ କହିଲୁ ତିନିଟା? ଶୀତରେ ଦିନ ବେଳେ ସମୟ ଜଣାପଡ଼ୁନି। ମାତ୍ର ତିନିଟା ବାଜିଛି ଆଉ ଛାତ ସାରା ଖରା ଏମିତି ମଉଳି ଗଲାଣି ଯେମିତି ସଂଧ୍ୟା ହୋଇଗଲାଣି।” ପୁଣି ଅଚାନକ ଯେପରି ତାଙ୍କର ମନେ ପଡ଼ିଲା ଯେ, ଏଇଟା ତ ଭାଉଜଙ୍କ ପ୍ରଶ୍ନର ଉତ୍ତର ନୁହେଁ। ଟିକେ ଶୀତଳ କଣ୍ଠରେ କହିଲେ, “ଲଗ୍ନ ତ ପାଞ୍ଚଟା ବେଳେ ଅଛି, ଗଲେ ଚାରିଟା ବେଳକୁ ଯିବି, ଏବେ ତ ତିନିଟା ହୋଇଛି।” ବହୁତ ସାବଧାନତାର ସହ ସେ ସ୍ୱରରେ ବେପରୁଆ ଭାବ ଭରିଦେଲେ। ପିଉସୀ ଛାତ ଉପରେ ଠିଆ ରାସ୍ତାକୁ ଚାହିଁ ଠିଆ ହୋଇଥିଲେ ତାଙ୍କ ପଛରେ ହିଁ ଦଉଡ଼ିରେ ଶାଢ଼ି ଶୁଖୁଥିଲା। ଯେଉଁଥିରେ ମଣ୍ଡ ଦିଆଯାଇଥିଲା ଏବଂ ଅଭ୍ରକ ସିଞ୍ଚା ଯାଇଥିଲା ବିଖୁ ହୋଇଥିବା ଅଭ୍ରକର ଗୁଣ୍ଡ ସବୁ ମଝି ମଝିରେ ଖରା ଯଦି ଚମକି ଉଠୁଥିଲେ, ଠିକ୍ ସେମିତି – ଯେମିତି ରାସ୍ତାରେ କେହି ଆସୁଥିବାର ଦେଖି ପିଉସୀଙ୍କ ଚେହେରା ଚମକି ଉଠୁଥିଲା।

ସାତଟା ବେଳର ଧୂଆଁଲିଆ ଅନ୍ଧାରରେ ରାଧା ଉପରୁ ଥାଇ ଦେଖିଲା, ଛାତର କାନ୍ଥକୁ ଡେରି ହୋଇ ରାସ୍ତା ଆଡ଼କୁ ମୁହଁ କରି ଛାୟା-ମୂର୍ତ୍ତିଟେ ଦେଖାଯାଉଛି।

ତାଙ୍କ ମନ ଭୀଷଣ କଷ୍ଟ ହେଲା। କିଛି ନ ପଚାରି କେବଳ ଏତିକି କହିଲେ, – ‘ପିଉସୀ!!! ଥଣ୍ଡାରେ ଏଇଠି ଠିଆ ହୋଇ କ’ଣ କରୁଛ! ଆଜି କ’ଣ ରୋଷେଇ କରିବନି କି? ସାତଟା ବାଜିଲାଣି।

ସତେ ଅବା ନିଦରୁ ଉଠିପଡ଼ିବା ପରି ଚମକିପଡ଼ି ପିଉସୀ କହିଲେ – “କ’ଣ, ସାତଟା ବାଜିଗଲାଣି !” ପୁଣି ଯେମିତି ନିଜକୁ ନିଜେ କହିବା ପରି ପଚାରିଲେ – ହେଲେ ସାତଟା କେମିତି ହେବ! ଶୁଭଲଗ୍ନ ତ ପାଞ୍ଚଟା ବେଳ ଥିଲା!” ଏବଂ ପୁଣି ସାଙ୍ଗେ ସାଙ୍ଗେ ସବୁ ଘଟଣାକୁ ବୁଝିପାରି, ସ୍ୱରକୁ ଯଥା ସମ୍ଭବ ସ୍ୱାଭାବିକ କରି କହିଲେ – “ଆରେ, ଖାଇବାରେ କ’ଣ ଅଛି, ଏବେ ରାନ୍ଧିଦେବି। ଦୁଇ ଜଣଙ୍କ ପାଇଁ ତ ଖାଇବା, କ’ଣ ବା ରନ୍ଧାବଢ଼ା!”

ତା'ପରେ ସେ ଶୁଖୁଥିବା ଶାଢ଼ିକୁ ତୋଳିଲେ ତଳକୁ ଯାଇ ଭଲ ଭାବରେ ଭାଙ୍ଗି ଚଉଟିଲେ, ଧୀରେ ଧୀରେ ହାତର ଚୁଡ଼ି ବାହାରକଲେ, ଥାଳୀରେ ସଜେଇଥିବା ସବୁ ଜିନିଷ ନେଇ ବଡ଼ ଯନ୍ତ୍ରରେ ନିଜର ଏକମାତ୍ର ସିନ୍ଦୁକରେ ରଖିଦେଲେ ଏବଂ ପୁଣି ବଡ଼ ଭଙ୍ଗାମନ ନେଇ ଚୁଲୀ ଜଲେଇବାକୁ ବସିପଡ଼ିଲେ।

■■

ଦିଲ୍ଲୀରେ ଏକ ମୃତ୍ୟୁ
କମଲେଶ୍ୱର

ମୁଁ ଚୁପଚାପ୍ ଠିଆହୋଇ ସବୁ ଦେଖୁଛି ଏବଂ କାହିଁକି କେଜାଣି ମୋତେ ଲାଗୁଛି ଯେ ଦୀବାନଚନ୍ଦଙ୍କ ଶବଯାତ୍ରାରେ ଅନ୍ତତଃ ମୋତେ ତ ନିଶ୍ଚୟ ସାମିଲ୍ ହେବାର ଥିଲା । ତାଙ୍କ ପୁଅ ମୋର ଅତି ପରିଚିତ ଏବଂ ଏହି ପରିସ୍ଥିତିରେ ତ ଶତ୍ରୁକୁ ବି ସାହାଯ୍ୟ କରାଯାଏ । ପ୍ରବଳ ଶୀତ ଯୋଗୁଁ ମୋର ସାହସ କମିଯାଉଛି .... ହେଲେ ଶବଯାତ୍ରାରେ ସାମିଲ ହେବା କଥା ମନ ଭିତରେ କେଉଁଠି ନା କେଉଁଠି ଉଙ୍କିମାରୁଛି ।

ଚାରିଆଡ଼େ କୁହୁଡ଼ି ଭର୍ତ୍ତି ହୋଇଛି । ସକାଳ ନଅଟା ବାଜିଛି, କିନ୍ତୁ ପୁରା ଦିଲ୍ଲୀ କୁହୁଡ଼ିରେ ଢାଙ୍କି ହୋଇଛି । ରାସ୍ତା ଓ ଗଛ ସବୁ ଓଦାଓଦା । କିଛି ବି ପରିଷ୍କାର ଦେଖାଯାଉନି । ଜୀବନ ଯେ ଗତିଶୀଳ ଏହା କେବଳ ଶୁଭୁଥିବା ଶଦ୍ଦମାନଙ୍କରୁ ଜଣାପଡୁଛି । ଏହି ଶଦ୍ଦସବୁ ଯେମିତି କାନରେ ବସା ବାନ୍ଧିନେଇଛନ୍ତି । ଘରର ପ୍ରତ୍ୟେକ ଅଂଶରୁ ଶଦ୍ଦ ଶୁଭୁଛି । ସବୁଦିନ ପରି ବାସବାନୀଙ୍କ ଚାକର ଟୋଷ୍ଟ ପୋଡ଼ିଦେଇଛି, ତା ଗନ୍ଧ କାନ୍ତୁ ପାରିହୋଇ ଆସୁଛି । ଅତୁଲ ମବାନୀ ପାଖ ଘରେ ଜୋତାରେ ପଲିସ୍ ଲଗାଉଛନ୍ତି ... ଉପରେ ସର୍ଦାର ଜୀ ନିଶରେ ରଙ୍ଗ ଲଗାଉଛନ୍ତି ... ତାଙ୍କ ଘରେ ଜଲୁଥିବା ବଲ୍ବ୍ ଝରକାର ପରଦା ଡେଇଁ ଏକ ବଡ଼ ମୋଟି ପରି

ଚମକୁଛି । ସବୁ କବାଟ ବନ୍ଦ ଅଛି, ଝରକା ଗୁଡ଼ିକରେ ସବୁ ପରଦା ଲାଗିଛି, କିନ୍ତୁ ପ୍ରତି କୋଣଅନୁକୋଣରେ   ଜୀବନର ରୁଣ୍ଢୁଝୁଣ୍ଢୁ ଶବ୍ଦ । ତୃତୀୟ ମହଲାର ବାସବାନୀ ଗାଧୁଆଘରର କବାଟ ବନ୍ଦ କରିଦେଇଛନ୍ତି ଓ ପାଇପ୍ ଜୋରରେ ଖୋଲି ଦେଇଛନ୍ତି ।

କୁହୁଡ଼ିରେ ବସ୍ ସବୁ ଧାଉଁଛନ୍ତି । ଘୁଁ-ଘୁଁ କରି ଓଜନିଆ ଟାୟାରର ଶବ୍ଦ ଦୂରରୁ ପାଖେଇ ଆସୁଛନ୍ତି ଓ ପୁଣି ଦୂରେଇ ଯାଉଛନ୍ତି । ମୋଟର – ରିକ୍ସା ସବୁ ଅଶନିଃଶ୍ୱାସୀ ହୋଇ   ଦୌଡ଼ିବାରେ ଲାଗିଛନ୍ତି । ଘୁଁ ଘୁଁ କରୁଥିବା ଓଜନିଆ ଟାୟାରର ଶବ୍ଦ ଦୂରରୁ ପାଖେଇ ଆସୁଛି ଏବଂ ପାଖରୁ ପୁଣି ଦୂରେଇ ଯାଉଛି । ମୋଟର ରିକ୍ସାଗୁଡ଼ିକ ବେହିସାବୀ ଭାବେ ଦୌଡ଼ିବାରେ ଲାଗିଛନ୍ତି । ଟାକ୍ସିର ମିଟର ବି ଏବେ ଏବେ କିଏ ତଳକୁ କରିଛି । ପଡ଼ୋଶୀ ଡାକ୍ତରଙ୍କ ଘରେ ଫୋନର ଘଣ୍ଟି ବାଜୁଛି ଏବଂ ପଛପଟ ଗଲି ଦେଇ କିଛି ଠିଆ ସକାଳ ଶିଫ୍‌ କାମ ପାଇଁ ଯାଉଛନ୍ତି । ପ୍ରବଳ ଶୀତ । ରାସ୍ତା ଯେମିତି କୁଙ୍କୁଡ଼ିକାଙ୍କୁଡ଼ି ହୋଇଯାଇଛି ଏବଂ କୁହୁଡ଼ି ର ଘନ ବାଦଲକୁ ଚିରି କାର ଏବଂ ବସ୍ ହର୍ଷ ବଜାଇ ଧାଇଁ ଛନ୍ତି । ରାସ୍ତା ଏବଂ ରେଲଷ୍ଟେସନରେ ଯଦିଓ ଭିଡ଼ ଅଛି ତଥାପି କୁହୁଡ଼ିରେ ଆଚ୍ଛନ୍ନ । କୁହୁଡ଼ି ଢାଙ୍କିହୋଇଥିବା ପ୍ରତ୍ୟେକ ବ୍ୟକ୍ତି ଲକ୍ଷ୍ୟହୀନ ଭାବେ ଘୁରିବୁଲୁଥିବା ଆମ୍ଭପରି ଲାଗୁଛନ୍ତି ।

ସେହି ଆମ୍ଭସବୁ ଚୁପଚାପ କୁହୁଡ଼ି ସମୁଦ୍ର ଭିତରେ ଆଗେଇ ଚାଲିଛନ୍ତି..ବସ୍‌ଗୁଡ଼ିକରେ ଭିଡ଼ । ଲୋକମାନେ ଥଣ୍ଡା ଥଣ୍ଡା ସିଟ୍ ଉପରେ ଜାକିଜୁକି ହୋଇ ବସିଛନ୍ତି, ଆଉ କିଛି ଲୋକ ଯୀଶୁଖ୍ରୀଷ୍ଟଙ୍କ ପରି ହୁକରୁ ଝୁଲି ରହିଛନ୍ତି, ବାହୁ ମେଲେଇ । ସେମାନଙ୍କ ହାତ ପାପୁଲିରେ କଣ୍ଢା ନୁହେଁ, ବସର ବରଫ ପରି ଥଣ୍ଡା ଲୁହା ରଡ଼୍ ଅଛି ।

ଆଉ ଏହି ସମୟରେ ଦୂରରୁ ଏକ ଶବଯାତ୍ରା ସଡ଼କରେ ଆସୁଛି । ଶବଯାତ୍ରା କଥା ଆଜିର ଖବରକାଗଜରେ ବାହାରିଛି । ମୁଁ ଏବେ ଏବେ ପଢ଼ିଛି, ଏହି ମୃତ୍ୟୁ ର ଖବର ହୋଇଥିବ । ଖବରକାଗଜରେ ବାହାରିଛି, ଆଜି ରାତି କରୋଲାବାଗର ପ୍ରସିଦ୍ଧ ବ୍ୟବସାୟୀ ଶେଠ୍ ଦୀବାନଚନ୍ଦଙ୍କ ମୃତ୍ୟୁ ଇରଭିନ୍ ଡାକ୍ତରଖାନାରେ ହୋଇଯାଇଛି । ତାଙ୍କ ମୃତଦେହ କୋଠିକୁ ଅଣାଯାଇଛି । କାଲି ସକାଳ ନଅଟା ବେଳକୁ ତାଙ୍କ ଶବ ଶୋଭାଯାତ୍ରା ଆର୍ଯ୍ୟ ସମାଜ ରୋଡ଼ ଦେଇ ପଞ୍ଚକୁଇୟା ଶ୍ମଶାନ ଭୂଇଁକୁ ଦାହ ସଂସ୍କାର ପାଇଁ ନିଆଯିବ ।

ଆଉ ଏବେ ରାସ୍ତାରେ ଆସୁଥିବା ଶବାଧାର ତାଙ୍କର ହିଁ ହୋଇଥିବ । କିଛି ଲୋକ ଟୋପି ଓ ମଫଲର ବାନ୍ଧି ନୀରବରେ ପଛେପଛେ ଆସୁଛନ୍ତି । ସେମାନଙ୍କ ଚାଲି ବହୁତ ଧୀର । କିଛି ଦେଖାଯାଉଛି, କିଛି ଦେଖାଯାଉନି । ହେଲେ ମୋତେ ଏମିତି ଲାଗୁଛି ଯେ, ଶବାଧାର ପଛରେ କିଛି ଲୋକ ଅଛନ୍ତି ।

ମୋ କବାଟରେ ଠକ୍‌ଠକ୍‌ ହେବାରୁ ମୁଁ ଖବରକାଗଜକୁ ଗୋଟେ ପଟେ ରଖି, କବାଟ ଖୋଲି ଦେଖେ ତ, ଅତୁଲ୍‌ ମବାନୀ ଆଗରେ ଠିଆ ହୋଇଛି ।

"ସାଙ୍ଗ, ସମସ୍ୟା ଦେଖ, ଆଜି କେହି ଇସ୍ତ୍ରୀ କରିବା ଲୋକ ବି ଆସି ନାହାନ୍ତି । ଟିକେ ତୁମ ଇସ୍ତ୍ରୀଟା ଦେଲ ।" ଅତୁଲ୍‌ କହେ ଏବଂ ମୁଁ ଟିକେ ଆଶ୍ୱସ୍ତ ହୁଏ । ନଚେତ, ତା ଚେହେରା ଦେଖିବା ମାତ୍ରେ ହିଁ , ମୋ ମନରେ ସନ୍ଦେହ ଆସିଥିଲା ଯେ, ସେ ଆଉ ଶବ ଶୋଭାଯାତ୍ରାକୁ ଯିବା କଥାକୁ ନେଇ ହଙ୍ଗାମା ସୃଷ୍ଟି କରି ନ ଦେଉ । ମୁଁ ତାକୁ ତତ୍‌କ୍ଷଣାତ୍‌ ଇସ୍ତ୍ରୀ ଦେଇ ନିଶ୍ଚିତ ହୋଇଯାଏ ଯେ ଅତୁଲ ଏବେ ନିଜ ପ୍ୟାଣ୍ଟକୁ ଇସ୍ତ୍ରୀ କରିବ ଏବଂ ଦୂତାବାସର ଚକ୍କର କାଟିବା ପାଇଁ ବାହାରିଯିବ ।

ଯେବେଠାରୁ ମୁଁ ଖବରକାଗଜ ରେ ଶେଠ୍‌ ଦୀବାନଚନ୍ଦଙ୍କ ମୃତ୍ୟୁର ଖବର ପଢ଼ିଥିଲି, ମୋର ପ୍ରତି ମୁହୂର୍ତ୍ତରେ ଏଇଆ ଆଶଙ୍କା ଥିଲା ଯେ, କେହି ଆସି ମୋତେ ଶବ ସହ ଯିବାକୁ କହି ନ ଦେଉ । ବିଲ୍‌ଡ଼ିଂର ସମସ୍ତେ ତାଙ୍କର ପରିଚିତ ଥିଲେ ଏବଂ ସମସ୍ତେ ସାମାଜିକ ନୀତିନିୟମକୁ ମାନୁଥିବା ବ୍ୟକ୍ତି ଥିଲେ ।

ସେତିକି ବେଳେ ସର୍ଦ୍ଦାର ଜୀଙ୍କ ଚାକର, ଗୁରୁଗୁରୁ ହୋଇ ପାହାଚରେ ଓହ୍ଲାଇ ଯିବାକୁ ଲାଗିଲା । ନିଜ ମନକୁ ଆଉ ଟିକେ ଭରସା ଦେବାପାଇଁ ମୁଁ ତାକୁ ପଚାରିଲି – 'ଧର୍ମା, କୁଆଡ଼େ ଯାଉଛ ?'

– 'ସର୍ଦ୍ଦାର ଜୀଙ୍କ ପାଇଁ ବଟର୍‌ ଆଣିବାକୁ ।' ସେଇଠି ଥାଇ ସେ ଏହି ଉତ୍ତର ଦେବାମାତ୍ରେ ମୁଁ ଏଇ ସୁଯୋଗରେ ମୋ ପାଇଁ ସିଗାରେଟ୍‌ ଆଣିବାକୁ ତା ହାତରେ ପଇସା ଧରେଇଦେଲି । ସର୍ଦ୍ଦାର ଜୀ ଜଳଖିଆ ପାଇଁ ବଟର୍‌ ମଗଉଛନ୍ତି, ଏହାର ଅର୍ଥ ଏଇଆ ଯେ, ସେ ବି ଶବ ଶୋଭାଯାତ୍ରାରେ ସାମିଲ ହେଉ ନାହାଁନ୍ତି । ମୁଁ ଆଉ ଟିକେ ଆଶ୍ୱସ୍ତ ହେଲି । ଯେତେବେଳେ ଅତୁଲ ମବାନୀ ଓ ସର୍ଦ୍ଦାର ଜୀ ଙ୍କର ଶବଶୋଭାଯାତ୍ରାରେ ଯିବାର ଯୋଜନା ନାହିଁ, ତେବେ ମୋର ବି ଯିବାର ପ୍ରଶ୍ନ ଉଠୁନି । ଏହି ଦୁଇ ଜଣଙ୍କର ଅଥବା ବାସବାନୀ ପରିବାରର ହିଁ ଶେଠ୍‌ ଦୀବାନଚନ୍ଦଙ୍କ ଘରକୁ ବେଶିଚଳପ୍ରଚଳ ଥିଲା । ଯଦି ଏଇମାନେ ଯୋଗ ନ ଦେଉଛନ୍ତି, ତାହେଲେ ମୋର ଯିବାର ପ୍ରଶ୍ନ ଉଠୁନି ।

ସାମ୍ନା ବାଲକୋନୀରେ ମୋତେ ମିସେସ୍‌ ବାସବାନୀଙ୍କ ଦେଖାମିଲେ । ତାଙ୍କ ସୁନ୍ଦର ଚେହେରା ରେ ଏକ ଅଭୁତ ପ୍ରକାରର ଶେତାପଣ ଏବଂ ଓଠରେ ଗତକାଲି ସନ୍ଧ୍ୟା ର ଲିପଷ୍ଟିକର ହାଲକା ନାଲିରଙ୍ଗ ଏଯାଏଁ ଲାଗିଥିଲା । ସେ ଗାଉନ୍‌ ପିନ୍ଧି ବାହାରିଛନ୍ତି ଏବଂ ଜୁତ୍ତା ବାନ୍ଧୁଛନ୍ତି । ତାଙ୍କ ସ୍ୱର ଶୁଣାଗଲା – 'ଡ଼ାର୍ଲିଂ, ମୋତେ ଟିକେ ପେଷ୍‌ ଦିଅ ପ୍ଲିଜ୍‌ ।'

ମୁଁ ଆଉରି ଆଶ୍ୱସ୍ତ ହେଇଯାଏ। ଏହାର ଅର୍ଥ ଏଇଆ ଯେ, ମିଷ୍ଟର ବାସବାନୀ ମଧ୍ୟ ଶବ ସକ୍ରାର କାମରେ ସାମିଲ ହେଉ ନାହାଁନ୍ତି।

ଦୂରରେ ଥିବା ଆର୍ଯ୍ୟ ସମାଜ ରାସ୍ତା ଉପରେ ସେହ ଶବ ଶୋଭାଯାତ୍ରାଟି ଧୀରେଧୀରେ ଆଗେଇ ଆସୁଛି।

ଅତୁଲ ମବାନୀ ମୋତେ ଇସ୍ତ୍ରୀ ଫେରାଇବାକୁ ଆସେ। ମୁଁ ଇସ୍ତ୍ରୀଟିକୁ ନେଇ କବାଟ ବନ୍ଦ କରିଦେବାକୁ ଚାହୁଁଛି, କିନ୍ତୁ ସେ ଭିତରକୁ ଚାଲିଆସିଲା ଏବଂ କହିଲା – 'ତୁମେ ଶୁଣିଲ କି, ଦୀବାନଚନ୍ଦ କାଲି ମୃତ୍ୟୁ ବରଣ କରିଛନ୍ତି।'

– 'ମୁଁ ଏବେ ଖବରକାଗଜରେ ପଢିଲି' 'ମୁଁ ସିଧାସଳଖ ଉତ୍ତର ଦେଇଦେଲି, ଯେମିତି କି ତାଙ୍କ ମୃତ୍ୟୁ ବିଷୟ ଆଗକୁ ନ ବଢେ। ଅତୁଲ ମବାନୀଙ୍କ ଚେହେରା ଶେଢିଁ ହୋଇ ଏକଦମ୍ ତୋଫା ଦିଶୁଛି। ସେ ପୁଣି କହିଲା ଯେ – 'ବହୁତ ଭଲଲୋକ ଥିଲେ ଦୀବାନଚନ୍ଦ।'

ଏକଥା ଶୁଣି ମୋତେ ଲାଗିଲା ଯେ, ଯଦି କଥା ଆଗକୁ ବଢେ ତାହେଲେ ପୁଣି ଏବେ ଶବ ଶୋଭାଯାତ୍ରାରେ ଯୋଗଦେବାର ନୈତିକ ଦାୟିତ୍ୱବୋଧ ଆସିଯିବ। ସେଥିପାଇଁ ମୁଁ ପଚାରିଲି– 'ତୁମର ସେ କାମ କଥା କ'ଣ ହେଲା ?'

–'କେବଳ କିଛି ଯନ୍ତ୍ରପାତି ଆସିବାକୁ ଅପେକ୍ଷା କରିଛି। ଆସିବା ମାତ୍ରେ ହିଁ ମୋ କମିଶନ୍ ମିଲିଯିବ। ଏଇ କମିଶନି କାମ ବି ବଡ ବେକାର। ହେଲେ କ'ଣ କରାଯିବ.. ? ଆଠ ଦଶଟି ମେସିନ୍ ମୋ ଜରିଆରେ ବାହାରିଗଲେ, ମୁଁ ନିଜ ବିଜିନେସ୍ ଆରମ୍ଭ କରିଦେବି।' ଅତୁଲ ମବାନୀ କହୁଛି – 'ଭାଇ, ପ୍ରଥମେ ମୁଁ ଯେବେ ଏଠାକୁ ଆସିଥିଲି ଦୀବାନଚନ୍ଦ ମୋତେ ବହୁତ ସାହାଯ୍ୟ କରିଥିଲେ। ତାଙ୍କରି ସାହାଯ୍ୟରୁ ହିଁ କାମ ମିଲିଯାଇଥିଲା। ଲୋକ ବହୁତ ମାନୁଥିଲେ ତାଙ୍କୁ।'

ପୁନର୍ବାର ଦୀବାନଚନ୍ଦଙ୍କ ନାମ ଶୁଣି ମୋ କାନ ଯେମିତି ଠିଆହୋଇଗଲା। ସେତିକି ବେଳେ ଝରକାରୁ ସର୍ଦ୍ଦାର ଜୀ ମୁଣ୍ଡ ବାହାରକରି ପଚାରିଲେ,– ମିଷ୍ଟର ମବାନୀ, କେତେବେଳେ ଯିବା ?'

'–ସମୟ ତ କହୁଛନ୍ତି ନ'ଅଟାବେଳେ ଦିଆଯାଇଥିଲା, ବୋଧହୁଏ ଶୀତ ଓ କୁହୁଡ଼ି କାରଣରୁ ଟିକେ ଡେରି ହୋଇଯିବ।' ସେ କହିଲେ ଏବଂ ମୋତେ ଲାଗିଲା ଯେ କଥାଟି ଯେମିତି ଶବ ଶୋଭାଯାତ୍ରା ବିଷୟରେହିଁ ଅଟେ।

ସର୍ଦ୍ଦାର ଜୀଙ୍କ ଚାକର ପିଲାଟି ମୋତେ ସିଗାରେଟ ଦେଇ ଯାଇସାରିଛି ଏବଂ ଉପରେ ଟେବୁଲ ରେ ଚା' ବି ରଖିସାରିଛି। ଏହି ସମୟରେ ମିସେସ୍ ବାସବାନୀଙ୍କର କଣ୍ଠ ଶୁଣାଗଲା – 'ମୋର ଧାରଣା ପ୍ରମିଲା ମଧ୍ୟ ସେଠାରେ ନିଶ୍ଚୟ ପହଞ୍ଜିବ।'

– 'ପହଞ୍ଚିବା ଦରକାର। ତୁମେ ଟିକେ ଶୀଘ୍ର ପ୍ରସ୍ତୁତ ହୋଇଯାଅ।' କହିଦେଇ ମିଷ୍ଟର୍ ବାସବାନୀ ବାରଣ୍ଡା ଦେଇ ଚାଲିଗଲେ।

ଅତୁଲ ମୋତେ ପଚାରୁଛି – 'ସନ୍ଧ୍ୟାରେ କଫିହାଉସ ଆଡ଼କୁ ଆସିବ।'

'– ହୁଏତ ଯାଇପାରେ।' କହିଦେଇ ମୁଁ କମ୍ବଳ ଘୋଡ଼େଇ ହୋଇ ପଡ଼େ ଏବଂ ସେ ପୁଣି ନିଜ ରୁମକୁ ଫେରି ଆସେ। ଅଧମିନିଟ ପରେ ପୁଣିଥରେ ତା' ପାଟି ଶୁଭେ, – ଭାଇ, ଲାଇନ୍ ଆସୁଛି ?'

ମୁଁ ଉତ୍ତର ଦେଲି। – 'ହଁ, ଆସୁଛି। ମୁଁ ଜାଣିଛି ଯେ, ସେ ଇଲେକ୍ଟ୍ରିକ୍ ରଡ଼ରେ ପାଣି ଗରମ କରୁଛି, ସେଥିପାଇଁ ସେ ଏହା ପଚାରିଲା।

'ପଲିସ୍ !' ଯୋତା ପଲିସ୍ ବାଲା ପିଲାଟି ସବୁଦିନ ଏଇ ଷ୍ଟାଇଲରେ ଡାକଛାଡ଼େ ଏବଂ ସର୍ଦ୍ଦାର ଜୀ ଉପରକୁ ଡାକିନିଅନ୍ତି। ପିଲାଟି ବାହାରେ ବସି ପଲିସ୍ କରିବାରେଲାଗେ ଏବଂ ସେ ନିଜ ଚାକରକୁ ଚେତେଇ ଦେଉଥାଆନ୍ତି 'ଖାଇବା ଠିକ୍ ଗୋଟାଏ ବେଳେ ନେଇକି ଆସିବୁ ..। ପାମ୍ପଡ଼ ସେକିକି ଆଣିବୁ ଆଉ ସାଲାଡ଼ ବି ଆଣିଥିବୁ।'

ମୁଁ ଜାଣିଛି ସର୍ଦ୍ଦାରଜୀଙ୍କ ଚାକର କେବେ ବି ଠିକ୍ ସମୟରେ ଖାଇବା ଆଣେନି କି ତାଙ୍କ ପସନ୍ଦର ଖାଇବା ବି କେବେ ତିଆରି କରେନି।

ବାହାରେ ରାସ୍ତାରେ ଏବେ ବି ଘନ କୁହୁଡ଼ି ଭରି ରହିଛି। ସୂର୍ଯ୍ୟ କିରଣର ଦେଖାନାହିଁ। କୁଲଚା–ଛୋଲେ ବାଲା ବୈଷ୍ଣବ ନିଜ ଠେଲା ଆଣି ଠିଆ କରିଦେଲାଣି। ସବୁଦିନ ପରି ସେ ପ୍ଲେଟ୍ ସଜାଡ଼ୁଛି ଏବଂ ତା'ର ଖଡ଼ଖଡ଼ ଶବ୍ଦ ଶୁଭୁଛି। ସାତ ନମ୍ବର ବସ୍ ଛାଡ଼ୁଛି। କ୍ରୁଶବିଦ୍ଧ ହୋଇଥିବା ଯୀଶୁଖ୍ରୀଷ୍ଟଙ୍କ ପରି ଲୋକମାନେ ସେଥିରେ ଝୁଲିରହିଛନ୍ତି ଏବଂ ଧାଡ଼ିରେ ଠିଆ ହୋଇଥିବା ଲୋକମାନଙ୍କୁ କଣ୍ଡକ୍ଟର ଟିକେଟ ବାଣ୍ଟୁଛନ୍ତି। ପ୍ରତ୍ୟେକ ଥର ଯେତେବେଳେ ବି ସେ ପଇସା ଫେରସ୍ତ କରୁଛି, ଖୁଚୁରା ପଇସାର ଶବ୍ଦ ଏଯାଏଁ ଆସୁଛି। କୁହୁଡ଼ି ଭିତରେ ଢାଙ୍କିହୋଇଥିବା ଆମ୍ଭଙ୍କ ଭିତରେ କଳାପୋଷାକ ପିନ୍ଧା କଣ୍ଡକ୍ଟର ଶୈତାନ ପରି ଲାଗୁଛି।

...ଏବଂ ଶବାଧାରଟି ଏବେ ଟିକେ ପାଖେଇ ଆସିଲାଣି।

'ନୀଳ ଶାଢ଼ି ପିନ୍ଧିଦିଏ ?' ମିସେସ୍ ବାସବାନୀ ପଚାରୁଛନ୍ତି। ବାସବାନୀଙ୍କ ରହିରହି ଦେଉଥିବା ଉତ୍ତରରୁ ଲାଗୁଛି ଯେ ସେ ନିଜ ଚାଇର ଗଣ୍ଠିକୁ ସଜାଡ଼ୁଛନ୍ତି।

ସର୍ଦ୍ଦାର ଜୀଙ୍କ ଚାକର ତାଙ୍କ ସୁଟ୍କୁ ବ୍ରଶ୍ ରେ ସଫାକରି ହେଙ୍ଗରରେ ଝୁଲେଇଦେଇଛି ଏବଂ ସର୍ଦ୍ଦାର ଜୀ ଆଇନା ଆଗରେ ଠିଆ ହୋଇ ପଗଡ଼ି ବାନ୍ଧୁଛନ୍ତି।

ଅତୁଲ ମବାନୀ ପୁଣିଥରେ ମୋ ଆଗରେ। ହାତରେ ତା'ର ପୋର୍ଟଫେଲିଓ

ଚଳିତ ମାସରେ ତିଆରି କରେଇଥିବା ସୁଟ୍‌ ସେ ପିନ୍ଧିଥିଲା। ଚେହେରାରେ ତା'ର ତାଜାପଣ ଓ ଜୋତା ଚକଚକ୍‌ କରୁଥିଲା। ଆସିବା ମାତ୍ରେ ସେ ମୋତେ ପଚାରେ "– ତୁମେ ଆସୁଛ କି ନାହିଁ ?" ଏବଂ ମୁଁ, 'କେଉଁଠାକୁ ଯିବାକଥା ପଚାରୁଛ 'ବୋଲି ପଚାରିବା ଆଗରୁ ସେ ପୁଣି ସର୍ଦ୍ଦାର ଜୀ ଙ୍କୁ ଡାକ ପକାଇଲା – 'ଆସନ୍ତୁ, ସର୍ଦ୍ଦାର ଜୀ, ଏବେ ଢ଼େରି ହେଉଛି। ଦଶଟା ବାଜିଲାଣି।' ଦୁଇ ମିନିଟ ପରେ ସର୍ଦ୍ଦାର ଜୀ ପ୍ରସ୍ତୁତ ହୋଇ ତଳକୁ ଆସନ୍ତି ଆଉ ବାସବାନୀକୁ ପଚାରନ୍ତି; 'ଏଇ ସୁଟ୍‌ କେଉଁଠୁ ସିଲେଇ କଲେ ?'

– 'ଏଇଠି, ଖାନ୍‌ ମାର୍କେଟ ରେ।'

– 'ବହୁତ ଭଲ ସିଲେଇ କରିଛି। ସେ ଟେଲରର ଠିକଣା ମୋତେ ବି ଦେବ।' ପୁଣି ସେ ନିଜ ଶ୍ରୀମତୀଙ୍କୁ ଡାକପକାଇଲେ – 'ଏବେ ଆସିଯାଅ। ଆସ ଡିଅର୍‌ .. ଠିକ୍‌ ଅଛି, ମୁଁ ତଳେ ଅଛି, ତୁମେ ଆସ।' କହିଦେଇ ସେ ବି ସର୍ଦ୍ଦାର ଜୀ ଏବଂ ମବାନୀଙ୍କ ପାଖକୁ ଆସିଲେ ଏବଂ ସୁଟକୁ ହାତରେ ପରଖି ପଚାରିଲେ– 'ଲାଇନିଂ ଇଣ୍ଡିଆନ ?'

– 'ନାଁ, ଇଂଲିଶ।'

'ବହୁତ ସୁନ୍ଦର ଫିଟିଂ।' କହିଦେଇ ସେ ଟେଲରର ଠିକଣା ଡାଏରୀରେ ଟିପିନେଲେ। ଶ୍ରୀମତୀ ବାସବାନୀ ବାରଣ୍ଡାରେ ଦେଖାଗଲେ।

ଶବାଧାରଟି ଏବେ ରାସ୍ତା ଉପରେ ଠିକ୍‌ ମୋ ରୁମର ତଳେ ଅଛି। ତା ସହ କିଛି ଲୋକ ଅଛନ୍ତି, ଗୋଟେ ଦୁଇଟି କାର ବି ଅଛି, ଯାହା ଧୀରେଧୀରେ ଗଡୁଛି। ଲୋକମାନେ କଥାବାର୍ତ୍ତା ରେ ବ୍ୟସ୍ତ ଅଛନ୍ତି। ଶ୍ରୀମତୀ ବାସବାନୀ ଜୁଡ଼ାରେ ଫୁଲ ଲଗାଇ ତଳକୁ ଆସନ୍ତି ଓ ସର୍ଦ୍ଦାର ଜୀ ନିଜ ପକେଟର ରୁମାଲ ଠିକ କରିବାରେ ଲାଗନ୍ତି। ସେମାନେ ବାହାରକୁ ଯିବା ପୂର୍ବରୁ ବାସବାନୀ ମୋତେ ପଚାରିଲା –"ଆପଣ ଆସିବେନି ?"

–"ଆପଣ ଚାଲନ୍ତୁ, ମୁଁ ଆସୁଛି। "ମୁଁ କହିଲି। କିନ୍ତୁ ପର ମୁହୁର୍ତ୍ତରେ ମୋତେ ଲାଗିଲା ଯେ, ସେ ମୋତେ କୁଆଡ଼େ ଯିବାକୁ କହିଲେ ? ମୁଁ ଠିଆ ହୋଇ ଭାବିବା ସମୟରେ ସେ ଚାରିଜଣ ଘର ବାହାରକୁ ଚାଲିଗଲେ।

ଶବାଧାରଟି ଟିକେ ଆଗକୁ ଚାଲିଗଲାଣି ଓ କାରଟିଏ ପଛରୁ ଆସି ଶୋଭାଯାତ୍ରା ପାଖରେ ଅଟକି ଯାଏ। ଗାଡ଼ି ଚଲେଇ ଯାଉଥିବା ସାହେବ ଜଣକ ଶବ ଶୋଭାଯାତ୍ରାରେ ଚାଲିଚାଲି ଯାଉଥିବା ଜଣେ ଲୋକ ସହ କିଛି କଥା ହୁଅନ୍ତି ଏବଂ କାରଟି ଦ୍ରୁତ ଗତିରେ ପୁଣି ଆଗକୁ ବଢ଼ିଯାଏ। ଶବ ସହ ପଛରେ ଯାଉଥିବା ଦୁଇଟି କାର ମଧ ସେହି କାର ପଛରେ ସରସର ହୋଇ ଚାଲିଯାଆନ୍ତି।

ଶ୍ରୀମତୀ ବାସବାନୀ ଓ ସେ ତିନିଜଣ ଲୋକ ଟାକ୍ସି ଷ୍ଟାଣ୍ଡ ଆଡ଼କୁ ଯାଉଛନ୍ତି। ମୁଁ ସେମାନଙ୍କୁ ଦେଖୁଥାଏ। ଶ୍ରୀମତୀ ବାସବାନୀ ଫର୍ – କଲାର୍ ପିନ୍ଧିଛନ୍ତି। ବୋଧହୁଏ ସର୍ଦ୍ଦାର ଜୀ ଚମଡ଼ାର ଗ୍ଲୋଭସ୍ ପିନ୍ଧିଛନ୍ତି ଏବଂ ସେ ଚାରିଜଣ ଟାକ୍ସି ରେ ବସନ୍ତି। ଏବେ ସେ ଟାକ୍ସିଟି ଏଇ ଆଡ଼କୁ ହିଁ ଆସୁଛି ଓ ସେଥିରୁ ଖିଲିଖିଲି ହୋଇ ହସୁଥିବାର ଶବ୍ଦ ମୋତେ ଶୁଣାଯାଉଛି। ବାସବାନୀ ସାମ୍ନାରେ ରାସ୍ତାରେ ଯାଉଥିବା ଶବ ଶୋଭାଯାତ୍ରା ଆଡ଼କୁ ଇଶାରା କରି ଡ୍ରାଇଭରକୁ କିଛି ବତାଉଛି। ସେ ଚାରିଜଣଙ୍କ ଟାକ୍ସି ଶବ ଶୋଭାଯାତ୍ରା ପାଖରେ ମନ୍ଥର ହୋଇଯାଏ। ମବାନୀ ବେକ ବାହାର କରି କିଛି କହେ ଆଉ ଡାହାଣ ପଟେ ରାସ୍ତା ଅତିକ୍ରମ କରି ଟାକ୍ସି ଆଗକୁ ବଢ଼େ।

ମୋତେ ଟିକେ ଝଟକା ଲାଗେ। ଆଉ ମୁଁ, ଓଭରକୋଟ ପିନ୍ଧି, ଚପଲ ଗଳାଇ ତଳକୁ ଓହ୍ଲାଏ। ମୋତେ ମୋ ପାଦ ଆପେଆପେ ନେଇ ଶବାଧାର ପାଖରେ ପହଞ୍ଚାଇଦିଏ ଏବଂ ମୁଁ ଚୁପଚାପ ତା ପଛେପଛେ ଚାଲିବାକୁ ଲାଗେ।

ଚାରିଜଣ ଲୋକ କାନ୍ଧେଇଛନ୍ତି ଓ ସାତ ଜଣ ଲୋକ ସାଙ୍ଗରେ ଚାଲିଛନ୍ତି। ସପ୍ତମ ବ୍ୟକ୍ତି ଜଣକ ମୁଁ, ଏବଂ ମୁଁ ଭାବୁଛି ଯେ, ମଣିଷ ମରିଯିବା ମାତ୍ରେ ହିଁ କେତେ ବଦଳିଯାଏ ସବୁ। ଗତବର୍ଷ ହିଁ ଦୀବାନଚନ୍ଦ୍ ନିଜ ଝିଅ ବାହାଘର କରିଥିଲେ ଓ ସେତେବେଳେ ହଜାରେ ଲୋକଙ୍କ ଭିଡ଼ ଥିଲା। କୋଠା ବାହାରେ କାର୍ ମାନଙ୍କର ଲମ୍ବା ଲାଇନ୍ ଥିଲା।

ମୁଁ ଶବାଧାର ସହ ଚାଲି ଚାଲି ଲିଙ୍କରୋଡ଼ ପର୍ଯ୍ୟନ୍ତ ପହଞ୍ଚି ସାରିଛି। ଆଗ ବୁଲାଣିରେ ହିଁ ପଞ୍ଚକୁଇଯାଁ ଶ୍ମଶାନ ଭୁଇଁ ଅଛି। ଯେମିତି ଶବ ଶୋଭାଯାତ୍ରା ଟି ଆଗ ମୋଡ଼ରେ ବାଙ୍କିଯାଇଛି, ଲୋକଙ୍କ ଭିଡ଼ ଓ କାରର ଧାଡ଼ି ମୋତେ ଦେଖାଗଲାଣି। କିଛି ସ୍କୁଟର ବି ଠିଆ ହୋଇଛି। ସ୍ତ୍ରୀ ଲୋକମାନଙ୍କ ଭିଡ଼ ଗୋଟିଏ ପଟେ ଠିଆହୋଇଛନ୍ତି। ସେମାନଙ୍କ କଥାବାର୍ତ୍ତାର ଉଚ୍ଚ ସ୍ୱର ଶୁଣାଯାଉଛି। ସେମାନଙ୍କ ଠିଆହେବାରେ ସେଇ ଲାଲିତ୍ୟ ଭଙ୍ଗୀ ଅଛି, ଯାହା କନ୍ସର୍ଟ ପ୍ଲେସରେ ଦେଖାଯାଏ। ସମସ୍ତଙ୍କ ଜୁଡ଼ା ବାନ୍ଧିବା ଶୈଳୀ ଅଲଗା ଅଲଗା। ପୁରୁଷମାନଙ୍କ ଭିଡ଼ରୁ ସିଗାରେଟ ର ଧୂଆଁ ଉଠି କୁହୁଡ଼ିରେ ମିଶିଯାଉଛି ଏବଂ କଥାବାର୍ତ୍ତା କରୁଥିବା ନାରୀମାନଙ୍କ ଲାଲ୍ ଓଠ ଓ ଧଳା ଦାନ୍ତ ଚମକି ଉଠୁଛି। ସେମାନଙ୍କ ଆଖିରେ ଏକ ଅହଂ ଅଛି।

ଶବଟିକୁ ବାହାରେ ତିଆରି କରାଯାଇଥିବା ଚଉତରା ଉପରେ ରଖ଼ଦିଆଯାଇଛି। ଏବେ ଚାରିଆଡ଼େ ନୀରବ। ଇଆଡ଼େସିଆଡ଼େ ଖେଳେଇହୋଇ ପଡ଼ିଥିବା ଭିଡ଼ ଶବ ଆଖପାଖରେ ଜମା ହୋଇଯାଇଛି ଏବଂ କାରଗୁଡ଼ିକର ଡ୍ରାଇଭର୍ ହାତରେ ଫୁଲମାଳ ଧରି ମାଲିକାଣୀମାନଙ୍କ ଇଶାରାକୁ ଅପେକ୍ଷା କରିଛନ୍ତି। ମୋ ଦୃଷ୍ଟି ବାସବାନୀ ଉପରେ

ପଡ଼େ । ସେ ନିଜ ଶ୍ରୀମତୀଙ୍କୁ ଇଶାରା କରି ଶବ ପାଖକୁ ଯିବାପାଇଁ କହୁଛନ୍ତି ଆଉ ସେ କିନ୍ତୁ ଜଣକ ପରେ ଜଣେ ମହିଲାଙ୍କ ସହ ଠିଆ ହୋଇ କଥା ହେଉଛନ୍ତି । ସର୍ଦ୍ଦାର ଜୀ ଏବଂ ଅତୁଲ ମବାନୀ ମଧ୍ୟ ସେଇଠି ଛିଡ଼ା ହୋଇଛନ୍ତି ।

ଶବଟିର ମୁହଁ ଖୋଲିଦିଆ ଯାଇଛି । ଆଉ ଏବେ ସ୍ତ୍ରୀ ଲୋକମାନେ ଫୁଲ ଓ ମାଳ ଆଣି ତା' ଆଖପାଖରେ ରଖିଦେଇଯାଉଛନ୍ତି । ଡ୍ରାଇଭର୍ ମାନେ ଏବେ କାମସାରି କାର ପାଖରେ ଠିଆ ହୋଇ ସିଗାରେଟ ଟାଣୁଛନ୍ତି ।

ଜଣେ ମହିଲା ଫୁଲମାଳ ରଖି କୋଟ୍ ପକେଟରୁ ରୁମାଲ ବାହାର କଲେ ଏବଂ ଆଖି ଉପରେ ରଖି ନାକ ସୁଁସୁଁ କରି ପଛକୁ ଘୁଞ୍ଚିଗଲେ । ଆଉ ଏବେ ସବୁ ସ୍ତ୍ରୀଲୋକ ମାନେ ରୁମାଲ ବାହାର କରି ନାକ ସୁଁ ସୁଁ ହେବାକୁ ଲାଗିଲେ । ଧୂପକାଠି ଜଳାଇ କିଛି ପୁରୁଷ ଶବର ମୁଣ୍ଡ ପାଖରେ ରଖିଦେଇ ନିଶ୍ଚଳ ହୋଇ ଠିଆହେଲେ । କଥାରୁ ଜଣାପଡ଼ୁଛି ଯେ ସ୍ତ୍ରୀଲୋକ ମାନଙ୍କ ହୃଦୟରେ ଟିକେ ଅଧିକ ଆଘାତ ଲାଗିଛି । ଅତୁଲ ମବାନୀ ନିଜ ଫାଇଲରୁ କୌଣସି କାଗଜ ବାହାର କରି ବାସବାନୀଙ୍କୁ ଦେଖାଉଛି । ମୋର ଅନୁମାନ ସେଇଟି ଏକ ପାସପୋର୍ଟ ର ଫର୍ମ ।

ଏବେ ଶବକୁ ଭିତର ଶ୍ମଶାନ ଭୂଇଁକୁ ନିଆଯାଉଛି । ଲୋକମାନେ ଫାଟକ ବାହାରେ ଠିଆ ହୋଇ ଦେଖୁଛନ୍ତି । ଡ୍ରାଇଭର ମାନେ ସିଗାରେଟ୍ ପିଇ ସାରିଲେଣି ଅବା ଲିଭେଇଦେଇଛନ୍ତି । ଆଉ ସେମାନେ ସବୁ ନିଜନିଜର କାର୍ ପାଖରେ ପ୍ରସ୍ତୁତ ହୋଇ ଠିଆ ହୋଇଛନ୍ତି । ଶବ ଏବେ ଭିତରେ ପହଞ୍ଚି ସାରିଛି । ଶୋକ ପାଳନ କରିବାକୁ ଆସିଥିବା ପୁରୁଷ ଓ ମହିଲା ମାନେ ଏବେ ବାହାରକୁ ଫେରୁଛନ୍ତି । କାରଗୁଡ଼ିକର ଦରଜା ଖୋଲାହେବାର ଓ ବନ୍ଦ ହେବାର ଶବ୍ଦ ଆସୁଛି । ସ୍କୁଟର ଷ୍ଟାର୍ଟ ହେଉଛି ଏବଂ କିଛି ଲୋକ ଲିଙ୍କ ରୋଡ଼, ବସ୍ ଷ୍ଟପ ଆଡ଼କୁ ବଢ଼ୁଛନ୍ତି ।

ଘନ କୁହୁଡ଼ି ଏବେ ବି ଅଛି । ରାସ୍ତାରେ ବସ୍ ଯାଉଛି ଏବଂ ଶ୍ରୀମତୀ ବାସବାନୀ କହୁଛନ୍ତି – "ଡ଼ାର୍ଲିଂ, ସନ୍ଧ୍ୟା ରେ ପ୍ରମିଲା ଡାକିଛି, ଯିବ ତ ? କାର୍ ଆସିଯିବ, ଠିକ୍ ଅଛି ?"

ବାସବାନୀ ସମ୍ମତିରେ ମୁଣ୍ଡ ହଲାନ୍ତି ।

କାରରେ ଯାଉଥିବା ମହିଲାମାନେ ସ୍ମିତହାସ କରି ପରସ୍ପରଠାରୁ ବିଦାୟ ନେଉଛନ୍ତି । ବାୟ୍, ବାୟ୍ ର ଶବ୍ଦ ଶୁଭୁଛି । କାରଗୁଡ଼ିକ ଷ୍ଟାର୍ଟ କରି ବାହାରୁଛନ୍ତି ।

ଅତୁଲ ମବାନୀ ଓ ସର୍ଦ୍ଦାରଜୀ ମଧ୍ୟ ରିଙ୍ଗ୍ ରୋଡ଼ ଆଡ଼କୁ ବାହାରି ଗଲେଣି ଏବଂ ମୁଁ ବି ଠିଆହୋଇ ଭାବୁଛି ଯେ, ଯଦି ମୁଁ ବି ପ୍ରସ୍ତୁତ ହୋଇ ଆସିଥାନ୍ତି ତେବେ ସିଧା ଏଇଠୁ ହିଁ କାମରେ ବାହାରି ଯାଇଥାନ୍ତି । ହେଲେ ଏବେ ସାଢ଼େ ଏଗାରଟା ବାଜିଛି ।

ଚିତାରେ ନିଆଁ ଲଗାଇଦିଆ ଯାଇଛି ଓ ଚାରି ପାଞ୍ଚ ଜଣ ଲୋକ ଗଛ ତଳେ ପଡ଼ିଥିବା ବେଞ୍ଚରେ ବସିଛନ୍ତି । ମୋ ପରି ସେମାନେ ବି ଏମିତି ହିଁ ଚାଲିଆସିଛନ୍ତି । ସେମାନେ ନିଶ୍ଚୟ ଛୁଟି ନେଇଥିବେ, ନହେଲେ ପ୍ରସ୍ତୁତ ହୋଇ ଆସିଥାନ୍ତେ ।

ମୁଁ ବୁଝିପାରୁନାହିଁ , ଘରକୁ ଯାଇ ପ୍ରସ୍ତୁତ ହୋଇ ଅଫିସ୍ ଯିବି ଅବା ଏବେ ଗୋଟିଏ ମୃତ୍ୟୁ ର ବାହାନା କରି ଆଜି ପାଇଁ ଛୁଟି ନେଇନେବି । ଯାହା ହେଲେ ବି ମୃତ୍ୟୁ ତ ହୋଇଛି, ଆଉ ମୁଁ ଶବଯାତ୍ରା ରେ ସାମିଲ ବି ହୋଇଛି ।

ଆଟଲାଣ୍ଟିକ୍

ରମେଶଚନ୍ଦ୍ର ଶାହ

ଏକାବେଳକେ ହଡ଼ବଡ଼େଇ ଉଠିପଡ଼ିଲା ସେ। ଝାଳ ଜୁଡ଼ୁବୁଡ଼ୁ। ଭିଡ଼ିକି ଧରିନେଲା ପଲଙ୍କ ବାଡ଼ାକୁ। ଆଖିକୁ ସିମେଣ୍ଟ ଚଟାଣରେ ପହଁରେଇ ଆଣିଲା, ଯେଉଁଠି ଏବେଏବେ ଚାରୋଟି କାନ୍ତୁ ଉଠିଥିବାର ଦେଖିଥିଲା। କ'ଣ ସେଇଟା ଏବେ ବି...? ନାଁ..ନାଁ। ସେ ଦୁଇଚାରି ଥର ବେକକୁ ଏପଟସେପଟ କରି ଫୁଟେଇଲା ଏବଂ ଶିଘ୍ର କରି ଜୋରରେ ଗୋଟେ ହାଇ ମାରିଲା। ଏଇଟା ନିଶ୍ଚୟ ତାରି ସ୍ୱର ହିଁ ଥିଲା। ତଥାପି ତାକୁ ସେଇଟି ଅଭୁତ ଲାଗିଲା। ସେ ଉଠିପଡ଼ି ରୋଷେଇ ଘରକୁ ଯାଇ ଗିଲାସେ ପାଣି ଢକଢକ କରି ପିଇଗଲା। କୋଠରିକୁ ଫେରି ସେ ପୁଣି ଶୋଇଥିବା ପତ୍ନୀ ଓ ପିଲାଙ୍କ ଉପରେ ଆଖି ବୁଲେଇଆଣିଲା। ତା' ହାତ ଅନାୟାସରେ ସ୍ୱିଚବୋର୍ଡ଼ ଯାଏ ଯାଉଯାଉ ଅଟକିଗଲା। ତା'ର ଇଚ୍ଛା ହେଲାନି। ଏଯାଏଁ ସେ ଭୟଭୀତ ଥିଲା ଏବଂ ଆଲୁଅରେ ସେ ଡରକୁ ଦୂରେଇ ଦେବାକୁ ଚାହୁଁଥିଲା। କିନ୍ତୁ...। ତା' ଭିତରଟା ଏ ପର୍ଯ୍ୟନ୍ତ ଧଡ଼ପଡ଼ ହେଉଥିଲା...ହଠାତ ତାକୁ ଲାଗିଲା, ସେ ଏଥରୁ ବାହାରିବାକୁ ଚାହୁନି। କଦାପି ନୁହେଁ। ସେ ପ୍ରକୃତରେ କ'ଣ ଦେଖିଥିଲା? କ'ଣ ଅନୁଭବ କରିଥିଲା? ସେ ତଳକୁ ଖସିପଡ଼ୁଥିଲା, ଗୋଟେ ବହୁତ ଉଚ୍ଚ ସ୍ଥାନରୁ ସେ ତଳକୁ

ଖସୁଥିଲା..ଏବଂ ତଳେ ? ତଳେ କିଛି ବି ନ ଥିଲା .. ଆଉ କେଜାଣି କେମିତି ତା' ନିଦ ଭାଙ୍ଗିଯାଇଥିଲା। ସେ ଆଖି ବନ୍ଦ କରିନେଲା ଏବଂ ସେହି ଦୃଶ୍ୟ ମନେପକେଇବାକୁ ଚେଷ୍ଟା କରିବାକୁ ଲାଗିଲା। କେମିତି ସେ ଦୃଶ୍ୟ ? କ'ଣ କୌଣସି ଦୃଶ୍ୟ ବି ଏହି ଘଟଣା ସହିତ ଥିଲା ? ତା'ର କିଛି ବି ମନେ ପଡ଼ିଲାନି ଏବଂ ତାକୁ କେମିତି ଗୋଟେ ଅସ୍ତବ୍ୟସ୍ତ ଲାଗିଲା। ଛାଇ ଅନ୍ଧାରରେ ସେ ତା' କୋଠରିର ଠିକ୍ ମଧ୍ୟାମଝିରେ ଠିଆ ହୋଇଥିଲା। ଭଲ ହିଁ ହେଲା, ସେ ଆଲୁଅ ଜଳେଇନି। ନ ହେଲେ କେହି ଉଠି ପଡ଼ିଥାନ୍ତା। 'ମୁଁ' ସଂପୂର୍ଣ୍ଣ ଭାବେ ନିଖୋଜ ହୋଇଯାଇଥାନ୍ତା। ବଡ଼ ବିଚିତ୍ର! ମନ୍ତ୍ରବତ୍ ସେ ପଛକୁ ବୁଲିଲା ଏବଂ ପଲଙ୍କ ଉପରେ ଗଡ଼ିଗଲା।

ବାହାରେ ଜହ୍ନ ଆଲୁଅ ଖେଳେଇହୋଇ ପଡ଼ିଥିଲା ଏବଂ ଝରକାର ପରଦା ଆଢୁଆଲରୁ ବେଳେବେଳେ ଘର ଭିତରକୁ ପଶିଆସୁଥିଲା। ତା'ର ଇଚ୍ଛା ହେଲା ଉଠି ଘଣ୍ଟା ଦେଖିବ କେତେଟା ବାଜିଛି। ତା' ହାତ ଆପେଆପେ ଟେବଲ ପାଖକୁ ବଢ଼ିଲା ଏବଂ ତୁରନ୍ତ ଫେରିଆସିଲା। ନା, ସେ ସମୟ ଜାଣିବାକୁ ଚାହୁଁନି। ଏମିତି ହିଁ ପଡ଼ି ରହିବାକୁ ଚାହେଁ। କ'ଣ ଏହା ସମ୍ଭବ ? ତାକୁ ଲାଗିଲା, ସେ ଶୋଇପଡ଼ୁଛି। ସେ ଜୋରକରି ଆଖି ଖୋଲି ସାମ୍ନାରେ ଥିବା ଝରକାକୁ ଚାହିଁ ରହିଲା। ନାଁ, ସେ ଶୋଇବାକୁ ଚାହେଁନା। ଚେଇଁ ରହିବାକୁ ଚାହେଁ ସେ। କ'ଣ ସେହି ଡରରେ ?

ଗୋଟେ ମୁହୂର୍ତ୍ତ ପାଇଁ ତାକୁ ହଠାତ୍ ଲାଗିଲା, ଯେପରି ସେ ପଲଙ୍କ ସହ ତଳକୁ ଖସୁଛି...କୋଠରିର ଚଟାଣ ହଠାତ୍ ଉଭେଇଯାଉଛି ଏବଂ ତଳକୁତଳକୁ ଧସିଯାଉଛି। ସେ ଆଖିବନ୍ଦ କରିନେଲା ଏବଂ ଏହି ଅନୁଭୁତିକୁ ଯିବାକୁ ନ ଦେବା ପାଇଁ ଓ ଜୋରକରି ଧରିରଖିବାର ନିଷ୍ପତ୍ତି ନେଲା..... କେତେ ହାଲୁକାପଣ...! ...ଏବଂ ପୂର୍ବର ସେ ଛାନିଆଁ ଭାବ ବି ତ ନାହିଁ। ...ବାସ୍, ଏମିତି ହିଁ ଖସିଚାଲିଥାଉ, ଧସିଚାଲିଥାଉ, ନିଜେ..ନିଜଠାରୁ ବହୁତ ବହୁତ ଦୂରକୁ .. ଯେଉଁଠି କେହି ବି ନ ଥିବେ। କେଉଁଠି କିଛ ବି ନ ଥିବ। ହେଲେ ଯେ କ'ଣ ? ସେ ଅଟକିଗଲା କାହିଁକି ? ତା'ର ଆଖି ଖୋଲିଗଲା ଏବଂ ସେ ଟିକେ ମୁରୁକି ହସିଦେଲା। ତାକୁ ନିଜ ଶରୀରରେ ଏକ ଅଭୁତ ଫୁର୍ତ୍ତି ଅନୁଭୂତ ହେଲା। ଯାହାକୁ ସ୍ଥାୟୀ କରି ରଖିବା ପାଇଁ ସେ ନିଜ ଶରୀରକୁ ଏକଦମ୍ ସହଜ କରିଦେଲା।

ଜଣାନାହିଁ, ସମୟ କେତେ ହୋଇଥିବ.. ଏଇ ପ୍ରଶ୍ନଟି ମନରେ ଉଙ୍କିମାରି ପୁଣି ଚାଲିଗଲା। ଘଡ଼ି ଦେଖିବାକୁ ତା'ର ସାହସ ହେଲାନି। ସେ ନିଜକୁ ସାନ୍ତ୍ବନା ଦେଲା ଯେ, ପାଞ୍ଚଟା ହୋଇସାରିଥାଉ ଏବଂ ରାତି ପାହିବାକୁ ବେଶୀ ଡେରି ନ ଥାଉ। ଝରକାର ପର୍ଦ୍ଦା ଟେକି ବାହାରକୁ ସେ ଚାହିଁଲା। ତା' ମୁଣ୍ଡରେ ଯଦିଓ କିଛି ପଶିଲାନି,

ହେଲେ ଲାଗିଲା ଯେ, କିଏ ଜାଣେ..ବୋଧେ ଦୁଇଟା କି ତିନିଟା ହୋଇଥିବ । ଏକଥା ଭାବି ତାକୁ ପୁଣି ବ୍ୟସ୍ତ ଲାଗିଲା । ସେ ବୁଝିପାରିଲାନି ଯେ, ସେ ପୁରା ନିଦ ଶୋଇସାରିଛି କି ନାଇଁ । ଏକଥା ଥୟ ଯେ ସେ ପୁଣିଥରେ ଶୋଇବାକୁ ଚାହୁଁ ନ ଥିଲା, କିନ୍ତୁ ଯଦି ସତକୁ ସତ ଏବେ ରାତି ଅଧ ହୋଇଥିବ, ତେବେ ସେ କରିବ କ'ଣ ? ତା' ହାତ ସମୟ ଜାଣିବାକୁ ବ୍ୟଗ୍ର ହୋଇ ଉଠିଲା, କିନ୍ତୁ ସେ ବିପରୀତ ଦିଗରେ ଚାଲି, ଅଗଣାରେ ଆସି ପହଞ୍ଚିଲା ଏବଂ ଆକାଶକୁ ଚାହିଁ ରହିଲା । ତାକୁ ଲାଗିଲା, ସତରେ ଏବେ ରାତି ଅଧାରୁ ଆଉରି ବେଶୀ ବାକି ଅଛି । ପୁଣିଥରେ କୋଠରିକୁ ଫେରି ଆସିବାକୁ ତା'ର ମନ ହେଲାନି । ସେଇଠି ଅଗଣାର ଖାଲି ଚଟାଣରେ ସେ ଗଡ଼ିପଡ଼ିଲା । ତାରାଭରା ଆକାଶ ତା' ଆଖି ଆଗରେ ଝିଲମିଲ ହେବାକୁ ଲାଗିଲା । ସେ ତାକୁ ଟାଣିଆଣି ଘୋଡ଼େଇହୋଇ ପଡ଼ିଲା ।

ତାକୁ ଲାଗିଲା, ଅନେକ ବର୍ଷ ଧରି ତା' ଭିତରେ ମୃତବତ୍ ପଡ଼ିରହିଥିବା କିଛି ଯେମିତି ବ୍ୟସ୍ତ କରୁଛି, ଛାଟିପିଟି ହେଉଛି । ଗଳାରେ କିଛି ଗୋଟାଏ ରୁନ୍ଧିହେବାପରି ଅନୁଭବ ହେଉଥିଲା ।

'ସେ କାନ୍ଦୁଛି' ଏହି ତଥ୍ୟ ତାକୁ ଅତି ପବିତ୍ର ଲାଗିବା ସହ ଅତ୍ୟନ୍ତ ହାସ୍ୟାସ୍ପଦ ମଧ୍ୟ ଲାଗିଲା । କିନ୍ତୁ ସେ ଟିକେ ଆଶ୍ବସ୍ତି ଅନୁଭବ କଲା ।

'କି ବିଚିତ୍ର ଆଶ୍ବସ୍ତି !' ସେ ଭୁତଭୁତ୍ ହୋଇକହିଲା ଏବଂ ତା' ମୁହଁରୁ ବାହାରି ପଡ଼ିଲା – 'ସତରେ, ଏହା କୌଣସି ନାଟକ ନୁହେଁ । ଇଏ ମୁଁ ହିଁ ଅଟେ । ଏକଦମ୍ ମୁଁ । ଏଇ ଶାନ୍ତି...' ଏଇ...." । ସେ ନିଜର ଶବ୍ଦହୀନତାରେ, ନିଜ ଭିତରଯାଏଁ ଖୋଜିଆସିଲା । ସେ ସହସା ଚୁଟିକୁ ଝିଙ୍କି ଏକ ଝଟକା ଦେଲା ।

"ମୁଁ କିଛି ବି ଚିନ୍ତାକରିବାକୁ ଚାହେଁନା । କିଛି ବି ନୁହଁ ।" ସେ ଭାବିଲା ଏବଂ ନିଜକୁ ବିକ୍ଷିପ୍ତ ହୋଇଯିବାର ଅନୁଭବ କଲା ।

"ପୂରା ହୋସରେ ଥାଇ ବୋହୋସ୍ ହେବାର ଏହାଠାରୁ ବଳି ସୁଯୋଗ ଆଉ ମିଳିବନି-"ସତେକି କିଏ ଫୁସଫୁସ ହୋଇ ତା' କାନପାଖରେ କହିଲା । ସେ ଚମକିପଡ଼ିଲା ଏବଂ ଉଠିପଡ଼ି ଚକାପାରି ବସିଗଲା । ତାକୁ ଆକାଶର ରୂପରଙ୍ଗ କିଛି ବଦଳିବା ପରି ଦେଖାଗଲା ଆଉ ତାକୁ ଲାଗିଲା ଯେମିତି ରାତି ପାହିଆସିଲାଣି । ହେଲେ ସକାଳ ହେବା କଥାରେ ତାକୁ ଏତେ ଆଶ୍ବସ୍ତି କାହିଁକି ଲାଗୁଛି ! ଏକଥା ଭାବି ସେ ନିଜେ ଲଜ୍ଜିତ ଅନୁଭବ କଲା । ଯଦିଓ ସେ କାହିଁ କେତେ ବର୍ଷରୁ କେତେ ଯୁଗରୁ ଏହି ବିଶେଷ ଏକାକୀତ୍ବର ସନ୍ଧାନରେ ଥିଲା, ଯଦିଓ କେବଳ ଏଇଥିପାଇଁ ହିଁ ସେ ଅବିରତ ବ୍ୟାକୁଳ ଥିଲା ଏବଂ ଆଜି ହିଁ ଏକଥା ସେ ମଧ୍ୟ ବୁଝିପାରୁଛି ।

କ'ଣ ମୋତେ ନିଜକୁ ଭୟ ଲାଗୁଛି ? ସେ ପ୍ରଶ୍ନ କଲା...। ସେ ନିଜକୁ ଏକ ବିଦୂଷକ, ଏକ ଖରାପ ବିଦୂଷକ ମନେକଲା। ତା' ନିଜତ୍ୱ ବହୁ ଦୟନୀୟ ଭାବରେ ସଙ୍କୁଚିତ ହୋଇଗଲା। ସେ ଇଚ୍ଛା କଲା, କେହି ତାକୁ ପିଟୁ, ବହୁତ ପିଟୁ, ତଳେ ଚଟାଣରେ ଘୋଷାଡ଼ୁ ଏବଂ ଚାବୁକରେ ଚଟଚଟ୍ କରି ଦେହସାରା ଏମିତି ରକ୍ତାକ୍ତ କରିଦେଉ ଯେମିତିକି ସେ କିଛି ଚିନ୍ତାକରିବା ଭୁଲିଯାଇ, ସତକୁ ସତ ପୁରା ସଚେତ ହୋଇ ନିଜେ ନିଜକୁ ଅନୁଭବ କରିପାରିବ। ମେସିନରେ ପେଷ୍ଟିହେବାପରି ପୁଣିଥରେ ତା' ମୁଣ୍ଡରେ ବିଭିନ୍ନ ପ୍ରକାରର ଚିନ୍ତା ଘୂରିବୁଲିବାକୁ ଲାଗିଲା ଏବଂ ସେ ଏ ସବୁକୁ ଯେମିତି ବି ହେଉ ସ୍ଥିର କରିଦେବାକୁ ଚାହୁଁଥିଲା। ସେ ତତକ୍ଷଣାତ୍ ଉଠିପଡ଼ିଲା ଏବଂ ଚପଲ ଗଲେଇ ଚୁପଚାପ୍ କବାଟ ଖୋଲି ଅଗଣା ବାହାରକୁ ଚାଲିଗଲା। ବର୍ତ୍ତମାନ ସେ ଥିଲା ସଡ଼କ ଉପରେ। ଚଞ୍ଚଳଚଞ୍ଚଳ ଦୁଇ ଚାରିପାଦ ଚାଲିବା ପରେ ସେ ପାଗଳଙ୍କ ପରି ଦୌଡ଼ିବାକୁ ଲାଗିଲା। ଚଟ୍-ଚଟ୍-ଚଟ୍-। ଚପଲର ଶବ୍ଦ ତାକୁ ବିରକ୍ତିକର ମନେହେଲା। ବିଚଳିତ ହୋଇ ସେ ଚପଲ ବାହାର କରିଦେଲା ଏବଂ ନିଜର ସର୍ବ ଜୋର୍ ଲଗେଇ ଦୂରକୁ ଫୋପାଡ଼ି ଦେଲା। ପୁଣି ପର ମୁହୂର୍ତ୍ତରେ ସେ ଦେଖିବାକୁ ଲାଗିଲା ଯେ ଚପଲ କେଉଁଠି ପଡ଼ିଲା। ସେତେବେଳକୁ ଚପଲ ହଜି ସାରିଥିଲା ଏବଂ ସେ କେଉଁଠି ଖୋଜିବ କିଛି ବୁଝିପାରୁ ନ ଥିଲା। ହଡ଼ବଡ଼େଇ ଯାଇ ସେ ପୁଣି ଦୌଡ଼ିବା ଆରମ୍ଭ କରିଦେଲା. କ୍ଷିପ୍ର...କ୍ଷିପ୍ର...ଆଉରି କ୍ଷିପ୍ର ଗତିରେ। ସେ ଏତେ ଜୋରରେ ବି ଧାଇଁ ପାରେ! ତାକୁ ନିଜକୁ ଆଶ୍ଚର୍ଯ୍ୟଲାଗିଲା। ଫୁର୍ତ୍ତିଲା ଅନୁଭବ କଲା ସେ ନିଜକୁ ଏବଂ ଧାଇଁବାକୁ ଲାଗିଲା।

ଏହି ସମୟରେ ଏକଦମ୍ ପାଖରେ କେଉଁଠି କୁକୁରମାନେ ଭୁକିବାର ଶବ୍ଦ ତାକୁ ଶୁଣାଗଲା ଏବଂ ସେ ଠିଆହୋଇଥିବା ଜାଗାରେ ହିଁ ସ୍ତବ୍ଧ ହୋଇ ରହିଗଲା। ବହୁତ ଡର ଲାଗିଲା ତାକୁ। ସାମ୍ନାରେ ପାଖାପାଖି ଶହେ ଗଜ ଦୂରରେ ଏକ ବିସ୍ମୟ ରୂପେ ଛିଡ଼ାହୋଇଥିବା ସେହି ଘରଟିକୁ ସେ ଚିହ୍ନିଲା। ତେବେ କ'ଣ ସେ ସତରେ ଏତେ ବାଟ ଚାଲିଆସିଛି ? ସେ ପଛକୁ ଲେଉଟିଲା। ଏତେ ସମୟ ପରେ ଯାଇ ତା'ର ଧ୍ୟାନ ଗଲା ନିଜର ନିଃଶ୍ୱାସର ଗତି ଆଡ଼କୁ। ସେ ବହୁତ ଜୋରରେ ଧଇଁସଇଁ ହେଉଥିଲା। ଧୀରେ-ଧୀରେ ସେ କେଇପାଦ ଚାଲି ପୁଣି ଗତି ବଢେଇଦେଲା ଏବଂ ଏକରକମ ଦୌଡ଼ିବାକୁ ଲାଗିଲା। ପୁଣି ନିଜ ଚପଲ ଖୋଜିବାକୁ ଲାଗିଲା, ଗୋଟେ ଜାଗାରେ ଅଟକିଯାଇ। ହେଲେ ମିଳିଲାନି। ସେମିତି ଖାଲିପାଦରେ ହିଁ ସେ ଚାଲିଚାଲି ଆସିଲା ଘରକୁ। ସେ ଅନୁତାପ ବି କଲା, ଚପଲକୁ ଏପରି ଭାବରେ ହଜେଇଦେଇଥିବାରୁ, ପର ମୁହୂର୍ତ୍ତରେ ନିଜ ବ୍ୟବହାର ପାଇଁ ତାକୁ ହସ ବି ଲାଗିଲା।

ଘରେ ପହଞ୍ଚି ସେ କବାଟକୁ ପୁଣିଥରେ ରୂପଚାପ୍ ଆଗପରି ବନ୍ଦ କରିଦେଲା ଏବଂ ପାଦ ଚାପିଚାପି କୋଠରି ଭିତରକୁ ପଶିଲା। ପତ୍ନୀ ଓ ପିଲା ଦୁହେଁ ସେଇଭଳି ସେଇ ଗୋଟିଏ କଡ଼ରେ ଶୋଇଥିଲେ। ଏସବୁ ଭିତରେ ତା'ସହ କେତେ କ'ଣ ଘଟିଗଲାଣି, ଅଥଚ ଏଠି କିଛି ବି ବଦଳିନି !ସେ ଆଶ୍ଚର୍ଯ୍ୟ ହେଲା। କିନ୍ତୁ ଏଥରେ ସେ ଟିକେ ଆଶ୍ୱସ୍ତ ବି ହେଲା। ଏବେ ? ସେ ପୁଣି ଘଣ୍ଟାଆଡ଼କୁ ନିଇଁ ପଡ଼ୁପଡ଼ୁ ଅଟକିଗଲା। ସ୍ୱିଚ୍ ଆଡ଼କୁ ଲମ୍ବିଥିବା ହାତକୁ ସେ ଦେଖିଲା ଓ ଫେରେଇ ଆଣିଲା।

ସେ ଭାବିଲା, ଲାଭ କ'ଣ ! ଏବେ କ'ଣ କରାଯାଇପାରେ ? କୋଠରିରୁ ବାହାରି ସେ ପୁଣିଥରେ ଅଗଣାକୁ ଆସିଗଲା

ଏବଂ ଏକ କୋଣରେ ବସିପଡ଼ି ପୁଣି ନିଜକୁ ନିଜ ଭିତରକୁ ଠେଲିବାର ପ୍ରୟାସ କରିବାକୁ ଲାଗିଲା। ଦଶ ମିନିଟ୍...ଏବଂ ସେ ଅନୁଭବ କଲା, ସେ ଯେମିତି ବଦଳୁଛି। ଏବେ ତା' ଜୀବନ ଏକ ନୂତନ ଭାବେ ଆରମ୍ଭ ହେବ। ସବୁ ପୁରୁଣା ଯେମିତି ଉଭେଇଯାଉଛି। ଗୋଟି ଗୋଟି କରି ତା'ର ସବୁ ଦୁର୍ବଳତା, ଅସଫଳତାଗୁଡ଼ିକ ତା' ସାମ୍ନାକୁ ଆସିବାକୁ ଲାଗିଲେ ଆଉ ସେ, ସେମାନଙ୍କୁ ନିଜ ଆଗଦେଇ ଚାଲିଯାଉଥିବାର ଦେଖିବାକୁ ଲାଗିଲା। ତା'ର ନିଜ ପ୍ରତି କେମିତି ଏକ ଆପଣାପଣ, ଆନ୍ତରିକତା ଭରିଆସିଲା। –"ଅଜିତ୍, ୟୁ ଡୋଣ୍ଟ ରେସେପେକ୍ ୟୋର ସେଲ୍ଫ ଏନଫ୍.."—ବହୁ ବର୍ଷତଳେ ଶୁଣିଥିବା ଏହି ବାକ୍ୟ ତା' କାନରେ ପ୍ରତିଧ୍ୱନିତ ହେବାରେ ଲାଗିଲା। କେଡ଼େ ସତକଥାଟେ କହି ଥିଲା ହୁକେନ୍! ସେତେବେଳେ ତ ସେ ତା' କଥାକୁ ହସରେ ଉଡ଼େଇଦେଇଥିଲା। ଆଜି କିନ୍ତୁ କଥାଟି କେତେ ସତ ଲାଗୁଛି! ସତରେ, ଏହା ହିଁ ମୋର ସବୁ ସମସ୍ୟାର ମୂଳ କାରଣ। –– ସେ ଭାବିଲା।

ଗୋଟେ ଆବେଗରେ ସେ ଉଠିପଡ଼ି ପୁଣିଥରେ ଘର ଭିତରକୁ ଚାଲିଆସିଲା। ଝାସ୍ପା ଆଲୁଅରେ ଘରର ଜିନିଷପତ୍ର ଉପରେ ସେ ଟିକେ ଆଖି ବୁଲେଇଆଣିଲା। –"ଆଜି ଦିନଟା ଏଗୁଡ଼ିକୁ ସଜାଡ଼ିବାରେ ସମୟ ଦେବି।" – ସେ ସ୍ଥିର କଲା। ପତ୍ନୀ ସାରାଦିନ ଖଟୁଛନ୍ତି। ଯେବେ ଆସିଥିଲେ, କେତେ ସଉକ ଥିଲା ତାଙ୍କର। ସବୁ ଗୋଟିଗୋଟି କରି ବଳି ଦେଇଦେଲେ ଏଇ ଘର ପାଇଁ। ତଥାପି ସେ ତାଙ୍କୁ ହିଁ ଦୋଷ ଦେଇଆସିଛି, ସବୁ ଅବ୍ୟବସ୍ଥାର କାରଣ କହି। ପ୍ରକୃତରେ ଦୋଷୀ ତ ମୁଁ ହିଁ ଅଟେ। – ସେ ଭାବିଲା ଏବଂ ଗତ ରାତିର ଘଟଣା ତା' ଆଖି ଆଗରେ ଭାସିଉଠିଲା।

"ତୁମେ ସ୍ୱାର୍ଥପର"– ପତ୍ନୀ କହିଥିଲେ ଏବଂ ସେ ସ୍ତବ୍ଧ ହୋଇଯାଇଥିଲେ। ବହୁତ ସମୟ ଯାଏଁ ସେ ଏହି ଲାଞ୍ଛନାର ଆଘାତରେ ସେ ଜଳିଉଠିଥିଲା ...ଆଉ..ଆଉ ପୁଣି.. ତା' ପରେ...।

ଗ୍ଲାନିରେ ଛଟପଟ ହୋଇଉଠିଲା ସେ। କ'ଣ ଏହା ମଧ୍ୟ କେବଳ ଏକ କ୍ଷଣିକ ଭାବପ୍ରବଣତା ହିଁ ନୁହେଁ? ତା' ନିଷ୍ଠୁରର କୌଣସି ମୂଲ୍ୟ ନାହିଁ। ସେ ସବୁବେଳେ ଏମିତି ଅନୁତାପ କରୁଥିବ ଓ ବାରମ୍ବାର ସେଇସବୁ ଦୁର୍ବଳତାଗୁଡ଼ିକ ପାଖରେ ମୁଣ୍ଡ ନୁଆଁଇ ଥିବ। "– ୟୁ ଡୋଣ୍ଟ୍ ରେସପେକ୍ ୟୋର ସେଲଫ୍ ଏନଫ୍" ହୁକେନ୍ ଏମିତିରେ କହି ନ ଥିଲା। ଯେ ପର୍ଯ୍ୟନ୍ତ ସେ ନିଜ ବଞ୍ଚିବାର କୌଣସି କାରଣ ଖୋଜି ନ ନେଉଛି, କୌଣସି ଅର୍ଥ ନ ପାଉଛି, ସେ ପର୍ଯ୍ୟନ୍ତ ସେ ଏମିତି ଅସଂପୂର୍ଣ୍ଣ ଓ ବିକଳାଙ୍ଗ ହୋଇ ରହିବ।

ତାକୁ ନିଜର ଦେଖିଥିବା ସ୍ୱପ୍ନ କଥା ମନେପଡ଼ିଲା। ସେ ଖସିବାରେ ଲାଗିଥିଲା.. ଲଗାତାର..ଲଗାତାର ଖସୁଥିଲା ଓ କେଉଁଠି ଟିକେ ବି ଅଟକୁ ନ ଥିଲା। ଖୁବ୍ ବେଶୀ ଡରିଯାଇଥିଲା ସେ ଏବଂ ନିଦରୁ ଉଠିପଡ଼ିଥିଲା। ହେଲେ ସେ ଅନୁଭୂତି, କେମିତି ପୁଣି ଏକ ଆଶ୍ୱସ୍ତି, ଏକ ବିଚିତ୍ର ସୁଖର ଅନୁଭୂତି ପାଲଟିଗଲା! ଏହା କ'ଣ ତା' ଭିତରର ହିଁ କୌଣସି ସତ୍ୟ ନ ଥିଲା, ଯାହା କେବେ ବି ଆସିପାରି ନ ଥିଲା ଆଜିଯାଏଁ ଓ ଯାହାର ହୃଦବୋଧ ତାକୁ ଏମିତି ହିଁ ହେବାର ଥିଲା?

ଏହା ପୂର୍ବରୁ ସେ କେବେ ଏମିତି ସମ୍ପୂର୍ଣ୍ଣତା ବିଷୟରେ ଜ୍ଞାତ ଥିଲା?

ସେ ସୁଖ ଥିଲା – ନିତାନ୍ତ ମୋର, ଏକାନ୍ତ ମୋ ନିଜର ସୁଖ! ସେ ଗୁଣୁଗୁଣୁ ହୋଇ କହିଲା ଏବଂ ତାକୁ ଆଶ୍ଚର୍ଯ୍ୟ ଲାଗିଲା ଯେ, "ସୁଖ, ଶବ୍ଦଟି ତାକୁ ଏତେ ବାଜେ, ଏତେ ଶସ୍ତା ଲାଗୁନି ଯେମିତିକି ପ୍ରାୟତଃ ଲାଗିଆସୁଥିଲା।"

ସତେ ଅବା ତାହା ଏବେ ଏବେ ହିଁ ତାରି ଆଖି ଆଗରେ ସୃଷ୍ଟି ହୋଇଛି ନିଜର ଏଇ ତାଜା–ତାଜା ଅନୁଭବରୁ।

ତା ହାତ ଏଥର ଖୋଜିପାଇଲା ଘଡ଼ିକୁ। ଚମକିପଡ଼ିଲା ସେ ଏକବାରେ। ଏବେ ଚାରିଟା ବି ବାଜି ନ ଥିଲା। ସେ ଚୁପଚାପ୍ ଗଡ଼ିପଡ଼ୁଥିଲା, ହେଲେ ସତକୁ ସତ କାଲେ ନିଦ ଆସିଯିବ, ଏ କଥା ଭାବି ସେ ବ୍ୟସ୍ତହୋଇ ପୁଣି ଅଗଣାକୁ ଚାଲିଆସି ଟହଲିବାକୁ ଲାଗିଲା। କେମିତି ଟିକେ ହାଲିଆ ହେବାପରି ଲାଗୁଥିଲା ତାକୁ ଏବଂ ନିଦ ମଧ୍ୟ ଆସୁଥିଲା। କିନ୍ତୁ ଶୋଇବାକୁ ଚାହୁଁ ନ ଥିଲା ସେ। ତାକୁ ଲାଗୁଥିଲା –ସେ ଯଦି ସେ ସମୟରେ ଶୋଇପଡ଼ିବ, ତାହେଲେ କିଛି ଜିନିଷକୁ ସେ ସବୁଦିନ ପାଇଁ ହରେଇବସିବ। ସେ ତାକୁ ନିଜ ହାତମୁଠାରେ ଧରିରଖିବାକୁ ଚାହୁଁ ଥିଲା।

ତା' ମନ ପୁଣି ଏଣେତେଣେ ଘୁରି ବୁଲିବାକୁ ଲାଗିଲା। ଅସ୍ୱସ୍ତ ହୋଇ ସେ ଉଠି ଆଉ ଏକ ରୁମ୍‌କୁ ଚାଲିଗଲା ଏବଂ ଆଲୁଅ ଲିଭେଇଦେଲା। ଶୂନଶାନ୍ ଆଲୋକ ଭିତରେ ଠିଆହୋଇ ନିଜକୁ ସେ ଅସଭ୍ୟ ପରି ଲାଗିଲା। ତା'ର ଇଚ୍ଛା ହେଲା, ସେ

ଅଦରକାରୀ ଆଳୁଅକୁ ଲିଭେଇଦିଅନ୍ତ ଏବଂ ଆରାମ ଚୌକି ଉପରେ ଗୋଡ଼ହାତ ଲମ୍ଭେଇ ନିଜର ଧାନ ଚାରିଆଡ଼ୁ ଫେରେଇଆଣି ଏକାଗ୍ର ହେବାର ଚେଷ୍ଟା କରନ୍ତା।

ହଠାତ୍ ତା'ର ମନେପଡ଼ିଲା ଯେ ପାଞ୍ଚଟା ହୋଇସାରିଥିବ। ଏବେ କିଛି ସମୟ ପରେ ସକାଳ ହୋଇଯିବ। ପିଲାଏ ଉଠିଯିବେ, ସଂସାର ଆରମ୍ଭ ହୋଇଯିବ ଏବଂ ସେ, ଏହି ଅନୁଭୂତିରୁ—ନିଜେ ନିଜଠାରୁ ବିଚ୍ଛିନ୍ନ ହୋଇଯିବ .. ପୁଣିଥରେ ସେହି ନିତିଦିନିଆ କାମରେ ଛନ୍ଦି ହୋଇଯିବ, ଯାହା ତାକୁ ବର୍ଷବର୍ଷ ହେଲା ମୃତବତ୍ ଧରି ରଖିଛି। ସେ ଉଠିଯାଇ ନିଜର ଡାଏରୀ ନେଇଆସିଲା ଏବଂ ଝଟ୍ କରି ଲେଖିବାକୁ ଲାଗିଲା—"ଆଜି ମୁଁ ମୋ ନିଜକୁ ସାକ୍ଷାତ କଲି...।" ଲେଖିବା ମାତ୍ରେ ହିଁ ତାକୁ ନିଜ ବାକ୍ୟ ଉପରେ ବିରକ୍ତି ଆସିଲା। ତାକୁ ସେଇଟି ଶସ୍ତା ଓ ନାଟକୀୟ ମନେହେଲା। ବେକାର..., ସେ କହିଲା ଏବଂ ପୃଷ୍ଠାଟିକୁ ଚିରିଦେଲା। ଅନ୍ୟମନସ୍କ ହୋଇ ସେ ଡାଏରୀର ପୃଷ୍ଠା ଲେଉଟାଇବାକୁ ଲାଗିଲା। ସେଇଟା ଗୋଟିଏ ଚାରିବର୍ଷ ତଳର ଡାଏରୀ ଥିଲା ଏବଂ ସେଥିରେ ଧୋବାର ହିସାବ, ବହିଗୁଡ଼ିକର ଉଦ୍ଧୃତାଂଶ, ସାଙ୍ଗମାନଙ୍କର ଠିକଣା ଏବଂ କେଜାଣି ଆଉରି କେତେ କ'ଣ ଭର୍ତ୍ତି ହୋଇଥିଲା। ବହୁତ ବିତୃଷ୍ଣା ଆସିଲା ତା'ର ନିଜ ପ୍ରତି। ଆଜି ପର୍ଯ୍ୟନ୍ତ ସେ ଏହି ଡାଏରୀ ବ୍ୟବହାର କରିଆସୁଥିଲା। କେତୋଟି ପୃଷ୍ଠା ବି ତା'ର ମୂଳରୁ ଚିରି ଯାଇଥିଲା। ଗୋଟିଏ ଜାଗାରେ ସେ ଅଟକିଗଲା। ତିନି ଚାରୋଟି ପୃଷ୍ଠା ଏକ ପ୍ରକାର ରଙ୍ଗରେ ରଙ୍ଗାଯାଇଥିଲା ଏବଂ ତିନି ବର୍ଷ ତଳର କୌଣସି ଏକ ତାରିଖ ଲେଖାଯାଇଥିଲା। ପଢ଼ିବାକୁ ଆରମ୍ଭ କରିଦେଲା ସେ। ସେହି ସଦିଚ୍ଛା, ସେହି ସଂକଳ୍ପ...!

ଏଇଟା ତାକୁ ତା' ନିଜ ସହ କରିଥିବା ସବୁଠାରୁ ଘୃଣ୍ୟ ଏବଂ ଅଶ୍ଳୀଲ ମଜାକ୍ ଲାଗିଲା।

ଏବେ ସେ ପୁଣି ଥିଲା ନିଜ କୋଠରିରେ। ସେଠାର ସମସ୍ତ ଜିନିଷ ପତ୍ର ନିଜର ଅବ୍ୟବସ୍ଥିତ ଏବଂ ଅସଜଡ଼ାପଣର ଦୁରାବସ୍ଥା ପାଇଁ ତାଙ୍କୁ ବିଦ୍ରୁପ କରିବାକୁ ଲାଗିଲେ।

ଆଜି ଏଇ ଦୁଇଟି କୋଠରିକୁ ସଜାଡ଼ିବାର ଅଛି, .. ସେ ଭାବିଲା। କିନ୍ତୁ ଏହା ଭାବିବା ମାତ୍ରେ ହିଁ, ସବୁଯାକ ଥକାପଣ ତା' ଭିତରେ ମିଶିଗଲା। ତାକୁ ଲାଗିଲା, ଏହା ନିଶ୍ଚୟ ସେ ଆଗରୁ ବି ବହୁତ ଥର କରିସାରିଥିଲା। ଏକ ଗଭୀର ହତାଶାବୋଧ ତାକୁ ମାଡ଼ିବସିଲା।

ବହୁତ ସମୟଯାଏଁ ସେ ନିଜ ସହ ସଂଘର୍ଷ କରିବାକୁ ଲାଗିଲା। ତାପରେ ଚେୟାର ଉପରେ ଲଥ୍ କରି ବସିପଡ଼ିଲା ଥକିଯାଇ। ଯନ୍ତ ଚାଳିତ ପରି ତା' ହାତକୁ ବହିଟିଏ ଆସିଗଲା ଏବଂ ସେ ପୁଣି ସେଥିରେ ହଜିଗଲା। ହଠାତ୍ ତା' ଧାନ ଭାଙ୍ଗିଲା,

କବାଟରେ ଚାକରାଣୀର ଠକଠକ ଶବ୍ଦରେ। ସେ ପୁଣିଥରେ ଗ୍ଲାନିରେ ଭରିଗଲା। ଅନ୍ୟ ଜଣଙ୍କର ଚିନ୍ତାରେ ସେ କେମିତି ଏତେ ଶୀଘ୍ର ପ୍ରବେଶ କରିଯାଏ! ବହୁତ କଷ୍ଟରେ ତାକୁ ଆଜି ନିଜ ସହ ଏକାନ୍ତ ହେବାର, ନିଜକୁ ଅନୁଭବ କରିବାର ସୁଯୋଗ ମିଳିଥିଲା। ସେ ସେଇଟକ ବି ହରେଇଦେଲା। ନିଜର ସ୍ୱତନ୍ତ୍ରତା ପୁଣି ଥରେ ବିକ୍ରି କରିଦେଲା। ନାଁ, ସେ ସ୍ୱତନ୍ତ୍ର ହୋଇପାରିବ ନାହିଁ। କେବେ ବି ନୁହଁ। ସେ ଏହାର ଯୋଗ୍ୟ ହିଁ ନୁହଁ। ସେ ସବୁବେଳେ ଅନ୍ୟର ଆବେଗର ଓ ଭାବପ୍ରବଣତାର ଆଧାରରେ ନିଜକୁ ଜୀବିତ ଅନୁଭବ କରିଆସିଛି। ତା ନିଜର କୌଣସି ଅର୍ନ୍ତଜୀବନ ନାହିଁ। ନିଜର କୌଣସି ସାମର୍ଥ୍ୟ କି ଅସ୍ତିତ୍ୱ ନାହିଁ।

– 'ଏ ସବୁ ମୁଁ କ'ଣ ଭାବିବାରେ ଲାଗିଛି!' – ସେ ବହିଟିକୁ କଚାଡ଼ିଦେଇ ଗାଧୁଆଘରେ ପଶିଗଲା। ଅନେକ ବର୍ଷହେଲା, ସେ ଏତେ ସକାଳୁ ଗାଧୋଇ ନ ଥିଲା। ଟିକେ ସତେଜ ଅନୁଭବ କଲା ସେ। ଥଣ୍ଡା ପାଣିର ସ୍ପର୍ଶ ତାକୁ ଏତେ ସୁନ୍ଦର ଆଗରୁ କେବେ ଲାଗି ନ ଥିଲା। ତା'ପରେ ସେ ଦୁଇ କପ୍ କଫି ତିଆରି କଲା ଏବଂ ପତ୍ନୀଙ୍କୁ ଉଠେଇଲା। ପତ୍ନୀ କିଛି ସମୟ ତାଜୁବ୍ ହୋଇ ତାକୁ ଚାହିଁ ରହିଲେ। ତା'ପରେ କହିଲେ –"ଆରେ!, ଆଜି ଏତେ ଶୀଘ୍ର କେମିତି ଉଠିଗଲ?" ସେ ହସିହସି କପଟିକୁ ତାଙ୍କ ଓଠରେ ଲଗାଇଦେଲା।

–"ମୁହଁ ତ ଧୋଇବାକୁ ଦିଅ"। – ପତ୍ନୀ କହିଲେ।

–"ଆଜି ଏମିତି ହିଁ ପିଇଦିଅ, ମୋ କଥାରେ।"ସେ କହିଲା। ପତ୍ନୀ ଚୁପଚାପ୍ କଫି ପିଇବାକୁ ଲାଗିଲେ। ତାଙ୍କ ମୁଣ୍ଡରେ କିଛି ପ୍ରଶ୍ନ ନ ଥିଲା।

ସୁଖ

କାଶିନାଥ ସିଂହ

ଭୋଲାବାବୁଙ୍କୁ ନିଜ ଚାକିରିରୁ ଅବସର ନେଇ ଆସିବାର ସପ୍ତାହେ ବି ହୋଇ ନ ଥିଲା ଯେ, ଗୋଟିଏ ଘଟଣା ଘଟିଗଲା । ସେ କୋଠରିରେ ଶୋଇ ଖବରକାଗଜ ପଢୁଥିଲେ । ସଂଧ୍ୟା ସମୟରେ ଝରକା ଦେଇ କିଛି ଆଲୋକ ଆସିଲା ଏବଂ ତାଙ୍କ ଚନ୍ଦା ମୁଣ୍ଡ ଉପରେ ପଡ଼ିରହିଲା । ଯେମିତି ସେଇଟା କୌଣସି ଛୋଟ ପିଲାର ପାପୁଲି ପରି, ଗରମ ଏବଂ ନରମ । ଭୋଲାବାବୁ ବସିବାଠାରୁ ଉଠି ପଡ଼ିଲେ । ଦେଖିଲେ, ସୂର୍ଯ୍ୟ ପାହାଡ଼ର ପଛପଟେ ଲୁଚିଯାଇଛି ଏବଂ ସେହି କିରଣ ତାଙ୍କ ମୁଣ୍ଡ ଉପରେ ଯେମିତି ଥିଲା ସେମିତି ପଡ଼ିରହିଛି । ସେ ଉଠିଲେ । ସାମ୍ନାରେ ଥିବା କାନ୍ଥ ଉପରେ ସେ ହାତ ରଖିଲେ । କିଛି ସମୟ ପୂର୍ବରୁ ଲାଲିମା ଏଠାରେ ମଧ ଲାଖି ରହିଥିଲା । ପାପୁଲି ଟିକେ ଗରମ ଲାଗିଲା । ହାତ ସେଠାରୁ ବାହାର କରିଆଣି ନିଜ ଗାଲ ଉପରେ ରଖିଲେ । ଗାଲର ଚମଡ଼ା ହାତ ପାପୁଲିଠାରୁ କେତେ ଇଞ୍ଚ ଭିତରକୁ ପଶି ଯାଇଥିଲା ।

ସେ ଦୁଃଖୀ ହୋଇଗଲେ । ତୁରନ୍ତ ବାହାରକୁ ଚାଲିଗଲେ ସେ । ବାହାରେ ସବୁଜ ଘାସ ଲାଲ ଥିଲା । ପାଚେରୀ ମଧ ନାଲି ରଙ୍ଗ । ସେ ଦ୍ରୁତଗତିରେ ଆଗକୁ ବଢ଼ିଲେ

ଏବଂ ପାଟେରୀ ଯାଏ ଗଲେ। ଏଇଠୁ ସୂର୍ଯ୍ୟ ଦିଶୁଥିଲେ ପାହାଡ଼ ଉପରେ ମେଘ ଆଖପାଖରେ। ତାଳ ଓ ବଗୁଲି ଗଛର ମଝିରେ। ସେ ନିଜକୁ ଚାହିଁଲେ। ସଫେଦ ମାର୍କିନ-କୁର୍ତ୍ତାଟି ପୁରା ଗୋଲାପୀ ହୋଇଯାଇଥିଲା। ସେ ଟିକେ ହସିଲେ – ଦେଖ, ଦୁନିଆଁରେ କେତେକେତେ ଜିନିଷ ଅଛି। କେତେ ସୁନ୍ଦର ସୁନ୍ଦର ଜିନିଷ।

ପୁଣି ସେ ପାଟେରୀ ବାହାରକୁ ଆଖି ବୁଲେଇଲେ। ଇଆଡ଼େ ସିଆଡ଼େ ଦୂରରୁ ଦେଖାଯାଉଥିବା ହରିଜନ ବସ୍ତ ଆଡ଼େ। ଦେଖିଲେ, ବସ୍ତିଟା ପୁରା ଲମ୍ଭିଯାଇଛି। ସୁକାଲୁର ଝୁଣ୍ଟୁଡ଼ିଟି ଲମ୍ଭିଯାଇ ମନ୍ଦିରକୁ ଛୁଉଁଛି। ମନ୍ଦିର ପାଖରେ ଗାଛଟିଏ ଛିଡ଼ା ହୋଇ ଲାଞ୍ଜ ହଲାଉଛି। ସେ ଗାଛଟିକୁ ଧ୍ୟାନର ସହ ଦେଖିଲେ ଯେ ସେ ଲାଲ ହୋଇଯାଇଛି ନା ଧଳା ହୋଇଅଛି। ସେ ଠିକ୍ କରିପାରିଲେନି। ବାଃ! କେତେ ମଜା କଥା। ସେ ହସି ଉଠିଲେ। ହଠାତ୍ ଭୋଲାବାବୁଙ୍କ ଦୃଷ୍ଟି ସୂର୍ଯ୍ୟଙ୍କ ଉପରେ ପଡ଼ିଲା। ସୂର୍ଯ୍ୟ ପେଣ୍ଟୁଲିଏ ପରି ଛୋଟ ବଡ଼ ହେଉଥିଲେ।

"ବିଚିତ୍ର ମାଆ।" ସେ ପାଟିକରି ଡାକିଲେ। କିଛି ଉତ୍ତର ମିଳିଲାନି। "ବିଚିତ୍ର ମାଆ..." ସେ ପୁଣି ଡାକିଲେ। 'କ'ଣ ହେଲା'? ପଣତରେ ହାତ ପୋଛି ପୋଛି ବିଚିତ୍ର ମାଆ ବାହାରିଲେ। "ଆରେ ଇଆଡ଼େ ଆସ"। ବିଚିତ୍ର ମାଆ ଦୌଡ଼ିଲେ। ଯାଇ ଭୋଲାବାବୁଙ୍କ ପାଖରେ ଠିଆ ହୋଇଗଲେ। ସେ ଆଗରେ, ସେଇଠି କ'ଣ ଦେଖିଲ?" "ସେ ରାସ୍ତା ଆଡ଼କୁ ଅନେଇଲେ, ରାସ୍ତାକୁ ନୁହେଁ, ସେ ଦୂର ତାଳଗଛ ପଛପଟେ।"

ସେ ବିସ୍ମିତ ହୋଇ ଦେଖିବାକୁ ଲାଗିଲେ। ପୁଣି ଭୋଲାବାବୁଙ୍କ ଆଡ଼କୁ ବୁଲିପଡ଼ିଲେ ଏବଂ ଖୁସି ହୋଇଗଲେ। କେତେ ସୁନ୍ଦର ନୁହଁ! ଭୋଲାବାବୁ ଗଦ୍‌ଗଦ୍ ହୋଇ ଉଠିଲେ। "ହଁ, ବହୁତ ସୁନ୍ଦର।" କ'ଣ ବହୁତ ସୁନ୍ଦର? ଭୋଲାବାବୁ ତାହାଣ ପଟକୁ ବୁଲି ପଡ଼ିଲେ। "ଇଟା ଲଦା ହୋଇ ଚାଲୁଥିବ ଗଧ ପଲ ଏବଂ ତାଙ୍କ ପଛରେ ଚାଲୁଥିବା ସେ ଲୋକ।" ଭୋଲାବାବୁ ଜୋରରେ ହସିପକେଇଲେ। ସ୍ତ୍ରୀ ଜାତି! ଗଧ ଓ ଖଟର ଛଡ଼ା କ'ଣ ବା ଆଉ ଦେଖିପାରିବ!" – 'କ'ଣ ଦେଖିବାକୁ କହୁଛ!' "କିଛି ନାହିଁ ଯାଇକି ପିଢ଼ାରେ ବସ ଓ ଅଟାଦଳ।"

– "ନାଇଁ, ମୋତେ ବି ଟିକେ ଦେଖାଅ। ସେ ଅଳି କଲେ। "–କ'ଣ ଦେଖେଇବି। ପାଉଁଶ! ସେତେବେଳୁ ବ୍ୟସ୍ତ ହେଉଛି କ'ଣ ଖଟର ଗଧ ଦେଖେଇବାକୁ?"

"ଆଉ ତା' ହେଲେ କ'ଣ?" ବିଚିତ୍ର ମାଆ ଜୋର ଦେଇ ପଚାରିଲେ। "ତାଳଗଛ ମଝିକୁ ଅନାଅ। ଝାପ୍‌ସାଝାପ୍‌ସା ପାହାଡ଼ ଦେଖାଯାଉଛି।"

"ଲାଲ ସୂର୍ଯ୍ୟ ଅଛି !" - "ହଁ"।

- "ତା ଚାରିପଟେ ଗୋଲ ହୋଇ ପାଉଁଶିଆ ରଙ୍ଗର ପତଲା ମେଘର ଗାର ପଡ଼ିଛି।" - 'ହଁ, ହଁ'।

- 'ତା ହେଲେ ଦେଖ, ଭଲ ଭାବେ ଦେଖ।'

- 'ତାକୁ ଦେଖିବାରେ କ'ଣ ଅଛି ? ତୁମେ ଆଜି ଦେଖୁଛ। ମୁଁ ଜୀବନସାରା ଦେଖୁ ଆସୁଛି। ହଁ ଭୋଲାବାବୁ ମୁଣ୍ଡ ହଲେଇଲେ। - 'ଜୀବନସାରା ଦେଖୁ ଆସିଛ।'

- "ହଁ"।

- "ବହୁତ ବଡ଼ କାମ କରୁଛ। ଏବେ ଆଉ ଗୋଟେ କାମ କର। ଯାଅ। ଚୁଲୀ ଫୁଙ୍କ।" ବିଚିର ମାଆ ଛିଡ଼ା ହୋଇ ଭୋଲାବାବୁଙ୍କୁ ଚାହିଁ ରହିଲେ। - "ମୁଁ କହିଲି - ଯାଅ"। ଭୋଲାବାବୁ ଗର୍ଜନ କରି ଉଠିଲେ। ବିଚିର ମାଆ ଡରି ଭିତରକୁ ଚାଲିଗଲେ। ଭୋଲାବାବୁ ଦେଖିବାକୁ ଲାଗିଲେ - ସୂର୍ଯ୍ୟ ମେଘ ଉପରେ ଉଙ୍କି ମାରୁଥିବା ରଙ୍ଗ, ରଙ୍ଗ ଉପରେ ଟାଣି ହୋଇଯାଉଥିବା ବିଭିନ୍ନ ଆକାର, ପାହାଡ଼ର ଧୂଆଁଲିଆ ସମ୍ମୁଖ ଭାଗର ଠିକ୍ ଉପର ଅଗରେ ନାଲି କୁହୁଡ଼ିର କ୍ଷୀଣ ହୋଇଯିବା- ସେ ସାରା ଜୀବନ ବାବୁ ହୋଇ ରହିଲେ। ସେ ଚିନ୍ତା କଲେ। ଏହି ପାହାଡ଼ିଆ ଜିଲ୍ଲାରେ ହିଁ ରହିଲେ। ସେ କେବେ ଗାଁଠାରୁ ଦୂରେଇ ନାହାଁନ୍ତି, ସହରଠାରୁ ଦୂରେଇ ନାହାଁନ୍ତି। କିନ୍ତୁ ଏହି ସୂର୍ଯ୍ୟ! ଏ ଯାଏଁ ଥିଲା କେଉଠି ? ଏମିତି ସଂଧାଟିଏ ସତରେ ଥିଲା କେଉଁଠି !... ସେ ଆଜି କ'ଣ ଦେଖୁଛନ୍ତି !..... ସେ ନିଜ ପଛପଟେ କୌଣସି ପିଲାର ଖିଲିଖିଲି ହସ ଶୁଣିଲେ। "କିଏ ? ନୀଲୁ ?! ନୀଲୁ ଡେଇଁ ଡେଇଁ ପାଖକୁ ଆସିଲା।

" ଆଉ ସମସ୍ତେ କେଉଁଠି ?"

- "ଖେଲୁଛନ୍ତି"

- "କେଉଁଠି ?"

ଘର ପଛପଟେ ଥିବା ପଡ଼ିଆ ଆଡ଼କୁ ନୀଲୁ ଦେଖେଇଲା। - "ଆଚ୍ଛା, ଯାଅ ତ ଦୌଡ଼ିଯାଇ ସମସ୍ତଙ୍କୁ ଡାକିଆଣ। ନୀଲ ଧାଉଁଗଲା। ଭୋଲାବାବୁ ସୂର୍ଯ୍ୟଙ୍କୁ ଚାହିଁ ରହିଲେ। କେବେ ଏପଟରୁ କେବେ ସେ ପଟରୁ, କେତେବେଲେ ବେକ ଟେକି ତ କେତେବେଲେ ନଇଁପଡ଼ି। ଖୁସି ହୋଇ ତାଲି ବଜେଇଲେ ସେ। ତାଙ୍କୁ ଲାଗିଲା, ସେ ଗୋଲାକାର ଚିଜଟିର ଉପରି ଭାଗ, ଯାହାର ଗୋଟିଏ ମୁଣ୍ଡରେ କଳା ବାଦଲର ଏକ ପତଲା ଗାର ପଡ଼ିଛି, ତାହା ଡୁବି ଯାଉଛି। ସୂର୍ଯ୍ୟଙ୍କ କିରଣ ଏବେ ଏଠି ନୁହେଁ, କି ପଡ଼ିଆରେ ନୁହେଁ ସବୁଜ କ୍ଷେତରେ ନା ଝୁମ୍ପୁଡ଼ି ଘର ଉପରେ ବି ନୁହଁ, ବରଂ ମେଘ ପଛ ପଟେ ଉପରେ ଆକାଶ ଆଡ଼କୁ ଯାଉଥିଲା। ଆଲୋକର ବିଭିନ୍ନ ଧାରା ହୋଇ,

ବିଭିନ୍ନ ରଙ୍ଗରେ । 'ନୀଲୁ' ସେ ପଛକୁ ଚାହିଁ ଜୋରରେ ଡାକିଲେ । କେହି ଦେଖାଗଲେନି । ସମସ୍ତେ କେଉଁଠି ହଜିଗଲେ ।" ସେ ବିଡ଼ବିଡ଼ ହେଲେ ।

"ଆରେ ଏଇ....? କିଏ ଯାଉଛ ?" ଆଗରେ ଥିବା ରାସ୍ତାରେ ଓଟଟିଏ ଯାଉଥିଲା । ତା'ଉପରେ ମଇଲା କମିଜ ପିନ୍ଧି ଲୋକଟିଏ ବସିଥିଲା । ସେ ନିଶ୍ଚୟ ବିଡ଼ି ପିଉଥିଲା ।

"ମୁଁ ତୁମକୁ କହୁଛି ।" ସେ ମୁହଁ ବୁଲେଇ ଇଆଡ଼େ ଅନେଇଲା ।

ଟିକେ ଆଗରେ ଥିବା ତାଳବଣ ଆଡ଼େ ଦେଖ । – 'ସେଠି କ'ଣ ଅଛି ?' ଓଟବାଲାଟି ସିଆଡ଼କୁ ଚାହିଁ ଆଗକୁ ଚାଲିଗଲା । 'ଶଳା'! ଭୋଲାବାବୁଙ୍କ ମୁହଁରୁ ବାହାରିଗଲା । ସୂର୍ଯ୍ୟ ଡୁବି ଗଲେ ସେ ସେଠାରୁ ଚାଲି ଆସିଲେ । ଆରାମ ଚେୟାର ଉପରେ ଚୁପ୍‌ଚାପ୍‌ ବସିଗଲେ । ସେ ଟିକେ ଉଦାସ ହୋଇଗଲେ । ଚା' କପ ଆସିଲା । ସାମ୍ନାରେ ଥିବା ଟେବୁଲ ଉପରେ ରଖିଦିଆଗଲା ।

ସେ ଆଖି ଖୋଲିଲେ । ସାମ୍ନାରେ ବିଚ୍ଛିର ମାଆ ଠିଆ ହୋଇଥିଲେ । ଟିକେ ଧୋତି ଓ ବାଡ଼ିଟା ନେଇଆସିଲା ।

"କି ? କୁଆଡ଼େ ଯିବ କି ?"

ଭୋଲାବାବୁ କିଛି କହିଲେନି । ଧୋତି ଓ ବାଡ଼ି ଆସିଗଲା । ଧୋତି ପିନ୍ଧିନେଲେ ଓ ବାଡ଼ିଧରି ବାହାରି ଗଲେ । ଏଇଟା ଏମିତି କଥା ନୁହେଁ ଯେ ଛାଡ଼ିଦିଆଯିବ – ସେ ଚିନ୍ତା କଲେ । ସେ ଆଜି ଯିବେ ଓ କହିବେ । ସମସ୍ତଙ୍କୁ କହିବେ । କିନ୍ତୁ ସର୍ବ ପ୍ରଥମେ ମାଧବ ଘରକୁ ଯିବେ । ମାଧବ ଯେହେତୁ ଓକିଲ ଅଟେ । ସେ ସବୁ ବୁଝେ, ହୃଦୟଙ୍ଗମ କରିପାରେ, ପୁଣି ତାକୁ ନେଇ ଆଉ ଭୋଲାବାବୁ ଗଲିପାଖରେ ବୁଲାଣି ପାଖରେ ମୋଡ଼ୁଥିଲେ । ଠିକ୍‌ ଏତିକି ବେଳେ ଦେଖିଲେ ଆଗରେ ମଞ୍ଜି ଗୋଦାମ । ଜିଲାଦାର ସାହେବ ମଧ ଆସୁଛନ୍ତି । ଆଉ କିଛି ଅନ୍ୟଲୋକ ମଧ ଥିଲେ । ସେ ଭିତରକୁ ଗଲେ ।

ଆସନ୍ତୁ, ଆସନ୍ତୁ, ଡାକ ବାବୁ, ବସନ୍ତୁ । ଜିଲ୍ଲାଦାର ସାହେବ କହିଲେ । ଭୋଲାବାବୁ ଗୋଟିଏ ଚେୟାର ଟାଣିଆଣି ବସିପଡ଼ିଲେ । ସେ ନିଜର ବ୍ୟୟସ୍ତ ଦୃଷ୍ଟି ବୁଲେଇ ଆଣି ଦେଖିଲେ କିଛି ନୂଆ ଚେହେରା ଅଛନ୍ତି । ତାଙ୍କ ଆସିବା ଦ୍ୱାରା କଥାବାର୍ତ୍ତାରେ ଟିକେ ବାଧା ହେଲା ।

"କୁହନ୍ତୁ, ଟିକେ ଚିନ୍ତିତ ଲାଗୁଛନ୍ତି ।"

"ଚିନ୍ତିତ ଯଦିଓ ନୁହଁ, ତଥାପି ଅଛି ।"

ଭୋଲାବାବୁ ଟିକିଏ ହସିବାକୁ ଚେଷ୍ଟା କଲେ । ତା'ପରେ ପୁଣି କଥାବାର୍ତ୍ତା ଚାଲିଲା ।

ଜିଲାଦାର ସାହେବ କହିଲେ ଯେ, ଏଇବର୍ଷ କେନାଲରେ ବହୁତ ମାଛ ଆସିଛନ୍ତି । - "ଜିଲାଦାର ସାହେବ, ଯଦି ଆପଣଙ୍କ ମାଛ ଧରିବାର ସୌକ ଅଛି, ତେବେ ଗୋଟାଏ କାମ କରନ୍ତୁ ଲୋକଟିଏ କହିଲା ।

– "କ'ଣ !

ଆପଣ ରାତିରେ ସୁଅ ମୁହଁରେ ଜାଲି ଲଗେଇଦିଅନ୍ତୁ ।

– ହଁ, ଆଜ୍ଞା, ମାଛ ତ ରାତିରେ ଉଠନ୍ତି । "ଦ୍ୱିତୀୟ ଜଣକ ସମର୍ଥନ କଲା । ଭୋଲା ବାବୁଙ୍କ ପାଇଁ ଏହା ଏକ ବହୁତ ଭଲ ସୁଯୋଗ ଥିଲା । ସେ ଟିକେ ଆଗଭର ହୋଇ କହି ପକେଇଲେ –

"ତା ହେଲେ କ'ଣ ଜାଲ ସଂଧାରେ ଲଗେଇ ଦେବା ?" – "ହଁ, ଏମିତି ବି କରିପାରିବା ।" ଜିଲ୍ଲାଦାର ସାହେବ କହିଲେ, – "ଆଉ ସଂଧା ମାନେ ବି କେତେବେଳେ, ଠିକ୍ ଯେତିକିବେଳେ ସୂର୍ଯ୍ୟ ଅସ୍ତ ହେଉଥିବେ ।"

– "ଆରେ ସଂଧା ସମୟରେ ବୋଲି କି ସେମିତି କିଛି ନଥାଏ । ମାଛ ଉଠିବା ସମୟ ଅଧରାତି ହିଁ ଅନ୍ୟ ସମୟ ଅପେକ୍ଷା ଭଲ ।"

ଭୋଲାବାବୁ ପୁଣି ଚେୟାର ପିଠିକୁ ଆଉଜି ପଡ଼ିଲେ । କଥା ଏବେ ହାତରୁ ଖସି ଆଗକୁ ବଢ଼ିଗଲା – ତାଙ୍କୁ ଦୁଃଖ ଲାଗିଲା । ସେ ଚୁପ ହୋଇଗଲେ । ଏତେ ଲୋକଙ୍କ ଆଗରେ କହିବା ଠିକ୍ ହେବନି– ସେ ଭାବିଲେ – ଏକାନ୍ତରେ ବି ତ କୁହାଯାଇ ପାରିବ । ସେ ଧୈର୍ଯ୍ୟର ସହ ଅପେକ୍ଷା କଲେ । କିନ୍ତୁ କେହି ବି ସେଠାରେ ଯିବାର ନାଁ ଧରୁ ନଥିଲେ ? ଜିଲ୍ଲାଦାର ସାହେବ ! ଭୋଲାବାବୁ ହଠାତ୍ ଡାକ ପକାଇଲେ । ଜିଲ୍ଲାଦାର ସାହେବ ମୁହଁ ବୁଲେଇ ଚାହିଁଲେ । – "ଆପଣଙ୍କୁ ଗୋଟିଏ ଜରୁରୀ କଥା କହିବାର ଅଛି ।"

– "ମୋତେ ?" ଜିଲ୍ଲାଦାର ସାହେବ ଗମ୍ଭୀର ହୋଇଯାଇ କହିଲେ – " ଠିକ୍ ଅଛି ।" ଭୋଲାବାବୁ ଉଠି ଠିଆହୋଇ ପଡ଼ିଲେ । ଜିଲ୍ଲାଦାରା ବାବୁଙ୍କୁ ମାଲଗୋଦାମକୁ ନେଇଗଲେ ଏକାନ୍ତକୁ । – "ଆଜ୍ଞା" ଭୋଲାବାବୁ ଆରମ୍ଭ କଲେ – "ଏବେ ଆପଣଙ୍କଠାରୁ ଅବା କ'ଣ ଲୁଟେଇବି ? ଆଉ ଆପଣ ବି ତ ବୁଝିବା ସୁଝିବା ଲୋକ ।"

"ଆରେ ଡାକବାବୁ, କି କଥା କହୁଛନ୍ତି !

"ଭୋଲାବାବୁ କିଛି ମୁହୂର୍ତ୍ତ ପାଇଁ ରହିଗଲେ । ପୁଣି କହିଲେ– ଆପଣ ବି ସବୁଦିନ ସଂଧାରେ ଚାଲିବାକୁ ଯାଆନ୍ତି ।"

– "ହଁ, ଯାଏ ଓ ରାତି ହେଲେ ଫେରେ ।"

– "ହଁ, ଆଜି ଆପଣ ସୂର୍ଯ୍ୟ ଦେଖିଥିବେ ।" – "ହଁ ଦେଖିଥିଲି ।" ଭୋଲାବାବୁ କିଛି ସମୟ ଜିଲ୍ଲାଦାର ସାହେବଙ୍କୁ ପ୍ରଲୋଭିତ କରିବା ଦୃଷ୍ଟିରେ ଚାହିଁ ରହିଲେ ।

ତାଙ୍କୁ ନୀରବ ରହିବା ଦେଖି କହିଲେ – "ଆଜିର ସୂର୍ଯ୍ୟ ଏତେ ନାଲି, ଏତେ ସୁନ୍ଦର ଥିଲା ଯେ ଆପଣଙ୍କୁ କ'ଣ କହିବି ! ପୁରା ପୃଥିବୀ ଲାଲ ହୋଇଯାଇଥିଲା । ଚାରିଦିଗ ଲାଲ ହୋଇଯାଇଥିଲା । ଆପଣ ଦେଖିଥିଲେ ନା ?" – "ଏଇଟା କୌଣସି ନୂଆ କଥା ନୁହେଁ । ଏମିତି ସବୁ ଦିନ ହୁଏ ?" ଭୋଲାବାବୁ ଆଶ୍ଚର୍ଯ୍ୟ ହୋଇଗଲେ ।

– ଛାଡ଼ନ୍ତୁ– ଜିଲ୍ଲାଦାର ବାବୁ ବେଖାତିର ଭାବରେ କହିଲେ – ଘଟଣା କ'ଣ ? ସେଇଥା କୁହନ୍ତୁ ।" ଭୋଲାବାବୁ ନିରବ ରହିଲେ । ତାଙ୍କ ଉସାହରେ ଭଙ୍ଗା ପଡ଼ିସାରିଥିଲା । ସେ ମୁଣ୍ଡ ତଳକୁ କରି ଯିବାକୁ ବାହାରିଲେ ।

– 'ପ୍ରକୃତରେ କଥା କ'ଣ ?' ଜିଲ୍ଲାଦାର ବାବୁ ପଚାରିଲେ । – ଆପଣଙ୍କୁ ଅବା କ'ଣ କହିବି ଆଜ୍ଞା ! ସେ ଧୀରେ କହିଲେ । ସିଧା ବଜାରକୁ ବାହାରିଲେ । ବଜାରର ସେ ଅଂଶଟି ଫାଙ୍କା ଅଛି । ରାସ୍ତା ଉପରେ ଆଲୁଅ ପଡ଼ିଛି ଚିହ୍ନା ଅଚିହ୍ନା । କିନ୍ତୁ ଭୋଲାବାବୁ ନିଜ ରାସ୍ତା ଚାଲିଯାଉଛନ୍ତି । ସେ ସୂର୍ଯ୍ୟଙ୍କ ବିଷୟରେ କାହାକୁ କିଛି କହିଲେନି । ଯଦିଓ ଅନେକଙ୍କୁ କହିବାର ଥିଲା । ସେ ଦୁଃଖୀ ଥିଲେ । ଏଥିପାଇଁ ଦୁଃଖୀ ଥିଲେ ଯେ, ସେ ଜିଲ୍ଲାଦାରଙ୍କ ପାଖକୁ ଅଯଥାରେ ଚାଲିଗଲେ । ତାଙ୍କୁ ଲୋକମାନେ ବହୁତ ଯୋଗ୍ୟ ଓ ବୁଦ୍ଧିମାନ କହୁଥିଲେ । ସେ ମଧ୍ୟ ମାନିନେଇଥିଲେ । କିନ୍ତୁ ଆଜି ତାଙ୍କ ଦୁର୍ବଲତା ଧରାପଡ଼ିଗଲା । ଯଦି ସେ ସୂର୍ଯ୍ୟ ଦେଖି ନଥାନ୍ତେ ତା' ହେଲେ ଅଲଗା କଥା । କିନ୍ତୁ ସେ ଦେଖିଲେ ଓ ଖୁସିର ସହ ଦେଖିଲେ ।

ତଥାପି ଭୋଲାବାବୁ ଏ ଘଟଣାକୁ ଏକ ଭିନ୍ନ ଦୃଷ୍ଟିରୁ ଚିନ୍ତା କରିବାକୁ ବାଧ୍ୟ ଥିଲେ ଏବଂ ଚିନ୍ତା ମଧ୍ୟ କଲେ – "ଏହା ଏପରି କଥା ନୁହଁ ଯେ, ସମସ୍ତେ ବୁଝିପାରିବେ ।" ଏହି ଭାବେ ତାଙ୍କୁ ଆହୁରି କଷ୍ଟ ଦେଲା । କିନ୍ତୁ କେବଳ ଶିକ୍ଷାରୁ କ'ଣ ଅଛି ? ପ୍ରକୃତରେ ଦେଖିବାକୁ ଗଲେ, ଶିକ୍ଷା ଓ ବୁଦ୍ଧି ଦୁଇଟି ଅଲଗା ଜିନିଷ ।... ଏବଂ ବିଶେଷକରି କେବଳ ଏପରି ଘଟଣା ପାଇଁ ବୟସ ଏବଂ ଅଭିଜ୍ଞତା ମଧ୍ୟ ଆବଶ୍ୟକ । ଭୋଲାବାବୁ ମାଧବର ସାହିରେ ପଶିବାର ଉପକ୍ରମ କଲେ । ଦେଖିଲେ ଯେ ବାଲ୍ଟି ହାତରେ ଧରି ଆରପଟ ଗଳିରୁ ମାଧବ ବାହାରୁଛି । ସେପଟଟା ଟିକେ ଅନ୍ଧାରୁଆ ଥିଲା ।

"ମାଧବ–!" ସେ ଡାକିଲେ ।

– "ବାବୁ, ମୁଁ ସୋହନା । ଓଃ, ଆଚ୍ଛା, ତୁମେ ତାହେଲେ, ହଉ ଛାଡ଼ । କିଛି କଥା ନାହିଁ ।"

ସେ ସୋହନାକୁ ଡାକିଲେ ।

– "ଓକିଲ ବାବୁ ଦ୍ୱିପ୍ରହର ବେଳୁ ହିଁ ବାହାରକୁ ଯାଇଛନ୍ତି ।" ସୋହନା କହିଲା ।

– "କୁଆଡ଼େ ଯାଇଛନ୍ତି ?"

– "କୌଣସି ଗୋଟାଏ ଗାଁକୁ, କାମ ଦେଖିବାକୁ ।"

– "ଆଚ୍ଛା, ଦ୍ୱି-ପ୍ରହରବେଳୁ ନାହାଁନ୍ତି ?"

– "ହଁ"

– "ତେବେ ସେ ସୂର୍ଯ୍ୟକୁ ଆଉ କେଉଠୁ ଦେଖିଥିବେ ।"

ଭୋଲାବାବୁ ମନେ ମନେ ଚିନ୍ତା କଲେ । ପୁଣି ସେ ସୋହନାର ବୟସ ଓ ଅନୁଭବକୁ ଟିକେ ଧ୍ୟାନର ସହ ଲକ୍ଷ୍ୟ କଲେ ।

– ତୁମେ ସନ୍ଧ୍ୟାବେଳେ କ'ଣ କରୁଛ ? ସେ ପଚାରିଲେ ।

– ଗୁହାଳକୁ ଯାଏ । ପିଡ଼ିଆ କୁଟେ, ଭୂଷି ଦିଏ, ଗାଈ ଦୁହେଁ.. ଆଉ....

"ସୂର୍ଯ୍ୟ ଦେଖୁଛୁ କି ନାହିଁ ?"

– ସୂର୍ଯ୍ୟ ? ସୋହନା ଆଣ୍ଚର୍ଯ୍ୟ ହୋଇ ପଚାରିଲା ।

– ଆଜି ତୁମେ ସୂର୍ଯ୍ୟକୁ ଦେଖିଥିଲ ?

– କୋଉ ସୂର୍ଯ୍ୟ ? ସୂର୍ଯ୍ୟ ତେଲୀ ?

– "ନାଇଁ, କୋହ୍ଲ। ବୋକା !" ଭୋଲାବାବୁ ଚିଡ଼ିଗଲେ । ସୋହନା ହସି ଦେଇ କହିଲା–

"ବାବୁ, ମୁଁ ଗାଉଁଲୀ ମୂର୍ଖ ଲୋକ । କେମିତି ଜାଣିବି, କାହା କଥା ପଚାରୁଛ ?"

– "ମୁଁ ପାଖରେ ଥିବା ସୂର୍ଯ୍ୟ କଥା ପଚାରୁଛି ।"

– "ହଁ, ବାବୁ ଦେଖିଥିଲି ।"

– "କିଛି ଅଲଗା ଲାଗିଥିଲା ତୁମକୁ ?"

– "ମାନେ ?" ସୋହନା ଟିକେ ଅସହାୟ ଦେଖାଗଲା ।

"ଟିକେ ଗୋଲଗୋଲ କିଛି ନାଲି ନାଲି" ଭୋଲାବାବୁ ସୋହନାକୁ ମନେ ପକେଇବାରେ ସାହାଯ୍ୟ କଲେ ।

– ସେଉଠୁ ?

– "ସେଇଠୁ ତୋ ମୁଣ୍ଡ । ଆହୁରି ମଇଁଷି ଚରା ।"

ସେ ରାଗିଯାଇ କହିଲେ । ସେ ଫେରି ଆସିଲେ ।

ଏଥର ବାକିଥିବା ଆଶା ଟିକକ ବି ମଉଲି ଗଲା । – "ଲୋକେ ସତରେ

କ'ଣ ହୋଇଯାଉଛନ୍ତି ଆଜିକାଲି" ସେ ବିରକ୍ତ ହୋଇଉଠିଲେ। ଫାଟକ ଖୋଲି ଘରକୁ ଆସିଲେ। ଭିତରକୁ ଗଲେ। ବାଡ଼ି ରଖିଲେ। ଆଉ ବିଛଣାରେ ଗଡ଼ି ପଡ଼ିଲେ।

       – ହାୟା ଦୁନିଆ କେତେ ବଦଲି ଗଲାଣି। ସେ ବାରମ୍ବାର ଚିନ୍ତା କଲେ। କାଲି ସନ୍ଧ୍ୟା ହେବ। ସେ ସମସ୍ତଙ୍କୁ ଡକେଇବେ। ଆଉ ବୁଝେଇବେ ଯେ, ଦେଖ ଦୁନିଆଁରେ ଚୁଲୀ, ଯୋଜନା, କଚେରୀ ଓଟ ଆଉ ଦୁଧ ହିଁ ସବୁକିଛି ନୁହଁ। ସୂର୍ଯ୍ୟ ବି ଅଛି।

       ପାହାଡ଼ ଉପରେ ଥାଏ। ତାଳବଣ ଭିତରେ ଆସେ। ପୁଣି ହଲଚଲ ହୁଏ। ପୁଣି ସେ ସମୟ ମଧ ଆସେ, ଯେତେବେଳେ ସେ ପାହାଡ଼ ପଛପଟକୁ ଚାଲିଯାଏ। ଏବଂ ଅସ୍ତ ହେବା ପୂର୍ବରୁ ଏକ କୋମଳ ନରମ କିରଣ ତୁମ ଚଦା ମୁଣ୍ଡ ଉପରେ ଦେଇଯାଏ।

       ହଠାତ୍ ତାଙ୍କର ମନେପଡ଼ିଲା। ସେ ନିଜ ମୁଣ୍ଡରେ ହାତ ବୁଲେଇଲେ। ଅନୁଭବ କଲେ। ସେ ଜାଗାଟି ପୁରା ଥଣ୍ଡା ଥିଲା। ତାଙ୍କୁ ଦୁଃଖ ଲାଗିଲା – "କିନ୍ତୁ କେତେ ଲୋକ ଅଛନ୍ତି, ଯିଏ କାଲି ମଧ ଏସବୁ ବୁଝି ପାରିବେ?" ସେ ବ୍ୟସ୍ତ ହୋଇ ଉଠିଲେ।"

▪▪

ବିତୃଷ୍ଣା

ମୃଦୁଲା ଗର୍ଗ

ଦେଢ଼ଟା ବାଜିବ। ଦିନ ଦେଢ଼'ଟା। ସୂର୍ଯ୍ୟ ଠିକ୍ ମୁଣ୍ଡ ଉପରେ। ଖରାର ତେଜ ରାସ୍ତାକୁ ଯେପରି ଉଲଗ୍ନ କରି ରଖିଛି। ପାଖରେ କେଉଁଠି କିଛି ଗଛପତ୍ର ବି ନାହିଁ, ଯିଏ ପତଳା ଚାଦରର ପଣତ ବଢ଼େଇ ଦେବ।

ମୋଟର ସାଇକେଲର ହ୍ୟାଣ୍ଡଲରେ ହାତ ରଖି ଦିନେଶ୍ ବିନା କାରଣରେ ରାସ୍ତା କଡ଼ରେ ଠିଆ ହୋଇଛି। ହେଲମେଟ୍ ଭିତରେ ଯେମିତି ନିଆଁ ଜଳୁଥିଲା! ବାହାର କରି ସିଟ୍ ଉପରେ ରଖି ଦେଇଛି। ଏବେ ଖୋଲା ମୁଣ୍ଡ ଉପରେ ଆକାଶ ଯେମିତି ନିଆଁ ବର୍ଷୁଛି। ମୁଣ୍ଡ, କପାଳ ଓ ମୁହଁ ଦେଇ ଝାଳ ବହିଆସି ସାର୍ଟର କଲରତଲେ ଜମି ରହୁଛି। ଓଦା ସାର୍ଟ ପିଠିରେ ଲାଖିଯାଉଛି। ହାତପାଦ ସବୁ ଅଠାଅଠା ଲାଗିଲାଣି। ସୂର୍ଯ୍ୟର ପ୍ରଖର କିରଣ, ଆଖି ଆଗରେ ନାଲି ନାରଙ୍ଗୀ ନିଆଁ ହୁଲା ଫିଙ୍ଗୁଛି।

ଏମିତିରେ କାହାକୁ ବି ଘର କଥା ମନେ ପଡ଼ିବ। ଖରା ବର୍ଷାରୁ ରକ୍ଷା ପାଇବା ପାଇଁ ତ ମଣିଷ ଘର ତିଆରି କରେ।

ଏଇ ଆଗରେ ତା' ଘର। ରାସ୍ତା ଆରପଟେ। ମୋଟର ସାଇକେଲକୁ ପେଲି ପେଲି ଚାରି ପାଦ ନେଇ

ଯିବାକୁ ହେବ। ଅଗଣା ପାରି ହୋଇ ଏକୋଶିଟା ପାହାଚ ଚଢ଼ିବ ଯଦି କବାଟ ଖୋଲିବାକୁ ଡେରି ହେବ। ସେ ଘର ଭିତରେ ଥିବ। ପୁରା ଦୁଇ ମିନିଟ୍ ବି ଲାଗିବନି।

ସେ ପୁଣିଥରେ ହାତରେ ବାନ୍ଧିଥିବା ଘଣ୍ଟାକୁ ଦେଖିଲା। ହଁ, ଦେଢ଼ଟା' ହେବାକୁ ଯାଉଛି। ଏଇଟା ହିଁ ଠିକ୍ ସମୟ।

ଶାଲିନୀ ଏବେ ଖାଉଥିବ। ଆଉ ଯଦି ଡେରି କରିବି, ସେ ଯାଇ ନିଜ ରୁମ୍‌ରେ ଶୋଇପଡ଼ିବ। ଘଣ୍ଟି ବାଜିଲେ ଆସି କବାଟ ତ ଖୋଲିବ ନିଶ୍ଚୟ, କିନ୍ତୁ ସେ ସମୟରେ ତା' ଚେହେରା.... ଦିନେଶ ପାଇଁ ବରଦାସ୍ତ କରିବା କଷ୍ଟକର ହୋଇପଡ଼େ।

ସେ ଆସିବ, ଆସ୍ତେଆସ୍ତେ ପାଦ ଶଢ଼ରୁ ହିଁ ସେ ଜାଣିନେବ। ତା' ଚାଲି ସବୁବେଳେ ଏକା ପ୍ରକାରର ହୋଇଥାଏ। ସେ ଆସିବ, କବାଟର ଛିଟକିଣୀ ତଳକୁ କରିଦେବ ଏବଂ ପୁଣି ଚାଲିଯିବ, ଦିନେଶକୁ ହିଁ କବାଟକୁ ଠେଲି ଖୋଲିବାକୁ ହୋଇଥାଏ। ଭିତରକୁ ପଶିବା ପରେ ଫେରିଯାଉଥିବା ତା' ପିଠିର ଏକ ଝଲକ ସେ ଦେଖିବାକୁ ପାଏ, ତା' ଚେହେରା ନୁହଁ। ପୁଣି ଠକ୍ କରି ଶଢ଼, ତା' ରୁମର କବାଟ ବନ୍ଦ ହୋଇଯିବ। ସେ ବାହାର ପଟ ଘରେ ହିଁ ରହିଯିବ, ଯାହାକୁ ସେମାନେ ବୈଠକ ଏବଂ ଡାଇନିଂ ଭାବରେ ବ୍ୟବହାର କରନ୍ତି। ଖାଇବା ଟେବୁଲ ଉପରେ ଯନ୍ତର ସହ ଖାଇବା ରଖାଯାଇଥିବ। ଗୋଟିଏ ଥାଲି, ବେଶୀ ବଡ଼ ନୁହଁ କି ବେଶୀ ସାନ ନୁହଁ। ସେଥିରେ ଦୁଇଟି ଗିନା, ଗୋଟିଏ ଚାମଚ, ପାଖରେ ରଖାଯାଇଥିବ ଗୋଟିଏ ଗ୍ଲାସ, ଟ୍ରେରେ ଥିବା ଦୁଇ ବଡ଼ ତରକାରୀ ବାଢ଼ିବା ପାଇଁ ଦୁଇଟି ବଡ଼ ଚାମଚ କପଡ଼ାରେ ଢଙ୍କା ଯାଇଥିବା ଚାରୋଟି ରୁଟି। ଦିନେଶ ଆରାମରେ ହାତ ମୁହଁ ଧୋଇବ, ୱାଶ୍‌ବେସିନ୍ ପାଖରେ ସଫା ତଉଲିଆ ଟଙ୍ଗା ହୋଇଥିବ। ଫ୍ରିଜରୁ ଥଣ୍ଡା ପାଣି ବୋତଲ ଏବଂ ଦହି ବାହାର କରୁ ଏବଂ ଖାଇବା ଆରମ୍ଭ କରୁ। ଯଦି ଇଚ୍ଛା ହେବ, ରୋଷେଇ ଘରକୁ ଯାଇ ଖାଇବା ଗରମ ବି କରିପାରିବ। ଗ୍ୟାସ ଚୁଲା ପାଖରେ ହିଁ ଦିଆସିଲି ରଖାଯାଇଥିବ ଏବଂ ଧୁଆମଜା ହୋଇଥିବା ସଫା କଡ଼େଇ ମଧ୍ୟ। ଅଭିଯୋଗ କରିବାର ପ୍ରଶ୍ନ ହିଁ ଉଠୁନି।

ଖାଇବା ସାରି ସେ ନିଜ ରୁମ୍‌ରେ ଆରାମ କରିପାରିବ। ବିଛଣା ପାଖରେ ଥିବା ଟେବୁଲ୍ ଉପରେ ଛୋଟିଆ ଡବା ଭିତରେ ପାନମଧୁରୀ ଓ ଅଲେଇଚ ବି ରଖାଯାଇଥାଏ। ଖାଉ ଏବଂ ଶୋଇଯାଉ। ଇଚ୍ଛା ନ ହେଲେ ନ ଶୋଉ।

ତା' ଉପରେ କୌଣସି ପ୍ରକାରର ବାଧବାଧକତା ନାହିଁ। ପାଞ୍ଚଟାରେ ଶାଲିନୀ ଉଠେ ଏବଂ ଚା' କରିଆଣି ଟେବୁଲ ଉପରେ ରଖିଦିଏ। ନିଜର ଚା' କପ ଧରି ସେ ପ୍ରାୟ ଝରକା ପାଖକୁ ଚାଲିଯାଏ ଏବଂ ବାହାରକୁ ଚାହିଁ ରହେ। ଦିନେଶ ଜାଣିଛି,

ଯଦି ସେ ମଧ୍ୟ ନିଜ ର' କପ ନେଇ ଝରକା ପାଖକୁ ଯିବ, ତାହେଲେ ଶାଲିନୀ ବୈଠକ ଘରକୁ ଫେରି ଆସିବ ଏବଂ କୌଣସି ଏକ ପତ୍ରିକା ଖୋଲି ବସିଯିବ ।

ନିଜ ଘରେ ହିଁ ସମୟ କାଟିବା କେତେ କଷ୍ଟ ହୁଏ ! ଚାରିଟାରୁ ସେ ବାହାରକୁ ବାହାରିବା ପାଇଁ ଯୋଜନା କରିବାରେ ଲାଗେ । କିନ୍ତୁ ପାଞ୍ଚଟା ବାଜିବା ପୂର୍ବରୁ ବାହାରିଲେ, କବାଟ ବନ୍ଦ କରିବା ପାଇଁ ଶାଲିନୀକୁ ଡାକିବାକୁ ପଡ଼ିବ । ତା'ପରେ ସେ ପଛେ ଯେତେ ଡେରିଯାଏଁ ଅପେକ୍ଷା କରିଥାଉ, କିନ୍ତୁ କବାଟରେ ଛିଟକିଣୀ ଲଗାଇବାକୁ ଶାଲିନୀ ସେତେବେଳେ ଯାଇ ଆସିବ, ଯେତେବେଳେ ସେ ଘରୁ ବାହାରିଯାଇଥିବ... ତା' ପୂର୍ବରୁ ନୁହେଁ । ବରଂ ଏହାଠୁ....ବିଛଣାରେ କଡ଼ ଲେଉଟାଇ ପାଞ୍ଚଟା ବାଜିଯାଉ.... ।

ଦେଢ଼ ଟା' ବାଜିଗଲା । ଏବେ ଘରେ ପହଞ୍ଚିଯିବା ଦରକାର । ସେ ଜାଣିଛି, ଖରାବେଳେ ଖାଇସାରି ଶୋଇବାର ଅଭ୍ୟାସ ଶାଲିନୀର ଅଛି । ଅଧାରୁ ନିଦ ଭାଙ୍ଗିଗଲେ ତା'ର ମୁଣ୍ଡବିନ୍ଧା ହୁଏ । ଦିନେ-ଦିନେ ସେ ଯନ୍ତ୍ରଣା ତିନି ଦିନ ପର୍ଯ୍ୟନ୍ତ ଭଲ ହୁଏନି । ସେ ଚାହେଁନି ତା'ର ଡେରିରେ ଘରକୁ ଫେରିବା ଯୋଗୁଁ ଶାଲିନୀର ମୁଣ୍ଡରେ ଯନ୍ତ୍ରଣା ହେଉ ।

ଏବେ ଯଦି ସେ ଘରେ ପହଞ୍ଚିଯାଏ ତାହେଲେ ସମ୍ଭବତଃ ଖାଇବା ଟେବୁଲରେ ଶାଲିନୀ ସହ ଭେଟ ହୋଇଯିବ । ସେତେବେଳେ କବାଟ ଖାଇବା ଟେବୁଲର ଠିକ୍ ସିଧାରେ ଅଛି ଏବଂ ଖାଇବା ସମୟରେ ସେ ଛିଟକିଣୀ ଲଗାଏନି, କେବଳ ଆଉଜାଇ ଦେଇଥାଏ । କବାଟ ପେଲି ଭିତରକୁ ଯିବା ଆସିବା କରିହେବ ।

ସାମ୍ନାରେ ବସିଥିବା ଶ୍ୟାମଲୀ ସହ ଭେଟ ହେବ । ତା' ଆଗରେ ଟେବୁଲ ଉପରେ ଦୀନେଶ ପାଇଁ ଖାଇବା ରଖାଯାଇଥିବ । ସେଇ ଗୋଟିଏ ଥାଲୀ, ଗୋଟିଏ ଗ୍ଲାସ, ଗୋଟେ ଚାମଚ, ଦୁଇଟି ଗିନା, ତରକାରୀ ଥିବା ଜାଗା, କପଡ଼ାରେ ଢଙ୍କା ଯାଇଥିବା ରୁଟି... ସଠିକ୍ ଢଙ୍ଗରେ ପାଳନ କରାଯାଇଥିବା ଆବେଗହୀନ କର୍ତ୍ତବ୍ୟ ।

ଦୀନେଶ ଭିତରକୁ ଯାଏ, କିନ୍ତୁ ଶାଲିନୀ ମୁଣ୍ଡ ଉପରକୁ ଉଠେଇ ତାକୁ ଚାହେଁନି । ଚୁପଚାପ୍ ଖାଇ ଚାଲିଥାଏ । ସେ କେମିତି ବୁଝିଯାଏ ଯେ, ଆଗନ୍ତୁକଟି ଆଉ କେହ ନୁହଁ ଦୀନେଶ ଛଡ଼ା ? ସେ ପ୍ରତ୍ୟେକ ଥର ନୂଆ ଢଙ୍ଗରେ କବାଟ ଖୋଲେ । ହୁଏତ ସେ ଚମକି ପଡ଼ି ମୁହଁ ଉପରକୁ କରିବ ଏବଂ ତାକୁ ସିଧାସଳଖ ମୁହାଁମୁହିଁ ଦେଖିବାକୁ ବାଧ୍ୟ ହେବ । ପୁଣି କ'ଣ ଏମିତି ହୋଇପାରିବନି ଯେ, ତାକୁ ଦେଖ କେତେ ବର୍ଷ ପରେ... ସେ ଏକ ନୂଆ ପରିଚୟରେ ତାକୁ ଚିହ୍ନିବ... ?

ସେ କହିବାକୁ ଚାହେଁ– "ଶାଲିନୀ, ମୁଁ ଅବସର ନେଇ ସାରିଛି । ଏବେ ମୋ

ପାଖରେ କୌଣସି କାମ ନାହିଁ। ତୁମର ମନେ ଅଛି ନା, ତୁମେ କହୁଥିଲ- ମୋ ପାଖରେ କଥାବାର୍ତ୍ତା କରିବାକୁ ସମୟ ନାହିଁ। ଅଫିସରୁ ଘରକୁ ଫେରୁଛି ତ ଫାଇଲସବୁ ହାତରେ ଧରି। ସବୁ ସମୟ କାମରେ ବୁଡ଼ି ରହୁଛି ଏବେ ମୋ ପାଖରେ ଫୁରୁସତ୍ ହିଁ ଫୁରସତ ଅଛି। ଆମେ ଘଣ୍ଟା ଘଣ୍ଟା ଧରି ବସି ଗପି ପାରିବା। ମୁଁ ତ ଏମିତି ହିଁ, ଅଭ୍ୟାସ ଥିବାରୁ ନିରୂପାୟ ହୋଇ ଘରୁ ବାହାରି ଯାଉଛି। ତୁମେ ଯଦି କହିବ, ଆଦୌ ଯିବିନି।" ଆଉରି ମଧ୍ୟ ବହୁତ କିଛି ସେ କହିବାକୁ ଚାହେଁ ଏବଂ ସେଥିପାଇଁ ପ୍ରକୃଷ୍ଟ ସମୟ ଖୋଜୁଥାଏ।

ହାତ ମୁହଁ ଧୋଇ ସେ ଶାଲିନୀ ଆଗରେ ପଡ଼ିଥିବା ଚେୟାର ଉପରେ ବସିଯାଏ। ଖାଇବା ବାଢ଼ୁଥିବା ସମୟରେ ତା' ଆଡ଼କୁ ଚାହିଁ ରହେ... ସେ ମୁହଁ ଉପରକୁ ଉଠେଇବା ମାତ୍ରେ ନିଜ କଥା କହିପକେଇବ। କିନ୍ତୁ ତା' ଦୃଷ୍ଟି ଥାଳୀ ଉପରେ ଲାଖି ରହିଥାଏ ଏବଂ ଖାଇବା ଶେଷ କରିବା ମାତ୍ରେ ହିଁ ନିଜ ବାସନ ଉଠାଇ ଚାଲିଯାଏ। କେବେ ଏମିତି ହୋଇନି ଯେ, ଅଇଁଠା ବାସନ ଟେବୁଲ ଉପରେ ଭୁଲରେ ରହିଯିବ। ଏମିତି ବି ହୁଏନି ଯେ ଆଖି ଉଠେଇ ଦେଖିନେବ ଯେ ଦୀନେଶ ଖାଇ ସାରିଲାଣି ନା ଏବେ ବି ଖାଉଛି।

ଟେବୁଲ ପାଖରୁ ଉଠିଯାଇଛି ନା ଏବେ ଯାଏଁ ସେଇଠି ବସି ରହିଛି। ଦୀନେଶ ଆଖି ଆଗରେ ରହିଥିଲେ, ଶାଲିନୀର ଚେହେରା ଆଉ ଚେହେରା ହୋଇ ରହେନି, ପୁରାପୁରି ପିଠି ହୋଇଯାଏ। ନିଜ ଆଡ଼କୁ ପିଠି କରିଥିବା ଲୋକସହ କଥା ହେବା ବହୁତ ସାହସର କାମ ଅଟେ। ଦୀନେଶର ସେତିକି ସାହସ ନାହିଁ।

ତଥାପି ଦିନେ, ଖାଉ ଖାଉ ସେ ଡାକିଦେଇଥିଲା- "ଶାଲିନୀ"!

ଶାଲିନୀର ଦେହ ଟିକିଏ ବି ଘୁଞ୍ଚିଲାନି। ରୁଟି ଛିଣ୍ଡାଉଥିବା ତା' ଅଙ୍ଗୁଳି ସବୁ ଚମକି ପଡ଼ି କମ୍ପିଉଠିଲେନି।

"ଶାଲିନୀ!" ସେ ଆହୁରି ଉଚ୍ଚ ସ୍ୱରରେ ଡାକିଲା।

ଶାଲିନୀ ଖାଇବାରେ ଲାଗିଥାଏ। "ମୋର ତୁମକୁ କିଛି କହିବାର ଅଛି"। ସାହସ କରି ସେ ଗୋଟିଏ ଖାଲ ଯେପରି ଡେଇଁ ପଡ଼ିଲା।

ଶାଲିନୀ ଉପରକୁ ମୁହଁ ଉଠେଇ ଚାହିଁଲାନି କି ତା' ହାତ ମଧ୍ୟ ବନ୍ଦ ହେଲାନି।

ନୀରବତାକୁ ଶୁଣିବାର ପ୍ରୟାସ କଲା ଦୀନେଶ। ବୋଧହୁଏ ସେ ତା' କଥା ଶୁଣିସାରିଛି ଏବଂ ଓଠ ନ ଖୋଲି ମଧ୍ୟ କହୁଛି - "ହଁ, କୁହ, ମୁଁ ଶୁଣୁଛି।" କିନ୍ତୁ ନାଁ, ସେହି ନୀରବତାରେ କୌଣସି ଶବ୍ଦ ନଥିଲା।

ବିଲକୁଲ ପ୍ରାଣଶୂନ୍ୟ ଥିଲା ସେ।

"ତୁମେ କିଛି କହୁନ କାହିଁକି ? ଶେଷରେ ସେ ଚିତ୍କାର କରି ଉଠିଥିଲା ।"

"ଆପଣଙ୍କୁ କହିବାର ଅଛି, ମୋତେ ନୁହଁ ।" ଶାଲିନୀ ଧୀର ଗଳାରେ କହିଥିଲା ଏବଂ ପୁଣି ନୀରବତା ବ୍ୟାପିଯାଇଥିଲା । କୁଆର ପରି ଶବ୍ଦ ସବୁ ଆସିଥିଲେ ଏବଂ ଚାରିଆଡ଼େ ବ୍ୟାପିଥିବା ଶୂନ୍ୟତାରେ ବିନା କୌଣସି ଢେଉ ସୃଷ୍ଟି କରି ଶୋଇ ଯାଇଥିଲେ । ଶାଲିନୀର ଚେହେରା ପୂର୍ବପରି ଭାବହୀନ ଥିଲା, ମୁଣ୍ଡ ସହ ଏତେ କମ୍ ସମୟ ପାଇଁ ଖୋଲିଥିଲା ଯେ, ଦୀନେଶ ଭାବିଲା, ସତରେ ସେ କିଛି କହିଥିଲା ନା କେବଳ ତା'ର ଏକ ଭ୍ରମ ଥିଲା । ଦୀନେଶର ସାହସ ହଜିଯାଇଥିଲା । ଏବେ ବହୁତ ଗୁଡ଼ାଏ ଖାଇ ତା'ଆଗରେ ଥିଲା ଏବଂ ସେସବୁକୁ ଡେଇଁ ଅତିକ୍ରମ କରିବାକୁ ତା' ନିକଟରେ ଟିକେ ବି ସମ୍ବଳ ନଥିଲା । ନଚେତ୍ କହିବା ପାଇଁ ତା' ନିକଟରେ ଅନେକ କିଛି ଥିଲା ।

"ଶାଲିନୀ", ସେ ପଚାରିବାକୁ ଚାହୁଁଥିଲା, କୋଡ଼ିଏ ବର୍ଷ ପୂର୍ବରୁ ତୁମର ଏତେ ସବୁ କହିବାକୁ ଥିଲା, କ'ଣ ହେଲା ସେସବୁ ? କୁଆଡ଼େ ହଜିଗଲେ ସେ ଶବ୍ଦ ? କିଛି ନ କହି ତୁମ ମନ କିପରି ଭରିଗଲା ? ସେବେ ମୁଁ କେତେ ବ୍ୟସ୍ତ ଥିଲି ।

ତୁମେ ମୋତେ ପଚାରିଥିଲ, 'ତୁମ ପାଖରେ ଘଣ୍ଟାଏ ବି ଫୁରୁସତ ନାହିଁ ଯେ, ବସି କଥା ହୋଇପାରିବ । ସେତେବେଳେ ମୁଁ କହିଥିଲି – କଥା ହେବାର ଫୁରସତ୍ ସେମାନଙ୍କ ପାଖରେ ଥାଏ ଯାହାର କାମ ନଥାଏ । ଯଦି ତୁମେ ଘର ଠିକ୍ ଭାବରେ ଚଲେଇବ, ତା' ହେଲେ ତୁମ ପାଖରେ ବି ବକ୍‌ବକ୍ ହେବାପାଇଁ ସମୟ ଅଣ୍ଡିବନି... ତୁମେ ବୁଝୁନ କାହିଁକି, ଶାଲିନୀ, ସେତେବେଳେ ମୋ ପାଖରେ ସମୟ ନଥିଲା । ଏବେ ଅଛି । ପରିସ୍ଥିତି ବଦଳୁଥାଏ । ପରିସ୍ଥିତି ସହ ତାଳ ଦେଇ ଆମକୁ ବି ବଦଳିବାକୁ ପଡ଼େ । ଦେଖ, ଘରେ ଆମେ କେବଳ ଦୁଇ ପ୍ରାଣୀ । ଗୋଟିଏ ବୋଲି ପୁଅ ଯାଇ ଆମେରିକାରେ ରହିଗଲା । ଆଉକ'ଣ ଫେରିବ ? ଏବେ ଯାହା କିଛି କହିବାର ଅଛି ଆମେ, ଜଣେ-ଆରଜଣକୁ କହିବାକୁ ହେବ । ଏମିତି ଚୁପ୍‌ଚାପ୍ ହୋଇ ରହିଲେ ଜୀବନ ଚାଲିବ କେମିତି ?'

ଆଉଥରେ ପୁଣି ଚେଷ୍ଟା କରେ ନିଜକଥା କହିବାକୁ, ସେ ଭାବି ଥିଲା । ସବୁ ଦିନ ଭାବେ । ପ୍ରତ୍ୟେକ ଦିନ ନିଜକୁ ବୁଝାଏ ଯେ ଥରେ ନୀରବତା ଭାଙ୍ଗି ଗଲେ ତା'ପରେ ସବୁ ଠିକ୍ ହୋଇଯିବ । ପରସ୍ପର ସହ କଥା ହେବାର ଅଭ୍ୟାସ ଚାଲିଯାଉଛି.. ବାସ୍... ଆଉ କିଛି କଥା ନାହିଁ । କିନ୍ତୁ ଶାଲିନୀ.....।

କାଲି ଦ୍ୱି-ପ୍ରହରରେ ଘରକୁ ଫେରିବାବେଳେ, କବାଟ ବାହାରେ ସେ ଘରଭିତରୁ ହସୁଥିବାର ଶବ୍ଦ ଶୁଣିଲା । ସେ ସେଇଠି ଦଣ୍ଡେ ଅଟକି ଗଲା । ଆଉ କାହା

ଘର ଆଗରେ ଆସି ଠିଆ ହୋଇ ଯାଇନ ତ ? କବାଟରେ ଲାଗିଥିବା ନିଜ ନାମ ଫଳକକୁ କେତେଥର ପଢ଼ିପକେଇଲା । ଘର ତ ତାହାରି । ତେବେ କିଏ ଅଛି ଭିତରେ ? ଗୋଟିଏ ନୁହେଁ, ଦୁଇଟି ନାରୀ କଣ୍ଠର ହସ ଶୁଭୁଛି । କିଏ ? ଜଣେ ତ ଶାଳିନୀ ।

ଆଉ ଜଣେ ? ଆଉ ଜଣେ ଯିଏ ବି ହେଉ, କିନ୍ତୁ ଶାଳିନୀ ତ ନିଶ୍ଚୟ । ଅଧୈର୍ଯ୍ୟ ହୋଇ ସେ କବାଟକୁ ଧକ୍କା ଦେଇ ଭିତରକୁ ପଶିଗଲା । ସାମ୍ନାରେ ସୋଫା ଉପରେ ମଙ୍ଗଳା ବସିଥିଲା, ଶାଳିନୀର ସାନ ଭଉଣୀ । ପୁରା ଶାଳିନୀ ପରି । ଦୁହେଁ ଠୋ ଠୋ କରି ହସୁଥିଲେ । ହସ ହଠାତ୍ ବନ୍ଦ ହୋଇଯିବା ପରର ନୀରବତା ପୁଣି ଥରେ ବ୍ୟାପିଯିବା ପୂର୍ବରୁ ଦୀନେଶ କହି ପକେଇଲା– "ଆରେ ମଙ୍ଗଳା ! ତୁମେ କେମିତି ଅଛ ? ବହୁତ ଦିନ ପରେ ଆସିଲ । ବସ ବସ । ଆଉ ସବୁ କେମିତି ଚାଲିଛି ? ସୁରେଶ କେମିତି ଅଛନ୍ତି ? ଆଉ ପିଲାମାନେ ? ମାଧବୀର ଡାକ୍ତର ହେବାକୁ ଆଉ କେତେ ବର୍ଷ ବାକି ରହିଲା ? ହଁ, ଆଉ କିଛି ନୂଆ ଫିଲ୍ମ ଦେଖିଲଣି ?"

ସେ ଗୋଟି, ପରେ ଗୋଟିଏ ପ୍ରଶ୍ନ ପଚାରି ଚାଲିଲା ।

ମଙ୍ଗଳା ମଝିରେ ମଝିରେ ଉତ୍ତର ଦେଉଥାଏ । ଶାଳିନୀ ଚୁପଚାପ ପାଖରେ ବସିରହିଲା, ତା'ପରେ ଉଠିପଡ଼ିଲା ଠିଆ ହେଲା । ମଙ୍ଗଳା ତାକୁ ଦେଖିଲା, ମୁହୂର୍ତ୍ତେ ପାଇଁ ଦ୍ବନ୍ଦରେ ପଡ଼ି ପୁଣି ସେ ବି ଛିଡ଼ା ହୋଇଗଲା ।

'ଆରେ, କୁଆଡ଼େ ବାହାରିଲ ?' ଦୀନେଶେ କହିଲା– "ବସ-ବସ, ଖାଇସାରି ଯିବ, ସବୁ ପ୍ରସ୍ତୁତ ଅଛି ।"

"ଆମେ ତ, ଭାଇ..., ଖାଇ ସାରିଛୁ ।" ମଙ୍ଗଳା ଟିକେ ସଙ୍କୁଚିତ ହୋଇଯାଇ କହିଲା ।

"ଖାଇ ସାରିଛ ! ଓହୋ....ଭଲ କଲ.... ଭଲ କଲ !" ସେ କହିଲା, – "ମୋର ମଧ ଡେରି କେତେ ହୋଇଗଲା.... । ହେଲେ ଆସ, ଟେବୁଲ ପାଖରେ ବସ ମୋ ସହ । ତା' କଫି ପିଅ । କ'ଣ ପିଇବ ?"

"ନାଁ, କଫି ମଧ ଆମେ ! – ଚାଲ ମଙ୍ଗଳା, ଆମେ ସେ ରୁମକୁ ଯିବା" ଶାଳିନୀ କହିଲା ଏବଂ ନିଜ ଶୋଇବା ଘର ଆଡ଼କୁ ଚାଲିଗଲା । ପଛେ ପଛେ ମଙ୍ଗଳା ।

ଦୀନେଶ ସେଇଠି ହିଁ ରହିଗଲା, ଆରାମ ଦାୟକ ସୁସଜ୍ଜିତ ବୈଠକ ଘରେ, ଯେଉଁଠି ଟେବୁଲ ଉପରେ ରୁଚିପୂର୍ଣ୍ଣ ଭାବେ ତା' ପାଇଁ ଖାଇବା ରଖାଯାଇଥିଲା, ସନ୍ତୁଳିତ, ପୌଷ୍ଟିକ ଏବଂ ସ୍ବାଦିଷ୍ଟ ।

ତା'ର ଇଚ୍ଛା ହେଲା, ତରକାରୀ ଜାଗା ଉଠେଇ କାନ୍ଥରେ ପିଟିଦେବ, ଥାଳିକୁ ତଳେ ଚଟାଣରେ ଢାଳିଦେବ ଓ ଚିତ୍କାର କରି କହିବ, ତରକାରୀରେ ବାଲପଡ଼ିଛି ଓ

ଡାଲିରେ ଗୋଡ଼ି । ଶାଲିନୀର ଏହି ସୁଚାରୁ, ସୁବ୍ୟବସ୍ଥିତ, ସୁଗୃହିଣୀ ହେବାର ଭ୍ରମ ଭାଙ୍ଗିବା ଦରକାର ।

ପାଟି ଶୁଣି ସେ ନିଜ କୋଠରିରୁ ବାହାରି ଆସିବ ଓ ସେ ଉଠିପଡ଼ି ଯାଇ ତା' ଆଗରେ ଠିଆ ହୋଇପଡ଼ିବ ଏବଂ ତା' କାନ୍ଧ ଜୋରରେ ଚାପି ଧରିନେବ । (ତା ଠାରୁ ତା'ର ଶାରିରୀକ ଶକ୍ତି ଅନେକ ବେଶୀ) ଏବଂ ସେ ପର୍ଯ୍ୟନ୍ତ ତା' ଦେହକୁ ଜୋରରେ ହଲାଉଥିବ, ସେ ପର୍ଯ୍ୟନ୍ତ ସେ ପାଟିକରି ଚିତ୍କାର ନ କରିଛି ?

'କୁହ,' ସେ କହିବ, 'କିଛି ବି କୁହ! ରୂପ ଯଦି ରହିବ, ମୁଁ ତୁମକୁ ମାରିଦେବି ।' ସେତେବେଳେ ଶାଲିନୀ ନିଶ୍ଚୟ ମୁହଁ ଖୋଲିବ ।

ସେ ହାତରେ ଗୋଟିଏ – ଗୋଟିଏ ତରକାରୀ ଜାଗା ଉଠେଇ ନେଲା ଏବଂ ପୁଣି....ଟେବୁଲ ଉପରେ କଚାଡ଼ି ଦେଲା । ଜୀବନରେ କେବେ ବି ଅଶିକ୍ଷିତଙ୍କ ପରି କାମ କରିନଥିଲା । ଏବେ ମଧ୍ୟ କରିପାରିଲାନି । କେବଳ, ବଢ଼ା ହୋଇଥିବା ଖାଦ୍ୟକୁ ଟେବୁଲ ଉପରେ ଶୁଖିବାପାଇଁ ଛାଡ଼ିଦେଇ ଘରୁ ବାହାରିଗଲା ।

ସାର୍ଟର ହାତରେ ବାରମ୍ବାର ମୁଣ୍ଡର ଝାଳ ପୋଛି ହୋଇ ସେ ଭାବୁଥିଲା, ଯଦି ସେ ସତକୁ ସତ କାଲି କିଛି କରି ଦେଇଥାନ୍ତା ତ କ'ଣ ହୋଇଥାନ୍ତା ? କ'ଣ ଶାଲିନୀ.... ? ଶାଲିନୀ ଆଖର ବିତୃଷ୍ଣା କ'ଣ ସେ ସହିପାରିଥାନ୍ତା ?

ଦିନେ ତା'ର ଧ୍ୟାନ ଆକର୍ଷଣ କରିବା ପାଇଁ ସେ ଖାଉ-ଖାଉ କହି ଉଠିଲା – 'ଡ଼ାଲିରେ ଗୋଡ଼ି ଅଛି” । ଶାଲିନୀ ରୂପଚାପ୍ ଉଠିଥିଲା, ଡ଼ାଲି ଥିବା ଜାଗା ଏବଂ ଥାଲିରେ ବଢ଼ା ଯାଇଥିବା ଡ଼ାଲି ଗିନା ଉଠେଇ ନେଇ ଡ଼ଷ୍ଟବିନ୍‌ରେ ଢାଲି ଆସିଥିଲା । “କାହିଁକି ଫିଙ୍ଗି ଦେଲ ? ଖାଇ ହୋଇଥାନ୍ତା” । ସେ ଅଯଥାଟାରେ କହି ପକାଇଥିଲା । ଶାଲିନୀ କିଛି ଉତ୍ତର ଦେଇ ନଥିଲା ଯଦିଓ, କିନ୍ତୁ ତା'ର ହାବଭାବରୁ ଏ କଥା ସ୍ପଷ୍ଟ ଜଣାପଡ଼ୁଥିଲା ଯେ, ଡ଼ାଲିରେ ଗୋଡ଼ି ବାହାରିବାର ପ୍ରଶ୍ନ ହିଁ ଉଠୁନି । କହି ନଥିଲା କିଛି, ଥରେ ତା' ଆଡ଼କୁ ଚାହିଁଥିଲା । କିନ୍ତୁ ସେ ଚାହିଁବା ଏମିତି ଥିଲା ଯେ ମଣିଷ କହିବା-ଶୁଣିବା ସବୁ ଭୁଲିଯିବ ।

କେତେବେଳେ ଯାଏଁ ଏହି ଧୂ-ଧୂ-ଖରାରେ ଛିଡ଼ା ହୋଇ ରହିବ ? ସେ ପୁଣି ସାର୍ଟର ହାତରେ ମୁଣ୍ଡରୁ ଝାଳ ପୋଛିଲା ଏବଂ ବହୁତ ଆଗ୍ରହର ସହ ନିଜ ଘର ଆଡ଼କୁ ଚାହିଁଲା । କାଲି ଦ୍ଵି-ପ୍ରହର ଠାରୁ ସେ ଘରକୁ ଫେରିନି । ଅଧରାତି କ୍ଲବରେ ଏବଂ ବାକି ଅଧା ରାତି ପାର୍କରେ ବସି କାଟି ଦେଇଛି । ଏବେ ଯିବା ଉଚିତ୍ । ଏଥର ଦେଖିଲା ତ, ଲାଗିଲା ତା' ଘରର ଝରକାର ପରଦା ହଲୁଛି ।

ଡ଼ୋରଥାରୁ ଟିକେ ଗୁଞ୍ଜାଯାଇଛି ଓ ତା' ପରେ ଅଟକାଇ ଦିଆଯାଇଛି । ହାତଟିଏ

ଏଯାବତ୍ ସେଠାରେ ଲାଖି ରହିଛି । ଶାଲିନୀ ଅଛି ପର୍ଦ୍ଦା ପଛରେ । ଝରକା ଦେଇ ବାହାରକୁ ଦେଖୁଛି ନିଶ୍ଚୟ । ଯଦି ସେ ପାଦ ଟିପିଟିପି ଧୀରେ ଘରଭିତରକୁ ପଶେ ଏବଂ ପଛପଟୁ ଯାଇ ତାକୁ କାନ୍ଧ ପାଖରୁ ଧରିନେବ.... ତେବେ....? ତାକୁ ଜବରଦସ୍ତ ନିଜ ଆଡ଼କୁ ଭିଡ଼ି ଧରେ...? ଆଜି ତା' ପଛପଟୁ ହିଁ ଯଦି କଥା କହେ ? ହଁ, ବୋଧହୁଏ ଏହି ଭୁଲ୍ ହିଁ ସେ କରିଆସିଛି ।

ତା ସହ ଆଖି ମିଶାଇ ନିଜ କଥା କହିବାର ଚେଷ୍ଟା କରିଛି । ସେଥିରେ ଆନ୍ତରିକତା ଖୋଜିଚାଲିଛି ଏବଂ ତା' ବଦଳରେ ଭରିରହି ଥିବା ବିତୃଷ୍ଣା ଦେଖି ଆଘାତ ପାଇ ମୂକ ହୋଇ ରହିଯାଇଛି ।

ଆଜି ପ୍ରଥମେ ନିଜ କଥା କହିବ, ତା'ପରେ ତା' ଚେହେରା ନିଜ ଆଡ଼କୁ ବୁଲେଇ ଦେଖିବ ।

ହୁଏତ ତା' କଥା ଶୁଣିନେବା ପରେ ଶାଲିନୀ... ତା' ହୃଦୟ ଏକ ଚାପା ଉତ୍ତେଜନାରେ ଧକ୍‌ଧକ୍‌ ହେବାରେ ଲାଗିଲା ଏବଂ ସେ ବଡ଼ ବେପରୁଆ ଢ଼ଙ୍ଗରେ ମୋଟରସାଇକେଲଟିକୁ ଆଗକୁ ଗଡ଼େଇବାରେ ଲାଗିଲା ।

ଖାଇସାରି ଶାଲିନୀ ଝରକା ପାଖକୁ ଆସିଲା । ପରଦାଟି ଗୋଟିଏ ପଟୁ ଖସିଆସିଛି । ତାକୁ ଟାଣିଦେଇ ପୂରା ଝରକାକୁ ଢାଙ୍କି ଦେବ ଓ କବାଟରେ ଚିଟକିଣୀ ଲଗାଇ ନିଜ କୋଠରିକୁ ଯାଇ ଶୋଇ ରହିବ । ବାହାରକୁ ତ ଚାହିଁ ହେଉନି । ଉଫ୍.... କି ଖରା ! ଅନେକ ବର୍ଷ ହୋଇଗଲାଣି, ସେ ଖରାରେ ବାହାରକୁ ବାହାରିନି । ଆବଶ୍ୟକତା ହିଁ ପଡ଼ିନି । ତାକୁ ଯଦି କେହି ପଚାରେ– ଖରାର ଅର୍ଥ କ'ଣ ? ସେ କହିବ– ମୁଣ୍ଡବିନ୍ଧା । କେଜାଣି କେମିତି ଲୋକମାନେ ବିନା କାରଣରେ ଖରାରେ ବୁଲନ୍ତି !

ଏବେ ଏଇଠି ତା' ଘରର ଠିକ୍ ଆଗରେ, ମୁଣ୍ଡଫଟା ଖରାରେ ଲୋକଟିଏ ମୋଟର ସାଇକେଲକୁ ଧରି ଛିଡ଼ା ହୋଇଛି । ନିରୂପାୟ ପରି । ମୋଟର ସାଇକେଲଟି ଖରାପ ହୋଇଯାଇଛି ବୋଧହୁଏ । ବିଚରା !, ବେଶୀ ସମୟ ଯଦି ଏହି ଖରାରେ ଏମିତି ଛିଡ଼ା ହୋଇ ରହିବ, ମୁଣ୍ଡ ବୁଲାଇ ପଡ଼ିଯିବ । ଲାଗୁଛି ଖୁବ ଝାଲ ବାହାରୁଛି । ପକେଟ୍‌ରୁ ରୁମାଲ ବାହାର କରିବାର ଧୈର୍ଯ୍ୟ ବି ନାହିଁ । ବାରମ୍ବାର ସାର୍ଟର ହାତରେ ମୁଣ୍ଡରୁ ଝାଲ ପୋଛି ଚାଲିଛି ।

ସେଇଠି ଏମିତି ଛିଡ଼ା ହୋଇ ରହିଲେ କ'ଣ ହେବ ? ମୋଟର ସାଇକେଲକୁ ଗଡ଼େଇ ଗଡ଼େଇ ନେବାକୁ ହିଁ ପଡ଼ିବ । ସେବେ ଯାଏଁ, ଗ୍ୟାରେଜ ବହୁତ ପାଖରେ ନାହିଁ ଯଦିଓ ବିଶେଷ ଦୂର ବି ନୁହଁ । ଏମିତି ଖରାରେ ଠିଆ ହୋଇ ରହିଲେ ତ

ଅଂଶୁଘାତ ହୋଇଯିବାର ବହୁତ ଆଶଙ୍କା ଥାଏ। କଲେଜରେ ପଢ଼ିବା ବେଳେ ଦେଖିଥିଲା – ଖରାରେ ଶ୍ରମିକଟିଏ ମୁଣ୍ଡ ବୁଲେଇ ପଡ଼ିଯିବାର ତଳେ ଭୂଇଁରେ ପଡ଼ି କେମିତି ଛଟପଟ ହେଉଥିଲା ଏବଂ ପାଞ୍ଚମିନିଟ୍‌ରେ ହିଁ ଜୀବନ ଚାଲିଯାଇଥିଲା। ପରେ ଲୋକମାନେ କହିଥିଲେ, ଠିକ୍‌ ସମୟରେ ଯଦି ପାଣି ମିଳିଥାନ୍ତା, ତା' ହେଲେ ସେ ବଞ୍ଚି ଯାଇଥାନ୍ତା। ସେ ସମୟରେ କେହି ବୁଝିପାରୁ ନଥିଲେ ଯେ, କ'ଣ ଘଟୁଛି।

ଏଇଠି ମଧ୍ୟ ପାଖରେ କେଉଁଠି ପାଣି ନାହିଁ। କେଜାଣି, ହୁଏତ ଶୋଷ ଲାଗୁଥିବାରୁ ମୋଟର ସାଇକେଲ ବାଲାଟି ଆଗକୁ ଯାଇପାରୁନି! ନହେଲେ, ସେ ହିଁ ଯାଇ ଗୋଟିଏ ଗ୍ଲାସ ପାଣି ତାକୁ ଦେଇ ଆସୁ…। ଅସୁବିଧା କ'ଣ? ସେ ଫ୍ରିଜ ଖୋଲି ଥଣ୍ଡା ପାଣି ବୋତଲ ବାହାର କଲା ଏବଂ ଗ୍ଲାସରେ ଢାଳିଲା। ପୁଣି ଝରକା ପାଖକୁ ଆସି ଆଉଥରେ ବାହାରକୁ ଚାହିଁଲା। ସେ ଲୋକଟି ସେମିତି ସେଇଠି ଛିଡ଼ା ହୋଇରହିଛି। ବାରମ୍ବାର ତା' ଘର ଆଡ଼କୁ ଅନାଉଛି। କାହିଁକି? କୌଣସି ଚିହ୍ନ-ପରିଚିତ ଲୋକ ନୁହେଁ ତ! କିଏ ସେ…? କିଏ ହୋଇଥାଇ ପାରେ!

ସେ ଦେଖିଲା, ମୋଟର ସାଇକେଲ ଗଡ଼େଇ ଗଡ଼େଇ ଲୋକଟି ଧୀରେ ଧୀରେ ତା' ଘରର ଅଗଣା ଆଡ଼କୁ ଆଗେଇ ଆସୁଛି। ଏବେ ତା' ମୁହଁ ପରିଷ୍କାର ଦେଖାଯାଉଛି। ଆରେ ଇଏ ତ…! ତା' ଆଖିର ଦରଜା ବନ୍ଦ ହୋଇଗଲା। ଶରୀରରେ ଶିଥିଳତା ଆସିଗଲା। ଉଦାସ ହୋଇ ସେ ଝରକାର ପରଦା ଟାଣିଦେଲା ଏବଂ କବାଟରେ ଛିଟକିଣୀ ନ ଲଗାଇ ନିଜ କୋଠରି ଆଡ଼କୁ ଚାଲିଗଲା। ଯାଉଯାଉ ସେ ଟେବୁଲ ଉପରେ ରଖିଥିବା ଥଣ୍ଡା ପାଣି ବୋତଲ ନେଇ ପୁଣି ଫ୍ରିଜରେ ରଖିଦେଲା। ଦରକାର ହେଲେ, ନିଜେ ବାହାର କରିନେବ।

ଧୈର୍ଯ୍ୟ ହରା ହୋଇ, କବାଟକୁ ଠେଲି ଦେଇ ଦୀନେଶ ଘର ଭିତରକୁ ପଶିଲା। ସାମ୍ନାରେ ଶାଲିନୀର ପିଠି ଦେଖାଗଲା। ସେ ନିଜ ଶୋଇବା ଘରକୁ ଯାଇଥିଲା। ପୁଣି ଧଡ଼ାସ୍‌। କବାଟ ତା' ପଛରେ ବନ୍ଦ ହୋଇଗଲା। ଦୀନେଶ ରୁଚିପୂର୍ଣ୍ଣ ଭାବେ ସଜାଯାଇଥିବା ଘରେ ଏକା ରହିଗଲା।

ନଅ ବର୍ଷ ସାନ ପତ୍ନୀ
ରବିନ୍ଦ୍ର କାଲିଆ

କୁଶଲ ପାଦ ଟିପିଟିପି ଏମିତି ଭାବରେ ଘରେ ପଶିଥିଲା, ଯେମିତି କି ସେଘରଟି ତା ନିଜ ଘରନୁହେଁ, ଆଉ କାଶଲାଗିଲେ, ଗଳିଭିତରକୁ ଯାଇ ଏମିତି ମନଶାନ୍ତି କରି କାଶି ଆସୁଥିଲା, ଠିକ୍ ଯେମିତି ମଦନକୁ ସଦୁପୋଦେଶ ଦେବାର ସୁଯୋଗ ନ ଦେବାପାଇଁ ସେ ପ୍ରାୟ ଦୋକାନ ବାହାରକୁ ଯାଇ କାଶିଆସେ। ପୁଣି ସେ ଭାବିଲା କି, ବୋଧହୁଏ ସେ ଏମିତି ଅଚାନକ ଆସିଯାଇ, ତୃପ୍ତାକୁ ଚମକେଇ ଦେବାକୁ ଚାହେଁ। ଏକଥା ଭାବି ସେ ଟିକେ ହସିଦେଲା ଯେ – ଚମକେଇବା ପାଇଁ ଏଇ ଛୋଟ ଛୋଟ କଥା ହିଁ ଏବେ ରହିଯାଇଛି।

କୁଶଲକୁ ଦେଖି ତୃପ୍ତା ସତକୁ ସତ ଚମକି ପଡିଲା। ସେ କୁଶଲକୁ ଦେଖିବା ମାତ୍ରେ କାଗଜର ଏକ ଲଫାପା ବାକ୍‌ରେ ଲୁଚେଇଦେଲା, ଯାହାକୁ ସେ କାନ୍ଥରେ ପିଠିକୁ ଠେରି ଗୁଣୁଗୁଣୁ ହୋଇ ବଡ଼ ଧ୍ୟାନର ସହ ପଢୁଥିଲା। ତା' କଣ୍ଠର ଉଚ୍ଚ ଏବଂ ନିମ୍ନ ସ୍ୱରକୁ ମଧ୍ୟ ଲକ୍ଷ୍ୟ କରାଯାଇ ପାରିଥାନ୍ତା। ଏଇମାତ୍ର ଧୋଇଥିବା ବାଳକୁ ସେ ଏମିତି ଭାବରେ ଜୁଡାକରି ତା ଉପରେ ନିଜ ମୁଣ୍ଡକୁ ରଖିଥିଲା, ସତେ ଯେମିତି ସେ ତାକୁ ତକିଆର ରୂପ ଦେଇଛି। କୁଶଲକୁ

ଦେଖିଦେଇ ତା କପାଳରେ ଝାଳ କନ୍ଧି ଆସିଲା ଏବଂ ସେ ଉଠିପଡ଼ି ଠିଆହୋଇପଡ଼ିଲା । ତା ଜୁଡ଼ା ଖୋଲିଯାଇ ବାଲ୍‌ସବୁ କାନ୍ଧସାରା ଖେଲେଇହୋଇ ପଡ଼ିଲେ । ସେ ଠାରୁ ଲାଲରଙ୍ଗର ରିବନ୍‌ଟିଏ ଉଠେଇଲା ଏବଂ ବାଲ ବାନ୍ଧିବାକୁ ଲାଗିଲା ।

କୁଶଳ ଖଟ ଉପରେ ବସି ନିଜର ଜୋତା ଖୋଲିଲା ଏବଂ କହିଲା – "ଆଜି ମଦନ ଦିଲ୍ଲୀ ଗଲା ଆଉ ମୁଁ ପଲେଇଆସିଲି ।" ତୃପ୍ତାର କମିଜ୍ ଝାଲରେ ଦେହରେ ଲାଖି ଯାଉଥଲା ଏବଂ ବେକପାଖରୁ ଝାଲର ଝାଲର ଧାରସବୁ ବାଟଭୁଲି ଆସି କଲରବୋନ୍ ଉପରେ ଏମିତି ଘଷିହେଉଥିଲେ, ଯେମିତି ବର୍ଷା ହେବାପରେ ଇଲେକ୍‌ଟ୍ରିକ୍ ତାର ଉପରେ ପାଣି ।

ସେ କମିଜର କାନିରେ ମୁହଁ ପୋଛିଲା ଏବଂ କହିଲା– "ଆଜି ବହୁତ ଗରମ" । ତାପରେ ସେ ବାକ୍‌ଟିକୁ ଖଟତଳକୁ ପେଲି ଦେଇ କହିଲା – ମୁଁ ଭାବୁଥିଲି, ପ୍ରକାଶ ଖାଇବାନେବାକୁ ଆସିଥିବ, ଆପଣ ଏଇ ସମୟରେ କେମିତି ଆସିଗଲେ ।" ପୁଣି ସେ କୁଶଳର ମୁହଁକୁ ଚାହିଁ ପଚାରିଲା – "ଦେହ ଠିକ୍ ଅଛି ତ ।"

କୁଶଳ୍ ଭାବିବାରେ ଲାଗିଲା ଯେ – ସେ ଯଦି ତୃପ୍ତା ଜାଗାରେ ଥାଆନ୍ତ, ତେବେ ଏଇ ସମୟରେ କେମିତି ଆସିଲେ ବୋଲି ପଚାରିବା ବଦଳରେ – "କେଉଁଠୁ ଖସିପଡ଼ିଲ ?" ବୋଲି କହିଥାନ୍ତ । ତୃପ୍ତାକୁ ଅଧିକରୁ ଅଧିକ ରକ୍ତିମ ହେବାର ଦେଖି ଏବଂ ଖୋଜିଲେ ବି ନ ମିଳିବା ଢଙ୍ଗରେ ଇଆଡ଼େ ସିଆଡ଼େ ବୁଲିବା ଏବଂ ଚାହିଁବା ଦେଖି, କୁଶଳ ପକେଟ୍‌ରୁ ଦିଆସିଲି ବାହାରକରି ତୃପ୍ତା ଆଡ଼କୁ ପକେଇଦେଇ କହିଲା – "ଏଇ ନିଅ" । ତୃପ୍ତା ଦିଆସିଲିଟିକୁ ଖପ୍ କରି ଧରିପକେଇ କହିଲା – "ଆପଣ କେମିତି ଜାଣିଲେ ଯେ ମୁଁ ଦିଆସିଲି ଖୋଜୁଥିଲି ।"

କୁଶଳ୍ ଜାଣିଥିଲା, ଯେ ତୃପ୍ତା ଦିଆସିଲି ଖୋଜୁ ନଥିଲା, ବରଂ ଛୋଟିଆ କଥାକୁ ନେଇ ବ୍ୟସ୍ତ ହୋଇପଡ଼ୁଥିଲା । ସେ କେବଳ ତା'ର ଏହି ବ୍ୟସ୍ତତାକୁ କମ୍ କରିବାପାଇଁ ଦିଆସିଲି ଫିଙ୍ଗିଥିଲା । ପୁଣି ସେ କହିଲା – "ମୁଁ ଜାଣିଥିଲି, ସ୍ଟୋଭ୍ ଆଡ଼କୁ ତୁମ ଆଖି ଯିବନି । ଯଦିଓ ତୁମେ ଜାଣିଛ ଯେ, ଦିଆସିଲି ସେଇଠି   ହିଁ ପଡ଼ିରହେ । ତୃପ୍ତା ସ୍ଟୋଭ୍ ଜଳେଇଲା ଏବଂ ଚା' ପାଇଁ ପାଣି ବସେଇଲା ଏବଂ ତା'ପରେ ନିଜେ ଆସି କୁଶଳ ପାଖରେ ଖଟ ଉପରେ ବସିଲା ଓ ଗୋଡ ହଲେଇବାକୁ ଲାଗିଲା । କୁଶଳ୍ କହିଲା – "ଗୋଡ କାହିଁକି ହଲଉଛ ?"

ତୃପ୍ତା ଗୋଡ଼ ହଲେଇବା ବନ୍ଦ କରିଦେଲା ଏବଂ ପାଖରେ ରଖିଥିବା ତଉଲିଆ ନେଇ ଘଷି ଘଷି ମୁହଁ ସଫା କରିବାକୁ ଲାଗିଲା । ଝାଲ ଶୁଖିଯାଇଥିଲା ଏବଂ ସେ ତଥାପି ତଉଲିଆ କୁ ଛାଡ଼ୁ ନଥିଲା । କୁଶଳ ତାକୁ ଆଶ୍ୱସ୍ତ ଏବଂ ସ୍ୱାଭାବିକ କରିବାପାଇଁ

ନିଜ ସ୍ୱରକୁ ଯଥା ସମ୍ଭବ ଶାନ୍ତ କରି କହିଲା – "ଗପ ଲେଖୁଥିଲ କି ?" ସେ ତୃପ୍ତାର ପିଠିକି ଥାପୁଡେଇଦେଇ କହିଲା – "ମୋତେ ଲାଗୁଛି କି, ତୁମେ ଯଦି ଏମିତି ଗପସବୁ ଲେଖିଚାଲିବ, ତେବେ ଦିନେ ବହୁତ ବଡ଼ ଲେଖିକା ହୋଇଯିବ।"

ତୃପ୍ତା କୁଶଳ୍ ଆଡ଼କୁ ଚାହିଁ ଟିକେ ହସିଦେଲା ଏବଂ ତା ବୁଶ୍ ସାର୍ଟ ଉପରେ ଚାଲୁଥିବା ଗୋଟିଏ ପିମ୍ପୁଡ଼ିକୁ ବାହାର କରୁକରୁ କହିଲା – "ବାହାଘର ପରେ ତ କିଛି ବି ଲେଖିନି। ସେଇ ପୁରୁଣା ଗପଟିକୁ ବାହାରକରି ପଢ଼ୁଥିଲି, ଯାହାକୁ ଶୁଣି ଆପଣ ମୋତେ ବହୁତ ଠଟ୍ଟା କରିଥିଲେ।"

ସେ ପୁଣି ଗୋଡ ହଲେଇବାରେ ଲାଗିଲା ଏବଂ ଅଭିଯୋଗ କରିବା ମୁଦ୍ରାରେ ଆଡ଼କୁ ଦେଖିବାକୁ ଲାଗିଲା। କୁଶଳ୍ ଅନୁଭବ କଲା ଯେ ବେଳେବେଳେ ବୋକା ବନେଇବାରେ ସେତେ ମଜା ଆସେନି, ଯେତେ କି ବୋକା ବନିବାରେ। ବରଂ ଯେତେବେଳେ ତୃପ୍ତା ପୁରା ନିଶ୍ଚିତ ହୋଇଗଲା ଯେ, କୁଶଳ୍ ପୁରା ପୁରିପୁରି ବୋକା ବନିସାରିଛି, ତେଣୁ କୁଶଳକୁ ଆଉ ସେଇଟି ଭଲଲାଗିଲାନି। ସେ କହିଲା – "ଆଛା, ଗୋଡ଼ ତ ମୋର ବିନ୍ଧୁଛି, ଆଉ ତୁମେ ହଲାଉଛ।" ସେ କିଛି ସମୟ ଚୁପରହି ପୁଣି କହିଲା।" – ତୃପ୍ତା, ଟିକେ ମୋ ଆଡ଼କୁ ଚାହଁ।"

ତୃପ୍ତା ତଉଲିଆକୁ ଟିକେ ଖସେଇ ଫାଙ୍କରୁ ଟିକେ ଚାହିଁଲା ଓ ପୁଣି ସାଙ୍ଗେ ସାଙ୍ଗେ ମୁହଁ ଲୁଚେଇଦେଇ କହିଲା – "ଆପଣ ମୋତେ କାହିଁକି ଡରାଉଛନ୍ତି।"

ତୃପ୍ତା ତରବରରେ ଧାଇଁ ସ୍ଟୋଭ ଆଡ଼କୁ ଗଲା, ଯେମିତି କି କ୍ଷୀର ଉତୁରିପଡ଼ିଛି। ଆଉ ତା'ପରେ କୁଶଳ ଆଡ଼କୁ ପିଠିକରି ସ୍ଟୋଭ ପାଖରେ ପିଢ଼ା ଉପରେ ବସିପଡ଼ିଲା।

ହଠାତ୍ କୁଶଳକୁ ଲାଗିଲା ଯେ ବାଥରୁମ୍ର ପାଇପ୍ ଖୋଲାଅଛି। ଏମିତିରେ ତ ବାଥରୁମର ପାଇପ୍ ସେ ପର୍ଯ୍ୟନ୍ତ ଖୋଲାଥାଏ, ଯେ ପର୍ଯ୍ୟନ୍ତ ମ୍ୟୁନିସିପାଲଟିର ରଙ୍ଗ ସବୁ ପାଣିମୁହାଁ ନ ହୋଇଛନ୍ତି। ଏହା ପୂର୍ବରୁ ଗଲିରେ ପାଟିତୁଣ୍ଡ କରୁଥିବା ପିଲାମାନଙ୍କର ଶଢ଼ ବି ତାକୁ ଶୁଣାଯାଉ ନ ଥିଲା। ପିଲାଙ୍କ ପାଟି ଶୁଣି ସେ ଟିକେ ହସିଦେଲା। ମଦନ ଯେବେ ଭଲ ମୁଡ଼ରେ ଥାଏ, ତ ଦୋକାନକୁ ଆସୁଥିବା ଗ୍ରାହକମାନଙ୍କୁ କେବେକେବେ କୁଶଳର ଉଦାହରଣ ଦେଇ ଶୁଣାଏ – "ଭାରତରେ ସେବେ ହିଁ ଶୁଆଯାଇପାରିବ, ମଦନ ଚୁଟକି ବଜାଇ କୁଶଳକୁ ହାଫ୍ ସେଟ୍ ତା'ର ଅର୍ଡର ଦେବାକୁ ଠାରି ଦେଉଦେଉ ନିଜ କଥା ଜାରି ରଖେ– "ଯେ ପର୍ଯ୍ୟନ୍ତ ଆପଣ ପିଲାଙ୍କର କାନ୍ଦକୁ ନାନାବାୟା ଗୀତ ଭାବିବେ ଆଉ ସକାଳୁ ଗଲିର ଛୋଟଛୋଟ ପିଲାଙ୍କର ସାମୁହିକ କାନ୍ଦକୁ ସକାଳର ଆଲାର୍ମ ରୂପେ କାମରେ ଲଗେଇବେ।"

ରବିବାରର ଦ୍ୱିପ୍ରହରଟା ତ କୁଶଳ ଯେମିତି ସେମିତି ଘରେ ବିତେଇଦିଏ,

କିନ୍ତୁ ଏହି ସମୟରେ ପିଲାଙ୍କ ଦୁଷ୍କାମୀ, ନା ଲୋରିର କାମ ଦେଉଥିଲା ନା ଘଣ୍ଟାର ଆଲାର୍ମର। ସେ ତୃପ୍ତାକୁ ପଚାରିଲା, – "କଣ ତୃପ୍ତା, ସାଇପିଲାଙ୍କ ସ୍କୁଲ କେବେ ଖୋଲୁଛି ?"

ତୃପ୍ତା ହସିଦେଇ ପଛକୁ ଚାହିଁଲା, ସେ ବୋଧେ ଏବେ ନିଜକୁ ସମ୍ଭାଳି ସାରିଥିଲା ନହେଲେ ବୋଧହୁଏ ସେହି ପ୍ରଶ୍ନଟିର ପରିକଳ୍ପନାରେ ପ୍ରଭାବିତ ହୋଇ ସେ ଭାବିନେଇଥିଲା ଯେ, କୁଶଳର ଦୃଷ୍ଟି ଏତେ ପ୍ରଖର ନୁହେଁ ଯେତେ ସେ ଭାବିଛି। ସେ ସ୍ଟୋଭ୍‌ରୁ କେଟଲୀ ଓହ୍ଲାଇବାକୁ ଲାଗିଲା।

ସେ କୁଶଳ ପାଇଁ ଚା'କପରେ ଢାଳିଲା ଏବଂ କୁଶଳକୁ ଧରେଇଦେଇ କହିଲା – "ଆପଣ ଶେଭିଂ ହୁଅନ୍ତୁ, ମୁଁ ତା' ଭିତରେ ଆପଣଙ୍କ ଡ୍ରେସ୍ ବାହାର କରିଦିଏ। କେତେ ଭଲ ହୁଅନ୍ତା, ଯଦି ଆଜି ଫିଲ୍ମ ଯାଆନ୍ତେ।"

– ମୋତେ ଲାଗୁଛି କି ଆମେ ମଦନ ନଫେରିବା ଯାଏ ଫିଲ୍ମ ଯାଇପାରିବାନି। ତାକୁ ଦିଲ୍ଲୀ ଯିବାର ଥିଲା, ମୁଁ ପଇସା ମାଗିନି। "ଫିଲ୍ମ ଯାଇହେବା ମୁତାବକ ପଇସା ଅଛି ମୋ ପାଖରେ।" ତୃପ୍ତା ପାଦରେ ବାକ୍ସଟିକୁ ଆଉଟିକେ ଖଟତଳକୁ ଠେଲିଦେଇ କହିଲା – "କାଲି ସୋମ୍ ଦେଇଯାଇଥିଲା।"

କୁଶଳର ଲମ୍ବା ନାକ ଚା କପରେ ବୁଡ଼ିଗଲା, ସେ ଶେଷ ଢ୍ୟୋକଟିକୁ ନେଇ ଖାଲି କପ ତୃପ୍ତା ହାତରେ ଧରେଇଦେଇ କହିଲା, – "ଆଗ ଆଉଗୋଟେ କପ୍ ଚା', ତା'ପରେ ଅନ୍ୟ କିଛି।"

କୁଶଳ୍ କାଲିଠାରୁ ହିଁ ସୋମର ଆଲୋଚନାରେ ଆମୋଦିତ ହେଉଥିଲା। କାଲି ଯେତେବେଳେ ସୋମ୍ ଘରକୁ ରାସ୍ତା ପଚାରିବା ପାଇଁ ଦୋକାନକୁ ଆସିଥିଲା, ସେତେବେଳେ କୁଶଳ ଜାଣିଶୁଣି ସୋମ୍ ସହ ନିଜେ ଆସି ନଥିଲା। ବରଂ ସେ ଦୋକାନର ଚପରାସୀ ସହ ସୋମକୁ ଘରକୁ ପଠେଇଦେଇଥିଲା।

ସୋମ୍ ଆସିବା ସମୟରେ କୁଶଳ୍ ଗୋଟେ ଚିଠି ଟାଇପ୍ କରୁଥିଲା, ଯେତେବେଳେ ସେ ଚାଲିଗଲା, ସେ ପୁଣି ଟାଇପରାଇଟର୍‌ ଉପରେ ନଇଁ ପଡ଼ିଲା ଓ ଟାଇପ୍ କରିବାରେ ଲାଗିଲା – ସୋମ ଡରୁଆ ଥିଲା ନା ତୃପ୍ତା ଡରୁଆ, ଚାଲାକ୍ ନୁହେଁ। ସୋମ୍ ଡରୁଆ ଥିଲା, ସୋମ ଡରୁଆ ଅଟେ, ସୋମ୍ ଡରୁଆ ରହିବ। ତୃପ୍ତା ଡରୁଆ ଥିଲା, ତୃପ୍ତା ଡରୁଆ... କୁଶଳ ମଦନ ଆଡ଼କୁ ଚାହିଁ କାଗଜ ବାହାରକଲା ଏବଂ ଟେବୁଲ ତଳକୁ ନେଇ ଡଷ୍ଟବିନ୍‌ରେ ପକେଇଦେଲା।

ସଂଧ୍ୟାରେ ସେ ଯେବେ ଘରକୁ ଫେରିଲା, ସୋମ୍ ଯାଇସାରିଥିଲା। ଖାଇବାପରେ ଯେତେବେଳେ ତୃପ୍ତା ପ୍ଲେଟରେ ଆମ୍ବ ନେଇଆସିଲା, ସେ ଜାଣିକି

ପଚାରିଲାନାହିଁ ଯେ ଆମ୍ଭ କିଏ ଆସିଲା। ଆମ୍ଭ ଟାଙ୍କୁଥାକୁ ରୁଷିବା ବେଳେ ତୃପ୍ତା କହିଥିଲା – "ସୋମ୍ ଆପଣଙ୍କୁ ପାଞ୍ଚଟା ଯାଏଁ ଅପେକ୍ଷା କଲା।" କୁଶଳ ଉତ୍ତର ଦେଲାନି ଏବଂ ତୃପ୍ତାକୁ ଚା ପାଇଁ କହି ପାଇପ୍ ଆଡକୁ ଚାଲି ଯାଇଥିଲା।

– "ସୋମ୍ କହୁଥିଲା, ମାଆ ବହୁତ ମନେପକାଉଥିଲେ।" ପାଇପ୍ ପାଖରୁ ଫେରି କୁଶଳ ଦେଖିଲା, ତୃପ୍ତାର ଗାଲରେ ଆମ୍ଭରସ ଲାଗିଛି। ସେ ତୃପ୍ତାର କଥାକୁ ଧ୍ୟାନ ନ ଦେଇ ତଉଲିଆରେ ତା ଗାଲ ପୋଛିଦେଲା।

ଚା'ର ଦ୍ୱିତୀୟ କପ୍ ଟିକୁ ପିଇ ପିଇ କୁଶଳ ବି ଝାଳରେ ଭିଜିଗଲା। ସେ ବୁଶ୍ ସାର୍ଟକୁ ବାହାର କରି ଖଟ ଉପରେ ରଖିଦେଲା ଓ ନିଜ ଛାତିର ଘଞ୍ଚବାଳରେ ଗଡ଼ିଆସୁଥିବା ଝାଳକୁ ତଉଲିଆରେ ପୋଛିବାକୁ ଲାଗିଲା। କଳାବାଲ ଭିତରେ ଏକ ଧଳାବାଲ ଉପରେ ତା ଆଖି ପଡ଼ିଲା ଓ ସେ ତାକୁ ଆଙ୍ଗୁଠିରେ ଗୁଡାଇ ମୂଳରୁ ଓପାଡ଼ିଦେଲା ଏବଂ ତା'ପରେ ପୁଣି ଛାତିରେ ହାତ ବୁଲେଇବାକୁ ଲାଗିଲା।

ତୃପ୍ତା ଟେବୁଲକୁ ଘୋଷାରି ଆଣି କୁଶଳ ଆଗକୁ ନେଇଆସିଲା ଓ ଶେଭିଂ ସରଞ୍ଜାମ ଆଣି ନା ଉପରେ ଥୋଇଦେଲା। କୁଶଳ ନିଜ ମୁହଁ ଉପରେ ହାତ ବୁଲେଇ ଆସ୍ତୁ ଆସ୍ତୁ ଆଇନାରେ ନିଜ ମୁହଁ ଦେଖିବାକୁ ଲାଗିଲା।

– "ଆପଣ ଏବେ ଶେଭିଂ ହୁଅନ୍ତୁ।" ତୃପ୍ତା କହିଲା ଏବଂ କୁଶଳ ବାହାର କରି ରଖିଥିବା ସାର୍ଟକୁ ମୃତ୍ୟାର ଲାଞ୍ଜ ଭଳି ଧରି ବାଥରୁମ୍କୁ ନେଇଗଲା।

କୁଶଳ ରେଜରରେ ବ୍ଲେଡ୍ ଲଗେଇଲା ଏବଂ ବହୁତ ସମୟ ଯାଏଁ ମୁହଁରେ ସାବୁନରେ ଫେଣ କରିବାକୁ ଲାଗିଲା। କିନ୍ତୁ ତାର ଶେଭିଂ ହେବାକୁ ଇଚ୍ଛା ହେଉ ନଥିଲା। ତାକୁ ଜଣାଥିଲା ଯେ, ସେ ଯଦି ଶେଭିଂ ହେବ ତାହେଲେ ତାକୁ ଗାଧୋଇବାକୁ ବି ପଡିବ ଏବଂ ଗାଧୋଇବାକୁ ସେ ଆଦୌ ପ୍ରସ୍ତୁତ ନଥିଲା। ତା'ର ମାଂସପେଶୀ ସବୁ ଦରଜ କରୁଥିଲା ଏବଂ ଦେହର ଗଣ୍ଠି ସବୁ କଟକଟ୍ କରୁଥିଲା। ଏଇଟା ସକାଳଠୁ ହେଉଥିଲା। ଏହା ହିଁ କାରଣ ଥିଲା କି, ସେ ସକାଳୁ ନ ଗାଧୋଇ ବାହାରିଯାଇଥିଲା। ଏହି ଅଭୁତ ହାଲିଆ ଓ ବିଚିତ୍ର ଦରଜରେ ମାଦାହୋଇ ଆଜି ସକାଳୁ ଉଠିବାମାତ୍ରେ ସେ ତୃପ୍ତାକୁ କହିଥିଲା ଯେ, କଣ କାରଣ ଅଛି କି ସେ କାଲିଠାରୁ ଅତିରିକ୍ତ ପ୍ରେମକରୁଛି।

କୁଶଳକୁ ମୁହଁରେ ଫେଣକରୁଥିବାର ଦେଖି, ତୃପ୍ତା ପଚାରିଲା କି ସେ କଣ ଭାବୁଛି।

– "ଏଇଆ ଯେ....', କୁଶଳ ରେଜରକୁ ପାଣିରେ ଓଦା କରୁକରୁ କହିଲା....
"ଏଇ ପହିଲାରେ ଗୋଟେ ନୂଆ ଖଟଟେ ନେଇଆସିବି।"

ତୃପ୍ତାକୁ କଥାଟି ବେକାର୍ ଲାଗିଲା। କହିଲା– "ମୁଁ ତ ବହୁତ କମ୍ ଜାଗା ନେଉଛି।"

– "କିଛି କଥା ଏବେ ତୁମେ ବୁଝିପାରିବ ନାହିଁ। ତୁମେ ଏବେ ଛୋଟ

ପିଲା ।" କୁଶଳ ଆଇନାରୁ ତୃପ୍ତାକୁ ଟିକେ ଟେରେଇ ଚାହିଁ କହିଲା– "ଅନେକ ଥର ତ ତୁମ ମୁହଁରୁ କ୍ଷୀର ଗନ୍ଧ ବି ଆସେ ।"

ତୃପ୍ତା କିଛି ସମୟ ପର୍ଯ୍ୟନ୍ତ ଅବାକ୍ ହୋଇ ବା ଆଉକୁ ନାହିଁ ରହିଲା, ପରେ ବାଥରୁମକୁ ପଳେଇଲା । ସେ ଗାଧୋଇକି ଆସିଲା ପରେ ବି କୁଶଳ୍ ମୁହଁରେ ଫେଣ କରୁଥିଲା । ତୃପ୍ତାକୁ ଦେଖି ତା ମନରେ କୌଣସି ଏକ ଛାୟାବାଦୀ କବିଙ୍କ ଧାଡ଼ିସବୁ ଭାସିବାରେ ଲାଗିଲା, ସେଗୁଡ଼ିକୁ ଧରିବା ବଦଳରେ ସେ ତୃପ୍ତାକୁ ଚେତାବନୀ ଦେବା ସ୍ୱରରେ କହିଲା କି ସେ ଭବିଷ୍ୟତରେ ଯେମିତି ତାକୁ କେବେ ଶେଭିଂ ହେବାକୁ କି ଗାଧୋଇବାକୁ ନ କହେ । ତା ଇଚ୍ଛା ହେଲେ, ସେ ନିଜେ ଗାଧୋଇବ ।

ଏତିକିବେଳେ ଦାଣ୍ଡ କବାଟ ଖୋଲିଲା ଓ କେହି ଜଣେ ଆସିବାର ପାଦଶବ୍ଦ ଶୁଭିଲା । ତୃପ୍ତା ବେକଟେକି ବାହାରକୁ ଦେଖ୍ଲା ଓ କହିଲା – 'ସୁବି' ।

ସୁବି ନୀଳଆଖି, ତନୁପାତେଲୀ...ତୃପ୍ତାର ସମବୟସୀ । ସେ ଅଗଣାକୁ ଆସି କୁଶଳକୁ ଦେଖ୍ଲା ତ – ଜିଭ ବାହାରକରି ଦୌଡ଼ିକି ପଳେଇଲା ।

"ସୁବି ଭାରି ଖରାପ ଝିଅଟେ ।" ତୃପ୍ତା କହିଲା ।

" ସବୁ ଝିଅମାନେ ଖରାପ ଅଟନ୍ତି ।" କୁଶଳ କହିଲା । ସେ ଜାଣିଥିଲା, ତୃପ୍ତା ଆଖିରେ ସୁବି କାହିଁକି ଖରାପ ।

କୁଶଳ ଶେଭିଂ ହେବାରେ ଲାଗିଲା । ତୃପ୍ତା କିଛି ସମୟ ରହି କହିଲା, "ଦେଖ୍ବାକୁ କେତେ ନିରୀହ ଲାଗୁଛି, ହେଲେ ତା ପାଖକୁ ପୁଅମାନଙ୍କ ଚିଠି ଆସେ ।"

ଆଇନାରେ କୁଶଳ ମୁହଁରେ ହସଖେଳିଗଲା । ସେ ଥୋଡିରେ ରେଜର ଚଳଉଚଳଉ କହିଲା – "ଦେଖ୍ବାକୁ ତ ତୁମେ ବି ବହୁତ ନିରୀହ ଲାଗୁଛ ।"

ତୃପ୍ତା ମୁହଁରୁ ରଙ୍ଗ ଉଡ଼ିଯିବାର ଦେଖ୍ ସେ କଥାର ଦିଗ ବଦଳେଇ ଦେଲା । "ବଢ଼ିଲା ଝିଅଙ୍କୁ ତ ଲୋକେ ଖାଲିରେ ବଦନାମ କରି ଦିଅନ୍ତି ।"

"ମୁଁ ବା କାହିଁକି ତାକୁ ବଦନାମ୍ କରିବି ।" ତୃପ୍ତା ହାତରେ ପିନ୍ଧିଥିବା ଚୁଡ଼ିକୁ ଆଙ୍ଗୁଠିରେ ବୁଲାଇବୁଲାଇ କହିଲା – "ମୁଁ ନିଜେ ଦେଖ୍ଛି ତା ପାଖରେ ଦର୍ଶନର ଚିଠି । ସତ୍ୟାନାଶୀ ସେ ସବୁର ଉତ୍ତର ବି ଲେଖେ ।"

"ତୁମେ କଣ ଛେନାଟେ ଲେଖୁଥିବ ।" କୁଶଳର ମୁହଁରେ ସାବୁନଫେଣ ପଶିଗଲା, ସେ ତଉଲିଆରେ ଓଠ ସଫା କଲା ଓ କହିଲା– "ଚିଠି ଲେଖ୍ବାରେ କଣ ଏମିତି ଖରାପ ଅଛି ? ଗଳ୍ପିକା ଲେଖ୍କାମାନେ କିଛି ଉଦାର ହେବା ଦରକାର ।" କୁଶଳ ନିଜ ଗୋଡ଼ରେ ବାକ୍ଟିକୁ ଆଉ ଟିକେ ଖଟ ତଳକୁ ପେଲିଦେଲ ଓ ପୁଣି ସେ ଏମିତି ଗୋଡ଼ହଲେଇବାକୁ ଲାଗିଲା, ଯେମିତିକି ବାକ୍ଟିକୁ ଅଜାଣତରେ ଛୁଇଁ ଦେଲା ।

“–ଆପଣ ଆଉ କୋଉ ଘର ଦେଖନ୍ତୁ ।” ତୃପ୍ତା କହିଲା – “ ଜିନିଷ ରଖିବା ପାଇଁ ଜାଗା ବି ନାହିଁ । ରାତିସାରା ବାକ୍‌ଟା ମୋ ପିଠିରେ ବାଜୁଛି ।”

– “ଶୋଇବା ପୂର୍ବରୁ ବାକ୍‌ଟିକୁ ଖଟତଳୁ ବାହାର କରିଦିଅ ।” କୁଶଳ୍ କହିଲା ।

– “ଆପଣ ଶେଭିଂ କାହିଁକି ହେଉନାହାନ୍ତି ।”

– “ଶେଭିଂ ତ ଏଇନେ ହେଇଯିବ ।” କୁଶଳ୍ ରେଜରକୁ ପାଣି ଗ୍ଲାସରେ ଘୁରଉଥିଲା । ଯେତେବେଳେ ସବୁ ସାବୁନ୍ ବାହାରିଗଲା, ସେ କହିଲା – “ସୁବି ତ ଏବେ ବିଲକୁଲ୍ ସରଳ ଅଛି । ମୁଁ ବୁଝି ପାରୁନି, ତୁମେ କାହିଁକି ତା ବିଷୟରେ ଓଲଟା– ସିଧା କଥାସବୁ ଭାବୁଛ ।”

– “ଆପଣଙ୍କୁ କିଛି ଜଣାପଡେନି, ଆଉ....” ।

– “ଆଉ..... କଣ ? ଚିଠି ଲେଖିବାରେ ମୋତେ କିଛି ଭୁଲକଥା ଦେଖାଯାଉନି ।” କୁଶଳ ଜାଣିଶୁଣି ତୃପ୍ତା ସହ ଆଖିରେ ଆଖି ମିଶେଇଲାନି । ତୃପ୍ତାକୁ କିଛି ଭାବୁଥିବାର ଦେଖି, ସେ କହିଲା– “ଚିଠି ଲେଖିବାକୁ ଛାଡ଼ି ଆଉକିଛି ଯେ କରୁଥିବ, ମୁଁ ଭାବି ପାରୁନି । ତୁମେ ଏକଥା କାହିଁକି ଭୁଲିଯାଉଛ ଯେ, ଝିଅମାନେ ଡରୁଆ ବୋଲି ।”

– “ଆପଣଙ୍କୁ ସେଇଦିନ ଜଣାପଡିବ, ଯେବେ ତାର ଘରୁପଳେଇବାର ଖବର ମିଳିବ ।”

– “ଯଦି ସୁବି ଏମିତି ଝିଅ, ତୁମେ ତା ସହ ସଂପର୍କ କାହିଁକି ରଖୁଛ ।”

– “ମୁଁ ତ ତାକୁ ବୁଝେଇଥାଏ ।”

– “କଣ ସବୁ ବୁଝାଅ ?” କୁଶଳର ଗାଲ ଟିକେ କଟିଗଲା ।

– “ଏଇଆ ଯେ, ଯଦି ଦର୍ଶନ ଚିଠି ହେଉଛି ତ ସେ ଉତ୍ତର କାହିଁକି ଦେଇଛି ।”

କୁଶଳ ତଉଲିଆରେ ବେକ ପୋଛିଦେଲା । ଟିକେ ପରେ ପୁଣି ରକ୍ତର ଟିକେ ଧାର ଚମକିଲା ।

ତୃପ୍ତା ଧାଇଁ ଯାଇ ଡେଟଲ୍ ନେଇଆସିଲା । ତୁଲାରେ ନେଇ ତା ଗାଲରେ ଲଗେଇଦେଇ କହିଲା – “ମୁଁ ତାକୁ ଏଇଆ ବୁଝେଇଲି ଯେ, ସେ ଦର୍ଶନକୁ କହୁ କି – ଯେପର୍ଯ୍ୟନ୍ତ ସେ ତା ଆଗଚିଠି ସବୁ ନ ଫେରେଇବ, ସେୟାଏଁ ତା ସହ କଥାବାର୍ତ୍ତା କରିବନି ।”

କୁଶଳ୍ ଜୋର୍‌ରେ ହସିଲା ଏବଂ କହିଲା – “ତମେ ତାକୁ ନିଶ୍ଚୟ ଫସେଇବ ।”

– “ଫସେଇବି କେମିତି ।”

– "ନା ସେ ଚିଠିସବୁ ନଷ୍ଟ କରିପାରିବ ନା ସମ୍ଭାଳିକି ରଖିପାରିବ । ତାହେଲେ ଯେକୌଣସି ସମୟରେ ତା ରହସ୍ୟ ଧରାପଡ଼ିଯିବ ।" କୁଶଳ କହିଲା ।

"– ନର୍କକୁ ଯାଉ ସେ ସୁବି ଆଉ ତା ଚିଠି । ଯଦି ଆପଣ ଆଜି ଫିଲ୍ମ୍ ଯିବେନି, ତେବେ ମୁଁ ଆପଣଙ୍କ ପାଇଁ କିଛି କିଣିକି ଆଣିବି ।"

"–ଏତେ ବି ପ୍ରେମ କରନି ତିସ୍ସୋ !" କୁଶଳ ତୃପ୍ତାର ହାତକୁ ଧରିନେଲା ଓ ସେହି ତୁଲାକୁ ତୃପ୍ତାର ଗାଲରେ ଘଷିଦେଇ କହିଲା, "ପ୍ରଥମେ ତ ତୁମେ ଏତେ.......।"

"ବାସ୍ ବାସ୍....।" ତୃପ୍ତା କଥାକୁ ମାଝିରୁ ବାଆଁରେଇ ଦେଇ କହିଲା – "କହନ୍ତୁ, ଆପଣଙ୍କ ପାଇଁ କଣ ଆଣିବି ?"

"– ମୋ ପାଇଁ ଗୋଟେ ଖଟ ଆଣ ।" କୁଶଳର ପେଶୀଗୁଡ଼ିକ ପୁଣି ଜୋର୍‌ରେ ବିନ୍ଧିବା ଆରମ୍ଭ ହୋଇଯାଇଥିଲା ।

ତୃପ୍ତା ସତେ ଯେମିତି ପ୍ରେମର ଆଧିକ୍ୟରେ ଉଚ୍ଛୁଳି ଉଠିଲା, ଗୋଟିଗୋଟି କରି ଗଣିବାରେ ଲାଗିଲା, "ନା, ଖଟ ନୁହେଁ । ଗୋଟେ ନୂଆ ବୁଶ୍‌ ସାର୍ଟ, ଗୋଟିଏ ଆପଣଙ୍କ ପ୍ରିୟ ବହି, ନୂଆ ଟୁଥ୍‌ବ୍ରଶ୍‌ ଆଉ... ସେ କିଛି ଭାବିବା ପରି ହୋଇ କହିଲା ।" ଆଉ ଟଫି ଓ ଲଲିପପ୍‌ ।"

"ତୁମେ ଖାଲି ଟଫି ଓ ଲଲିପପ୍‌ ନେଇଆସ ।"

"– ନା ନା, ମୁଁ ସବୁ ଜିନିଷ ଆଣିବି ।"

"–ତୁମ ପାଖରେ କେତେ ପଇସା ଅଛି ?"

"–ପାଞ୍ଚ ଟଙ୍କା ।" ତୃପ୍ତା ଛେପଢୋକି ଉତ୍ତର ଦେଲା ।

"ପାଞ୍ଚ ଟଙ୍କାରେ ତ ଏସବୁ ହେବନି, ତୁମ ପାଖରେ ନିଶ୍ଚୟ ଆଉରି ପଇସା ଅଛି ।"

"– ରାଣ ଅଛି, ଏତିକି ହିଁ ଅଛି"। ତୃପ୍ତା କହିଲା, "ଆପଣ ସୋମ୍‌କୁ ପଚାରିଦିଅନ୍ତୁ । ସେ ମୋତେ ପାଞ୍ଚ ଟଙ୍କା ହିଁ ଦେଇକି ଯାଇଥିଲା ।"

କୁଶଳ ଶେଭିଁ ହୋଇସାରିଥିଲା । କିନ୍ତୁ ସାଙ୍ଗେ ସାଙ୍ଗେ ଗାଧେଇବାକୁ ଚାହୁଁ ନଥିଲା । କହିଲା – "ହେଲେ, ତୁମେ ସୋମ ଠାରୁ କାହିଁକି ପଇସା ନେଲ ?" ତୃପ୍ତାର ଚେହେରା ବର୍ଷହୀନ ଦେଖାଗଲା । କହିଲା– "ଆପଣ ଯଦି ମନାକରିଥାନ୍ତେ, ମୁଁ କେବେ ନେଇ ନଥାନ୍ତି ।"

"–ପଇସାନେବାରେ ଆପତ୍ତି ନ ଥିଲା....।"। କୁଶଳ୍‌ କହିଲା, "କାହିଁକି ଅଯଥାରେ ତାକୁ ଖର୍ଚ୍ଚ କରେଇବା । ଦୋକାନକୁ ଆସିଥିଲା ଯେ, ବହୁତ ଗୁଡ଼ାଏ ଫଳ ନେଇଆସିଥିଲା ।" ମିଛକହି ତାକୁ ଖୁସି ଲାଗିଲା ।

“– ଆପଣ କହି ନ ଥିଲେ କାହିଁକି ?”

“–ଏଥିରେ ଏମିତି କହିବା ପରି କଣ ଥିଲା । ଆଉ ମୋତେ ବି ତ ତୁମେ କହି ନଥିଲ ଯେ, ସେ ପଇସା ଦେଇଯାଇଛି ବୋଲି ।”

“–କହିଲି ତ ।”

“–ହଉ ।” କୁଶଲ୍ କଥାକୁ ସରିଆସୁଥିବାର ଦେଖି ପୁଣି ଉସ୍କେଇ ଦେଲା, “–ସୋମ୍ ତୁମର କଣ ହୁଏ ?”

“–ପିଉସୀଙ୍କ ପୁଅ । ଆପଣଙ୍କୁ କେତେ ଥର ତ କହିଛି ।” ସେ ନିଜେ ଚିଡ଼ିଉଠି କହିଲା ।

“–ମୁଁ ସବୁଥର ଭୁଲିଯାଉଛି ।” କୁଶଲ୍ ହସିଦେଇ କହିଲା, “ତୁମେ ବାହାଘରେ ସବୁଠୁ ଅଲଗା– ଏକା ଠିଆ ହୋଇ ଯେଉଁପରି ସେ କାନ୍ଦୁଥିଲା, ସେଥିରୁ ମୁଁ ଅନୁମାନ କରୁଥିଲି ଯେ, ସେ ନିଶ୍ଚୟ ମୋର ‘ରକିବ୍’ ହେଇଥିବ ।

– “ରକିବ୍ ମାନେ କଣ ?” ତୃପ୍ତା ତୁରନ୍ତ ପଚାରିଲା ।

– “ଆରବୀ ଭାଷାରେ ପିଉସୀ ପୁଅକୁ ରକିବ୍ କୁହନ୍ତି ।” କୁଶଲ୍ କହିଲା ଓ କାନ୍ଧ ଉପରେ ତଉଲିଆ ରଖି ବାଥରୁମ୍‌କୁ ଚାଲିଗଲା ।

କୁଶଲ ବାଥରୁମ କବାଟ ବନ୍ଦ କଲା ତ, ତାକୁ ଖଟ ଘୋଷାରିବାର ଶବ୍ଦ ଶୁଣାଗଲା । ତାର ମନେହେଲା, ଗାଧୋଇବା ପୂର୍ବରୁ ସିଗାରେଟ୍ ଟିକେ ମଜା ଦେଇପାରେ । ସେ ନିଜେ ସିଗାରେଟ୍ ନେଇ ଆସନ୍ତା, କିନ୍ତୁ ଯେତେବେଲେ ତାକୁ ଆସ୍ତେ କରି ତାଲାଦେବାର ଶବ୍ଦ ଶୁଭିଲା ତ, ସେ ନିଜେ ଯିବାକୁ ଉଚିତ୍ ମନେ କଲାନି । ସେ ତୃପ୍ତାକୁ ଡାକ ପକେଇଲା କି ସେ ଗୋଟେ ସିଗାରେଟ୍ ଦେଇଯାଉ । ପରବର୍ତୀ କ୍ଷଣରେ ତୃପ୍ତା ଝରକା ବାଟେ ସିଗାରେଟ୍ ଓ ଦିଆସିଲି ଧରେଇଦେଲା । ସିଗାରେଟ୍ ଧରିବା ସମୟରେ ତା ମନରେ ତୃପ୍ତା ପାଇଁ ପ୍ରେମ ଜାଗିଉଠିଲା । ତାକୁ ଲାଗୁଥିଲା କି ସେ ନିଜ ମନୋରଞ୍ଜନ ପାଇଁ ତୃପ୍ତାକୁ ହଇରାଣ କରୁଛି ।

ଏହି ମନୋରଞ୍ଜନର ସାଧନ ବି ଅଚାନକ ତା ହାତରେ ପଡ଼ିଯାଇଥିଲା । ସେଦିନ ଗୋଟେ ବହି ଖୋଜୁଖୋଜୁ ସେ ତୃପ୍ତାର ବାକ୍ସଟିକୁ ଯଦି ନ ଅଣ୍ଟାଲିଥାନ୍ତା, ତାହେଲେ ବୋଧହୁଏ ଏଥରୁ ବଞ୍ଚିତ ହୋଇଥାନ୍ତା । ବହିଟି ନ ମିଲିବାରୁ ତାକୁ ଲାଗିଲା ଯେ ବାକ୍ସଟିରେ ସମୟ ବିତେଇବା ପାଇଁ ବହୁତ କିଛି ରୋଚକ ସାମଗ୍ରୀ ଭରିରହିଛି । ବାକ୍ସରେ କପଡ଼ା ତଲେ ଏକ ସାଧାରଣ ପର୍ସଟେ ପଡ଼ିଥିଲା, ପର୍ସରେ ମେଟ୍ରିକ୍ୟୁଲେସନ୍ ସାର୍ଟିଫିକେଟ୍, ଲୋଚାକୋଚା ହୋଇଯାଇଥିବା ଗୋଟେ ଦିଟୋ ଫଟୋ, ଯେଉଁଥିରେ ଯୁବକ ବେଶରେ ତୃପ୍ତାର ଗୋଟେ ଫଟୋ ଥିଲା, ମାଲିରୁ ଛିଣ୍ଡିପଡ଼ିଥିବା କିଛି ମୋତି,

ଏକ ମଇଳା ପିକ୍‌ଚର ପୋଷ୍ଟକାର୍ଡ, ପାଖାପାଖି ସରିଯାଇଥିବା ଏକ ସେଣ୍ଟ କାଚ... ବହୁତ ଯତ୍ନର ସହ ରଖାଯାଇଥିଲା। ମେଟ୍ରିକ୍ୟୁଲେସନ୍ ସାର୍ଟିଫିକେଟ୍‌କୁ ଦେଖି କୁଶଳ ଶିଥିଳ ହୋଇଯାଇଥିଲା। ତାକୁ ଲାଗୁଥିଲା ସତେ ଯେମିତି କି ତା ଦ୍ୱାରା ଏକ ନିରୀହ ପକ୍ଷୀ ଶାବକର ହତ୍ୟା ହୋଇଯାଇଛି। ସାର୍ଟିଫିକେଟ୍ ଅନୁସାରେ ତୃପ୍ତାର ବୟସ କୁଶଳଠାରୁ ନଅ ବର୍ଷ କମ ହେଉଥିଲା। ସେ ସାର୍ଟିଫିକେଟ୍‌ରୁ ତୃପ୍ତାର ମାର୍କ ବି ପଢ଼ି ନଥିଲା କି ପୁଣି ଥରେ ପର୍ସରେ ରଖିଦେଲା। ବାକ୍ସର ସବୁଠୁ ତଳେ ଗୋଟେ ବଡ ଖବରକାଗଜ ବିଛା ହୋଇଥିଲା, କିନ୍ତୁ ସ୍ପଷ୍ଟ ଜଣାପଡ଼ିଯାଉଥିଲା ଯେ ତା ତଳେ କିଛି ଅଛି, କାରଣ କାଗଜଟି ଗୋଟେ ପଟରୁ ଏମିତି ଉଠିକି ଥିଲା, ସତେ ଯେମିତି ତା ତଳେ ଗୋଟେ ବଡ ବେଙ୍ଗ ଟିଏ ଅଛି! କୁଶଳ ବହୁତ ସତର୍କତାର ସହ ସେ ବେଙ୍ଗ ଟିକୁ ବାହାର କଲା। କାଗଜର ଏକ ମୋଡ଼ିହୋଇଯାଇଥିବା ଲଫାପା ଥିଲା, ଯେଉଁଥିରେ ଦୁଇ ଜଣଙ୍କର ଚିଠି ଥିଲା। ସୋମ୍‌ର ବି ଓ ତୃପ୍ତାର ମଧ୍ୟ। ଯାହାକୁ କି ତୃପ୍ତା ଚତୁରତାର ସହ ମାଗିଆଣିଥିଲା ଓ ସୋମ୍ ଭଦ୍ରତାର ସହ ଫେରେଇ ଦେଇଥିଲା। ଚିଠି ପଢୁପଢୁ କୁଶଳ କେତେ ସମୟ ଯାଏଁ ଖାଲି ହସିଲା। ତୃପ୍ତା ସେଇସବୁ କଥା ଲେଖିଥିଲା, ଯାହା କେବେକେବେ ଭାବୁକ ହୋଇଯାଇ ତାକୁ ବି କହିଦିଏ। ସୋମ୍‌ର ଚିଠି ପଢ଼ି ତ ହସି ହସି ବେଦମ୍ ହୋଇଯାଇଥିଲା। ସୋମର ମୁହଁକୁ ଦେଖି ତ ଅନୁମାନ କରିହେବନି ଯେ ଇଏ ଏତେ ଭାବପ୍ରବଣ ହୋଇପାରେ ଓ ବ୍ୟାକରଣରେ ଏତେ ଭୁଲ୍ କରିପାରେ। ଏଇଥର ଯେବେ ସୋମ୍ ଆସିଥିଲା, ତ ସେ ଟିକେ ଟିକେ ନିଶ ବି ବଢେଇଥିଲା। କୁଶଳକୁ ଏଇକଥା ବଡ଼ ଆଶ୍ଚର୍ଯ୍ୟ ଲାଗିଥିଲା କି ନିଶ ବଢେଇ ବି ଜଣେ ଲୋକ ଭାବୁକ ହୋଇପାରେ। ନିଶବନ୍ତ ଭାବୁକ!

ସନ୍ଧ୍ୟାରେ ଯେତେବେଲେ ତୃପ୍ତା ବଜାରରୁ ଫେରିଲା ତ ସେ କହିଲା –

"ତୃପ୍ତା, ତୁମେ ତିରିଶି ବର୍ଷର କେବେ ହେବ ?"

– "କାହିଁ! ଆପଣ ମୋତେ ବୁଢ଼ୀ ଦେଖିବାକୁ ଚାହିଁଛି ?"

– "ନା, ବୁଢ଼ୀ ନୁହେଁ, କିନ୍ତୁ ପିଲା ବି ନୁହେଁ! ହାୟ! ତୁମେ ତିରିଶ ବର୍ଷର ହୋଇଥାନ୍ତ କି !" କୁଶଳ ହସିପକେଇଥିଲା।

କୁଶଳ ଗାଧୁଆରୁ ଫେରିଲାବେଲକୁ ଘରଟିର ରୂପ ପୁରା ବଦଳିଯାଇଥିଲା। ଖଟ, ଯୋଉଟା କି ଏହା ଆଗରୁ ରୁମ୍‌ଟିର ଠିକ୍ ମଝିରେ ପଡିଡଗଲା, ଏବେ ଆଉ ଗୋଟେ ରୁମ୍‌ରେ ଖୋଲିଯାଉଥିବା କବାଟ ସହ ଅଟକାଇ ରଖା ଯାଇଥିଲା। ଆଉ ତା ଉପରେ, ଶୁଆରଙ୍ଗର ଏକ ନୂଆ ବେଡସିଟ୍ ବିଛାଯାଇଥିଲା। ଖଟ ସହିତ ହିଁ କାନ୍ତ ପାଖକୁ ତୃପ୍ତାର ବାକ୍ସ ରଖାଯାଇଥିଲା। ଯାହା ଉପରେ ସେ ବୁଣିଥିବା ଏ ସୁନ୍ଦର

ଟେବୁଲ୍ କ୍ଲଥ ବିଛାଯାଇଥିଲା ଏବଂ ଯାହା ଉପରେ ବସି ତୃପ୍ତା କ୍ରସରେ କିଛି ବୁଣୁଥିଲା। ସେ ଆଖିରେ ଗାଢ଼ କରି କଜ୍ଜଳର ଗାର ଟାଣିଦେଇଥିଲା। ଲିପ୍‍ଷ୍ଟିକ୍‍ର ହାଲୁକା ସ୍ପର୍ଶରେ ଓଠ ଆକର୍ଷଣୀୟ ହୋଇଯାଇଥିଲା।

କୁଶଳ ଏହି ପରିବର୍ତ୍ତନ ଦେଖିଲା ତ ଟିକେ ମୁରୁକି ହସିଦେଲା। ତାକୁ ହସିବାର ଦେଖି ତୃପ୍ତା ପଚାରିଲା – "ଆପଣ କାହିଁକି ହସୁଛନ୍ତି ?"

ତୃପ୍ତା କ୍ରସରେ ପିଠି କୁଣ୍ଢେଇବାକୁ ଲାଗିଲା, ଯୋଉଥି ପାଇଁ ତା ବ୍ଲାଉଜ କାନ୍ଧରୁ ତଳକୁ ବେଲୁନ ପରି ଫୁଲିଗଲା। ମୁହୂର୍ତ୍ତେ ପାଇଁ କୁଶଳର ଇଚ୍ଛା ହେଲା କି, ସେ ଯାଇ ଦାଣ୍ଡ କବାଟ ବନ୍ଦ କରି ଆସିବ, କିନ୍ତୁ ଗାଧୋଇ ଆସିବା ପରେ ତା ମାଂସପେଶୀକୁ ଟିକେ ଆରାମ ଲାଗୁଥିଲା, ଯାହାକୁ କି ସେ କିଛି ସମୟ ପାଇ ସେମିତି ରଖିବାକୁ ଚାହୁଁଥିଲା। ସେ ମୁଣ୍ଡରେ ପାନିଆଁ ବୁଲାଉବୁଲାଉ କହିଲା – "ଠିକ୍ ଅଛି, ତୁମେ କହୁଛ ଯଦି ହସିବିନି।"

– " ଆପଣ କିଛି ଗୋଟେ ଭାବୁଛନ୍ତି।" ତୃପ୍ତା କ୍ରସ ଉପରୁ ଦୃଷ୍ଟି ଉଠାଇ କରି କହିଲା, "କଣ ଭାବୁଛନ୍ତି ?"

କୁଶଳ କିଛି ଭାବିବାକୁ ଚେଷ୍ଟା କଲା ଏବଂ କାଳ୍ପନିକ ପ୍ରେମିକାର ପୁରୁଣା କଥାକୁ ଫାଦି କହିଲା – "ପ୍ରକୃତରେ, ମୋତେ ଶୀଲା କଥା ମନେପଡ଼ିଗଲା। ଯେତେବେଳେ ମୁଁ ହସୁଥିଲି, ସେ ବି ତୁମ ପରି ମୋତେ ମନା କରୁଥିଲା। ଯେତେବେଳେ ମୁଁ ସିଗାରେଟ୍ ପିଏ, ସେ ମୋ ଠାରୁ ଦୂରେଇ ଯାଇ ବସେ। ହେଲେ, କେବେ ଯଦି ତା ଘରକୁ ଯାଉଥିଲି, ସେ ତା ଚାକର ହାତରେ ସିଗାରେଟ୍ ମଗେଇ ଆଣେ। ଅଭୁତ ଝିଅ ଥିଲା ଶୀଲା...।"

କୁଶଳ ସିଗାରେଟ୍ ଜଳେଇବା ଏବଂ ଖାଲି ପ୍ୟାକେଟକୁ ନାଟକୀୟ ଭଙ୍ଗୀରେ ଦୂରକୁ ଫିଙ୍ଗି ଦେଲା। ତୃପ୍ତ କ୍ରସରୁ ଆଖି ଉଠେଇଲାନି। କୁଶଳ ତୃପ୍ତାକୁ ଲକ୍ଷ୍ୟ କରି ଏକ ଗଭୀର ଧୂଆଁର କୁଣ୍ଡଳୀ ତା ଆଡ଼କୁ ଫିଙ୍ଗିଲା। ସେ ଆଶା କରୁଥିଲା ଯେ, ତାଜା ଲିପ୍‍ଷ୍ଟିକ୍ ଉପରେ ଧୂଆଁ ନିଶ୍ଚୟ ଜମିଯିବ। ନିଜ କଥାର ପ୍ରଭାବ କିଛି ନ ପଡ଼ିବାର ଦେଖି ସେ କଥାକୁ ଆଗକୁ ବଢ଼େଇଲା ଯେ, କେମିତି ସେ ଶୀଲା ସହ ପିକନିକ୍‍ରେ ଯାଉଥିଲା। ଏବଂ ....

– "ବାସ୍ – ବାସ୍, ମୁଁ ଆଉ ଶୁଣିବିନି।" ତୃପ୍ତା କ୍ରସ୍ ଉପରୁ ଆଖିଉଠେଇ କୁଶଳ ଆଡ଼କୁ ଅବିଶ୍ୱାସପୂର୍ବକ ଚାହିଁ କହିଲା – " ଆପଣ ମୋତେ ବୋକା ବନାଉଛନ୍ତି।"

କୁଶଳ୍ ସିଗାରେଟ୍‍ର ଏକ ବଡ଼ ଫୁଙ୍କ ନେଲା ଓ କହିଲା – "ଆଚ୍ଛା !, ଏବେ ତୁମେ ମୋତେ ବୋକା ବନାଅ।" ଏଇଥର ସେ ନାକବାଟେ ଧୂଆଁ ଛାଡ଼ିଲା। ତୃପ୍ତାକୁ ଚୁପ୍ ଥିବାର ଦେଖି କହିଲା – "ଆରେ, ବନାଅ ନା।"

- "କ'ଣ?"

- "ଏଇ ବୋକା।" ସେ ତୃପ୍ତା ଆଡକୁ ଘୁଞ୍ଚି ଆସୁଆସୁ କହିଲା, "– ତୁମେ ବୋଧେ ଭାବୁଛ ଯେ ମୁଁ ମୂଳରୁ ହିଁ ବୋକା।"

- "ବୋକା ତ ଆପଣ ମୋତେ ବନଉଛନ୍ତି।" ତୃପ୍ତାର ଚେହେରା ନାଲି ହୋଇଯାଇଥିଲା ଓ କ୍ଷୋଭକୁ ଚାପିରଖିବାରୁ କାନ୍ଦକାନ୍ଦ ହୋଇ କହିଲା – "ରକ୍ତିବ୍ର ମାନ କଣ?"

- "ପିଉସାଙ୍କ ପୁଅ।" କୁଶଳ୍ ସିଗାରେଟ୍‌ର ଟୁକୁଡାକୁ ପାଦରେ ଦଳିଦେଲା, – "ଗାଞ୍ଜିକା ହୋଇ ଏହାର ବି ଅର୍ଥ ଜାଣିନ?" କୁଶଳକୁ ଜଣାଥିଲା କି ସେ ଏବେ ଗପ ଲେଖିକାର ପରିଚ୍ଛଦ ଘୋଡେଇ ହେବାକୁ ବିବଶ।

- "ଆପଣଙ୍କୁ ମୋର କୋଉଟା ବି ପସନ୍ଦ ଆସେ?" ତୃପ୍ତାର ଆଖିରେ ପାଣି ଚମକିଉଠିଲା। ସେ ଯଦି ଇଚ୍ଛା କରିଥାନ୍ତା, ଖୁବ୍ ସହଜରେ ତୃପ୍ତାକୁ କଦେଇ ପାରିଥାନ୍ତା, କିନ୍ତୁ ସେ ଏମିତି କଲାନି। ଇଆଡେ ସିଆଡେ ସିଗାରେଟ୍‌ର କୌଣସି ବଡ ଟୁକୁଡା ଖୋଜୁଖୋଜୁ ସେ ନିହାତି ସରଳତାର ସହ କହିଲା – "ନିଶ୍ଚତଭାବେ ମୋତେ ତୁମର ଲେଖାସବୁ ପସନ୍ଦ ଆସିବ, କିନ୍ତୁ ତୁମେ ଶୁଣେଇଲେ ସିନା।"

ତୃପ୍ତା କୁଶଳ ଆଡକୁ ଦେଖିଲାନି, ତା କଥାକୁ ଶୁଣି ନ ଶୁଣିବା ପରି ଆଣ୍ଠୁ ଉପରେ ମୁଣ୍ଡ ଦେଇ ବସିଗଲା। ପ୍ରଥମେ ତ କୁଶଳ୍ ମନକୁ ଆସିଲା ଯେ, ତୃପ୍ତାକୁ ଚୁପ୍ କରାଯାଉ ଏବଂ ବାହାନାରେ ପ୍ରେମ ବି କରାଯିବ, କିନ୍ତୁ ତାକୁ ଲାଗିଲା, ବିନା ସିଗାରେଟ୍‌ରେ ଦମ୍ ଦେଇ ପ୍ରେମ କରିହେବନି। ଆଉ ଭାବପ୍ରବଣ ତ ବିଲକୁଲ୍ ହେଇ ହେବନି। କୁଶଳ୍ ଜାଣିଥିଲା ଯେ ତୃପ୍ତା ଭାବୁକତା ବିହୀନ ପ୍ରେମିକ ସ୍ୱୀକାର କରିବନି। ସେ ଆଣ୍ଠୁରେ ମୁଣ୍ଡ ଦେଇଥିବା ତୃପ୍ତାକୁ ଚାହିଁଲା ଏବଂ ପାଦରେ ଚପଲ ପିନ୍ଧିବାକୁ ଲାଗିଲା। ତଳକୁ ନଇଁ ବସିଥିବାରୁ ତୃପ୍ତାର ପିଠି ମାଂସଳ ଲାଗୁଥିଲା। ଧଳା ଭଏଲ୍ ବ୍ଲାଉଜ ତଳୁ ତା' ଅନ୍ତଃବସ୍ତର ସ୍ଟ୍ରାପ୍ ସ୍ପଷ୍ଟ ଦେଖାଯାଉଥିଲା।

କୁଶଳ ଚପଲ ଘୋଷାରି ବାହାରକୁ ଯିବାର ଦେଖି ତୃପ୍ତା ସୁଁ ସୁଁ ହେବାକୁ ଲାଗିଲା। କୁଶଳ ମନରେ ତୃପ୍ତା ପ୍ରତି କରୁଣା ଭରିଯାଇଥିଲା। ଦୋକାନରୁ ଏମିତି ଉଠିଆସିବାରେ ତାକୁ କୌଣସି ଭୁଲ୍ ନଜରକୁ ଆସୁ ନଥିଲା। ସେ ଜାଣିଛି, ଏବେ ସେ ତୃପ୍ତାକୁ ଯେତେ ବୁଝେଇବାକୁ ଚେଷ୍ଟା କରିବ, ସେ ସେତେ ବେଶୀ ରୁଷିବ। ମାନ ଭାଙ୍ଗିବାର ଏହି ଲମ୍ବ ପ୍ରୟାସଠାରୁ ଦୋକାନରେ ଦିନସାରା ଟାଇପ୍ କରିବା ଆଉରି ଭଲ। କୁଶଳ୍ ଚିନ୍ତା କଲା ଏବଂ ଡାଲାରୁ ସିଗାରେଟ୍ ପ୍ୟାକେଟ୍ ନେଲା।

ସେ ଫେରିବା ପରେ ତାକୁ ଭର୍ତ୍ତି ହୋଇଥିବା ଟବ୍‌ରେ ପାଣି ପଡ଼ିବାର ସେହି ଚିରପରିଚିତ ଶବ୍ଦ ଶୁଣାଗଲା । ତାକୁ ଲାଗିଲା ଯେମିତି, ହଠାତ୍‌ କେହି ସେ ଅନେକବେଳୁ କାନରେ ଦେଇଥିବା ତୁଲାକୁ ବାହାରକରି ଫିଙ୍ଗିଦେଲା ଅଥବା ସେ ବହୁତ ପୁରୁଣା ପରିବେଶକୁ ଫେରିଆସିଛି । ସେ ଦେଖିଲା, ତୃପ୍ତା ଖଟ ଉପରେ ପେଟେଇ ହୋଇ ଶୋଇଛି ଓ ସେ ନିଜ ମୁହଁକୁ ତକିଆରେ ଲୁଚେଇରଖିଛି । ଷ୍ଟୋଭ୍‌ରେ ପାଣି ଫୁଟୁଥିଲା ଓ ଜଳିଯାଇଥିବା କାଗଜ ଷ୍ଟୋଭ୍‌ରେ ବସିଥିବା ପାଣିରେ ଭାସୁଥିଲା ।

କୁଶଳ୍‌ ବଡ଼ ସତର୍କତାର ସହ ଗୋଟେ ପୋଡ଼ାକାଗଜ ଉଠେଇଲା ଆଉ ତୃପ୍ତାର ପିଠିରେ ପାଂଡ଼ ଭଳି ପୂରା ଗୁଣ୍ଠକରିଦେଇ କହିଲା – "ଗପକୁ ପୋଡ଼ି ଦେଲ କି ? ଉଠ, ବିବାହିତା ସ୍ୱାମୀମାନେ ପିଲାଙ୍କ ପରି କାନ୍ଦନ୍ତିନି ।"

ତୃପ୍ତା, ଯିଏ ରହିରହି ଧଉକଥିଲା, ଜୋର୍‌ରେ କାନ୍ଦିବାକୁ ଲାଗିଲା ଓ ତାର ଧକେଇହେବା ବନ୍ଦ ହୋଇଗଲା । କୁଶଳ୍‌ ଖଟ ପାଖରେ ପଡ଼ିଥିବା ବାକ୍‌ ଉପରେ ବସିଗଲା ଓ ଖୋଲାଥିବା ତାଲା ସହ ଖେଳିବାକୁ ଲାଗିଲା, ଯାହା ଟେବଲକ୍ଲଥ୍‌ ଉପରେ ପେପରୱେଟ୍‌ ପରି ପଡ଼ିଥିଲା । ସିଗାରେଟ୍‌ ଜଳେଇ ମଧ ସେ ତୃପ୍ତାକୁ ଚୁପ୍ କରିବାର ସାହସ ସଞ୍ଚୟ କରିପାରିଲା ନାହିଁ, ତାକୁ ଲାଗୁଥିଲା... ତୃପ୍ତାର କାନ୍ଦିବା ବିଲକୁଲ୍‌ ଯୁକ୍ତିଯୁକ୍ତ ଅଟେ ।

▪▪

ମୋତେ ଘରକୁ ନେଇଯାଅ
ଗୋବିନ୍ଦ ମିଶ୍ର

ଗଣେଶୀ ଉଦାସ ଅଛି ।

କାଲି କାମରୁ ବି ଶୀଘ୍ର ଆସିଯାଇଥିଲା । ତା' ବ୍ୟାଗ୍ ଘରେ ପଡ଼ିଥିବାର ଶ୍ୟାମଲୀ ଦୁଇଟା ବେଳେ ଦେଖିଥିଲା । ବ୍ୟାଗ ରଖି ବାହାରକୁ ଚାଲିଯାଇଥିବ । ପୁଣି ରାତିରେ ଡେରିକରି ଫେରିଲା । ନିଦରେ ଟଳମଳ ହୋଇ ମଧ୍ୟ ଶ୍ୟାମଲୀ କହିଲା –' ଟିଫିନ୍ ଡବାରେ ରୁଟି ଅଛି ।' ତା' ଦେଇ ଉଠିବା ହେଲାନି । ଚାରିଟା ଘରର କାମ । ସାରାଦିନ ଧାଁ ଦଉଡ଼ ଲାଗି ରହିଛି । ଦିନବେଳଟାକୁ ତ ସେ ତମାଖୁ ଭରିଭରି ଯେମିତି ସେମିତି କାଟିଦିଏ । ହେଲେ ସଂନ୍ଧ୍ୟା ହେଉହେଉ ତା'ର ଆଣ୍ଠୁଗଣ୍ଠି ବିନ୍ଧିବା ଆରମ୍ଭ ହୋଇଯାଏ ଏବଂ ରାତି ହେଉହେଉ ବସିବସି ହିଁ ନିଦରେ ମୁଣ୍ଡ ଝୁଙ୍କି ପଡ଼େ । ବଡ଼ ଝିଅ ରନ୍ନା ଯଦି ରୁଟି କରି ନ ରଖନ୍ତା, ତେବେ ବୋଧେ ସେ ନ ଖାଇ ହିଁ ଶୋଇଯାଆନ୍ତା ।

'– ରାତିରେ ଖାଇ ନ ଥିଲ ?' ଟିଫିନ୍ ଟି ଯେମିତି ଥିଲା ସେମିତି ଥିବା ଦେଖି ସେ ପଚାରିଲା ।

ଗଣେଶୀର ଚେହେରା ଉଦାସ ଥିଲା...ସ୍ଥିର । ଏମିତି କିଛି ଥିଲା ସେ ମୁହଁରେ, ଯାହା ଶ୍ୟାମଲୀ ଆଗରୁ କେବେ ଦେଖି ନ ଥିଲା ।

–“କ’ଣ ହୋଟେଲରେ ଖାଇଲ ?”

–“– ନାଁ ..”

–“ତେବେ ?”

“– ଏଇ ...ଦରମା। ଚାକିରି ଚାଲିଗଲା।”

ଶ୍ୟାମଳୀ ସ୍ତବ୍ଧ ହୋଇ ରହିଗଲା ...କେତେଆଡ଼େ ଖୋଜିଖୋଜି ଚାକିରିଟା ପାଇଥିଲେ, ଆଖି ପିଛୁଲାକେ ଚାଲିଗଲା...

କମ୍ପାନୀର ଲିଫ୍ଟ ମ୍ୟାନ୍ ଥିଲା ଗଣେଶୀ। ୟୁନିଅନର ଲୋକମାନେ କାମବନ୍ଦ୍ ଆଦୋଳନ ଆରମ୍ଭ କରିଦେଲେ। ମୁଖ୍ୟ ଫାଟକ ପାଖରେ ସେମାନେ ନିଜେ ଜଗିରହିଲେ। ସେଇଠି ସିଡ଼ି ଉପରେ ହିଁ ମଞ୍ଚ ପ୍ରସ୍ତୁତ କରାଗଲା, ବାକି ସବୁ ଦ୍ୱାର ବନ୍ଦ କରିଦିଆଗଲା। ବାହାରେ ପହଞ୍ଚିବା ପରେ ଆଉ କେହି ଭିତରକୁ ଯାଇପାରୁ ନ ଥିଲେ। ଅଫିସ୍ ଭିତରୁ ଜଣ-ଜଣ କରି ସମସ୍ତଙ୍କୁ ବାହାରକୁ ବାହାର କରିଦିଆଯାଉଥିଲା। ଗଣେଶୀ ତୃତୀୟ ଓ ପଞ୍ଚମ ମହଲାର ଲିଫ୍ଟରେ ଥିଲା। ମାଲିକମାନେ ଏଇଥରେ ହିଁ ଯିବାଆସିବା କରୁଥିଲେ। ବାହାରକୁ ଯିବାକଥା ଭାବିକି ହିଁ ଡର ଲାଗୁଥିଲା ଗଣେଶୀକୁ। ସେମିତି ଲାଖ୍ ରହିଲା। ଯିଏ ବି ନେବାକୁ ଆସିଲେ, ସେମାନଙ୍କୁ ନେହୁରା ହେଲା — ଘରେ ଶ୍ୟାମଳୀ ଓ ତିନିଟା ପିଲା ଅଛନ୍ତି। ତା’ର ଠିକା ଚାକିରି, ଲିଫ୍ଟରେ ଯଦି ନ ରହିବ, ମାଲିକମାନଙ୍କ କୋପଦୃଷ୍ଟିରେ ପଡ଼ିଯିବ। ଏକୁଟିଆ ସେ ଜଣକ ବାହାରକୁ ନ ଗଲେ, କ’ଣ ଅସୁବିଧା ହେଉଛି ! ଶେଷରେ ୟୁନିଅନର ସେକ୍ରେଟାରୀ ନିଜର ଜଣେ ଦୁଇଜଣ ସାଥୀଙ୍କ ସହ ଆସିଲା। ସେ ପୂରା ବପୁବନ୍ତ ଥିଲା। ନିଜର ବଳୁଆ ହାତରେ ସେ ଗଣେଶୀର ହାତକୁ ଧରି ନେଇଗଲା। ଗଣେଶୀ ଝାଲ ସରସର। ତାକୁ ବାହାରେ ଆଣି ଫୋପାଡ଼ି ଦିଆଗଲା, ସିଡ଼ିରେ ...ଖରାରେ, କର୍ମଚାରୀଙ୍କ ଭିଡ଼ରେ ...

–‘ ଆମେ ସମସ୍ତେ ଏକ ଅଟନ୍ତି।’

–“ଜୁଲମ-ଅତ୍ୟାଚାରର ଲଢ଼େଇରେ, ସଂଘର୍ଷ ଆମର ନାରା।”

–‘ ଆମକୁ ଯିଏ ବିରୋଧ କରିବ, ସିଧା ସେ ଉପରକୁ ଯିବ !’

–‘ ୟୁନିଅନ ଏକତା, ଜିନ୍ଦାବାଦ, ଜିନ୍ଦାବାଦ।’

ନାରାବାଜି ଆରମ୍ଭ ହୋଇଯାଇଥିଲା। ଦିନ ସାରା ଖରାରେ ଭାଷଣ...ମାଇକ୍ର ଗର୍ଜନ। ଦାବି ପୂରଣ ପାଇଁ ମାଲିକମାନଙ୍କୁ ଦୁଇ ଦିନ ସମୟ ଦିଆଗଲା। ତା’ ପର ଦିନ ଗଣେଶୀ ପୁଣି ଲିଫ୍ଟ ରେ, ପୂରା ଠାଟରେ ... ଟୋପି ଲଗେଇ, ମାଲିକଙ୍କୁ ନେବାଆଣିବା କରେ, କିନ୍ତୁ ସେମାନେ ବହୁତ କଠୋର ଦେଖାଯାଉଥିଲେ। ନିଜ

ବ୍ୟବହାରରେ ଗଣେଶୀ ମାତ୍ରାଧିକ ନମ୍ରତା ଆଣି ମାଲିକଙ୍କୁ ନିଜର ବିଶ୍ୱସ୍ତତା ଦେଖାଇବାକୁ ଚାହିଁଲା, କିନ୍ତୁ ସେମାନଙ୍କ ଚେହେରା ସେମିତି ରୁକ୍ଷ ହିଁ ରହିଲା ।

ତା'ପର ଦିନ ଅଫିସ୍ ବନ୍ଦ ହେବାର ଠିକ୍ ପୂର୍ବରୁ ଯେଉଁ ଆଠ-ଦଶ ଜଣଙ୍କର ଠିକା ଚାକିରି ଥିଲା, ସେମାନଙ୍କଠାରୁ ଦସ୍ତଖତ ନେଇ ଗୋଟେ ଗୋଟେ ଲଫାପା ଧରାଇଦିଆଗଲା । ଗୋଟିଏରେ ହିସାବ ସହ ଦରମା, ଦ୍ୱିତୀୟଟିରେ ଏକ ଛୋଟିଆ ସୂଚନାଟିଏ – ' କାଲିଠାରୁ କମ୍ପାନୀ ଆପଣଙ୍କ ସେବାର ଉପଯୋଗ କରିପାରିବ ନାହିଁ ।' ଗଣେଶୀର ପାଦ ତଳୁ ଯେମିତି ମାଟି ଖସିଗଲା । ଉପରକୁ ଢାଙ୍କିଲା,...କାଲେ ମାଲିକଙ୍କ ଭିତରୁ କେହି ଦେଖାହୋଇଯିବେ... ହେଲେ ମାଲିକ ତିନିଜଣ ସହର ବାହାରକୁ ଯାଇଥିଲେ, ହୁଏତ ଜାଣିଶୁଣି । ସମସ୍ତେ ଏକାଠି ମିଶି ପୁଣି ୟୁନିଅନର ଅଫିସକୁ ଗଲେ । ଯେଉଁମାନେ ସେଇଠି ଥିଲେ, ସେମାନଙ୍କ ସହ କିଛି ଆଲୋଚନା ହେଲା । ସେମାନଙ୍କ ହାତମୁଠା ଦୃଢ଼ ହେଲା । ସେମାନେ ମୁଖ୍ୟ ଫାଟକ ଆଗକୁ ଆସିବେ ବୋଲି ଚିନ୍ତା କଲେ, କିନ୍ତୁ ଅଫିସ୍ ବନ୍ଦ ହେବାକୁ ମାତ୍ର ପନ୍ଦର ମିନିଟ୍ ହିଁ ଥିଲା ଓ କର୍ମଚାରୀ ମାନଙ୍କୁ ଘରକୁ ଫେରିବାର ଚିନ୍ତା ବି ଘାରୁଥିବ, ତେଣୁ ଏଇ ନିଷ୍ପତ୍ତି ନିଆଗଲା ଯେ.. ଆସନ୍ତା କାଲି ସକାଳୁ ପୁଣିଥରେ ଆନ୍ଦୋଳନ ଜାରି ରହିବ, ଚାକିରିରୁ ବରଖାସ୍ତ କରିବାର ଆଦେଶ ମାଲିକମାନଙ୍କୁ ପ୍ରତ୍ୟାହାର କରିବାକୁ ହେବ ।

ତା'କୁ ଛଟେଇ କରିଦିଆଗଲା...ଏକଥାକୁ ସେଦିନ ଚାପି ରଖିଲା ଗଣେଶୀ । ହୁଏତ ଆସନ୍ତା କାଲି ମାଲିକଙ୍କ ସହ ଭେଟ ହୋଇଯିବ ଅବା ଆନ୍ଦୋଳନରୁ କିଛି ସୁଫଳ ମିଳିବ । ଅଫିସରେ ପହଞ୍ଚିବା ବେଳକୁ ତାଲାପକେଇ ଦିଆ ଯାଇଥିଲା । ଖବରକାଗଜରେ ବାହାରିଥିଲା । ଯେଉଁମାନେ ଖବରକାଗଜ ପଢ଼ିଥିଲେ, ସେମାନେ ଆସିଲେନି । ୟୁନିଅନବାଲା ଚାରିଛଅ ଜଣ ଲୋକଙ୍କୁ ଏକାଠି କରି ଆନ୍ଦୋଳନ ଜାରି ରଖିବାର ଅଳ୍ପ-ବହୁତ ପ୍ରୟାସ କଲେ, କିନ୍ତୁ ସେମାନଙ୍କୁ ପୁଲିସ୍ ବାନ୍ଧି ନେଇଗଲା । ମୁଖ୍ୟ ଫାଟକ ଆଗରେ ଥିବାଛୋଟ ପଡ଼ିଆ, ଯେଉଁଠୁ ନାରାବାଜିର ଶବ୍ଦ ବାହାରି ଅଫିସ କୋଠାକୁ ଦୋହଲେଇ ଦେଉଥିଲା.. ସେଠି ଧୂଳି ଉଡ଼ୁଥିଲା । ଜଣେ ଦୁଇଜଣ ଯିଏ ଆସୁଥିଲେ, ସେମାନେ ଏବେ ଫେରିଯାଉଥିଲେ..ନିଜ ଭିତରେ ସଙ୍କୁଚିତ ହୋଇ, ମୁହଁ ଶୁଖେଇ । ଯେଉଁ କର୍ମଚାରୀଙ୍କ ଛଟେଇ ହୋଇଯାଇଥିଲା ସେମାନଙ୍କ ତାଲିକା ଖବରକାଗଜରେ ବାହାରିଥିଲା । ତାଲିକାରେ ଗଣେଶୀର ନାଁ ବି ଥିଲା ।

–"ତୁମେ ତ ଯିଏ ଯାହା କହିଲା, ସେଇ କଥାରେ ମାତିଯାଅ ।" ଶ୍ୟାମଳୀ ଆକ୍ଷେପ କରିକହେ ।

"– ଆମ ସେକ୍ରେଟାରୀ କୁହନ୍ତି ଯେ ସମସ୍ତଙ୍କ ମଙ୍ଗଳ ପାଇଁ ଆମକୁ ନିଜର

ଛୋଟଛୋଟ ସ୍ୱାର୍ଥକୁ ବଲି ଦେବାକୁ ହେବ । କାଲିର ସୁଖ ପାଇଁ ଆଜି କଷ୍ଟ ସହିବାକୁ ହେବ । କ୍ରାନ୍ତି ପରେ ପରେ ତ ମାଲିକ ଆମେ ହିଁ ହେବୁ ।”

“ହେଇଯାଉଛ.. ! ବର୍ଷ ବର୍ଷ ଧରି ତ ହେଇଆସୁଛି ହରତାଲ ... ହୋଇଛି କ’ଣ ... ଆଉରି ଉତ୍ତେଜନା ଓ ଆଉରି ବେଶୀ ଭଙ୍ଗାରୁଜା । ବସ୍‌-ଟ୍ରେନ୍‌ ବନ୍ଦ କରିଦେବେ ତ ତୁମ ସ୍ତ୍ରୀ ପିଲା ହିଁ ହଇରାଣ ହେବେ । କ୍ଷୀର ବନ୍ଦ କରିଦେଲେ ତ, ତୁମ ପିଲାଏ ହିଁ ଖାଇବାକୁ ପାଇବେନି । କମ୍ପାନୀ ବନ୍ଦ ରହିଲେ ଦରଦାମ୍‌ ବଢ଼ିଯିବ.. ଖାଲି ତୁମ ଆମ ପାଇଁ ହିଁ କେବଲ । ଯେଉଁମାନେ ଆନ୍ଦୋଳନ କରନ୍ତି, ସେମାନେ ବି ବଡ଼ ହେଇଯାଆନ୍ତି, ପଇସାରେ ... ନାଁ ରେ । ଆମ ଭାଗକୁ କେବଲ ଆସେ କଷ୍ଟ ଏବଂ ସେହି ଥୁ-ଥୁ..ଯାହା ଲୋକମାନେ କରନ୍ତି ହରତାଲ କରୁଥିବା ଲୋକଙ୍କ ପାଇଁ ।”

–“ଏ ଧନୀଲୋକମାନେ ବି ତ ଏମିତି ସହଜରେ ଶୁଣନ୍ତିନି, ଆମ ସେକ୍ରେଟାରୀ କୁହନ୍ତି — କମ୍ପାନୀ କିଛି ସେମାନଙ୍କ ପୈତୃକ ସମ୍ପତ୍ତି ନୁହେଁ, ଦେଶର ସମ୍ପତ୍ତି, ତା’ ଉପରେ ଆମ ସମସ୍ତଙ୍କର ବି ଅଧିକାର ରହିଛି ।”

–“ବଡ଼ବଡ଼ କଥା ହିଁ କହନ୍ତି ଏମାନେ । ଏବେ ଦେଖ, ତୁମ ସେକ୍ରେଟାରୀର କ’ଣ କ୍ଷତି ହେଲା ! ଆମେ ହିଁ ତ ମଲେ ନା ! ତୁମକୁ ସେମାନେ ଫୁସୁଲେଇ ନେଇଗଲେ ।”

ହଁ, ନେଇ ତ ଗଲେ, ହେଲେ କ’ଣ ଖାଲି ଫୁସୁଲେଇ.. ? ଗଣେଶୀର ଭିତରେ ଏକ ଶିହରଣ ଖେଲିଗଲା, ରୋମମୂଲ ସବୁ ଟାଙ୍କୁରି ଉଠିଲେ । କିଛି ଦିନ ପୂର୍ବର ଏକ ଦୃଶ୍ୟ ତା’ ଆଖି ଆଗରେ ନାଚିଉଠିଲା...

ସେ ଦାଦରର ଏକ ବସ୍ତୀଘରେ ଠିଆହୋଇଥିଲା । ପାଖରେ ହିଁ ଗୋଟେ କପଡ଼ା କାରଖାନା ଥିଲା । ସଂଧ୍ୟା ସିଫ୍ଟ୍‌ ସରିବାର ସାଇରନ୍‌ ବାଜିଲା, ଗୋଟେ ପଟୁ ଶ୍ରମିକମାନେ ବାହାରିବାକୁ ଲାଗିଲେ । ଆନ୍ଦୋଳନ ଯୋଗୁଁ ବହୁତ ଦିନଧରି ବନ୍ଦ ରହିବା ପରେ ସେହି କାରଖାନାଟି ମାତ୍ର କିଛି ଦିନ ହେବ ଖୋଲିଥିଲା । ଶ୍ରମିକମାନଙ୍କର ଛୋଟିଆ ଧାଡ଼ି ଦେଖି ହିଁ ଲାଗୁଥିଲା ଯେ, ବହୁତ କମ୍ ଲୋକ ହିଁ ପୁଣି ଥରେ କାମରେ ଯୋଗଦେଇଥିଲେ । ଆଗକୁ କିଛି ଦୂରରେ ଗୋଟେ ପ୍ରାଇଭେଟ୍‌ ଭେନ୍‌ ଏବଂ ପୁଲିସର ଗୋଟେ ଖାଲି ଗାଡ଼ି ସମାନ ବ୍ୟବଧାନରେ ରେଲଧାରଣା ପରି ପରସ୍ପର ମୁହାଁମୁହିଁ ହୋଇ ଠିଆହୋଇଥିଲେ । ତା’ ମଝିଦେଇ ଲୋକମାନେ ଷ୍ଟେସନ ଆଡ଼କୁ ଯାଉଥିଲେ । ହଠାତ୍‌ କେଜାଣି କେଉଁଠୁ ଛଅ ସାତ ଲୋକଙ୍କର ବଲିଷ୍ଠ ହାତ ମାଡ଼ିଆସିଲା ଏବଂ ଚିଲ ପରି ଶ୍ରମିକମାନଙ୍କ ଦଲ ଉପରେ ଝାମ୍ପି ପଡ଼ିଲା । ମୋଟାମୋଟା ହାତଗୁଡ଼ିକ ଦୁଇ ତିନିଜଣଙ୍କ କଲର ଓ ପରେ ବେକକୁ ଧରି ନିଜ ଆଡ଼କୁ ଘୋଷାରି ଆଣିଲା,

ଯେମିତି କଂସେଇ କୁକୁଡ଼ାଙ୍କୁ ଉଠେଇ ଆଣୁଛି ଭାଡ଼ି ଭିତରୁ... ପୂରା ଭିଡ଼ରେ ଏକ ହଇଚଇ ଖେଳିଗଲା..ଯେଉଁମାନେ ସେ ହାତ କବଳରୁ ଖସିଗଲେ, ସେମାନେ ପ୍ରାଣ ବିକଳରେ ଆଗରେ ଥିବା ଷ୍ଟେସନର ପାଚେରୀ ଆଡ଼କୁ ଧାଇଁଲେ, କୁଦାମାରି ଆର ପଟକୁ ଡ଼େଇଁ ପଡ଼ିଲେ ଧୁସ୍ ଧାସ୍। ଆରପଟ ଷ୍ଟେସନରେ ଭିଡ଼। ଥରେ ସେଠାରେ ପହଞ୍ଚି ଗଲେ ବଞ୍ଚି ଯିବେ। କେହି ବି ଚିହ୍ନି ପାରିବେନି। ଯେଉଁମାନେ ଧରା ପଡ଼ିଗଲେ, ସେମାନଙ୍କୁ ବଳୁଆ ହାତ ସବୁ ନେଇ ଗାଡ଼ିରେ ପୁରେଇ ଧୂଳି ଉଡ଼େଇ ନେଇଗଲେ।

ରାସ୍ତା ଏମିତି ଲାଗୁଥିଲା ସତେ ଅବା କିଛି ହୋଇନି। ପୁଲିସ ଗାଡ଼ି ସେଇଭଳି ଛିଡ଼ା ହୋଇଥିଲା, କୌଣସି ବେକାର ଖୋଲପାଟେ ପରି। ଗଣେଶୀର ନିଃଶ୍ୱାସ ଯେମିତି ଅଧାବାଟରେ ଅଟକି ଯାଇଥିଲା। ଲୋକମାନେ କ'ଣ ଜାଣି ନ ଥିଲେ ଯେ, ଯେଉଁମାନେ ଧରାପଡ଼ିଲେ ସେମାନେ ବହୁଦିନ ଧରି ଚାଲିଆସୁଥିବା ହରତାଳରୁ ଓହରି ଆସିଥିବା ଶ୍ରମିକ ଥିଲେ! ଘରଲୋକଙ୍କୁ ଖାଲିପେଟରେ ରହିବା ଦେଖିପାରି ନ ଥିବେ, ସେଥିପାଇଁ ପୁଣି କାମରେ ଯୋଗଦେଇଥିବେ... ସେମାନଙ୍କୁ ଏହି ଉପାୟରେ କାମରେ ନ ଯିବାକୁ ଅଟକାଯାଉଥିଲା, କେବଳ ଏଥିପାଇଁ ଯେ ଆନ୍ଦୋଳନ ଜାରି ରହିବ ? ଧରାପଡ଼ିଥିବା ଲୋକଙ୍କ ସହ ସେମାନେ କିଛି ବି କରିପାରନ୍ତି। ଏହିପରି ଭାବେ ତ ରହିମକୁ ଧରିଥିଲେ। ହାତଦୁଇଟି କାଟିଦିଆଯାଇଥିଲା- ଯାଅ, ଚଲାଅ ଏବେ ମେସିନ୍!

ଶ୍ୟାମଲୀକୁ ସବୁକିଛି କହିଥିଲା, ଯାହାସବୁ ସେ ଦେଖିଥିଲା, ରହିମର କଥା ବି, ତଥାପି ସେ କହୁଛି ଯେ ...

ଗଣେଶୀ ଆଖିରେ ଘନେଇ ଆସୁଥିବା ଡର.... ଶ୍ୟାମଲୀ ତା' ଚାହାଣୀକୁ ଆଉ ସହି ନ ପାରି ସେଠୁ ଉଠିଯାଇଥିଲା। ଗୋଟେ ଜିନିଷ ତା' ଭିତରେ ଛାଟିପିଟି ହେଉଥିଲା... ଆଖି ପିଛୁଲାକେ ପାଞ୍ଚ ଶହ ଟଙ୍କା କଟିଗଲା। ସେ କାମକରୁଥିବା ଘର ଗୁଡ଼ିକରୁ ତ କେବଳ ଦୁଇ ଶହ ହିଁ ଆସେ। ଖାଇବା ଲୋକ ଛ'ଜଣ, କେମିତି ଚଳିବ ?

ରାତିରେ ଗଣେଶୀ ପୁଣି ଡେ଼ରିରେ ଆସିଲା ଏବଂ ତା' ପର ସକାଳୁ ପୁଣି ଟିଫିନ୍ ଗିନାରେ ରୁଟିସବୁ ଆଗପରି ଶୁଖିଲା ପଡ଼ିଥିଲା। ଶ୍ୟାମଲୀ ପୁଣି ବିରକ୍ତ ହେଲା। ମୁହଁ ଖୋଲିଲାନି ଗଣେଶୀର...କେମିତି-ସବୁ ଚଳାଉଛି ସେ ଆଜିକାଲି...!

–"ତୁମେ ଜଣେ ନ ଖାଇଲେ କେତେ ସଞ୍ଚୟ ହୋଇଯିବ ?" ଶ୍ୟାମଲୀ ବୁଝେଇଲା, –"କେଇଟା ଦିନର କଥା, କମ୍ପାନୀ ନିଶ୍ଚୟ ଖୋଲିବ। ମାଲିକମାନଙ୍କର ବି ତ କ୍ଷତି ହେଉଛି "

“– ସେମାନେ ବଡ଼ଲୋକ.....ସେମାନଙ୍କୁ କ'ଣ ଫରକ ପଡ଼ିବ। ଗୋଟେ କମ୍ପାନୀ ବନ୍ଦ ତ, ଆଉ ଗୋଟେ ଚାଲିଛି... କିଛି ନହେଲେ ଜମାଟଙ୍କା ତ ଅଛି। ସୁଧ ପାଇବେ।”

“– ମୁଁ କାମକରୁଥିବା ସବୁ ଘରେ ତୁମ ବିଷୟରେ ଜଣେଇଛି। ଚାରି ନମ୍ବରବାଲା ତ ତୁମ ନା,ବୟସ, ଅଭିଜ୍ଞତା ବି ଲେଖ୍ ରଖ୍ଛନ୍ତି। ସପ୍ତାହେ କି ଦଶ ଦିନ ଭିତରେ କେଉଁଠି ଗୋଟେ ରଖେଇଦେବାକୁ କହିଛି।”

“…”

–“ତୁମେ ଏତେ ଚିନ୍ତିତ କାହିଁକି ରହୁଛ ?”

–“କିଛି ନାଇଁ...ନୂଆ ଜାଗାରେ ବି ତ ବିଲକୁଲ ଏମିତି ହୋଇପାରିବ..।”

–“ତୁମେ ଖାଲିରେ ବସିଛ ତ, ତେଣୁ ଖାଲି ସବୁ ଭାବୁଛ। ହଉ ଶୁଣ, କାଲିଠୁ ତୁମେ ଘରମାନଙ୍କରେ କ୍ଷୀର ଦେବା କାମ ସମ୍ଭାଳ। ରନ୍ଧା ଓ ମୋ ଉପରୁ କାମର ବୋଝ ଟିକେ କମ୍ ହେବ।”

ଗଣେଶୀ କ୍ଷୀର ଦେବା କାମ କରିବାକୁ ଲାଗିଲା। ସକାଳୁ ଚାରିଟାରୁ ଉଠିଯାଏ। ସେତେବେଳେ ରାସ୍ତା ଶାନ୍ତ ଓ ଖାଲି ଥିବା କାରଣରୁ ଆଉରି ବଡ଼ ଦେଖାଯାଏ...ସମୁଦ୍ର ଯେଉଁ ଅଂଶରେ ଜହ୍ନ ଆଲୁଅ ପଡ଼ିଥାଏ, ସେ ଜାଗାଟି ଗାଁର ପୋଖରୀ ପରି ଦେଖାଯାଏ। ଏକ ମିଠାପଣ ମନ ଭିତରୁ ବାହାରିଆସେ...ହେଲେ ସେତିକିବେଳେ ଜହ୍ନ ଆଲୁଅର ସେଇ ଅଂଶକୁ ଚାରିଆଡ଼ୁ ନିଜ ପାଖକୁ ଘୋଷାରି ଧ୍ନଭିନ୍ କରିଥିବା ସମୁଦ୍ର ବିସ୍ତାର.... କଳା..ଭୟଙ୍କର। କେବେ ଯଦି ଆଖ୍ ବନ୍ଦ କରି ବୋତଲଗୁଡ଼ିକର ଟୁଣ-ଟୁଣ୍ ଶବ୍ଦ, ଲାଗେ ଯେମିତି ଗାଁରେ ଫେରୁଥିବା ବଳଦଗାଡ଼ିର ଘଣ୍ଟି ଶୁଣୁଛି, କିନ୍ତୁ ଆଖ୍ ଖୋଲି ଦେଖେ ତ ବଡ଼ବଡ଼ କୋଠାଘରଙ୍କ ଭିତରେ ଧସିରହିଥିବା ବିଚରା ସଡ଼କ ଥାଏ।

ଦିନପରେ ଦିନ ବିତିଯାଏ। ସେ ଚାକିରି କରିବାକୁ ମୁମ୍ବାଇ ଆସିଥିଲା, ହେଲେ କରୁଛି କ'ଣ! ବସିବସି କ୍ଷୀର ରୋଜଗାର ଖାଉଛି। କ୍ଷୀର ପଇସା, ଯାହା ପ୍ରଥମେ ଘରକୁ ଆସୁଥିଲା– ବୋତଲ ପ୍ରତି ପାଞ୍ଚ ଟଙ୍କା ଲେଖା ମାସକୁ। ଘରର ରୋଜଗାରରେ ସେ ତ କିଛି ଦେଇପାରୁନି। ଚାରି ନମ୍ବର ଘରବାଲା ଆଉରି ଅପେକ୍ଷା କରିବାକୁ କହିଛନ୍ତି... ଚେଷ୍ଟା କରୁଛନ୍ତି। ଶ୍ୟାମଲାର ସନ୍ତୁଷ୍ଟି ପାଇଁ ଦିନେ ଗଣେଶୀକୁ ଡକେଇ କଥାବାର୍ତ୍ତା ବି କରିଥିଲେ। ଅନ୍ୟ ଘରସବୁ ଏଇଟା ବି କରୁନାହାନ୍ତି, ଖାଲି ଶ୍ୟାମଲାର କଥା ହିଁ ଶୁଣି ଦିଅନ୍ତି। ଗଣେଶୀର ପାପୁଲି ପ୍ରାୟ କୁଣ୍ଠେଇବା ପରି ଲାଗେ। ହାତ ଆଙ୍ଗୁଳି ସବୁ ଲିଫ୍ଟର ହେଣ୍ଡେଲକୁ ଅଣ୍ଟାଳନ୍ତି, ହେଲେ ଆଖପାଖରେ ଲିଫ୍ଟର ନାଁଗନ୍ଧ ନ

ଥାଏ, କେବଳ ଶୂନ୍ୟତା ଓ ପବନ ..ଯେଉଁଠି ତା' ହାତ ଗୋଟେ ଗାର ବି ଟାଣି ପାରେ ନାହିଁ। ଚାକିରି ଆସିବ କୋଉଠୁ! ଗୋଟେ ପଟେ ମାଲିକମାନେ ଓ ଅନ୍ୟ ପଟେ ୟୁନିଅନବାଲା....

କେବେ-କେବେ ତାକୁ ଲାଗେ, ଏହା ଯେମିତି ପବନ ନୁହେଁ, ବରଂ ଡର ଅଟେ, ଯାହା ତରଳିଯାଇ ଚାରିଆଡ଼େ ବ୍ୟାପି ଯାଇଛି ଆଉ ଯାହାକୁ ପ୍ରତି ମୁହୂର୍ତ୍ତରେ ସେ ଶ୍ୱାସ ଭାବେ ଗ୍ରହଣ କରୁଛି। ସେ ଲଗାତାର ଡରିଡରି ରହେ, ସତେ ଅବା ଏଠି କିଏ ବି ନାହାଁନ୍ତି ତା'ର ...ସେମାନେ ବି ନୁହନ୍ତି ଯିଏ ତାକୁ ଗର୍ଜିଗର୍ଜି ହିତ ଉପଦେଶ ଦିଅନ୍ତି। ତା' ପାଇଁ ମଞ୍ଚ ଉପରେ ଠିଆହୋଇ ସ୍ଲୋଗାନ ଦିଅନ୍ତି। ଶ୍ରମିକ ହୋଇ ସେ ଯେବେ ସହରକୁ ଆସିଲା ତ ଯେମିତି ଯାହା ହେବାର ଥିଲା... ସେ ଫସିଯାଇଛି।

ଦିନେ ସକାଳୁ କ୍ଷୀର ପାଇଁ ଧାଡ଼ିରେ ଠିଆ ହୋଇଥିବା ବେଳେ ହିଁ ତାକୁ କାନ୍ଧର ଆଖପାଖରେ ଯନ୍ତ୍ରଣା ଅନୁଭବ ହେଲା। କାଲିଠୁ କମ୍ଳ ଘୋଡ଼େଇ ଆସିବାକୁ ପଡ଼ିବ। ଏଇଥର ଥଣ୍ଡା ଟିକେ ଅଧିକ ପଡ଼ିଛି। ଚାଳିଶୀ ବର୍ଷ ବୟସରୁ ହିଁ ମଞ୍ଜ ଥରେଇ ଦେଉଛି। ଯଦି ସେ ଶୋଇବ ତ ପଡ଼ିଯିବ। ଏମିତିରେ ତ ସେ ବେକାର ଅଛି, ପୁଣି ଘରର ସବୁଲୋକଙ୍କୁ ନିଜ ସେବାଶୁଶ୍ରୂଷାରେ ଲଗେଇ ଦେବ....କି ଅଧିକାର ଅଛି ତା'ର ଏଥିପାଇଁ? ସେ ହେଲା କରିବାକୁ ଲାଗିଲା। ଦ୍ୱିପହରରେ କ୍ଷୀର ଆଣିବା ସମୟରେ ଚେତାହରେଇ ପଡ଼ିଗଲା। ଶ୍ୟାମଳୀ ଓ ରନ୍ନା ଖବର ପାଇବା ମାତ୍ରେ ଧାଇଁଲେ। ଶ୍ୟାମଳୀ ଭାବୁଥିଲା ଦୁର୍ବଳତା ଯୋଗୁଁ ହେଇଥିବ.. ଖାଇବାପିଇବାରେ କେତେ କୁଣ୍ଠାବୋଧ କରୁଥିଲା ଆଜିକାଲି। କୋଳରେ ମଥା ରଖି ପାଣି ଛାଟିବାକୁ ଲାଗିଲା। ଚୌକିଦାର ଯାଇ ଡାକ୍ତର ଡାକିଆଣିଲା। ତୁରନ୍ତ ଡାକ୍ତରଖାନା ନେଇଯିବାକୁ କହିଲେ ସେ।

ଗଣେଶୀକୁ ଡାକ୍ତରଖାନାରେ ଭର୍ତ୍ତି କରିଦିଆଗଲା।

କାଚ କାନ୍ଥୁ ସେପାଖରେ ତିନି ନମ୍ବର ବେଡ଼ ହେଉଛି ଗଣେଶୀର। ତା'ର ଚେତା ଫେରିଆସିଥିଲା। ସାଲାଇନ୍ ଲାଗିଥିଲା। ଦେଖା କରିବାକୁ ବାରଣ ଥିଲା। ଶ୍ୟାମଳୀ, ରନ୍ନା, ଦୁଇ ପୁଅ- ଗୋକୁଳ ଓ ପୁରନ୍ ଏବଂ ଭଣଜା ମୋହନ କାଚ ଏପାଖରୁ ଦେଖୁଥାନ୍ତି। ଡାକ୍ତର ଏବେ ସେମାନଙ୍କୁ ଘରକୁ ଯିବାକୁ କହିଛନ୍ତି। ବିପଦ କଟିଯାଇଛି, ତଥାପି କିଛି ଦିନ ଏବେ ଡାକ୍ତରଖାନାରେ ରହିବାକୁ ହେବ। ଜଣେ କେହି ରହିପାରିବ ରାତିରେ....ମୋହନ ରହିଯିବ। ପିଲାଙ୍କ କଥା ବୁଝିବାର ଅଛି ଶ୍ୟାମଳୀକୁ, କଲୋନୀକୁ ବି ଯିବାର ଅଛି କାମକରିବାକୁ, ନର୍ସ ଗଣେଶୀକୁ ବୁଝାଇଦିଏ। ସେମାନେ ଚାଲିଯାଆନ୍ତି।

ସକାଳେ ଶ୍ୟାମଳୀ ଜଳଖିଆ ତିଆରି କରି ଆଣିଛି ଗଣେଶୀ ପାଇଁ। ନର୍ସ ମନାକଲେ। ଗଣେଶୀକୁ ଡାକ୍ତରଖାନାର ଖାଇବା ହିଁ ଦିଆଯିବ … ଶ୍ୟାମଳୀକୁ ମାତ୍ର ପନ୍ଦର ମିନିଟ୍ ପାଇଁ ପାଖରେ ବସିବାକୁ ଅନୁମତି ମିଳେ। ଗଣେଶୀ ଭଲ ଅଛି, ଧୀରେଧୀରେ କଥା କହୁଛି।

“– ଏଇଟି ତ ବହୁତ ମହଙ୍ଗା ହୋଇଥିବ।”ସେ ପଚାରେ।

“– ନା, ସରକାରୀ ଅଟେ… କେତୋଟି ଔଷଧ ହିଁ ବାହାରୁ ଆଣିବାକୁ ପଡୁଛି।”

“–ଯିବା-ଆସିବାର ବି ଖର୍ଚ୍ଚ….କୋଉଠୁ ପଇସା ଆଣୁଛ ?”

–“କାମକରୁଥିବା ଘରମାନଙ୍କଠୁ ଆଣିଛି “।

“– ସେମାନେ ଦେଇଦେଲେ ?”

“– ହଁ, ତୁମେ ଚିନ୍ତା କରନି।”

“– ଉଧାର ଆଣିଛ…କେତେ ?”

“–ତୁମେ କ’ଣ କରିବ। ସେତିକି ହିଁ ଆଣିଛି ଯେତିକି ସୁଝିପାରିବି….ସୁଝେଇଦେବି।”

“କମ୍ପାନୀର କିଛି ଖବର ଅଛି ?”

“କିଛି ଜଣାନାହିଁ।”

“– ରାଧେ ପାଖରୁ ବୁଝିନେବ। ଯଦି ଖୋଲିଯାଇଥିବ, ତେବେ ତାକୁ କହିବ ଯେ ସେଠି ଜଣେଇଦେବ ଯେ ମୁଁ ଡାକ୍ତରଖାନାରେ ଅଛି– ଭଲହୋଇଗଲେ ଆସିଯିବି ଡ୍ୟୁଟିକୁ।”

–“ଆଚ୍ଛା।”

–“ଆରେ, ହେଲେ ମୋର ତ ଚାକିରି ଚାଲିଯାଇଛି। ନାଇଁ, କିଛି କହିବନି।”

–“ରାଧେ କହୁଥିଲା ଯେ କମ୍ପାନୀ ଚାଲୁହେବା ମାତ୍ରେ ତୁମର ଥଇଥାନ ହୋଇଯିବ।”

“–ଆଚ୍ଛା …ଏମିତି କହୁଥିଲା। କେବେ ଖୋଲିବ କମ୍ପାନୀ କିଛି କହିଲା.. ?”

–“ମୁଁ ପଚାରି ଆସିବି। ଚାରି ନମ୍ବର ଘରବାଲା ବି ତୁମ ପାଇଁ ଚାକିରିତେ ଖୋଜି ରଖିଛନ୍ତି। ତୁମେ ଆଗ ଭଲ ତ ହୋଇଯାଅ ..।”

–“ରନ୍ନାର ବି ଏବେ ବାହାଘର ହୋଇଯିବା ଉଚିତ।”

“– ସବୁ ହେବ, ତୁମେ ଏଠି ଏସବୁ ଚିନ୍ତା କରନି। ଆରାମ କର।”

–“ହଁ, ଆରାମ ହିଁ କରୁଛି।”

ଶ୍ୟାମଳୀକୁ ଯିବାକୁ କୁହାଗଲା।

ଖଟିଆରୁ ଉଠିବାକୁ ବାରଣ ଅଛି । ବାସ୍, ଶୋଇରୁହ । ବିଛଣାରେ ପଡ଼ିପଡ଼ି ଗଣେଶୀ ପାଗଳ ପ୍ରାୟ ହୋଇଗଲା ।

ଦେଖୁଛି କ'ଣ ଯେ .. ମୂଖ୍ୟ ଫାଟକର ପଡ଼ିଆରେ ଚେୟାର ଉପରେ ଠିଆହୋଇ ସୁପରଭାଇଜର୍ ଚୌରାସିଆ ହାଜିରା ନେଉଛି । ଏକ ଲିଷ୍ଟରୁ ନା ଡାକୁଛି ଏବଂ ତଳେ ଠିଆହୋଇଥିବା ଶ୍ରମିକମାନଙ୍କ ଭିଡ଼ ଭିତରୁ କେହି ହାତ ଉଠେଇ କହୁଛି–"ହାଜିର୍ । ଯେଉଁମାନେ କାମକୁ ଫେରି ଆସିଛନ୍ତି ସେମାନଙ୍କୁ ପୁନଃନିଯୁକ୍ତି ଦିଆଯିବ । ଯେଉଁମାନେ ଅନୁପସ୍ଥିତ ରହିବେ, ସେମାନଙ୍କ ଜାଗାରେ ନୂଆ ଲୋକଙ୍କୁ ନିଯୁକ୍ତି ଦିଆଯିବ । ଗଣେଶୀ ଲୁଚିଲୁଚି ଧାଇଁ ଧାଇଁ ପହଞ୍ଚି ଯାଇଛି । କେମିତି ହେଉ ପଛରେ ଠିଆହୋଇଯାଇ ଧୈଁସୈଁ ହେଉଛି । ପ୍ରତ୍ୟେକ ଥର ଯେତେବେଳେ ଚୌରାସିଆର ୩୦ ହଲୁଥାଏ, ସେ ବ୍ୟତିବ୍ୟସ୍ତ ହୋଇ ତା' ଆଡ଼କୁ ଚାହିଁ ରହେ । ଏବେ ଆସିଲା ତା' ନମ୍ବର..ଭିତରେ ଧଡ଼ପଡ଼ ବି ଲାଗିରହିଛି– ଏମିତି ଆଉ ନୁହେଁ ତ, ଯେ ତା' ନା ଲିଷ୍ଟରେ ନ ଥିବ ? ଶେଷରେ ତା' ନା ଡକାଗଲା, ଗଣେଶୀ ଉଲ୍ଲସିତ ହୋଇଉଠେ, ହେଲେ ଏ କ'ଣ..! ସେ କହୁଛି, ହେଲେ ତା' ପାଟି ଚୌରାସିଆ ଯାଏଁ ପହଞ୍ଚି ପାରୁନି, କାହାକୁ ବି ଶୁଭୁନି । ଚୌରାସିଆ ପୁଣି ଥରେ ନା ଡାକୁଛି, ଗଣେଶୀ ପୂରା ଜୋର ଲଗାଇ କହିବାକୁ ଚାହେଁ–"ହାଜିର" । କିନ୍ତୁ ସମସ୍ତଙ୍କ ତେହେରାରେ ସେହି ଭାବ..ଯେ ସେ ଅନୁପସ୍ଥିତ ଅଛି । ଗଣେଶୀ ଦୁଇଟି ଯାକ ହାତ ଉପରକୁ ଉଠେଇଦିଏ.. ମୁଁ ଅଛି..ଏଠି... କିନ୍ତୁ ଆଖପାଖରେ ଯେଉଁମାନେ ଅଛନ୍ତି, ସେମାନଙ୍କ ବହୁତ ଡ଼େଙ୍ଗା, ଗଣେଶୀର ହାତ ସେ ପର୍ଯ୍ୟନ୍ତ ଉଠି ପାରେନି ଯେମିତିକି ଦେଖାଯାଇପାରିବ । ଭିତରେ ଭିତରେ ଛଟପଟ ହେଉଛି, ଚିକ୍ରାର କରି କହିବାକୁ ଚାହୁଁଛି ଯେ, ମୁଁ କହୁଛି...ତୁମେ ଶୁଣୁ ନାହଁ..ଦେଖ ମୁଁ ଅଟେ..ତଥାପି ତୁମେସବୁ କାହିଁକି ଦେଖୁନ.. । ଚୌରାସିଆ ପରବର୍ତୀ ନା ଆଡ଼କୁ ଆଗାଏ ।

ବିଲିବିଲେଇ ଗଣେଶୀ ଉଠିପଡ଼ିଲା । କେମିତି ଇଆଡ଼ୁ-ସିଆଡ଼ୁ କଥା ସବୁ ଆସୁଛି ମନକୁ...କେଜାଣି କୋଉଠୁ? ବାହାରର ଗହଳଚହଳ ଦେଖିବାକୁ ତା' ମନ ହୁଏ । ମୋହନକୁ କହେ ଯେ ସେ ଯାଇ ନର୍ସକୁ କହୁ ଯେ, ଶୋଇଶୋଇ ତା' ଦେହ ଅଚଳ ହୋଇଗଲାଣି । ତାକୁ ବସିବାକୁ, ଆଖପାଖରେ ଟିକେ ଚଲାବୁଲା କରିବାର ଅନୁମତି ମିଲିଯାଏ, ଭଲଲାଗିବ ।

ଶ୍ୟାମଲୀ ଆସିଛି । ପିଲାମାନେ କାଚକାନ୍ତୁ ଦେଇ ଉଙ୍କିମାରୁଛନ୍ତି – ରନ୍ନା, ଗୋକୁଲ, ପୁରନ । "ଯିବାକୁ ଅନୁମତି କେବେ ମିଳିବ ?" ସେ ଶ୍ୟାମଲୀକୁ ପଚାରେ ।

–"ସେମାନେ ଏବେ କିଛି କହୁନାହାଁନ୍ତି ।"

କଥାବାର୍ତ୍ତାରେ ଏବେ ଗଣେଶୀ ସହଜ ନୁହେଁ, ବରଂ ଅଭିଯୋଗ, ଚିଡ଼ିଚିଡ଼ାପଣ ବାରି ହୋଇପଡ଼େ ।

"ସମସ୍ତଙ୍କ ଲୋକମାନେ ସବୁଦିନ ଭିତରକୁ ଆସୁଛନ୍ତି...ତୁମେ ସବୁ ମୋତେ ବାହାରୁ ହିଁ ଦେଖି ଚାଲିଯାଉଛ, ଯେମିତି ଖାଲି ହାଜିରା ପକେଇବାକୁ ଆସୁଛ ।"

"– ଡାକ୍ତର କହିଲେ ହିଁ ଆମେ ଭିତରକୁ ଆସିପାରୁଛୁ, ସବୁ ସମୟରେ ନୁହଁ ।" ଶ୍ୟାମଲୀ ବୁଝେଇବାକୁ ଚେଷ୍ଟା କରେ ।

"ତୁମେ ପିଲାମାନଙ୍କୁ ସବୁଦିନ ପଠେଇଦେଇ ନିଜେ ବାହାରେ ରହୁଛ ।"

"– ମୁଁ ଆସିଲେ ତୁମେ ବେଶୀ ଗପୁଛ ... ତୁମକୁ ବେଶୀ କଥାବାର୍ତ୍ତା କରିବା ମନା ।"

"ଗୋକୁଳ ଓ ପୂରନ ସ୍କୁଲ୍ ଯାଉ ନାହାଁନ୍ତି ?"

"ଯାଉଛନ୍ତି " ।

"ସେମାନଙ୍କ ସ୍କୁଲ ବଦଲେଇବାର ଅଛି । ଭଲ ସ୍କୁଲରେ ପଢ଼େଇବା ।"

"______"

"ମା'କୁ ଜଣେଇଛ ?"

"ହଁ, ଆସିବେ ବୋଲି କହୁଥିଲେ" ।

"ଆଣିବନି, ତା' ଖୁଆପିଆର ଯନ୍ ନେବ ।"

"ସବୁକିଛି ଆଗପରି ହିଁ ଅଛି । ତୁମେ ଚିନ୍ତା କରନି ।"

"ମୁଁ ଗାଁ'କୁ ଯିବି .. ମାଆକୁ ନେଇ ।"

"____"

"ମୋତେ ଏଠି ଶୀତ ଲାଗୁଛି ।"

"ଏୟାରକଣ୍ଡିସନ୍ ଅଛି ।"

"ଏମାନେ ଆଉଗୋଟେ କମ୍ବଲ ବି ଦେଉନାହାନ୍ତି " ।

"ମୁଁ ନେଇ ଆସିବି " ।

"ନା, ମୋତେ ଏଠୁ ନେଇଯାଅ .. ଘରକୁ ।"

"ହାୟ !, ହେଲେ କେମିତି ..." ଶ୍ୟାମଲୀ କାନ୍ଦିବାକୁ ଲାଗିଲା ।

ଘରକୁ ଯିବାପାଇଁ ତା' ଜିଦ୍ ପୁଣି ବଢ଼ିବାରେ ଲାଗିଲା । ସତେଯେମିତି ଆଉସବୁ କଥା ସେ ଭୁଲିଯାଇଥିଲା । ତା'ପର ଦିନ ଦେହ ପୁଣି ଖରାପ ହୋଇଯାଇଥିଲା, ସେଥିପାଇଁ ମାତ୍ର ପାଞ୍ଚ ମିନିଟ୍ ପାଇଁ ପାଖରେ ବସିବାକୁ ଅନୁମତି ଦିଆଗଲା । ଶ୍ୟାମଲୀ କମ୍ବଲ ପଠେଇଦେଇ ନିଜେ ବାହାରେ ରହିଗଲା, କାଚ କାନ୍ତୁ ଏପଟେ । କିଛି ସମୟ

ପରେ ରେନୁ ଡାକିବାକୁ ଆସିଲା ... ଗଣେଶୀ ତା' ସହ କଥା ହେବାକୁ ଚାହୁଁଥିଲା । ପିଲାଏ ବାହାରକୁ ଚାଲିଗଲେ ।

"ତୁମେ ମୋ ପାଖକୁ କାହିଁକି ଆସୁନ ? ଦୂରେଇ ଦୂରେଇ କାହିଁକି ରହୁଛ ?"

"ମୁଁ ପାଖରେ ରହିଲେ ତୁମେ ବେଶୀ ଗପୁଛ ।"

"ମୋ ଲୁଗା ନେଇଆସ । ମୁଁ ଘରକୁ ଯିବି, ମୋତେ ଏଠି ଭଲଲାଗୁନି ।"

"..."

"ଯଦି ତୁମେ ନ ଆଣିବ ତାହେଲେ ମୁଁ ଏହି ଲୁଗାରେ ହିଁ ଚାଲିଯିବି ... ଏଠି ବହୁତ ଥଣ୍ଡା । ମୋତେ ଚାକିରିକୁ ବି ଯିବାର ଅଛି । ପ୍ରଥମେ ତୁମେ କରିଥିବା ଧାର ଶୁଝିବି, ତା'ପରେ ରେନୁର ବାହାଘର ପାଇଁ ରଖିବି.. ତୁମକୁ ବହୁତ ପରିଶ୍ରମ ପଡ଼ିଯାଉଛି .. ନୁହଁ ?"

ସେ ଯିବାକୁ ବାହାରିବା ଦେଖି ଗଣେଶୀ ପୁଣି ଦୋହରାଇଲା, "ମୋ ଲୁଗା ନେଇ ଆସିବ... ମୁଁ ଆଉ ଏଠି ରହିବିନି ।"

କେତେଟା ବାଜିଥିବ ! ଆଖପାଖରେ ସମସ୍ତେ ଶୋଇଛନ୍ତି । ମୋହନ ତଳେ ଢୁଲେଇ ପଡ଼ିଛି । ଏକା ଗଣେଶୀ ହିଁ ଟେଙ୍ଗିଛି । ଝରକା କାଚରେ ଇଲେକ୍ଟ୍ରିକ ଧଲା ଆଲୁଅ ବି ଶୋଇପଡ଼ିଛି, ଅଳସୁଆ ବିଲେଇଟେ ପରି...ମଉଜା! କ'ଣ ଏଠି ସକାଳର ସୁନେଲୀ ଆଲୁଅ ବି ପଡ଼ିବ ? ଉଇଁ ଆସୁଥିବା ସୂର୍ଯ୍ୟ, ପକ୍ଷୀମାନଙ୍କର କୋଳାହଳ ... ପ୍ରଥମେ ଜଣେ, ତାପରେ ଦୁଇ ଜଣ .. ତା'ପରେ ପରସ୍ପରକୁ ନିରେଖିବା ପରି .. ପୁଣି ଏକାଠି ଶଢ .. କେଉଁଠି ସେମାନେ ! ଗାଁର ସେ ସକାଳ କାହିଁ ?"

ଘନ କୁହୁଡ଼ି ଭିତରେ ହଜିଯାଉଛି .. ସେ କୋଠରି, ବେଡ଼ .. ସବୁକିଛି । କମ୍ପାନୀ ଖୋଲିଯାଇଛି । ସାନମାଲିକ ସବୁ ଶ୍ରମିକମାନଙ୍କ ସହ ହାତ ମିଳାଇ କୁଣ୍ଢେଇ ପକାଉଛନ୍ତି । ଘୋଷଣା କରୁଛନ୍ତି – ଆମେ ସମସ୍ତେ ମିଶି କମ୍ପାନୀ ଚଲେଇବା, ଲାଭ କମ୍ପାନୀର ଉନ୍ନତି ପାଇଁ, ଆଉ ବାକି ସବୁ ସମସ୍ତେ ସମାନ ଭାବେ ବାଣ୍ଟିନେବା । ଶ୍ରମିକମାନେ ଆଉ କେବେ ଆନ୍ଦୋଳନ ନ କରିବାର ପ୍ରତିଶ୍ରୁତି ଦେଇଛନ୍ତି । ସମସ୍ତେ ଖୁସି ଅଛନ୍ତି । ହସଖୁସି ଓ ମିଠାମିଠା କଥା ସବୁଆଡ଼େ ଖେଳିବୁଲୁଛି ।

ତାଙ୍କୁ ସ୍ୱତନ୍ତ୍ର ଭାବେ ଡକାଯାଇଛି । କମ୍ପାନୀର ଗାଡ଼ି ଆସିଛି । ଶ୍ୟାମଳୀ ପଚାରୁଛି – ଗୋକୁଲ ଓ ପୂରନ୍ ବି ଟିକେ ଗାଡ଼ିରେ ବସି ଦେଖିବେ ? ସେ କହୁଛି – ଖାଲି ବସିବେ ଟିକେ, ବୁଲିବାର ନାହିଁ । କମ୍ପାନୀର ଗାଡ଼ି, ବୁଲାବୁଲି କରିବାକୁ ନୁହେଁ... ଆଉ ସେମାନେ ସମସ୍ତେ ହସିଉଠୁଛନ୍ତି ।

ମିଠାପଣର ଲହରୀଟେ ତାଙ୍କ ଆଖପାଖରେ ଖେଳିବୁଲୁଛି । ସେହି ମିଠାପଣରେ

ସେ ଡୁବି ଯାଉଛି ... ଗଭୀର ... ଆଉରି ଗଭୀରକୁ .... ଆ..ରେ... ଯିବାକୁ ଦିଅ ମୋତେ, କମ୍ପାନୀ ଖୋଲିଗଲାଣି। ବାହାରେ ଗାଡ଼ି ଠିଆହୋଇଛି .... ଶୋଇବାର ନାହିଁ .. କାମକୁ ଯିବାର ଅଛି .. ଆରେ! ଉଠେଇବାକୁ ଦିଅ.. ମୋହନ୍..ଶ୍ୟାମ...ଲ..ଇ..ଇ..

ମୋହନ ସକାଳେ ଧାଇଁ ଧାଇଁ ଘରକୁ ଆସିଲା, ବ୍ୟସ୍ତହୋଇ କହିଲା — ଗଣେଶୀ ଗୁରୁତର। ଶ୍ୟାମଲୀ ଅସ୍ତବ୍ୟସ୍ତ ହୋଇ ଧାଇଁଲା। ସମସ୍ତେ ଟ୍ୟାକ୍ସି କରି ଡାକ୍ତରଖାନାକୁ ବାହାରିଲେ। କାଚ ଏପଟରୁ ଶ୍ୟାମଲୀ ଦେଖିଲା — ମୁହଁ ଯାଏଁ ଧଳା ଚାଦରଟେ ଘୋଡ଼େଇହୋଇ ଗଣେଶୀ ଶୋଇଥିଲା — ନିଷ୍ଚଳ, ଶାନ୍ତ।

"ମୋ ଲୁଗା .. ତୁମେ ଯଦି ନ ଆଣିବ, ମୁଁ ଏଇ ଲୁଗାରେ ହିଁ ଚାଲିଯିବି .." ସେ ଯେମିତି କହୁଥିଲା।

■■

ଆଲ୍ଲାଙ୍କ ପ୍ରତ୍ୟାବର୍ତ୍ତନ

ନାସିରା ଶର୍ମା

ଫର୍ଜାନା ୟୁନିଭର୍ସିଟିରୁ ଫେରି ଯେମିତି ଘର ଭିତରକୁ ପ୍ରବେଶ କଲା, ପବନରେ ଭାସି ବୁଲୁଥିବା, ବାହାଘର ଠିକ୍ ହେବାର ଖବର ତାକୁ ପିଣ୍ଡାରେ ଚେୟାର ଉପରେ ରଖାଯାଇଥିବା ଡାଲାର ମିଠାର ବାସ୍ନା ଦେଇଦେଲା । ମନ ତ ହେଉଥିଲା, ଚଟାପଟ୍ ଗୋଟିଏ ଲଡ଼ୁ ନେଇ ପାଟିରେ ପୁରେଇଦେବ, ପୁଣି ପରକ୍ଷଣରେ ସେ ପଛଘୁଞ୍ଚା ଦେଲା । ତା' ଉପରେ ଆଖି ପଡ଼ିବା ମାତ୍ରେ ହିଁ ଅଗଣାରେ ଖେଳେଇହୋଇ ପଡ଼ିଥିବା ଘରର ଅବ୍ୟବହୃତ ଜିନିଷପତ୍ରକୁ ବାଛୁବାଛୁ ଚନ୍ଦା ତତକ୍ଷଣାତ୍ ଉଠିପଡ଼ିଲା ଏବଂ ଡକାପକେଇ କହିଲା —“କନିଆଁ ଆସିଗଲା.... ।”

ଫର୍ଜାନା ତା'ର ଏହି ଆକ୍ରମଣରେ ଟିକେ ହଡ଼ବଡ଼େଇ ଗଲା । ଘରର ସବୁ ସ୍ତ୍ରୀ ଲୋକ ନିଜନିଜର କାମଦାମ ଛାଡ଼ି ଅଗଣା ଆଡ଼କୁ ଆସିବାକୁ ଲାଗିଲେ । ବଡ଼ ପିଉସୀଙ୍କୁ ସେ ପ୍ରଣାମ କଲା । ସେ ତାକୁ ଆଶୀର୍ବାଦ କଲେ ଓ କୁଣ୍ଢେଇପକାଇଲେ । ମାଉସୀ ମା' ତା' କପାଳରେ ଗେଲକଲେ, ସେତେବେଳେ ଚନ୍ଦା ଆରମ୍ଭ କରିଦେଲା —” ବନ୍ନୋ ତେରୀ ଆଁଖେ ସୁରମେଦାନୀ...”

–“ଚୁପ୍, ବଦମାସ୍, ଗଲା ନା ଫଟା ବାଉଁଶ “! ଅମ୍ମି ତାକୁ ଚିଡ଼ିଲେ ।

–"ବେଗମ୍‌ ସାହିବା, କିଛି ଭେଟି-ଦକ୍ଷିଣା ମିଳିବ କି ନାହିଁ !"

ସେ ନିଜର ଗାଇବା ଛାଡ଼ି ପଣତ ପତେଇ ସମସ୍ତଙ୍କ ଆଗରେ ବୁଲିବାକୁ ଲାଗିଲା ।

–"ୟେ ସ୍ତ୍ରୀ ଲୋକ ଭାରି ପାରିବାର । ଏକାଥରକେ ଘରଲୋକ, ବାରିକାଣୀ, ଚୁଡ଼ିବାଲୀ ସବୁ ହୋଇଯାଉଛି ।" ବଡ଼ ପିଉସୀ ପର୍ସରୁ ନୋଟ୍‌ ବାହାରକଲେ ଆଉ ତା' କାନିରେ ପକେଇଦେଲେ ।   –"କୌଣସି କାମ ତ ଲୋକଙ୍କର ମୋ ପାଇଁ ଅଟକି ଯାଏନି"– କହିଦେଇ ଚନ୍ଦା ଆଗକୁ ଯାଇ ପୁଣି ଥରେ ଅଗଣାର ରଦ୍ଧି ଜିନିଷକୁ ବାଛିବାରେ ଲାଗିଲା ।

"– ସାରାଦିନ ଥକ୍କା ହୋଇ ଆସିଛି । ମୁହଁ ଟା କେମିତି ପୂରା ଛୋଟିଆଟେ ହୋଇଯାଇଛି । ଏ ବୋହୂ, ଟିକେ ଶବ୍‌ବୋକୁ କୁହ, କିଛି ଜଳଖିଆ ସରବତ୍‌ ଆଣିବ ।" ବଡ଼ ପିଉସୀ ଫର୍ଜାନାର ମୁହଁରେ ହାତ ଆଉଁସି ଆସିଲେ । ପିଉସୀଙ୍କ କହିବା ମାତ୍ରେ ହିଁ ଫର୍ଜାନାକୁ ଭୋକ ମାଡ଼ି ଆସିଲା । ସେ ମିଠାଡ଼ାଲାକୁ ଉଙ୍କିଲା । ଆଉ କୌଉଦିନ ଯଦି ହୋଇଥାନ୍ତା, ସେ ଝାମ୍ପମାରି ଲଡ୍ଡୁ ଉଠେଇ ଆଣିଥାନ୍ତା, ଗୋଡ଼ ହଲେଇହଲେଇ ଖାଇଥାନ୍ତା, ହେଲେ ଇୟେ ତ ତାଆରି.....

"–କାଲି ସକାଲେ ଚୂନ ଦେବାକୁ ଲୋକ ଆସିବେ, ଆଉ ଏ ମହାରାଣୀ ସକାଳୁ ଏଯାଏଁ ଜିନିଷପତ୍ର ବାଛି ସାରିନି ।" ଶବ୍‌ବୋ ବିରକ୍ତ ହୋଇ ବିଡ଼ବିଡ଼େଇ କହିଲା ଓ ଖାଇବା ଟ୍ରେ ଧରି ଅଗଣା ଦେଇ ଯିବାକୁ ଲାଗିଲା ।

–"ତୋତେ ଗୋଟେ ବି ଜିନିଷ ଦେବିନି, ବୁଝିଲୁ କଲ୍ଲୁର ମା' !" ଚନ୍ଦା ଚିଡ଼ିଗଲା ।

–"କମ୍‌ ଅଛି କି, ପୁଣି ୟାଡୁୟାଡୁ ନେଇ ରଖିବି ।" ଶବ୍‌ବୋ ଅଣ୍ଠା ହଲେଇ ଚାଲିଗଲା ଏବଂ ଚୌକି ଉପରେ ଟ୍ରେ ରଖିଲା ଏବଂ ଫେରିଲା ।

–"ଆମେ ଯେପରି ଜାଣିନୁ ଯେ ତୋତେ ଦେବାଲୋକ ବହୁତ ଅଛନ୍ତି, ସଖୀ !" କହିଦେଇ ଚନ୍ଦା ଜୋରରେ ହସିଦେଲା । ଚନ୍ଦାର କଟାକ୍ଷରେ ଶବ୍‌ବୋର ଠାଣି ଫସରଫାଟିଗଲା । ହଡ଼ବଡ଼େଇଯାଇ କହିପକେଇଲା –"ତୋ ମୁଣ୍ଡରେ ପୋକଅଛି, ସେଥିପାଇଁ ଖରାପଖରାପ କଥା ସବୁ ଚିନ୍ତା କରୁଛୁ । ଆରେ, ମୋ କହିବାର ଅର୍ଥ ହେଲା …।"

–"ଛାଡ଼୍‌ କଲ୍ଲୁର ମାଆ, ତୋହର ଅର୍ଥ ସବୁ ମୁଁ ଜାଣିଛି" ଏତିକି କହିଦେଇ ଚନ୍ଦା ହସିହସି ପୁଣି ଜିନିଷ ସଜାଡ଼ିବାରେ ଲାଗିଲା । ଶବ୍‌ବୋ ଦାନ୍ତଟିପି ତାକୁ ଟିକେ ଚାହିଁଲା, ତାପରେ ରୋଷେଇଘର ଆଡ଼କୁ ଜୋରରେ ପାଦ ପକେଇ ଚାଲିଗଲା ଏବଂ ପିଢାକୁ ଜୋରରେ କଟାଡ଼ିଦେଲା ।

–"ତୁମମାନଙ୍କର ପାଟି କେବେ ବନ୍ଦ ରହିବ ?" ଅମ୍ମି ଦୁହିଁଙ୍କୁ ଗାଳିକଲେ।

ଫର୍ଜାନା ରୁମରେ ପହଞ୍ଚି ଦ୍ବନ୍ଦରେ ପଡ଼ିଲା। ବ୍ୟସ୍ତ ହୋଇ ଏପଟସେପଟ ବୁଲି, ସେ ଥମ୍ ହୋଇ ବିଛଣା ଉପରେ ବସିପଡ଼ି ଭାବିବାକୁ ଲାଗିଲା ଯେ, ସେ କାହିଁକି ଅବା ଏତେ ଶୀଘ୍ର ବାହାଘର ପାଇଁ ରାଜି ହୋଇଗଲା। ତାକୁ ଏମ୍.ଏ କରିବାର ଥିଲା। ଆଇ.ଏ.ଏସ୍. ପରୀକ୍ଷାରେ ବସିବାର ଥିଲା। ଅମ୍ମି ଅବ୍ବୁଙ୍କୁ ଗୋଟିଏ ପୁଅଟିଏ ଯେ କ'ଣ ପସନ୍ଦ ଆସିଗଲା, ଯେ ସେମାନେ ନଜର ହଟେଇ ନେଲେ। ସେମାନଙ୍କୁ ଏବେ ଆଉ କିଛି ମନେନାହିଁ, ନା ନିଜର ଦେଇଥିବା କଥା, ନା ତା' ସ୍ବପ୍ନ ... ମୋ ବାହାଘର, ହେଲେ ମୋତେ ହିଁ ପଚରାଗଲାନି। ଖାଲି ...

ସଂଧ୍ୟାରେ ଦୀପ ଲାଗିଲା ପରେ ଘରର ପୁରୁଷମାନେ ବି ଧୂଆଧୋଇ ହୋଇ ଆସି ଅଗଣାରେ ବସିଗଲେ। ପିଉସୀ ନାନୀ ଓ ମାଉସୀ ମା' ମିଠା ଡାଲା ସବୁ ଘରମାନଙ୍କୁ ପଠେଇସାରି ଆରାମ କରୁଥିଲେ। ଅଗଣାର ଗୋଟେ ପାଖକୁ ପଡ଼ିଥିବା ପଲଙ୍କ ଉପରେ ଫର୍ଜାନା ବି ଆସି ଶୋଇଯାଇଥିଲା ଏବଂ ହାତରେ ଥିବା ପତ୍ରିକା ଟେ ପଢ଼ିବାରେ ବ୍ୟସ୍ତ ଦେଖାଯାଉଥିଲା, କିନ୍ତୁ ତା' କାନ ସମସ୍ତଙ୍କ କଥା ଆଡ଼କୁ ଥିଲା।

–"ମେହେରର ପରିମାଣ କେତେ ହେବ ଠିକ୍ ହେଲା କି, ଇରଶାଦ୍ ?" ବଡ଼ ପିଉସୀ ଭାଇକୁ ପଚାରିଲେ।

–"ଆପଣଙ୍କ ଅପେକ୍ଷା ଥିଲା। ଆଜିଆଁ ସବୁ ବାହାଘର ଘରେ ହୋଇଥିଲା। ନିୟମ ଅନୁସାରେ ଚଉଦ ହଜାର ବନ୍ଧାଯାଉଥିଲା।"

"–ଚଉଦ ନମ୍ବର ହେଲା ଶୁଭ, ଚଉଦଜଣ ଇମାମଙ୍କ ନମ୍ବର। ହେଲେ ଏ ବାହାଘର ତ ଅଲଗା ଲୋକଙ୍କ ଭିତରେ ହେଉଛି।"

ପିଉସୀ ଚିନ୍ତା ପ୍ରକାଶ କଲେ।

"ଏଇ ଅନୁସାରେ ପିଉସୀ ମା', ଏକ ଲକ୍ଷ ଚବିଶ ହଜାରରେ ହିଁ ମେହେର ବାନ୍ଧିବା ଉଚିତ, ବହୁତ ଶୁଭ ନମ୍ବର।"

ଫିରୋଜ୍ ସ୍ବର ଗମ୍ଭୀର କରି ପିଉସୀ ଙ୍କୁ ଚାହିଁଲା।

"କେମିତି ?" ପିଉସୀ ଆଖି ବଡ଼ବଡ଼ କରି ପଚାରିଲେ।

–"ଆରେ, ଆଜିଆଁ ଯେତେ ଇମାମ୍ ହୋଇଛନ୍ତି, ସେମାନଙ୍କ ଗଣନା ଏକ ଲକ୍ଷ ଚବିଶ ହଜାର ଅଟେ।"ଫିରୋଜ୍ ବଡ଼ ଗମ୍ଭୀରତାର ସହ କହିଲା।

–"କହିଛୁ ତ ଠିକ୍ ଯେ।"ପିଉସୀ ଚିନ୍ତାରେ ଡୁବିଗଲେ।

"– ବ୍ୟବସାୟ ଭଲ ଚାଲିଛି ସେମାନଙ୍କର, ସେମାନେ ମାନିଯିବେ ପିଉସୀ ମା।"ଫିରୋଜ ଉଲ୍ଲସିତ ହୋଇ କହିଲା।

– "କେବେଠାରୁ ଅନ୍ୟର ପକେଟର ହିସାବ ରଖ୍ଵାରେ ଲାଗିଲଣି ? ଆରେ, ଯାହା ନିଜ ଖାନଦାନ୍‌ରେ ହୋଇଆସୁଛି, ସେଇ କଥା କର ", ମାଉସୀ ଚିଡ଼ିଯାଇ କହିଲେ ।

– "ଲକ୍ଷେ ଟଙ୍କା ବି କ'ଣ ବେଶୀ ହୋଇଛି କି ଅପା ? ଯୁଗ ତ ଏବେ ଆଉ ସେଇଆ ନାହିଁ ଯେ ନଣନ୍ଦଙ୍କ ବାହାଘର ପରି ତିନି ଟଙ୍କାର ମେହେର୍ ବନ୍ଧା ଯିବ । ହଜାରେ ବିପଦ ଅଛି, ନିତି ନୂଆନୂଆ କାହାଣୀ ଶୁଣାଯାଉଛି । ଝିଅର କିଛି ତ ସୁଦୃଢ଼ ହେବା ଦରକାର, ଦେଇ-ନେଇ କି ଏଇ ଗୋଟିଏ ବୋଲି ତ ଝିଅ, " ମାଆ ଧୀରେ କରି କହିଲେ ।

– "କାଲି ସଂନ୍ଧ୍ୟାରେ ମୌଲବୀ ଇମାମ୍‌ ଆସିଥିଲେ । କହିବାକୁ ଲାଗିଲେ ଯେ, ମେହେର୍ ଯେତେ ଅଧିକ ବନ୍ଧାଅ, ସେଥୁରୁ କ'ଣ ଲାଭ ! ପୁଅଘର ବଡ଼ପଣିଆ ଦେଖେଇ ରାଜି ହୋଇଯାଆନ୍ତି, କାରଣ ସେମାନଙ୍କୁ ତ କାଣୀକଉଡ଼ିଟେ ବି ଦେବାକୁ ପଡ଼େନି । ମନ ବୁଝିବାକୁ, ଯେତେ ହେଉ ରଖ, ନଚେତ୍‌ ଇସଲାମ୍‌ ଅନୁସାରେ ତ ବିବାହ ପରେ ସାଙ୍ଗେ ସାଙ୍ଗେ ମେହେର୍‌ର ପରିମାଣ ଜମା କରିବାର ଆଦେଶ ଅଛି, ହେଲେ ଏଇଠି ମାନୁଛି କିଏ । ସମସ୍ତେ ନୂଆନୂଆ ନିୟମ ନିଜ ସୁହେଇବା ପରି ତିଆରି କରୁଛନ୍ତି । ନାମ ଇସଲାମ୍‌ର ନେଉଛନ୍ତି, ହେଲେ ମୁଁ ଭାବୁଛି, ପଛେ ପ୍ରଥମେ ହେଉ ଅବା ପରେ, ଦେବାଲୋକ ତ ଦେଇ ଦିଅନ୍ତି । ମୋତେ ହିଁ ଦେଖ, ମେହେର୍‌ ଭାବେ ଘର ଦେଇଗଲେ ତୁମ ଭିଣୋଇ । ନିଜ ପଟେ ମୁଁ ଆରାମରେ ବସିଛି । ଏହି ଅବସ୍ଥା ଫିଜାର ବି, ପିଜୁଲି ଓ ଆମ୍ଭର ଦୁଇଟି ଯାକ ବଗିଚା ମେହେର୍ ଭାବେ ମିଳିଛି । ଶାନ୍ତିରେ ସେ ବସିକି ଖାଉଛି ।" ବଡ଼ ପିଉସୀ କହିଲେ ।

"– ସେଇଟା ତ ପଚାଶ କି ପଞ୍ଚସ୍ତରୀ ଟଙ୍କା । ଯେତିକି ଆମେ ଚାହିଁବୁ, ତା' ଉପରେ ରାଜି ହୋଇଯିବେ । ଏତେ ପଛରେ ପଡ଼ିଛନ୍ତି, କହୁଛନ୍ତି ଅସଗର ମାସ୍ତର ସମ୍ମାନ ଏତିକି ଯେ, ଝିଅ ପାଠୁଆ । ଆମକୁ ଏମିତି ଘର ହିଁ ଦରକାର ଥିଲା, ଯେଉଁଥିରେ ଆମର ଖାତିର ବଢ଼ିବ । ପଇସା ତ ହାତର ମଇଳା । ସେଥ୍‌ପାଇଁ ଯୌତୁକରେ କାଣି କଉଡ଼ିଟେ ବି ଦରକାର ନାହିଁ ।" ଇରଶାଦ୍‌ କହିଲା ।

– "ଏଇ, ସେମାନଙ୍କ ଇଚ୍ଛାରେ କ'ଣ ହେବ ! ଆମେ କ'ଣ ଆମ ଝିଅକୁ ଖାଲିରେ ବିଦାକରିବୁ... ଆରେ ବାଃ !' ବଡ଼ ପିଉସୀ ରାଗିଗଲେ ।

– "ମୋତେ ଲାଗୁଛି ଶମ୍ଭୋ, ପଚାଶ ହଜାର ହିଁ ଠିକ୍‌ ହେବ । ପୁଣି, ନିଜ ନିଜ ଉପରେ ବିଶ୍ଵାସର କଥା ବି ଥାଏ । ବାକି ଖୁଦାଙ୍କ ଭରସାରେ ଛାଡ଼ିଦେବା !" ମାଉସୀ କହିଲେ ।

–“ଠିକ୍ ଅଛି.... ପଚାଶ ଉଚିତ ଗଣନା ଅଟେ .... ଲକ୍ଷେ ପାଇଁ ସେମାନେ ରାଜି ହୋଇ ନ ପାରନ୍ତି । ଅଯଥାରେ କଥାଟି ରହିବନି, ଅଥବା ଅଯଥା ଅଶାନ୍ତି ହେବ,” ଇରଶାଦ୍ ଚିନ୍ତା କରି କହିଲା ।

“ଅଶାନ୍ତି କେମିତି ? ପଚାଶ ହଜାରର ମୂଲ୍ୟ କ’ଣ ଅଛି ଆଜି, କାଲି ତ ଟୋପା ହେବ,” ଅମ୍ନି କହିଲେ ।

“– ପିଉସୀ ମା’, ଏକ ଲକ୍ଷ ଚବିଶ ହଜାର... ପୂରା ଚଉସ୍ତରୀ ହଜାରର କ୍ଷତି ‘, ଫିରୋଜ୍ ଆସ୍ତେକରି କହିଲା ।

“ଚୁପ୍, ବଦମାସ୍ ! ସବୁ କଥାରେ ଠଟ୍ଟା ‘, ବଡ଼ ପିଉସୀ ରାଗିବା ଅଦାଜରେ ଅଳ୍ପ ଅଳ୍ପ ହସିଦେଇ କହିଲେ ଓ ପୁତୁରାର ମୁଣ୍ଡକୁ କୋଳରେ ରଖି ଆଉଁସିବାରେ ଲାଗିଲେ ।

“– ପୁରୁଷ ଓ ସ୍ତ୍ରୀର ସଂପର୍କ ଭିତରେ ପ୍ରେମ ଛଡ଼ା ଏବେ ହଜାରେ ପ୍ରକାରର ଗଣ୍ଠି ଅଡ଼ୁଆ ହୋଇରହିଛି, ନହେଲେ ଏସବୁ ଜଞ୍ଜାଳ ଆମକୁ ଚିନ୍ତିତ କାହିଁକି କରନ୍ତା ?” ଇରଶାଦ୍ କହିଲା ।

ଫର୍ଜାନାର ମୁଣ୍ଡ ସବୁକିଛି ଶୁଣି ବୁଲାଇଦେଉଥିଲା । ସମସ୍ତଙ୍କୁ ଟଙ୍କାର ପରିମାଣ କଥା ପଡ଼ିଛି । ମେହେର୍ କେତେ ବନ୍ଧାଯିବ, ବିଦାରେ କେତେ ହଳ ଲୁଗା, ଗହଣା, ଚିନି ଓ ଖୁଆ କେତେ ହଣ୍ଡା ଆସିବ, ହେଲେ କେହି ବି ଜଣେ ପଚାରୁ ନାହାଁନ୍ତି ଯେ, କ’ଣ ସେମାନେ ମୋତେ ଆଗକୁ ପଢ଼ିବାକୁ ଦେବେ ? ୟୁନିଭର୍ସିଟି ଯିବାକୁ ଦେବେ ? ଆଇ.ଏ. ଏସ୍ ପ୍ରତିଯୋଗିତାରେ ବସିବାକୁ ଦେବେ ? ତା’ କ୍ରୋଧ ସବୁ ଲୁହ ରୂପେ ବହିବାକୁ ଲାଗିଲେ । କେତେ ଗର୍ବରେ ସେ ସାଙ୍ଗ ମାନଙ୍କ ଆଗରେ କହୁଥିଲା, ” ମୁଁ ଏବେ ବାହାହେବିନି .. ପଢ଼ିବି “ହେଲେ ..!

–“ନା, କାନ୍ଦନା ଝିଅ, ସମସ୍ତଙ୍କୁ ଦିନେ ନା ଦିନେ ବାପଘର ଛାଡ଼ିବାକୁ ହୁଏ । ରାଜା ହେଉ କି ଭିକାରୀ, ସମସ୍ତଙ୍କୁ ଝିଅବିଦା କରିବାକୁ ପଡ଼େ ।”କହିଦେଇ ମାଉସୀ କାନ୍ଦି ପକେଇଲେ ଓ ତାଙ୍କ ସହ ସମସ୍ତଙ୍କ ଆଖି ଛଳଛଳ ହୋଇଗଲା । ଫର୍ଜାନା ସମସ୍ତଙ୍କଠାରୁ ନିଜକୁ ମୁକ୍ତ କରି ଗୋଡ଼ କଟାଡ଼ି ରୁମ୍ ଆଡ଼କୁ ଦୌଡ଼ିଲା ଏବଂ ରାଗରେ ଥାକରେ ସଜାହୋଇଥିବା ପୁରସ୍କାର ମିଳିଥିବା କପ୍ ଏବଂ ଶିଲଡ୍ ସବୁ ତଳେ ଫିଙ୍ଗିଦେଲା, ବନ୍ଧେଇ କରାହୋଇଥିବା ସାର୍ଟିଫିକେଟ ସବୁ ତଳକୁ ଆଣିଲା । ଯଦି ଚନ୍ଦା ହାତ ଧରି ପକେଇ ନ ଥାନ୍ତା, ତାହେଲେ ସେସବୁ ବି ଚୁରମାର୍ ହୋଇ ଯାଇଥାନ୍ତା ।

ପ୍ୟାଣ୍ଟ

ବିଷ୍ଣୁ ନାଗର୍

ପରିସ୍ଥିତି କିଛି ଏମିତି ଥିଲା କି ଯଦି ନିତି କୂଅରେ ପଡ଼ି ବାହାରନ୍ତା, ସବୁଦିନ ପାହାଡ଼ ଉପରେ ଚଢ଼ି ତଳକୁ ଲମ୍ଫ ଦିଅନ୍ତା, ବିଷ ଖାଇଦେଇ ଜିଭ ବି ଯଦି ବାହାରି ଆସନ୍ତା, ତେବେ ବି ତାଙ୍କୁ ବାରଣ କରିବାକୁ କେହି ନଥିଲେ। କେହି ପଚାରୁ ବି ନଥିଲେ, ତୁ ଜୀଇଁଛୁ କି ମରିଛୁ।

ସେ ବହୁତ ଏକା ଥିଲେ। ତାଙ୍କ ବିଷୟରେ ଦୁନିଆ ବି ଖୁବ୍ ଉଦାସୀନ ଥିଲା। ତଥାପି ସେ ସବୁବେଳେ ଲୋକଙ୍କ କଥା ହିଁ ଭାବୁଥିଲେ। ଲୋକେ ଏଇଆ କହିବେ, ଲୋକେ ସେମିତି କହିବେ, ଦୁନିଆରେ ଥିବା ଯାଏ ଏମିତି କରିବିନି, ଦୁନିଆରେ ରହିବା ପାଇଁ ଏସବୁ କରିବାକୁ ପଡ଼େ। ଦୁନିଆର ଚାଲିଚଳଣୀ ଏମିତି, ଦୁନିଆ ସହ ତାଲଦେଇ ଚାଲିବାକୁ ପଡ଼େ.... ଇତ୍ୟାଦି। ଦୁନିଆର ଚିନ୍ତା ତାଙ୍କ ମୁଣ୍ଡରେ ଭୂତ ପରି ଏମିତି ସବାର ହୋଇଥିଲା ଯେ, ଓହ୍ଲାଇବାର ନାଁ ନେଉ ନଥିଲା।

ଥରେ ତାଙ୍କ ପାଖରେ ହାତଖର୍ଚ୍ଚକୁ ଛାଡ଼ି ଆଉ ବେଶୀ କିଛି ଟଙ୍କା ବଳିପଡ଼ିଲା। ଏଥରେ ସେ ଏକ ସୁନ୍ଦର ପ୍ୟାଣ୍ଟ ସିଲେଇ କରିବାକୁ ଇଚ୍ଛା କଲେ। କପଡ଼ା ଆଣି ଦରଜୀକୁ ସିଲେଇ କରିବାକୁ ଦେଇଦେଲେ। ପ୍ୟାଣ୍ଟ ସିଲେଇହୋଇ ଆସିଗଲା, କିନ୍ତୁ ସେ ପିନ୍ଧିଲେ ନାହିଁ। ଦୁନିଆର ଲୋକେ କଣ କହିବେ! କହିବେ କି... ଏତେ ସୁନ୍ଦର ପ୍ୟାଣ୍ଟ ପୁଣି ଏଇ ବୁଢ଼ା ବୟସରେ! କାହାକୁ ଦେଖେଇବା ପାଇଁ! କୋଉଠୁ ଆସିଲା ଏତେ ଟଙ୍କା? ପ୍ୟାଣ୍ଟଟିକୁ ସେ ଆଉ କାହାକୁ ବି ଦେଇପାରିଲେନି। କାରଣ କାହାକୁ କିଛି ଦେବା ତାଙ୍କ ସାମର୍ଥ୍ୟ ବାହାରେ ଥିଲା। ଘରେ ପ୍ୟାଣ୍ଟଟିକୁ ଦେଖ୍ ଦେଖ୍ ଖାଲି ଖୁସି ହେଉଥିଲେ ଏବଂ ପୁଣି ତାକୁ ବାକ୍ସରେ ବନ୍ଦ କରିଦେଉଥିଲେ। ନିଜ ମନକୁ

ଦୃଢ଼କରି ଏବଂ ଲୋକଙ୍କ ପ୍ରଶ୍ନର କଣ ଉତ୍ତର ଦେବେ ଏକଥା ଭାବିନେଇ ସେ ପ୍ୟାଣ୍ଟିକୁ ପିନ୍ଧିବାର ନିଷ୍ପତ୍ତି ନେଲେ। ହେଲେ ତାଙ୍କର ମନେ ହେଲା, ପ୍ୟାଣ୍ଟି ତ ନୂଆ ହେଲେ ସାର୍ଟଟି ପୁରୁଣା। ଜୋତାର ଅବସ୍ଥା ମଧ୍ୟ ଆଉରି ଶୋଚନୀୟ। ସାର୍ଟ ଏବଂ ଜୋତା ନୂଆ ହେଲେ ଯାଇ ପ୍ୟାଣ୍ଟ ପିନ୍ଧିବାର ମଜା ଆସେ।

କିଛିଦିନ ଯାଏଁ ସେ ଏହା ଭାବିବାକୁ ଲାଗିଲେ କି ତିନୋଟି ଯାକ ଜିନିଷର ଯୋଟକ କେମିତି ହୋଇପାରିବ। ପ୍ରଥମେ ସେ କୌଣସି ଉପାୟରେ ଖାଇବାପିଇବାର ଖର୍ଚ୍ଚ କମ୍ କରି ଏକ ନୂଆ ଜୋତାର ବ୍ୟବସ୍ଥା କରିଦେଲେ। ପୁଣି ନୂଆ ସାର୍ଟ ପାଇଁ ସଞ୍ଚୟ ଅଭିଯାନ ଆରମ୍ଭ ହେଲା। କିନ୍ତୁ ଇତି ମଧ୍ୟରେ ପୁରୁଣା ଜୋତାଟିର ଅବସ୍ଥା ଏତେ ଦୟନୀୟ ହୋଇପଡ଼ିଥିଲା ଯେ, ତାକୁ ସିଲେଇକରିବାକୁ ମୋଚି ପାଖକୁ ନେବା ପାଖକୁ ନେବା ବି ନିଜର ଉପହାସ କରେଇବା ପରିଥିଲା। ଏଥ୍ପାଇଁ ନୂଆ ସାର୍ଟ ଆସିବ‌ପୂର୍ବରୁ ହିଁ ନୂଆ ଜୋତାଟିକୁ ପିନ୍ଧିବକୁ ପଡ଼ିଲା। ସୁତରାଂ ସବୁ ନୂଆ ପିନ୍ଧିବାର ଯୋଜନା ପଣ୍ଡ ହୋଇଗଲା।

ନୂଆ ପ୍ୟାଣ୍ଟ ପୁଣି ଏକ ସମସ୍ୟା ରୂପେ ଦେଖଦେଲା। ପୁରୁଣା ପ୍ୟାଣ୍ଟଟି ଫାଟି ନଥିଲା ଏବଂ ତାହା ସ୍ୱତାକପଡ଼ାରେ ତିଆରି ହୋଇଥିବାରୁ ଥରେ ଦୁଇ ପିନ୍ଧିବା ପରେ ପୁରୁଣା ଲାଗୁଥିଲା। ଏଥ୍ପାଇଁ ତାହା ଲୋକଙ୍କ ଦୃଷ୍ଟି ଆକର୍ଷଣ କରିପାରୁ ନଥିଲା। ଏହି ପ୍ୟାଣ୍ଟ ଟି କିନ୍ତୁ ପୁରୁଣା ଅପେକ୍ଷା ଯେ ଗୋଟେ ମାସ ପର୍ଯ୍ୟନ୍ତ ନୂଆ ଲାଗିବ। ସେଥ୍ପାଇଁ ଲୋକେ ଅନେକ କଥା ପଚାରିବେ। ଲୋକମାନେ ଯଦି ସିଧାସିଧା ପ୍ରଶ୍ନ ପଚାରନ୍ତି, ସେ ତ ଉତ୍ତର ଦେଇପାରନ୍ତେ। କିନ୍ତୁ ଯଦି କି, ବୁଲେଇ ବଙ୍କେଇ ତେଢ଼ାମେଢ଼ା କରି, ମୁହଁରେ ନ ପଚାରି ଆଖିରେ ପଚାରେ, ସେ କି ଉତ୍ତର ଦେବେ ?

ଏହି ଟଣାଓଟରା ଭିତରେ ପ୍ୟାଣ୍ଟଟି ବାକ୍ସରେ ହିଁ ପଡ଼ି ରହିଲା। ଇୟେ ସବୁଦିନ ରାତିରେ ବାକ୍ସରୁ ପ୍ୟାଣ୍ଟ ଟି ବାହାର କରି ଆଉଁସନ୍ତି ଏବଂ ମନେ ମନେ ସୁନ୍ଦର ସିଲେଇକୁ ପ୍ରଶଂସା କରନ୍ତି। କେଉଁଠି ଯେମିତି ଟିକେ ମଇଳା ଲାଗି ନଯାଏ, ସେ ପ୍ରତି ଟିକେ ସତର୍କ ହୋଇଯାଆନ୍ତି ଏବଂ କାଳ୍ପନିକ ଧୂଳି କୁ ଝାଡ଼ିଦେଇ ପୁଣି ଯତ୍ନର ସହ ବାକ୍ସରେ ରଖ୍ଦିଅନ୍ତି।

ଏହାପରେ ତାଙ୍କୁ ଚୋରର ଭୟ ମଧ୍ୟ ଲାଗିରହିଲା। ସେ କଳ୍ପନା କରିବାକୁ ଲାଗିଲେ, ଯଦି ପ୍ୟାଣ୍ଟ ଟି ଚୋରି ହୋଇଯାଏ ତ ତାଙ୍କ ଅବସ୍ଥା କଣ ହେବ। ନା ସେ ପ୍ୟାଣ୍ଟ ଚୋରି ହେବାର ରିପୋର୍ଟ ପୋଲିସକୁ ଦେଇପାରିବେ ନା କାହା ପାଖରେ ବସି ନିଜ ଦୁଃଖ ବ୍ୟାଖ୍ୟାଣି ପାରିବେ। ସେ ଅନେକ ଥର ଏକଥା ମଧ୍ୟ ଚିନ୍ତା କଲେ ଯେ, ବାହାରକୁ ଯିବା ପୂର୍ବରୁ ତାଙ୍କୁ ଘରେ ଏକ କାଗଜ ଛାଡ଼ି ଯିବାକୁ ହେବ, ଯେଉଁଠି କି

ଚୋରକୁ ଲେଖାଥିବ। ସାରା ଜିନିଷ ନେଇଯା ଭାଇ, କିନ୍ତୁ ପ୍ୟାଣ୍ଟିକୁ ନେବୁନି।" ପୁଣି ମନକୁ ଖ୍ୟାଲ ଆସେ କି – ଜରୁରୀ ନୁହେଁ କି ଚୋରଟି ପାଠପଢ଼ି ଶିଖିଥିବ, ଆଉ ଯଦିବା ଶିଖିଥିବ ତାହେଲେ ଚିଠିଟି ପଢ଼ିବା ପରେ ପ୍ୟାଣ୍ଟିକୁ ତ ସେ ନେବ ହିଁ ନେବ।

ସେ ଅନେକ ଥର କଳ୍ପନାରେ ଚୋରକୁ ପ୍ୟାଣ୍ଟ ନେଇଯିବାର ଏବଂ ନିଜକୁ ଚୋର ସାମ୍ନାରେ ନେହୁରା ହେବାର ଦେଖନ୍ତି। ଏହିପରି ଅନେକଥର ରାତିରେ ତାଙ୍କ ନିଦ ଭାଙ୍ଗିଯାଏ ଏବଂ ଆଉ ଶୋଇବାକୁ ଚେଷ୍ଟା କଲେ ବି ନିଦ ହୁଏନି। ମିଛ କହି ଲାଭ ନାହିଁ..., ଥରେ ତ ସେ ଚୋରକୁ ଡରି ନିଦରେ ବିଛଣାରେ ପରିସ୍ରା କରିଦେଇଥିଲେ। ସେ ପ୍ୟାଣ୍ଟିକୁ ପିନ୍ଧିପାରୁଥିଲେ ନା ଫୋପାଡ଼ି ପାରୁଥିଲେ। ତାଙ୍କୁ ନିଜର ପ୍ୟାଣ୍ଟ ବିଷୟରେ ସେତିକି ଆଶା ଆଶଙ୍କା ଥିଲା, ଯେତିକି ବାପା ମାଆଙ୍କୁ ନିଜ ପୁଅଝିଅ ପାଇଁ ଥାଏ। କୁଆଁରୀ ମାଆଟିଏ ନିଜ ଶିଶୁକୁ ଅଳିଆଗଦାରେ ଫୋପାଡ଼ି ଦେବାପରି, ସେ ବି ପ୍ୟାଣ୍ଟିକୁ ଫିଙ୍ଗି ଦେବାକୁ ମନସ୍ଥ କଲେ। କିନ୍ତୁ ପ୍ୟାଣ୍ଟିକୁ ଅଳିଆଗଦାରେ ଫୋପାଡିବା ପରେ କି ପରିସ୍ଥିତି ହେବ, ସେ ଦୃଶ୍ୟ ତାଙ୍କ ଆଖ୍ୟଆଗରେ ଜଳଜଳ ହୋଇ ଦେଖାଗଲା। ସକାଳୁ ସକାଳୁ ଯେଉ ଲୋକ ପ୍ୟାଣ୍ଟକୁ ପ୍ରଥମେ ଅଳିଆଗଦାରେ ଦେଖ୍ବ, ସେ ପ୍ରଥମେ ନେବାକୁ ଚେଷ୍ଟା କରିବ ଏବଂ କେହି ଦେଖୁନାହାନ୍ତି ବୋଲି ନିଶ୍ଚିତ ହେଲାପରେ ହଠାତ୍ ତା ମନକୁ ସନ୍ଦେହଟେ ଆସିବ, ଏକଦମ୍ ନୂଆ ପ୍ୟାଣ୍ଟକୁ କିଏ ବା କାହିଁକି ଅଳିଆଗଦାରେ ଫୋପାଡିବ! ନିଶ୍ଚୟ କେହି ଗୁଣିଗାରେଡ଼ି କରି ପ୍ୟାଣ୍ଟିକୁ ଛାଡିଛି। ସେ ସାହିଲୋକଙ୍କୁ ଏକାଠି କରି ହଙ୍ଗାମା କରିବ। ଏହାପରେ ସମସ୍ତେ ଅପରାଧୀକୁ ଖୋଜିବାରେ ଲାଗିପଡିବେ। ଲୋକମାନେ ସନ୍ଦେହ କରି ତା ପାଖରେ ପହଞ୍ଚ ଯିବେ ଏବଂ ସେ ଡରିମରି ନିଜ ଅପରାଧ ସ୍ୱୀକାର କରିନେବେ। ଲୋକମାନେ ଏମିତି ପରିସ୍ଥିତି ସୃଷ୍ଟି କରିବେ ଯେ, ଆମ୍ହତ୍ୟା କରିବା ଛଡା ତାଙ୍କ ପାଇଁ ଆଉ କିଛି ଉପାୟ ନଥିବ।

ସେ ଦେଖ୍ଲେ କି ସତରେ ଏ ପ୍ୟାଣ୍ଟ ଟି ଏକ ସମସ୍ୟା ହୋଇ ଠିଆ ହୋଇଛି ଏବଂ ତାକୁ ଏଥିରୁ ମୁକ୍ତି ଦରକାର। ସଜ ନିଷ୍ପତ୍ତି ନେଲେ ଯେ ସାହି ଠାରୁ ଦୂରେଇ କୌଣସି ଏକ ଅଳିଆଗଦାରେ କିମ୍ୱା ନଦୀନାଳରେ ପ୍ୟାଣ୍ଟିକୁ ଫିଙ୍ଗି ଦେବେ। କିନ୍ତୁ ନୂଆ ପ୍ୟାଣ୍ଟ ସହ ଏପରି ବ୍ୟବହାର ତାଙ୍କୁ ଠିକ୍ ଲାଗିଲା ନାହିଁ। ଯଦି ସେ ଏପରି କରନ୍ତି ତେବେ ପୁଣି ଚିନ୍ତାରେ ରହିବେ, କି ତାକୁ କିଏ ନେଲା, ସେ କାହା ଅଛି ବା ତାକୁ କିଏ ପିନ୍ଧିଲା କି ଚିରି ଫିଙ୍ଗି ଦେଲା। ଏମିତି ଭାବରେ ସେତେବେଲେ ବି ପ୍ୟାଣ୍ଟ ତାଙ୍କ ପିଛା ଛାଡ଼ିବନି। କାହାକୁ ଦାନ କରିଦେବା ମଧ୍ୟ ତାଙ୍କ ପାଇଁ ଏକ ଦୁଃସାହସିକ କାମ ଥିଲା।

ବେଶ୍ କିଛି ମାସ ଧରି ପ୍ୟାଣ୍ଟ୍ ଟି ବାକ୍ସରେ ପଡିରହିଲା। କିନ୍ତୁ ଦିନେ ମନରେ କଣ ଭାବି ସେ ବାକ୍ସଟିକୁ ଖୋଲି ଦେଖିଲେ ଯେ ଅସରପା ଅନେକ ଜାଗାରେ ଖାଇ କଣା କରିଦେଇଛି। ସେ ବହୁତ ଦୁଃଖୀ ହୋଇ କାନ୍ଦିଲେ ଓ ଅନୁତାପ କଲେ କି କାହିଁକି ସେ ଲୋକଙ୍କ ଭୟରେ ନ ପିନ୍ଧି ପ୍ୟାଣ୍ଟକୁ ସାଇତି ରଖିଥିଲେ। ସେ ଯେତେ ପାରେ ସେତେ ନିଜକୁ ଓ ଦୁନିଆକୁ ଗାଲିଦେଲେ। ମନଇଚ୍ଛା ଅସରପାମାନଙ୍କୁ ମାରିବାକୁ ଲାଗିଲେ।

ଶେଷରେ ସେ ଶୀତରାତିରେ ପେଣ୍ଟଟିକୁ ପିନ୍ଧି ଶୋଇବାର ନିଷ୍ପତ୍ତି ନେଲେ। ତିନିବର୍ଷ ଯାଏଁ ସେ ଏପରି କଲେ। ଏଥିପାଇଁ ତାକୁ ରାତିରେ ଦୁଇତିନିଥର ସମସ୍ୟାର ସମ୍ମୁଖୀନ ହେବାକୁ ମଧ ପଡିଲା। ଥରେ ତାଙ୍କ ପେଟ ଖରାପ ଥିବା ସମୟରେ ରାତିରେ ଅଚାନକ ଝାଡା ଲାଗିବାରୁ ପ୍ୟାଣ୍ଟ ପିନ୍ଧିବାର ଅସୁବିଧା ଅନୁଭବ ହେଲା। ଆଉଥରେ ଅଧରାତିରେ କୁଣିଆ ଆସି ଘଣ୍ଟି ବଜେଇଲେ। ସେ କବାଟ ଖୋଲିବାକୁ ଯାଉ ଯାଉ ହଠାତ ମନେପଡିଲା ସେ ପ୍ୟାଣ୍ଟ ପିନ୍ଧିଛନ୍ତି। ଫେରିଆସି ପାଇଜାମା ପିନ୍ଧିଲେ ଏବଂ ପ୍ୟାଣ୍ଟକୁ ବାକ୍ସରେ ରଖିବା ପରେ ଯାଇ କବାଟ ଖୋଲିଲେ। ଅତିଥି ଜଣକ ବିଳମ୍ବରେ ବିରକ୍ତ ହୋଇ ଅନେକ ପ୍ରଶ୍ନ ପଚାରିଲେ।

ଥରକର କଥା, ପଡିଶାଘରୁ ଚୋର ଚୋର ପାଟି ଶୁଣି ସେ ବ୍ୟସ୍ତହୋଇ ବାହାରକୁ ବାହାରି ଆସିଲେ, ପୁଣି ମନେପଡିଗଲା ସେ ଯେ ସେ ପ୍ୟାଣ୍ଟପିନ୍ଧିଛନ୍ତି। ପୁଣି ଘର ଭିତରକୁ ଯାଇ ବଦଲାଇ ଆସିଲେ। କିନ୍ତୁ ସେବେଠୁ ତାଙ୍କ ମନରେ ଏଇ ଭୟ ରହିଗଲା କି କେହି ନା କେହି ତାଙ୍କର ଏ ଚିରାପ୍ୟାଣ୍ଟକୁ ଦେଖି ନେଇଥିବେ। ସେ ଲୋକ ନିଶ୍ଚୟ ତାଙ୍କ ମଜାକ୍ ଉଡଉଥିବ। ତାଙ୍କୁ ସେ ପ୍ୟାଣ୍ଟଟି ବୋଝ ପରି ମନେ ହେଲା, କିନ୍ତୁ ପରବର୍ତ୍ତୀ ମୁହୂର୍ତ୍ତରେ ସେ ଭାବିଲେ ଯେ ତିନିବର୍ଷ ଶୀତରୁ ରକ୍ଷା କରିଥିବା ପ୍ୟାଣ୍ଟଟି ଆଉ ତିନି ବର୍ଷ ମଧ କାମରେ ଆସିପାରିବ।

ପ୍ରକୃତରେ କହିବାକୁ ଗଲେ, ଅସରପା ପ୍ୟାଣ୍ଟକୁ କଣା କରିଦେବାପରେ ତାଙ୍କର ଏହା ପ୍ରତି ମୋହ ବଢ଼ିଯାଇଥିଲା। ସେ ଅସରପାମାନଙ୍କୁ ଏହା ଜଣେଇବାକୁ ଚାହୁଁ ଥିଲେ ଯେ ତାଙ୍କ କଷ୍ଟାର୍ଜିତ ଧନର ଏପରି ଅସମ୍ମାନ କରାଯାଇପାରିବ ନାହିଁ। ଏମିତି ଭାବୁ ଭାବୁ ବେଲେବେଲେ ତାଙ୍କ ମନରେ ଏତେ ସାହସ ଆସିଯାଏ ଯେ ସେ ପ୍ୟାଣ୍ଟକୁ ପିନ୍ଧି ସଡକରେ ଚାଲିବାକୁ ଭାବନ୍ତି। ତାଙ୍କୁ କଳ୍ପନାରେ ବି ସେ ହୃସ ଡରାଏନି ଯାହା ସେ ପ୍ୟାଣ୍ଟଟିକୁ ପିନ୍ଧିବା ପର୍ଯ୍ୟନ୍ତ ରାସ୍ତାରୁ ଏବଂ ଦପ୍ତରରୁ ଶୁଭାଯିବ। ଅନେକ ଥର ଏହି ନିର୍ଣ୍ଣୟ କରି, ସ୍ଥଗିତ ରଖି ସାରା ରାତି ଏ ବିଷୟରେ ଭାବିଭାବି ସେ ଦିନେ ପ୍ୟାଣ୍ଟକୁ ପିନ୍ଧିବାର ନିଷ୍ପତ୍ତି ନେଲେ। ସେ ଏହାକୁ ପିନ୍ଧି ବାହାରକୁ ବାହାରିଲେ ଏବଂ

କାହାସହ କଥାବାର୍ତ୍ତା କଲେନାହିଁ। କାହା କଥା ଶୁଣିଲେନି କି କାହାକୁ ଅନେଇଲେନ। ଅଫିସ୍‌ରେ ମଧ ସେ ସାରାଦିନ କାମକଲେ କିନ୍ତୁ କାହାସହ ହସଖୁସି, କି ଠଟ୍ଟା ମଜା ହେଲେ ନାହିଁ କାହାଠାରୁ ଦିଆସିଲି ଉଧାର ଆଣିଲେନି କି କାହାକୁ ନିଜ ବିଡ଼ି ଦେଲେ ନାହିଁ। କାହା ଉପରେ ବିରକ୍ତ ହେଲେନି କି କାହା ପ୍ରତି ଦୟା ଦେଖାଇଲେ ନାହିଁ।

ତାଙ୍କର ଏହି ବ୍ୟବହାର ସମସ୍ତଙ୍କ ମନରେ କୌତୁହଲ ସୃଷ୍ଟି କଲି, କିନ୍ତୁ କେହ ତାଙ୍କୁ ମୁହଁ ଖୋଲି ଦୁଇପଦ ପଚାରିଲେ ନାହିଁ। କିନ୍ତୁ ତା ପରଦିନ ସେ ନିଷ୍ପତ୍ତି ନେଲେ, ଯଦି କେହି ପ୍ୟାଣ୍ଟର ଉପହାସ କରନ୍ତି, ତେବେ ସେ ଉଚିତ୍ ଜବାବ ଦେବେ। ଗାଲିଦେବାକୁ ପଡ଼ିଲେ ଗାଲିଦେବେ, ଏମିତି କି ଦରକାର ହେଲେ ମାଡ଼ପିଟ୍ କରିବାକୁ ବି ପଛେଇବେ ନାହିଁ। ଏବଂ ସେ ସବୁଦିନ ପ୍ୟାଣ୍ଟ ପିନ୍ଧି ଅଫିସ୍ ଯିବେ।

▪▪

ନେଲ୍‌କଟର୍‌

ଉଦୟ ପ୍ରକାଶ

ଶ୍ରାବଣ ମାସରେ ଘାସ ଏବଂ ଗଛପତ୍ର ଗୁଡ଼ିକର ସବୁଜ ରଙ୍ଗରେ ପତଳା ଅନ୍ଧକାର ମିଶି ରହିଥାଏ। ପବନ ଓଦାଳିଆ ଲାଗେ। ବର୍ଷାର ଛୋଟ ଛୋଟ ବୁନ୍ଦା ପତ୍ରରେ ଭାସି ବୁଲନ୍ତି।

ମୁଁ ନଅ ବର୍ଷର ହୋଇଥିଲି। ଏହି ମାସରେ ହିଁ ରାକ୍ଷୀ ବନ୍ଧାଯାଏ। କଜ୍ଜଳ ପ୍ରସ୍ତୁତ କରାଯାଏ। ନାଗ ପଞ୍ଚମୀରେ ଗୋବରରେ 'ସାତ ଭଉଣୀ' ବନାଯାଏ। ଖଇ ଏବଂ କ୍ଷୀରକୁ ଗୋଟିଏ ପତ୍ର ଠୋଲାରେ ନେଇ ଆମେ ସାପ ଗାତ ଖୋଜିବୁଲୁଥିଲୁ। ହରିଆରୀ ଅମାବାସ୍ୟା ବି ଏହି ମାସରେ ହିଁ ହୁଏ।

ମୁଁ ବାଉଁଶର ଖୁବ୍ ଉଚ୍ଚ ରଣପା ବନେଇ ସେଥିରେ ଚଢ଼ି ଦୌଡୁଥାଏ। ମୋ ଉଚ୍ଚତା ଅତି କମ୍‌ରେ ବାରଫୁଟ ହୋଇଯାଉଥିଲା।

ମା' ଦକ୍ଷିଣ ଦିଗରେ ଥିବା କୋଠରିରେ ରହୁଥିଲେ। ବମ୍ବେର ଟାଟା ମେମୋରିଆଲ ହସ୍ପିଟାଲରୁ ତାଙ୍କୁ ଅଣାସରିଥିଲା। ସେ କେବଳ ଡାଳିମ୍ବ ରସ ପିଉଥିଲେ। କଥା କହିବା ପାଇଁ ସେ ନିଜ ଗଳାରେ ଡାକ୍ତରମାନେ କରିଥିବା କଣା ରେ ଆଙ୍ଗୁଲି ରଖିଦେଉଥିଲେ। ସେଠି ଗୋଟିଏ ଟ୍ୟୁବ

ଲାଗିଥିଲା । ସେହି ଟ୍ୟୁବ ଦେଇ ସେ ନିଃଶ୍ୱାସ ପ୍ରଶ୍ୱାସ ନେଉଥିଲେ । ସେଇଟା ବହୁତ କ୍ଷୀଣ, ଶୀତଳ ଏବଂ ଧୀର ଶବ୍ଦ ବାହାରୁଥିଲା, ଟିକେ-ଟିକେ କୌଣସି ଯନ୍ତ୍ର ପରି ଶବ୍ଦ । ଯେମିତି ପୁରା କମ୍ ଭଲ୍ୟୁମରେ ରେଡିଓ ବାଜୁଛି, ଯେତେବେଳେ ବାହାରେ ଖୁବ୍ ଜୋର୍‌ରେ ବର୍ଷାରେ ହେଉଥାଏ ଅବା ବିଜୁଳି ମାରୁଥାଏ ଅବା ଯେତେବେଳେ କଣ୍ଢା କୌଣସି ଏକ ଦୂର ଦୁଇଟି ଷ୍ଟେସନ ମଝିରେ ଅଟକି ଯାଇଛି ।

କଥା କହିବାରେ ମାଆଙ୍କୁ ବହୁତ କଷ୍ଟ ହେଉଥିବ । ସେଥିପାଇଁ କମ କହୁଥିଲେ । ସେହି ଯନ୍ତ୍ର ପରି ଶବ୍ଦ ଭିତରୁ ଆମେ ମାଆଙ୍କର ପୁରୁଣା କଣ୍ଠସ୍ୱର ଖୋଜିବାର ପ୍ରୟାସ କରୁ । ବେଳେବେଳେ ସେହି ଅସଲି ଓ ମାଆଙ୍କ କଣ୍ଠସ୍ୱର ପରି ଶବ୍ଦର କିଛି ଅଂଶ ଆମକୁ ଶୁଭିଯାଏ । ସେ ସମୟରେ ଆମକୁ ମାଆ ମିଳିଯାଆନ୍ତି, ଯିଏ ଆମର ଛୋଟିଆ ସ୍ମୃତି ଭିତରେ ଥାଆନ୍ତି ।

ମା' କିନ୍ତୁ ସବୁକିଛି ଶୁଣିବାକୁ ରହୁଁଥିଲେ । ସବୁ କିଛି । ଆମେ କୁହନ୍ତୁ, ଝଗଡ଼ା କରନ୍ତୁ, ଜୋର୍‌ରେ ପାଟି କରନ୍ତୁ ଅବା କାହାକୁ ଡାକନ୍ତୁ ଯଦି ସେ ବ୍ୟାକୁଳତାର ସହ ଶୁଣନ୍ତେ । ଆମର ଶବ୍ଦ ସବୁ ତାଙ୍କୁ ଟିକେ ଆରାମ ଦିଅନ୍ତେ ।

ତାଙ୍କର କେବଳ ଆଖି ହିଁ ସୁରକ୍ଷିତ ଥିଲା, ଯାହାକୁ ଦେଖି ମୋତେ ଏକ ବିଶ୍ୱାସ ଓ ଭରସା ଆସୁଥିଲା ଯେ, ମା' କୁଆଡ଼େ ବି ଯିବେନି, ସେ ମୋ ସହ ସାରା ଜୀବନ ରହିଥିବେ । ମୁଁ ତାଙ୍କର ଉପସ୍ଥିତି ସବୁଦିନ ପାଇଁ ରହୁଁଥିଲି । ହୁଅନ୍ତୁ ପଛେ ସେ ଚିତ୍ରଟିଏ ପରି ଅବା ମୂର୍ତ୍ତିଟିଏ ପରି । କିଛି କଥା ନ କୁହନ୍ତୁ ।

କିନ୍ତୁ ତାଙ୍କ ଜୀବିତ ରହିବାର ବିଶ୍ୱାସ ବି ରହିଥାଉ, ଯେପରି ଚିତ୍ର ସହ ହୁଏ ନାହିଁ ।

ମୁଁ ଅନେକ ସମୟରେ ବହୁତ ଡରିଯାଉଥିଲି ଏବଂ କାନ୍ଦୁଥିଲି । ନିଜ ଜୀବନରେ ବେଳେବେଳେ ଅଚାନକ ମୋତେ ଏକ ଖାଲି ସ୍ଥାନ ଦିଶିଯାଉଥିଲା । ବହୁତ ଭୟଥାଏ । ସେ ଦିନ ମା' ମୋତେ ଡାକିଲେ । ବାହାରେ ପଡ଼ିଆରେ ଘାସର ରଙ୍ଗ ଗାଢ଼ ସବୁଜ ଥିଲା । ଆକାଶରେ ବାଦଲ ବହୁତ ଥିଲା, ପବନରେ ବର୍ଷା ବିନ୍ଦୁ ଭାସୁଥିଲେ ଏବଂ ସେ ଭିଜି ଯାଇଥିଲେ ।

ମା' ନିଜର ହାତ ପାପୁଲି ମୋ ଆଗକୁ ବଢ଼େଇ ଦେଲେ । ଡାହାଣ ହାତ ଅନାମିକା ଆଙ୍ଗୁଳିର ଗୋଟିଏ ପାଖରୁ ନଖ ଉଠି ଯାଇଥିଲା । ସେଇଟି ତାଙ୍କୁ ବ୍ୟସ୍ତ କରୁଥାଇପାରେ ।

ଏହି ଆଙ୍ଗୁଳିକୁ 'ସୂର୍ଯ୍ୟ ଅଙ୍ଗୁଠି' ମଧ କୁହନ୍ତି ।

ମୁଁ ଉଠିଗଲି ଏବଂ ନେଲକଟର ଆଣି ମାଆଙ୍କ ପଲଙ୍କ ପାଖାରେ ଚଟାଣରେ

ବସିପଡ଼ିଲି। ନେଲକଟରରେ ଲାଗିଥିବା ଖଦିଡ଼ ପଟରେ ମୋତେ ତାଙ୍କ ନଖକୁ ଘଷି ସମାନ କରିବାର ଥିଲା। ଏଇଆ ହିଁ ଚାହୁଁଥିଲେ ମାଆ। ସେହି ନେଲକଟରଟି ବାପା ଆହ୍ଲାବାଦରୁ ଆଣିଥିଲେ, କୁମ୍ଭମେଳାରୁ ଫେରିବାବେଳେ, ଦୁଇବର୍ଷ ତଳେ। ନେଲକଟର ଉପରେ ନୀଳରଙ୍ଗ କାଚରେ ଏକ ସୀତାର ହୋଇଥିଲା।

ମାଆଙ୍କ ଆଙ୍ଗୁଳି ଗୁଡ଼ିକ ବହୁତ ଦୁର୍ବଳ ହୋଇଯାଇଥିଲେ। ସେଥିରେ ରକ୍ତ ହିଁ ନଥିଲା। ହଳଦିଆ ରଙ୍ଗର ଭୃତା ଗୁଡ଼ିର କାଗଜ ପରି। ହଳଦିଆ ବି ନୁହଁ, ଶେତାଳିଆ। ଆଉ ବହୁତ ଶୀତଳ। ଏପରି ଶୀତଳତା ଅନ୍ୟାନ୍ୟ ନିର୍ଜୀବ ବସ୍ତୁଗଡ଼ିକରେ ଥାଏ। ଚେୟାର, ଟେବୁଲ, ଲୁହା, ଛିଟିକିଣୀ ଅଥବା ସାଇକେଲର ହ୍ୟାଣ୍ଡଲ ପରି ଥଣ୍ଡା।

ଏବଂ ତାଙ୍କ ହାତ ଏତେ ହାଲୁକା କେମିତି ହୋଇଯାଇଥିଲା? କୁଆଡ଼େ ଚାଲିଗଲା ସାରା ଓଜନ? ସେହି ଭାରୀପଣ ହିଁ ବୋଧହୁଏ ଜୀବନୀଶକ୍ତି ହୋଇଥିବ, ଯାହାକୁ ପୃଥିବୀ ନିଜର ଚୁମ୍ବକ ଦ୍ୱାରା ନିଜ ଆଡ଼କୁ ଟାଣି ଧରିଥାଏ। ଯାହା ଏବେ ମାଆଙ୍କ ପାଖରେ ବହୁତ କମ୍ ହିଁ ବଳିଥିଲା।

ତାଙ୍କୁ ପୃଥିବୀ ଟାଣିଧରି ରଖିବା ଛାଡ଼ୁଥିଲା।

ମୁଁ ତାଙ୍କ ହାତ ପାପୁଲିକୁ ଧରି ରଖିଥିଲି ଏବଂ ନଖକୁ ନେଲକଟ୍ର ପଛପଟେ ଆସ୍ତେ ଆସ୍ତେ ଘଷୁଥିଲି। ମୁଁ ତାଙ୍କ ନଖକୁ ବହୁତ ସୁନ୍ଦର, ସତେଜ ଏବଂ ଚିକ୍କଣ କରିଦେବାକୁ ଚାହୁଁଥିଲି।

ମୁଁ ହସିଦେଲି ଥରେ। ତା'ପରେ ସେମିତି ସ୍ମିତହାସ କରୁଥାଏ।

ମାଆଙ୍କୁ ଟିକେ ପ୍ରଫୁଲ କରିବା ଓ ହସେଇବାକୁ ଥିଲା। ମୁଁ ଦେଖିଲି, ମାଆଙ୍କୁ ନେଲକଟରରେ ନଖ ଧୀରେ ଧୀରେ ଘଷିବା ବହୁତ ଭଲ ଲାଗୁଛି। ତାଙ୍କ ଚେହେରାରେ ଏକ ପ୍ରକାରର ସୁଖ ଥିଲା, ଯାହା କେବଳ ଗୋଟିଏ ଜାଗାରେ ହିଁ ନୁହଁ ବରଂ ପୁରା ଶରୀରକୁ ଶାନ୍ତିରେ ବ୍ୟାପି ଯାଇଥିଲା, ସେ ଆଖି ବନ୍ଦ କରିଥିଲେ।

ଗୋଟେ ଘଣ୍ଟା ଲାଗିଲା। ତାଙ୍କର କେବଳ ଗୋଟିଏ ଆଙ୍ଗୁଳି ହିଁ ନୁହଁ, ବରଂ ସବୁଟକ ଆଙ୍ଗୁଳିର ନଖକୁ ସୁନ୍ଦର ଓ ଗୋଲ କରିଦେଇଥିଲି। ମାଆ ନିଜର ଆଙ୍ଗୁଳି ସବୁ ଦେଖିଲେ। ଏହା କେତେ ଦୁର୍ବଳ ଏବଂ ପରାଜିତର ମୁହୂର୍ତ ହୋଇଥାଏ।

ଯେତେବେଳେ ନଖ ଜୀବନର ଭରସା ଦେଇଥାଏ! କେତେ ସୁନ୍ଦର ଏବଂ ଚିକ୍କଣ ହୋଇ ଯାଇଥିଲେ ନଖ ଗୁଡ଼ିକ।

ମାଆ ମୋ ବାଳକୁ ଛୁଇଁଲେ। କିଛି କହିବାକୁ ଚାହୁଁଥିଲେ ସେ। କିନ୍ତୁ ମୁଁ ଅଟକାଇ ଦେଲି। ସେ ଯଦି କହିଥାନ୍ତେ ତ ପଚାରିଥାନ୍ତେ। ମୁଁ ମୁଣ୍ଡଧୋଇ କାହିଁକି

ଗାଧୋଇଛି ? ବାଲରେ ସାବୁନ କାହିଁକି ଲଗାଉନି ? ଏତେ ଧୂଳି କାହିଁକି ମୁଣ୍ଡରେ ?
ଏବଂ ମୁଣ୍ଡ କୁଣ୍ଡାଇନି କାହିଁକି ?

ରାତିରେ ଶୀତ ବହୁତ ହେଉଥିଲା । ବାହାରେ ବର୍ଷା ବି ହେଉଥିଲା । ଭୀଷଣ ଶ୍ରାବଣ ରାତି ବର୍ଷାର ଏକ ଅଲଗା ପ୍ରକାରର ଗମ୍ଭୀରତା ଥାଏ । ଯେମିତି ସାରା ଦୁନିଆର ପବନ ଏକ ବଡ଼ ଘୁମ ଭିତରେ ଘୁରିବାକୁ ଲାଗିଛି । ଚାରିଆଡ଼ୁ ନିବୁଜ ।

ସକାଳ ପାଞ୍ଚଟାରେ ଅଗଣାରେ ପାଞ୍ଚଜଣ ସ୍ତ୍ରୀ ଲୋକ କାନ୍ଦୁଥିଲେ । ତାହା କାନ୍ଦନ ଥିଲା, ବିଲାପ ଥିଲା, ଜଣାପଡ଼ିଲା ଯେ ମାଆ କାଲି ରାତିରେ ନିଦରେ ହିଁ ଚାଲିଗଲେ ।

ଆଉ ମାଆ ଚାଲିଗଲେ ।

ମୁଁ କେବେ ତାଙ୍କର ସେହି ଘଷା ହୋଇଥିବା ନଖ ଦେଖିନାହିଁ । ମୁଁ ସେଦିନ ରାତିରେ ଶୋଇବା ପୂର୍ବରୁ ନିଜ ତକିଆ ତଲେ ସେ ନେଲକଟର ରଖିଦେଇଥିଲି । ତାକୁ ବହୁତ ଖୋଜିଲି । ଏପରିକି ଆଜି ପର୍ଯ୍ୟନ୍ତ ।

ଅନେକ ବର୍ଷ ପରେ ମଧ୍ୟ । ହେଲେ ସେଇଟି ଆଜିଯାଏଁ ବି ମିଲିଲାନି । କେଜାଣି କେଉଁଠି ହଜି ଯାଇଥିଲା ।

ସମ୍ଭବତଃ, ସେ କୌଣସି ହାତ ପାଆନ୍ତା ଜାଗାରେ ରହିଥିବ ଏବଂ ମୋର ଭୁଲାପଣ । ଭୁଲାମନ ଯୋଗୁଁ ମିଲୁନାହିଁ । ମୁଁ ଅନେକ ସମୟରେ ତାକୁ ଖୋଜିବାକୁ ଲାଗିଯାଏ ।

କାରଣ ଜିନିଷପତ୍ର କେବେ ହଜନ୍ତିନି, ସେମାନେ ତ ରହିଥାଆନ୍ତି । ନିଜର ସମ୍ପୂର୍ଣ୍ଣ ଅସ୍ତିତ୍ୱ ଏବଂ ପରିଚୟ ମୂଲ୍ୟ ସହ । କେବଳ ଆମେ ହିଁ ସେମାନଙ୍କର ସେ ସ୍ଥାନ ଭୁଲିଯାଉ ।

ଲେଖକ ପରିଚୟ

ଯଶପାଲ- (୧୯୦୩-୧୯୭୬)

ଆଧୁନିକ ହିନ୍ଦୀ ସାହିତ୍ୟ ଜଗତର ପ୍ରସିଦ୍ଧ ଲେଖକ, ପ୍ରାବନ୍ଧିକ ଓ ଔପନ୍ୟାସିକ ଯଶପାଲଙ୍କର ଜନ୍ମ ୧୯୦୩ ମସିହା, ଡିସେମ୍ବର ୩ ତାରିଖରେ ହୋଇଥିଲା। ସେ ଜଣେ ବରିଷ୍ଠ ରାଜନୈତିକ ମଧ୍ୟ ଥିଲେ। ଶାଣିତ ବ୍ୟଙ୍ଗ, ମନଃସ୍ତତ୍ତ୍ୱ ଏବଂ ବିଭିନ୍ନ ପ୍ରକାର ସାମାଜିକ ସମସ୍ୟା ତାଙ୍କ ଲେଖନୀର ମୁଖ୍ୟ ସ୍ୱର। ଲେଖକଙ୍କ ଅନେକ କୃତି ବିଭିନ୍ନ ଭାଷାରେ ଅନୁବାଦ ହୋଇଛି। ଉପନ୍ୟାସ 'ଝୁଠା ସଚ୍' ଲେଖକଙ୍କ ଏକ କାଳଜୟୀ ସୃଷ୍ଟି। ପଦ୍ମଭୂଷଣ ଓ ସାହିତ୍ୟ ଏକାଡେମୀ ପୁରସ୍କାର ପ୍ରାପ୍ତ ଏହି ପ୍ରମୁଖ କଥାକାର ୧୯୭୬ ମସିହା ଡିସେମ୍ବର ୨୬ରେ ଦେହତ୍ୟାଗ କରିଥିଲେ।

ସୁଭଦ୍ରାକୁମାରୀ ଚୌହାନ –(୧୯୦୪ – ୧୯୪୮)

ତାଙ୍କର ଦୁଇଟି କବିତା ସଂଗ୍ରହ ତଥା ତିନୋଟି ଗଳ୍ପ ସଂକଳନ ପ୍ରକାଶିତ ହୋଇଛି। କିନ୍ତୁ ସେ ତାଙ୍କର ପ୍ରସିଦ୍ଧ କବିତା "ଝାନ୍ସୀ କି ରାନୀ" ପାଇଁ ଖୁବ୍ ପରିଚିତା। ତାଙ୍କ ଲିଖନଶୈଳୀ ସରଳ ତଥା କାବ୍ୟାମ୍ବକ ହୋଇଥିବାରୁ ହୃଦୟକୁ ଛୁଇଁ ଯାଏ। ଲେଖିକାଙ୍କ ପ୍ରଥମ ଗଳ୍ପ ସଂକଳନ' ବିଖରେ ମୋତି' ପୁସ୍ତକରୁ ଏହି ଗଳ୍ପ ଟି ନିଆଯାଇଛି। ଅନ୍ୟାନ୍ୟ ରଚନାଗୁଡ଼ିକ ମଧ୍ୟରେ ଉନ୍ମାଦିନୀ, ଅସମଞ୍ଜସ, ଅଭିଯୁକ୍ତ..ଇତ୍ୟାଦି।

ସଚ୍ଚିଦାନନ୍ଦ ହୀରାନନ୍ଦ ବାସ୍ୟାୟନ (ଅଜ୍ଞେୟ) (୧୯୧୧ – ୧୯୮୭)

୧୯୧୧ ମସିହା ମାର୍ଚ ତାରିଖରେ କୁଶୀନଗରଠାରେ ଜନ୍ମ ଗ୍ରହଣ କରିଥିଲେ। ପେଶାରେ ଜଣେ କଥାକାର, ପ୍ରାବନ୍ଧିକ, ସମ୍ପାଦକ ଏବଂ ଅଧ୍ୟାପକ ରୂପେ ଲେଖକଙ୍କ ଆଦୃତି ରହିଛି। ୧୯୩୦ ମସିହାରେ କ୍ରାନ୍ତିକାରୀଙ୍କ ସହ ଆନ୍ଦୋଲନରେ ଯୋଗଦେଇଥିବାରୁ ତାଙ୍କୁ ଗିରଫ କରାଯାଇଥିଲା। ହିନ୍ଦୀ ସାହିତ୍ୟରେ ତାଙ୍କୁ ନୟୀ କବିତା ଏବଂ ପ୍ରୟୋଗବାଦର ଜନକ ବୋଲି କୁହାଯାଏ। ଲେଖକଙ୍କୁ ତାଙ୍କ ସାହିତ୍ୟ ସାଧନା ପାଇଁ ୧୯୬୪ ମସିହାରେ ସାହିତ୍ୟ ଏକାଡେମୀ ପୁରସ୍କାର ଏବଂ ୧୯୭୮ ମସିହାରେ ଜ୍ଞାନପୀଠ ପୁରସ୍କାରରେ ସମ୍ମାନିତ କରାଯାଇଥିଲା। ୧୯୮୭ ମସିହା ଅପ୍ରେଲ୪ତାରିଖରେ ନୂଆଦିଲ୍ଲୀଠାରେ ମୃତ୍ୟୁବରଣ କରିଥିଲେ। ଅଜ୍ଞେୟଙ୍କ ଅଗଣିତ ମହାନ କୃତିଗୁଡ଼ିକ ମଧ୍ୟରେ ଭଗ୍ନଦୂତ, ଶେଖର–ଏକ୍ ଜୀବନୀ, ଚିନ୍ତା, ପୂର୍ବା ଇତ୍ୟାଦି ଉଲ୍ଲେଖଯୋଗ୍ୟ।

ବିଷ୍ଣୁ ପ୍ରଭାକର (୧୯୧୨ – ୨୦୦୯)

୧୯୧୨ ମସିହା ଜୁନ ୧୬ ତାରିଖରେ ମିରାନପୁରଠାରେ ଜନ୍ମ ଗ୍ରହଣ କରିଥିଲେ। ଇଂରାଜୀ ଭାଷାରେ ସ୍ନାତକ। ପେଶାରେ ଜଣେ ଔପନ୍ୟାସିକ, ଲେଖକ ଏବଂ ସାମ୍ବାଦିକ। ସାହିତ୍ୟ କ୍ଷେତ୍ରରେ ନିଜର ଅନନ୍ୟ ଯୋଗଦାନ ପାଇଁ ଲେଖକଙ୍କୁ ପଦ୍ମଭୂଷଣ, ସାହିତ୍ୟ ଏକାଡେମୀ ପୁରସ୍କାର, ମୂର୍ତିଦେବୀ ପୁରସ୍କାର ପରି ଅନେକ ସମ୍ମାନରେ ସମ୍ମାନିତ କରାଯାଇଛି। ଅର୍ଦ୍ଧ–ନାରୀଶ୍ୱର, ଆୱାରା ମସୀହା, କ୍ଷମାଦାନ..ଇତ୍ୟାଦି ଉଲ୍ଲେଖନୀୟ କୃତି। ୨୦୦୯ ମସିହା ଅପ୍ରେଲ୧୧ରେ ମୃତ୍ୟୁବରଣ କରିଥିଲେ।

ଭୀଷ୍ମ ସାହାଣୀ (୧୯୧୫ – ୨୦୦୩)

ଅଗଷ୍ଟ୮ ତାରିଖରେ ରାଓ୍ଲପିଣ୍ଡିଠାରେ ଜନ୍ମ ଗ୍ରହଣ କରିଥିଲେ। ପେଶାରେ ଜଣେ ଲେଖକ, ନାଟ୍ୟକାର, ଶିକ୍ଷାବିତ୍, ଅଭିନେତା ଏବଂ ସମାଜସେବୀ। ସେ ଲାହୋରଠାରେ ଇଂରାଜୀ ଭାଷାରେରେ ସ୍ନାତକୋତ୍ତର ସମାପ୍ତ କରିବା ପରେ ପଞ୍ଜାବ ବିଶ୍ୱବିଦ୍ୟାଳୟରୁ Ph.D କରିଥିଲେ।'ତାମସ' ଉପନ୍ୟାସ ପାଇଁ ୧୯୭୫ ମସିହାରେ ସାହିତ୍ୟ ଏକାଡେମୀ ପୁରସ୍କାର ପାଇଥିଲେ। ଲେଖକଙ୍କ ଅନ୍ୟାନ୍ୟ କୃତି ମଧ୍ୟରେ ଶୋଭାଯାତ୍ରା, ନୀଲୋ ନିଲୀମା ନୀଲୋଫର, ୫ରୋଖେଁ ଇତ୍ୟାଦି। ଲେଖକଙ୍କୁ ପଦ୍ମଭୂଷଣ, ସଙ୍ଗୀତ ନାଟକ ଏକାଡେମୀ ପୁରସ୍କାର ଏବଂ ସାହିତ୍ୟ ଏକାଡେମୀ ଫେଲୋଶିପ୍(୨୦୦୨) ପରି ସମ୍ମାନରେ ସମ୍ମାନିତ କରାଯାଇଥିଲା। ୧୧ ଜୁଲାଇ୨୦୦୩ ମସିହାରେ ଶେଷ ନିଃଶ୍ୱାସ ତ୍ୟାଗ କରିଥିଲେ।

ନଭେମ୍ବର ୧୩ତାରିଖରେ ଶିଓପୁର, ମଧ୍ୟପ୍ରଦେଶରେ ଜନ୍ମ ହୋଇଥିଲେ। ପେଶାରେ ଜଣେ ରାଜନୈତିକ ଓ ସାହିତ୍ୟିକ ସମାଲୋଚକ, କବି, ପ୍ରାବନ୍ଧିକ ଏବଂ ଗାନ୍ଧିକ। 'ନୟାଖୁନ୍' ଓ 'ବସୁଧା' ନାମକ ଦୁଇଟି ପତ୍ରିକାରେ ମଧ୍ୟ ସେ ସହ-ସମ୍ପାଦକ ରୂପେ କାର୍ଯ୍ୟ ତୁଲେଇଥିଲେ। ଲେଖକ ତାଙ୍କର ଦୀର୍ଘ କବିତା ବ୍ରହ୍ମରାକ୍ଷସ, ଚାନ୍ଦ୍ କା ମୁଁହ୍ ତେଢ଼ା ହୈ, ଅନ୍ଧେରେ ମେଁ ଏବଂ ଭୂରୀ ଭୂରୀ ଖାକ୍ ଧୂଲ୍ ପାଇଁ ବହୁ ପ୍ରସିଦ୍ଧ। ୧୯୬୪ମସିହା ସେପ୍ଟେମ୍ବର ୧୧ ତାରିଖରେ ହବିବଗଞ୍ଜଠାରେ ମୃତ୍ୟୁବରଣ କରିଥିଲେ।

ଅମୃତ ରାୟ (୧୯୨୧ – ୧୯୯୬)

ଜଣେ କବି, ଗାନ୍ଧିକ ଏବଂ ସମାଲୋଚକ। ପିତା ପ୍ରେମଚାନ୍ଦଙ୍କ ଜୀବନୀ 'କଲମ କା ସିପାହୀ' ପାଇଁ ଲେଖକଙ୍କୁ ୧୯୬୩ ମସିହାରେ ସାହିତ୍ୟ ଏକାଡେମୀ ପୁରସ୍କାର ଦିଆଯାଇଥିଲା। ସୁବହ କା ରଙ୍ଗ, ଲାଲ୍ ଧରତୀ, ନୟୀ ସମୀକ୍ଷା ଇତ୍ୟାଦି ଉଲ୍ଲେଖନୀୟ କୃତି।

ହରିଶଙ୍କର ପରସାଇ (୧୯୨୪ – ୧୯୯୫)

ଅଗଷ୍ଟ ୨୨ ତାରିଖରେ ହୋଶଙ୍ଗାବାଦ ଠାରେ ଜନ୍ମ ଗ୍ରହଣ କରିଥିଲେ। ନାଗପୁର ବିଶ୍ୱବିଦ୍ୟାଳୟରୁ ହିନ୍ଦୀରେ ସ୍ନାତକୋତ୍ତର ଡିଗ୍ରୀ ହାସଲ କରିଥିଲେ। ପେଶାରେ ଜଣେ ଲେଖକ ଓ ବ୍ୟଙ୍ଗକାର ଭାବେ ଜଣାଶୁଣା। 'ବିକଲାଙ୍ଗ ଶ୍ରଦ୍ଧା କା ଦୌର୍' ପାଇଁ ସାହିତ୍ୟ ଏକାଡେମୀ ପୁରସ୍କାରରେ ସମ୍ମାନିତ। ହସତେ ହୈଁ ରୋତେ ହୈଁ, ଯୈସେ ଉନକେ ଦିନ ଫେରେ, ଭୋଲାରାମ କା ଜୀବ୍ ଇତ୍ୟାଦି ଲୋକପ୍ରିୟ ରଚନା। ଅଗଷ୍ଟ ୧୦ ତାରିଖ ୧୯୯୫ ମସିହାରେ ଜବଲପୁରଠାରେ ମୃତ୍ୟୁବରଣ କରିଥିଲେ।

ମୋହନ ରାକେଶ (୧୯୨୫ – ୧୯୭୨)

ଜନ୍ମ ୧୯୨୫ ମସିହା ଜାନୁଆରୀ ୮ ତାରିଖରେ ଅମୃତସରଠାରେ ହୋଇଥିଲା। ପଞ୍ଜାବ ବିଶ୍ୱବିଦ୍ୟାଳୟ ରୁ ହିନ୍ଦୀ ଏବଂ ଇଂରାଜୀରେ ସେ ସ୍ନାତକୋତ୍ତର କରିଥିଲେ। ପେଶାରେ ଜଣେ ଔପନ୍ୟାସିକ ଓ ନାଟ୍ୟକାର ହୋଇଥିଲେ ମଧ୍ୟ ନାଟକ ବ୍ୟତୀତ କାହାଣୀ, ଉପନ୍ୟାସ, ପ୍ରବନ୍ଧ, ଭ୍ରମଣ କାହାଣୀ ଆଦି ରଚନା କ୍ଷେତ୍ରରେ ମଧ୍ୟ ସେ ବେଶ୍ ପାରଦର୍ଶିତା ଅର୍ଜନ କରିଛନ୍ତି। ସେ ହେଉଛନ୍ତି ହିନ୍ଦୀ ଭାଷାର ପ୍ରଥମ ନାଟ୍ୟକାର। ତାଙ୍କ ଲିଖିତ 'ଆଷାଢ଼ କେ ଏକ୍ ଦିନ୍' ଓ 'ଆଧେ ଅଧୁରେ' ଦୁଇ ଟି ଅମ୍ଲାନ କୃତି।

ନାଟକ 'ଆଷାଢ଼ କେ ଏକ୍ ଦିନ୍' ସଙ୍ଗୀତ ନାଟକ ଏକାଡେମୀ ତରଫରୁ ଶ୍ରେଷ୍ଠ ବିବେଚିତ ହୋଇ ପୁରସ୍କୃତ ହୋଇଥିଲା। ଜାନୁଆରୀ ୩ ୧୯୭୨ମସିହାରେ ମାତ୍ର ୪୬ ବର୍ଷ ବୟସରେ ଦିଲ୍ଲୀ ଠାରେ ମୃତ୍ୟୁବରଣ କରିଥିଲେ।

ଲେଖକ ପରିଚୟ:- ଅମରକାନ୍ତ (୧୯୨୫ – ୨୦୧୪)

୧୯୨୫ ମସିହାରେ ଉତ୍ତର ପ୍ରଦେଶ ବାଲିଆଠାରେ ଜନ୍ମ ଗ୍ରହଣ କରିଥିଲେ। ଉପନ୍ୟାସଗୁଡ଼ିକ ମଧ୍ୟରେ ଆକାଶପକ୍ଷୀ, ସୁଖଜୀବୀ ତଥା ଗ୍ରାମସେବିକା, ଏବଂ କାହାଣୀସଂଗ୍ରହ ଭିତରେ ଜିନ୍ଦେଗୀ ଔର୍ ଜୋଁକ୍, ଦେଶ କେ ଲୋଗ୍, ମୌତ କା ନଗର ଓ ତୁଫାନ୍ଆଦି ଉଲ୍ଲେଖଯୋଗ୍ୟ। ସେ ନିଜ ଜୀବନକାଲ ମଧ୍ୟରେ ୧୨୮ ଟି କ୍ଷୁଦ୍ରଗଳ୍ପ ଓ ୧୩ଟି ଉପନ୍ୟାସ ରଚନା କରିଥିଲେ। ସାହିତ୍ୟ ଜଗତକୁ ଉଲ୍ଲେଖନୀୟ ଅବଦାନ ପାଇଁ ଲେଖକଙ୍କୁ କେନ୍ଦ୍ର ସାହିତ୍ୟ ଏକାଡେମୀ ପୁରସ୍କାର ଏବଂ ଜ୍ଞାନପୀଠ ପରି ସର୍ବୋଚ୍ଚ ସମ୍ମାନରେ ସମ୍ମାନିତ କରାଯାଇଥିଲା।

କ୍ରିଷ୍ଣା ସୋବତି (୧୯୨୫ – ୨୦୧୯)

ଫେବ୍ରୁଆରୀ୧୮ ତାରିଖରେ ଗୁଜରାଟ ଠାରେ ଜନ୍ମ ଗ୍ରହଣ କରିଥିଲେ। ଫତେହଚନ୍ଦ୍ର ମହିଲା କଲେଜ, ଲାହୋରଠାରୁ ଶିକ୍ଷା ସମାପ୍ତ କରିଥିଲେ। ବୃତ୍ତିରେ ଜଣେ ଗାଳ୍ପିକା ଓ ପ୍ରାବନ୍ଧିକ ଥିଲେ। ନିଜର ସାହିତ୍ୟ ସାଧନା ପାଇଁ ୧୯୮୦ ମସିହାରେ ସାହିତ୍ୟ ଏକାଡେମୀ ପୁରସ୍କାର, ୧୯୯୬ ମସିହାରେ ସାହିତ୍ୟ ଏକାଡେମୀ ଫେଲୋସିପ୍ ଓ ୨୦୧୭ ମସିହାରେ ଜ୍ଞାନପୀଠ ପୁରସ୍କାରରେ ସମ୍ମାନିତ କରାଯାଇଥିଲା। ଜିନ୍ଦେଗୀ ନାମା, ମିତ୍ରୋ ମରଜାନୀ, ଓ ସୁରଯମୁଖୀ ଅନ୍ଧେରେ ମେଁ.. ଇତ୍ୟାଦି ତାଙ୍କର ଉଲ୍ଲେଖନୀୟ କୃତିତ୍ୱ। ଦୀର୍ଘ ସମୟ ଅସୁସ୍ଥ ରହିବା ପରେ ୨୦୧୯ ମସିହା ଜାନୁଆରୀ ୨୫ ତାରିଖରେ ଦେହତ୍ୟାଗ କରିଥିଲେ।

ଧର୍ମବୀର ଭାରତୀ (୧୯୨୬ – ୧୯୯୭)

ଡିସେମ୍ବର ୨୫ତାରିଖରେ ଆହ୍ଲାବାଦ ଠାରେ ଜନ୍ମ ଗ୍ରହଣ କରିଥିଲେ। ଆହ୍ଲାବାଦ ବିଶ୍ୱବିଦ୍ୟାଲୟ ରୁ ଉଚ୍ଚ ଶିକ୍ଷା ସମାପ୍ତ କରିଥିଲେ। ପେଶାରେ ଜଣେ ଲେଖକ ଓ ସମ୍ପାଦକ ଥିଲେ। ଲୋକପ୍ରିୟ ହିନ୍ଦୀ ପତ୍ରିକା 'ଧର୍ମଯୁଗ'ର ସେ ମୁଖ୍ୟ ସମ୍ପାଦକ ଥିଲେ। ୧୯୭୨ ମସିହାରେ ପଦ୍ମଶ୍ରୀ ଏବଂ ୧୯୮୮ ମସିହାରେ ସଙ୍ଗୀତ ନାଟକ ଏକାଡେମୀ ପୁରସ୍କାରରେ ସମ୍ମାନିତ କରାଯାଇଥିଲା। ପ୍ରମୁଖ କୃତିଗୁଡ଼ିକ ମଧ୍ୟରେ — ଗୁନାହୋଁ କା ଦେବତା, ସୂରଯ କା ସାତଓଁ ଘୋଡ଼ା ଇତ୍ୟାଦି। ସେପ୍ଟେମ୍ବର୪ ୧୯୯୭ରେ ମୁମ୍ବାଇ ଠାରେ ଦେହତ୍ୟାଗ କରିଥିଲେ।

ନିର୍ମଲ ବର୍ମା (୧୯୨୯ – ୨୦୦୫)

ସିମଲାଠାରେ ଅପ୍ରେଲ ୩ ତାରିଖରେ ଜନ୍ମ ଗ୍ରହଣ କରିଥିଲେ। ବୃତ୍ତିରେ ଜଣେ ଔପନ୍ୟାସିକ ଏବଂ ଅନୁବାଦକ। ୧୯୮୫ ମସିହାରେ ସାହିତ୍ୟ ଏକାଡ଼େମୀ ପୁରସ୍କାର, ୧୯୯୧ରେ ମୂର୍ତ୍ତିଦେବୀ, ୧୯୯୯ ମସିହାରେ ଜ୍ଞାନପୀଠ ସମ୍ମାନ ଏବଂ ୨୦୧୨ ମସିହାରେ ପଦ୍ମଭୂଷଣ ପରି ବିଭିନ୍ନ ସମ୍ମାନଜନକ ପୁରସ୍କାରରେ ପୁରସ୍କୃତ। ଲୋକପ୍ରିୟ କୃତିଗୁଡ଼ିକ ହେଲା ପରିଦେ, କବ୍ବେ ଔର୍ କଲାପାନି ଓ ଭାରତ-ୟୁରୋପ -ପ୍ରତିଶ୍ରୁତି କେ କ୍ଷେତ୍ର ଆଦି। ୨୦୦୫ ମସିହା ଅକ୍ଟୋବର ୨୫ ତାରିଖରେ ଦିଲ୍ଲୀ ଠାରେ ମୃତ୍ୟୁବରଣ କରିଥିଲେ।

ରାଜେନ୍ଦ୍ର ଯାଦବ (୧୯୨୯ – ୨୦୧୩)

୧୯୨୯ମସିହା ଅଗଷ୍ଟ ୨୮ ତାରିଖରେ ଆଗ୍ରାଠାରେ ଜନ୍ମ ଗ୍ରହଣ କରିଥିଲେ। ଆଗ୍ରା ବିଶ୍ୱବିଦ୍ୟାଳୟ ରୁ ହିନ୍ଦୀ ଭାଷାରେ ସ୍ନାତକୋତ୍ତର ଡିଗ୍ରୀ ହାସଲ କରିଥିଲେ। ସେ ବୃତ୍ତିରେ ଜଣେ ସୁପରିଚିତ ଲେଖକ, ଔପନ୍ୟାସିକ ଏବଂ ଆଲୋଚକ ହେବା ସଙ୍ଗେସଙ୍ଗେ ହିନ୍ଦୀ ଭାଷାର ଜଣେ ପ୍ରସିଦ୍ଧ ସମ୍ପାଦକ ମଧ୍ୟ ଥିଲେ। ନୟୀ କହାନୀ ନାମରେ ହିନ୍ଦୀ ସାହିତ୍ୟରେ ଏକ ନୂତନ ଧାରାର ସୂତ୍ରପାତ କରିଥିଲେ। ପ୍ରେମଚାନ୍ଦଙ୍କ ଦ୍ୱାରା ସ୍ଥାପିତ ପତ୍ରିକା ‘ହଂସ’ର ପୁନଃ ପ୍ରକାଶନ କରି ଦୀର୍ଘ ସତେଇଶି ବର୍ଷ କାଳ ଏକାକୀ ଏହାର ଦାୟିତ୍ୱ ତୁଲାଇଥିଲେ। ହିନ୍ଦୀ ଏକାଡ଼େମୀ ଦିଲ୍ଲୀ ଦ୍ୱାରା ରାଜେନ୍ଦ୍ର ଯାଦବଙ୍କୁ ନିଜ ସାହିତ୍ୟିକ କୃତି ପାଇଁ ୨୦୦୩ – ୦୪ର ସର୍ବୋଚ୍ଚ ସମ୍ମାନ ‘ଶଲାକା ସମ୍ମାନ’ରେ ସମ୍ମାନିତ କରାଯାଇଥିଲା। ୨୦୧୩ ମସିହା ଅକ୍ଟୋବର ୨୮ ତାରିଖରେ ନୂଆଦିଲ୍ଲୀଠାରେ ସେ ଶେଷ ନିଃଶ୍ୱାସ ତ୍ୟାଗ କରିଥିଲେ।

ଊଷା ପ୍ରିୟମ୍ବଦା- (୧୯୩୦)

ଡିସେମ୍ବର ୨୪, ୧୯୩୦ ମସିହାରେ କାନପୁର ଠାରେ ଜନ୍ମ ଗ୍ରହଣ କରିଥିଲେ। ଦିଲ୍ଲୀର ଲେଡ଼ି ଶ୍ରୀରାମ କଲେଜରେ ଅଧ୍ୟୟନ କରୁଥିବା ସମୟରେ’ ଫୁଲ ବ୍ରାଇଟ୍’ ସ୍କଲାରଶିପ ପାଇ ଆମେରିକା ଚାଲିଗଲେ। ସେଠାରେ ବ୍ଲୁମିଂଟନ୍ ଇଣ୍ଡିୟାନାରେ ଦୁଇ ବର୍ଷ ପୋଷ୍ଟ ଡକ୍ଟରେଟ୍ କରିସାରିବା ପରେ ବିସ୍କାସିନ୍ ବିଶ୍ୱବିଦ୍ୟାଳୟରେ ମେଡ଼ିସିନରେ ସହାୟକ ପ୍ରଫେସର ରୂପେ ଦାୟିତ୍ୱ ଗ୍ରହଣ କରିଥିଲେ। କଥାସାହିତ୍ୟରେ ଷାଠିଏ ଓ ସତୁରୀ ଦଶକରେ ସହରୀ ପରିବାରର ସମ୍ୱେଦନାପୂର୍ଣ୍ଣ ଚିତ୍ର ଦେଖ଼ିବାକୁ ମିଳେ। ସେତେବେଳର ରାଷ୍ଟ୍ରପତି ଶ୍ରୀମତୀ ପ୍ରତିଭା ଦେବୀ ସିଂ ପାଟିଲଙ୍କ ଦ୍ୱାରା ସେ ‘ପଦ୍ମଭୂଷଣ

ଡ. ମୋଟୁରି ସତ୍ୟନାରାୟଣ' ପୁରସ୍କାରରେ ସମ୍ମାନିତ ହୋଇଥିଲେ। ଉଷା ପ୍ରିୟମ୍ୱଦାଙ୍କ ପ୍ରମୁଖ ରଚନା ଗୁଡ଼ିକ ହେଲା। ଜ଼ିନ୍ଦେଗୀ ଔର ଗୁଲାବ କେ ଫୁଲ୍, ଏକ୍ କୋଇ ଦୁସରା, ପଚ୍ପନ୍ ଖମ୍ବେ ..ଇତ୍ୟାଦି।

ମନ୍ନୁ ଭଣ୍ଡାରୀ (୧୯୩୧)

ଅପ୍ରେଲ୍୩ ତାରିଖରେ ଭାନପୁର, ମଧ୍ୟପ୍ରଦେଶରେ ଜନ୍ମ ଗ୍ରହଣ କରିଥିଲେ। ବନାରସ ହିନ୍ଦୁ ୟୁନିଭର୍ସିଟି ଏବଂ କୋଲକତା ବିଶ୍ୱବିଦ୍ୟାଳୟରୁ ଶିକ୍ଷା ସମାପ୍ତ କରିଥିଲେ। ହିନ୍ଦୀ ଏକାଡେମୀ ସମ୍ମାନ ଓ ବ୍ୟାସ ସମ୍ମାନ ପରି ସମ୍ମାନଜନକ ପୁରସ୍କାରରେ ସମ୍ମାନିତ। ଏକ୍ ପ୍ଲେଟ୍ ସୈଲାବ, ଆପକୀ ବଣ୍ଟୀ, ମୈଁ ହାର ଗୟି ..ଆଦି ଲେଖିକାଙ୍କ ଉଲ୍ଲେଖନୀୟ କୃତି।

କମଲେଶ୍ୱର (୧୯୩୨ – ୨୦୦୭)

ଜାନୁଆରୀ ୬ ତାରିଖରେ ମାୟପୁରୀ ଉତ୍ତରପ୍ରଦେଶଠାରେ ଜନ୍ମ ଗ୍ରହଣ କରିଥିଲେ। ଆଲ୍ହାବାଦ ବିଶ୍ୱବିଦ୍ୟାଳୟରୁ ଉଚ୍ଚ ଶିକ୍ଷା ସମାପ୍ତ କରିଥିଲେ। ବୃତ୍ତିରେ ଜଣେ ଲେଖକ, ସଂଳାପକାର ଏବଂ ସମାଲୋଚକ। ନିଜର ସାହିତ୍ୟିକ ଅବଦାନ ପାଇଁ ୨୦୦୩ ମସିହାରେ ସାହିତ୍ୟ ଏକାଡେମୀ ପୁରସ୍କାର ଏବଂ ୨୦୦୫ ମସିହାରେ ପଦ୍ମଭୂଷଣ ସମ୍ମାନରେ ସମ୍ମାନିତ। କେତେକ ଉଲ୍ଲେଖନୀୟ କୃତିଗୁଡ଼ିକ ହେଲା — କିତନେ ପାକିସ୍ତାନ, ଆନ୍ଧି, ମୌସମ, ଛୋଟି ସି ବାତ୍ ଇତ୍ୟାଦି। ଜାନୁଆରୀ ୨୭ ତାରିଖରେ ଫରିଦାବାଦଠାରେ ଦେହତ୍ୟାଗ କରିଥିଲେ।

ରମେଶ ଚନ୍ଦ୍ର ଶାହ (୧୯୩୭)

ଆଲମୋରାଠାରେ ଜନ୍ମିତ ରମେଶ ଚନ୍ଦ୍ର ଶାହ ବୃତ୍ତିରେ ଜଣେ ଲେଖକ, କବି ଏବଂ ସମାଲୋଚକ ଭାବେ ପ୍ରସିଦ୍ଧ। ଲେଖକଙ୍କୁ ଉପନ୍ୟାସ 'ବିନାୟକ' ପାଇଁ ସାହିତ୍ୟ ଏକାଡେମୀ ପୁରସ୍କାରରେ ପୁରସ୍କୃତ କରାଯାଇଛି। ୨୦୦୪ମସିହାରେ ଭାରତ ସରକାରଙ୍କ ଦ୍ୱାରା ସମ୍ମାନଜନକ 'ପଦ୍ମଶ୍ରୀ' ଉପାଧିରେ ସମ୍ମାନିତ କରାଯାଇଛି। ଲେଖକଙ୍କ ଅନ୍ୟାନ୍ୟ କୃତି ମଧ୍ୟରେ ରଚନା କେ ବଦଲେ, ଶୈତାନ କେ ବାହାନେ, ପଢ଼ତେ-ପଢ଼ତେ, ନଦୀ ଭାଗତି ଆୟି...ଇତ୍ୟାଦି। ଲେଖକଙ୍କ ଲେଖନୀରେ ମଧ୍ୟବର୍ଗୀୟ ସମାଜର ଦୈନନ୍ଦିନ ଦୁଃଖ ସଂଘର୍ଷର କାହାଣୀ ବେଶ୍ ଜୀବନ୍ତ।

କାଶୀନାଥ ସିଂ (୧୯୩୭)

୧ ଜାନୁଆରୀ ୧୯୩୭ରେ ଉତ୍ତରପ୍ରଦେଶରେ ଜନ୍ମ ଗ୍ରହଣ କରିଥିଲେ। ବନାରସ ହିନ୍ଦୁ ୟୁନିଭର୍ସିଟିରେ ହିନ୍ଦୀ ଭାଷା ସାହିତ୍ୟରେ ପ୍ରଫେସର ରୂପେ କାର୍ଯ୍ୟରତ ଥିଲେ। ୨୦୧୧ ମସିହାରେ ସେ ନିଜ ଉପନ୍ୟାସ 'ରେହାନ ପର ରଘୁ'ପାଇଁ କେନ୍ଦ୍ର ସାହିତ୍ୟ ଏକାଡ଼େମୀ ପୁରସ୍କାରରେ ସମ୍ମାନିତ ହୋଇଥିଲେ। ଅନ୍ୟାନ୍ୟ କୃତିଗୁଡ଼ିକ ମଧ୍ୟରେ ଲୋଗ୍ ବିସ୍ତରୋଁ ପର୍, ଆଦମୀନାମା, ନୟୀ ତାରିଖ ଆଦି।

ମୃଦୁଳା ଗର୍ଗ (୧୯୩୮)

ଅକ୍ଟୋବର ୨୫ ତାରିଖରେ କଲିକତାରେ ଜନ୍ମ ଗ୍ରହଣ କରିଥିଲେ। ପାଖାପାଖି ତିରିଶ୍ ଖଣ୍ଡ ବହି ପ୍ରକାଶିତ। ୨୦୧୩ ମସିହାରେ ସାହିତ୍ୟ ଏକାଡ଼େମୀ ପୁରସ୍କାରରେ ସମ୍ମାନିତ କରାଯାଇଛି। ଲେଖିକାଙ୍କ କେତେକ ପ୍ରମୁଖ କୃତିଗୁଡ଼ିକ ହେଲା ଅନିତ୍ୟ, ଦି ଲାଷ୍ଟ ଇ ମେଲ୍, ମିଲଜୁଲ୍ ମନ୍ ..ଇତ୍ୟାଦି।

ରବୀନ୍ଦ୍ର କାଳିଆ (୧୯୩୯- ୨୦୧୬)

୧୯୩୯ ମସିହା ନଭେମ୍ବର ୧୧ ତାରିଖରେ ଜଲନ୍ଧରଠାରେ ଜନ୍ମ ନେଇଥିଲେ। ପେଶାରେ ଜଣେ ଔପନ୍ୟାସିକ, କାହାଣୀକାର ଆଦି ସହ ଜଣେ ଉଚ୍ଚକୋଟୀର ସମ୍ପାଦକ ଭାବରେ ଜଣାଶୁଣା। ଲେଖକ ଭାରତୀୟ ଜ୍ଞାନପୀଠ'ର ନିର୍ଦ୍ଦେଶକ ଦାୟିତ୍ୱ ମଧ୍ୟ ଗ୍ରହଣ କରିଥିଲେ। ଲେଖକଙ୍କ ଉଲ୍ଲେଖନୀୟ କୃତି ମଧ୍ୟରୁ ନୈ ସାଲ୍ ଛୋଟି ପନ୍ନୀ, ଗାଲିବ ଛୁଟି ଶରାବ୍, ଖୁଦା ସହି ସଲାମତ୍ ହେ.. ଆଦି। ଲେଖକ ନିଜର ସାହିତ୍ୟ କୃତି ପାଇଁ 'ଲୋହିଆ ସମ୍ମାନ'ରେ ସମ୍ମାନିତ ହୋଇଥିଲେ। ଜାନୁଆରୀ ୯ ତାରିଖ ୨୦୧୬ରେ ମୃତ୍ୟୁବରଣ କରିଥିଲେ।

ଗୋବିନ୍ଦ ମିଶ୍ର (୧୯୩୯)

ଅଙ୍ଗାରା ଠାରେ ଜନ୍ମଗ୍ରହଣ କରିଥିଲେ। ପେଶାରେ ଭାରତୀୟ ରେଭେନ୍ୟୁ ସେବାର ଜଣେ ପ୍ରଶାସନିକ ଅଧିକାରୀ ଥିଲେ। ଲେଖକଙ୍କ ସାହିତ୍ୟ କୃତି ମଧ୍ୟରେ ଏଗାରଟି ଉପନ୍ୟାସ, ଚଉଦଟି ଗଳ୍ପ ସଂକଳନ, ପାଞ୍ଚଟି ଭ୍ରମଣ ବୃତ୍ତାନ୍ତ, ପାଞ୍ଚଟି ନିବନ୍ଧ ସଂକଳନ, ଗୋଟିଏ କବିତା ସଂଗ୍ରହ ଏବଂ ଦୁଇଟି ଶିଶୁଗଳ୍ପ ସଂକଳନ ରହିଛି। ଲେଖକଙ୍କୁ ୧୯୯୮ ମସିହାରେ ସମ୍ମାନଜନକ 'ବ୍ୟାସ ସମ୍ମାନ' ଏବଂ ୨୦୦୮ ମସିହାରେ 'ସାହିତ୍ୟ ଏକାଡ଼େମୀ ପୁରସ୍କାର'ରେ ସମ୍ମାନିତ କରାଯାଇଛି। ୨୦୧୩ ମସିହାରେ 'ଧୂଲ୍ ପୌଧୋଁ ପୁସ୍ତକ ପାଇଁ ସରସ୍ୱତୀ ସମ୍ମାନରେ ସମ୍ମାନିତ କରାଯାଇଛି।

ନସିରା ଶର୍ମା : (୧୯୪୮)

୧୯୪୮ମସିହା ଅଗଷ୍ଟ ମାସ ୨୨ ତାରିଖରେ ପ୍ରୟାଗରାଜଠାରେ ଜନ୍ମ ଗ୍ରହଣ କରିଥିଲେ। ସୃଜନାମ୍ନକ ଲେଖା ଲେଖିବା ସହ ସେ ପତ୍ରକାରିତା କ୍ଷେତ୍ରରେ ମଧ୍ୟ ଉଲ୍ଲେଖନୀୟ କାମ କରିଛନ୍ତି। ସେ ଇରାନୀ ସମାଜ ଓ ରାଜନୀତି ସହ ସାହିତ୍ୟ କଳା ଏବଂ ସଂସ୍କୃତି ବିଶେଷଜ୍ଞ ମଧ୍ୟ ଅଟନ୍ତି। ଲେଖିକାଙ୍କ ପ୍ରମୁଖ କୃତିଗୁଡ଼ିକ ମଧ୍ୟରେ ଦହଲୀଜ୍, ଶାମୀ କାଗଜ, ପାରିଜାତ, ସାତ ନଦୀୟାଁ ଏକ ସମନ୍ଦର, କୁଇୟାଁଜାନ ଅନ୍ୟତମ। ୨୦୧୬ ମସିହାରେ ଉପନ୍ୟାସ 'ପାରିଜାତ' ପାଇଁ ଲେଖିକାଙ୍କୁ ସାହିତ୍ୟ ଏକାଡ଼େମୀ ପୁରସ୍କାର ଦିଆଯାଇଛି। କୁଇୟାଁଜାନ ଉପନ୍ୟାସ ପାଇଁ ଲେଖିକା ୟୁ.କେ. କଥା ସମ୍ମାନରେ ସମ୍ମାନିତ ହୋଇଛନ୍ତି।

ବିଷ୍ଣୁ ନାଗର (୧୯୫୦)

ଜୁନ୍ ୧୪ତାରିଖରେ ଶାଜାପୁର, ମଧ୍ୟପ୍ରଦେଶରେ ଜନ୍ମ ଗ୍ରହଣ କରିଥିଲେ। ସାମ୍ୟାଦିକତା ଓ ସମ୍ପାଦନା କାର୍ଯ୍ୟକୁ ନିଜର ବୃତ୍ତି ଭାବେ ଗ୍ରହଣ କରିଥିଲେ। ସେ ୨୦୦୩ ରୁ ୨୦୦୮ ଯାଏ ହିନ୍ଦୁସ୍ତାନ ଟାଇମ୍ସର ଲୋକପ୍ରିୟ ପତ୍ରିକା 'କାଦମ୍ବିନୀ'ର କାର୍ଯ୍ୟକାରୀ ସମ୍ପାଦକ ଥିଲେ। ଲେଖକଙ୍କ ସାହିତ୍ୟ କୃତିଗୁଡ଼ିକ ମଧ୍ୟରୁ ମୈଁ ଫିର୍ କେହେତା ହୁଁ ଚିଡ଼ିୟା, ଆଜ୍ କା ଦିନ୍, ଆଦମୀ କି ମୁସ୍କିଲ୍ .. ଇତ୍ୟାଦି ପ୍ରମୁଖ।

ଉଦୟ ପ୍ରକାଶ (୧୯୫୨)

ଜାନୁଆରୀ୧ ତାରିଖରେ ମଧ୍ୟପ୍ରଦେଶରେ ଜନ୍ମ ଗ୍ରହଣ କରିଥିଲେ। ପେଶାରେ ଜଣେ ପ୍ରଶାସନିକ ଅଧିକାରୀ ଓ ଟେଲିଭିଜନ ନିର୍ଦ୍ଦେଶକ। ଉପନ୍ୟାସିକା 'ମୋହନଦାସ' ପାଇଁ ଲେଖକଙ୍କୁ ସାହିତ୍ୟ ଏକାଡ଼େମୀ ପୁରସ୍କାରରେ ସମ୍ମାନିତ କରାଯାଇଥିଲା। ପିଲି ଛତରିଓ୍ଵାଲି ଲଡ଼କୀ, ଚିନିବାବା, ଅବୁତର କବୁତର ଇତ୍ୟାଦି କେତେକ ଉଲ୍ଲେଖନୀୟ କୃତି।

To keep pace with the growing immigration culture, BLACK EAGLE BOOKS was formed in April 2019 with a prime goal to propagate Indian literature globally through book publication and global distribution. It also carries out translation projects and supports Indian writers to propagate their work worldwide. The titles from BLACK EAGLE BOOKS are available worldwide on over three thousand distributors like Amazon, Barnes and Noble, Flipkart and many independent booksellers. BLACK EAGLE BOOKS title are printed through a network of over thirty thousand printers worldwide using POD (Print on Demand) concept which leads to a situation that book would never go out of print and always available fresh.

To inspire new writers, BLACKE EAGLE BOOKS has started an award called "BLACK EAGLE BOOKS first book award" which would be given to a debut writer in any genre. We are happy to announce that the BLACK EAGLE BOOKS first book award 2019 goes to Niharika Mallick for the translation anthology of Hindi short stories. We wish her good luck for a bright writing career in years to come.

Satya Pattanaik
Director, BLACK EAGLE BOOKS
7464 Wisdom Lane, Dublin, OH 43016, USA

www.ingramcontent.com/pod-product-compliance
Lightning Source LLC
Chambersburg PA
CBHW050300110726
47898CB00007B/2483